플루타르크 영웅전

⑤

플루타르코스 지음 / 김병철 옮김

범우

차 례

▨ 총목차

▨ 그리스 로마 명칭 대조표

그리스와 로마에서 거의 동일시되고 있는 주요 신과 인물들의 명칭을 대조하여
표시했다.

〈예〉

그리스 어 명칭	라틴 어 명칭	그 밖의 명칭
데메테르	케레스/셀레스	
디오니소스	바코스	바카스
아레스	마르스	
아르테미스	디아나	다이아나
아테네	미네르바	
아폴론	아폴로	
아프로디테	베누스	비너스
에로스	큐피드	
제우스	유피테르	주피터
크로노스	사투르누스	
포세이돈	넵투누스	넵 튠
하이데스	플루톤	플루토
헤 라	유 노	주 노
헤르메스	메르쿠리우스	머큐리
헤스티아	베스타	
헤파이스토스	불카누스	
플루타르코스		플루타르크
	알렉산드로스	알렉산더
	안토니우스	안토니
	카이사르	
호메로스		호 머
오디세우스	율리시스	
오디세이아		오디세이

에 우 메 누 스

기원전 362년 ~ 316년

카르디아 인인 에우메누스는 트라키아의 케르소네수스 지방
에 사는 가난한 마부의 아들이었다. 부친은 아들에게 학문과
무술 양면에 걸쳐 풍부한 교육을 시켰다.
　에우메누스가 아직 어렸을 적에, 카르디아 시를 지나가다가
우연히 젊은이들이 벌이는 씨름과 갖가지 운동경기를 구경하게
되었던 필리포스 왕은 남다른 기량으로 운동경기를 하고 있는
에우메누스를 발견하였다. 에우메누스의 그 씩씩하고도 영리한
운동솜씨에 반한 필리포스 왕은 그를 시종으로 쓰려고 궁중으
로 데리고 갔다고 한다. 그러나 또 다른 설에 의하면 왕이 에
우메누스 집에 놀러 왔다가 부친의 환대를 받았으므로, 그 보
답으로 에우메누스를 등용하였다고도 한다.
　어쨌거나 에우메누스는 필리포스 왕이 서거한 후에도 그의
아들 알렉산드로스 대왕으로부터 계속 존경을 받았다. 그때 그
의 관직은 시종장에 지나지 않았으나, 왕을 섬기는 어떠한 신
하보다도 현명하였고 또 믿음직스러웠다. 그는 왕의 측근 중
측근으로 왕의 은총을 받았으며, 왕이 인도로 원정을 떠날 때
에는 한 부대의 사령관에 임명되어 종군하였다. 그 후 헤파이

스티온이 죽자 그 후임에 페르디카스가 임명되었고, 에우메누스는 페르디카스의 후임으로 기병대 대장에 임명되었다. 이런 일로 인하여 알렉산드로스 대왕이 서거한 후에 당시 왕의 경호 대장이었던 네오프톨레무스는 이렇게 말하였다.

"나는 방패와 창으로 대왕을 섬겼지만, 에우메누스는 오직 붓과 종이로 섬겼다."

그러자 마케도니아 인들은 오히려 네오프톨레무스를 시기하고 비웃었다. 왜냐하면 에우메누스가 대왕의 남다른 은총을 받았을 뿐 아니라, 대왕이 그와 혼인관계를 맺어 사돈이 될 정도로 그를 중용하고 있었기 때문이다. 알렉산드로스 대왕이 아시아에서 얻은 최초의 부인(그녀와의 사이에서 왕은 아들 헤라클레스를 얻었다.)은 바르시네였는데, 그녀는 아르타바주스의 딸이었다. 왕은 페르시아의 귀공녀들을 그의 여러 부하 장군들에게 나누어줄 때, 바르시네의 여동생 중의 하나인 아파메를 이집트의 프톨레마이오스 왕에게 주었고, 역시 이름이 똑같은 또 다른 여동생 바르시네를 에우메누스에게 주었다.

그럼에도 불구하고 에우메누스는 왕의 분노를 산 적이 한두 번이 아니었다. 그것은 대개 헤파이스티온 때문이었는데, 때로는 에우메누스를 위험한 지경에까지 몰아넣었다. 한번은 에우메누스가 가지기로 돼 있던 집을 헤파이스티온이 자기가 데리고 있던 플루트 연주자에게 주어버렸다. 이에 크게 분개한 에우메누스는 대왕에게로 가서 흥분된 목소리로, 장군을 플루트 연주자나 비극 배우만도 못하게 대접하기냐고 따졌다. 그 말을 들은 왕은, 그 말이 그럴듯하여 당장 헤파이스티온을 꾸짖었다. 그러나 곰곰 생각해본 왕은 이번에는 에우메누스에게 화를 내었다. 에우메누스의 소행이 헤파이스티온의 잘못을 시정하려는 뜻에서 나온 것이 아니라, 왕에게 무례한 짓을 한 건방진 소행으로 여겼던 것이다.

그 후 이런 일도 있었다. 알렉산드로스 대왕이 네아르쿠스에게 함대를 주어 대서양으로 출동시키려고 하였는데 때마침 국고에 돈이 부족하였다. 그래서 왕은 그의 측근들로부터 돈을 꾸었다. 그때 에우메누스에게 할당한 금액은 300탈렌트였는데, 그는 100탈렌트만 보내 왔다. 그것도 그의 집사로부터 겨우 구하게 한 것이라고 하였다. 그러자 대왕은 그 돈을 받지도 않고 아무런 대꾸도 하지 않더니, 밀사를 보내어 에우메누스의 집에다 불을 지르라고 하였다. 불이 나면 집기를 끄집어낼 때 분명히 많은 돈이 나올 테니까, 그의 거짓말도 드러나고 말 것이라고 생각한 것이다.

그러나 소기의 목적을 달성하기도 전에 에우메누스의 집은 재가 되고 말았다. 동시에 그 안에 보관되어 있던 모든 서류가 타버렸기 때문에, 대왕은 몹시 후회하였다. 그런데 금과 은이 불길에 녹아 한덩어리가 된 채 잿더미 속에서 나왔다. 값으로 따지면 1천 탈렌트 이상이었지만, 대왕은 그것을 전혀 받지 않았다. 대신 몇 명의 지사들과 장군들에게 서신을 보내어, 불에 탄 문서의 복제품을 만들어서 에우메누스로 하여금 보관하도록 보내주라고 명령하였다.

선물에 관하여 에우메누스와 헤파이스티온 사이에 또 분규가 발생하였다. 두 사람 사이에 많은 욕설이 오갔으나, 결국 에우메누스가 이겼다. 그러나 헤파이스티온이 그 후 곧 죽었으므로 대왕은 큰 슬픔에 싸였다. 왕은 헤파이스티온이 살아 있을 때 그와 사이가 나빴던 모든 사람들이 그의 죽음을 시원해하는 것에 화를 내었다. 그들에게 은근히 가혹하고도 준엄한 태도를 보였으며, 특히 헤파이스티온과 여러 번 싸운 에우메누스를 직접 나무라곤 하였다. 그러나 에우메누스는 남의 비위를 맞추는

데는 남다르게 영리하고 재치 있는 사람이었다. 그는 왕의 설움을 오히려 역이용하여 고인의 명복을 빌어 대왕을 기쁘게 하였다. 또 여러 가지로 고인에게 영광을 돌렸으며, 고인의 기념비를 세우는 데에 아낌없이 돈을 썼다.

알렉산드로스 대왕이 서거하자 마케도니아 군의 방진부대(方陣部隊)와 에우메누스의 동료 장교들과의 사이에 분쟁이 생겼다. 이때 에우메누스는 마음 속으로 장교들을 지지하고 있었다. 그러나 외국인인 그가 마케도니아 인들의 내분에 관여한다는 것은 당치도 않은 일이라고 생각하였기 때문에 그는, 자기는 중립적인 입장에 서겠다고 공언하였다. 그러면서 알렉산드로스 대왕의 다른 측근 신하들이 바빌론을 모두 떠났을 때, 그는 그대로 남아 보병들의 분규를 화해시키려고 애를 썼다. 그리고 장교들이 서로 화합하여 비로소 무질서에서 벗어나려고 통치권과 왕이 정복한 영토를 모두 분배하기 시작했을 때, 에우메누스는 카파도키아와 파플라고니아와 트레비존드에 이르는 흑해 연안의 땅을 차지하게 되었다.

그런데 이 지방은 아직 마케도니아에게 정복된 일이 없었고, 그때까지 아리아라테스 왕의 통치를 받고 있었다. 페르디카스 왕은 그 지방을 레오나투스와 안티고노스로 하여금 정복케 하여 그것을 에우메누스에게 주려고 생각하고 있었던 것이다. 그러나 안티고노스는 그런 일에는 별로 관심이 없었다. 그는 자기 혼자서 대정복을 꿈꾸며 다른 장군들을 경멸하고 있었다. 그러던 중 카르디아의 독재왕 헤카타이우스를 만나 라미아 시에 포위당하고 있는 안티파테르와 마케도니아 군을 구해달라는 요청을 받자, 레오나투스는 그 요청을 받아들여 에우메누스로 하여금 그 일에 동참케 하고는 그를 헤카타이우스와 화해시키려고 애썼다.

왜냐하면 두 사람 사이에는 그 전부터 정치적 이유로 벌어진 뿌리 깊은 갈등이 있었기 때문이다. 게다가 에우메누스가 헤카타이우스를 독재자라고 비난하고 있다는 소문이 천하에 파다하게 떠돌고 있을 뿐 아니라, 알렉산드로스 대왕에게 압제를 당하고 있는 카르디아 인들을 해방시켜달라고 거듭 진언하고 있던 터였다. 그러므로 에우메누스는 이때 원정대를 보내달라는 제의를 거절하였는데, 그 때문에 그는 자기를 미워하고 있는 안티파테르가 헤카타이우스를 만족시키기 위하여 자기를 죽이려는 것이 아닐까 하고 겁이 났다. 그러자 레오나투스는 안티파테르를 구하러 간다는 것은 구실에 지나지 않고, 본심은 마케도니아의 왕이 되려는 것이라고 말하면서 클레오파트라(알렉산드로스 대왕의 누이)에게서 온 여러 장의 편지까지 보여주었다.

그 편지에는 그녀가 그를 펠라로 오라고 하였는데, 거기에는 그와 결혼하고 싶어서라고 적혀 있다. 그러나 에우메누스는 안티파테르가 두려워서 그랬던지, 아니면 레오나투스를 경솔할 뿐 아니라 무모하고 위험한 인물이라고 간주해서 그랬던지, 밤중에 그의 부하 전원, 즉 300명의 기병과 200명의 호위병과, 은화로 쳐서 5천 탈렌트에 이르는 금을 가지고 페르디카스에게로 달려가서 레오나투스의 계획을 폭로하였다. 이로써 그는 페르디카스의 두터운 신임을 받게 되어 국가정책수립의 자문에 응하게 되었다.

그 후 페르디카스는 에우메누스로 하여금 카파도키아를 공략케 하는 한편, 자기도 몸소 대군을 거느리고 아리아라테스 왕을 공격하여 전국을 손안에 넣은 다음, 에우메누스를 카파도키아의 총독으로 임명하였다. 그리하여 에우메누스는 페르디카스의 간섭을 전혀 받지 않고, 그의 측근 부하들에게 주요 도시를 맡겼다. 수비대장, 재판관들, 세무서장들, 그 밖의 관리들을 자기 마음대로 적임자라고 생각하는 사람으로 대체하였던 것이다. 그러면서도 에우메누스는 계속 페르디카스에 대한 존경심과 왕족에게 접근하고 싶은 욕망에서 그를 섬기고 있었다.

그러나 페르디카스는 남의 도움 없이도 그의 보다 원대한 목표인 원정을 달성할 수 있고, 또 그가 두고 온 나라가 활동적이며 믿을 수 있는 총독을 필요로 한다고 믿었으므로, 킬리키아로 왔을 때 에우메누스를 현직에서 면직시켜 마케도니아로 돌려보냈다. 명목상으로는 자기가 없는 동안에 마케도니아를 지키게 하자는 생각에서였으나, 실은 네오프톨레무스가 반란을 일으킬까 봐 두려워서 에우메누스로 하여금 감시케 하려는 것이었다.

에우메누스는 자부심과 허영심이 강한 이 사람과 자주 접촉하여, 반란을 일으키려는 뜻을 포기하도록 무한히 애를 썼다. 그러나 마케도니아의 보병이 오만불손하고 고집이 세다는 것을 알게 되자, 그 세력을 견제할 생각에서 기병을 양성하였다. 그는 자기의 영지 내의 주민 중 기병을 지망하는 자에게는 모든 세금을 면제해주고, 특히 믿을 수 있는 주민에게는 말까지 사주었다. 그가 징집한 신병들의 사기를 북돋워줄 생각에서 포상과 영예를 아끼지 않았던 것이다. 그리고 행군과 운동을 빈번히 시킴으로써 군무에 정진할 수 있도록 몸을 단련시켰다. 그러므로 마케도니아 인들 중 더러는 깜짝 놀랐으나, 대부분의 사람들은 그가 단시일 내에 6천3백 명이나 되는 기병을 양성한 것을 보고 크게 기뻐하였다.

한편 크라테루스와 안티파테르가 그리스 여러 나라를 정복한 후에, 페르디카스의 세력을 꺾으려고 카파도키아를 침략하려는 계획을 세우고 있다는 소문이 세상에 퍼졌다. 그때 페르디카스 자신은 이집트의 프톨레마이오스 왕을 치기로 결심하고, 에우

메누스를 아르메니아와 카파도키아 양국의 총사령관으로 임명
하였다. 그리고 네오프톨레무스와 알케타스에게 서한을 보내어
에우메누스에게 복종하도록 명령하였다. 에우메누스에게는 전
권을 부여하여 그가 타당하다고 생각하는 모든 것을 마음대로
명령할 수 있는 권한을 주었다.

그러나 알케타스는 자기가 지휘하는 마케도니아 군은 안티파
테르와 싸우는 것을 수치로 생각하며, 크라테루스를 너무나도
사랑하고 있기 때문에 그를 자기들의 사령관으로 모시려고 한
다는 이유로 그 명령을 거절하였다.

한편 네오프톨레무스는 그 전부터 에우메누스에게 반란을 일
으킬 계획을 세우고 있었으나 곧 발각되고 말았다. 그러므로
소환 명령을 받자 이를 거절하고, 에우메누스와 싸울 태세를
갖추었다. 여기서 비로소 에우메누스는 미리 공을 들인 수확을
거두게 되었다. 그의 보병은 참패를 당하였으나 기병만은 대승
리를 거두어 적의 군수품을 모두 빼앗았다. 그리고 적의 방진
부대가 패배를 당하고 혼란 속에서 도망치는 것을 전병력을 동
원하여 추격하였다. 그는 끝내 적군이 무기를 내던지고 자기를
섬기겠다는 맹세를 받아 내었다.

네오프톨레무스는 자기가 간신히 모은 낙오병 중 몇 명을 데
리고 크라테루스와 인디파테르에게로 도망쳤다. 이보다 먼저
그들은 에우메누스에게 사절단을 파견하여 자기들 쪽에 가담하
라고 말하고는, 그렇게 하면 현재의 지위를 그대로 보장해줄
뿐만 아니라, 더 많은 병력과 영토를 주겠다고 하였다. 그리고
그의 적인 안티파테르와 화해하고 크라테루스를 자기편으로 끌
어들이라고 권고하였다.

이 제안에 대하여 에우메누스는 이렇게 대답하였다.

"나는 나의 원수인 안티파테르가 특히 나의 친우에게 전쟁을

걸어 온 지금, 별안간 그 사람과 화해를 할 수는 없습니다. 그러나 크라테루스가 페르디카스와 공정하고도 동등한 관계에서 휴전을 하고 그 약속을 잘 지킬 의도가 있다면, 나서서 중재를 할 용의가 있습니다. 그러나 크라테루스가 침략해 올 경우에는 나는 목숨이 끝나는 날까지 그 부당한 불의에 저항할 것이며, 페르디카스와의 신의에 배반하기보다는 차라리 목숨을 내놓겠습니다."

이 회답을 받은 안티파테르는 시간을 두고서, 이 일을 어떻게 하면 좋을까를 곰곰이 생각하고 있었다. 그때 네오프톨레무스가 전쟁에서 돌아와 패전하였다는 이야기를 한 다음, 가능하다면 두 사람이 즉각 자기를 좀 도와달라고 요청하였다. 그는 두 장군 중 한 사람이, 그러나 가능하다면 크라테루스가 도와주었으면 하고 바랐다. 마케도니아 군은 누구나 다 절대적으로 크라테루스를 지지하고 있으므로, 그가 출진하여 테가 넓은 마케도니아식 투구를 보여주고 음성만 들려줘도 에우메누스가 이끄는 마케도니아 군은 모두가 귀순해 올 것이라고 말하였다. 사실 그 말대로 크라테루스는 마케도니아 군들로부터 대단한 인망을 얻고 있었다. 그리고 알렉산드로스 대왕이 서거한 뒤로 병사들은 극도로 그를 좋아하고 있었다.

마케도니아 병사들이라면 누구나 그가 자기들을 가장 아껴주었고, 또 알렉산드로스 대왕이 페르시아의 문란하고도 사치스러운 풍속을 좇기 시작하였을 때 그것을 제지시키느라고 최선을 다하였다는 것을 알고 있었다. 또 늘 자기 나라 마케도니아의 미풍양속을 지키게 하느라고 애쓰다가 대왕의 미움마저 사게 되었다는 사실도 잊지 않고 있었다. 그러므로 크라테루스는 안티파테르를 킬리키아로 보내고, 자신은 네오프톨레무스와 대병력을 이끌고 에우메누스를 치기로 하고는 진군해 왔다. 에우메누스가 최근 거둔 승리에 도취되어 주연을 베풀고, 병사들은 난장판이 되어 있으리라고만 판단하고서 불시에 그를 공격하자는 생각이었다.

에우메누스는 크라테루스가 공격해 오지나 않을까 하는 위구심에서 그를 맞을 준비를 갖춰야만 하였다. 그것은 장군으로서 별로 잘한 일은 아니었다. 그는 자기의 약점을 적에게는 물론 아군 병사들에게도 감추고는, 적이 크라테루스 군이라는 것을 아군 병사들에게조차 비밀로 해두었다는 것은 과연 명장다운 솜씨였다. 그는 네오프톨레무스와 피그레스가 약간의 카파도키아와 파플라고니아 기병대를 이끌고 쳐들어오고 있다고 속였다. 그런데 출동하기로 결심한 날 밤에 잠자리에 들어 이상한 꿈을 꾸었다.

알렉산드로스 대왕이 둘이 있었는데, 바야흐로 각자가 몇몇 방진부대를 지휘하며 전투준비를 하고 있었다. 한편은 미네르바 신이, 한편은 케레스 신(지신)이 돕고 있었다. 치열한 싸움이 벌어진 다음 미네르바 신이 도운 사람이 지고, 케레스 신이 곡식 이삭을 모아서 그것으로 관을 만들어 승리자의 머리에 씌워주었다.

이러한 꿈을 꾼 에우메누스는, 이 꿈이야말로 곧 비옥한 땅을 빼앗기 위하여 싸우기로 한 자기에게는 다시 없는 길몽이라고 해석하였다. 그 무렵 들판에는 곡식의 씨를 뿌려서 온 들판이 어린 싹으로 덮여 평화를 상징하는 듯한 장관을 이루고 있었다. 그리고 그는 적군의 암호가 '미네르바'라고 하면 '알렉산드로스'라고 대답하게 되어 있는 것을 알고는 더욱 대담해져서 그는 또한 그에 지지 않는 암호를 정하였다. 즉 '케레스'하면 '알렉산드로스'라고 대답하도록 전군에 지시하고, 밀 이삭으로 관을 만들어 쓰게 하였다.

전투를 하게 되었을 때, 그는 만일의 경우를 염려하여 전 마케도니아 군에게는 크라테루스와 싸우지 못하게 하였다. 그리고는 아르타바주스의 아들 파르나바조스와 테네도스 출신의 포이닉스가 지휘하는 두 외국인 기병대로 하여금 싸우게 하였다. 그러면서 적을 보는 즉시, 적이 이야기를 걸거나 쉬거나 구원병을 요청할 여유를 주지 말고 질풍처럼 덤벼들어 공격하라고 특명을 내렸다. 왜냐하면 그들이 싸울 적이 곧 크라테루스라는 것을 알게 되면, 모두 크라테루스에게로 귀순하지나 않을까 하는 두려움이 앞섰기 때문이다. 그런가 하면 그 자신도 그의 정예기병 300기를 이끌고 전선의 우익으로 나가 네오프톨레무스를 공격하였다.

조그마한 산을 지나자 크라테루스 군의 모습이 저만큼 앞에 보였으므로 노도처럼 그 쪽으로 달려갔다. 그것을 보고 크라테루스는 깜짝 놀랐다. 마케도니아 군이 틀림없이 귀순해 올 것이라고 한 네오프톨레무스의 말이 결국은 거짓말이라는 것을 알고는 분해서 견딜 수가 없었다. 자신은 네오프톨레무스의 말을 철석같이 믿고 있지 않았던가! 그러나 그는 주위에 있는 병사들을 격려하며 앞으로 전진해 용감히 싸워달라고 부탁하였다.

최초의 전투는 격렬하였다. 창이 있는 대로 산산조각이 나자 칼을 든 백병전이 벌어졌다. 그러는 가운데서도 크라테루스는 알렉산드로스에게 욕이 될 만한 짓이라고는 전혀 하지 않았다. 그는 많은 적을 베어 죽였고 많은 공격을 격퇴하였으나, 마침내는 트라키아 병사가 던진 창에 겨드랑이를 맞고 말에서 굴러 떨어졌다. 말에서 떨어지자 많은 병사들이 그를 알아보지 못하고 그 옆을 그냥 지나갔다. 다만 에우메누스의 부하 장군의 하나인 고르기아스가 그를 알아보고 말에서 내려, 중상을 입고 죽어가는 크라테루스를 옆에서 지키고 있었다.

그러는 동안에 에우메누스는 네오프톨레무스와 맞붙어서 싸움을 벌였다. 두 사람은 오랫동안 원수간이었지만 처음 부딪쳤을 때에는 서로 보고서도 몰라보았다. 그러나 세번째 부딪쳤을 때에는 서로를 알아보고서 칼을 뽑아 들고 고함을 치며 달려들었다. 두 장군이 마치 군선이 서로 맞부딪치듯이 말을 마주 스치면서 부둥켜안고 상대방의 투구와 어깨에 걸친 갑옷을 벗기려고 하다가 둘 다 함께 땅에 굴러떨어져 뒹굴면서 싸웠다.

네오프톨레무스가 먼저 일어서려고 하였으나, 에우메누스가 그의 넓적다리를 칼로 찌르고는 에우메누스가 먼저 일어섰다. 네오프톨레무스는 한쪽 무릎을 딛고 버티고 서서 싸우다가 다른쪽 다리마저 찔렸다. 네오프톨레무스는 땅에 쓰러져서도 용감하게 싸웠지만, 결국 목에 칼을 받고 쓰러지고 말았다.

네오프톨레무스에게 뿌리 깊은 증오감으로 분노에 사로잡혀 있는 에우메누스도 땅에 쓰러지면서 네오프톨레무스에게로 덤벼들어, 그가 아직 손에 칼을 들고 있는 것도 모르고서 욕을 하며 갑옷을 벗기기 시작하였다. 그러자 칼로 네오프톨레무스는 에우메누스의 사타구니를 찔렀다. 그것은 그에게 부상을 입히기보다는 오히려 놀라게 하였다. 그리고 찌른 손은 이미 힘을 잃고 있었기 때문에 상처는 대수롭지 않았다.

에우메누스가 네오프톨레무스의 시체에서 갑옷을 벗기고 보니, 그는 두 팔과 허벅다리에 큰 상처를 입고 있었다. 그러나 에우메누스는 아직도 전투가 계속 중일 것이라고 생각하고 다시 말을 타고는 아군의 좌익으로 급히 달려갔다. 거기서 크라테루스가 이미 죽었다는 소문을 듣고 그의 곁으로 말을 몰아갔다. 그러나 아직 목숨이 남아 있는 것을 알고는 말에서 내려 눈물을 흘리며 그의 양손을 그의 가슴에 얹어주었다. 그리고 크라테루스의 박복한 운명을 슬퍼하며, 이렇듯 불운을 몰아 온 네오프톨레무스를 원망하였다.

에우메누스의 이번 승리는 요전번 승리가 있은 뒤로 열흘쯤 지나서 얻은 것이었다. 전략과 용기를 똑같이 발휘하여 승리를 거둠으로써 그는 크게 명성을 떨쳤다. 그러나 일개 낯선 외국인이 마케도니아 군대를 이끌고 마케도니아에서 가장 용감하고도 저명한 인사들을 무찔렀음에도 불구하고, 외국인이라는 이유로 그는 자기 부대에서뿐만 아니라 적에게도 미움을 사게 되었다.

한편 네오프톨레무스의 이번 패전소식이 페르디카스의 귀에 들어갔더라면 그는 틀림없이 모든 마케도니아에서 가장 위대한 장군이 되어 있었을 것이다. 그러나 이 소식이 도착하기 이틀 전에 그는 이집트에서 반란이 일어나 피살되었다. 그 때문에 마케도니아 군은 분개하여 에우메누스에게 사형을 선포하였다. 그리고 안티고노스와 안티파테르가 합동작전을 전개하여 에우메누스를 공격해 왔다.

에우메누스는 이다 산 기슭을 지나다가 거기서 방목하고 있는 왕립 군마사육장에서 자기가 필요한 만큼의 말을 약탈하였다. 그런 다음, 그렇게 한 이유를 사육장 감독자들에게 적어 보냈다. 이 소식을 듣고 안티파테르는

"에우메누스라는 녀석이 제법 제반사무를 엄격하게 보려고 하는 것은 그놈에게는 참으로 칭찬할 만한 일이다. 하지만 그놈이 그 대가를 받으려면 그때까지 살아 있어야 하지 않겠느냐?"

하고는 껄껄 웃었다고 한다.

에우메누스는 사르디스 근방에 있는 리디아의 들판에서 안티파테르 군과 싸울 계획을 이미 세우고 있었다. 왜냐하면 그의

강점이 기병에게 있다는 것을 이용하여 클레오파트라에게 자기의 위세를 보이고 싶었기 때문이다. 그러나 클레오파트라가 그러다가는 안티파테르를 도리어 노하게 할지도 모르겠다며 크게 두려워하는 바람에 에우메누스는 상 프리기아 지방으로 진군하여 켈라이나이 시에서 월동하였다. 이때 알케타스와 폴레몬과 도키무스 장군이 누가 총사령관직에 앉을 것이냐 하는 문제를 놓고 서로 다투었는데, 이것을 지켜본 에우메누스는

"그대들은 '남을 다스리려는 사람은 제 명에 죽지 못한다.'라는 격언을 모르는가?"

하고 그들을 꾸짖었다.

에우메누스는 또 병사들의 밀린 급료를 3일 내에 지불하겠다고 약속하고는, 그 지방에 있는 모든 농장과 성을 거기 살고 있는 주민과 가축과 함께 팔아버렸다. 그것을 산 모든 장군과 장교들은 에우메누스로부터 공성기계를 받아 가지고 기습공격을 감행하였다. 그런 다음, 전리품을 자기들의 부하들에게 나누어줌으로써 그들의 밀린 급료를 말끔히 치러주었다. 이로써 에우메누스는 또다시 인기를 끌게 되었다.

그러자 누구이건 그를 죽이는 자에게는 100탈렌트의 상금과 그 밖에 또 큰 명예를 주겠다고 약속하는 적의 전단이 진영 주위에 뿌려졌다. 이때 마케도니아 인들은 크게 화를 내고, 그때부터 마케도니아의 정예군인 1천 명을 추려서 호위대로 편성하여 계속 그의 신변을 지키고, 밤에는 몇 교대로 나누어 엄하게 그를 지키기로 결의하였다. 병사들은 이 결의에 흔연히 복종하였으며, 왕이 총신에게 주는 것과 조금도 다름없는 명예를 에우메누스로부터 기꺼이 받았다.

행운이 잇달아 생기면 졸장부라도 기고만장해지며, 마치 높은 곳에서 세상을 내려다볼 때처럼 어느 정도 위엄이 생기게

마련이다. 그러나 참으로 위대한 사람이란, 재난에 처하고 악
운에 부딪쳤을 때 그 진가를 한층 더 발휘하는 법이다. 에우메
누스야말로 바로 그러한 사람이었다. 그는 그의 부하 한 명의
배신에 속아 카파도키아 지방의 오르키니이의 전투에서 안티고
노스에게 패배의 고배를 마셨다. 그러나 패하고 퇴각할 때, 그
는 배신자가 적에게로 도망칠 기회를 주지 않고 재빨리 잡아서
교수형에 처하였다. 그런 다음 다시 도망칠 때 추적해 오는 적
과는 정반대의 길을 택하여, 몰래 적의 눈을 피하여 어제 싸웠
던 싸움터로 다시 돌아와 거기다 진을 쳤다. 거기다 전사자들
의 시체를 이웃 마을들의 집에서 뜯어 온 문짝과 창문을 태워
화장한 다음 분묘를 만들었다. 안티고노스가 나중에 그 곳을
지나다가 그것을 보고 에우메누스의 담력이 크고 결심이 확고
한 데 매우 탄복하였다.

　나중에 에우메누스는 안티고노스의 진영에 공격을 가하여 그
의 군수품을 모두 빼앗고, 노예와 자유인을 다 같이 포로로 삼
고, 많은 전리품을 얻어 큰 부자가 되었다. 그러나 많은 전리
품을 갖게 되면 재빨리 퇴각하는 데 방해될 게 뻔했다. 그리고
안이한 생활에 젖으면, 계속되는 행군과 승리의 원인이 되는
지구전을 감행하여 적을 후퇴시키는 그 고생스럽고 위험한 군
대생활을 싫어하게 마련이었다. 그는 그것이 매우 걱정되었다.
그러나 그때 그는 저절로 굴러 들어오는 약탈품으로부터 부하
들을 떼어놓는다는 것은 극히 어려울 것이라고 생각되었다. 그
래서 그들의 마음을 딴 데로 돌리기 위해 기병대를 동원하여
적을 공격하라고 명령하였다.

　그 동안 모든 군수품을 관리하고 있는 적장 메난데르에게 몰
래 사람을 보내어, 옛정을 생각하여 충고하는 것이라며 군수품
을 가지고 전선을 어서 떠나라고 하였다. 기병대가 접근할 수

없는 이웃 야산의 기슭으로 몸을 피하는 게 좋겠다고 하였다. 위험을 의식한 메난데르가 신속히 군수품을 싸가지고 진영을 떠났을 때, 에우메누스는 공공연히 그의 척후병을 파견하여 적의 상태를 살피게 하고는 부하들에게 명령하여 기병대를 출동시켜 즉각 싸울 태세를 갖추라고 하였다. 그러나 척후병이 돌아와서 메난데르가 너무나도 견고한 요새를 구축하고 있으므로 그를 포로로 잡기란 지극히 어려운 일이라고 보고하였다. 에우메누스는 낙심하여 비탄에 젖은 듯한 태도를 취하며 그의 부하들을 이끌고 다른 길로 후퇴하였다.

메난데르가 이것을 나중에 안티고노스에게 보고하였는데, 마케도니아 인들이 모두 에우메누스의 처사를 매우 고맙게 생각하였다. 그것은 그의 천성이 착한 데서 온 소치라고 돌리고는, 자기들의 처자가 모두 노예가 되어 수치를 당하게 될 것을 구해주었다고 했다. 그러자 안티고노스는 다음과 같이 대답하였다고 한다.

"아, 여러분, 그것은 그 사람이 우리들을 위하여 한 것이 아니라, 도망갈 때 짐이 될까 봐 자기 자신을 위하여 그렇게 한 것입니다."

그 후 에우메누스는 매일 도망과 방랑을 일삼다가 마침내 많은 그의 부하들에게 모두 해산하여 고향으로 돌아가라고 설득하였다. 그 자신은 카파도키아와 리카오니아의 접경에 있는 노라라는 곳에 기병 500기와 중장보병 200을 이끌고 피신하여 있으면서, 많은 심복들을 일일이 포옹해주며 떠나도 좋다고 허락해주었다.

안티고노스는 이 요새 앞으로 와서 포위하기 전에 에우메누스와 회담하자고 제안하였다. 그러나 그는 이 제안에 대하여,

"당신은 당신을 대신하여 장군이 될 많은 심복부하들을 가지

고 있으나, 나는 단신이니 인질을 보내어 안전을 도모해주어야 회담에 응하겠다."
고 대답하였다. 안티고노스가 이 대답에 대하여, 어찌하여 웃어른을 몰라보느냐고 다시 회답을 보냈더니 에우메누스는 다음과 같은 회신을 보내 왔다.

"내가 칼을 휘두를 수 있는 한 나를 이겨 낼 사람이 있으리라고 나는 생각지 않소."

결국 안티고노스는 에우메누스가 제의한 대로 그의 조카가 되는 프톨레마이오스를 성 안으로 보내 왔으므로, 에우메누스는 그때서야 성 밖으로 나가 그를 맞아 과거에 다정하게 지낸 친구인 양 서로 끌어안았다. 긴 대화가 오갔지만, 에우메누스는 좀처럼 자기의 생명을 구해달라거나 휴전을 요청하는 일도 없었다. 도리어 자기 영지를 돌려줄 것과 페르테카스로부터 받은 모든 권익을 돌려달라고 요구하였다. 그것을 보고 거기 배석한 사람들은 그 용기와 배짱에 모두 깜짝 놀랐다.

그리고 그렇게 소문으로만 듣고 있던 에우메누스라는 사람이 도대체 어떻게 생긴 사람인가 하고 실제로 구경하려고 시민들이 그의 주위로 모여들었다. 실로 크라테루스가 전사한 이래 그들의 병사 내에서 화제에 오른 인물은 에우메누스뿐이었기 때문이다. 그러나 안티고노스는 병사들로부터 폭행을 당할까봐 두려워 앞으로 밀려드는 병사들에게 고래고래 소리를 지르고 돌을 던지면서 비키라고 명령하였지만 끝내 소용이 없었다. 마침내 에우메누스를 두 팔로 끌어안고 호위병을 시켜 그들의 접근을 막고서야 간신히 요새 안으로 그를 호송해주었다.

그 후 안티고노스는 노라 주변에 성벽을 쌓고 성을 포위할 만한 충분한 병력을 남겨 놓고는 나머지 군대는 철수시켰다. 이렇게 되자, 에우메누스는 완전히 포위당한 격이 되고 말았다. 요새 안에는 물과 곡식과 소금은 충분히 있었으나, 다른 음식물은 아무것도 없었다. 그러나 그가 가지고 있는 음식으로 병사들을 차례차례로 자기 식탁에 초청하여 온화하고도 다정한 태도로 대접하여 즐거운 시간을 보냈다. 전진(戰塵) 속에서 온갖 고초를 겪어 온 사람이었으나 피부가 고와서 노인같이 보이지 않았고, 사지는 마치 조각적 조화미를 갖춘 청년 못지 않게 섬세하였다. 대단한 웅변가는 아니었으나 화술은 박력이 있고 설득력이 있었으며, 오늘날에도 남아 있는 그의 서한집에서 그 편린을 엿볼 수 있다.

성 안에 갇혀 있는 병사들의 가장 큰 고통은, 그들이 있는 곳이 둘레 2퍼얼롱에 지나지 않는 한정된 공간이었으므로 사람도 말도 다 같이 운동도 하지 못하고 먹고만 있는 것이었다. 그래서 병사들의 건강을 위하여 길이 21피트 가량 되는 방을 병사들의 운동실로 할당하고, 그 안에서 처음에는 천천히 걷게 하다가 차츰 빨리 달리게 하여 운동과 오락을 겸하게 하였다.

포위가 장기간 동안 계속되고 있을 때 안티고노스는 안티파테르가 마케도니아에서 사망하고, 카산데르와 폴리스페르콘이 후계자 문제를 둘러싸고서 양자간에 분규가 심하다는 소식에 접하게 되었다. 그는 이제 자기야말로 그 후계자가 될 수 있는 최적임자라는 큰 희망을 품고, 그 뜻을 달성하기 위해서는 에우메누스의 조력이 절대로 필요하겠다고 생각하였다. 그러므로 그는 에우메누스의 친우며 같은 카르디아 출생인 히에로니무스를 보내어 휴전을 요청하였다. 히에로니무스는 안티고노스가 보내는 휴전협정서를 에우메누스에게 전달하였다. 에우메누스는 그것을 보고 거기다 수정안을 첨부하여 두 안건 중 어느 것이 더 공정한가를 포위하고 있는 마케도니아 군에게 물었다.

안티고노스는 의례상 왕실에 관한 이야기는 그의 휴전협정서의 초두에 가볍게 언급하고, 그 후반부에 있어서는 자기 일만 길게 늘어놓았다. 그러나 에우메누스는 이것에다 수정을 가하여 안티고노스뿐만 아니라 왕비 올림피아스와 왕실 전체에 대하여 충성을 선서한다고 하였다. 마케도니아 군은 에우메누스의 이 수정안이 타당하다고 생각하고 포위를 풀고는 그 수정된 협정서를 안티고노스에게로 가지고 가서 어서 선서하라고 종용하였다. 한편 에우메누스가 노라 성 안에 가두어 두었던 카파도키아의 인질들을 모두 돌려보냈더니, 그 친구들이 군마와 마차 끄는 짐승과 천막을 보내주었다. 그리고 사방에 흩어져 여기저기를 떠돌고 있는 병사들을 또다시 모아 1천 명 가량의 기병대를 조직해서 안티고노스의 수중에서 빠져나왔다. 안티고노스는 에우메누스를 또다시 포위하여 가두라고 명령하였을 뿐만 아니라, 자기가 제시한 대로 협정하지 않고 에우메누스의 수정안을 시인한 마케도니아 군인들을 몹시 질책하였다.

에우메누스가 노라 성을 빠져 나오고 있을 때, 안티고노스의 세력이 막강하게 커진 것을 시기하는 마케도니아에 있는 사람들로부터 여러 통의 편지를 받았다. 그 중에는 왕비 올림피아스에게서 온 편지도 있었는데, 그 내용은 알렉산드로스 대왕이 남긴 어린 왕자가 신변이 위험하니 보호해달라는 것이었다. 그밖에 에우메누스는 또 폴리스페르콘과 필리포스 왕으로부터도 편지를 받았다. 그 내용은 카파도키아 군의 총사령관직을 맡길테니 제발 안티고노스를 정벌하여 달라, 퀸다에 있는 국고에서 500탈렌트를 꺼내어 그 동안에 입은 손해를 보충하고, 전쟁수행에 필요하다고 생각한 자금은 별도로 얼마든지 써도 좋다는 것이었다.

그들은 또한 똑같은 내용의 편지를 아르기라스피드스 연대의 지휘관들인 안티게네스와 테우타무스에게도 보냈다. 그들은 이 편지에서 그 에우메누스에게 표면상으로는 존경과 친절의 마음을 나타냈지만, 내심으로는 시기와 경쟁심이 가득 차 양보하고 싶은 생각이 전혀 나지 않았다. 그들은 마치 그 돈이 필요 없다는 듯이 받기를 거절하였는데, 그것이 그들의 시기심 때문이라고 여긴 에우메누스는 그것을 조절하였다. 그러나 그들은 이미 통제할 수도 없었고 복종하지도 않았으므로, 에우메누스는 그들의 야심과 경쟁심을 교묘하게 극복하였다.

그는 그들에게 알렉산드로스 대왕이 꿈속에 나타나, 호화찬란하게 장식한 국왕의 온 천막을 드리우고 그 안에 왕좌를 놓고는, 거기서 어전회의를 열면 자기도 참석하여 왕의 명의로 행하는 모든 군무를 관장하겠노라고 하더라고 말했다. 안티게네스와 테우타무스는 문간이나 기웃거리며 에우메누스를 만나보고 의논하고 싶은 생각은 통 없었지만, 에우메누스의 꿈에 나타난 대로 하면 자기들에게도 이로울 것만 같아서 이 말을 믿었다. 따라서 그들도 자기 진영 내에 왕 전용의 큰 막사와 왕좌를 설치하고, 그것을 알렉산드로스 대왕의 막사와 왕좌라고 부르며 거기서 두 사람이 만나 모든 중요한 군무의 자문에 응하였다.

그 후 그들은 아시아의 내부로 전진하였는데, 행군 중 친구인 페우케스테스를 만났다. 그 밖에 또 다른 태수(太守)들도 만났는데, 그들은 자신들이 이끌고 온 군대를 안티게네스와 테우타무스의 원정군에 합쳤다. 그러자 마케도니아 병사들은 그들이 이끌고 온 막강한 병사들의 수와 위용을 보고서는 사기가 높아졌다.

그런데 이 두 장군은 알렉산드로스 대왕 서거 후 기질이 전제적이고 난폭해졌고, 자기들이 왕이라도 된 듯이 일상생활이 사치스러워져 갔다. 만인들의 아부에 허영심만 늘어났으며, 시

기와 음모로 싸움을 거듭하였다. 한편 두 사람은 마케도니아
인들에게 무조건 아부하며 그들에게 향연과 제사용 경비를 대
주었다. 그래서 마침내는 군의 규율은 완전히 허물어지고 병영
은 퇴폐한 향연장으로 바뀌었으며, 병사들은 안하무인격으로
자기들의 장군을 투표로 선출하자고 나왔다.

에우메누스는 이 두 장군이 서로 모함하며 자기를 두려워하
여 죽일 기회만 노리고 있다는 것을 알고, 돈이 필요한 체해
보이며 자기를 미워하는 사람들로부터 많은 돈을 꾸었다. 그것
은 그를 죽이는 날에는 꾸어준 돈을 받지 못하게 되므로, 그에
게 폭행을 가하는 일을 삼갈 것이라고 생각하였기 때문이다.
이렇듯 그의 적들의 재산은 그의 신변을 지켜주는 보신책의 구
실을 하였고, 그는 돈을 차용함으로써 몸의 안전을 지키게 되
었다.

표면상 전쟁의 위험이 없는 동안에는 마케도니아 군도 페르
시아 장군들의 농간에 넘어가, 자기들에게 선물이나 주며, 호
위병을 거느리고 총사령관인 체하는 사람들에게 아부하였다.
그러나 안티고노스가 대군을 이끌고 공격해 오자, 진정한 장군
이 필요하게 되었으므로 그때서야 에우메누스에게 주목하게 되
었다. 뿐만 아니라 평화시에는 잘난 체하던 장관들도 모두가
그에게 머리를 숙이고는 그가 임명하는 대로 아무 불평도 없이
그의 지시를 따랐다. 그런데 안티고노스가 파시테그리스 강을
건너려고 하였을 때, 강기슭을 지키고 있던 병사들은 적군이
다가오는 것조차도 몰랐다. 다만 에우메누스만이 그것을 간파
하고, 안티고노스를 강둑에서 맞아 조우전(遭遇戰)을 전개하였
다. 그는 안티고노스의 병사들을 무수히 죽여 강을 적의 시체
로 메우고, 4천 명을 포로로 잡았다.

그러나 다른 장군들이 연회나 성대하게 베풀고 흥겨워할 때,

군을 지휘하여 승리를 쟁취할 수 있는 사람은 오직 에우메누스 하나뿐이라는 것을 마케도니아 병사들에게 보여준 것은 공교롭게도 그가 병석에 누워 있을 때였다. 마케도니아 군이 페르시아에 있을 때 페우케스테스가 병사들에게 큰 연회를 성대히 베풀어주고, 일개 병졸에 이르기까지 일일이 재물로 바칠 양을 나누어주었다. 그러므로 전군의 인망을 한 몸에 모아 총사령관이 될 것은 불을 보듯이 뻔하다고 확신하게 되었다. 그런데 며칠 후에 그의 군이 전진하기로 되어 있었다. 에우메누스는 그때 공교롭게도 중병 중이었으므로 그를 지키는 소수의 병력이 적의 공격을 받지 않도록 가마에 실린 채 주력부대에서 조금 떨어져 후미에서 따라다녔다.

그러나 그들이 다소 전진하였을 때 뜻밖에 적의 모습이 눈에 띄었는데, 적은 저만큼 앞에 있는 산에서 평지로 내려오고 있었다. 햇빛을 받아 번쩍거리는 금빛 찬란한 갑옷과 등에 가마를 얹은 코끼리들과 싸움터로 나갈 때의 관례대로 자줏빛 군복으로 무장한 병사들을 보았을 때, 마케도니아 군의 선봉부대는 행군을 멈추고 큰 소리로 에우메누스를 불렀다. 그가 와서 지휘해주지 않으면 한 걸음도 전진하지 않겠다는 것이었다. 그 병사들은 땅에 엎드려 동료들에게 전진하지 말자고 서로 일렀고, 상관들에게는 에우메누스가 나오지 않으면 한 걸음도 나가지 말고 어리석게 싸워서 자기의 생명을 위태롭게 하지 말라고 호소하였다.

이 소식을 전해 들은 에우메누스는 가마를 나르는 병사들을 재촉하여 달려와서, 가마 양쪽의 포장을 밀어제치고 자기편 병사들을 향해 오른손을 저어 보였다. 이것을 본 아군 병사들도 마케도니아식으로 그에게 인사한 뒤 방패를 집어들고 단창(短槍)으로 두들기며 환호성을 올렸다. 자기들의 장군이 왔으니 이제는 적에게 얼마든지 덤벼보라는 신호였다.

안티고노스는 그가 붙잡은 포로들로부터 에우메누스가 가마에 실려다닐 만큼 건강을 잃고 있다는 말을 듣고, 그가 병에 걸려 있는 이상 나머지 장군들을 섬멸하기란 어렵지 않으리라고 생각하였다. 그래서 그는 서둘러 그들에게로 공격해 왔다. 그러나 접근해 보니 적의 전선이 철통같이 뭉쳐 있는 것을 발견하고서, 그는 깜짝 놀라 얼마동안 진격을 멈추었다. 그러다가 부대의 뒤쪽에서 왔다갔다하는 가마를 보고는 언제나 하는 버릇대로 큰 소리로 웃어대며 측근들에게 말하였다.

"옳지, 저기 보이는 저 가마가 암만해도 조화를 부리고 있는 것만 같군."

그리고 군대를 돌려서 전군을 후퇴시켜 조금 떨어진 곳에 진지를 정하였다. 그러자 에우메누스 군은 적이 도망친 것으로 알고 우쭐하여 다소 여유가 생겼으므로 장군들이 나태해진 틈을 타서 가베니 지방의 1천 퍼얼롱이나 되는 전역에 걸쳐 흩어져 그 해 겨울을 보내기 위하여 야영하였다.

이 정보를 입수한 안티고노스는 물이 없는 지방의 가장 험한 길을 지나 갑자기 진격했다. 적이 이렇듯 겨울에 야영하느라고 널리 흩어져 있을 때 기습작전을 가하면, 적의 병사들이 재빨리 모여들어 즉시 장군들의 지휘를 받지 못하리라고 생각한 것이다. 그러나 광막한 벌판을 통과해야만 하였기 때문에, 오히려 강풍과 심한 추위에 부들부들 떨어야만 하였다. 그것은 행군에 큰 지장이 되었으며, 병사들이 겪는 고통은 이만저만이 아니었다. 이 곤경을 피하는 길은 많은 모닥불을 피워서 추위를 몰아내는 것밖에 없었는데, 그렇게 하느라고 적에게 그들이 접근하였다는 것을 들키고 말았다. 산악지대에 사는 야만인들이 사막을 내려다보다가 그들의 눈에 띈 수많은 모닥불에 깜짝 놀라 그 소식을 페우케스테스에게 알리기 위하여 사자들을 보냈다.

이 소식에 접하여 거의 이성을 잃을 정도로 깜짝 놀란 페우케스테스는, 다른 동료 장군들도 자기 못지 않게 허둥거리고 있는 것을 보고서 우선 도주하기로 결정하였다. 그는 도주하면서 모을 수 있는 대로 군대를 모으리라는 계획을 세웠다. 그러나 에우메누스는 페우케스테스가 벌벌 떨며 걱정하고 있는 것을 진정시키고, 적의 공격을 예정보다 3일은 지연시킬 수 있다고 말하였다. 그는 장군들을 설득하여 우선 월동 중인 진지로부터 병사들을 긴급히 한군데로 집결시키게 하였다. 그리고는 다른 장군들과 함께 말을 몰고 나가 적의 동정을 한 눈에 살필 수 있는 고지에 이르러 거기다 모닥불을 피우라고 명령하였다. 이렇게 함으로써 적으로 하여금 산에도 병사들이 모닥불을 피우며 지키고 있다는 것을 알리자는 계획이었다.

그리하여 그것을 본 안티고노스는 적이 자기가 쳐들어 오리라는 것을 미리 짐작하고 자기를 맞을 준비를 하고 있다고만 생각하고서 고뇌와 실의에 가득 차게 되었다. 그는 오랜 행군에 지친 자기 군대를, 겨울 내내 편히 쉬며 싸울 만반의 준비를 갖추고 있는 원기왕성한 적과 즉각 싸우게 한다는 것은 패배를 자초하는 일이라고 생각했다. 그래서 그 전선을 피하여 자기의 병사들을 쉬게 함으로써 새로운 힘을 얻게 하기 위하여 여러 도시와 촌락을 지나 후퇴하였다. 그러나 양군이 서로 가까운 거리에서 대치하고 있을때 으레 부딪치는 전초전 싸움도 없었고, 적은 그림자도 눈에 띄지 않고 그 일대에 모닥불만이 있을 뿐이라는 주민들의 보고에 접한 안티고노스는, 그때서야 비로소 에우메누스의 전략에 속았다는 것을 깨달았다. 그리하여 몹시 고민한 끝에 적과 일대결전을 벌일 뜻으로 전군에게 진군 명령을 내렸다.

그 동안에 대부분의 병력이 에우메누스에게로 모여들었으며, 그의 계략에 감탄하여 그만이 전군의 총사령관이라고 설명하였다. 여기서 아르기라스피드스 군의 두 장군 안티게네스와 테우타무스는 몹시 화를 내고 에우메누스를 시기한 나머지 그에게 음모를 꾸미게 되었다. 그는 페르시아의 대다수 태수들과 장관들을 소집하여, 그를 제거할 시기와 방법을 협의하였다. 그들은 이번 싸움만은 그에게 맡겨서 승리를 얻게 한 다음, 싸움이 끝나면 곧 그를 죽여버리는 것이 상책일 것이라는 데 만장일치로 의견일치를 보았다.

이 계획을 코끼리 부대장인 에우다무스와 파이디무스가 몰래 알려주었다. 그것은 그에 대한 친절이나 선의에서가 아니라, 그에게 꾸어준 돈을 못 받을까 봐 두려워서 한 조처였던 것이다. 에우메누스는 그들의 친절에 사의를 표한 다음, 자기의 막사로 돌아왔다. 그리고 자기는 난폭한 짐승들 사이에 끼여 살고 있다고 말하면서 유서를 만들었다. 그는 비밀문서의 어떤 사유 때문에 자기가 죽은 후 남에게 폐를 끼칠까 봐 두려워 그에게 온 모든 편지를 찢어버렸다.

이렇게 여러 사건들을 처리한 에우메누스는 적에게 일부러 질까, 아니면 메디아와 아르메니아를 경유하여 카파도키아를 점령할까 하고 생각하였다. 하지만 다채롭게 뒤따를 행운을 바라고 많은 원정의 꿈을 머릿속에서 그려보면서, 군을 전투대열로 배치하여 그리스 군이건, 현지에서 조달한 야만인이건 가리지 않고 부대를 격려하였다. 방진 보병부대와 은방패부대는 그들은 감히 자기들의 적이 될 수 없으니 용기를 잃지 말고 정정당당히 싸우라고 그를 격려하였다. 정말로 그들은 필리포스 왕이나 알렉산드로스 대왕의 병사들 중에서도 가장 나이가 많지만, 한 번도 적에게 진 적이 없는 백전노장들이었다. 대부분이 60을 넘은 70객들이었다. 그러므로 안티고노스를 치러 나가며 그들은,

"야, 이 나쁜 놈들아, 네 아비들하고 싸울 셈이냐?"

하고 외치며 분노에 불타 적에게 덤벼들어 적군을 즉시 무찔렀다. 그러나 감히 누구 하나 저항하는 병사도 없이 그 대부분이 그들에게 섬멸되었다. 안티고노스의 보병부대는 이렇게 섬멸되었으나, 기병만은 그래도 승리를 거두었다. 그리고 그는 행동이 비열한 페우케스테스의 배신으로 에우메누스의 군량을 모두 빼앗을 수 있었다.

한편 안티고노스는 위험에 처해서도 그 유리한 지형의 이점에 힘입어 냉정하게 전략을 세웠다. 이 곳은 큰 벌판이 뻗어 있고, 발이 묻힐 정도로 깔린 부드러운 모래가 깊지도 굳지도 않았다. 그런데 전투가 벌어졌을 때는 많은 병사들과 말들이 밟아 하늘로 뿌옇게 모래 먼지가 떠올라 지척을 분간할 수 없었으므로, 안티고노스 군으로 하여금 들키지 않고 군량을 마음껏 빼앗을 수 있게 하였다.

전투가 끝난 후 테우타무스는 사자를 보내어 군량의 반환을 요구하였다. 그는 은방패부대에게 그것을 반환할 뿐만 아니라, 에우메누스만 넘겨주면 그 밖의 것도 모두 돌려 보내겠다고 대답하였다. 여기서 은방패부대 병사들은 에우메누스를 사로잡아 테우타무스에게 넘겨주려고 결심하였다. 그들은 감쪽같이 그의 의심을 사지 않게 그를 섬기며 더러는 군량을 잃은 것을 통탄하고, 더러는 장군에게 그들이 적에게 준 타격이 컸다고 칭송하다가 기회를 보아 왈칵 그에게로 덤벼들었다. 그의 허리띠로 두 팔을 등 뒤로 꽉 묶은 다음, 칼을 빼앗았다.

안티고노스가 그를 접수하기 위하여 니카노르를 보냈을 때,

에우메누스는 마케도니아 군단 사이를 지나다가 그들에게 연설
하고 싶으니 그 기회를 달라고 부탁하였다. 그것은 그들에게
무엇을 애원하려는 것이 아니라, 앞으로 어떻게 하는 것이 그
들에게 가장 좋겠는지 충고하고 싶기 때문이라고 하였다. 에우
메누스는 낮은 언덕으로 올라가 등 뒤로 결박된 두 손을 뻗으
려고 애쓰면서 병사들에게 다음과 같이 연설하였다. 그때 장내
는 숙연한 침묵 속에 잠겼다.

　"오, 마케도니아 군치고 가장 비굴한 여러분, 자기들의 장군
을 이렇게 결박지워 적에게 넘겨주니 안티고노스가 세운 어떠
한 전승기념물이 이보다 더 수치스럽겠습니까? 전투에 승리한
여러분이 기아를 면하기 위하여 적에게 굴복하고, 마치 승리는
무력에 있지 않고 돈에 있듯이 여러분들의 장군을 팔고, 그 대
가로 군량을 찾으려는 것이 수치스러운 소행이 아니고 무엇이
겠습니까? 이제 잡혀서 적에게 끌려가기는 하지만, 나는 적을
정복하고도 내 부하에게 배신당한 사람입니다. 군의 수호신인
제우스와 신의를 수호하는 모든 신들의 이름에 맹세코 내가 여
기서 바라는 바는, 여러분의 손에 죽고 싶다는 그것뿐입니다.
어디서 죽으나 죽는 것은 매일반이기 때문입니다. 내가 적에게
끌려가서 죽어도 그것은 여러분이 죽인 행위나 다름없을 것입
니다. 여러분이 그렇게 해도 안티고노스는 조금도 불평이 없을
것입니다. 왜냐하면 그가 바라는 바는 오직 이 에우메누스를
죽이고 싶은 생각뿐이기 때문입니다. 여러분들 자신이 그렇게
하고 싶지 않거든 내 손 하나만 풀어주십시오. 그것만으로도
자결하는 데에는 충분할 테니까요. 내가 칼을 잡으면 위험하다
고 생각하거든, 내가 결박된 채로 난폭한 짐승들에게 짓밟혀
죽도록 내동댕이쳐주시오. 그렇게 해도 여러분들이 나를 죽였
다고는 탓하지 않고, 도리어 자기들의 장군을 죽였다 하더라도

그것을 병사들의 가장 정당하고도 친절한 행위였다고 간주하겠습니다. "

에우메누스가 이렇게 연설하고 있는 동안, 전군은 그 연설을 듣고 슬픔의 눈물을 흘렸다. 그러나 은방패부대 병사들은 어서 그를 끌어내라고 고래고래 소리를 지르며, 그의 연설 같은 것에는 귀도 기울이지도 않았다.

이 케르소네수스 출신의 유해한 인물이 그의 죽음을 맞이한들 대단할 것은 없다. 무수히 많은 전투에서 마케도니아 군 병사들을 괴롭혀서 죽였으니 말이다. 필리포스와 알렉산드로스 대왕의 정예부대가 많은 전공(戰功)의 열매를 거두기는 고사하고, 노년에 거지의 신세가 되어 처자를 사흘 밤이나 적의 수중에 맡겨두었다는 것은 슬프기 짝이 없는 일일 것이다. 그러므로 그들은 서둘러 그를 죽여버리기로 결정하였다.

그러나 안티고노스의 진영 내에 병사라고는 한 명도 남아 있지 않았으므로, 많은 수의 군대가 밀려 나올 것에 대비하여 코끼리 중에서도 가장 힘센 코끼리 열 마리와 그의 메데 인과 파르티아 인의 창기병(槍騎兵)의 돌격부대를 동원하여 위급을 면하였다. 그 다음 그는 과거에 두 사람이 지녔던 정분을 생각하여 차마 에우메누스를 자기 앞으로 끌어오라고는 할 수 없었다. 그러나 그를 끌고 온 사람들이 그를 어떻게 할 작정이냐고 물었을 때, 그는

"내 마음 같아서는 코끼리나 사자처럼 하고 싶지만……"

하고 대답하였다. 잠시 후에 에우메누스에 대한 연민의 정 때문에 그를 묶고 있는 사슬 중 가장 무거운 사슬을 풀어주라고 명령하였다. 그리고 하인 하나를 보내어 몸에다 향유를 발라주고, 그를 찾아가고 싶은 친구라면 아무나 마음대로 찾아가서 본인이 요구하는 것을 갖다주라고 명령하였다. 오랫동안 그에

대한 처리 방법에 관한 토의가 있었고, 에우메누스의 구명운동
에 열을 올리고 있는 크레테의 네아르쿠스와 그의 아들 데메트
리우스는 강력하게 에우메누스를 변호하였으나, 다른 모든 장
군들은 만장일치로 그를 어서 제거해버리자고 주장하였다. 에
우메누스 자신도 그의 감시자 오노마르쿠스에게, 어찌하여 안
티고노스는 적을 잡아 놓고 있으면서 죽이지도 않고 관대하게
놓아주지도 않느냐고 따졌다고 한다. 또 이 물음에 대하여 오
노마르쿠스가 조롱하며 대답하기를, 그러한 허세는 이런 곳에
서 부릴 것이 아니라 전쟁터에서나 부릴 것이라고 하였다. 이
말에 에우메누스는
"그야 물론 거기서도 보여주고말고. 나와 싸운 사람들에게
물어보시오. 나보다 나은 사람을 보지 못 하였소."
하였다.
　이 말에 오노마르쿠스는 이렇게 응수하였다.
"그렇다면 이제 당신은 그러한 사람을 만나게 되었으니, 가
만히 그 사람의 처분만 기다리고 계시오."
　드디어 안티고노스는 에우메누스를 죽이기로 결심하고서 그
에게 음식을 주지 말라고 명령하였다. 이리하여 2, 3일간 단식
하게 되자, 그는 종말이 더욱 가까워졌다. 그러나 부대가 갑자
기 이동하게 되었으므로, 사형집행자를 보내어 그를 처치해버
리고 말았다.
　안티고노스는 그의 시체를 측근들에게 맡겨 화장케 한 다음,
유골은 은그릇에 넣어 그의 처자에게 보내라고 명령하였다.
　이렇듯 에우메누스는 세상을 떠났다. 하지만 하늘도 무심치
않아 그를 배신한 장군들과 병사들을 그대로 내버려두지 않고
모두 응징하였다. 안티고노스는 은방패부대 전원을 극악무도한
무리들이라고 단정하고는, 그들을 아라코시아의 총독 시비르티

우스에게로 보내어 모든 방법을 다 동원해서 곧 죽여버리라고 명령하였다. 이리하여 그들은 이역 만리에서 고혼이 되어, 마케도니아로 돌아오기는커녕 그리스 해를 보지도 못하는 비운에 빠지고 말았다.

에우메누스와 세르토리우스의 비교

이상이 에우메누스와 세르토리우스에 관한 사실들이다. 이 두 사람의 일생을 비교해볼 때 다음과 같은 공통점을 우리들은 발견할 수 있다. 두 사람은 다 같이 추방당한 몸으로 본국을 떠나 다른 나라의 장군이 되어 대군을 지휘하였다는 사실이다.

　다소 다른 점이 있다면, 세르토리우스는 처음부터 전군의 지휘권을 장악하였으나, 에우메누스는 처음부터 전군의 지휘권을 차지한 것이 아니라 여러 장군들과 부단히 싸운 끝에 그 혁혁한 전공에 의하여 지휘권을 장악하였다는 것이다. 또 세르토리우스는 공적에서나 명성이 가장 드높은 사람이라 하여 열렬히 시민들의 지지를 받았으나, 에우메누스는 사리를 놓고 여러 사람들과 싸우는 가운데 그 행동에 의하여 남을 굴복시키고 그로 인해 인정받을 수 있었다. 전자는 그의 명령을 받고 싶어하는 자들의 그 겸허한 생각에 지지를 받았으나, 후자는 지휘능력이 없는 사람들이 자신의 안전을 도모하기 위하여 할 수 없이 그에게 바친 충성에 의한 지지를 받고 있는 처지였다.

　로마 출신인 에우메누스는 다년간 로마의 지배하에 있던 스페인과 루시타니아를 지배하였고, 케르소네시아 출신인 세르토리우스는 당시 온 세계를 지배하고 있던 마케도니아 군의 총사령관이었다. 세르토리우스는 여러 번의 전쟁에서 혁혁한 공적을 세웠고, 또 원로원 의원으로서 큰 능력을 발휘하였으므로 존경을 받아 장군의 요직에까지 올랐다. 그러나 에우메누스는 문사이자 비서라는 천직에서 일어나 장군이 되었으니, 그는 훨씬 불리한 처지에서 일어나 큰 고난을 극복하고 더 어렵게 입신양명한 경우이다.

그뿐만이 아니라, 에우메누스는 일평생을 통하여 공공연하게 적대하는 많은 정적들의 음모와 싸웠으나, 세르토리우스는 처음부터 단 한 사람도 공공연히 그에게 적대한 사람이 없었다. 다만 만년에 몇 명의 측근들이 비밀리에 음모를 꾸몄을 뿐이었다. 세르토리우스는 오직 적을 정복하기만 하면 그것으로 족하였으나, 에우메누스는 적을 정복한 다음에도 자기를 시기하는 동료들의 손에 피살되지 않도록 항시 자신의 안전을 위하여 경계해야만 하였다.

두 장군의 군사적 공은 별로 다를 것이 없었으나, 그 성향은 매우 다르다. 세르토리우스는 평화와 안정을 갈망하였다. 에우메누스는 속세에서 손을 떼고 조용히 살았더라면 명예롭게 안전 속에서 살아갈 수 있었음에도 불구하고, 마케도니아 최상급의 지도자들과 위험한 항쟁을 끝내 버리지 않고 고집하였다. 그러나 세파 속에 말려들어가고 싶지 않았던 세르토리우스는 평화롭게 살지 못하게 하는 사람들과 부득이 신변의 안전을 위하여 싸워야만 하였다.

만일 에우메누스가 제2인자의 자리에 만족할 수 있었다면, 제1인자의 자리를 빼앗길 위험이 없는 안티고노스는 그에게 은총을 베풀어 요직에 기용하였을 것이다. 에우메누스는 장군이 되고 싶은 욕망에서 자의에 의하여 전쟁을 하였고, 세르토리우스는 그를 공격해 온 전쟁으로부터 자신을 지키기 위하여 부득이 사령관직을 맡았다.

그러나 에우메누스는 확실히 참된 전쟁의 애호가였다. 그도 그럴 것이, 그는 그 자신의 안전보다도 자신의 끝없는 야욕을 더 좋아하였으니 말이다. 그러나 세르토리우스는 전쟁에 이김으로써 안전을 얻었기 때문에 그야말로 정말로 호전적이라고 아니할 수 없다.

두 장군의 죽음에 관하여 말하자면, 세르토리우스는 불의의, 아니 전연 예측도 하지 못한 채 죽음을 맞았다. 이에 반하여 에우메누스는 날마다 죽음을 예측하다가 죽어 갔다. 이것으로 보아 전자는 그의 측근들을 믿을 만큼 공정한 기질과 고상한 정신의 소유자라고 할 수 있으나, 후자는 정신이 나약한 일면을 보여주었다고 평할 수 있다. 왜냐하면 에우메누스는 도주하려고 마음먹고 있을 뿐, 그것을 결행하지 못하고 있다가 결국에는 사로잡히고 말았으니 말이다.

세르토리우스의 죽음은 그의 인생에 전혀 오점을 남기지 않았다. 그의 적들도 감히 생각지 못한 죽음이 동료의 손에 의하여 행해졌기 때문이다. 그러나 에우메누스는 적에게 포로의 몸이 되어 살려고 애쓰다가 결국엔 초라하게 삶을 마치고야 말았다. 왜냐하면 남자답지 못하게 목숨을 살려달라고 애원하다가, 육신뿐만 아니라 정신마저도 적에게 정복되고 말았기 때문이다.

아게실라우스

기원전 485년~401년

영광스럽게 스파르타를 다스렸던 제욱시다모스의 아들 아르키다모스는 세상을 떠날 때 두 왕자를 세상에 남겼다. 큰 왕자 아기스는 귀족 출신의 귀부인 람피도의 소생이고, 훨씬 연소한 둘째 왕자 아게실라우스는 멜레시피다스의 딸 에우폴리아의 소생이었다. 스파르타의 법에 의하면 왕위계승권이 왕세자인 아기스에게 속해 있었으므로, 둘째 왕자인 아게실라우스는 십중팔구 평민이 되어야만 했다. 그러므로 그는 관례에 따라 다른 청소년처럼 엄격하고도 고된 훈련을 받아야만 하였고, 또한 어른들에게 복종해야 한다는 준엄한 교육을 받았다.

시인 시모니데스가 스파르타를 '인간의 조율사'라고 부른 것은, 그 나라가 다른 어떠한 나라보다도 일찍부터 법에 복종하고 또 규율에 잘 순종하도록, 마치 말들을 망아지 때부터 길들이듯이 시민들을 엄격하게 교육하고 훈련시켰기 때문이다. 하지만 법은 왕세자만은 이 엄격한 훈련을 받지 않아도 좋도록 규정되어 있었고, 아게실리우스는 제2왕자로 태어났기 때문에 모든 엄격한 교육을 받았다. 그런데 나중에 왕위에 오르게 되었을 때는 전화위복으로, 어렸을 때 받은 이 훈련이 정치하는

데 큰 도움이 되었다. 그리하여 스파르타의 왕들 중 가장 인망이 큰 왕이 되었다. 그것은 어렸을 때 보낸 이 훈련생활이, 그가 나면서부터 지닌 왕자다운 고매한 정신에다 시민의 생활을 낱낱이 알게 하고 이해하는 데 크게 도움이 되었기 때문이다.

아게실라우스가 아직 소년이었을 때, 이른바 '동아리들'이라고 불려지는 또래들이 있었다. 그 동아리들 가운데는 리산데르도 있었는데, 리산데르는 이미 누구보다도 두드러지게 질서를 잘 지키는 기질을 가지고 있어 아게실리우스는 그에게서 영향을 받게 되었다. 아게실리우스는 그의 또래 가운데서도 특히 경쟁심이 강한 고매한 정신을 가졌고, 모든 일에 있어 남보다 뛰어나려는 야망에 불탔으며, 그가 부딪치는 모든 역경을 스스로 이겨 내려는 강인하고도 열성적인 굳은 의지를 보였다. 그러나 성미는 대단히 온화하고 유순하여, 정의로운 일이라면 곧 복종하였다. 따라서 자기 쪽에서 남에게 무엇을 강요하는 일이 없었다. 자신이 고생스러운 일이나 위험스러운 일을 저질러 몸의 고통을 당하기보다, 오히려 과실이나 불명예스러운 일을 저질러 마음의 고통을 받기를 더 두려워하였다.

그는 한쪽 다리가 다른 쪽 다리보다 약간 짧았지만, 이러한 신체적 결함은 균형잡힌 그의 씩씩한 젊음의 아름다움 속에 가리어 좀처럼 눈에 띄지 않았다. 그는 자기의 이 불행을 남보다도 먼저 시인하고 거리낌없이 그것을 농으로 넘겨버리며 아무렇지도 않게 생각하였다. 그리고 그의 고매한 정신과 남보다도 두각을 나타내려는 열성은, 그가 다리를 전다고 해서 조금도 주저하거나 눈치를 보는 일 없이, 어떤 어려운 일이나 어떤 용감한 행동도 꺼리지 않고 해 나갔으므로 보는 사람들에게 한층 더 경탄의 대상이 되었다.

그의 조상이나 초상화는 전혀 남아 있지 않다. 그가 생존시에도 그것을 허락지 않았을 뿐 아니라 사후에도 그런 것을 만들지 말라고 엄명을 내렸기 때문이다. 전하는 바에 의하면 몸이 왜소하고 용모도 보잘것없었다고 한다. 그러나 남다른 친절함과 유머 넘친 쾌활하고도 활기 있는 기질은 그로 하여금 노년에 이르기까지, 더 젊고 풍채가 좋은 사람들보다도 한층 더 사람들의 마음을 끌게 하였다. 사가 테오프라스투스가 전하는 바에 의하면, 아게실라우스의 부왕인 아르키다무스가 왜소한 부인과 결혼하였다고 해서 에포르들(스파르타의 다)은 왕에게 벌금을 내면서까지 이렇게 말하였다고 한다.

"왕비가 그렇게 작으면 우리는 늠름한 왕을 못 갖고 소왕(小王)을 가진 종족으로 타락하고 말 것입니다."

큰형인 아기스가 왕위에 올라 있었을 때, 당시 아테네로부터 망명 중인 알키비아데스가 시칠리아에서 스파르타로 왔다. 그는 스파르타에 얼마 있지도 않은 사이에 왕비 티마이아와 가깝게 되었다는 의혹을 사게 되어, 아기스는 왕비가 낳은 아이는 자기의 아이가 아니라 알키비아데스의 아이라고 주장하였다. 사가 두리스의 말을 빌리면, 왕비 티마이아도 왕의 이 말에 그다지 신경을 쓰지 않았으며 시녀들에게 서슴지 않고 아이의 이름은 레오티키데스가 아니라, 진짜는 알키비아데스라고 속삭였다는 것이다.

한편 세상 사람들은 알키비아데스의 왕비와의 애정 행각은 그녀를 사랑하였기 때문에 이루어진 것이 아니라, 자기의 씨를 스파르타의 왕위에 앉히려는 욕망에서 이루어진 소행이라고 수근거렸다. 이 사건이 세상에 알려지게 되자, 알키비아데스는 부득이 스파르타를 떠날 수밖에 없었다. 그래서 레오티키데스는 적자로서의 정당한 대우를 받지 못하였고, 아기스 왕도 자기의 자식이라고 생각한 적이 한 번도 없었다. 그러면서도 아

기스 왕은 임종의 자리에서 레오티키데스의 눈물 어린 간청에
의하여 몇 명의 증인들 앞에서 겨우 자기의 자식이라고 인정하
기에 이르렀다. 그렇다고 해서 그가 아기스의 왕좌에 앉을 수
는 없었다.

왜냐하면 아기스 왕 서거 후, 최근 해군력으로 아테네를 정
복하고 스파르타에서 가장 큰 세력을 장악하게 된 리산데르가
반대하였기 때문이다. 그는 레오티키데스는 사생아이므로 왕위
를 계승할 수가 없다면서 아게실라우스를 아기스 왕의 후계자
로 내세웠다. 다른 시민의 대다수도 아게실라우스를 적극 지지
하였다. 그들도 아게실라우스와 과거에 같은 반에서 교육을 받
았을 때 목격한 아게실라우스의 장점을 너무나도 잘 알고 있었
기 때문이다. 그런데 스파르타에 디오피테스라는 이름을 가진
사람이 하나 있었는데, 그는 고대 신탁에 조예가 깊고 특히 종
교와 예언의 모든 점에서 모르는 것이 없었다. 그는 절름발이
를 스파르타의 왕위에 앉히는 것은 법통에 어긋나는 짓이라고
비난하면서 다음과 같은 신탁을 인용하였다.

위대한 스파르타여 경계하라,
너는 건장하지만 너로부터
절름발이 정권이 나오지 말 것을.
길고도 예기치 않은 두통거리와
치명적인 전쟁의 폭풍우가
끝일 날이 없으리라.

그러나 리산데르는 스파르타가 진정으로 신탁을 걱정해야 한
다면 레오티키데스를 경계해야만 할 것이라고 주장하였다.
"신들이 걱정하는 것은 왕이 다리를 저는 것이 아니다. 사람

의 다리는 날 때는 성하더라도 후천적인 질병이나 사고로 상할 수도 있다. 신탁의 진정한 뜻은 왕위가 절름발이가 되어서는 안 된다는 것이다. 그것은 헤라클레스의 진정한 후손이 아닌 사생아가 왕위에 오르는 날에는 과연 나라가 다리를 절게 될 것이라는 이야기다."

이와 더불어 아게실라우스도 레오티키데스가 사생아라는 것은 바다의 신 포세이돈도 잘 알고 있다고 주장하였다. 아기스 왕은 심한 지진을 만나 잠자리를 뛰쳐나온 이래 그의 아내에게 접근하지도 않았는데, 이 일이 있은 후 열 달 후에 레오티키데스가 태어났다는 것이었다.

아게실라우스는 이러한 여러 증언에 의하여 왕위에 오르게 되었고, 그 후 아기스의 사유재산도 전부 소유하게 되었다. 한편 레오티키데스는 사생아라는 낙인이 찍혀 완전히 추방되었다. 왕위에 오른 아게실라우스는, 이제는 유덕한 명문 집안이 되었으면서도 비참할 정도로 가난하게 사는 외가쪽 친척들에게 관심을 쏟게 되었다. 그는 선왕으로부터 상속받은 재산의 반을 그들에게 나눠주었다. 이러한 인기전술로써 상속이 그에게 가져다줄지도 모르는 시기와 악의 대신에 그들의 환심을 사서 선의와 명성을 널리 떨쳤다. 사가 크세노폰이 전하는 바에 의하면, 아게실라우스 왕은 항상 민의에 따라 정치함으로써 시민과 더불어 마음대로 만사를 처리할 수 있는 큰 세력으로 자라게 되었다.

당시 스파르타의 정권은 다섯 명의 장관들과 원로들이 완전히 장악하고 있었는데, 장관들의 임기는 1년이고 원로들의 임기는 종신이었다. 이것은 국왕의 절대권력을 억제하기 위하여 제정한 기관이었다. 이 두 기관과 국왕 사이에는 몇 세대에 걸쳐 늘 불화가 그치지 않고 있었다.

그러나 아게실라우스는 다른 왕들과는 전연 다른 방법을 택했다. 그들과 다투기보다는 그들의 환심을 사려고 애썼다. 모든 정무는 그들의 충고를 들음으로써 시작하였고, 혹시 그들이 그를 부르면 만사를 제쳐놓고 달려가다시피하여 그들에게로 갔으며, 그들이 찾아오면 왕좌에서 일어나서 그들을 맞아 그 건의를 경청하였다. 그리고 누군가가 새로 원로원 의원에 당선되면 맨 먼저 관복과 황소를 선물로 보냈다. 이렇듯 그는 겉으로는 그들에게 경의를 표하며 그들의 권위를 높이고, 그들의 환심을 사려고 노력하고 있는 듯이 보였다. 그러나 실은 이 모두가 왕에게 호감을 가지게 함으로써 왕의 권력을 한층 더 공고히 할 수 있는 방법이었다.

시민들에게 보인 그의 행동은, 친우에게 보인 행동보다도 적에게 보인 행동이 더 훌륭하였다. 적에 대해서 그는 결코 부당한 이득을 취하지 않았고, 친우를 위해서는 설령 친우가 부당한 일을 저질러도 그를 도왔다. 적이라 할지라도 훌륭한 일을 하였을 때에는 칭찬을 아끼지 않았으나, 친우가 죄를 저질렀을 때에는 그는 그를 어떻게 질책해야 좋을지를 몰라 심사숙고했다. 그리고는 과오를 저지른 그들과 한편이 되려고 애쓰며 그들을 도우려고 노력하였다. 친우들이 하는 일이라면 그것이 어떤 일이든지간에 우정을 모두 베풀어 칭찬할 수 있는 일로만 생각하였던 것이다. 그렇게 함으로써 아게실라우스는 모든 사람들의 마음을 사로잡았다.

왕의 인기가 절정에 이르자, 장관들은 마침내 왕의 소행을 의심하게 되었다. 그들은 국가의 공동재산이어야 할 시민을 왕 자신의 영달을 위하여 사병화하고 있다고 공언하며 왕에게 벌금을 과하였다.

아게실라우스가 새로 왕위에 올랐을 때, 페르시아 왕이 일거

에 스파르타의 전권을 자기 수중에 넣으려는 야심에 불타 대함
대를 편성 중이라는 소식이 아시아로부터 날아 들어왔다. 그러
자 리산데르는 그가 아시아 여러 나라의 총독과 왕으로 임명한
동지들을 도우러 가자고 왕에게 열심히 졸라댔다. 그들은 대개
가 학정과 독재를 일삼고 있었으므로, 축출되었거나 사형을 당
한 자들도 있었다.

그는 아게실라우스에게 그리스 연합군의 총사령관이 되어 아
시아 원정의 장도에 오르라고 권유하고, 우선 아시아 본토에서
떨어진 섬에 상륙하여 페르시아 군이 도착하기 전에 강한 근거
지를 확보하라고 건의하였다. 또한 동지들에게 서한을 보내어
아게실라우스를 자기들의 사령관으로 추대해 달라고 요구하도
록 하였다. 그래서 아게실라우스는 공개집회를 소집하고, 30명
의 스파르타 인을 뽑아 장군과 군사고문으로 임명할 수 있는
권한을 준다면 그것을 수락하겠다고 말하였다.

그런 다음 농노의 신분에서 새로 자유의 몸이 된 자들 가운
데서 뽑힌 2천 명과, 그리스의 각 도시에서 모인 6천 명의 연
합군을 요구하였다. 리산데르의 권위와 조력에 힘입은 아게실
라우스의 이 요구는 곧 받아들여져서, 그는 30명으로 구성된
스파르타 인 장군과 군사고문단을 이끌고 장도에 올랐다. 이에
리산데르는 권세와 명성뿐만이 아니라 아게실라우스 왕과의 친
분에 의하여, 일약 군사고문단의 우두머리가 되어 명실공히 이
원정에서 왕보다도 더 큰 권세를 휘두르게 되었다.

게라이스투스의 집결장소로 군이 모이고 있는 동안, 아게실
라우스 왕은 측근 몇 명을 거느리고 출항할 항구도시인 아울리
스로 갔다. 지난 밤 꿈속에서 그 곳에 갔더니 낯선 사람 하나
가 그에게로 와서 다음과 같이 하는 말을 들었기 때문이다.

"스파르타 왕이여, 왕 이전에 그리스 전체 연합군의 총사령

관이 된 왕은 아가멤논 하나뿐이었다는 것을 왕은 아셔야 합니다. 이제 임금께서도 아가멤논과 똑같은 직책을 얻고, 똑같은 부하들을 이끌고, 똑같은 적에게 도전하고, 똑같은 항구에서 출정 길에 오르시니 아가멤논 왕이 출항 전에 바친 제물과 똑같은 제물을 신에게 바치셔야 마땅하리라고 사료됩니다."

이 순간 아게실라우스의 머리에는, 신탁이 지시하는 대로 아가멤논 왕이 자기의 공주를 제물로 바쳤다는 전설이 주마등처럼 떠올랐다. 그러나 그러한 꿈에 전연 마음이 흔들리지 않은 그는 잠자리에서 일어나는 그 즉시로 측근들에게 꿈 이야기를 자세히 하였다. 그리고 여신이 좋아할 만한 제물을 바쳐서 여신의 진노를 달래기는 하겠지만, 아가멤논이 한 것과 같은 무식한 짓은 하지 않겠다는 말을 덧붙였다. 그리하여 그는 딸 대신 암사슴 한 마리를 구하여 꽃으로 장식하게 한 다음, 이 지방의 보이오티아 인들이 늘 관례대로 제사일을 보는 제사관에게 맡기지 않고, 자기가 데리고 다니는 점술사에게 제사를 드리게 하였다.

이 소식이 보이오티아의 지방장관들 귀에 들어갔을 때, 그들은 자기들의 나라에 대한 모욕이라고 노발대발하며, 군관들을 아게실라우스에게 파견하여 나라의 법에 어긋나는 제사를 금하게 하였다. 그리고 곧 제단으로 달려가, 제단 위에 놓여 있는 암사슴의 엉덩이 고기를 내던져버렸다. 아게실라우스는 이것을 매우 불길한 일로 생각하고는 그 이상 제사를 드리지 않고 즉각 원정길을 떠났다. 그는 보이오티아 인들에 대한 분노와 그 저주에 사기가 몹시 꺾여, 아시아 원정이 실패로 돌아가지 않을까 매우 마음이 불안해졌다.

아게실라우스가 에페소스 시에 도착하였을 때, 그는 리산데르의 세력과 그에게 바치는 시민들의 경배의 정도가 믿어지지 않을 정도로 크다는 것을 알게 되어 심히 불쾌하였다. 모든 탄원서가 그에게 쇄도하였고, 아부하는 무리들이 줄을 지어 문이 메어질 정도였으며, 추종자들이 줄줄이 그 뒤를 따랐다. 아게실라우스가 원정군 총사령관이라는 것은 그저 명목상의 것이고 실권은 모두 리산데르가 쥐고 있었다.

일찍이 아시아로 파견된 모든 장군 중 아무도 리산데르만큼 그토록 막강한 권력을 가진 장군은 없었다. 그것은 그가 일찍이 이 지방에 와서 전쟁할 때에 과거의 어느 장군보다도 자기를 지지하는 자들의 이익을 도모해주고, 그의 적들에게는 가차없이 엄격하게 대한 데 그 원인이 있었다. 리산데르는 사실상의 총사령관인 양 모든 지방민의 편애를 한 몸에 모은 데 반하여, 아게실라우스는 거의 그들의 관심 밖에 있었다. 군사고문단의 다른 스파르타 장군들도 이 꼴을 보자 울화가 치밀었다. 리산데르는 마치 왕처럼 대우를 받고 있는 데 반하여, 자기들은 리산데르의 졸개나 다름없는 대우를 받고 있는 것만 같아 몹시 분개하였다.

아게실라우스는 자신은 그 천성이 남을 시기하거나 다른 사람들이 쌓은 공적을 부러워하는 사람은 아니었지만 본시 포부와 공명심이 컸으므로, 리산데르의 세력이 커서 자기가 세운 전과를 모두 리산데르에게 빼앗기지나 않을까 그것이 몹시 걱정되었다. 그리하여 그는 지금까지와는 다르게 행동하기 시작하였다. 그는 우선 리산데르가 결재를 받으러 온 모든 안건에 낱낱이 반대하였다. 즉, 리산데르가 어떤 조치를 원하고 있는가를 알아봐서 일부러 그것을 미루거나 묵살하였으며, 누군가가 왕에게 무엇을 청원하면 그 자가 리산데르에게 아부하는 자인가 아닌가를 먼저 파악한 뒤에 리산데르의 지지자이면 그 청원을 절대로 들어주지 않았다. 재판에 있어서도 리산데르가 처

벌을 가결한 사람은 늘 무죄석방하였고, 그가 옹호하는 사람은
엄벌에 처하였다.

　이러한 일들이 우연에 의하여 이루어지는 것이 아니라, 계속
적으로 또는 일정하게 아게실라우스의 목적하에서 이루어지고
있다는 것을 리산데르는 곧 의식하였다. 그리하여 자기를 지지
하는 이들에게, 자기에게 도움을 청하면 도리어 불리하니 청이
있으면 직접 왕에게로 가라고 말하였다.

　리산데르의 이러한 행동이 고의로 왕의 감정을 거스르려는
의도에서 나온 것처럼 생각되었으므로 왕은 리산데르를 더욱
못마땅하게 여겼다. 그래서 그를 식사시 왕의 고기를 써는 사
람으로 임명하고, 여러 사람들이 듣는 앞에서 다음과 같이 모
욕적인 말을 던졌다.

　"그 사람들을 이제 내 고기를 써는 사람인 리산데르에게로
보내어 부탁해 보도록 하라."

　이러한 모욕을 듣고 이 이상 참고만 있을 수 없었던 리산데
르는, 드디어 왕에게로 가서 측근 부하들을 이렇게까지 모욕하
기냐고 따졌다. 이에 지지 않고 왕도,

　"있고말고, 왕보다 더 잘난 체하는 사람을 그렇게 내버려 둘
수는 없지."
하고 응수하였다. 이에 상황을 깨달은 리산데르가 대답했다.

　"아마 전하의 말씀이 지당하신가 봅니다. 신이 잘못했습니
다. 앞으로는 전하의 진노를 사지 않고 전하를 모실 수 있는
직책을 소신에게 맡겨주셨으면 합니다."

　여기서 아게실라우스는 리산데르에게 새 임무를 주어 헬레스
폰트로 보냈다. 그 곳에서 리산데르는 파르나바주스 지방에 사
는 페르시아 인 스피트리다테스를 회유하여 기병 200기와 많은
돈을 가지고 아게실라우스의 그리스 연합군을 돕게 하는 데 성

공하였다. 그렇다고 해서 왕에 대한 그의 원한이 사라진 것은
아니었다. 그는 스파르타의 왕위를 두 왕족에게만 계승하는 제
도를 파기하고, 스파르타 국민이라면 누구나 다 왕이 될 수 있
는 길을 열어 놓으려고 혼신의 노력을 다하였다. 만일 그가 보
이오티아 전쟁에서 전사하지만 않았다면, 스파르타는 이 일 때
문에 큰 소요의 도가니 속에 휘말려 들어갔으리라고 생각된다.

이렇듯 큰 웅지를 품었다 할지라도 그것이 한계선을 넘게 되
면 나라에 이익을 주기보다는 도리어 해를 끼치는 수가 더 많
은 법이다. 리산데르가 때를 가리지 않고 참을 수 없을 정도로
뽐내고 거만을 부린 것도 잘못이지만, 그런 대인물의 과오를
시정하지 못하고 그대로 방임해 둔 아게실라우스의 태도도 잘
못이었다고 할 수 있다. 정말로 두 사람은 다 자신의 공명심에
눈이 어두워 리산데르는 왕인 아게실리우스의 권위를 인정해
주지 않았고, 아게실라우스는 자기 신하인 리산데르의 결점을
눈감아주지 않았던 것이다.

티사페르네스는 처음에는 아게실라우스를 두려워하였기 때문
에, 그리스의 모든 도시에 자유를 주겠다는 조건으로 아게실라
우스와 협상을 시작하여 결국 합의를 보았다. 그러나 그 후 곧
자기 군대를 통합하면 아게실라우스의 군대에 대항할 충분한
병력이 될 것이라는 것을 알게 되어 싸우기로 결심하였다. 이
결의를 아게실라우스는 환영하였다.

왜냐하면 우선 그리스의 각국이 아게실라우스의 이번 원정에
거는 기대가 참으로 컸고, 1만의 병사를 거느린 크세노폰이 때
와 방법을 가리지 않고 페르시아 군을 마구 무찌르면서 아시아
의 심장부를 지나 이미 바다에까지 전진한데다가, 또 자기가
스파르타 군의 총사령관으로서 육지와 바다를 다 같이 제패하
고도 그리스를 위하여 그 어떤 기억에 남을 만한 성과도 거두

지 못한 것을 수치스러운 일이라고 생각하였기 때문이다.

그러므로 아게실라우스는 티사페르네스에게 질세라 공정한 전략을 세워 그의 배반행위에 보복하기로 결심하고서, 카리아로 진격해 들어가는 체해 보여 티사페르네스와 그의 군대를 그곳으로 유인하였다. 그런 다음 갑자기 군을 후퇴시켜 프리기아로 해서 적의 많은 도시들을 점령하고 막대한 양의 전리품을 약탈하였다. 이로써 그의 동맹국들에게, 군은 약속을 깨뜨리는 것은 동맹국으로서 도저히 해서는 안 될 일이며, 배신자를 배신으로 보복한다는 것은 정당할 뿐만 아니라 명예로운 일이고 또 이익이 되는 일이라는 것을 보여주었다.

이번 싸움 때문에 약해지고 또 제사를 드린 결과 흉조를 얻게 되어 낙심한 아게실라우스는, 에페수스로 후퇴하여 거기서 기병대의 병력증강에 힘썼다. 본인이 직접 싸우러 나가기를 원치 않는 부자들에게는 자기들 대신으로 기병 하나씩을 내게 하였다. 이 제안에 찬성하는 사람들이 많았으므로, 아게실라우스의 군대는 보병 되기를 원치 않는 보충병이 아니라, 용감하고도 날쌘 기병들로 편성된 병력에 의하여 신속하게 보강되었다. 자신이 호전적이 아닌 사람들은 그 기질이 전쟁을 좋아하는 호전적인 자를 사서 대신 입대시키고, 말을 탈 줄 모르는 자는 말을 잘 타는 사람을 사서 대신 입대시켰기 때문이다. 과거에 아가멤논이 채택한 정책도 그 좋은 예였는데, 그때 그는 부유층으로부터 우수한 종마를 기증받는 대가로 겁쟁이 부호들을 군에서 제대시켜주었던 것이다.

아게실라우스의 명령에 의하여 그가 잡은 포로들이 공매에 처해지게 되었을 때, 군관들은 우선 옷을 벗기고 발가벗은 몸을 팔았다. 그러자 옷만 사겠다는 고객들이 많이 생겼으나, 햇볕을 쏘이지 못한데다가 운동 부족으로 살갗이 희고 연한 포로들의 몸이 쓸모없는 것으로 보여 조롱의 대상이 되었으므로, 경매현장에 서 있던 아게실라우스는 그의 그리스 병사들에게 이렇게 말하였다.

"이것이 그대들이 상대해 싸운 사람들이며, 전쟁의 대가로 얻은 전리품이오."

전쟁하기에 알맞은 계절이 오자 아게실라우스는 대담하게도 리디아를 공략하겠다고 발표하였다. 티사페르네스는 아게실라우스가 기병작전에 부적당한 카리아를 택해줄 것을 은근히 기대하고 있었다. 그 지대라면 아게실라우스로서는 힘을 쓸 수 없으리라고 생각하고는 선수를 써서 적보다 먼저 진격을 시작하였다. 그러나 아게실라우스는 그가 선언한 대로 사르디스 지방으로 침공해 왔다. 깜짝 놀란 티사페르네스는 기병대를 동원해서 황급히 아게실라우스 군을 추격하여, 여기저기 흩어져 아직도 약탈을 계속하고 있는 그리스의 낙오병을 붙잡아 모두 죽여버렸다.

이때 아게실라우스는 적의 기병대에 아군 보병대가 유린당하였지만, 아직은 전군이 건재하다고 생각하였으므로 적과 일전을 벌이고자 그 준비를 서둘러 댔다. 그리하여 둥근 방패를 들고 있는 경무장 보병부대와 기병대와의 혼성부대에게 전속력으로 진격하여 전투를 개시하라고 명령하였다. 그리고 자신은 후방에서 중무장 보병부대를 이끌고 전진해 갔다.

작전은 승리를 거두었다. 페르시아 군이 패주하자 그리스 연합군은 적에게 도망칠 여유를 주지 않고 추격하여, 적의 진영을 점령하고 그 대다수를 섬멸하였다. 이 승리의 결과는 너무도 컸다. 그리스의 연합군은 페르시아 전토를 자유자재로 유린하고 약탈할 수 있는 자유를 차지하였을 뿐만 아니라, 그리스 국민 전체의 철천지 원수인 티사페르네스로 하여금 그가 그리

스 국민에게 일찍이 보였던 그 잔인무도한 만행의 대가를 톡톡
히 치르게 하였다. 그리하여 페르시아 왕은 티트라우스테스를
파견하여 그의 목을 자르게 하였고, 이어 곧 아게실라우스에게
사절단을 보내어 대금을 낼 터이니 군을 철수해달라고 요청하
였다. 이 제안에 대하여 아게실라우스는 이렇게 대답하였다.

 "휴전을 맺는 것은 나의 권한이 아니라 스파르타 전체 국민
의 권한에 속해 있으며, 돈은 내가 갖기보다는 내 부하들이 갖
는 것을 지켜보는 것이 소원이다. 그리스 인들은 뇌물을 받아
부자가 되는 것을 수치로 생각하고 있으며, 전리품을 얻어서
부자가 되는 것만을 명예로 생각하고 있다."

 그러나 아게실라우스는 그리스 모든 나라의 공동의 적인 티
사페르네스를 죽여준 것을 고맙게 생각이라도 한 듯이, 그리스
군을 프리기아로 후퇴시키고 그 비용으로 30탈렌트를 받았다.
그리고 그는 행군하는 도중 스파르타의 본국 정부로부터 육·
해군의 총사령관에 임명한다는 사령장을 받았다. 이러한 예우
는 아게실라우스에게만 내려진 영예로서, 이제 그는 그야말로
그 시대의 가장 위대하고도 가장 빛나는 인물이 되었다.

 그러나 사가 테오폼푸스도 일찍이 지적한 바와 같이, 그는
권세에 있어서보다도 덕망에 있어서 찬란한 영광을 떨쳤던 것
이다. 그러한 그가 큰 실수를 했는데, 그것은 나이와 경험이
더 많은 선배격 측근들을 제쳐놓고 피산데르를 해군사령관으로
임명한 것이었다. 이것은 나라의 공익을 그의 친척, 특히 그의
아내(피산데르는 왕의 처남이었다.)의 말만큼도 중히 여기지 않은 데서 빚어진 결
과였다.

 파르나바주스가 다스리는 영지로 군을 이끌고 이동한 아게실
라우스는 많은 군량을 얻었을 뿐만 아니라 많은 돈도 약탈하였
다. 그러고 나서 파플라고니아의 접경지대에까지 진격한 다음,

파플라고니아의 왕 코티스를 동맹자로 끌어들였다.

스피트리다테스는 파르나바주스에게 반기를 든 이래, 아게실라우스가 어디를 가던 끊임없이 그와 행동을 같이하며 그를 섬겼다. 이 스피트리다테스에게는 아주 잘생긴 어린 아들이 하나 있었는데, 아게실라우스는 메가바테스라고 하는 이 아이를 무척 좋아하였다. 그에게는 또 혼기에 있는 아주 미인인 딸도 있었는데, 아게실라우스는 이 딸을 코티스 왕과 결혼시켰다. 그리고 그 대가로 기병 1천과 2천의 경무장보병을 얻어 가지고 프리기아로 돌아와 파르나바주스의 영지에서 약탈을 자행하였다. 그래도 파르나바주스는 감히 그를 맞아 싸울 생각을 못 하였다. 또 그렇다고 해서 그의 수비대에 몸을 맡기지도 못한 채, 그의 보물을 긁어모아 가지고 유격대를 이끌고 남의 눈을 피해 가며 각지로 떠돌아다녔다. 그런데다가 스피트리다테스가 스파르타 장군 헤리피다스의 협력을 얻어 그의 진지와 재산을 모두 빼앗아버렸다.

이때 헤리피다스는 그 약탈품으로 부자가 된 스피트리다테스 군 병사들의 그 약탈품을 샅샅이 엄격하게 조사하였다. 그리고는 하나도 그것들을 빼놓지 말고 자기에게 바치라고 강요하였다. 이러한 그의 처사에 너무나도 분격한 스피트리다테스는 그와 갈라져 파플라고니아 군 전체를 이끌고 사르디스로 떠나버렸다. 그 결과 아게실라우스는 스피트리다테스와 같은 좋은 친우뿐만이 아니라 그 많은 병사들을 잃었기 때문에 큰 고민거리가 되었다. 그뿐만이 아니라 이 보잘것 없는 싸움으로 나라일에 있어서나 사생활에 있어서나 늘 돈을 천시하는 것을 명예로 삼았던 그가, 야비하고도 탐욕스럽다는 평판을 얻게 된 것은 한층 더 참을 수 없는 일이었다.

이러한 공적인 이유 외에도 아게실리우스에게는 사적인 이유

도 있었는데, 그것은 바로 그가 메가바테스를 지나치게 사랑하
였다는 점이다. 그는 그것을 억제하려고 특히 그의 앞에서는
그러한 태도를 보이지 않으려고 무한히 애를 썼지만, 그로서는
도저히 그것을 억제할 길이 없었다. 그 증상이 너무나도 심하
였기 때문에, 한번은 메가바테스가 키스를 받으려고 그에게로
다가왔을 때, 그는 이것을 거절한 적이 있었다. 이에 어린 소
년은 얼굴은 붉히고서 뒤로 물러섰다. 그 뒤로부터 메가바테스
가 인사하는 태도에 다소 서먹서먹한 점이 눈에 띄었다. 이 돌
변한 소년의 냉정한 태도에 격분한 그는 생각을 바꾸어, 어찌
하여 그 전처럼 친밀한 태도로 그에게 답례하지 않았는지 자기
도 모르겠다는 말을 하였다. 이것을 본 그의 주위에 있던 측근
신하들이 말하였다.

"전하께서 실수를 하셨습니다. 메가바테스의 키스를 받지 않
으시고 외면하시다니요? 그 소년이 하는 대로 전하께서 내버
려 두신다면, 그 소년은 또다시 전하에게로 올 것입니다."

이 말을 듣고 아게실라우스는 잠시 말을 못 하고 있다가 마
침내 대답하였다.

"그대들이 그 애더러 그렇게 하라고 권유할 것까지는 없소.
내 눈앞에 나타난 모든 것이 금으로 바뀌어 있기를 바라기보다
도, 그때 나 자신을 억제하고서 그 애의 키스를 받았더라면 좋
았을 것을 그랬소."

이렇듯 아게실라우스는 메가바테스에 대한 애정이 너무나도
컸다. 이 일이 있은 후 파르나바주스는 아게실라우스와 회담할
기회를 찾게 되었다. 마침내 그 기회는 두 장군에게 다 같이
친구가 되는 키지쿠스의 아폴로파네스에 의해 마련되었다. 아
게실라우스가 먼저 약속한 장소에 도착하여 나무 그늘 아래 잔
디밭에 몸을 던져 누워서 파르나바주스가 오기를 기다렸다.

그러자 잠시 후에 파르나바주스가 깔고 앉을 부드러운 모피와 아름다운 무늬가 있는 융단을 가지고 왔다. 그러나 그가 상대방이 그냥 풀 위에 앉아 있는 것을 보고, 자기의 사치스러운 꼴이 부끄럽기만 하여 그것들을 사용하지 않고 섬세하고도 호화롭게 염색한 옷에도 아랑곳하지 않고 자기도 땅 위에 주저앉았다.

파르나바주스는 아게실라우스에게 불평할 구실이 충분히 있었다. 그리하여 두 사람이 인사를 교환한 뒤에 파르나바주스는, 스파르타가 아테네와 전쟁할 때 자기는 스파르타를 많이 도와주었는데 이제 스파르타 군이 자기의 영토를 폐허로 만들고 있다고 비난하였다. 거기 참석한 스파르타의 장군들은 머리를 푹 숙이고서 그의 말에 귀를 기울이고 있었다. 그것은 자기들이 그 맹우에게 범한 비행을 의식하고 있었기 때문이다. 그러나 아게실라우스는 말하였다.

"오, 파르나바주스 장군. 그때 우리는 귀국의 왕과 친밀한 사이였으므로 친우로 생각하고 그 영토를 존중하였습니다. 그러나 지금은 그와 싸우고 있기 때문에 우리는 그를 적으로 알고 행동하는 것입니다. 장군에 관하여 말하자면, 우리는 장군을 왕의 재산의 일부로 간주하고 있는지라 장군에게 폭행을 가해야만 하겠습니다. 직접 장군에게 피해를 입히자는 생각이 아니라, 장군을 통하여 왕에게 피해를 입히자는 것입니다. 그러나 장군께서 페르시아 왕의 노예보다는 그리스의 친우가 될 길을 택하신다면 언제든지 장군과 장군의 나라의 자유를 수호하도록 장군의 육군도 해군도 장군의 지휘를 받게 하겠습니다. 그런 것이 없이는 인간들 사이에는 존경할 만한 것이나 바람직한 것이라곤 아무것도 없을 것이 아닙니까?"

이 말을 듣고서야 파르나바주스는 상대방의 마음 속을 알아채고는 다음과 같이 대답하였다.

"만일 왕께서 이 사람 대신 다른 총독을 보내시어 그의 명령을 좇으라고 하신다면 그때는 이 사람은 기꺼이 협력하겠습니다. 그러나 만일 왕께서 이 사람에게 전권을 맡기시는 한 왕께 충성을 다하고, 전력을 다하여 악을 무찌르도록 하겠습니다."

아게실라우스는 이 대답에 감동되어 그와 악수를 나누었다. 그리고는 일어서며 다음과 같이 말하였다.

"장군같이 용감한 사람을 적이 아니라 친구로 두었다면 얼마나 좋겠습니까?"

파르나바주스 일행이 떠나갈 때, 그의 아들은 뒤에 남아서 아게실라우스에게로 달려가 미소를 지으며,

"전하, 저는 전하를 저의 귀빈으로 모시겠습니다."

라고 하면서 손에 들고 있던 창을 선물로 왕에게 바쳤다.

아게실라우스는 그것을 받고 이 청년의 너그러운 태도와 예절 바른 데 감동되어 답례로 적당한 선물을 주려고 수행원들 사이를 이리저리 살폈다. 그러다가 마침내 자기의 비서관 이다이우스의 말이 갖추고 있는 훌륭한 마구를 보고는 그것을 벗겨 그 젊은이에게 주었다.

그는 젊은이의 친절을 잊지 않고 간직하고 있다가, 이 젊은이가 그의 형들에게 쫓겨 국외로 추방되어 펠로폰네소스에서 망명자의 신세로 살고 있을 때, 그를 계속 돕다가 어떤 연애사건에까지 휘말려들어가게 되었다. 이 젊은이는 아테네 태생의 청년에게 반해 있었다. 이 아테네 태생의 젊은이는 성장하여 운동선수가 되었다. 그런데 올림픽 경기에서 이 젊은이는 소년 경주에 나가기에는 키가 너무 크고 몸집도 너무 컸으므로 출전이 금지되었다. 페르시아의 젊은이는 이 소년이 출전할 수 있게 해달라고 그의 우정을 이용하였다. 아게실라우스는 기꺼이

그의 부탁을 들어주었다. 이렇듯 그는 다른 모든 일에 있어서는 전혀 사적인 데가 없고 공명정대한 투사였으나, 친구의 일에 관해서는 다소 공명정대하지 않더라도 주저하지 않고 도와주었다.

카리아의 왕자 이드리에우스에게 보낸 편지 중에 아게실라우스가 보낸 것으로 보이는 편지가 한 통 있는데, 그 내용은 다음과 같다.

"니키아스가 무죄라면 그를 석방해주시오. 유죄라면 나를 보아서 석방해주시오. 어떤 경우건 좌우간 석방해주시오."

그는 그의 친구에 대해서는 늘 이러한 마음씨로 행동하였다. 그러나 그의 행위에 전혀 예외가 없는 바도 아니다. 때로는 자신의 일을 친구의 일보다 더 중요시할 때가 있었다. 언젠가 사태가 긴급하게 되어 갑자기 진영을 이동해야만 하게 되었을 때, 그는 병든 친우를 그대로 버리고 떠났다. 그 병든 친우는 큰 소리로 그를 부르며 같이 데리고 가 달라고 애원하였다. 그러나 그는 등을 돌리고는,

"동정과 현명을 같이하기란 참 어려운 일이야."

라고 개탄하였다고 한다.

또한 해가 지나 아시아 원정 2년째를 맞이하면서 아게실라우스의 명성은 하늘을 찌를 듯했다. 그리하여 페르시아 왕의 귀에는 매일같이 그의 많은 덕행과, 온 세계가 그의 절제와 검소한 생활과 근엄에 대하여 경의를 표하고 있다는 정보가 쇄도하였다. 여행을 할 때에는 언제나 신전 안에 숙소를 정하여, 다른 사람들이라면 절대로 비밀로 숨겨 두는 자기의 가장 사적인 행동까지도 신으로 하여금 그 증인으로 삼곤 하였다. 그렇게

큰 군대 내에서 왕만큼 거친 침구 위에서 자는 병졸은 아무도 없었다. 더위나 추위의 변화에 대하여 별로 그 고통을 느끼지 않았으므로 신이 내려준 4계절은 그에게는 별로 차이가 없었다.

아시아에 사는 그리스 인들은, 오만불손하고도 잔인하고 사치스럽게 살던 페르시아의 고관대작들이, 올이 드러나 보이는 초라한 외투를 입은 사람의 입에서 새어나오는 따끔한 말 한 마디에 벌벌 떨고 쩔쩔매며 곧 버릇을 고치는 꼴을 보고 쾌재를 부르짖었다. 그러므로 그것은 많은 사람들의 가슴에 티모테우스의 다음과 같은 시구를 되새기게 해주었다.

군신 마르스는 폭군,
그리스의 금력은 이를 두려워하지 않는다.

아시아의 여러 나라들이 차차 페르시아에게 반란을 일으킬 기세를 보였다. 그리하여 아게실라우스는 각 시의 질서를 회복하고, 한 사람의 주민도 죽이거나 추방하지 않고 각 도시정부마다 공정한 새 헌법을 다시 만들도록 하였다. 그런 다음 더 진격해서 해안에서 내륙으로 전쟁의 무대를 확대하여, 수사나 엑바타나의 자기 궁전에 편히 앉아 페르시아 왕을 직접 공격하기로 결심하였다. 그렇게 함으로써 페르시아 왕으로 하여금 왕좌에 편히 앉아서 그리스 각국 사이에서 벌어지고 있는 싸움을 부추기고 또 그 유력한 실권자들에게 뇌물이나 써서 정치를 부패시키게 하려는 것을 막으려고 하였다.

그러나 이러한 굉장한 계획들이 스파르타에서 날아 온 불행한 소식에 의하여 좌절되고 말았다. 스파르타에서 온 에피키디다스가, 큰 전쟁에 휘말려들어간 조국을 구하기 위하여 급거 귀국하라는 훈련을 전달하였기 때문이다.

　　그리스는 동쪽끼리 서로 싸워 야만족의 침범을 받고,
　　다른 나라가 아닌 그리스 자신을 전복시키누나.

　이로써 모처럼 싹트려던 페르시아 정전(征戰)에 대한 행운이
순식간에 수포로 돌아가고, 야만족 페르시아 군을 무찌르려고
이미 투입한 군대를 본국으로 소환하여 동족상잔의 싸움에 투
입하고, 조국에서 영원히 추방한 전쟁을 다시 조국 그리스로
불러들여 유혈참극을 빚어내며, 그리스 여러 나라가 서로 시기
도 하고 또 음모를 꾸미기도 하고 서로 동맹관계를 맺기도 하
는 이 추태를 무엇이라고 설명하면 좋을까?
　이번 경우에 있어 아게실라우스의 행동만큼 위대하고 고상한
행동은 없었다. 당장 군을 거두고 아시아로부터 본국으로 돌아
왔으니, 본국으로부터의 귀환명령에 기꺼이 복종하고 경의를
표한 장군의 예는 정말로 보기 드물다.
　아게실라우스가 정의를 지키고 겸손한 태도를 보였으며, 국
법에 경의를 바쳤다는 것은 스파르타의 큰 자랑이 아닐 수 없
다. 그는 귀국하라는 명령을 받은 당시, 큰 행운과 권력의 절
정에 있었고 영광스러운 승리의 희망에 가득 부풀어 있었지만,
곧 이 모든 것을 단념하고는 모든 동맹국들이 애석해하는 가운
데 목표를 달성하지 못하고 즉시로 아시아를 떠났다. 그리고는
파이악스의 아들 데모스트라투스가 한 말인,
　"스파르타 인은 공적으로 다른 나라 국민보다 우수하고 아테
네 인은 사적으로 다른 나라 국민보다 우수하다."
라는 말이 거짓임을 실례를 들어 증명하였다. 그 자신이 훌륭
한 왕이자 장군이라는 것을 증명하는 한편, 마찬가지로 사적으

로 그 자신이 우수한 친구이자 대단히 마음에 드는 반려자라는 것을 보여주었다.

페르시아의 금화에는 궁수의 모습이 새겨져 있다. 아게실라우스는 1천 명의 페르시아 궁수들이 자기를 아시아에서 추방하였다고 말하였다. 그 뜻은 그 돈으로 아테네와 테베스의 선동 정치가들과 웅변가들을 매수하여, 이들 두 국가로 하여금 스파르타에 대하여 전쟁을 일구기게 하였다는 것이다.

그는 헬레스폰트 지방을 통과한 다음, 육로로 트라키아를 지나 귀국길에 올랐다. 도중에 어느 나라를 통과할 때에도 그 나라의 허가를 얻으려고 간청하지 않았다. 다만 사절단을 그 나라에 보내어 '자기를 친구로 알고 통과시키겠는가, 아니면 적으로 알고 통과시키겠는가'를 물었다. 모든 나라들이 그를 친구로 맞아들이며, 그가 자기 나라를 지나가는 동안 그를 도왔다. 그러나 크세르크세스도 그 나라를 통과할 때 돈을 주었다고 전해지는 트랄리아 인들만이 그에게 통행세로 은화 100탈렌트와 100명의 여자들을 요구하였다. 이에 대하여 아게실라우스는 조롱조로,

"왜 놈들이 그걸 빼앗아 가지 못한다더냐?"

하고는, 그 나라로 진격하여 대항하는 트랄리아 군 병사들을 모조리 죽였다. 그는 마케도니아 왕에게도 사절단을 보내어 '똑같이 싸우겠느냐, 아니면 통과시키겠느냐'고 물었다. 마케도니아 왕은 생각해볼 시간의 여유를 달라고 대답했다. 그러자 아게실라우스는 이렇게 말하였다.

"실컷 생각해보아라. 그 동안에 우리는 통과한다."

마케도니아 왕은 아게실라우스의 이 당돌한 담력에 질려 그를 친구로서 통과시키라는 명령을 내렸다.

아게실라우스는 테살리아에 도착하여, 그 나라가 적과 동맹

관계를 맺고 있음을 알고 한 도시를 황폐화시켰다. 그리고 그
는 크세노클레스와 스키테스를 테살리아의 수도 라리사로 파견
하여 휴전을 요청하게 하였다. 그때 라리사 인들은 이들을 잡
아 감옥에 가두었다. 그러자 병사들이 매우 흥분하여, 그 도시
를 포위하자고 그에게 권유하였다. 그러나 그는 이 두 사람의
생명을 테살리아 인 전체보다도 더 중요시한다고 대답하였다.
그리하여 그는 그 도시를 포위할 것을 단념하고, 그들과 맞서
서 싸우지 않고 그들을 도로 찾았다. 이어 코린트 근처의 전투
에서 그리스 군이 학살을 당한 데 반하여, 스파르타 군은 별로
피해를 입지 않고서 큰 승리를 거두었다는 소식을, 그 전투에
참전하였던 몇 명의 유명한 장군들이 전해 왔을 때, 그는 전혀
만족해하는 것 같지 않았다. 다만 그는 크게 한숨을 지으며 부
르짖었다.

"오, 그리스여, 너는 얼마나 많은 용감한 사람들을 잃었더
냐! 그들이 살아 남아서 큰일을 하였다면 페르시아 전체를 정
복하고도 남음이 있었거늘!"

그러나 파르살리아 군이 그의 군에 압력을 가하여 그의 행로
를 방해함으로써 그를 괴롭혔을 때, 그는 기병 500기를 출동시
켜 백병전을 전개하여 적을 격퇴하였다. 그런 다음 나르타기우
스 산록에 전승기념비를 세웠다. 그는 이 승리를 매우 자랑으
로 삼았는데, 자신이 아시아에서 훈련시킨 아주 소수의 병력으
로 그리스 최강이라고 떠벌리던 기병대를 무찔렀기 때문이다.

여기서 장관 중 하나인 디프리다스가 그를 만나 본국에서 가
지고 온 훈령을 전달하였다. 보이오티아로 곧 진격하라는 훈령
이었다. 그는 병력을 더 증강하여 때를 보아 공격하고 싶었으
나, 장관의 명령에 복종하지 않을 수 없었다. 그러므로 그는
병사들에게 바야흐로 아시아에서 계획하고 있던 일을 완수하기

위하여 그 일에 착수해야 할 때가 왔다고 말하였다. 그리고 코
린트 가까이에 와 있는 2개 군단으로 사절단을 보내어 원조를
요청하였다. 그러자 국내에 있던 스파르타 인들이 그에게 영광
을 돌리는 뜻으로 국왕을 섬기겠다고 선언하고 자원하여 입대
하였다. 시내의 젊은이들이 다투어 지원병으로 나서는 것을 보
고, 장관들은 그 중에서 가장 몸이 튼튼한 젊은이 50명을 선발
하여 호위병으로 쓰라고 그에게 보냈다.

  아게실라우스는 먼저 테르모필라이를 점령하고, 급히 포키스
를 지나 보이오티아로 입성하자마자 카이로네아 부근에다 진을
쳤다. 그때 갑자기 일식이 나타났으며, 그것과 동시에 처남인
스파르타의 해군제독 피산데르가 피살되었다는 비보가 전해졌
다. 피산데르는 크니도스 근해의 해전에서 파르나바주스와 아
테네의 장군 코논의 연합함대에게 참패를 당하였다는 것이었
다. 아게실라우스는 피산데르가 피살된 개인적인 사건과 조국
이 참패를 당한 공적인 사건에 크게 충격을 받았다. 그러나 내
일이면 전투를 시작해야 할 아군의 사기가 떨어질까 봐 걱정되
어, 전령들에게 스파르타 행군이 승리하였다고 사실과는 다른
소식을 전하도록 명령하였다. 그리고 마치 승리의 소식이라도
받은 듯이 화환을 머리에 두르고 제사를 드리며, 승리를 축하
하는 것이라며 측근들에게 제사 음식을 돌렸다.

  적의 모습이 보이는 코로네아 가까이까지 왔을 때, 그는 군
을 전투태세로 배치한 다음, 좌익을 오르코메니아 군에게 맡기
고 자신은 우익을 맡았다. 적은 테베스 군이 우익을 맡고, 아
르고스 군이 좌익을 맡았다. 아게실라우스 군에 종군하며 싸운
크세노폰은 이 전투야말로 일찍이 그가 목격한 전투 중에서 그
유례가 없을 만큼 치열한 전투였다고 전한다. 전투가 벌어질
그 시초에는 그다지 치열하지 않았다. 왜냐하면 테베스 군은

쉽게 오르코메니아 군을 패주시켰고, 역시 아게실라우스도 또한 아르고스 군을 쉽게 무찔렀기 때문이다.

그러나 양군이 각각 자기측 좌익이 불운에 처해 있다는 소식을 듣게 되자, 그것을 돕는 데 전력을 경주하였다. 여기서 아게실라우스가 만일 적의 선봉부대를 공격하는 데 만족하지 않고 그 측면과 후방을 공격하였다면 승리는 확실히 그의 것이 되었을 것이다. 그러나 그는 분함을 억제하지 못하고 적을 일거에 무찌르려는 생각에서 즉각 총공격을 가하였다. 테베스 군도 질세라 용기를 내어 응전하였기 때문에, 불을 튀기는 전투가 쌍방간에 벌어졌다. 특히 아게실라우스의 신변 가까이에서 치열한 격전이 벌어졌는데, 그 50명의 자원병의 용맹스러운 충성에 의하여 그 날은 아게실라우스가 목숨을 건졌다. 그들은 자기들의 생명을 전혀 돌보지 않고 왕을 지키기 위하여, 왕에게 던진 적의 창이나 칼을 자신들의 몸으로 막았던 것이다.

그러다가 왕이 중상을 입고 적의 한가운데에 쓰러지자 왕을 둘러싸고 필사적으로 싸운 끝에 간신히 왕을 구출하여 끌고 나왔다. 이렇게 왕을 지키며 적에게 많은 살생자를 내었지만, 스파르타 군도 적지 않은 피해를 입었다. 마침내 이러한 전법으로는 적의 선봉부대를 무찌를 길이 없다는 것을 깨달은 스파르타 군은, 전에는 경멸하였던 계책을 써서 적을 유인하였다. 즉 아군 전선의 중앙을 열어 놓고 적을 그 곳으로 들어오게 한 다음, 좌우배후 3면에서 총공격을 하였다.

아게실라우스는 중상을 입었음에도 불구하고, 막사가 아닌 전선 여기저기로 자기를 데리고 돌아다니게 하였다. 그리고는 전선 여기저기 흩어져 있는 전사자의 시체를 자기 진영 내로 날라 오라고 명령하였다. 많은 적병들이 신전에 피신해 있다는 보고를 듣고도 그는 그냥 내버려 두었다. 싸움터 근처에는 아테네 여신을 모신 신전이 있고, 그 앞에는 보이오티아 인들이 세운 전승기념비가 있었다. 이 기념비는 그들의 장군 스파르톤이 지휘하여 그들의 적인 아테네 군을 격멸한 다음, 아테네 군의 장군 톨미데스를 죽이고서 얻은 승리를 기념하기 위하여 세운 것이었다.

다음날 일찍 아게실라우스는 적이 다시 싸우고자 하는 생각이 있는지 그들의 용기를 시험해 보기 위하여, 병사들로 하여금 머리에 모두 화환을 두르고, 피리를 불고, 얼굴 앞에 전승기념패를 쳐들게 하였다. 그러나 적은 사절단을 보내어, 자기들의 전사자들은 매장하고 싶으니 허락해달라고 요청하였으므로 그는 그것을 허락하였다. 여기서 그는 승리를 확신하였으므로, 곧 델포이로 가서 마침 그때 거기서 벌어지고 있는 피티아의 운동제를 구경하러 갔다. 그는 그 축제비용을 도왔으며, 아시아에서 가지고 온 전리품의 10분의 1을 엄숙히 바쳤다. 그 액수는 100탈렌트에 이르렀다.

그 후 귀국한 그는 여전히 간소한 생활을 계속하였으므로, 재빨리 온 스파르타 국민의 애정과 존경을 한 몸에 모았다. 다른 장군들과는 달리 그는 나라를 떠날 때와 다름없이 조금도 남의 나라의 생활양식에 오염되지 않은 채 귀국하였다. 그는 마치 에우로타스 강을 건너 외국에 가본 일이 없는 듯이 스파르타의 생활방식을 사랑하고 존중하였으며, 공동식사와 목욕과 왕비의 의복에 아무런 변화도 가하지 않았다. 또한 집 안에서 쓰는 가구나 그의 갑옷에 대해서도 마찬가지였다. 심지어는 그의 왕궁의 문들도 어찌나 낡았던지, 옛날에 아리스토데무스가 창건한 이래 한 번도 수리해본 일이 없는 것 같은 초라한 꼴이었다.

크세노폰이 전하는 바에 의하면, 공주가 타는 카나트룸도 다

른 아이들이 타는 것과 조금도 다를 것이 없었다고 한다. 카나
트룸이란 이른바 그리핀(그리슨 신화에 나오는 독수리의 머 리·날개에 사자몸통을 가진 짐승)의 형상으로 만
든 나무 의자나 수레로서, 아이들이나 젊은 처녀들이 행렬이
있을 때 타는 탈것이다. 또 아게실라우스가 쓰던 창이 오늘날
까지도 스파르타에 보존되어 있는데, 그것 역시 다른 사람들이
쓰던 창과 조금도 다름이 없다는 것을 알 수 있다.

스파르타 국민들은 저마다 올림픽 경기용 말을 기르고 있을
만큼 국민들 사이에 허영심이 팽배해 있었으며, 그들이 말을
기르는 것을 매우 자랑스럽게 생각하고 있다는 것을 아게실라
우스는 알게 되었다. 그는 이것을 참된 용기를 과시하기 위한
소행으로 보지 않고, 누가 더 돈이 많고 낭비를 더 하느냐 하
는 사치를 과시하기 위한 소행이라고 보았다.

아게실라우스는 철학자 크세노폰을 데리고 있었고 그를 존경
하고 있는 터라, 그에게 자기 아이들을 데려다가 스파르타에서
교육을 받도록 해달라고 하였다. 모든 학문 중에서 아이들에게
가장 훌륭한 교육은 복종과 지배의 방법을 배우는 것이라고 생
각하였기 때문이다.

아게실라우스는 아시아에서 돌아온 리산데르가 죽기 전에 자
기에게 큰 음모를 꾸미고 있었다는 것을 알게 되었다. 그리하
여 그는 생존시 리산데르의 정체가 어떠하였는가를 세상에 공
개함으로써, 그 음모를 동시에 폭로하는 것이 현명한 생각이라
고 판단하였다. 그는 이러한 음모를 할리카르나수스 사람 클레
온이 작성하고 공중집회에서의 연설은 리산데르가 하기로 되어
있는 연설문을 그의 서류 속에서 발견하였다. 그것은 시민들을
선동하여 정체의 변혁과 개혁을 꾀하고자 한 것이었다. 그리하
여 이것을 세상에 공표함으로써 리산데르의 음모사건의 증거가
되리라고 아게실라우스는 확신하였다. 그런데 원로원 의원의

한 사람이 그것을 읽어보고 그 내용의 정당함을 알고는, 그것을 공표하는 날에는 이미 죽은 리산데르를 다시 세상에 되살리는 길이 될지도 모르겠다는 우려를 표명하여 극력 반대하였다. 그러므로 결국 아게실라우스도 그 의견을 좇아 자기의 계획을 취소하였다.

그 후 그는 그의 정적을 공공연히 공격하는 것을 삼갔으나, 그 주모자만은 색출하여 지방으로 쫓아 지방관직에 앉혔다. 이러한 방법으로 그는 그들 중 대다수의 탐욕과 부정을 억제하는 수단으로 삼았다. 그리고 그들이 부임하여 또다시 문제를 일으켰을 경우 다시 본국으로 소환하여 잘 돌봐주었다. 그 결과 정적이 모두 친우로 전향하게 되었으므로, 점차 정적이라고는 한 사람도 남지 않게 되었다.

그의 동료 왕인 아게시폴리스는 추방된 아버지에게서 태어났다는 불리한 입장이었고, 그 자신이 아직 젊고 겸손했지만 활발하지 못하였으므로 별로 사건에 휘말려들어가는 적이 없었다. 아게실라우스는 이 왕도 자기편으로 끌어들여 완전히 자기 말을 잘 듣게 만들었다. 두 왕은 스파르타에 있을 때에는 스파르타의 관습에 따라 공동식당에서 같이 식사를 하였다. 이것은 아게실라우스에게는 그를 다룰 수 있는 좋은 기회가 되었다. 아게실라우스는 이 왕도 자기와 마찬가지로 미소년을 무척 좋아하는 것을 보고서 늘 그 문제로 화제를 돌려, 상대방을 연애의 비밀 따위도 털어놓을 수 있는 사이의 친구로 만들었다. 왜냐하면 스파르타에 있어서 이러한 종류의 연애문제는 수치스러운 것이 아니었고, 그것은 또한 늘 겸양지덕과 미덕을 사랑하는 마음과 공명심을 수반하였기 때문이다.

이렇듯 스파르타에서 반석 같은 실권을 쉽게 장악하게 된 아게실라우스는 이복동생인 텔레우티아스를 해군제독으로 임명하

여 코린트 원정의 장도에 올랐다. 그는 동생이 이끄는 해군함
대의 지원을 믿어 코린트를 둘러싸고 있는 장성(長城)을 점령
한 다음, 코린트에 주둔하고 있는 아르고스 군을 습격하였다.
아르고스 인들은 그때 이스트미아 축제를 한참 올리고 있었는
데, 아게실라우스 군이 쳐들어오는 바람에 그 모든 것을 버리
고 도망쳤다. 스파르타 군에 있던 코린트의 망명자들은 축제를
그대로 진행하게 하고 또 그것을 주재해달라고 그에게 간청하
였다. 아게실라우스는 이 간청은 거절하였지만, 행사는 그냥
계속해도 좋다고 허락하고, 행사가 계속되는 동안 그대로 머물
러 그들을 보호해주었다.

아게실라우스는 자기 나라에서 늘 개최되는 운동경기대회나
무용회 따위를 도왔으며, 소년소녀들이 개최하는 운동경기에도
기꺼이 참석하였다. 그러나 많은 사람들이 크게 관심을 보이는
것들에 대해서는 별로 관심은 보이지 않는 것만 같았다.

그리스 전체에서 큰 명성을 떨치고 있던 비극배우 칼리피데
스가 한때 그를 달갑지 않게 생각한 적이 있었다. 그래서 그는
자신만만하게 왕의 행렬 속으로 끼여들어, 왕이 자기에게 얼마
간의 관심을 보일 것을 기대하였다. 그러나 그것이 실패로 돌
아가자 그는 대담하게,

"전하께서는 저를 기억하고 계십니까?"

하고 왕에게 물었다.

"칼리피데스라는 굿쟁이가 아니던가?"

하고 왕은 대수롭지 않게 대답하였다.

또 꾀꼬리 흉내를 근사하게 내는 어떤 사람이 자기 목소리를
들어보라고 청을 했을 때 왕은,

"나는 진짜 꾀꼬리 소리를 들은 적이 있는걸!"

하고 거절하였다. 그런가 하면 의사 메네크라테스는 몇 명의

치명적인 환자를 살려 낸 공으로 제우스라는 별명을 받을 만큼 유명해졌다. 그는 허영심이 강해져서 그 별명을 이름으로 늘 사용하였다. 심지어는 아게실라우스에게까지 다음과 같은 내용의 편지를 써 보낼 만큼 건방져졌다.

"제우스 메네크라테스가 아게실라우스 왕에게 인사를 드립니다."

이에 대하여 왕은 다음과 같은 답장을 보냈다.

"짐은 그대에게 바라노라, 건강과 건전한 정신을."

아게실라우스가 헤라 신전을 점령하고 코린트의 영지에 주둔해 있는 동안, 그의 병사들이 포로와 약탈품을 끌어 가고 있는 것을 구경하고 있노라니까, 테베스에서 사절단이 와서 휴전을 요청하였다. 그는 테베스를 몹시 미워하여 이때야말로 그들에게 복수할 좋은 기회라고 생각하고서, 그 요청을 받아들이면서도 겉으로는 그들을 보지도 않고 또 그들이 말을 걸어 와도 못 들은 체하였다. 그러나 그의 콧대를 부러뜨리기라도 하려는 듯이 테베스의 사절단이 채 물러가기도 전에, 이피크라테스에 의하여 스파르타의 일개 사단이 전멸되었다는 소식이 날아 왔다. 그것은 다년간 그들이 겪은 패전 중 최악의 패전이었다.

완전히 무장한 스파르타의 정예부대 병력이 제대로 무장도 갖추지 못한 적의 고용병들에게 참패를 당하였기 때문이다. 이 소식을 듣고 아게실라우스는 자리에서 펄쩍 뛰어 일어나 즉각 그들을 구하러 달려갔으나 때는 이미 늦어 소용이 없었다. 그러므로 그는 헤라 신전으로 돌아와 테베스에서 온 사절단을 불러 제안을 들어보자고 하였다. 그러자 이번에는 사절단이 아게실라우스에게서 받은 모욕에 앙갚음할 호기라고 생각하고서, 휴전의 말은 일언반구도 꺼내지 않고 그냥 코린트로 돌아가겠다는 의사만 밝혔다. 이 말에 노발대발한 아게실라우스는 그들에게 경멸조로 말하였다.

"만일 당신들이 가서 당신들의 우방이 이겼다고 좋아하는 것을 구경하고 싶다면 내일 그것을 보여드리겠소이다."

다음날 아침 아게실라우스는 사절단을 데리고 코린트의 전 영토를 약탈하면서 성문 앞까지 바싹 진격해 갔다. 거기서 진을 치고, 사절단에게 코린트 군이 겁을 잔뜩 먹고는 감히 나와서 자기들을 공격하지 못하는 모습을 보여준 다음, 그들을 시내로 들여보냈다. 그런 다음 거의 섬멸되다시피 한 패잔병을 모아 가지고 본국을 향하여 떠났다. 날마다 해가 뜨기 전에 진지를 떠나 행군하고 밤이 되면 야영하였다. 아르카디아 군이 이미 당한 패전의 분풀이를 하려고 노리고 있는 기회를 적에게 주지 않기 위해서였다.

이 일이 있은 후 아게실라우스는 아카이아 군의 요청에 의하여 그들과 함께 아카르나니아로 진격하여 많은 전리품을 거두었고, 아카르나니아 군과 싸워 이겼다. 아카이아 인들은 아게실라우스를 설득하여, 아카르나니아 인들이 곡식의 씨를 뿌리지 못하도록 그 해 겨울을 그 곳에 주둔하라고 일렀다. 그러나 그의 의견은 이와는 정반대였다. 땅을 묵히고 있을 때에는 별로 두려운 것이 없고, 오히려 들에 오곡이 자라고 있을 다음해 여름에는 그것을 잃을까 봐 두려워 전쟁을 하고 싶어하지 않을 것이라고 주장하였다. 과연 그 말이 옳았다. 다음해 여름 아케이아 군이 또다시 원정을 시작하자, 아카르나니아 군은 그 즉시로 휴전을 제의해 왔다.

페르시아 해군을 거느린 코논 장군과 파르나바주스 장군은 바다의 왕자가 되어, 라코니아의 해안을 종횡무진으로 약탈하였다. 뿐만 아니라, 파르나바주스의 재정원조로 아테네의 성곽을 다시 쌓았다. 이것을 본 스파르타는 페르시아의 왕과 휴전을 맺는 것이 좋은 일이라고 생각하였다. 그 협정을 달성하기 위하여 스파르타는 안탈키다스를, 야비하고도 사악한 술책을 써서 아시아에 사는 그리스 인들을 적에게 넘겨준 티리바주스에게로 보냈다. 이 아시아에 있는 그리스 인들을 돕기 위하여 일찍이 아게실라우스도 원정군을 이끌고 온 적이 있었다. 안탈키다스는 아게실라우스의 최대의 정적이었고, 전쟁을 계속하면 확실히 아게실라우스의 권력과 명성이 커질 것은 뻔한 노릇이었다. 따라서 어떠한 조건으로라도 휴전을 맺어야만 하였던 안탈키사스에 의하여 모든 것이 이루어졌기 때문에, 아게실라우스에게는 별로 아무것도 수치스러울 것이 없었다. 그러나 언젠가 한때 스파르타 인이 모두 페르시아 인이 되어간다고 비난하였을 때, 그는 이렇게 대답하였다.

"천만에, 페르시아 인이 스파르타 인이 되어가고 있는 것이오."

그리고 그리스의 여러 나라들이 휴전협정에 소극적인 태도를 보이자, 페르시아 왕의 조건을 그리스의 여러 나라들이 받아들이지 않는다면 전쟁을 해서라도 그것을 관철시키겠다고 위협하였다. 그의 최대목적이 테베스를 약화시키는 데 있었기 때문이다. 그도 그럴 것이, 휴전조항의 하나는 테베스가 보이오티아에게 독립을 허용해야 한다는 것으로 되어 있었던 것이다. 그 결과 테베스는 상당히 국력이 약화되었다. 완전한 평화시임에도 불구하고 스파르타의 장군 포이비다스가 가장 부정한 방법으로 테베스의 요새지 카드메아 지방을 점령하였을 때, 테베스에 대한 그의 이러한 생각은 훨씬 가혹한 것으로 여겨졌다.

이 일은 그리스 전체의 분격을 샀을 뿐 아니라, 스파르타도 달갑게 생각하지 않았다. 특히 아게실라우스의 정적들이 이 사건의 진상을 요구하며 누구의 지시로 이루어진 것이냐고 따졌을 때, 의혹은 아게실라우스에게 쏠렸다. 그러자 아게실라우스는 자기는 포이비다스를 지지한다고 단호히 대답하였다. 그리고 문제는 그 행동이 스파르타에 이익이 되느냐 하는 효용성의 문제가 주로 고려되어야 한다고 하였다. 그것이 국익에 도움이 된다면 왕명의 유무는 문제가 되지 않는다고 언명하였다. 이 점은 그에게 두드러지게 나타났다. 그는 늘 자기는 정의를 지키는 사람이며, 정의가 없는 용기는 쓸모없는 것이라고 하였다. 세상 사람이 모두 정의로우면 용기는 필요 없으며, 정의야말로 모든 도의(道義) 중에서 가장 중요한 것이라고 주장하였다. 누군가가 그에게 페르시아의 대왕도 정의를 가지고 있을 것이라고 말하였을 때, 그는 이렇게 대답하였다.

"그가 나만큼 정의롭지 못하다면 어찌 그를 나보다 위대하다고 하겠느냐?"

왕을 위대하다고 보는 척도는 힘이 아니라 정의라는 것을 갈파한 명언이다.

이렇듯 휴전이 맺어진 후에 페르시아 왕이 그에게 서한을 보내어 사적으로도 친밀히 지내자고 제의하였을 때, 그는 이 제의를 거절하였다. 나라끼리 친하면 그것으로 족하지 구태여 사적으로 친할 필요가 어디 있느냐고 말하였다. 그러나 그는 말은 이렇게 하면서도 실제행동에 있어서는 자기의 주의를 지키지 못하였다. 때로는 야심에 몰리고, 때로는 사적인 울분에 몰려 불의를 저지르게 되는 때도 있었다.

위에서 말한 테베스 인들의 경우에 있어 특히 그는 포이비다스를 구해주었을 뿐만 아니라, 스파르타 국민들을 설득하여 그의 과오를 자기들의 과오라고 하였다. 그리고 카드메아의 요새를 그대로 두고 그 안에다 수비대를 설치하여, 포이비다스와 내통하여 카드메아를 공략케 한 아르키아스와 레온티다스를 그 요새의 수비대장으로 임명하였다.

이 사실은, 포이비다스가 한 것은 아게실라우스의 명령에 의한 것이라는 강한 유혹을 유발하였다. 그리고 사태의 진정은 이 의혹을 더욱 짙게 하였다. 테베스 인들이 수비대 병사들을 내쫓고 자기들의 자유를 주장하였을 때, 아게실라우스는 그들이야말로 아르키아스와 레온티다스를 죽인 장본이라며 그 죄과를 물어 그들에게 전쟁을 선포하였다. 이 두 사람은 명색은 테베스의 수호자였지만 실은 독재자들이었던 것이다.

아게실라우스는 이미 고인이 된 아게시폴리스를 대신하여, 그의 동료 왕이 되어 있는 클레옴브로투스에게 그 일을 맡겨 보이오티아를 공격하게 하였다. 아게실라우스는 늙었다는 이유로 자신이 출정하기를 꺼려하였다. 그도 그럴 것이 무기를 잡은 지 이미 40년이 지났고, 그 결과 법으로도 군 복무가 면제되어 있었기 때문이다. 그러나 진짜 이유는 평민파인 플리아시아 인들을 지지하여 최근까지 독재에 항거하여 왔던 그가, 이제는 변신하여 독재를 지지하고 테베스 인들과 싸운다는 것은 수치스러운 일이라고 생각되었기 때문이다.

아게실라우스를 반대하는 도당에 속해 있는 스파르타의 스포드리아스라는 자가 테스피아이 시 총독으로 있었다. 그는 지혜보다는 자신이 앞서는 폐단은 있었지만, 기질이 대담하고 진취적인 데가 있는 인물이었다. 포이비다스의 일단의 행동이 그를 자극하였으며, 카드메아의 점령이 포이비다스를 유명하게 만든 것 못지 않게 자기를 유명하게 만들 수 있는 그 어떤 일을 해보고자 하는 야심에 불탔다. 이리하여 그는 피라이우스를 점령하고 해로를 차단하여 아테네를 고립시킨다면 보다 더 큰 영예를 얻게 될 것이라고 생각하였다. 이 생각은 보이오티아의 두 명장 펠로피다스와 멜론이 그를 부추겨서 꾸민 거사였다고도 한다.

이 두 장군은 남들의 눈을 피해 몰래 그에게 사람들을 보내어 자기들도 스파르타를 지지하는 도당이라고 자칭하고는, 스포드리아스를 몹시 칭찬하며 그에게 아첨하였다. 그만이 이 세상에서 이런 쾌사(快事)를 이루기에 가장 알맞은 적임자라고 입술이 마르도록 칭찬하였다. 이렇듯 자극을 받아 용기를 얻은 스포드리아스는, 카드메아의 요새를 점령할 때 단행하였던 것 못지 않은 비열하고도 위험한 작전을 즉각 단행하였다.

그러나 그 결과는 신통치가 않았다. 그가 트리아시아 평야를 벗어나기 전에 그만 날이 밝아, 밤중에 피라이우스를 야습하여 점령하려던 계획이 수포로 돌아가고 말았기 때문이다. 설상가상으로 먼동이 트는 것과 동시에 엘레우시스의 신전에서 번득거리는 이상한 불빛을 보고서 병사들은 겁을 먹었다고 한다. 그 자신도 밤의 이점을 이용할 수 없다는 것을 깨닫자, 무모한 작전을 속행시킬 만한 용기도 잃게 되어 그 지방 일대를 약탈한 다음, 수치스러운 모습으로 테스피아이로 돌아왔다.

이 사건으로 사절단이 아테네에서 스파르타로 파견되어 휴전 협정을 위반한 죄를 문책하기로 하였다. 그러나 사절단이 스파르타에 도착하고 보니 문책할 필요도 없었다. 스파르타는 벌써 스포드리아스를 소환하여 사형에 처하려 히고 있었기 때문이다. 스포드리아스는, 스파르타 시민들이 모두 그가 저지른 그 일에 수치감을 느끼고서 몹시 격분하고 있고, 그 거사의 공모자라기보다는 공동피해자라고 아테네 인들의 눈에 비친 것을 보고 감히 스파르타로 돌아오지 못하고 있었다.

스포드리아스에게는 아주 잘생긴 클레오니무스라는 아들이 하나 있었는데, 아게실리우스의 아들 아르키다무스가 그를 몹시 사랑하고 있었다. 아르키다무스는 몹시도 좋아하는 친구의

아버지 일이 몹시 걱정되어 돕고 싶었지만, 스포드리아스는 아
게실라우스의 강력한 정적의 하나였으므로 감히 그를 돕겠다고
말하지 못하고 있었다. 클레오니무스도 아게실라우스가 아버지
의 정적 가운데에서도 가장 무서운 적이라는 것을 잘 알고 있
었다. 그렇지만 클레오니우스가 눈물로 아버지에 관하여 호소
해 왔으므로, 아르키다무스는 2, 3일 동안 마음 속으로 종종
앓으며 아버지를 따라다닐뿐 차마 그 이야기를 아버지에게 꺼
내지 못하였다.

　그러다가 마침내 선고일이 다가오자 그는 아버지에게, 클레
오니무스가 자기 아버지를 위하여 중재에 나서 달라고 간청하
였다는 이야기를 꺼내었다. 아게실라우스는 자기 아들이 그 소
년을 사랑하고 있다는 것을 잘 알고 있었지만, 클레오니무스가
아주 어렸을 적부터 벌써 장래가 촉망되는 소년이라는 것을 보
였으므로 그것을 말리지는 않았었다. 그리하여 아게실라우스는
아들에게, 어떻게 하는 것이 가장 적절하고 명예스러운 일인가
를 잘 생각해보겠다고 냉담하게 대답하고는 그대로 돌려보냈
다. 아르키다무스는 성공을 거두지 못한 데에 수치감을 느끼고
는 하루에도 몇 번씩 만나보던 클레오니무스를 차마 만나볼 면
목이 없었다.

　이 말을 들은 스포드리아스의 측근들은 이제는 일의 상황이
더욱 나빠졌다고 생각하였다. 마침 그때 아게실라우스의 측근
중 하나인 에티모클레스가 와서 왕의 심중을 그들에게 털어놓
았다. 왕은 그 사실을 가장 못마땅하게 생각하고는 있지만, 그
때 나라로서는 스포드리아스야말로 가장 필요로 하는 용감한
인물로 생각하더라고 말하였다. 아게실라우스는 아들의 소원을
들어주려는 생각에서 정의로운 일에 관해서 이러한 식으로 자
기의 의사를 늘 전달하곤 하였다. 이것으로서 클레오니무스는

아르키다무스가 자기를 위하여 진정으로 헌신하였다는 사실을 알게 되었고, 에티모클레스도 단연 용기를 내어 스포드리아스의 변호에 나섰다.

아게실라우스가 자기 아이들을 무척 좋아하였다는 것은 사실이다. 아이들이 아직 어렸을 때 그는 늘 아이들에게 목마를 만들어주고, 아이들과 함께 그것을 타고 놀았다는 이야기가 전해지고 있다.

그러는 사이에 스포드리아스가 무죄로 석방되자, 아테네 인들은 이 처사에 격분하여 무기를 들었다. 아게실라우스는 아들의 간청에 못 이겨 자진하여 불의를 저질렀고, 보잘것없는 몇 사람이 저지른 죄의 대가를 국가로 하여금 톡톡히 받게 하였으므로 스파르타 국민과 함께 망신을 당하는 결과가 되었다. 그 몇 사람이 저지른 가장 정의에 역행되는 행동은 그리스의 평화를 파괴하고야 말았다. 그의 동료 왕 클레옴브로투스가 테베스 전쟁을 별로 달갑게 생각하고 있지 않다는 것을 알았다. 그러므로 지난번에 나이를 핑계로 군 복무를 면제받은 특권 때문에 이제는 할 수 없이 혼자서 군을 이끌고 보이오티아로 진격하였다. 때로는 이기고 때로는 지고, 이렇듯 일진일퇴를 거듭하다가 마침내 부상을 당하고 싸움터를 물러날 때, 안탈키다스가 그것을 보고

"싸울 때 테베스 군에게 준 교훈의 대가를 이번에는 그들로부터 톡톡히 받게 되었구려."

하였다.

실로 테베스 군은 스파르타 군의 거듭되는 침공을 받고, 그것을 격퇴하기 위하여 때로는 훈련을 쌓아 왔다. 그리하여 이제 그 군사력은 과거의 어느 때보다도 막강하게 되어 있었다. 과거에 리쿠르고스가 그의 유명한 법령 레트라를 개정할 때 스

파르타가 같은 나라와 자주 전쟁하지 못한다는 조항을 법령 속에 넣은 것은, 적이 똑같은 나라와 자주 싸우게 되면 적에게 전술을 가르쳐주는 결과가 되기 때문에 그것을 막기 위하여 그렇게 한 것이었다.

한편 아게실라우스는 스파르타의 동맹국과 사이가 나빴다. 이번 전쟁이 대의명분에서 시작된 것이 아니라, 오직 테베스에 대한 그의 사원(私怨)에서 비롯되었기 때문이다. 그들은 자기들 쪽이 막강한 병력을 가지고 있으면서도 해마다 몇 사람의 지시에 따라 이리저리 끌려다니며 위험과 고생을 겪어야만 했다고 분노를 터뜨리며 불평을 늘어놓았다. 아게실라우스가 동맹국 쪽이 병력의 수가 그리 많지 않다는 것을 보이기 위하여 그들의 반대를 막으려고 다음과 같은 꾀를 썼다고 한다.

그는 동맹국 병사들을 한쪽에 앉히고, 스파르타 병사들은 그 반대쪽에 앉힌 다음, 양쪽의 도공(陶工)들은 모두 일어서라고 명령하였다. 그 다음에는 모든 대장장이, 또 그 다음에는 모든 석공들을 일어서라고 명령하였다. 다음에는 목수들을, 또 그다음엔 미장이들, 이러한 식으로 낱낱이 차례로 일으켜 세웠다. 이러다가 보니 동맹국 쪽 병사들은 거의 모두가 서게 되었으나, 스파르타 군 쪽의 병사들은 한 사람도 서지 않았다. 그것은 스파르타 군은 법으로 그런 기술을 못 배우도록 금지되어 있었기 때문이다. 그때서야 아게실라우스는 웃음을 띠며 말하였다.

"장병 여러분, 스파르타 쪽 군대가 동맹군 쪽보다 훨씬 많지 않소?"

테베스 전쟁을 끝마치고 보이오티아로부터 메가라 시를 지나 회군할 때 아게실라우스는 아크로폴리스에 있는 총독청사로 들어가려고 하였다. 그때 그의 성한 다리가 갑자기 통증으로 쑤

시며 경련을 일으키더니, 크게 부어오르며 염증을 일으켰다. 시라쿠사 의사의 치료를 받고, 발목 아래를 바늘로 찔러 피를 내게 하였다. 곧 통증은 가라앉았으나, 출혈이 좀처럼 가라앉지 않고 계속 피가 흘러 결국 졸도하고 말았다. 가까스로 출혈은 막았으나 허약한 상태로 스파르타로 실려 왔다. 그 후 아게실라우스는 오랫동안 병석에 누워 있느라고 싸움터에는 모습을 나타내지 못하였다.

그 동안 스파르타는 많은 불운을 겪었다. 육전과 해전에서 허다한 패전의 쓰라림을 맛보았다. 그러나 그 중에서도 가장 심한 것은 테기라이에서 겪은 패전이었다. 스파르타 군이 본격적인 싸움에서 테베스 군에게 진 것은 이것이 처음이었다.

따라서 이제 그리스의 모든 나라들은 스파르타와 평화를 맺기를 갈망하였다. 그 목적을 위하여 사절단이 스파르타로 속속 오게 되었다. 그 중에는 당시 철학과 학문으로 이름을 떨친 테베스의 에파미논다스라는 학자가 있었다. 그때 다른 사신들은 모두 아게실라우스 앞에서 그의 비위를 맞추려고 굽실거리고 있었지만 그 사람만은 사신으로서의 위신을 지켰다.

그는 자기의 성격에 어울리는 초연한 태도로, 조국인 테베스만을 위해서가 아니라 그리스의 전체 국가들을 위해서 연설하였다. 그는 스파르타만이 전쟁을 즐김으로써 모든 이웃 나라들을 괴롭히는 대가로 살쪄 가고 있다고 갈파하였다. 평화란 정의롭고도 동등한 관계에서만 이루어져야 하는데, 그러려면 스파르타는 전쟁을 위한 정책을 포기하고 다른 나라들과 평등한 지위에 만족하지 않으면 안 된다고 역설하였다.

모든 그리스의 다른 나라 사절들이 이 주장에 주의를 경주하여 탄복하고 있는 것을 본 아게실라우스는, 그에게

"보이오티아의 여러 나라들이 독립을 누리고 있는 것은 정의

와 평등의 역할이 아닌가?"
하고 물었다. 이 물음에 대하여 에파미논다스는,

"스파르타의 여러 나라들이 독립을 누리고 있는 것은 정의와
평등의 역할이 아닙니까?"
하고 서슴지 않고 반문하였다. 그러자 아게실라우스는 노발대
발하며 자리에서 벌떡 일어나, 보이오티아가 독립을 지켜야 할
것인지 아닌지를 다시 한 번 말해보라고 단호하게 그에게 명령
하였다. 에파미논다스가 다시 한 번 똑같은 말로 과연 스파르
타가 독립을 지킬 셈이냐고 반문하자, 아게실라우스는 너무도
격분한 나머지 그것을 구실삼아 동맹국의 명단에서 테베스의
이름을 삭제해버렸다. 그리고는 테베스에 선전포고를 하였다.
그러나 그리스의 다른 나라들과는 휴전협정을 맺고, 평화롭게
조절할 수 있는 것은 평화롭게 해결하였다.

이에 즈음하여 스파르타의 장관들은, 그때 포키스에 출정 중
인 아게실라우스의 동료 왕인 클레옴브로투스에게 보이오티아
로 진격하라고 명령하였다. 이와 때를 같이하여 동맹국들에게
도 협조를 요청하였다. 그러나 동맹국들은 싸우기를 싫어하여
출병을 지연시켰다. 아직도 스파르타가 두렵기만 하여 감히 스
파르타의 명령에 거역할 수는 없었다. 이미 불길한 징조와 괴
상한 일들이 나타나 있었고, 또 라코니아 인 프로토우스가 전
쟁을 저지시키려고 전력을 다했으나, 아게실라우스가 어찌나
고집을 부렸든지 마침내 전쟁의 불길이 타오르고 말았다.

아게실라우스는 지금이야말로 그리스의 나머지 나라들이 완
전히 간섭하지 않고 또 테베스가 고립되어 있으므로, 테베스를
응징하기에는 가장 유리한 때라고 생각하였다. 그러나 이번 전
쟁이 이성보다는 감정에 사로잡혀 이루어졌다는 것은, 다음과
같은 불길한 사건의 연속으로 알 수 있다. 테베스를 제외한 다

른 나라들과 조약이 성립된 것은 스키로포리온 달 열나흘째 날
이었는데, 다음 달인 헤카톰바이온 닷새째 날 즉, 20일 후에
스파르타는 레우크트라에서 고배를 마셨다.

스파르타의 전사자는 1천 명이 훨씬 넘었고, 그 중에는 아게
실라우스의 동료 왕 클레옴브로투스와 그의 경호를 맡고 있던
스파르타의 가장 용감한 병사들도 포함되어 있었다. 특히 스포
드리아스의 아들인 미남 클레오니무스도 왕을 보호하며 싸우다
가 세번씩이나 적의 칼에 맞아 끝내는 죽고 말았다.

스파르타 국민들에게 큰 타격을 준 이와 같은 예기치 않았던
공격은, 그리스 내의 각국끼리의 내전에서 테베스의 이번 승리
만큼 큰 영광을 테베스에 안겨준 예는 없었다. 그럼에도 불구
하고 비록 패배를 당하기는 하였을망정, 스파르타 인들의 행동
은 테베스 인들의 그것 못지 않게 위대하고 높이 칭찬할 만한
것이었다. 그리고 크세노폰도 말하고 있는 것처럼, 농으로 하
는 말이나 술자리에서 하는 말이라 할지라도 선량한 사람들이
주고받는 대화에는 귀담아 들어 둘 만한 말들이 많았다. 하물
며 용감한 사람들이 역경에 시달릴 때 그들의 말이나 행동에
나타나는 모범이 될 만한 진정한 지조는 그 이상으로 오래도록
기록해 둘 만한 가치가 있다.

레우크트라 패전의 비보가 스파르타에 전해졌을 때, 마침 스
파르타에서는 김노파이디아이 축제가 한창이었고, 젊은이들은
그것을 축하하여 극장에 모여 춤을 추고 있었다. 이번 참패로
스파르타가 망하였다는 것과 그리스의 잔여 국가에 대한 그들
의 지배권이 영원히 사라졌다는 것을 장관들은 충분히 알고 있
었지만 무도회를 그대로 계속하고, 축제 기분을 깨뜨리지 말라
고 명령하였다. 행방불명이 된 전사자들의 이름을 각 가정에만
은 전달하고 공연만은 그대로 속계시켰다.

다음날 아침 전사자와 생존자가 누구인가를 알게 되었을 때, 전사자의 가족들과 친구들은 모두 광장으로 모여들어 기뻐하고 서로 인사를 나누며 환호성을 올렸다. 이와 반대로 생존자들의 가족들은 집 안에 숨고는 얼씬도 하지 않았다. 피치 못할 일이 생겨 집안 식구 중 누군가가 밖에 나갈 경우에는, 마치 죄진 사람처럼 얼굴을 푹 숙이고 슬픈 표정으로 다녔다. 그러나 이런 부인들의 모습은 남자들에 비하면 아무것도 아니었다. 아들이 전사한 그 어머니들은 공공연히 기뻐하며, 쾌활한 마음으로 서로를 찾아다녔고, 자랑스럽게 신전에서 만났다. 그러나 자기의 아들이 돌아올 것으로 생각한 부인들은 말도 제대로 못 하고 수심에 잠겼다.

스파르타의 동맹국들이 이제 모두 스파르타를 버리고 이탈하기 시작하였다. 그리고 승리에 도취하여 사기가 드높은 에파미논다스가 침략군을 이끌고 펠로폰네소스를 침공할 것만 같이 생각되었을 때, 스파르타의 온 국민은 아게실라우스 왕이 다리를 절었다는 것을 새삼 상기하기 시작하였다. 그들은 천벌을 두려워하면서도, 신탁이 경고한 것을 마다하고 성한 다리를 가진 사람을 왕으로 모시지 않고 다리를 저는 사람을 왕으로 모신 데에 나라의 불행의 원인이 있다고 생각하였다. 그러나 아게실라우스의 공적과 명성에 대하여 백성들이 가지고 있는 존경은, 백성들의 이러한 여론을 일소하고도 남음이 있었다. 그리고 신체적인 결함에도 불구하고 국민들은 난처한 입장에 처한 그를, 전쟁문제에 관해서건 휴전문제에 관해서건 그가 나라의 병폐를 고쳐줄 유일한 적임자이며, 그들이 처해 있는 모든 난국을 조절해줄 조정자라고 우러러보았다.

그때 하나의 큰 문제가 그들 앞에 대두되었는데, 그것은 전선을 버리고 도망친 도망병들에 관한 문제였다. 그들의 수가 많고 그 세력도 강하였으므로, 그들의 그 비겁한 행동을 처벌한다면 큰 소요를 일으킬지도 몰라 크게 염려되었다. 그런 경우에 있어 법은 매우 엄하였다. 그들은 모든 공직에서 추방되었을 뿐만 아니라 또한, 그들과 결혼한다는 것은 불명예스러운 일이었다. 거리에서 그들을 만나게 되는 경우, 아무나 그들을 마음대로 때려도 좋고, 또 법으로 그러한 자는 남에게 대들지 못하게 되어 있었다. 또 그들은 세수도 하지 않은 채 누추한 꼴로 색깔이 다른 조각으로 기운 옷을 입고, 수염도 반은 깎고 반은 기르고서 거리를 돌아다녀야만 하였다.

그러나 범법자의 수가 너무나도 많고, 또 그 대다수가 저명한 인사들인데다가 국가가 그때처럼 절실히 군대를 필요로 할 때에 이토록 엄한 법을 시행한다는 것은 극히 위험한 일이었다. 그러므로 국민들은 아게실라우스를 일종의 새로운 입법자로 임명하여 가장 적절한 해결책을 강구하게 하였다. 그러나 그는 법을 덧붙이거나 삭감하거나 바꾸거나 하지도 않고, 곧 공중집회장으로 나아가

"이 법은 오늘 하루만은 쉬게 한다. 내일부터는 엄하게 시행하기로 한다."

하고 선언하였다.

이러한 방법으로써 그는 법을 지키는 동시에 국민들이 수치를 느끼는 일 없이 나라에 충성을 다하게 하였다. 그리고 또 청년들의 사기를 복돋워주고 자포자기를 막아주기 위하여 아르카디아를 침범하였다. 그리고 거기서 되도록 적과 싸우는 것을 피하였다. 대신 그 지방 일대에서 약탈을 자행하고, 만티네아에 속하는 조그마한 도시 하나를 점령하는 일에 그쳤다. 이렇듯 국민의 용기를 다시 회복시켜주고, 가는 곳마다 성공을 거두지 못하는 것이 없는 국민이라는 자부심을 갖게 해주었다.

이제 에파미논다스는 4만 명의 경장보병 외에 약탈을 위해서만 종군하는 그 밖의 병사들까지 합쳐 적어도 7만이나 되는 대군을 이끌고 라코니아로 침공해 왔다. 도리아 인들이 스파르타를 창건한 이래 600년이 경과하는 동안, 적군이 이 나라를 침공한 예라고는 이번 경우 외에는 한 번도 없었던 것이다. 그러나 이제 테베스 군은 스파르타로 쳐들어와, 여태까지 철통같이 지켜 온 강토를 짓밟으며 에우로타스와 스파르타의 교외에까지 마수를 뻗쳐도, 아게실라우스의 아무런 저항도 받지 않고서 마음대로 방화와 약탈을 자행할 수 있었다.

왜냐하면 비록 피해를 보더라도 아게실라우스는 그토록 격렬한 전쟁의 격류에 대항하여 싸우도록 자국 군대에게 허락하지 않았다. 그는 스파르타의 중요한 몇 군데만을 견고하게 요새화하고, 작전에 편리한 몇 곳에만 수비병을 배치해 놓았다. 또 테베스의 병사들이 그를 이끌어 내기 위해 그의 이름을 부르며 전쟁을 일으킨 놈이니, 나라를 망하게 만든 장본인이니 하고 그에게 욕설을 퍼부으며, 나라를 위하는 놈이라면 어서 나와서 싸워보라고 하는 모욕적인 말을 듣고도 꾹 참고만 있었다.

이것만이 전부는 아니었다. 그는 마찬가지로 나라 안의 소요로 마음이 극도로 어지러웠다. 노인들은 현재 자기들이 당하고 있는 상태에 개탄하여 울부짖으며 시내를 이리저리 뛰어다녔고, 부녀자들은 싸움터에서 울려 퍼지는 적의 함성과 횃불을 보고 두려움에 떨며 동요되었다. 아게실라우스는 또한 자신이 영광을 잃었다는 생각에서도 몹시 괴로워했다. 그가 스파르타의 왕좌에 앉았을 때만 해도 스파르타는 그리스에서 제일 가는 강국이었는데, 이제 그 영광은 간 곳이 없었다. 그 자신이 높은 자리에서 내세우던 그 모든 호언장담도, 스파르타의 부녀자들이 적의 횃불이나 연기를 볼 일조차 없을 것이라고 한 큰소리가 한갓 거짓말이 되고 말았다.

한때 스파르타의 안탈키다스가 어떤 아테네 인과 두 나라 국민의 용감성에 관하여 논쟁을 한 적이 있었다. 그 아테네 인은 자기들이 스파르타 군을 케피수스 강으로부터 격퇴한 적이 한두 번이 아니었다고 뽐내었다. 그러나 안탈키다스도 가만히 지고만 있지 않았다.

"그렇소이다. 그러나 우리는 당신네 군대를 에우로타스 강가에 오게도 못 하였소."

그리고 그다지 유명하지 않은 한 평범한 스파르타 인이 어떤 아르고스 인과 서로 어울려 있을때, 그 아르고스 인이

"정말 많은 스파르타 인들이 아르고스의 들판에 뼈를 묻고 있답니다."

하고 뽐냈을 때, 이 스파르타 인은

"아르고스 인 중 아무도 스파르타의 땅에 뼈를 묻은 사람은 없답니다."

하고 응수하였다.

그러나 이제는 사태가 너무도 달라졌다. 그러므로 장관 중의 하나인 안틸키다스는 겁이 나서 자기 아이들을 몰래 키테라 섬으로 피신시켰다.

적군이 시내를 공격하려고 강을 건너기 시작하였을 때, 아게실라우스는 시의 대부분을 포기하고 시의 높은 곳에 있는 요새로 몸을 피하였다. 때마침 그때 에우로타스 강은 눈이 녹아 강물이 불어 수심이 깊어졌을 뿐 아니라, 물이 너무나도 차서 테베스 군이 도강하기에 무척 힘이 들었다. 테베스 군이 강을 건너고 있는데, 에파미논다스가 방진부대 선두에 서서 아게실라우스를 향하여 오고 있는 모습이 보였다. 아게실라우스는 그 모습을 한참 바라보고 있다가, 단 한 마디를 말하였다.

"오, 대담한 사람이로다!"

그러나 그가 마침내 시내로 들어와, 시내에다 자기의 전승기념비를 세우기 위해 무슨 일이든 해보려고 무한히 애를 썼지만, 아게실라우스를 그가 틀어박혀 있는 요새에서 끌어낼 수 없었다. 그리하여 부득이 다른 곳으로 진격해 가면서 그 지방 일대를 약탈하였다.

한편 그때 오랫동안 불평을 품고 있던 한 200명쯤 되는 악질적인 도당이 아르테미스의 신전이 서 있는 이소리온이라는 도시의 요소를 공격하여 점령한 다음, 그 곳에 주둔하였다. 스파르타 군은 곧 그들에게 공격을 가하고 싶었으나, 아게실라우스는 어떤 음모가 내포되어 있지는 않을까 염려하고는 그냥 내버려 두라고 명령하였다. 그리고는 사복으로 갈아 입고, 종병 하나만을 데리고 반도에 가까이 가서,

"너희들은 명령을 잘못 알아들었다. 여기는 너희들이 점령할 곳이 아니었다. 너희들의 한패는 저리 가고, 한패는 저리 가라."

하고 시내의 이곳 저곳을 가리키며 버럭 소리를 질렀다. 그 도당은 이 말에 반색을 하며 자기들의 음모가 탄로나지 않은 것으로 알고서 기꺼이 아게실라우스가 가리킨 곳으로 이동하였다. 이렇게 되자, 아게실라우스는 반도 안의 방에 자기를 지키는 호위병을 잠복시켰다가 그들 중에서 15명을 체포하여 사형에 처하였다. 그러나 이 일이 있은 후, 그보다도 몇 배 위험한 음모사건이 스파르타의 시민 중에서 발각되었다. 그들은 몰래 각자의 집에 모여 혁명을 꾸밀 공작을 하고 있었다. 이들은 법에 의거하여 공공연히 처형하기도 그렇고 그냥 묵인해주기에는 상당히 위험한 인물들이었다. 그리하여 아게실라우스는 장관들과 협의하여 정당한 법적 과정을 밟지 않고서 몰래 사형에 처

하였다. 이러한 일은 일찍이 스파르타 태생의 시민들에게는 없던 일이었다.

이때 많은 노예들과 지방민도 군에 입대하고 있었는데, 그들이 적에게로 몰래 빠져 나갔다. 이것은 시민들에게는 놀랄 만한 대사건이 아닐 수 없었다. 그러므로 아게실라우스는 그의 사관 몇을 아침마다 해가 뜨기 전에 병사들의 숙사로 보내어, 도망친 병사들의 무기를 감추고는 그 수를 알 수 없게 하였다.

테베스 군이 스파르타에서 떠난 이유에 관해서는 사가들의 의견이 구구하다. 겨울의 추위에 못 이겨 떠났다고 말하는 사가가 있는가 하면, 아르카디아 군이 해체할 때 부득이 다른 부대도 철수하였다는 사가도 있다. 또 어떤 사가는 석 달 동안이나 있으면서 아주 나라를 황폐화시키고서 철수하였다고도 한다. 보이오티아의 장군들이 이미 철수하기를 결정하였을 때, 아게실라우스는 프릭소스라는 스파르타 인을 그들에게 보내어 스파르타를 떠난다는 조건으로 아게실라우스가 준 돈이라고 하며 10탈렌트씩 주었다. 이렇게 돈까지 주어 자의로 떠나고 있는 장군들을 매수한 셈이 되었다. 이것은 테오폼푸스만이 유일하게 주장한 설이다. 테오폼푸스가 어떻게 이 사실을 알게 되었는지 필자도 알 길이 없다.

스파르타를 파멸로부터 건진 것은, 이러한 국난에 처하여 모든 그의 야심과 공명심을 버리고, 나라를 건지는 일에 모든 것을 바치자고 결심한 아게실라우스의 지혜의 덕이었다는 것만은 모든 사가들의 의견이 일치한다. 그러나 그의 지혜와 용기도 조국의 영광을 예전의 모습으로 되살려 놓는 데에는 역부족이었다. 오랫동안 아주 엄격하고도 잘 조리된 음식으로 건강을 유지해 온 사람이, 단 한 번만이라도 그것을 어기면 큰 탈이 나서 목숨을 잃게 되는 경우가 많다는 것은 우리는 익히 알고 있다. 그와 마찬가지로 단 한 번의 실수로도 여태껏 누리던 긴 번영은 그만 깨지고 마는 것이다.

리쿠르고스는 일찍이 평화와 조화와 시민들의 선한 생활에 알맞은 정체(政體)를 수립한 바 있다. 스파르타의 패망은 외국의 통치와 독재적인 세력, 즉 건전하고도 평화로운 국가에서는 전적으로 바람직하지 않을 것들에게서 온 것이었다.

이제 고령에 이른 아게실라우스는 모든 군무에서 떠났다. 그러나 그의 아들 아르키다무스는 시칠리아의 디오니시우스 왕의 도움으로 이른바 '눈물 없는 전쟁'이라는 이름으로 알려진 전투에서 아르카디아 군에게 많은 피해를 주었다.

그런데도 이번 승리가 다른 어떤 것보다도 스파르타의 현재의 국력이 얼마나 약해졌나를 여실히 드러냈다. 아직까지 스파르타 군에게 있어 승리는 당연한 것으로 생각되어 왔으므로, 가장 큰 승리를 거두었을 경우에도 그들은 신에게 현재 자신들이 가지고 있는 최고의 제물로 수탉 한 마리를 바쳤을 뿐이었다. 투키디데스에 의하면, 만티네아의 대승의 소식을 듣고도 이 소식을 전해 온 전령에게 겨우 그 수고를 위로하기 위하여 공동식탁에 놓인 고기 한 점을 주었을 뿐이었다.

그러나 이번 아르카디아 전쟁에서의 승리 소식에 국민들은 이겼다는 사실만으로도 기뻐서 가만히 있을 수가 없었다. 아게실라우스는 행렬 속으로 뛰어들어 기쁨의 눈물을 두 눈에 가득 싣고 그의 아들을 맞아 끌어안았다. 모든 고관대작과 공무원들이 그의 뒤를 따랐다. 심지어는 노인들과 부녀자들까지도 에우로타스 강까지 걸어 나와 하늘 높이 두 손을 쳐들고, 지금까지 스파르타가 겪어 온 수치와 모욕을 씻어주고 다시 한 번 햇빛을 보게 해준 신에게 감사를 드렸다. 그들은 이번 전쟁에서 이기기 전에는 전쟁에서 진 수치감 때문에 자기들의 아내의 얼굴도 쳐다보지 못하였다.

에파미논다스가 메세네를 다시 독립시켜주고, 사방에 흩어져 있던 옛날에 거기 살고 있던 시민들을 다시 모아 그 곳에서 살게 하였을 때, 스파르타는 테베스와 싸울 상태에 있지 않았다. 그러므로 에파미논다스의 계획을 막을 길이 없었다. 그러나 스파르타 국민들이 그 면적에 있어 자기들의 땅과 다를 것이 없을 만큼 크고, 또 그 비옥한 정도에 있어서도 그리스에서 가장 비옥한 땅을 아게실라우스의 통치시에 잃었다는 것을 깨달았을 때, 백성들은 분함을 못 이겨 아게실라우스를 공격하였다. 그러므로 테베스가 그에게 휴전을 제의해 왔을 때, 그는 테베스와의 조약을 파기해버렸다. 나라는 이미 뺏긴 지 오래지만, 명목상의 소유권만은 그대로 가지고 있고 싶었던 것이다. 그러나 그것을 지키려다가 도리어 큰 희생만 치르는 결과가 되었다.

그 뒤 곧 에파미논다스의 전략에 속아 넘어가 아게실라우스는 하마터면 스파르타마저 잃을 뻔한 지경에까지 몰렸기 때문이다. 만티네아가 또다시 테베스에게 반란을 일으키고, 스파르타에 원군을 요청하였다. 아게실라우스가 대군을 이끌고 만티네아를 도우러 가리라는 것을 안 에파미논다스는, 밤중에 몰래 티베아에 있는 그의 진지를 떠나 만티네아 군이 모르게 아게실라우스 군 옆을 지나, 아게실라우스가 떠나고 무방비상태로 텅비어 있는 스파르타를 점령할 수 있겠다는 생각으로 스파르타를 향하여 진격하였다.

칼리스테네스는 테스피아 인 에우티누스라고도 하고 크세노폰은 어느 크레테 인이라고 하는데, 아무튼 누군가가 이 정보를 아게실라우스에게 전하였다. 그리고 그는 즉각 기병 하나를 스파르타로 보내어 에파미논다스가 스파르타로 급히 가고 있는 중이라는 것을 알렸다. 그가 스파르타에 도착한 직후 테베스 군은 에우로타스 강을 건너 노도처럼 스파르타 시를 공격해 왔다. 아게실라우스는 이들을 맞아 그의 나이에 비하여 기대 이상으로, 젊은이 못지 않게 잘 싸웠다. 이제 그는 그가 과거에는 늘 그러하였던 것처럼 신중하고도 교활하게 싸우지 않고, 죽음을 각오하고 선전분투하였다.

이러한 전법은 그가 과거에 쓰던 전법은 아니었지만 크게 힘을 발휘하였다. 그리하여 에파미논다스의 수중으로부터 시를 구출하고 그를 시외로 몰아낼 수 있었다. 그리고는 전승기념비를 세움으로써 그들의 처자들이 보는 앞에서, 스파르타의 남아들은 조국에게 진 빚을 숭고하게 갚게 되었다고 선언할 수 있었다. 특히 이미 그 날 명성을 떨쳤던 그의 아들 아르키다무스는 용기와 기민성을 다 같이 발휘하여, 소수의 병력을 이끌고 위험에 처한 좁은 골목길을 이리저리 돌아다니면서 적을 무찔러 시의 안전을 유지하였다.

그러나 우군뿐만이 아니라 적에게도 감탄의 대상이 된 것은, 포이비다스의 아들 이사다스였다. 그는 뛰어나게 잘생긴데다가 키도 컸는데, 바로 인생의 꽃이라 할 수 있는 성년기로 들어서는 '인생의 절정기'에 있었다. 그는 무기도 들지 않고 몸에 거의 옷도 걸치고 있지 않았다. 때마침 목욕을 끝마치고서 몸에 향유를 바르고 있을 때였다. 적의 내습에 관한 급보에 접한 그는 더 기다리고 있을 사이도 없이, 내의 바람으로 한 손에는 창을 들고 또 한 손에는 칼을 들고 뛰어나갔다. 그리하여 싸우고 있는 병사들 사이를 뚫고 적에게로 돌진해 들어가, 덤벼드는 적을 모두 무찔렀다. 특별한 신의 섭리가 그를 특별히 보호해주어 그의 용기에 보답해주었던지, 아니면 그의 외모가 뛰어나게 크고 아름답고, 옷도 거의 입지 않은 모습이 이채로워 테베스 군이 그를 신으로 생각하고서 그랬던지 부상 하나 입지 않았다. 장관들은 그의 승리를 축하하여 화환까지 주었지만, 그 후 곧 무장을 갖추지 않고 싸우러 나간 벌로 1000드라크마의 과료형에 처하였다.

이 일이 있은 지 며칠 후에 만티네아 근처에서 또 하나의 전투가 벌어졌다. 그 전투에서 에파미논다스는 스파르타 군의 선봉부대를 파멸시킨 다음, 열심히 스파르타 군을 추격하던 중 스파르타의 병사 안티크라테스가 던진 창에 맞고 부상을 당하였다. 스파르타 인들은 오늘날까지도 그가 에파미논다스를 칼로 부상을 입혔다고 해서 이 안티크라테스의 후손들을 검객(劍客)이라고 부르고 있다. 에파미논다스가 살아 있을 때 스파르타 인들은 그를 어찌나 무서워했던지, 그를 죽인 안티크라테스에게 바치는 찬사는 절대적인 것이었다. 그리고 정령(政令)으로 그에게 명예와 상금을 주고, 후손들에게는 일체의 세금마저 면제해주었다. 오늘날에도 안티크라테스의 후손의 한 사람인 칼리크라테스는 그 특권을 누리고 있다.

에파미논다스가 살해된 후 전체 그리스 각국 사이에서는 또다시 휴전조약이 체결되었고, 이 중에서 아게실라우스는 메세네 인들을 제외시켰는데, 그것은 그들이 도시들을 가지고 있지 않았기 때문이다. 그러므로 그는 그들을 동맹국의 일원으로 가입시키지 않았던 것이다. 그러나 다른 나라의 대표들은 메세네를 동맹국의 일원으로 가입시켜도 무방하다고 나왔다. 그러자, 스파르타는 조약을 파기하고는 메세네를 굴복시킬 목적으로 단독으로 전쟁을 속개시켰다.

그 결과 아게실라우스는 전쟁에 굶주린 '옹고집쟁이'라는 소리를 듣게 되었다. 그리스 내 전체 국가 간의 휴전조약을 파기하는 데 무한히 애를 썼고, 국민들에게 무엇보다도 휴식이 필요한 때임에도 불구하고 전쟁을 수행시킬 자금도 없어 부득이

그의 친구들로부터 돈을 꾸면서, 기부금도 거두어 갖은 고생을
다 하면서 전쟁을 속개시켰기 때문이다. 아게실라우스가 왕좌
에 앉게 되었을 때, 스파르타가 차지하고 있던 바다와 육지에
군림하고 있는 대제국을 잃은 뒤, 메세네라는 한 가난한 도시
를 손안에 넣기 위하여 이 모든 고생을 한 것이었다.

그러나 이집트 왕 타코스를 섬기게 되었을 때 그의 평판은
더욱 떨어졌다. 그리스 제일 가는 장군이라는 평판을 온 세상
에 떨치고 있던 일국의 왕이었던 그가, 일개 이집트의 반도(叛
徒)에 지나지 않은 야만인에게 고용되어 고용병단의 한 부장
(部將)으로서, 돈을 위하여 싸워야만 할 처지에 몰락하였다는
것은 참으로 한심스러운 일이라고 국민들은 생각하였다. 이미
80 남짓한 고령으로 육신이 지치고 전쟁에서 입은 상처로 허약
해진 몸이지만, 페르시아로부터 그리스를 해방시키기 위한 그
숭고한 일에 한 몸을 바친 것이라면 그것은 비난을 살 만한 일
이 아니라고 사람들은 말하였다. 어떤 사람의 행동을 칭찬하거
나 비난하기 위해서는 그 사람의 나이와 그때의 환경을 염두에
두어야만 한다.

왜냐하면 행동이 훌륭해지려면 환경과 방법이 좋아야 하고,
또 그 행동이 좋아지거나 나빠지는 것도 그 환경과 방법 여하
에 달려 있기 때문이다. 그러나 아게실라우스는 다른 사람들의
대화를 그다지 대단하게는 생각지 않았으며, 국가사업이라면
무엇을 해도 수치스러울 것이 없다고 생각하였다. 집에 앉아
죽기만 기다리고, 하는 일 없이 가만히 있는 사람이 그가 생각
하기에는 ‘가장 비열한 인간’이라는 것이었다. 그러므로 타코스
에서 보내 온 돈으로 고용병을 사 가지고 배에 태운 다음, 그
가 전에 아시아 원정시에 하였던 것처럼 스파르타의 30명의 고
문단을 이끌고 이집트를 향하여 출범하였다.

그가 이집트에 도착하자, 타고스의 고관대작들이 모두 그에게 경의를 표하려고 그가 상륙한 항구로 왔다. 그의 명성이 너무나도 유명하였기 때문에 온 나라가 그를 보고 싶어하는 기대감에 들떠 인산인해를 이루었다. 그러나 알고 보니 그들이 기대하고 있던 위풍당당한 대왕과는 달리 초라한 단구의 노인 하나가 격식도 차리지 않고, 올이 다 드러난 거친 옷을 입고, 풀 위에 드러누워 있는 것을 보고는 비웃으며

"태산명동서일필(泰山鳴動鼠一匹)이라는 속담은 바로 이 일을 가리켜서 하는 말이군."

하고 수군거렸다. 선물로 갖가지 곡물을 주자, 그는 그 중에서 밀가루와 송아지와 거위만 받고 사탕절임과 과자 · 향료 따위는 거절하였다.

이것을 보고 그들은 과연 생각한 대로 '바보로구나' 하고 한층 더 놀랐다. 이런 물건이 더 귀한 물건이니 받으라고 그들이 권하자 그는 할 수 없이 그것을 받아서 자기가 데리고 온 노예들에게 나누어주었다. 그러나 테오프라스투스가 전하는 바에 의하면, 파피루스로 만든 화환만은 간소한 것이었기 때문에 그가 받았다고 한다. 귀국할 때에 그는 왕에게 그것을 하나 달라고 요구하여 가지고 왔다.

아게실라우스가 그의 군을 타코스 군과 합치고 보니, 자기가 총사령관으로 총지휘를 하겠다던 기대는 수포로 돌아갔다는 사실을 깨달았다. 타코스는 자기가 총사령관직에 앉으려고 아게실라우스를 그가 데리고 온 용병부대의 부장에 임명하였다. 그리고 아테네의 장군 카브리아스는 함대사령관으로 임명하였다. 이것이 그가 푸대접을 받게 된 최초의 경우였으나, 이것에 그치지 않고 그는 매일같이 이 이집트 왕의 오만불손한 대접을 받아야만 하였다. 그러다가 마침내 받아야만 할 대접을 못 받

고 타코스 왕을 따라 부득이 포이니키아 해전에 참가하였다.

그때까지 모든 푸대접을 꾹 참고 있었는데, 마침내 그의 불만을 토로할 기회가 오고야 말았다. 왕 밑에서 대부대의 사령 관직을 맡고 있던 왕의 사촌인 넥타나비스에 의하여 그 기회가 주어졌다. 이 사람은 그 후 곧 왕을 몰아내고 국왕에 추대되었는데, 그때 이 사람은 아게실라우스에게 자기 파에 가담하라고 권고하였다. 그리고 또 카브리아스에게도 똑같은 청을 하여, 두 사람에게 다 같이 크게 포상하겠다고 약속하였다.

타코스는 수상한 음모가 계획되는 것을 눈치채고는 즉각 아게실라우스와 카브리아스 두 장군에게 접근하며, 자세를 크게 낮추고 우정관계를 계속하자고 간청하였다. 카브리아스는 그 간청에 동의하고, 설득과 조언으로 아게실라우스를 자기들 편에 끌어넣으려고 최선을 다하였다. 그러나 아게실라우스는 다음과 같이 짧게 대답하였을 뿐이었다.

"오, 카브리아스 장군, 귀하는 자원하여 여기 오셨으니 가건 말건 그것은 귀하의 자유입니다. 그러나 본인은 본국 정부가 이집트를 도우라고 임명한 스파르타의 머슴입니다. 그러니 본인은 본국정부의 훈령을 기다리지 않고 본인을 친구로서 받아들인 나라와 싸울 수는 없습니다."

이 말을 끝내고는 그 즉시로 스파르타로 사절단을 보내어, 타코스를 비난하고 넥타나비스를 칭찬하라는 내용의 공문을 보내달라는 서한을 본국정부로 전달케 하였다. 이때, 두 이집트의 왕도 또한 그들의 사절단을 스파르타로 보내어 타코스는 기왕에 양국간에 체결된 동맹관계를 계속해달라고 간청하였고, 카브리아스는 그것을 파기하고 새로운 동맹관계를 맺자고 제의해 왔다. 스파르타의 본국정부는 양쪽 의견을 다 들은 다음, 전권을 아게실라우스에게 일임하였다는 공적인 답변을 밝혔다.

그러나 비밀리에 아게실라우스에게는 국익을 위하여 최선이라고 생각되는 대로 행동하라는 내용의 공한을 보내었다. 이 훈령을 받자 아게실라우스는 곧 그의 용병부대를 이끌고 타코스를 버렸다. 그것은 국익을 위해서라면 무슨 일이라도 할 수 있다는 그럴듯한 구실로서 배신이나 다름없는 행동을 한 결과가 되었다. 그러나 국익에 도움이 되는 것을 행동의 제1원칙으로 보는 스파르타 인들은, 그것 외에는 어느 것이 옳고 어느 것이 그른지를 구별할 줄 몰랐다.

이렇듯 아게실라우스의 고용병에게 버림을 받게 된 타코스는 그만 도망치고 말았다. 여기서 멘데스 지방의 새로운 왕 하나가 그의 후계자라고 자칭하고 나타나, 10만의 대군을 이끌고 넥타나비아스를 공격해 왔다. 넥타나비아스는 아게실라우스를 만나서,

"그들은 새로 편성된 군으로서 그 수가 많기는 하지만, 그 대부분이 기술자니 상인이니 하는 부류의 사람들을 닥치는 대로 모은 것이라, 전쟁에 전연 경험이 없고 전술을 갖추지 못한 오합지졸입니다."

하고 경멸하였다. 그래서 아게실라우스는 그에게

"내가 두려워하는 것은 그 수가 아니라, 적이 전연 전략을 모른다는 점이오. 전략을 모르는 적에게는 선략을 쓸 수가 없는 법이고, 전략의 비결은 아군을 공격해 오리라고 생각하는 적을 예상도 하지 않은 장면에서 기습공격을 가하는 것인데, 아무런 전략도 없이 가만히 있는 적에게는 이 쪽에서도 전략을 쓸 수가 없는 법이지요. 그것은 마치 씨름할 때 가만히 서 있기만 하는 상대방을 넘어뜨릴 수가 없는 것과 조금도 다를 것이 없거든요."

하였다. 그런데 멘데스의 새 왕은 아게실라우스를 자기편으로

끌어넣기 위하여 전력을 경주하였으므로, 넥타나비스도 그를
빼앗길까 봐 겁이 났다. 그러나 아게실라우스가 그에게

"전쟁을 지연시켜 시간을 벌려고만 하는 것은 어리석은 짓이
오."

라고 말하고서,

"당장 적과 싸우시오. 적이 전쟁에 경험이 전혀 없기는 하지
만, 그 많은 수의 병력을 가지고서는 아군을 포위하여 참호를
파고 통신만을 차단하여 아군을 위험한 경지에 몰아넣을 수도
있소."

하였을 때 넥타나비스는 매우 불안해졌다. 그러나 그는 아게실
라우스의 전의를 좇지 않기로 하고서 견고하게 요새화된 큰 도
시로 후퇴하였다. 이렇게 배신당한 것에 아게실라우스는 심히
불쾌하기도 하고 분하기도 하였지만, 또다시 그에게 등을 돌리
거나 아무런 효과도 보지 못하고 귀국한다는 것도 수치스러운
일이었기 때문에, 그는 부득이 넥타나비스를 따라 그 도시로
들어갔다.

  적이 쳐들어와 시 주변에 전선을 구축하고 참호를 파기 시작
하자, 넥타나비스는 이제야말로 적에게 포위될까 두려워 적과
일전을 맞이하기로 결심하였다. 식량도 시내에는 벌써 바닥이
나기 시작하였으므로, 그리스 군도 그것을 열렬히 지지하였다.
아게실라우스가 이것에 반대하고 나서자, 이집트 병사들은 그
를 한층 더 의심하여 그를 공공연히 자기들의 '왕의 배신자'라
고 불렀다. 그러나 아게실라우스는 이러한 비난에는 귀도 기울
이지 않고 인내로써 꾹 참고는, 평소부터 마음 속에 간직하고
있던 적보다 한 수 위인 계획을 실천에 옮기기로 하였다.

  적은, 요새를 완전히 포위하여 그 안의 병사들을 모두 굶겨
죽일 생각으로 요새 주위에 깊은 도랑과 높은 성벽을 쌓고 있

었다. 도랑이 거의 완전히 둥글게 완성되어 두 끝이 곧 맞닿게
되자, 아게실라우스는 밤을 이용하여 자기 병사들을 모두 무장
시킨 다음 넥타나비스에게로 가서 이렇게 말하였다.

"자, 젊은 임금, 이제 임금을 살릴 기회는 왔소. 그 동안 쭉
비밀을 지켜 온 것은 그 계획이 적에게 탄로날까 봐 그랬던 것
이오. 그러나 이제 적은 자승자박이 된 꼴이 되었고, 저런 큰
도랑을 파느라고 지친 병사들은 우리들을 도와주는 결과가 되
었소. 그들이 이제 쌓고 있는 성벽은 적의 병력 수가 많아서
우리를 쉽게 포위할 수 있겠지만, 아직 다 쌓지 못한 곳이 남
아 있으니 그 곳으로 돌격을 가하면 일은 간단히 처리될 것이
오. 자, 병사들을 동원하여 우리를 따라서 용감하게 싸워 임금
자신도 구하시고 병력도 구하도록 하시오. 적의 선봉부대는 우
리에게 대적하지 못할 것이고, 후방부대도 이제 쌓고 있는 성
벽 때문에 지쳐서 달려나와 우리와 싸울 수는 없을 것이오."

아게실라우스의 지략에 감탄한 넥타나비스는, 곧 그리스 군
사이에 끼여서 그들과 함께 싸워 단 한 번의 공격으로 적을 패
주시켰다.

이제 왕의 신임을 얻게 된 아게실라우스는 씨름꾼이 한 번
이기고 나면 똑같은 기술을 거듭 부리듯이 계속 몇 번씩 그와
같은 전략을 썼다. 때로는 후퇴하는 척해 보이기도 하고, 또
어떤 때는 전진하여 적의 측면을 공격하기도 하였다. 이러한
작전을 써서 마침내 그는 적을 매우 깊고도 물이 가득 찬 두
도랑 사이의 막힌 곳으로 유인하였다. 이러한 지형의 이점을
차지하게 되자, 그는 그의 선봉부대를 이끌고 두 도랑 사이의
그 지점으로 공격을 가하였다. 그러자 양쪽 측면에 갇힌 적은
그를 포위할 길이 막히고 말았다. 그리하여 저항다운 저항도
별로 해보지 못하고 많은 병사들은 살해되고, 나머지는 도망을

쳐 사방으로 흩어지고 말았다.

이렇듯 왕위를 확보하게 된 넥타나비스는 아게실라우스를 지극히 존경하며 그 해 겨울을 이집트에서 보내라고 초청하였다. 그러나 아게실라우스는 급히 귀국하여 자기 나라에서 벌어지고 있는 싸움을 도울 생각이었다. 자기 나라 병사들은 이제 외국에서 싸우고 있는데, 스파르타는 군자금이 부족하여 용병들을 고용할 수밖에 없는 처지에 몰려 있다는 것을 그도 알고 있었다. 그러므로 왕은 경의를 다하여 그를 돌려보냈다. 많은 선물을 주었지만, 그 중에서도 전쟁자금으로 보태 쓰라고 은화 230 탈렌트를 주었다.

그러나 겨울철이라 날씨가 사나워 풍랑이 심하므로, 배는 해안에 바싹 붙어 아프리카의 해안을 따라 항해하였다. 그러다가 메넬라우스의 항구라는 무인도에 도착하여, 마침 그 곳에서 닻을 풀려던 때에 그는 사망하였다. 향년 84세, 스파르타 왕으로 재위하기 41년, 그 동안 31년을 그리스 전체를 통하여 가장 위대하고도 가장 큰 세력을 누린 인물이라는 명성을 떨쳤다. 그 뒤 레우크트라의 전투에서 패배하기까지 그리스 전체를 통일한 왕이라는 대접을 받았다.

평범한 시민이 외지에서 죽는 경우, 그들이 죽은 외지에다 그냥 매장하는 것이 스파르타의 습관이었다. 그러나 아게실라우스 왕만은 본국으로 그 유해를 호송하기로 하였다. 아게실라우스의 측근들은 꿀을 구할 수 없었으므로, 그의 시체를 초로 싸서 스파르타로 호송하였다.

그의 아들 아르키다무스가 그의 뒤를 이어 왕위에 올랐다. 아게실라우스로부터 제 5 대왕 아기스에 이르기까지, 그의 후손들에게 어김없이 왕위는 계승되었다.

폼페이우스

기원전 106년 ~ 48년

아이스킬로스의 희곡에 보면 프로메테우스가 자기를 구해준 헤라클레스에게 다음과 같이 말하는 장면이 나온다.

"그의 아비는 나의 원수이지만, 그는 내가 가장 사랑하는 친구다."

로마 인들도 폼페이우스라는 인물에 대해서 처음부터 이러한 생각을 가지고 있었던 것 같다. 그들이 폼페이우스의 아버지인 스트라보에게 가졌던 혐오감은, 다른 어떠한 장군에게도 보인 적이 없을 만큼 심한 것이었다. 그가 살아 있는 동안에는 그의 위세에 눌려 저항하지 못했던 사람들이 그가 벼락을 맞고 죽자 매장하려는 유해를 관에서 끌어내어 능욕을 가하였다. 그러나 그의 아들인 폼페이우스에 대한 로마 인들의 애정은 처음부터 대단한 것이었다.

사실 로마 인치고 폼페이우스만큼 끊임없는 온정과 변함없는 지지를 세인들로부터 받은 이는 일찍이 없었다. 아버지는 끝없는 탐욕으로 사람들의 미움을 샀으나, 아들은 슬기로운 생활태

도와 무술에 대한 열성, 설득력 있는 연설과 성실한 인품, 그
리고 다정다감한 대화 등으로 많은 사랑을 받았다. 남에게서
부탁을 받으면 성심껏 그들을 도우려 했으며, 그럴 때에도 돕
는다는 내색을 보이지 않았고, 또 남의 도움을 받을 때에는 위
엄을 잃지 않았다.

사람들은 그의 얼굴을 한번 본 것만으로도 그의 좋은 벗이
되었고, 그가 말을 하기도 전에 그의 표정만 보고 존경하는 마
음을 가졌다. 그는 상냥한 가운데에서도 위엄을 잃지 않았으
며, 꽃과도 같은 젊음 가운데서도 왕자다운 위풍을 지니고 있
었다. 머리는 가볍게 물결쳐 흘렀고, 두 눈 언저리는 보는 사
람에게 부드러움을 느끼게 했으며, 그 용모는 알렉산드로스 대
왕의 상—항간에 떠도는 소문이 전하는 대왕의 풍모—을 닮았
었다. 그래서, 많은 사람들은 어렸을 때의 그를 알렉산드로스
라고 불렀는데, 그가 이것을 싫어하지 않았기 때문에 그가 성
장한 후에도 어떤 사람들은 농담으로 그를 알렉산드로스라고
불렀다.

폼페이우스는 플로라라는 기녀와 가깝게 지냈는데, 그녀는
그와 헤어진 후에도 오랫동안 그와의 정교를 잊지 못해 괴로워
했다. 그런데 폼페이우스의 친구인 게미니우스가 그녀를 귀찮
게 따라다니며 접근하였다. 그러나 그녀가 폼페이우스에 대한
연정이 끝내 잊혀지지 않아 그의 수청을 받아들일 수 없다는
뜻을 전하자, 게미니우스는 폼페이우스에게 통사정을 하였다.
그러자 폼페이우스는 플로라에게 애정을 갖고 있었음에도 불구
하고 게미니우스에게 그녀를 양보하고는 만나지조차 않았다.
그녀는 기녀로서는 보기 드물게 성실한 마음으로 그와의 이별
을 받아들였지만, 마음의 고통과 연모의 정을 끝내 끊을 수가
없어 오랫동안 병석에 누워 있었다고 한다. 사실 플로라는 꽃

같이 아름다운 가인이라는 평판이 세상에 널리 알려져 있었기 때문에, 카이킬리우스 메텔루스는 카스토르와 폴룩스 쌍둥이신을 모신 신전을 회화와 조각으로 장식할 때 미모인 그녀의 초상을 그리게 했다고 전해지고 있다.

또 폼페이우스의 해방노예인 데메트리우스라는 자는 그의 두터운 신임을 받아, 후에 4천 탈렌트에 이르는 유산을 받은 사람인데, 그의 아내는 절세미인이라 할 만큼 용모가 뛰어났다. 폼페이우스는 세인들에게 이 여자의 미모에 매료되었다는 말을 들을까 봐 자유인인 그녀를 가혹하게 대하였다. 이것을 보더라도 그는 이런 일에 관해서는 지나칠 정도로 신중하여 늘 주의를 게을리하지 않았지만, 폼페이우스의 용모가 뛰어났고 주위에는 늘 아름다운 여인들이 있었으므로 애정문제에 있어 정적의 비난을 면치 못하였고, 유부녀에게 접근하여 그녀들의 환심을 사기 위해 공무를 등한시했다는 비난을 받기도 했다.

그가 일상생활에 있어 욕심이 없었다는 것과 검소하였다는 것에 관해서는 다음과 같은 일화가 있다. 한때 그가 병으로 식욕을 잃은 적이 있었는데, 의사가 그에게 메추리를 먹을 것을 권하였다. 그때는 마침 메추리가 귀한 때라서 어느 가게에서도 구하지 못하였다. 이를 안 어떤 사람이 루쿨루스의 집에서 일년 내내 메추리를 기르고 있으므로 거기에 가면 쉽게 구할 수 있을 것이라고 일러주었다. 그러자 폼페이우스는,

"만일 루쿨루스가 사치에 빠져 메추리를 일년 내내 기르지 않았다면 이 폼페이우스는 살 길이 없단 말인가?"
하고 호통을 치고는 의사의 권고를 귓등으로도 듣지 않고 구하기 쉬운 음식으로 식욕을 찾아나섰다.

그는 젊었을 때 킨나와 대진하고 있는 아버지의 군대에 종군하였는데, 그와 막사를 같이 쓰는 동료 중에 루키우스 테렌티

우스라는 자가 있었다. 이 자는 킨나에게 돈으로 매수되어 폼
페이우스를 죽이려 하였는데, 그때 그와 동시에 다른 자가 폼
페이우스의 아버지의 막사에 방화하기로 되어 있었다. 이 사실
을 알게 된 폼페이우스의 병사 하나가 식사 중에 이것을 폼페
이우스에게 귀띔해주었으나, 폼페이우스는 조금도 동요하지 않
고 기분좋은 듯이 술을 들며 테렌티우스를 따뜻하게 대해주었
다.

그러나 취침시간이 되자, 그는 몰래 막사에서 빠져 나와 아
버지의 막사 주위에 호위병을 배치하고서는 가만히 일이 벌어
지기를 기다렸다. 아무것도 모르는 테렌티우스는 좋은 기회라
고 여겨 칼을 뽑아 들고는 폼페이우스의 잠자리로 가서 그가
있는 줄로만 알고 침구를 향해 칼을 힘껏 내리쳤다. 이때 그의
아버지가 부하들의 미움을 사고 있었기 때문에 이 일이 도화선
이 되어 큰 소동이 일어났다. 병사들이 궐기하여 반란을 일으
켜 막사를 무너뜨리고는 무기를 빼앗았던 것이다.

장군인 아버지는 소동에 겁을 먹고 꿈쩍도 안 했지만, 아들
인 폼페이우스는 병사들의 한가운데를 분주히 돌아다니면서 눈
물로 사정하였으며, 심지어는 진영 입구에 드러누워 병사들의
출로를 막고서 나가려는 병사들에게 자신을 짓밟고 나가라고
울면서 호소하자, 병사들 모두가 부끄러워하며 물러섰다. 그리
하여 800명을 제외한 병사들이 태도를 바꾸어 장군과 화해하게
되었다.

아버지 스트라보가 사망하자, 폼페이우스는 아버지가 공금을
횡령하였다는 혐의로 기소되었다. 그러자 폼페이우스는 그 공
금의 대부분을 횡령한 것이 해방노예인 알렉산드로스라는 자였
다는 것을 밝혀 내어 이것을 당국자에게 증명해보였다. 그러나
후에 폼페이우스는 자신의 일로 기소되기도 했는데, 그것은 아

스쿨룸 시에서 약탈한 물건 중 사냥에 쓰는 그물과 책들을 그 자신이 가졌다는 혐의였다. 그러나 이러한 물건들은 아버지가 아스쿨룸 시를 점령하였을 때에 그가 입수한 것이기는 하지만, 킨나가 로마 시로 귀환한 후 그의 친위대가 폼페이우스의 집에 침입하여 재산을 약탈할 때에 잃었던 것이었다. 고발자의 진술에 의하여 몇 번씩 재판의 예심이 있었으나, 그 동안에 폼페이우스는 예민한 판단과 나이에 어울리지 않는 확고한 태도를 보여 여러 사람들의 지지와 인기를 독차지하였다.

이 재판을 담당한 법무관 안티스티우스는 이런 폼페이우스가 마음에 들어 사위로 삼고 싶어했는데 이 생각을 친구들에게 의논해보기도 하였다. 결국 폼페이우스가 이것을 승락하여 두 사람 사이에는 비밀리에 약혼계약이 맺어졌지만, 안티스티우스가 서두르는 바람에 이 일이 많은 사람들에게 알려지게 되었다. 마침내 폼페이우스에게 무죄석방이라는 재판관들의 판결을 안티스티우스가 선고하자, 사람들은 마치 신호라도 내려진 것처럼 결혼을 축하할 때 행한 옛날의 관례대로 '탈라시오!' 하고 외쳤다. 이 관례의 내력은 대략 다음과 같다.

한때 사비니 족의 처녀들이 운동경기를 구경하기 위하여 로마로 오자, 그 처녀들을 로마 인 중에서 우수한 자들이 강제로 납치하여 자기 아내로 삼았었다. 이때 신분이 천한 종속민으로 목축을 업으로 삼고 있던 자들 몇이 한 아름다운 사비니 족의 처녀를 납치해 갔다. 이때 그들은 도중에 신분이 높은 사람이라도 만나서 그 처녀를 빼앗기게 될까 봐 모두가 다 일제히 '탈라시오!' 하고 외치면서 달려갔다. 탈라시우스는 사람들에게 인기가 있었던 한 인물의 이름이었다. 따라서 탈라시우스라는 이름을 들은 사람들은 박수를 치고 환성을 올리며 이것을 축하하였는데, 그것은 탈라시우스는 그 후 행복한 결혼생활을 보냈기 때문에 이 사건이 있은 후부터 신랑 신부에 대해서는 장난과 축하하는 마음으로 이 호칭이 사용되게 되었다고 한다.

탈라시우스에 관하여 전해지는 이야기는 여러 가지가 있지만 위의 이야기가 가장 신빙성이 있다. 계약대로 폼페이우스는 그 일이 있은 지 며칠 후에 안티스티우스의 딸 안티스티아와 결혼하게 되었다.

폼페이우스는 킨나의 군에 입대하였으나 좋지 못한 혐의를 받게 되어 몸에 위험을 느끼자, 곧 그 곳을 도망치고 말았다. 부대 내에서 그의 모습이 보이지 않게 되자 부대 내에는 폼페이우스를 킨나가 살해했다는 유언비어가 퍼졌다. 이렇게 되자 그 전부터 킨나에게 억압당하고 있던 자들, 폼페이우스를 따르고 킨나를 미워하고 있던 자들이 궐기하여 그에게 반란을 일으켰다. 킨나는 몸을 피하였으나 칼을 뽑아 들고 그의 뒤를 따라온 백인대장에게 잡혔다. 그때 킨나는 살아나기 위해서 그 백부장 앞에 엎드려 무릎을 꿇고 값비싼 그의 도장반지를 내밀었지만, 그 백부장은 지극히 오만한 태도로,

"나는 휴전조약을 맺으러 네놈에게 온 것이 아니다. 신을 무서워하지 않고 법을 존중할 줄 모르는 폭군을 벌하려고 온 것이다."

하고 말하고는 순식간에 그를 죽여버렸다.

이렇게 하여 킨나가 죽자, 그의 정치적 유산을 이어받아 실권을 장악한 것은 카르보라는 정치가였는데 그는 킨나보다도 더 잔인무도한 폭군이었다. 이러한 상황 속에서는 지배자의 교체만이 자기들의 살길이라고 생각한 민중의 열망을 짊어지고 술라가 등장하였다. 로마를 괴롭히는 불행이 너무도 커서 사람들은 자유란 것을 전혀 바랄 수조차 없었기 때문에 여전히 전처럼 살더라도 불행과 고생이 덜해서 참기 쉬운 쪽을 바란 것

이었다.

그런데 킨나의 진영에서 나온 폼페이우스는 당시 이탈리아의 피케눔 지방에서 살고 있었다. 그는 이 지방에 사유지를 가지고 있었고, 또 그 곳에는 선친과의 인연으로 그에게 호감을 가지고 있는 여러 도시들이 있었기 때문이었다. 그러나 로마시민 중 가장 사회적 지위가 높은 귀족들이 자기 집과 가산을 버리고 도처에서 술라의 진영으로 피난하여 모여드는 것을 보자, 그는 맨손의 한 망명자로서 술라에게 도움을 요청하러 갈 수는 없다고 생각했다. 오히려 술라를 위하여 어떤 공을 세워 위신을 높인 다음에 부끄럽지 않을 정도의 군대를 거느리고 그의 진영으로 가는 것이 좋으리라 생각하였다.

폼페이우스는 피케눔 지방 사람들의 충성을 시험해보려는 뜻에서 명령하여 그들을 움직여보았는데, 그들은 기꺼이 폼페이우스의 뜻에 동조하여 카르보가 보낸 사자의 권고에는 아랑곳하지 않았다. 한 예로 빈디우스라는 자가, 폼페이우스는 이제 학교를 갓 나온 책상물림의 풋내기인 주제에 당신들을 놀리고 있다고 하자, 시민들은 격분하여 왈칵 화를 내며 그에게로 덤벼들어 빈디우스를 죽여버린 사건이 있었다.

이리하여 약관 23세의 폼페이우스는 큰 세력을 가지고 누구에게서 장군에 임명된 것도 아닌데, 자기 스스로 군 지휘권을 장악하고서 아우크시뭄이라는 꽤 큰 도시에서 광장에 단을 설치하였다. 이때 그 도시의 실력자인 벤티디우스 형제가 그 도시의 최고권력가인 카르보를 위하여 폼페이우스에게 적대행위를 보이자, 그들에게 그 도시에서 떠나라고 명령하여 그들을 축출해버렸다. 또한, 그는 군대를 징집하여 소대장과 지휘관을 질서정연하게 임명하였고, 여러 다른 도시들을 돌아다니며 똑같은 일을 하였다.

카르보파의 시민들은 떠나버리고 그 밖의 시민들은 기꺼이 그의 군문으로 들어왔기 때문에 그는 단시일 내에 완전한 군단을 셋이나 편성하였고, 그 밖에 식량, 운수용 가축, 짐마차, 그 밖의 모든 필수품도 조달할 수가 있었다. 이렇게 한 후 술라의 진영을 향하여 떠난 그는 급히 서둘지도 않았고, 사람들의 눈을 피하려고도 하지 않았으며 가는 도중에 만난 적들은 용맹스럽게 무찔러 전멸시키기도 하였다. 그리하여 이탈리아의 땅 가운데에서 그의 군대가 지난 곳은 모두가 폼페이우스의 지휘하에 있게 되어 카르보에게는 등을 돌리게 되었다.

그러는 동안 폼페이우스는 동시에 세 사람의 적장, 즉 카린나·클로일리우스·브루투스의 공격을 받았는데, 그들은 정면에서 공격하는 것도 아니고, 또 같은 방면에서 공격하는 것도 아니었다. 그를 생포하려는 계획하에 세 장군의 군대가 원을 그리며 둘러쌌던 것이다. 그러나 폼페이우스는 이것에 겁을 먹지 않고 전군을 집결시켜 기병대를 전면에 배치하고는 오직 브루투스에게만 공격을 가하였다.

적군 중에서 갈리아 기병대가 도전해 오자 그는 그 앞에서 달려오는 가장 강한 기병과 창을 들고 맞서 싸워 이를 물리쳤다. 다른 기병들도 패퇴하고 보병대까지 혼란에 빠지자, 적의 전군이 퇴각하기에 이르렀다. 이 패전으로 적장들 사이에 불화가 생겨 각자 아우성을 치며 도망을 쳤으며, 각 시의 주민들도 적이 공포에 못 견디어 각기 흩어진 것으로 생각하고는 폼페이우스에게로 옮겨왔다. 이어 집정관 스키피오가 공격해 왔지만, 쌍방이 서로 창을 던지며 싸우기도 전에 스키피오 군이 폼페이우스에게 환호를 보내며 스키피오를 저버리자 스키피오는 도망을 치고 말았다. 이어 카르보가 아르시스 강변에서 많은 기병대를 출동시켜 그와 맞섰지만, 폼페이우스가 워낙 완강히 저항하는 바람에 패주하고 말았으며, 이어 폼페이우스가 적의 적군을 기마전에 불리한 곳으로 몰아붙이는 바람에 적은 희망을 잃고 모두 폼페이우스에게 투항하였다.

이러한 사정의 전모를 모르고 있던 술라는 그 소식을 소문으로 듣고는, 명장을 몇 씩이나 상대로 하여 분전하고 있는 폼페이우스가 자못 걱정이 되어 그를 도우러 달려왔다. 폼페이우스는 술라가 왔다는 것을 알게 되자, 장교들에게 명령하여 부하들을 무장시켜 대열을 갖추게 하고는 '대장군'을 맞이하는 데 온갖 정성을 다 쏟았다는 인상을 술라에게 주게끔 노력하였다.

그는 술라로부터 큰 칭찬을 받으리라는 예상을 했었으나 그 예상은 기대 이상의 것이었다. 무술에 뛰어날 뿐만 아니라, 전승으로 의기충천한 군대까지 이끌고 술라에게로 온 폼페이우스가 말에서 뛰어내려 격식대로 '대장군' 하고 부르며 술라에게 인사를 하자, 술라도 폼페이우스에게 '대장군'이라는 칭호로 부르며 답례를 했던 것이다. 젊고 아직 원로원 의원도 아닌 폼페이우스가 술라로부터 이러한 칭호를 받으리라고는 정말 아무도 기대하지 않은 뜻밖의 일이었다.

이 칭호야말로 술라가 스키피오나 마리우스와 같은 명장과의 싸움을 통하여 얻으려고 하였던 것이었다. 폼페이우스를 대하는 술라의 태도는 처음과 조금도 다름없는 온성에 가득 찬 것이었다. 폼페이우스가 가까이 다가오면 그는 일어서서 한사코 모자를 벗고 경의를 표하였는데, 자기 주위에 있는 많은 장군들에게는 이러한 태도를 보이지 않았다. 그렇다고 해서 폼페이우스는 오만불손해지지 않았다.

그는 술라의 명령을 받고는 갈리아 지방으로 출정하기로 하였다. 이 지방의 총사령관인 메텔루스 장군은 대군을 거느리고 있으면서도 그에 걸맞은 성과를 거두지는 못하였다. 그러나 폼

페이우스는 자기보다 나이도 많고 지위도 높은 선배로부터 총
사령관의 자리를 빼앗는 것을 탐탁치 않게 여겼다. 그러나 메
텔루스 장군이 폼페이우스가 총사령관이 되는 것을 진정으로
바라고 또 폼페이우스 장군을 도와 전쟁을 완수하고 싶다고 말
하였다. 장군이 이것을 수락하고 폼페이우스에게 도와달라는
서한을 보냈으므로 폼페이우스는 그때서야 비로소 갈리아로 출
정하였다.

여기서 그는 자기 혼자의 힘으로 놀라울 만한 업적을 세웠을
뿐만 아니라, 노령으로 사라져 가고 있는 메텔루스 장군의 전
의와 용기를 북돋워 활활 타오르게 하였다. 그 모양을 비유로
말하면, 마치 녹아서 흐늘흐늘해진 구리쇳물을 차고 단단한 구
리덩어리에 부으면 불보다 더 강한 열로 이것을 부드럽게 용해
시키는 것과 비슷할 것이다.

그러나 개최되는 씨름대회마다 영광스러운 승리를 거두는 뛰
어난 씨름꾼에 대하여 아무도 그가 소년시대에 싸움에 진 적이
없었다고 입으로 전하려고 하지 않고 기록에 남기려고도 하지
않는 것과 마찬가지로, 폼페이우스가 그때에 세운 공이 발군의
것이긴 하지만 후일에 그가 전쟁에서 세운 공이 너무도 많고
위대하였기 때문에 초기의 승리들은 그 빛을 잃고 있다. 그러
나 그의 초기의 행동에 지나치게 지면을 할애하여 그의 사람됨
을 잘 나타내주는 일화와 업적을 가볍게 여기거나 단순하게 나
열하는 일이 있으면 안 되겠기에 당시의 이야기는 생략하기로
하겠다.

그런데 술라는, 이탈리아를 자기 수중에 넣고 군정관으로 임
명받게 되자, 부하였던 장군들에게 상과 관직을 주었고 또 각
자의 희망과 청을 다 들어주었다. 폼페이우스에 대해서는 그
무용을 격찬하고, 그가 자기의 활동에 큰 도움이 되리라는 생

각에서 무슨 수를 써서라도 그와 친척관계를 맺어야겠다고 생각했다. 그래서 술라는 그의 처 메텔라의 동의를 얻고 부부가 폼페이우스를 설득하여 그를 처 안티스티아와 이혼시킨 다음, 메텔라가 전 남편인 스카우루스와의 사이에서 낳은 술라의 의붓딸 아이밀리아와 결혼시켰는데 이 아이밀리아는 이미 결혼한 몸이어서 임신 중에 있었다.

이러한 몰인정한 결혼은 전제군주에게서나 볼 수 있는 이야기로, 폼페이우스의 생활태도라기보다는 오히려 술라 자신의 이기심에서 나온 결과였다. 결국 아이밀리아는 임신한 채 전 남편의 집으로부터 폼페이우스의 집으로 옮겨오게 되었고, 안티스티아는 수치스럽게도 남편의 집에서 쫓겨나는 불쌍한 신세가 된데다가 남편 때문에 아버지마저 세상을 떠나고 말았다. 안티스티아의 아버지는 사위 폼페이우스 때문에 술라편에 가담한 자라고 간주되어 원로원에서 살해되었던 것이다. 안티스티아의 어머니는 이 비극을 당한 후 스스로 자기의 목숨을 끊었다. 그러나 폼페이우스의 결혼을 둘러싸고 일어난 비극은 여기에서 그치지 않았다. 아이밀리아가 폼페이우스에게로 시집을 온 지 얼마 안 되어 산후 건강이 좋지 않아 세상을 떠나고 말았던 것이다.

그런데 그 후 폼페이우스가 입수한 정보에 의하면, 페르펜나 장군이 시칠리아 섬을 점령하여 이 섬을 반 술라파의 잔당에게 기지로 제공하였고, 카르보도 함대를 이끌고 그 해상을 순항 중에 있다는 것이었다. 이 밖에 도미티우스도 아프리카로 건너가고, 그 밖의 많은 유명한 망명객들이 술라의 추방령을 피하여 앞을 다투어 페르펜나 장군에게로 집결하고 있었다는 소문도 들어왔다. 이에 폼페이우스는 그들을 토벌하기 위하여 대군을 이끌고 가라는 명령을 받았다. 그들은 즉시로 섬 전체를 폼페이우스에게 넘겨주고 시칠리아 섬에서 도망을 쳤다. 폼페이우스는 황폐함이 극에 이른 도시들을 수중에 넣은 다음, 모든 도시들을 인자하게 다스렸지만 다만 메세네에 있던 마메르티니인들만은 용서하지 않았다. 그들은 오래 전에 로마가 제정한 법에 어긋난다는 이유로 폼페이우스가 사법권을 행사하는 것을 거부하였던 것이다. 그러자 폼페이우스는 화가 나서,

"뭣이라고! 허리에 칼을 차고 있는 우리에게 그런 법을 지키라니 그게 될 법한 소리야?"

하고 날카롭게 쏘아붙였다. 또한 그는 불운한 카르보에 대해서도 냉혹한 모욕을 가하였다. 그 이유는 무슨 일이 있어도 꼭 그를 없애야만 하는 일이 생겼을 때 그를 체포하는 즉시 처형하는 것이 마땅한 일이었기 때문이었다. 그때의 책임은 명령을 내린 술라의 행동에 마땅히 돌아가야 할 일이었지만 폼페이우스가 주관하였기 때문에 그가 원성을 들었다. 폼페이우스는 세 번이나 집정관을 지낸 바 있는 사람을 결박지어 끌어내어 법정에 내세우고, 자기는 높은 자리에 앉아 재판을 주재하여 보는 사람들의 빈축을 샀는데, 그리고 난 후에야 그를 끌어내어 처형하라고 명령을 하였다. 끌려 가던 카르보는 벌써 자기에게 사형을 집행하기 위하여 칼이 뽑혀진 것을 보고서 갑자기 복통을 느끼고는, 집행자에게 다소의 여유를 주어 뒤를 보게 해달라고 사정하였다고 한다.

또 카이사르의 심복인 카이우스 오피우스가 전하는 바에 의하면, 폼페이우스는 퀸투스 발레리우스도 무참히 죽였다고 한다. 폼페이우스는 발레리우스가 뛰어난 학식과 학문에 대한 열성을 가지고 있는 대단한 인물이라는 것을 알고서 그를 자기에게 데려오라고 한 후, 같이 산책을 하며 물어보고 싶은 것을 전부 물어본 다음, 부하에게 명령하여 그 자리에서 처형하였다

고 한다. 그러나 오피우스가 카이사르의 친구나 적을 논한 것
에 대하여는 그 신빙성의 여하에 대한 객관적인 세심한 주의가
필요하다. 폼페이우스는 반 술라파 중 특히나 이름을 떨친 사
람이면 할 수 없이 이를 처형하였지만, 그 이외의 사람들은 되
도록 도주하도록 눈감아주었을 뿐 아니라, 어떤 사람들에게는
그 도주를 돕기까지 하였기 때문이다.

또 적 쪽에 붙은 히메라이 시를 응징할 때에 그 곳의 선동정
치가인 스테니스라는 자가 폼페이우스에게 회답을 요구하여,
적대행위를 한 괴수는 놓아주고 죄없는 시민들만 죽인다는 것
은 폼페이우스답지 않은 처사라고 항의하였다. 괴수는 누구냐
고 폼페이우스가 물었더니 스테니스는 대답하기를,

"그것은 바로 저올시다. 저는 히메라이 시민 중 저와 친한
자들은 설득하고 정적들에게는 압력을 가하여 제가 그렇게 시
킨 것입니다."

라고 하였다.

폼페이우스는 그 솔직함과 대담한 의기에 감동하여 우선 스
테니스를 용서하고 이어 모든 시민들을 다 용서하였다. 그는
또 병사들이 행군 도중 난동을 부리고 있다는 소문을 듣고서
더 이상의 피해를 없애기 위해 그들의 대검에 봉인을 하고 이
것을 뜯는 자는 엄벌에 처하였다.

폼페이우스가 시칠리아 섬에 있으면서 위에 열거한 실적들을
올리고 있을 때에, 원로원의 결의문과 술라의 서한이 그에게로
날아와 아프리카로 건너가서 힘 자라는 데까지 도미티우스를
정벌하라는 명령을 받게 되었다. 도미티우스는 벌써 대군을 모
아 가지고 있었는데, 그것은 얼마 전에 그가 마리우스를 따라
아프리카에서 이탈리아로 건너와 그가 망명자에서 독재자로 변
신하여 로마 정계를 혼란에 빠뜨리게 하는 데 큰 힘이 되었던

그 군대보다 몇 배나 강대한 병력이었다. 폼페이우스는 신속하게 도미티우스를 정벌할 모든 준비를 갖추고는 시칠리아 섬을 그의 매부인 멤미우스에게 맡겨서 통치케 하고는, 자신은 군선 120척, 군량, 활, 군자금, 병기 등을 만재한 수송선 800척을 이끌고 아프리카를 향하여 출항하였다. 그의 군대가 우티카와 카르타고로 나누어져 상륙하자, 카르타고의 군사 7천 명이 반란을 일으켜 그에게로 투항해 왔다. 그래서 폼페이우스는 완전히 무장한 6개 군단을 이끌게 되었다.

여기서 일어난 우스운 이야기가 하나 전해지고 있다. 몇 명의 병사들이 매장된 보물을 우연히 찾아 내어 적지 않은 돈을 벌었다. 그 소문이 퍼지자, 다른 병사들도 모두 그 곳이 한때 카르타고 인이 재난을 겪었을 때에 묻어 둔 보물로 가득 차 있다는 생각에 사로잡히게 되었다. 그래서 며칠씩 병사들이 보물 찾기에 여념이 없었으므로 폼페이우스는 그들을 어떻게 해야 좋을지 몰라 그저 들판을 걸어다니면서 몇만 명이나 되는 병사들이 일시에 들판을 파헤치는 광경을 바라보며 고소를 금할 길이 없었다.

그러나 이윽고 보물찾기에 지친 병사들이 폼페이우스에게, 자기들은 자기들의 어리석은 행위에 대하여 지치고 고생하여서 받을 만한 벌을 벌써 충분히 받았으니 아무데라도 데려다달라고 간청하였다는 것이다.

도미티우스는 험준한 계곡을 사이에 두고 폼페이우스의 진지 앞에다 진을 쳤다. 그러나 날이 밝으면서 쏟아지기 시작한 폭우는 바람을 동반하여 점점 더 기승을 떨쳤기 때문에, 도미티우스도 마침내 그 날은 싸울 것을 단념하고 군대를 철수시켰다. 폼페이우스는 이 기회를 놓칠세라 즉시로 출격하여 계곡을 건넜다. 적은 무질서하게 대열이 흐트러져 전원이 일치하지 못

해 저항도 못한데다가 바람도 방향을 바꾸어 적에게 폭풍우 세
례를 퍼부었다. 그러나 폭풍우는 로마 군도 괴롭혔다. 그들은
서로 적을 확실히 알아볼 수가 없어 폼페이우스 자신도 아군
병사가 암호를 대라고 하였을 때 곧 대지를 못하여 하마터면
아군 병사에게 죽임을 당할 뻔하였다.

많은 사상자를 내고 적을 격퇴하자—도미티우스의 군사 2만
명의 병력 중 도망칠 수 있었던 자는 겨우 3천 명에 지나지 않
았다고 한다—뜻밖의 대승에 병사들은 폼페이우스를 '대장군'
의 칭호로 부르며 환성을 올렸다. 그러나 폼페이우스는 적의
진지가 아직 건재한 이상 그 칭호를 받고 싶지 않다 하며, 만
일 그가 이 칭호를 받을 만한 가치가 있다고 생각한다면 그 전
에 적의 진지를 빼앗아야만 한다고 병사들을 설득하였다. 그러
자 병사들은 그 즉시로 적의 진지 쪽으로 몰려갔다. 폼페이우
스는 먼젓번의 실패를 되풀이하지 않으려고 투구도 쓰지 않은
채 맹렬하게 싸워 마침내 적진을 점령한 후 도미티우스를 죽였
다.

이 지방의 도시들 중 어떤 도시는 곧 투항해 왔으나, 어떤
도시는 무력으로 점령되었다. 폼페이우스는 현지의 왕들 중에
서 도미티우스에게 가담한 이아르바스 왕을 붙잡아 그 왕국을
히엠프살에게 주었다. 또한 그는 자기의 행운과 군사력을 믿고
서 누미디아로 침입하여 며칠씩 행군을 계속하며 만나는 자마
다 군에 편입시켜 로마 군을 강력하고도 무서운 존재로 보이게
하였다. 또한 아프리카에 사는 야수라 할지라도 로마 군의 용
기와 힘을 알게 해야 한다면 사자와 코끼리 사냥에 며칠을 소
비하기도 하였다. 그는 40일 동안의 전투 끝에 넓은 아프리카
를 수중에 넣었으며, 아프리카의 왕들을 둘러싼 문제를 해결하
였다고 한다. 그때 그의 나이는 24세의 약관이었다.

유티카로 돌아오자, 술라가 보낸 서한이 그를 기다리고 있었는데, 그것에 의하면 1개 군단을 제외한 나머지 군대를 해산한 채, 유티카에 그대로 있으면서 후임 장군을 기다리라는 내용이었다. 그는 속으로 분하기 짝이 없었지만 겉으로는 내색을 하지 않았다. 그러나 병사들은 참지 못하고 공공연히 불만을 터뜨렸다. 폼페이우스가 해산하라고 명령하자, 병사들은 술라를 매도하며 자기들은 무슨 일이 있더라도 폼페이우스를 따를 각오라고 외치면서 독재자 술라는 신뢰하지 마라고 호소하였다.

폼페이우스는 처음에는 병사들을 달래며 위로하려고 애를 썼지만 설득이 실패로 끝나자 단을 내려와 눈물을 흘리며 막사로 돌아왔다. 그러나 병사들은 다시 그를 붙잡고서 단상에 세운 뒤 그에게 진영을 떠나지 말고 그대로 자기들의 장군이 되어 달라고 요구하였고, 폼페이우스는 폼페이우스대로 전군의 병사들에게 서한의 명령대로 술라에게 복종하여 반항하지 말 것을 요구하였다. 결국 날이 저물 때까지 폼페이우스와 병사들 간의 양보할 줄 모르는 언쟁이 계속되었다. 마침내 병사들이 큰 소리로 집요하게 조르자, 폼페이우스는 만일 그들이 폭력을 쓴다면 자기는 자살하겠다고 강경하게 말했다. 그러자 그때서야 소란스러웠던 그들도 조용해졌다.

술라에게는 처음에는 잘못 전해져 폼페이우스가 반역하였다는 정보가 전해졌다. 그때 술라는 각료들에게 자신이 그 나이가 되고서도 아이들과 싸움을 해야 하는 운명에 처한 것을 한탄하였는데, 이는 어린 나이의 마리우스가 그에게 완강히 저항하여 그를 큰 위험 속으로 몰아넣은 적이 있었던 것도 회상해서 한 말이었다. 그러나 술라는 이윽고 진상을 알게 되었고, 폼페이우스가 이룩한 전승의 공적을 알게 되었다. 동시에 모든 사람들이 호의로써 폼페이우스를 받아들이고는 서로 앞을 다퉈 그를 마중나가려 하는 것을 보자 술라는 그들보다 먼저 마중나가려고 애를 썼다. 폼페이우스를 맞으러 나간 그는 그에게 환영의 인사말을 한 다음, 열성을 다하여 큰 소리로 그를 '폼페이우스 마그누스'라고 부르고는 거기 있는 사람들에게도 이 이름으로 부르라고 명령하였다.

'폼페이우스 마그누스'는 '대'폼페이우스라는 뜻이었다. 그러나 다른 설에 의하면, 그가 아프리카에 있었을 때 전군이 그에게 준 이름이었는데 술라도 그렇게 부름으로써 널리 통용되게 되었다고 한다. 그러나 폼페이우스 자신은 다른 사람들이 다 그렇게 불러도 그 이름을 쓰지 않다가 후일 지사(知事)의 자격으로 스페인에 파견되어 세르토리우스를 토벌하였을 때 서신이나 포고문 등에 '마그누스 폼페이우스'라는 이름을 쓰기 시작하였다. 누구나 다 그렇게 부르고 있었으므로 교만하다는 비난을 받을 염려가 없어졌기 때문이었다.

이와 같은 칭호로써 옛날의 로마 인들은 군사상 큰 공로를 세운 사람이나 정치상의 업적이나 덕행을 쌓은 사람을 이름에 칭호를 붙여 대접하였는데, 그러한 기풍은 실로 칭찬할 만한 일이다. 실제로 로마 인들은 두 사람의 위인에게 '위대하다'는 뜻의 '막시무스'라는 칭호를 주었다. 그 중 하나는 발레리우스라는 사람이었는데, 이 사람은 원로원과 이것에 반항한 민중들을 화해시켰다. 또 한 사람은 파비우스 룰루스였는데 이 사람은, 해방노예 출신으로 원로원 의원이 된 교만한 벼락부자를 원로원에서 추방하였다.

그 후 폼페이우스는 야심에 가득 차서 개선식 거행의 허가를 요구하였으나 술라는 이를 허락지 않았다. 이 명예는 집정관이나 법정관이라는 로마 최고의 지위를 가진 장군이 아니면 허용되지 않았으며 그 밖의 사람에게는 법으로 금지되어 있었기 때문이었다. 그러하기 때문에 대 스키피오도 스페인에서 카르타고 군을 격파하고 폼페이우스보다 규모가 큰 격전에서 승리하고 개선하였음에도 불구하고, 그 신분이 집정관도 법정관도 아니었기 때문에 개선식을 요구하지 않았다.

그러므로 술라는 수염도 채 다 나지 않은 폼페이우스가 원로원에 들어갈 나이가 되지도 않은 주제에 개선식을 행하게 되면, 자기의 지위나 폼페이우스의 명예가 다 같이 시민들의 심한 비난의 대상이 될 것이라고 생각하였다. 술라는 폼페이우스에게 개선식을 허용할 수 없다는 이유를 설명하고, 그 자신이 개선식을 허용할 생각은 조금도 없으며, 폼페이우스가 그의 말을 듣지 않는다면 그의 야심의 콧날을 꺾어 놓을 것이라고 언명하였다.

그러나 폼페이우스는 이것으로 후퇴하지 않고서, 술라에게 지는 태양보다 떠오르는 태양을 숭배하는 사람이 더 많은 법이라는 것을 알아달라고 말하였다. 자기의 권세는 강해지고 있으나, 술라의 세력은 기울고 있다는 것을 비꼰 말이었다. 술라는 그 말의 뜻을 잘 알아듣지 못했으나, 듣고 있던 측근이 놀란 나머지 안색이 변하는 것을 보고서야 무슨 뜻으로 한 말인지를 물었다. 말의 속뜻을 알게 되자 폼페이우스의 배짱에 깜짝 놀라 두 번이나 되풀이하여 외쳤다.

"그 녀석에게 개선식을 행하게 하라 ! "

많은 사람들이 싫어하는 기색을 본 폼페이우스는 네 마리의 코끼리가 끄는 전차를 타고 입성하려고 하였다. 그는 아프리카에서 적왕으로부터 몇 마리의 코끼리를 생포하여 로마로 데리고 온 적이 있었던 것이다. 그러나 개선문이 너무 좁아 이를 단념하고 대신 말을 사용하기로 하였다. 이때 큰 전적을 올리고 입성한 병사들이 기대한 만큼의 보수를 받지 못한 것을 이

유로 소동을 일으키려고 하자, 폼페이우스는 이들에게 그들이
아무리 떠들어도 꿈쩍하지 않을 것이며, 그들에게 머리를 숙이
느니 차라리 개선식을 그만두겠다고 엄포를 놓았다. 폼페이우
스의 개선식에 가장 열렬히 반대하고 있던 저명한 인사 세르빌
리우스는 그때, 이제서야 폼페이우스가 과연 큰 그릇이라는 것
을 알았다며 그야말로 개선식을 올릴 자격이 충분히 있는 인물
이라고 말하였다.

당시 폼페이우스가 만일 원로원 의원이 되고자 원하기만 했
다면 쉽게 되었으리라는 것은 뻔한 일이었으나, 그는 이채로운
방법으로 이름을 떨치려는 생각에서 원로원 의원이 되고자 열
의를 쏟지는 않았다고 한다. 왜냐하면 그가 정해진 연령에 도
달하기 전에 원로원 의원이 된다고 해서 별로 놀랄 것은 없지
만, 아직 원로원 의원도 되기 전에 개선식을 올린다는 것은 두
드러지게 명예스러운 일이 아닐 수 없었기 때문이었다. 그리고
이 빛나는 영예는 민중의 환심을 얻는 데 적지 않은 기여를 하
였다. 사실 로마 사람들은 그가 개선식을 행한 후에도 기사의
일원으로 점호를 받은 태도에 박수갈채를 보냈다.

폼페이우스의 명성과 권세가 이렇게까지 강해진 것을 본 술
라는 별로 탐탁하게 여기지는 않았지만, 그렇다고 해서 그 장
래를 방해하는 것도 자신의 나이와 권력에 염치없는 일이었으
므로 사태를 가만히 지켜보고 있기로 하였다. 그러나 그 후 폼
페이우스가 술라가 반대하는 것도 무시하고 레피두스를 적극
후원하여 집정관으로 당선시켰고, 그 과정에서 그의 선거운동
에 협력하여 자신에 대한 민중의 지지를 마음껏 그를 위하여
보여 주었다. 술라는 폼페이우스가 열광하는 군중에 둘러싸여
광장에서 퇴장하는 것을 보고서 다음과 같이 말하였다.

"젊은이여, 그대는 선거에 이겨서 무턱대고 기뻐하고 있군

그래. 그와 같은 수법으로 선거인들에게 호소하여 선하기 짝이
없는 카툴루스를 상회하는 표수로 비열하기 짝이 없는 레피두
스를 집정관으로 당선시킨 것은 잘한 일이다. 하지만 이제는
마음 편한 잠을 자기는 다 틀렸으니 자기가 나갈 길을 지키기
위해서는 정신을 바짝 차려야 할 것이다. 그대는 자기 적수를
강자로 길러주었으니 말이다."

　술라가 폼페이우스를 좋지 않게 생각하고 있었다는 것은 그
의 유서에 잘 나타나 있다. 술라는 다른 친구들에게는 여러 가
지 유산을 남겨주고 또 그들을 아들의 후견인으로 삼기도 하였
음에도 불구하고, 폼페이우스는 무시하여 아무것도 남겨주지를
않았다.

　그러나 폼페이우스는 자중하여 이것을 꾹 참고서 레피두스
일파가 술라의 유해를 '군신의 광장'에 매장하고 그 장례식을
국비로 치른다는 것에 반대하였을 때에 폼페이우스는 이런 술
라의 감정적인 행동에도 불구하고, 이에 맞서 그 장례식의 명
예와 안전을 지켜주었다.

　술라가 세상을 떠난 후 얼마 있지 않아 그의 예언은 적중하
였다. 레피두스가 술라를 대신하는 독재자가 되려고 하였던 것
이다. 그는 돌아서 먼 길을 택할 것도, 체재에 구애될 것도 없
이 술라에게 억압되어 위축되어 있던 세력을 선동하고 규합하
여 그 즉시로 무기를 들고 나섰다.

　그의 동료집정관인 카툴루스는 원로원과 일반 시민중의 정의
파의 지지가 두텁고, 그 명석한 머리와 청렴결백한 점에 있어
당시의 로마 시민 중 이를 따를 사람이 없다는 평판이 자자했
던 인물로, 3군을 거느리고 싸움터에 서기보다는 오히려 문치
에 어울리는 정치가라고 여겨졌다. 또한 로마 정계는 폼페이우
스를 필요로 하였으며, 폼페이우스도 거취에 망설일 것 없이

귀족측에 가담하여 레피두스 토벌군의 사령관으로 임명되었다. 레피두스는 당시 벌써 이탈리아 반도의 많은 지방을 동란에 끌어들였으며, 또 브루투스로 하여금 북이탈리아마저 수중에 넣게 하였던 것이다.

폼페이우스는 만나는 적을 수월하게 무찌르며 북이탈리아의 무티나 시에 이르러 여기서 브루투스를 포위하고는 장기간에 걸쳐 그와 대치하였다. 그 사이에 레피두스는 로마 시로 몰려와 이를 포위하고 대군으로 시민을 위협하면서 다시 집정관에 취임하고 싶다고 요구해 왔다. 시민을 이 공포에서 건져준 것은, 전투를 포기하지 않아 전쟁을 원만히 끝냈다는 폼페이우스가 보낸 브루투스와의 대결에서 승리한 한 통의 편지였다. 브루투스가 자진하여 군을 적에게 맡겼는지 아니면 병사들이 반란을 일으켜 그를 배반하였는지 알 수는 없지만, 폼페이우스에게 항복하고는 기병대의 호송을 받으며 포 강 가에 있는 어느 소도시로 후퇴하였던 것이다.

그러자 폼페이우스는 그 즉시로 다음날 게미니우스라는 자를 보내어 브루투스를 살해하였다는데, 이 일로 폼페이우스에게 맹렬한 비난의 화살이 날아 들어왔다. 왜냐하면 그는 브루투스가 군을 버리고 도망친 그때에 원로원에 보낸 서한에서, 브루투스가 자진하여 투항하였다고 보고했다가는 다른 서한을 또다시 보내어 브루투스를 살해하였다고 보고하였기 때문이었다.

나중에 카시우스와 결탁하여 카이사르를 암살한 브루투스는 이 브루투스의 아들인데, 그는 그의 아버지와는 전혀 취지가 다른 싸움을 하였고 또 전혀 다른 최후를 맞았다. 이 사실에 관해서는 본편의 '브루투스전'에서 적은 대로다. 한편 레피두스는 서둘러서 이탈리아를 피하여 사르디니아 섬으로 건너갔지만 이 곳에서 병을 얻어 쓰러져 실의 속에서 생을 마쳤다. 그러나

전하는 바에 의하면, 그는 정치가로서의 실의 때문에 죽은 것
이 아니라, 아내의 간통 사실을 알리는 편지에 충격을 받아 죽
었다고 한다.

이 무렵 레피두스와는 그 규모가 다른 명장 세르토리우스가
스페인을 장악하고 있었는데 로마 인에게는 위협적인 존재로서
눈엣가시였다. 마치 로마의 내란의 병세가 말기적 단계에 이르
러 이 한 사람에게 집중되어 있는 것만 같았다. 당시 그는 수
많은 군소 장군들을 무찌르고 메텔루스 피우스 군과 싸우고 있
는 중이었다. 메텔루스는 이름만 장군이며 전략에 뛰어난 명장
이었지만 워낙 고령이어서 동작도 느리고 전쟁의 흐름을 잡을
능력도 없었다. 그리하여 세르토리우스가 몸의 위험을 고려하
지 않고서 산적 못지 않은 게릴라 전법으로 메텔루스에게 덤벼
들고, 또 복병전을 사용하거나 우회작전을 구사하면서 메텔루
스를 괴롭히자, 아는 것이라고는 구전법뿐이고 중무장으로 동
작이 둔한 군대만을 늘 지휘하고 있던 노장군은 세르토리우스
의 날렵하고도 신속한 전법 앞에서 속수무책이었다.

그리하여 자기 군대를 가지고 있던 폼페이우스는 궁지에 몰
린 메텔루스를 도울 길을 모색하였다. 그래서 그는 카툴루스가
그에게 군을 해산시키라고 명령했는데도 불구하고, 이 명령에
는 아랑곳도 하지 않고서 늘 핑계를 대며 무장을 해제하지 않
은 채 로마 시 주변을 떠나지 않고 그대로 있었던 것이다. 그
러던 중에 루키우스 필리포스가 마침내 원로원에 제안하여 폼
페이우스에게 군 지휘권이 주어지게 되었다. 전하는 바에 의하
면 그때 원로원에서 어떤 의원이 당치도 않은 제안이라고 반박
하며 폼페이우스를 지방총독의 자격으로 파견하려는 생각으로
있느냐고 물었을 때 필리포스는 대답하기를,

"나는 그렇게 생각하지 않소. 두 집정관 대신으로 보내려는

것이오."

하였다고 하는데, 필리포스가 그 해의 집정관이 둘 다 무능한
사람들이라는 것을 빗대어 한 말이었다고 한다.

스페인에 도착하자 폼페이우스는 평판이 좋은 신임 장군의
예에 어긋나지 않게 병사들에게 새로운 희망을 불어넣어주어
그 기풍을 쇄신하고, 또 세르토리우스에게 마지못해 복종하고
있던 여러 부족들을 자극하여 자기편으로 끌어들였다. 한편 세
르토리우스는 폼페이우스를 얕보고 크게 비웃으면서,

"저 철부지 녀석의 종아리에 따끔한 맛을 보여서 쫓아버려야
겠는데 그 할머니가 있어서 문제야."

하고 말하였다. 여기서 할머니란 노장군 메텔루스를 가리켜서
한 말이었다. 그러나 말은 그렇게 하였지만 실제로는 노령의
메텔루스보다 이런 나이에 대군을 이끌고 다가오는 폼페이우스
를 매우 두려워하여 경계하였으며 점점 더 신중하게 싸움을 이
끌어 나갔다.

폼페이우스가 도착하자 메텔루스는 뜻밖에도 쾌락의 노예라
도 된 듯 그 생활은 방종으로 흘렀고, 오만한 태도와 사치로
갑자기 사람이 달라져버렸다. 이런 메텔루스의 모습 때문에 본
래 검소한 생활과 절제를 아는 폼페이우스는 대단한 인기와 명
성을 독차지하게 되었다.

전쟁의 형세는 자주 뒤바뀌었으나 라우론 시가 세르토리우스
의 수중으로 들어가게 된 것이 폼페이우스를 가장 괴롭혔다.
그가 세르토리우스를 포위했다고 생각하고서 기뻐하고 있을 때
도리어 갑자기 적에게 완전히 포위당하게 된 것을 발견했던 것
이다. 라우론 시민들을 구하러 갈 수도 없어서 그는 꼼작도 못
하고 눈 앞에서 라우론 시가 불에 타는 것을 속수무책으로 지
켜볼 수밖에 없었다. 한편 헤렌니우스와 페르펜나라는 경험이

풍부한 두 장군이 세르토리우스에게로 망명을 하여 그 부장이
되어 있었는데, 폼페이우스는 이 두 장군에게 발렌티아 부근의
싸움에서 승리를 거두어 1만 여 명의 적을 무찌른 경험이 있었
다.

이 승리에 의하여 기고만장해진 폼페이우스는 곧 웅대한 작
전을 계획하여 메텔루스의 힘을 빌리지 않고서 자기 혼자만의
힘으로 세르토리우스를 토벌하려고 서둘렀다. 이리하여 해가
질 무렵 수크로 강 가에서 양군의 전투가 시작되었다. 쌍방이
다 메텔루스가 오는 것을 두려워하였다. 왜냐하면 폼페이우스
는 단독으로 싸우고 싶었기 때문이었고, 세르토리우스는 싸움
의 상대가 단독이기를 바랐기 때문이었다. 이 전투의 결과는
쌍방에게 다 신통치가 않았다. 쌍방이 다 각기 한쪽 날개로 적
의 한쪽 날개를 무찔렀기 때문이었다. 그러나 두 장군을 비교
해보면 세르토리우스 쪽이 소득이 많았다. 그는 자기 정면에
전열을 편 적군을 무찔렀기 때문이었다.

한편 말을 탄 폼페이우스는 말을 타고 체구가 장대한 한 보
병의 습격을 받았다. 양자가 서로 상대방에게로 덤벼들어 격투
가 벌어졌고, 서로 내리친 칼에 모두 팔을 다쳤다. 폼페이우스
는 팔에 상처를 입은 데 지나지 않았지만 상대방은 팔을 잃었
기 때문에 이를 본 많은 세르토리우스의 병사들이 폼페이우스
에게 덤벼들었으나, 그때는 벌써 아군 병사들이 퇴각을 시작하
고 있었다. 여기서 폼페이우스는 황금마구와 값비싼 장식품으
로 장식한 말을 적에게 내맡기고, 적의 병사들이 황금장식품에
정신이 팔려 있을 때 구사일생으로 빠져 나올 수가 있었다. 적
병들이 이 마구와 말을 서로 나눠 가지려고 싸우는 바람에 도
망치는 사람에게는 관심이 없었던 것이다.

다음날 아침이 되자, 쌍방은 또다시 각기 필승을 다짐하고

싸움터로 나왔다. 그러나 메텔루스가 폼페이우스 군을 도우러 나왔기 때문에 세르토리우스는 퇴각하여 군대를 분산시켰다. 그의 병사들은 이와 같은 분산과 집합에 능란하였으며, 세르토리우스는 신출귀몰하듯이, 때로 혼자서 헤매고 있는 듯이 보이다가도 어느 사이에 15만 명의 대군을 이끌고서 마치 갑자기 물이 불은 급류처럼 쳐들어오는 것이었다. 폼페이우스는 전투가 끝나자 노장군을 맞이하러 갔다. 두 장군이 서로 접근하자 폼페이우스는 상대방의 지위가 높았으므로 그에게 경의를 표하는 뜻으로 병사들에게 명령하여 그들이 들고 있는 의장을 숙이게 하였으나 노장군은 이를 제지하였다. 그는 호인다운 모습만 보일 뿐 과거에 집정관을 지낸데다가 연장자임에도 불구하고 조금도 상관의 행세를 하려고 하지 않았다.

그러나 양군이 같이 진을 치고 있을 때에는 전군의 암호를 메텔루스가 결정하였다. 그러나 양군이 따로 헤어져서 진을 칠 경우가 적지 않았다. 왜냐하면 적은 신출귀몰하여 여기서 번쩍 나타나고 저기서 번쩍 나타나 이 전투에서 저 전투로 아군을 끌고 돌아다니며 두 부대를 끊어 놓았기 때문이었다. 이렇듯 세르토리우스 군사들은 재빠른 움직임과 계략으로 양군의 보급선을 차단하고, 그 지방을 약탈하였으며, 제해권을 장악하여 자기 세력하에 있는 스페인으로부터 식량이 부족한 두 장군을 몰아내어 다른 지방으로 부득이 이동하게끔 만들었다.

폼페이우스는 이 전쟁에서 개인 재산을 거의 다 써버렸기 때문에 원로원에다 국비의 지출을 요구하면서, 만일 그렇게 되지 않을 경우 군대를 이끌고 이탈리아로 철수할 생각이라는 서한을 보냈다. 당시의 집정관 루쿨루스는 폼페이우스를 좋지 않게 생각하고 있었으나, 미트리다테스 전쟁의 지휘권을 자기가 쥐려고 노리고 있었기 때문에 폼페이우스에게 전비를 보내기 위

하여 온갖 노력을 아끼지 않았다. 미트리다테스 왕을 쳐부수기
란 그리 힘들지도 않고 또 큰 명예를 얻을 수 있을 것이라고
생각되었기 때문에, 루쿨루스로서는 폼페이우스가 세르토리우
스 토벌을 단념하고 미트리다테스 전쟁을 자기가 맡겠다고 나
설까 봐 겁이 났기 때문이었다.

　그런데 이때, 의외로 세르토리우스가 부하들의 배반으로 암
살되었다. 이 암살단의 두목이었던 페르펜나는 세르토리우스와
동일한 정책을 답습하려고 하였고, 똑같은 군대와 장비를 가지
고 전투에 임하였으나 이것을 활용하는 머리는 세르토리우스와
비교가 되지 않았다. 그러므로 폼페이우스는 그 즉시로 공격을
개시하여 페르펜나가 계획성이 없는 행동을 취하는 것을 알게
되자, 미끼로 10개 대대를 들판으로 내보내 적이 나타나기를
기다렸다가 산산이 흩어져 달아나는 시늉을 해 보이라고 명령
하였다.

　페르펜나가 이에 속아 추격을 가하자 폼페이우스는 전군을
이끌고 모습을 나타내어 접전한 끝에 그렇게 어렵지 않게 적을
완전히 무찔렀다. 적의 장군들은 대부분 이 전투에서 쓰러졌
다. 페르펜나 자신도 포로가 되어 폼페이우스 앞으로 끌려와
처형되었다. 그러나 이것은 어떤 사람들이 비난하는 것처럼 배
은망덕한 행위도 아니고 또 시칠리아 섬에서의 일을 망각한 행
동도 아니었다. 오히려 그는 앞으로 나라의 이익을 위하여 원
대한 생각에서 매우 신중하고도 현명하게 그를 처형한 것이었
다.

　왜냐하면 페르펜나는 로마에 있는 정계의 실력자들이 세르토
리우스에게 보낸 비밀서류를 압수하였는데, 그가 이 서류를 사
람들에게 공개하려고 했기 때문이었다. 그들 실력자들은 현 정
국에 동요를 일으켜 국가를 변혁하려는 생각에서 세르토리우스

를 이탈리아로 소환한 적이 있었던 것이다. 그렇기 때문에 폼페이우스는 이제 끝을 본 이 전쟁보다도 더 큰 전쟁이 일어날 것을 염려하여, 페르펜나를 처형함과 동시에 그 비밀서류를 읽어 보려고도 하지 않은 채 불 속으로 던져버렸던 것이다. 이것은 로마의 평화를 위해서 어린 나이답지 않게 냉철하고 신속한 판단이었다.

그 후 폼페이우스는 잠시 스페인에 그대로 머무르면서 눈에 띄는 혼란을 진정시키고, 특히 민심을 소란케 하는 것을 수습 해결한 다음에, 군을 이끌고 이탈리아로 개선하였으나 이 곳에서는 때마침 노예전쟁이 한창이었다. 로마 군의 장군 크라수스가 저돌적으로 서둘러 전투를 전개시킨 결과 노예군 1만 2천3백 명을 죽이고는 승리를 거두었다. 그런데 폼페이우스에게 행운이 따랐는지 크라수스와 성공을 나누는 결과가 되었다. 크라수스와의 전쟁에서 패배한 5천 명의 노예군을 행군 도중 만나게 되어 이것을 전멸시킨 것이었다.

그리하여 크라수스보다 앞서서 원로원에 보고서를 보내어 크라수스는 노예군을 본격전에서 격파하였으나 이 전쟁의 뿌리를 뽑은 것은 자기라고 전하였다. 로마 인들이 폼페이우스를 항상 경애하고 있었으므로 이 보고를 기꺼이 받아들여 그것을 기쁨과 찬사의 이야깃거리로 삼았다. 하물며 스페인에서의 승리와 세르토리우스에 대한 승리가 폼페이우스 아닌 다른 사람의 손에 의하여 되었다고는 장난으로도 감히 입밖에 내놓는 사람이 없었다.

폼페이우스의 명성이 오르고 그에 대한 기대가 고조되자, 한편으로는 그가 군을 해산하지 않고, 무단독재를 통하여 곧 술라와 같은 전제정치를 펴게 될 것이라는 질투와 공포가 생겨났다. 그렇기 때문에 폼페이우스를 경애한 나머지 도중에서 그

가 오기를 기다렸다가 그의 군문으로 들어와 수고를 같이 하려
는 자들이 있었는가 하면, 한편에선 폼페이우스가 독재정치를
할 것이라는 공포에서 그렇게 하려던 자들도 결코 그 수가 적
지 않았다. 폼페이우스는 개선식이 끝나면 군대를 해산할 것이
라고 예고하여 그러한 의구심을 진정시켰지만, 그래도 아직 그
를 나쁘게 말하는 자의 눈으로 볼 때는 그에게 하나의 비난받
을 만한 점이 있었다. 그것은, 그가 원로원보다는 민중들측에
서서 술라 이후 땅에 떨어진 정무위원 제도를 부활시켜 대중에
게 아부하려고 한다는 것이었다. 이 비난은 틀림이 없었다.

왜냐하면 로마 사람들은 다른 것은 고사하고라도 이 정무위
원 제도만큼은 부활시켜야 한다고 열광적으로 바라고 있었는
데, 폼페이우스는 여기에서 정계진출의 호기를 발견하고 이러
한 정치적 조처를 취할 수 있는 길이 다른 사람에게 주어지지
않고 자기에게 주어진 것을 큰 행운으로 생각하고 있었던 것이
다. 만약 누군가 다른 사람이 그를 앞질러 이것을 행하였다면
그는 시민들의 호의에 보답할 보다 더 좋은 길을 다른 데서 찾
을 수는 없었을 것이다.

폼페이우스에게는 또다시 개선식 거행의 자격이 부여되었고
집정관으로도 선출되었다. 그러나 그것만으로 그가 경의의 대
상이 되었다거나 위대한 사람으로 보인 것은 아니었다. 오히려
그에게 광채를 띠게 해준 것은 크라수스의 태도였다. 크라수스
로 말하자면 당시의 정치가 중에서도 가장 부유하고, 시민들을
압도할 만한 웅변력을 가지고 있었으며, 정계에서도 무시 못
할 존재가 되어 있었다. 그런데 그는 폼페이우스를 위시하여
다른 모든 사람들을 멸시하면서 폼페이우스의 협력을 얻기 전
에는 집정관의 지위를 차지하려고 하지 않았던 것이다. 말할
것도 없이 이러한 크라수스의 태도는 폼페이우스를 기쁘게 하

였다.

그는 어떤 형식으로든 크라수스에게 봉사하여 그에게 호의를 보여야겠다고 예전부터 벼르고 있었기 때문이었다. 그러기 때문에 폼페이우스는 크라수스의 희망을 기꺼이 받아들여 시민들을 향해 크라수스를 그의 동료로 선출해준다면 자신이 집정관에 선출된 것 못지 않게 기쁘게 생각할 것이라고 말함으로써 시민들의 지지를 호소하였다. 그러나 이 두 사람은 집정관에 선출되고 난 후부터는 사사건건 의견이 맞지 않았다. 크라수스는 원로원에서 유력한 존재였으나, 폼페이우스는 민중들 속에서 인기가 대단하였다. 폼페이우스의 이 세력은 그가 정무위원 제도를 민중을 위하여 부활시키고, 또 재판의 실권이 법에 의하여 또다시 기사계급으로 되돌아가는 것을 묵인한 데서 온 것이었다. 그러나 사람들을 가장 기쁘게 한 것은 폼페이우스가 군무에서 해임되었을 때의 광경이었다.

로마의 기사들은 법에서 정해진 연한의 군무를 끝내면 로마 시의 중앙광장에서 '대정관'이라고 불려지는 두 명의 고관 앞으로 말을 끌고 가서 자기가 종군했을 때의 사령관의 이름을 열거하고, 이어 자기가 군무에 봉사하였을 때의 공적을 일일이 보고한 다음, 군무에서 해임되는 것이 관례였다. 그때에는 또 각자의 경력에 따라 상벌도 받게 되어 있었다.

대정관 겔리우스와 렌툴루스는 관복을 입고 위엄 있게 앉아 있었다. 기사들은 그 앞을 엄숙하게 걸어 사열을 받았다. 그러자 폼페이우스가 광장으로 내려오고 있는 모습이 사람들의 눈에 띄었다. 그는 집정관의 신분을 나타내는 것들을 모두 몸에 붙이고서 손수 말을 끌고 왔다. 광장으로 가까이 와서는 그 모습을 사람들이 똑똑히 알아볼 수 있는 곳에서 호위병들을 물러가라고 명령하고는 단 앞에까지 혼자 말을 끌고 갔다. 그 광경을 사람들은 눈을 크게 뜨고 숨을 죽이고서 지켜보고 있었다. 대정관들도 이 광경에 외경과 희열을 느꼈다. 이윽고 연장자인 대정관이 그에게 다음과 같이 물었다.

"폼페이우스 마그누스여, 본관은 그대에게 묻노니, 그대는 법에 정해진 군무를 모두 끝마쳤느냐?"

폼페이우스는 목소리도 우렁차게 대답하였다.

"전 군무를 끝마쳤습니다. 모두 대장군인 본관 자신의 지휘 밑에서."

이 말을 듣고 사람들이 환성을 질렀는데 그 환호 소리가 그칠 줄을 몰랐다. 두 대정관도 자리에 일어나 그를 자택까지 바래다주었으며, 박수를 치면서 그의 뒤를 따르는 시민들이 그를 기쁘게 하였다.

폼페이우스의 임기가 거의 끝나게 되고 크라수스와의 불화 관계가 더욱 심하게 되었을 때, 기사계급에 있으면서 정계와는 관계가 없는 카이우스 아우렐리우스라는 사람이, 시민대회가 열렸을 때 연단으로 올라가 그의 꿈에 유피테르 신이 나타나 두 집정관에게 그 자리를 떠나기 전에 반드시 화해하라 일러주라고 명령했다는 말을 하였다. 그가 이야기를 끝마쳤을 때 폼페이우스는 그저 묵묵히 서 있었지만 크라수스는 폼페이우스 쪽으로 걸어와 손을 내밀고 그에게 말을 건넨 다음, 다음과 같이 시민들에게 호소하였다.

"시민 여러분, 나는 내가 먼저 폼페이우스에게 화해를 청하는 것을 수치로 생각하지는 않습니다. 또한 나의 명예에 관계되는 일이라고도 생각지 않습니다. 왜냐하면 내가, 폼페이우스가 아직 수염도 나지 않은 홍안 소년 때부터 '대'폼페이우스라는 칭호를 주었고, 또 원로원 의원이 되기도 전에 두 번씩이나 개선식을 올리도록 허락했다는 것을 여러분이 알고 있기 때문입니다."

이리하여 두 사람은 서로 화해하고 나서 집정관직을 내놓았다. 크라수스는 정계에 진출하였을 당시에 택했던 생활방침을 조금도 바꾸지 않고 그대로 지속하였지만, 폼페이우스는 법정 변론의 부탁을 가끔 받으면서도 이를 거절하였으며, 많은 사람들이 모여 교제와 대화가 오가는 중앙광장의 생활로부터도 점차 멀어져 갔다. 또 공공장소에도 이따금씩밖에 모습을 나타내지 않았지만 그럴 때에는 늘 많은 무리를 거느리고 나타났다. 어디서 만나도 그는 늘 많은 군중을 거느리고 다니거나 군중에게 둘러싸여 있지 않은 그의 모습을 보기란 그리 쉬운 일이 아니었다. 그 자신도 많은 사람들을 거느리고 나타나는 것을 무엇보다도 좋아하였고, 이것을 자기 몸을 장식하는 위신이며 명예라고 생각하였지만, 대중과 함께 사귀며 친히 지내면서 그러는 중에서도 자기의 위신만은 손상시키지 않고 지켜야겠다고 생각하고 있었다.

과연 싸움터에서는 아무리 자기가 위대하다는 것을 과시하는 자라 할지라도, 만민평등의 민주정치 세계에 순응하지 못하는 자에게는 정치생활이라는 것이 그를 불명예 속으로 끌어넣는 위험을 갖고 있게 마련인 것이다. 왜냐하면 이와 같은 사람들은 싸움터에 있어서와 마찬가지로 정치에 있어서도 제1인자가 되기를 원하지만, 한편 싸움터에서 공로가 없는 자도 정치에 있어서만은 지지 않으려고 갖은 애를 쓰기 때문인 것이다. 그러므로 싸움터에서 혁혁한 전공을 세워 개선의 영광에 빛나는 사람이라 할지라도 정치를 하기 위해, 싸움에 이긴 장군의 거만한 모습으로 로마 시의 중앙광장에 나타나면 사람들은 그를 조롱하고 무시해버리려 한다. 그러나 정치를 포기하고 물러서는 자에게는 사람들은 싸움터에서의 명예와 권세를 그대로 갖게 하며 그를 비난하지도 않는다. 이러한 일은 여러 가지 예에서 사실로 입증되었다.

해적의 세력은 처음에는 킬리키아에서 시작되었는데, 처음에는 몸의 위험을 무릅쓰면서 사람의 눈을 피하여 행동하였으나, 미트리다테스 전쟁이 터졌을 무렵에는 하늘을 뚫을 듯한 기세와 용맹성을 발휘하여 미트리다테스 왕을 위하여 온갖 충성을 다 바쳤다. 이에 로마 인이 내란을 일으켜 로마 시 성문 앞에서 서로 싸우게 되자 지중해는 경찰력을 잃었으므로 점차 해적들을 불러들인 결과가 되었는데, 그들은 항해자를 습격할 뿐만 아니라 섬들과 연안 도시까지도 약탈하였다. 그러나 돈으로 세력을 휘두르는 사람들과 좋은 가문으로 존경을 받는 사람들, 또 뛰어난 지성을 지닌 사람들까지 해적단에 가담하여 그 활동의 일익을 담당하고 그것에 의하여 칭찬을 받고 명예욕도 충족시키려 하였다. 또 당연하게 거대한 규모의 해적선의 정박지와 감시초가 도처에 설치되게 되었다.

거기에 모습을 나타내는 해적선단은 우수한 선원과 기술이 뛰어난 조타수, 쾌속의 선박으로 편성되었다. 그들의 강력한 세력보다도, 보는 사람들로 하여금 더욱 불쾌감을 자아내게 한 것은 교만하기 짝이 없는 그 호화로운 장식이었다. 금색 돛대에 자줏빛 돛을 달고 은으로 된 노를 저으며 그 으스대는 모양새는 마치 불법을 저지르고도 그것을 자랑으로 여기는 듯했다. 또 그들은 해안이라는 해안에서는 언제나 연회를 베풀었고, 가무성연을 즐겼으며, 로마의 장군들을 납치하거나 점령한 도시들로부터 조세를 거둬들이는 등의 행패로 로마의 위신을 더럽혔다. 이리하여 해적선의 수는 1천 척을 넘었으며, 그들에게 점령된 도시는 400개에 이르렀다.

그때까지 신성불가침으로 생각되었던 여러 신전도 그들의 습

격으로 파괴되었다. 클라로스·디디마·사모트라케 섬 각각의
신전, 헤르미오네 시의 지모신의 신전, 에피다우로스 시의 아
이스쿨라피우스 신전, 이스트무스 지협·타이나로스 곶·칼라
우리아 섬 각각의 넵투누스 신전, 악티움 곶·레우카스 섬의
아폴로 신전, 사모스 섬·아르고스·라키니움 곶 각각의 유노
신전 등이 그것이다. 또 그들은 올림푸스에서 이국풍의 제사를
드리고, 가지가지의 밀교(密敎)의 제사도 드렸으며, 그 중에서
도 미트라스 교는 그들이 최초로 수입해 들인 것으로서 오늘날
까지도 전해지고 있다.

그들이 로마 인에게 가한 최대의 모욕은 로마 인이 건설한
도로에 상륙하여 이것을 거슬러 올라가면서 약탈을 행하고 도
로에서 가까운 곳에 있는 마을들을 파괴한 것이었다. 심지어는
주홍색 단을 두른 관복을 입은 두 법정관, 섹스틸리우스와 벨
리누스를 습격하여 그 부하들과 호위병들마저 납치해 가기도
했다. 또한 개선식까지 올린 명장 안토니우스의 딸은 아버지의
소유지로 가는 도중 해적들에게 잡혀 막대한 몸값을 치르고서
야 겨우 돌아올 수 있었다. 그들이 얼마나 오만불손했는지 그
예를 들어보겠다.

만일 그들에게 잡힌 자가 자신은 로마의 시민이라고 외치고
서 그 이름을 대었다고 하자. 이러할 경우 해적들은 늘 그 이
름을 듣고 무서워서 혼비백산한 듯이 무릎을 치고 그의 앞에
엎드려 용서를 빈다. 그래서 잡힌 사람도 정말 겁이 나서 용서
를 비는 줄로만 알고 마음을 놓는다. 그러한 후 그들은 어떤
자에게는 로마 인 특유의 장화를 신기고, 어떤 자는 로마 인의
옷을 입혀서 그가 이제는 누가 보아도 로마 인이라는 것을 알
게 한다. 이렇게 하여 오랫동안 모욕을 주고 조롱한 다음, 큰
바다 한가운데서 사다리를 바다에 내려놓고 그에게 이 배를 내

려서 편안히 여행을 떠나라고 명령한다. 그가 이 명령에 복종
하지 않으면 등을 밀어 바다에 떨어뜨리는 것이다.

　이렇듯 우리들의 바다 지중해는 모든 해적의 세력에 잠식당
해 상선조차도 전혀 항해할 수 없게 되었다. 그리하여 식량 수
입의 길이 막히게 되어 식량난의 위협을 느끼게 된 로마 인들
은 폼페이우스를 생각해 내었고 그로 하여금 바다에서 해적을
소탕하게 하려고 하였다. 그래서 폼페이우스의 심복 중 한 사
람인 가비니우스라는 자가 인민대회의 결의안을 작성하였는데,
그 결의안이란 폼페이우스를 함대사령관으로 임명할 뿐만 아니
라 그를 일약 독재자로 만들어 놓는 것이었다. 그 내용은 그가
모든 권력을 행사하며 그러면서도 그에게 면책의 특권을 부여
한다는 것이었다.

　이 결의안은 지브롤터 해협 동쪽의 해면 및 해안으로부터
400퍼얼롱 이내의 육지에 대한 명령권을 그에게 부여하는 것으
로서 로마 대부분을 포함함과 동시에, 지중해 최대의 여러 민
족 및 최강의 여러 왕후를 그의 세력 아래 놓는 것이었다. 이
밖에도 폼페이우스는 15명의 부관을 원로원 의원 중에서 선출
하여 이들에게 지휘권을 맡겨도 좋다는 허락을 받았으며, 국고
의 지출과 세금청부인들로부터 얼마든지 재량대로 예산을 사용
할 권리를 부여받았다. 또한 200척에 이르는 군선이 그에게 부
여되어 그 병사들과 선원의 수, 징집방법까지도 그의 재량에
일임하기로 하였다.

　이 결의안을 낭독하자 일반시민들은 찬성의 뜻을 표하였지
만, 원로원의 최유력자들은 이러한 무제한의 권력은 이것을 보
유하는 자가 질투의 표적이 되는가 아닌가의 문제를 넘어서 민
중의 공포심을 불러일으키게 될 것이라고 생각하였다. 그래서
카이사르를 제외한 전 의원이 이 결의안에 반대하였다. 카이사

르는 이 안을 지지했는데 그렇다고 해서 폼페이우스를 고려해 서 그런 것이 아니라, 그는 처음부터 민중 편을 들어서 그들을 자기편으로 끌어들여 정치적 발판을 삼고자 하는 데 그의 목적 이 있었던 것이었다. 그러나 그 이외의 의원들은 폼페이우스를 몹시 비난하였으며, 그 중에서도 집정관인 한 사람은 그에게 로물루스와 같은 흉내를 내다가는 로물루스와 마찬가지로 비명 에 갈 것이라고 비난하였기 때문에 하마터면 민중들에게 죽임 을 당할 뻔하였다.

카툴루스가 앞으로 나와 이 결의안에 대한 반대의견을 진술 하려고 하자, 민중은 그에게 경의를 표하여 조용한 가운데 그 의견을 들으려고 하였다. 그는 시민들을 흥분시키지 않기 위해 악의 없는 말로 경의를 다하여 폼페이우스를 논하고, 그를 좀 더 아껴야 한다고 말하고서, 이러한 인물을 계속되는 위험과 전란 속에 몰아넣어서는 안 된다고 경고하였다. 그러나 그가

"만일 폼페이우스를 잃게 된다면 여러분은 그 대신 어떤 장 군에게 의존하려는 것입니까?"

하고 묻자, 민중은 이구동성으로

"당신에게요!"

하고 함성을 올렸다.

카툴루스는 민중의 뜻을 돌리기 위해 최선을 다했지만 결국 민중을 설득하지 못하고 물러섰다. 그 다음으로는 정무위원의 한 사람인 로스키우스가 앞으로 나왔을 때에는 귀를 기울이는 사람들이 없었기 때문에, 그는 폼페이우스를 단독으로 파견해 서는 안 된다며 한 사람을 더 선출하자 하는 뜻으로 두 손가락 을 쳐들어 보였다. 민중은 이 말에 분개하여 너무나도 큰 소리 를 질렀기 때문에 이와 동시에 위를 날고 있던 까마귀 한 마리 가 기절하여 군중의 머리 위로 떨어졌다는 이야기가 있다. 이

것은 고함 소리로 공기가 찢기고 갈라져서 생긴 진공 속에 까
마귀가 빠져서 떨어진 것이 아니라, 그 고함 소리가 큰 덩어리
가 되어 공중에 강한 진동을 일으켜 마침 그때 그 곳을 날아가
던 까마귀가 맞아 떨어진 것이었다.

그 날의 회의는 이것으로 끝났다. 드디어 투표일이 오자 폼
페이우스는 사람의 눈을 피하여 별장으로 가서 숨어 있었으나
결의안이 가결되었다는 소식을 듣자, 그는 민중이 그를 맞이하
러 몰려오면 일부 인사들의 질투를 사게 될 것이라고 생각하고
서 밤을 기다려 로마 시로 돌아왔다. 이튿날 아침 시민들 앞에
나와 신에게 제사를 드렸다. 이어 그를 위하여 시민대회가 열
렸는데, 지난번에 가결되었던 가결안에 덧붙여 그는 다시 각종
의 권한을 얻는 데 성공하여 그 장비가 배로 늘어났다. 즉, 군
선 500척에 병력이 가득 찼고 중장보병 12만 명, 기병 5천 명
이 징집되었으며 원로원 의원 중에서 24명에 이르는 장성이 그
의 손으로 선발된 데다가 재무관 2명을 골라 그를 돕게 한 것
이었다. 그런데 그때 물가가 이런 움직임으로 갑자기 하락하였
으므로 민중은 기쁨에 넘쳐 폼페이우스의 이름만 듣고서도 전
쟁이 끝났다고 이구동성으로 찬사가 자자했다.

폼페이우스는 지중해의 해면과 연안지방을 13곳으로 구분하
여 그 하나하나에 일정 수의 군선과 지휘관을 배치했으며, 각
처로 파견한 병력으로써 오가는 해적선단을 포위하고 그 즉시
로 나포하여 항구로 끌고 왔다. 그러나 잡히지 않고 빠져 나간
해적선들은 벌이 벌집으로 모여들듯이 사방으로부터 킬리키아
로 되돌아왔기 때문에, 폼페이우스는 몸소 가장 좋은 군선 60
척을 이끌고 이들을 공격하기로 하였다. 그러나 그들에게 총공
격을 가하기 전에 그는 먼저 티르헤니아 해, 아프리카 해, 사
르디니아, 코르시카, 시칠리아 근해의 해적을 소탕했는데, 이

에 소요된 날짜는 불과 40일에 지나지 않았다. 그와 그의 부장들의 사기는 하늘을 찌를 듯하였다.

사태가 이렇게 되자 로마에서는 집정관 피소가 분노와 질투를 누르지 못하고 폼페이우스의 작전을 방해하였으며 군선의 병사들을 해산시키려고 하였으므로, 폼페이우스는 함대를 브룬두시움으로 보낸 다음 자신은 투스카니를 거쳐 로마로 향하였다. 로마 시에서는 온 시민이 이것을 알고서 거리로 넘칠 듯이 뛰쳐 나와 불과 며칠 전에 환송한 사람을 맞는 광경이라고는 생각되지 않을 만큼 성황을 이루었다. 그들은 의외로 상태가 급진전하여 해적들의 소탕으로 양곡이 남아 돌아갈 정도로 풍부해진 것을 보고서 기뻐한 것이었다.

이 때문에 피소도 집정관 자리를 내놓아야 할 형편에 놓이게 되었다. 가비니우스가 그를 파면할 결의안을 일찍부터 준비하고 있었기 때문이었다. 그러나 폼페이우스는 이것을 말리고, 그 밖의 다른 일들도 다 처리하고서 원하는 것을 받은 다음, 함대가 기다리고 있는 브룬두시움에 이르러 선단을 이끌고 그곳을 떠났다. 그는 길이 너무도 바빠서 몇 개 도시는 그냥 지나쳤지만 아테네 시에만은 들러 시내로 들어가 여러 신에게 제사를 드린 다음 시민들 앞에서 일장연설을 하였다. 그 곳을 황급히 떠나려는데 그에게 바쳐진 시구가 성문에 새겨져 있는 것이 눈에 띄었다. 성문 안쪽에는,

그대는 자신을 인간으로 보지만
그대는 신에 가까운 인간이로다.

라고 적혀 있고 성문의 바깥쪽에는,

우리들은 기다렸노라
우리들은 우러러보았노라
우리들은 눈앞에서 보았노라
이제 우리들은 그대를 보내노라.

라고 적혀 있었다.

한편, 해적선단은 아직도 먼 바다를 방황하고 있었으나, 폼페이우스는 그들 중 원하는 자는 그 항복을 받아들여 관대히 처분해서 배만 압수하는 정도로 그치고 사람은 처벌하지 않았으므로, 나머지 해적들도 희망을 갖고 다른 지휘관을 피하여 폼페이우스에게 그 처자를 데리고 항복해 왔다. 그는 그 모두를 용서해주고, 그들의 힘을 빌려 아직도 숨어 있는 해적들을 찾아 내어 처벌하였다. 이들은 자기 죄가 용서받을 수 없는 중벌임을 자각하고 있었기 때문에 항복을 꺼리고 있던 자들이었다.

그러나 아직 대다수의 해적들, 더군다나 가장 강력한 해적들은 가족과 재산과 필요 없는 사람들을 타우루스 산맥에서 가까운 견고한 요새와 성에 남겨 두고 나머지 선단을 이끌고는 킬리키아의 코라케시움 근해에서 함대를 이끌고 오는 폼페이우스를 요격하였다. 그러나 패전하여 포위를 당하였으므로 그들은 사자를 보내어 폼페이우스에게 용서를 빌어 자기의 신병과 그 세력하에 있는 성벽을 둘러싸고 요새로 만들어 놓은 도시들과 섬들을 그에게 내놓았다. 이렇게 하여 싸움은 종식을 고하고, 3개월도 채 못 되어 해적의 모습은 해상에서 찾을 길이 없었다.

폼페이우스는 많은 선박을 나포하였으나 그 중에는 청동으로 뱃머리를 싼 배가 90척이나 있었다. 그는 2만 명이 넘는 포로

를 죽일 의사는 없었지만, 그렇다고 해서 가난하고 호전적이며
수도 많은 그들을 그대로 내버려 두면 때로는 흩어졌다가 다시
서로 모여 일을 저지를지도 몰라 안심이 되지 않았다. 그의 생
각에 의하면 사람의 본성은 처음부터 거칠고 야수와 같은 것이
아니라, 악한 습성으로 오염된 것에 지나지 않았다는 것이었
다. 그러므로 습관과 토지, 생활의 변화에 따라 부드러워질
수 있으며, 야수라 할지라도 온순하게 기르면 광포한 야성을
버리게 된다고 여겼다.

그래서 그는 포로들을 바다에서 육지로 데려다가 도시에서
살게 하거나 농촌으로 보내어 농사일도 하게 하여 올바른 생활
이 무엇인가를 그들에게 가르쳐주기로 결심하였다. 그래서 인
구가 줄어든 킬리키아의 여러 도시에 해적들을 얼마간 보내어
시민들 사이에 끼여 살게 하고 그들이 살 땅도 얻어주었다. 또
한 아르메니아 왕 티그라네스에게 약탈당한 솔로이 시를 복구
하여 그 곳으로 많은 해적들을 이주시켰다. 또 당시 주민도 없
이 방치되었던 광대하고도 비옥한 땅을 가지고 있던 아카이아
의 디메 시에도 폼페이우스의 노력으로 많은 해적들이 이주할
수 있었다.

그러나 이러한 여러 가지 사업은 폼페이우스를 시기하는 사
람들의 비난의 표적이 되었다. 그의 친구들마저도 크레타 섬에
서 그가 메텔루스에게 행한 태도만은 달갑게 생각하지 않았다.
이 메텔루스는 스페인에서 폼페이우스와 어깨를 나란히했던 명
장 메텔루스의 친척이었으며, 폼페이우스가 해적소탕의 임무를
맡기 전에 이미 크레타 섬의 총독이 되어 크레타 섬에 주둔하
고 있었다. 크레타 섬은 킬리키아에 이어 해적의 두번째 가는
근거지였다. 메텔루스는 이 섬에서 많은 해적들을 포위해서 잡
아 죽였다.

생존자들은 포위 속에서도 폼페이우스에게 사자를 보내어, 이 섬도 장군의 관할 범위 내에 속하여 섬 전체가 해안으로부터 지정된 거리 내에 있으니 폼페이우스가 와서 도와주기를 바란다고 간청하였다. 폼페이우스는 이 간청을 받아들여 메텔루스에게 서한을 보내어 소탕을 중지시키는 한편, 각 시에도 서한을 보내어 메텔루스의 명령을 무시하라고 주의를 환기시키고는 부장 루키우스 옥타비우스를 파견하였다. 옥타비우스는 시내로 들어가 포위된 해적을 도와 함께 협력하여 메텔루스 군과 싸웠다. 이 때문에 폼페이우스는 사람들의 빈축을 샀으며 가혹한 자라는 인상을 그들에게 주게 되었을 뿐만 아니라, 조소를 받아 마땅한 자라고까지 여겨지게 되었다. 왜냐하면 그는 메텔루스에 대한 질투심과 경쟁심 때문에 무자비한 해적들에게까지 자기의 이름을 빌려주어 방패로 삼게 하였다고 사람들은 생각하고 있었다. 예전의 아킬레스도 명성을 떨치기 위해서 대장부답지 않게 철없는 아이처럼 경거망동하여 사람들에게 적장 헥토르를 죽이지 말라고 제지했는데,

누군가가 그를 죽여 명성을 떨치면,
나의 제일 가는 지위를 잃게 될까 봐 겁을 냈던 것이다.

라고 했다. 폼페이우스도 또한 역전의 장군으로부터 개선식 거행의 명예를 빼앗기 위하여 흉악한 무리와 한패가 되어 그 장군과 싸우기까지 한 것이었다. 그러나 메텔루스는 이에 굴하지 않고 해적들을 잡아 죽이고, 또 옥타비우스의 진지를 찾아와 오만한 태도로 그를 매도하며 쫓아버렸다.

그런데 해적과의 전쟁이 끝나고 폼페이우스가 한가로이 여러 도시를 순시 중이라는 소식이 로마에 전해지자, 정무위원 중

하나인 마닐리우스라는 사람이 시민대회에 제출할 결의안을 작성하였다. 그 내용은 폼페이우스에게 루쿨루스가 통괄하고 있던 지역과 군대를 모두 인도하고, 이것에 덧붙여서 글라브리오가 총독으로 있는 비티니아도 그에게 맡겨 미트리다테스와 티그라네스 두 왕과의 전쟁을 수행케 하고, 그때까지 그가 장악하고 있던 해군과 지상군의 통솔권을 그대로 그에게 주기로 하자는 것이었다.

그러나 이것은 로마의 지배권이 모두 한 사람의 수중으로 들어가는 것을 의미하는 것이었다. 왜냐하면 먼젓번의 시민대회의 결의안에서 그의 관할하에 들어가지 않았던 여러 지방 즉, 프리기아·리카오니아·갈라티아·카파도키아·킬리키아·상(上)콜키스·아르메니아 등마저 그의 지배하에 놓이게 되고, 또 루쿨루스가 미트리다테스·티그라네스 두 왕과 싸울 때 가졌던 전 병력도 그가 장악하게 되기 때문이었다. 이렇게 되면 루쿨루스는 자기가 그때까지 쌓은 공에 대한 명예를 빼앗기게 되고, 그 후계자 폼페이우스는 그 뒤를 이어 전쟁을 수행하는 자가 아니라 뒤를 이어 개선식을 올리는 사람이 되는 것이었다.

로마의 귀족들은 루쿨루스가 부정과 배신의 희생물이 되었다고 생각하지 않는 바는 아니었지만, 그것보다도 폼페이우스의 권력을 독재자의 권력으로 이끌고 가게 되는 점을 더 염려하여, 공화제의 자유를 수호하기 위하여 끝까지 싸우자고 사람 눈을 피해 가며 서로 격려하면서 결의안이 절대로 통과되지 않도록 일치단결하여 반대하기로 하였다. 그러나 막상 투표일이 되자, 그들은 민중이 두려워 아무도 반대의사를 표하지 못하였다. 이때 카툴루스만이 일어서서 결의안과 그것을 제안한 마닐리우스를 몹시 공격하였지만 누구 하나 자기를 지지하는 사람이 없는 것을 알게 되자, 단상으로부터 원로원 의원들에게 절

규하기를 조상들의 선례에 따라 산과 바위를 찾아다니며 로마
를 떠나 그 곳에 칩거하여 정치참여를 간접적으로 돕자고 거듭
촉구하였다.

그러나 폼페이우스에게 통솔권을 모두 주는 이 결의안은 결
국 만장일치의 찬성표를 얻어 시민대회를 통과하였다. 일찍이
술라가 내란을 일으켜 조국을 정복함으로써만 획득할 수 있었
던 것과 동등한 대권한을 폼페이우스는 로마에 있지도 않으면
서 쉽게 얻을 수 있었다. 그는 서한을 받고서야 시민대회의 결
의를 알았는데 옆에 있던 측근이 그에게 축하의 말을 하자, 폼
페이우스는 명예욕과 타고난 거만함으로 이맛살을 찌푸리고 무
릎을 치며 그런 대임을 맡기에 싫증이라도 난 사람처럼 난처한
태도를 보이며,

"아, 전쟁의 고생은 어찌 이리 끝이 없는가. 나는 비록 이름
없는 사람으로 항간에 파묻히는 한이 있더라도 군무를 떠나 사
람들의 질투를 피하여 아내와 함께 시골에 은거하고 싶소"
하였다고 한다. 그러나 이 말은 그의 가장 친한 친구들에게조
차도 속이 들여다보이는 거짓한탄으로 생각되었다. 그들은 폼
페이우스의 선천적인 명예욕과 지배욕이 루쿨루스에 대한 적개
심에 의하여 더욱 더 타오르고 본인도 그것을 내심 몹시 기뻐
하고 있음을 모두가 너무나도 잘 알고 있었기 때문이었다.

실제, 얼마 지나지 않아 그의 루쿨루스에 대한 적개심은 그
본심을 드러내게 되었다. 그는 각지 포고령을 내려 재향군인을
소집하고, 속령의 왕후들로 하여금 그를 원조하게 하였다. 지
방을 순시하며 루쿨루스의 시정을 모두 변경하였으며, 루쿨루
스가 처벌한 많은 사람들을 사면하였고, 그로부터 재물이나 상
을 증여받은 자들로부터는 그것을 몰수하는 한편, 루쿨루스의
숭배자들에 대해서는 루쿨루스에게 이제는 일체의 권한이 없게

되었다는 사실을 알리기 위하여 온갖 노력을 아끼지 않았다. 루쿨루스가 친구를 통하여 그에게 항의하기에 이르자, 두 장군의 회담이 갈라티아에서 마련되었다.

두 장군이 모두 빛나는 무훈을 세운 명장들이라 서로 만나게 되었을 때에는 호위병들이 다 같이 월계수로 장식한 의장을 들고 왔다. 그러나 루쿨루스는 녹음이 우거진 지방에서 왔는데 반하여, 폼페이우스는 나무라고는 하나도 없는 메마른 지방을 거쳐서 왔으므로 그의 의장을 둘러싼 월계수는 시들어서 바싹 말라 있었다. 루쿨루스측 호위병들은 폼페이우스의 월계수가 보잘것없이 시들어서 바싹 말라 있는 것을 측은하게 생각하여 자기들이 가지고 있던 월계수 가지 하나를 따서 폼페이우스의 의장에 달아주었다. 이것은 후에 사람들에게는 폼페이우스가 루쿨루스로부터 승리의 명예를 빼앗기 위해 왔다는 얄궂은 운명을 예고한 징조처럼 여겨졌다.

루쿨루스는 과거에 집정관을 지냈고 나이로 보아도 연장자였지만, 폼페이우스는 두 번에 걸친 개선식에 의하여 루쿨루스를 능가할 위신을 갖추고 있었다. 그렇기는 하더라도 두 장군은 이 초면의 자리에서 되도록 예의를 다하여 서로 상대방의 공적과 전승을 서로 축하하였다. 그러나 회담이 진전됨에 따라 적절한 합의점에 도달하기는커녕 점점 사태가 나빠져서 나중에는 서로 욕설을 퍼부으며, 폼페이우스는 루쿨루스의 탐욕을 비난하고 루쿨루스는 폼페이우스의 지배욕을 매도하는 것을 친구가 개입하여 싸움을 말리는 바람에 겨우 끝낼 수 있었다.

루쿨루스는 갈라티아에 그대로 머물면서 마음에 드는 자들에게 점령지를 나눠주고 표창하였다. 폼페이우스는 루쿨루스와 좀 떨어진 곳에 주둔하여 그를 고립시켰으며, 또 그가 거느리고 있던 병사들 중 건방지고 쓸모가 없거나 루쿨루스에게도 반감을 품고 있는 것으로 보이는 1천6백 명을 제외한 전군을 그에게서 빼앗았다. 게다가 폼페이우스는 루쿨루스의 업적을 모욕하고 그는 연극에나 나오는 허수아비 왕과 싸운 데 지나지 않지만, 자기는 전쟁경험이 많은 만만치 않은 병사들만 상대해 왔으며, 미트라다테스는 이제 방패와 칼을 높이 들고 수차의 패전을 되풀이하지 않으려고 권토중래하여 신중한 전비를 갖추고 있으니 본격적인 전쟁은 이제부터라고 장담하기를 서슴지 않았다. 루쿨루스는 이 도전을 받고서 분연히 일어나 전투준비를 하였다.

폼페이우스는 다 끝난 전쟁의 유령과 싸우려고 한다며, 루쿨루스가 마치 게으른 까마귀처럼 남이 싸우고 난 자리에 내려앉아서 싸움의 찌꺼기나 뜯어먹으려 했으니, 세르토리우스와의 싸움에서 그러하였고, 레피두스에 대하여 그러하였으며, 스파르타쿠스의 일당에 대하여 그러하였다고 비난하였다. 이것에 그치지 않고 크라수스가, 메텔루스가, 카툴루스가 공을 세운 다음에 그가 뛰어든 것에 지나지 않은 것이었고, 한 떼의 도망노예 따위를 무찌르고서 남이 올리게 된 개선식을 빼앗으려고 수단방법을 가리지 않은 그가, 이제 아르메니아 및 폰투스에 있어서의 전승의 명예를 남에게서 빼앗으려고 하는 것도 그가 늘 하는 버릇이어서 그것에 별로 놀랄 것도 없는 일이라고 응수하였다.

이리하여 루쿨루스는 자기의 진지를 버리고 물러갔다. 폼페이우스는 여기서 전 함대를 포이니키아에서 보스포루스 해협에 이른 해역에 배치하여 그 경비를 맡게 하고 자신은 미트리다테스 왕을 치러 떠났다. 미트리다테스 왕은 그때 3만 명의 보병과 2천 명의 기병을 가지고 있으면서도 도전할 기력을 잃고 있었다. 그는 견고하고 난공불락의 산 위에 진을 치고 있었지만

이 산에는 물이 없을 것만 같아 그 곳을 떠났다. 그러나 폼페이우스는 이 산을 점령하고서 초목의 성질과 산골짜기의 지형으로 보아 지하수가 있을 것이라고 판단하고서 몇 군데에다 우물을 파라고 명령하였다. 우물에서 물이 콸콸 솟아나오자 미트리다테스 왕은 어찌하여 이것을 몰랐을까 하고 모든 병사들은 이것을 이상하게 생각하고 폼페이우스의 정확한 판단에 놀랄 뿐이었다.

이어 폼페이우스는 왕을 에워싸고 포위망을 좁혀 갔다. 미트라다테스 왕은 이 포위망 속에서 45일 동안이나 버티다가 병약자들은 죽이고 튼튼한 병사들만 데리고 그 곳을 빠져 나갔다. 폼페이우스는 이를 추격하여 에우프라테스 강 가에서 왕과 대진하였으나, 왕이 먼저 강을 건너 도망치지 못하도록 한밤중에 군을 무장하여 떠났다.

그러나 그것과 때를 같이하여 미트리다테스 왕은 앞으로 일어날 일을 예고하는 꿈을 꾸었다. 순풍에 돛을 달고 흑해를 건너는데 보스포루스가 지척 사이로 가까워지자 이제는 확실히 살았다 하고 기뻐하면서 배에 타고 있는 부하들을 격려하고 있었다. 그러다가 갑자기 상황이 바뀌어 그는 부하들의 버림을 받고서 난파선의 파편에 달라붙어 파도에 떠내려가는 신세가 되어 있었다. 이러한 악몽에 시달리고 있을 때 부하 하나가 다가와서 그를 흔들어 깨워 폼페이우스가 쳐들어오고 있다는 것을 알렸다. 미트리다테스 왕은 불길하고 두려웠지만 왕으로서는 진지를 지키며 싸울 수밖에 없었으므로, 각 부장들로 하여금 병사들을 전투대형으로 배치하도록 하였다.

폼페이우스는 적이 대비하고 있다는 것을 알게 되자, 한밤중에 적을 공격하는 것을 피하고 그저 적을 놓치지 않게 둥글게 포위하고 있다가 먼동이 트는 것과 동시에 공격을 가하면 적이 아무리 강할지라도 문제 없을 것이라고 생각하였다. 그러나 경험이 많은 부장들은 그에게 즉시로 공격하자고 권하였다. 밤이라 할지라도 완전히 컴컴하지는 않고 기우는 달도 아직 그 모습을 완전히 드러내놓고 있었기 때문이었다. 다행히도 이 결정이 폼페이우스 군에게는 행운을, 미트리다테스 군에게 불리한 결과를 가져다주었다.

싸움이 벌어지자 로마 군은 달빛을 등에 지고 있었기 때문에 로마 병사들의 그림자가 멀리 적군 앞에까지 드리워져 있었으므로 적병들은 거리를 확실히 겨냥할 수 없어 벌써 적이 접근해 온 것으로 생각하고서 창을 닥치는 대로 던져보았지만 그 하나도 적을 명중시키지는 못하였다. 이것을 본 로마 병사들이 함성을 지르며 돌격해 오자, 적은 싸울 기력을 잃고 도주하는 데 바빴다. 로마 군은 적에게 1만 명이 넘는 사생자를 내게 하고서 진지도 점령하였다.

미트리다테스 왕 자신은 처음에 800기의 기병과 함께 로마 군 한가운데를 뚫고 혈로를 찾았지만, 대번에 모두 산산이 흩어지고 말아 왕의 주위에는 겨우 기병 셋만이 따를 뿐이었다. 그 하나가 애첩 히프시크라티아였는데, 그녀는 평소 남성을 능가할 정도의 무용을 보였기 때문에 왕은 그녀의 이름에 남성을 나타내는 어미를 붙여서 부르고 있었다. 이때도 그녀는 페르시아풍으로 남장한 채 말을 타고 가는 멀고 먼 도주에도 지친 기색을 보이지 않았으며, 왕과 왕의 말의 시중까지 들면서 마침내 이노라라는 곳에까지 오게 되었다. 이 곳은 왕실의 보물로 가득 차 있었는데, 왕은 거기서 가장 화려한 옷을 몇 벌 꺼내어 그를 따라온 병사들에게 나누어주었다. 또 신뢰하는 부하들에게 각기 독약을 주어 적에게 잡힐 경우 자살하라고 명령하였다. 이 곳에서 그들은 아르메니아 왕 티그라네스에게로 길을 재촉하였으나 티그라네스는 그를 받아들이지 않고 오히려 그의 목에 100탈렌트의 현상금을 걸었다. 이 소식을 들은 그는 어쩔 수 없이 에우프라테스 강의 상류를 건넌 다음 콜키스를 지나 도주하였다.

한편 폼페이우스는, 일찍이 티그레스 부왕에게 반란을 일으킨 티그라네스 왕자의 초청을 받고 아르메니아로 들어갔으며 왕자는 그를 아라크세스 강 가에서 맞았다. 아라크세스 강은 에우프라테스 강과 같은 곳에 수원을 두고 동쪽으로 흘러 카스피 해로 들어가는 강이다. 두 사람은 여기서부터 시작하여 함께 여러 도시들을 점령하였다.

한편 티그라네스 왕은 예전에 루쿨루스에게 호되게 패배를 당하였지만, 폼페이우스는 그 나름대로 온후하고도 진실된 인물이라는 소문을 이미 듣고 있었으므로, 폼페이우스의 군대를 왕궁 안에 받아들여 신하와 왕족을 거느리고 귀순하였다. 그가 말을 탄 채 폼페이우스의 진지에 나타나자, 폼페이우스의 호위병 둘이 나와서 로마 군의 진영에서는 말을 타서는 안 되므로 말에서 내려 걸어가라고 명령하였다. 티그라네스 왕은 이 명령에 복종하였을 뿐만 아니라 차고 있던 칼마저 풀러서 바쳤다.

게다가 그는 폼페이우스의 앞으로 나오자 왕관을 벗어 그 발밑에 놓고 그의 앞에 무릎을 꿇으려고까지 하였다. 그러나 폼페이우스는 이를 제지하고는 그의 오른손을 잡고 이끌어 자기 옆에 앉히고 왕자는 다른 쪽에 앉힌 다음, 천천히 입을 열어 시리아·포이니키아·킬리키아·갈라티아·소페네 등은 루쿨루스가 티그라네스 왕으로부터 빼앗은 것이므로 루쿨루스가 그 책임을 져야 하고, 현재까지 왕이 자기 영토로 지켜 온 것은 그대로 가져도 좋다고 하였다. 그러나 다만 로마 군에게 끼친 손해에 대해서는 그 보상으로 6천 탈렌트를 내놓아야 하며, 왕자를 소페네의 왕으로 봉한다고 말하였다.

왕은 이에 반대하지 않았다. 뿐만 아니라 로마 군이 아직도 자기를 왕이라고 불러주는 것이 너무도 기쁜 나머지 병사에게 는 은화 반 미나씩, 소대장에게는 10미나이씩, 그리고 고급장 교들에게는 1탈렌트씩을 주겠다고 하였을 정도였다. 그러나 왕 자는 이것을 받아들이지 않고, 폼페이우스로부터 만찬에 초대 를 받았을 때는 폼페이우스한테 이러한 대우를 받지 않아도 좋 다며 식사를 같이 할 로마 인은 얼마든지 있다고 큰소리쳤다. 폼페이우스는 잔뜩 화가 났고 그 때문에 그는 잡혀 후일 폼페 이우스의 개선식을 장식할 구경거리가 되기 위하여 감금되었 다.

그러나 얼마 후에 파르티아 왕 프라테스가 폼페이우스에게 사자를 보내어 왕자는 자기의 사위이니 보내달라고 요구하면서 에우프라테스 강을 두 나라의 경계선으로 삼자고 제안해 왔다. 폼페이우스는 이에 대하여 왕자는 장인보다는 아버지에게 맡기 는 것이 마땅한 일이며, 경계선 문제는 정의의 원칙에 따라 결 정지을 문제라고 대답하였다.

폼페이우스는 아르메니아에 아프라니우스 장군을 수비대장으 로 남겨 둔 채 코카사스 산맥에 사는 여러 부족 사이를 지나 진격하였다. 미트리다테스를 치려면 반드시 통과해야 할 길이 었다. 이들 여러 부족들 중에서 알바니아 족과 이베리아 족이 가장 강한 종족이었다. 이베리아 족은 모스키아 산맥으로부터 흑해 연안 지방까지 뻗어 있었고, 알바니아 족은 그 동쪽에 살 고 있으면서 카스피 해 연안까지 뻗어 있었다.

알바니아 족은 어느 종족보다도 앞서 폼페이우스의 청을 받 아들여 자기 나라를 통과하는 것을 허락하였다. 로마 군이 이 지방에 있는 동안에 겨울이 찾아와 병사들이 지신제를 지내고 있었는데, 알바니아 족이 4만 명 남짓한 군대를 모아가지고 키르누스 강을 건너와 그들을 습격하였다. 키르누스 강은 이베리아 족이 살고 있는 산중에서 시작하여 아르메니아에서 흘러내려오는 아라크세스 강의 물과 합쳐 12개의 하구로 나뉘어져 카스피 해로 들어간다.

그러나 일설에 의하면 아라크세스 강은 키르누스 강과 합류하지 않고 이것에 근접해 있으나 이것과는 독립된 하구를 만들며 카스피 해로 들어간다고 한다. 그런데 폼페이우스로는 적군이 강을 건너는 것을 방해하는 것은 쉬운 일이었으나, 그는 적이 강을 건너는 것을 가만히 지켜보면서 다 건너고 날 때까지 기다리고 있다가, 그 다음에야 공격을 가하여 많은 적병을 죽였다. 그러나 적의 왕이 사자를 보내어 사과하자 이를 용서하고 다시 이베리아 족을 향하여 진군하였다.

이베리아 족은 병력 수에 있어 알바니아 족에 뒤지지 않았으며 용맹한 점에 있어서도 다른 부족보다 우수하였으므로, 미트리다테스 왕의 청을 받아들여 폼페이우스를 단호히 격퇴할 생각이었다. 사실 그들은 메디아 왕국에도 페르시아 제국에도 신복(臣服)한 일이 없었으며, 알렉산드로스 대왕이 갑자기 히르카니아에서 철군하는 바람에 마케도니아의 지배도 받지 않은 부족이었다. 그럼에도 불구하고 폼페이우스는 격전 끝에 이를 격파하였으며 사상자 9천 명, 포로 1만여 명의 손해를 준 다음에 콜키스 지방으로 진격하였다. 파시스 하구에서는 함대를 이끌고 흑해를 수비하고 있던 세르빌리우스가 그를 맞았다.

미트리다테스 왕은 보스포루스 해협의 마이오티스 해 근처의 야만족 속으로 몸을 피하고 있었으므로 그 추격은 극히 곤란하였다. 한편 알바니아 족이 또다시 반란을 일으켰다는 정보가 폼페이우스에게 전해졌다. 그는 이 소식을 듣고 분노하여 공격의 화살을 우선 그들에게로 돌렸다. 알바니아 족은 키르누스 강 연안을 따라 훨씬 멀리까지 말뚝을 박아 놓고 끝없이 방어 진을 구축하고 있었으므로 폼페이우스는 악전고투 끝에 다시 강을 건널 수 있었다. 그 후에도 긴 험로가 그를 기다리고 있었으며 식수도 없었으므로 그는 가죽 주머니 1만 개에다 물을 가득 넣어 가지고 적을 향하여 진격하였다.

이윽고 아바스 강 가에 전열을 펴고 있는 적군의 기병 6만 명, 보병 1만 2천 명과 만났으나 그 장비는 초라하고 대부분이 짐승의 가죽을 몸에 걸치고 있는 정도였다. 적장은 왕의 아우로 이름은 코시스라고 하는 자였다. 그는 접전이 시작되자, 폼페이우스에게로 달려들어 투창으로 그의 갑옷 이은 데를 찔렀으나 폼페이우스는 즉시로 그를 반격하여 찔러 죽였다.

이 전투에는 아마존 족이 테르모돈 강 연안의 산지에서 내려와서 야만족측에 가담하여 같이 싸웠다고 전해진다. 그러나 싸움이 끝난 후 로마 병사들이 야만족의 버려진 시체에서 약탈을 행했을 때에는 아마존 족의 방패와 장화 등은 눈에 띄었으나, 여자의 시체는 하나도 발견되지 않았다. 아마존 족은 코카사스 산맥이 카스피 해로 내려뻗은 쪽에서 살고 있었으며, 알바니아 족과는 인접해 있지는 않고 양 종족 사이에 겔라이 족과 레게스 족이 살고 있었다. 아마존 족은 이들 겔라이·레게스 양 종족과 매년 테르모돈 강 가에서 만나 두 달 동안 같이 산 다음, 다시 헤어져서 자국에서 사는 것이 습관으로 되어 있다.

이 전쟁이 끝난 다음 폼페이우스는 카스피 해 방면으로 진출하였는데, 3일간 행군을 계속하다가 무서운 독사 떼를 만나 방향을 바꾸어 소 아르메니아로 물러섰다. 엘리마이아 족의 왕과 메데스의 왕이 그에게 사신을 보내자 그는 이들에게 정성어린 답장을 보냈으며, 파르티아 왕이 고르디에네를 침범하고 티그라네스의 영토를 약탈하자 그는 아프라니우스 장군으로 하여금 그를 축출케 하고 아르벨라 지방까지 추격하였다.

미트리다테스 왕의 첩들이 잡혀 왔을 때에 폼페이우스는 그녀들에게 손 하나 대지 않고 그 모두를 그 부모와 친척에게로 돌려보내주었다. 그 대다수가 장군이나 왕후의 딸들이거나 아내들이었다. 그 중에 스트라토니케라는 여자가 있었다. 그녀는 왕의 총애를 독차지하고 있었고, 다른 첩들 중에서도 황금을 가장 많이 저장하고 있는 요새를 맡고 있었는데, 본래는 가련한 노악사의 딸이었다고 한다.

그녀는 과거에 왕이 베푼 주연 자리에 나가 하프를 켜서 대번에 미트리다테스 왕의 마음을 사로잡아 그 날 밤 왕의 수청을 들라는 명령을 받았다. 그녀의 늙은 아버지는 어서 돌아가라는 명령을 받고 좋은 말 한 마디 듣지 못한 것을 섭섭히 여기며 집으로 돌아갔으나, 다음날 아침 잠을 깨고 보니 집에는 금과 은으로 된 술잔들이 가득 놓여 있는 식탁과 그 수를 일일이 다 헤아릴 수 없을 정도의 시종들, 호화로운 옷을 받들고 서 있는 노예들로 가득했다. 또 문간에 서 있는 말은 왕의 중신이나 측근의 말이 아닌가 싶을 정도로 장식이 아름다웠다.

노악사는 이것은 분명히 누군가의 장난에서 나온 조처일 것이라고 생각하고는 집에서 도망치려 하였다. 그랬더니 하인들이 제지하며 왕이 그에게 최근 세상을 떠난 어느 부호의 전 재산을 하사한 것이며, 지금 보고 있는 것은 새발의 피 정도니까 이것으로 그 전 재산이 얼마나 될지 추측해보라고 말하였다. 노인은 그 말을 듣고서야 꿈 같은 그 이야기를 믿게 되었으며 참을 수 없는 기쁨에 들떠 분홍색 옷을 입고 말에 올라타,

"이것은 전부 내 것이다."

하고 외치면서 시내를 말을 몰고 돌아다녔다. 이것을 비웃는

자를 만나면 노인은 이 정도를 가지고 놀라는 것은 아직 빠르다며 그가 너무나 기쁜 나머지 발광하여 만나는 사람에게마다 돌을 던지지 않는 것이 이상하다고 생각하게 될 것이라고 응수하였다.

스트라토니케는 왕으로부터 위임받은 성채를 폼페이우스에게 내놓은 다음 그에게 많은 금품을 기증하였다. 폼페이우스는 그 중에서 여러 신전의 장식물이 될 수 있는 것과 후일에 개선식에서 주의를 끌 만한 것만을 자기가 갖고 나머지는 그녀에게 돌려주었다. 이베리아 족의 왕이 황금으로 만든 침대와 식탁, 의자 따위를 그에게 보내어 받아달라고 간청하였을 때에도 그는 이것을 부하 재무관에게 인도하여 국고에 넣게 하여 사사로운 욕심을 부리지 않았다.

카이눔의 성채에서 폼페이우스는 왕의 기밀서류를 입수하였는데, 거기에는 왕의 사람됨을 알 수 있는 가지가지의 흥미진진한 사실들이 적혀 있었다. 여기에 포함된 왕의 회고록에는 왕이 아리아라테스 왕자를 위시하여 많은 사람들을 독살한 사실과 사르디스 인 알카이오스가 경마대회에서 왕을 이겼기 때문에 살해된 사실이 기록되어 있었다. 또 해몽의 문서도 있었는데, 왕이 꾼 꿈, 왕비들이 꾼 꿈들을 기록해 놓았다.

애첩 모니메에게서 온 사랑의 편지들과 왕의 회답도 있었는데 음란한 말로 가득 차 있었다. 아시아에서 살고 있는 로마인들을 학살하라고 왕에게 건의한 루틸리우스의 서한이 이때 발견되었다는 것은 테오파네스가 전하는 바이다. 그러나 많은 사람들이 올바르게 상상하는 바와 같이, 이것은 테오파네스의 악의에서 나온 소치일 것이다. 왜냐하면 테오파네스는 자기와 성격을 달리하는 루틸리우스를 미워하고 있었다고 생각되며 또 루틸리우스가 그의 사서 속에서 폼페이우스의 아버지를 극악무

도한 인물이라고 기술한 것을 원망하고 있었다고 생각되기 때
문이다.

먼저 이야기로 다시 돌아가야겠다. 아미수스로 나온 폼페이
우스는 억제할 수 없는 명예욕 때문에 사람들로부터 비난받을
만한 행동을 하였다. 그는 일찍이 루쿨루스를 비난하면서 적이
아직 완전히 패망하지 않았는데도 포고문을 발표하여 유공자들
에게 증여하고 표창을 행하는 것은, 전쟁이 종결된 다음에야
승리자가 행하는 습관이라고 하며 크게 비웃은 적이 있었다.

그런데 이제는 그 자신이 미트리다테스가 보스포루스에서 아
직도 위세를 떨치고 있고, 다시 땅을 찾기 위해 올 수 있는 충
분한 병력을 가지고 있는 것을 알고 있으면서도 만사가 다 끝
난 것처럼 행동하여, 야만족으로부터 12명이나 되는 왕후를 위
시하여 많은 장군과 호족들이 다수 그에게로 오자, 그들에게
상을 주거나 속주(屬州)의 지배체제를 마음대로 정비하는 등
루쿨루스와 다를 바 없는 행위를 하였다. 또 그는 이들 여러
왕후들의 환심을 사기 위하여 파르티아 왕에게 보내는 답장에
서 그를 다른 사람들이 부르던 관례를 무시하고 파르티아 왕을
'왕중왕'이라고 부르지 않았다.

폼페이우스는 시리아를 점령한 다음, 아라비아를 경유하여
에리트라아아 해로 진출하려는 열망을 가지고 있었다. 이것을
기점으로 하여 세계제패자가 되어 세계를 둘러싼 대양까지 사
방으로 뻗어나가려 했던 것이다. 그는 처음 아프리카로 가서
대양까지 진출하였으며, 이어 스페인으로 가서는 대서양을 로
마의 서쪽 경계선으로 삼았고, 그 밖에 세 번씩이나 알바니아
인을 추격하여 카스피 해 근처까지 갔던 것이 최근의 일이었던
것이다. 이제야말로 그는 정복의 발자취를 에리트라이아 해 근
해까지 뻗치려고 용감하게 출발한 것이었다. 한편 폼페이우스

는 미트리다테스 왕을 무력으로 잡으려고 하는 것은 지극히 어려운 일이며, 또 전투를 하는 그보다 도망만 치는 그가 더 다루기 힘들다고 생각되었다.

그러기 때문에 폼페이우스는 자기의 무력을 능가하는 성과를 올리려면 미트리다테스에게 기아작전을 쓰는 길이 최선의 방법이라고 생각하고서, 감시선을 배치하여 보스포루스로 항해하는 상선을 감시케 하여 이에 응하지 않는 자는 잡는 대로 사형에 처하게 하였다. 이러한 작전으로 대군을 이끌고 진군하다가 때마침 그가 만나게 된 것은 일찍이 트리아리우스 밑에서 미트리다테스와 싸우다 비운의 죽임을 당했으면서도 그때까지 매장도 되지 못했던 로마 병사들의 시체였다. 폼페이우스는 이것들을 정중히 묻어주었는데, 루쿨루스가 인기를 잃은 것은 그 시체들을 그냥 버리고 간 데 그 원인이 있었던 것 같다.

그 후 폼페이우스는 부장 아프라니우스를 시켜 아마누스 산맥 근처에서 살고 있는 아라비아 인을 정복케 하고, 자신은 시리아로 가서 이 곳에 합법적인 왕이 없다는 것을 이유로 들어 로마의 영토로 만들었으며, 또 유다이아를 정복하여 그 곳의 왕인 아리스토불루스를 포로로 잡았다. 또 그는 신도시를 건설하면서 기존의 도시에 있던 독재자를 처벌하고는 자유를 회복시켰다. 그러한 중에도 재판에 많은 시간을 할애하여 여러 도시와 여러 왕 사이의 분쟁을 해결해주었고, 본인이 현지에 못 갈 경우에는 믿을 수 있는 부하를 파견하기도 하였다.

아르메니아와 파르티아가 어느 지방의 영유권을 놓고 싸우다가 그 판정을 폼페이우스에게 의뢰하였을 때에도 그는 3명의 중재자를 파견하였다. 이리하여 그의 장군으로서의 명성은 하늘을 찌를 듯하였고, 온후한 그의 인품은 세상이 다 칭찬하게 되었다. 그 때문에 그의 측근들이 과오를 범하여도 보호를 받

을 수 있었다. 측근의 비행을 억제하거나 벌하는 것은 그의 성
격에 맞지 않는 일이었지만, 그에게 의뢰해 오는 자가 있을 경
우에는 이를 돕는 데 인색하지 않았으므로 다른 장군이나 왕들
에게 착취와 압제를 당한 자들은 인내로써 폼페이우스가 자유
와 평화로 해결해주기만 기다렸던 것이다.

폼페이우스의 신임을 가장 많이 받은 사람은 데메트리우스라
는 해방노예였다. 그는 본시 총명하기 짝이 없는 청년이었으나
주인의 총애를 과신하고서 안하무인격인 행동을 하곤 했다. 이
것에 관해서는 다음과 같은 일화가 있다.

철학자로 알려져 있는 카토는 당시 젊은 나이임에도 큰 명성
과 덕망으로 칭찬이 자자하였다. 때마침 폼페이우스가 없을 때
안티오크 시를 구경하려고 찾아왔었다. 그는 늘 하는 버릇대로
걸어서 가고 측근들은 말을 타고서 그 뒤를 따랐다. 성문 안에
흰 옷을 입은 시민들이 떼를 지어 모여 있고, 청년과 소년이
두 패로 나누어져 길 양쪽에 쭉 서 있는 것을 보자, 카토는 그
에게 존경과 환영의 뜻을 표하기 위하여 그렇게 하는 줄로만
생각하고서 당황하고는 불쾌히 여기고 측근들에게 말에서 내려
쫓아오라고 일렀다. 그들이 가까이 가자 이 모든 의식을 주재
한 자가 머리에는 관을 쓰고 손에는 홀을 들고서 그들을 맞으
며 데메트리우스 나리를 어디다 떼어 놓고 왔느냐, 데메트리우
스 나리는 언제 도착하실 예정이냐고 물었다. 이 말을 들은 카
토의 측근들은 포복절도하였다. 그러나 카토 자신만은
"아, 불쌍한 도시로다!"
이 한 마디를 남기고, 그 이상의 대답은 하지 않은 채 그 도시
를 떠났다.

그러나 폼페이우스는 데메트리우스가 경멸의 태도를 보여도
전혀 화를 내는 일이 없었으므로 사람들은 감히 데메트리우스

에게 반감을 나타내지 못하였다. 연회 때에도 폼페이우스는 손님들을 기다리느라 서 있는데도 데메트리우스는 미리부터 자리에 앉아서 단정치 못한 모습으로 옷을 귀밑까지 덮고 있는 때가 종종 있었다고 한다. 또 그는 이탈리아로 돌아가기에 앞서 훌륭하게 지은 연회장과 로마 교외의 쾌적한 별장을 구입하였고, 자신의 이름을 붙인 호화로운 정원도 가지고 있었으나, 데메트리우스의 주인인 폼페이우스 자신은 세번째 개선식을 올리기까지는 검소한 집에서 그리 호화롭지 않은 생활을 보냈다.

나중에 폼페이우스가 로마 시민들을 위하여 웅장한 극장을 건축한 것은 주지의 사실이지만, 이때 큰 배에 끌려가는 작은 배처럼 이 대건축의 부속물로서 그의 저택이 신축되었다. 이것은 그가 그때까지 살고 있던 집보다는 약간 호화스러운 편이었으나 남들의 질투를 살 만한 것은 아니었다. 후일 폼페이우스의 뒤를 이어 이 집의 주인이 된 사람은 이 집에 들어가 보고는 깜짝 놀라며 여기서 그 '대'폼페이우스가 식사를 하였느냐고 물었을 정도였다고 한다.

한편, 페트라 부근에서 살고 있던 아라비아의 왕은 그때까지 로마의 진출에 경계를 하지 않고 있다가 폼페이우스가 침략하려고 하자, 이에 겁을 낸 나머지 아라비아 왕이 폼페이우스에게 서한을 보내어 그에게 복종하고 명령하는 대로 할 의사가 있다는 뜻을 전달하였다. 폼페이우스는 그 진의를 확인하기 위하여 페트라에 진군하였는데, 이 원정은 많은 사람들로부터 비난을 받았다. 그것은 미트리다테스 토벌의 목적에서 벗어나는 것이라고 생각되었기 때문에, 아라비아의 왕이 아닌 로마의 본래의 적 미트리다테스에게 군대를 돌리는 편이 지당한 처사라고 외치는 소리가 높았기 때문이었다.

미트리다테스 왕은 그 무렵 권토중래의 기세를 보여 스키티아, 파이오니아를 거쳐 이탈리아로 침입하려고 그 기회를 호시 탐탐 노리고 있다는 소식이 들려 오고 있었다. 그러나 폼페이 우스는 도망만 치는 미트리다테스를 쫓아가서 이를 체포하기보 다는 전장에서 그와 대치하여 격파하는 편이 쉬울 것이라고 생 각하고, 공연히 왕을 추적하여 시간만 낭비하기보다는 전쟁이 잠잠한 틈을 타서 다른 성과를 올리는 것이 좋겠다고 생각하였 다.

그런데 다행스럽게도 이 곤란한 상황을 해결해줄 일이 생겼 다. 폼페이우스가 병사들을 이끌고 페트라 시에 좀더 접근한 어느 날 저녁, 그 날 밤을 지낼 진영도 다 준비가 되었을 무렵 폼페이우스가 진영 근처에서 승마연습을 하고 있었는데 때마침 폰투스에서 사자들이 서한을 가지고 도착하였다. 창 끝에 매단 월계수로 보아 그들이 반가운 소식을 가지고 왔음을 알 수 있 었다. 이것을 본 병사들은 폼페이우스 주위로 모여들었다. 폼 페이우스는 처음엔 승마연습을 끝까지 계속할 생각이었으나, 병사들이 큰 소리로 그를 재촉하였으므로 말에서 뛰어내려 그 서한을 받아 들고 진영으로 돌아와 병사들 앞으로 걸어 나갔 다.

그러나 그 곳에는 단이 없었고, 또 진영 안에도 정규적인 연 단이 마련되어 있지 않았으므로, 병사들은 빨리 알고 싶은 열 의에서 짐을 나르는 짐승들의 안장을 쌓아 놓고 높은 단을 만 들었다. 폼페이우스는 이 단 위로 올라가 그들에게 서한의 내 용을 알려주었다. 그것은 미트리다테스 왕이 왕자 파르나케스 의 반란으로 자기 목숨을 손수 끊었으며, 왕자는 부왕의 뒤를 이었지만 자기가 로마 인들에게 도움이 된다면 그보다 더 큰 기쁨은 없을 것이라는 내용을 담고 있었다.

이 서한을 듣고 병사들이 기뻐한 것은 말할 것도 없으며, 폼

페이우스 역시 미트리다테스 한 사람의 죽음은 적의 병사 1만
명의 살육에 해당된다며 감사의 제사를 드리고 축하연을 베풀
었다. 폼페이우스는 이 원정이 의외로 쉽게 끝나자, 그 즉시로
아라비아에서 철군하여 급히 여러 나라들을 통과한 다음, 아미
수스에 도착하여 파르나케스가 보내 온 많은 선물들을 받고서
폰투스 왕족들의 많은 시체를 인수하였다. 미트리다테스의 시
체도 인수하였는데, 왕의 시체에 보존조처를 취한 의사가 뇌수
를 제거하지 않았기 때문에 그 얼굴을 보아서는 누구의 시체인
지 전혀 분간할 수가 없었다. 그러나 왕을 가까이서 들여다본
자들은 얼굴의 상처에 의하여 그것이 미트리다테스 왕이라는
것을 알 수 있었다. 폼페이우스 자신은 이것을 차마 눈으로 볼
수가 없었고 또한 후일 신의 보복이 있을까 두려워 이것을 역
대 왕릉이 있는 시노페로 보냈다. 왕이 사용했던 옷과 무구가
크고도 화려한 데에는 폼페이우스도 놀랐다. 그 제작비용이
400탈렌트나 든 왕의 검대는 푸블리우스라는 자가 훔쳐 내어
아리아라테스 왕에게 팔았고, 명공의 손으로 만들어진 일품이
라고 알려졌던 왕관은 미트리다테스의 의형제인 가이우스라는
자가 술라의 아들인 파우스투스의 청에 응하여 그에게 주고 없
었다. 폼페이우스는 그 당시 이 사실을 알지 못했다. 그러나
후에 파르나케스가 이 일의 진상을 밝혀 폼페이우스에게 알렸
기 때문에 보물을 훔친 자들을 처벌하였다.
　폼페이우스는 이 지방의 전후 처리를 끝마치고 질서를 확립
하자 이전 이상으로 위풍당당하게 개선의 행군을 재촉하였다.
폼페이우스는 미틸레네 시에 도착하자 이 곳 출신의 테오파네
스의 전공에 보답하는 뜻에서 그 도시를 자유시로 하였다. 이
곳의 전통인 글짓기대회에도 참석하였는데, 그때의 시제는 폼
페이우스의 공적에만 한정되어 있었다. 이때 대회가 열렸던 극

장이 마음에 들어 로마 시내에 이와 유사한 모양으로 하고 규모와 외관은 이것을 능가하는 극장을 짓게 할 생각으로 폼페이우스는 그 극장의 설계도를 작성케 하였다.

또한 로데스 섬에 도착해서 섬 안의 철학자 전원의 강화를 듣고 그들에게 각각 1탈렌트씩을 주었다. 철학가 포시도니우스는 폼페이우스 앞에서 수사학자 헤르마고라스의 학설을 논박하는 논문을 읽었다. 폼페이우스는 아테네에 도착해서도 철학자들을 후하게 대접하였으며 도시의 부흥에 보태쓰라고 50탈렌트를 주었다.

이렇듯 그는 그 유례를 찾아볼 수 없을 정도의 영예를 가득 안고 이탈리아에 상륙하자, 집에서 그를 그리워하며 기다리고 있을 가족들과 한시라도 빨리 만나보고 싶은 생각이 간절하였다. 그러나 위대한 영광에 가득 찬 운명을 시기라도 하듯이 폼페이우스의 귀국에는 검은 그림자가 기다리고 있었다. 그가 오랫동안 집을 비운 동안 아내 무키아가 부정한 일을 저질렀던 것이다. 그가 고향을 떠나 있을 때에는 이 소문을 전혀 상대조차 하지 않았는데, 이탈리아에 가까워짐에 따라 이 문제에 대하여 깊이 생각할 여유가 생기자, 그녀에게 이혼장을 보내기에 이르렀다. 왜 이혼하게 되었는지는 이혼장에 그 이유가 적혀 있지 않았고, 또 그 후에도 이것에 관하여 일언반구의 언급이 없었다. 그러나 그 이유는 키케로의 서간집에서 엿볼 수 있다.

한편, 폼페이우스를 둘러싼 가지가지의 소문이 로마 시내로 흘러들어오기 시작했다. 그가 머지않아 3군을 이끌고 로마 시로 입성하여 강력한 독재정치를 펼 것이라는 풍문은 시내에 불안을 조성하였다. 크라수스는 아들을 데리고 재산을 챙겨서 남몰래 로마를 떠났는데, 그것이 참으로 폼페이우스를 무서워하였기 때문에 취한 행위였는지의 여부는 알 길이 없지만, 폼페이우스에 대한 민중의 비난을 격앙시키고 아울러 그에 대한 시기심에 불을 붙이기 위한 제스처였다고 생각된다.

그러나 폼페이우스는 이탈리아에 상륙하자 그 즉시로 병사들을 한 군데 모아 놓고 앞으로의 진퇴문제를 의논하고서 그들의 수고를 위로한 다음, 군을 해산시켜 각기 자기 고향으로 돌아가라고 그 명령하고는 개선식 때에 다시 모이는 것을 잊지 말라고 당부하였다. 그가 군대를 해산시킨 것이 세상에 알려지자 이탈리아 각 시의 주민들은 '대'폼페이우스가 무기를 버리고 소수의 측근만을 거느린 채 마치 소풍이라도 다녀오는 것처럼 돌아오는 것을 보고서 밀물처럼 쏟아져 나와 그를 환영하였다. 이리하여 그를 따라 로마 시로 들어온 자의 수는 그가 해산시킨 군대의 수보다 더 많았으며, 그때 만일 정변을 일으킬 생각만 있었다면 그 전의 군대는 필요 없다고 생각될 정도였다.

개선식을 거행할 생각을 가지고 있는 사람은 식을 치르기 전에 로마 시내로 들어와서는 안 된다는 규정이 있었다. 폼페이우스는 피소의 선거운동을 친히 원조하고 싶으니 개선식이 끝날 때까지 집정관의 선거를 연기해달라고 원로원에 사자를 보내어 요청하였다. 그러나 원로원에서는 카토가 굽히지 않고 강력하게 반대하였으므로 이 요청은 끝내 받아들여지지 않았다.

그러나 그는 오직 혼자서 정의를 주장하면서 조금도 양보하지 않은 카토의 용감하고도 엄격한 성품에 감탄하여 그를 자기 편으로 끌어들일 수는 없을까 하고 궁리하였다. 마침 카토에게는 질녀가 둘이 있었으므로 하나는 자기의 처로, 하나는 며느리로 삼고 싶다고 카토에게 사람을 보내 뜻을 전했다. 카토는 폼페이우스의 저의를 간파하고는 이러한 행위는 사돈을 맺음으로써 자신을 끌어들여 타락시키려는 소행이라면서 단호히 이

요청을 거절하였는데, 그의 아내와 누이동생은 '대'폼페이우스
의 사돈이 못 된 것을 심히 유감으로 생각하였다.

한편 폼페이우스는 아프라니우스를 집정관에 선출시키려고
유권자들에게 돈을 뿌렸다. 이것을 받으려는 사람들이 폼페이
우스의 정원으로 모여들었기 때문에 이 일이 세상에 알려지게
되어 그는 사람들의 비난의 대상이 되었다. 집정관이라는 국가
최고의 관직을 자신의 공적으로 얻을 수 있었던 그가, 이제는
자기 마음대로 이 자리에 앉을 능력도 없는 자에게 금력으로
관직을 사 주려고 한다고 비난했던 것이다. 그때 카토는 자기
집안 여자들에게,

"폼페이우스의 사돈이 되었다면 이러한 비난도 함께 받아야
했을 것이오."

라고 말하자, 그녀들은 과연 카토의 결정이 현명했다는 것을
깨달았다.

폼페이우스의 개선식은 그 장관이 극에 달하여 이틀이 걸려
도 끝나지 않을 정도였는데 그나마 준비한 것의 많은 부분이
공개되지 못했으며, 공개되지 못한 것만 하더라도 가히 한 번
의 행렬을 성대히 할 수 있을 정도의 것이었다. 전승의 대상이
된 피정복민족의 이름이 행렬 앞의 비문에 명시되었다. 그것을
들면 다음과 같다. 폰투스・아르메니아・파플라고니아・카파도
키아・메디아・콜키스・이베리아 족・알바니아 족・시리아・킬
리키아・메소포타미아・포이니키아 및 팔레스티나의 여러 종
족・유다이아・아라비아, 바다와 육지에서 소탕된 해적 전체,
이 중 점령한 요새의 수는 1천 개를 헤아렸고, 도시의 수는
900개에 이르렀으며 해적선의 수는 800척, 건설한 도시의 수는
39곳에 이르렀다.

또한 비문에 적힌 바에 의하면 국가의 세금 수입이 본시 연

액 5천만 탈렌트였으나 폼페이우스가 이에 덧붙인 것까지 합치면 8천5백만 탈렌트에 이르렀다고 한다. 또 그는 국고에 화폐 및 물품의 형식으로 금은 2만 탈렌트를 넣었으며, 이 밖에 병사들에게는 최저 1천5백 드라크마의 상여금을 지급하였다.

전쟁 포로로서 개선행진에 끌려 나온 자는 해적의 수령들 외에 아르메니아의 티그라네스 왕자와 그의 비 조시메, 유다이아의 왕 아리스토불루스, 미트리다테스 왕의 누이동생과 그녀의 5명의 아이들, 스키티아의 부인 약간명, 알바니아 족 및 이베리아 족의 인질, 콤마게네 왕의 인질 등이었으며, 여기에다 폼페이우스 자신이, 아니면 그 부장이 싸울 때마다 세웠던 전승 기념비도 있었다. 3개 대륙에 전전하여 세 번씩이나 개선식을 올린다는 것은 어떠한 로마 인도 이루지 못한 커다란 영광이었다. 폼페이우스는 처음에는 아프리카 대륙에서, 다음에는 유럽 대륙에서, 맨 마지막에는 아시아 대륙에서 승리를 거두어 각기 개선식을 올렸으며, 이 세 차례의 개선식을 올림으로써 전세계의 승리자가 된 것이었다.

폼페이우스를 알렉산드로스 대왕과 유사하다고 여기려 했던 사람들은 그가 당시 34세도 채 되지 않았다는 점을 들고 있지만 사실 그는 사십 고개에 가까운 나이였다. 만일 그가 알렉산드로스 대왕에 필적할 만한 행운을 얻고 있던 이 시기에 인생을 끝마쳤더라면 그는 후회되는 바가 없었으리라. 그러나 그 후의 인생은 그의 행운에 질투라도 하듯 걷잡을 수 없는 불행의 연속이었던 것이다. 그는 자신의 많은 공적으로 쌓은 정계에서의 세력을 옳지 못한 방법으로 남을 위하여 행사하여 비난을 받았으며, 이것에 의하여 자신의 명성을 희생시킴으로써 남의 세력을 증대시켰고, 그 자신의 세력이 질적으로도 양적으로도 쇠퇴해 가고 있다는 것을 의식하지 못하였던 것이다.

한 도시의 가장 견고한 요새가 적의 수중으로 넘어가면 그것
이 그 전까지는 큰 힘이 되었더라도 그 후에는 그만큼 큰 해가
되는 수가 있듯이, 카이사르는 폼페이우스의 세력을 이용하여
국가를 넘볼 정도까지 세력이 강대해졌고, 폼페이우스의 응원
으로 다른 사람들은 강하게 세력을 키웠으며 결국에 폼페이우
스 자신의 세력마저 전복시킨 것이었다. 이때까지의 그 경과를
살펴보기로 하자.

루쿨루스가 아시아에서 폼페이우스에게 큰 모욕을 당하고서
로마로 돌아왔을 때, 원로원은 즉각 그에게 폼페이우스가 돌아
오기 전에 그의 명성을 떨어뜨리기 위하여 적극적으로 루쿨루
스의 정계복귀를 지지하였다. 당시의 루쿨루스는 벌써 쇠약해
져서 예전의 영민함은 볼 수도 없었다. 안일한 생활에 재산을
탕진하고 있었으나, 폼페이우스가 나타나자 분기하여 맹렬히
그에게 덤벼들어, 폼페이우스가 휴지로 만들었던 자기의 과거
아시아 통치에 관한 정령을 부활시키고 카토의 지지를 얻어 원
로원에서 큰 세력을 휘둘렀다. 원로원에서 배척을 받은 폼페이
우스는 하는 수 없이 정무위원 쪽으로 달려가 소장정치가들과
손을 잡았다. 소장정치가 중에서 가장 무엄하고도 후안무치한
클로디우스라는 자는 폼페이우스 편에 들어 그를 민중파의 진
영으로 끌어들인 후 그의 위신도 생각하지 않고서 광장으로 끌
고 돌아다녔다.

또 클로디우스는 민중에게 아부하기 위한 문서를 작성하거나
연설을 할 때에는 이것에 위력을 덧붙이기 위하여 폼페이우스
를 이용하였고, 폼페이우스를 모욕하고 있다는 것을 잊고는 자
기가 마치 폼페이우스의 은인이라도 되는 듯이 행동하였으며,
이에 대한 보수마저 요구하였다. 나중에는 폼페이우스에게 압
력을 가하여 그의 친구이자 정치적인 조력자였던 키케로와 손

을 떼게까지 하였다. 키케로의 몸에 위험이 닥쳐 폼페이우스에게 도움을 청하였을 때 폼페이우스는 그와 만나는 것조차 피하였고, 그의 집을 찾아오는 사람이 있으면 문을 닫아 걸고 다른 문으로 해서 도망치곤 했던 것이다. 키케로는 재판의 결과를 무서워하여 남몰래 로마 시에서 피신하였다.

　당시 카이사르는 임지에서 돌아와 정계에 그 모습을 나타냈는데, 절대적인 인기를 얻어 장래가 촉망되었기 때문에 폼페이우스와 국가 당국으로서는 치명적인 타격이었다. 그는 이때 집정관에 입후보했으나, 크라수스와 폼페이우스가 불화상태에 있어 한쪽을 지지하면 다른 쪽을 적으로 삼아야만 하였기 때문에 양자를 화해시키기 위하여 전력을 다하였다. 카이사르의 이러한 행동은 정당한 정치적 판단에 의한 훌륭한 행위라고도 볼 수 있지만, 실은 교묘하게 음모를 감춘 불순한 동기에서 취한 행위에 지나지 않았다. 왜냐하면 배가 균형을 잃었을 경우 한쪽으로 기우는 것과 마찬가지로, 정계의 여러 세력을 한 군데로 집결해 놓았기 때문에 그 세력은 서로 균형을 잃고는 배가 침몰하듯이 국가도 붕괴될 운명에 처하게 됐기 때문이었다. 카토의 말에 의하면, 카이사르와 폼페이우스가 서로 싸우게 된 데서 국가가 망하게 되었다고 지적하는 것은 결과를 원인으로 본 것이니 잘못이라는 것이다. 왜냐하면 양자의 항쟁과 불화가 아니라 결탁과 타협이야말로 국가에 있어 최초의, 그리고 최대의 화근이었기 때문이었다.

　과연 카이사르는 집정관으로 당선되자 취임 초부터 가난한 사람들의 비위를 맞추고 식민지를 건설하는 법안, 토지를 빈민에게 분배하는 법안 등을 제출하여 집정관의 품위를 손상시켜 집정관의 지위를 일종의 정무위원의 지위처럼 취급하였다. 카이사르는 동료집정관인 비불루스가 카이사르가 제출한 법안에 반대의 태도를 취하고, 또 카토가 비불루스를 적극 지지하고 나서자, 카이사르는 모두가 보는 가운데 폼페이우스를 연단으로 불러들여 그가 제출한 법안의 지지 여부를 물었다. 폼페이우스가 그것을 지지한다는 취지의 대답을 하자 카이사르는 거듭 그에게,

"만약 이 법안에 폭력으로써 반대하는 자가 있다면 귀하는 민중의 의지를 옹호하시렵니까?"

하고 물었다. 폼페이우스는 다음과 같이 대답하였다.

"만약 칼로 위협하는 자가 있다면 이 사람은 칼과 방패를 들고 응할 것입니다."

폼페이우스는 그때까지 이처럼 후안무치한 언동을 한 적이 없었다고 한다. 친구들도 그가 이 말을 무심코 내뱉은 것에 지나지 않았다고 변명하였다. 그러나 그 후의 역사가 명시한 바에 의하면 용맹과 권력의 장군 폼페이우스가 완전히 카이사르에게 복종하여 그가 하라는 대로 행동했음을 알 수 있다. 카이사르는 딸 율리아가 카이피오라는 한 청년과 약혼 중이어서 곧 결혼하기로 되어 있었는데, 폼페이우스가 이 처녀와 결혼함으로써 세상을 깜짝 놀라게 하였으며 카이피오의 분노를 진정시키기 위하여 술라의 아들 파우스투스와 약혼 중이었던 자기의 딸을 대신 주었다. 그리고 카이사르 자신은 피소의 딸 칼푸르니아와 결혼하였다.

그 후 폼페이우스는 군대로 로마 시를 가득 채웠으며 실력을 행사하여 정계에서 맹위를 떨쳤다. 집정관 비불루스가 루쿨루스, 카토와 함께 광장으로 내려오면 그 즉시로 병사들이 이들을 습격하여 호위병들이 받쳐 든 의장을 부수어버렸으며, 심지어 어느 병사는 오물통을 비불루스의 머리 위에 끼웠고 그를 호위하던 정무위원 두 사람에게 부상을 입히기까지 하였다. 그

리하여 폼페이우스 일파는 광장에서부터 반대자를 제거한 후, 토지를 빈민에게 분배하는 법안을 통과시켰다. 이 일에 맛을 들인 민중들은 무슨 일에 있어서든 폼페이우스 일파의 추종자가 되어 생각이나 반대 없이 묵묵히 하라는 대로 어떤 법안을 제안하든지 기계처럼 찬성의 표를 던지곤 했다.

따라서 루쿨루스를 격분시켰던 폼페이우스의 아시아 정책에 관한 법령은 다시 인준되었으며, 카이사르에게는 알프스의 남북에 걸쳐 뻗어 있는 갈리아와 일리리쿰을 4개 군단의 병력을 가지고 5년 동안 통치하는 권한이 부여되었다. 또 다음 해에 있은 집정관 선거에서는 카이사르의 장인인 피소와 폼페이우스의 아첨자들 가운데 우두머리격인 가비니우스가 선출되었다.

이와 같은 어지러운 정세를 당함에 있어 비불루스는 집정관의 임기 8개월을 남겨 놓고 자택에 칩거한 채 두문불출하며, 카이사르와 폼페이우스를 매도하고 규탄하는 성명서를 잇따라 발표하였다. 또 카토는 원로원에서 마치 신의 계시를 받은 사람처럼 국가의 장래와 폼페이우스의 장래를 예언하였다. 또 루쿨루스는 정계에서 활동할 나이가 지났다는 핑계로 유유자적한 생활을 보냈는데, 폼페이우스는 이것을 보고서 안이한 생활보다는 정계에서의 활동이야말로 나이 든 자에게는 바람직한 일일 것이라고 평하였다.

그러나 이렇게 혹평한 폼페이우스 자신도 마침내는 젊은 아내와의 사랑에 빠져 별장에서 또는 화원에서 부부만의 행복한 애욕생활에 시간 가는 줄을 모르고 정치에는 아랑곳도 하지 않았다. 그러므로 당시 정무위원이었던 클로디우스는 그를 얕보고서 횡포한 행동을 자행하기에 이르렀다.

그는 키케로를 로마 시에서 내쫓았으며, 카토를 군의 지휘권을 준다는 명분을 붙여서 키프루스로 쫓아버렸던 것이다. 카이사르가 갈리아로 가버린 후로는 민중의 인기를 끌려고 노력한 끝에 시민대회의 실권을 장악하게 되자, 클로디우스는 그 즉시로 폼페이우스의 아시아 정책의 일부를 수정하려고 시도하였으며, 포로로 감금되어 있는 티그라네스 왕자를 자기 집으로 데려다 두고는 폼페이우스의 세력을 시험해볼 생각으로 우선 그의 측근들을 시험하였다. 마침내 그 재판에 폼페이우스가 나타났으므로 클로디우스는 일단의 깡패들을 거느리고 민중 앞으로 걸어 나와 다음과 같이 물었다.

"난봉을 피우는 장군은 누구입니까? 또 하나의 사람을 찾고 있는 것은 누구입니까? 한 손가락으로 머리를 긁고 있는 것은 누구입니까?"

이 물음에 대하여 민중은 잘 훈련된 합창대처럼 클로디우스가 옷을 펄럭거릴 때마다 이에 응하여 큰 소리로 대답하였다.

"폼페이우스요!"

폼페이우스는 이에 고민하였다. 그는 아직껏 남에게서 이렇듯 심한 말로 비난을 받은 적이 없었고, 또 이러한 모양의 정쟁(政爭)에도 경험이 없었다. 그리고 특히 더욱 분한 것은 자기가 이런 모욕을 당하는 것을 보고서 원로원 의원들이 고소해하며, 키케로를 배반한 보복을 톡톡히 받고 있다고 생각하는 일이었다.

그러나 시내 중앙광장에서 도당 사이에 충돌이 벌어져 살상사태까지 일어났고, 또 클로디우스의 노예 하나가 칼을 들고 군중 속으로 들어가 사람의 벽을 헤치고서 폼페이우스에게로 덤벼들려고 하는 것이 발견되자, 폼페이우스는 이것을 구실로 삼아 클로디우스의 횡포와 규탄을 피하기 위하여, 클로디우스가 정무위원으로 있는 한 광장에 나타나는 것을 그만두기로 하고 두문불출하면서, 원로원과 귀족들의 분노를 어떻게 하면 진정시킬 수 있을까를 친구들과 의논하였다.

쿨레오라는 정치가는 그에게 율리아와 이혼하여 카이사르와의 우호관계를 끊고 원로원과 제휴하라고 권고하였다. 그러나 그는 이 권고에 귀를 기울이지도 않았고, 클로디우스의 숙적이며 원로원파의 거물인 키케로를 추방지에서 로마로 불러들여야 한다는 주장에 따라, 형의 귀환을 요구하는 동생 키케로와 함께 많은 사람들을 데리고 광장에 나타나 사상자를 낼 정도의 난투극을 벌인 끝에 겨우 클로디우스를 굴복시켰다.

이렇게 하여 시민대회의 결의가 성립되어 키케로가 로마로 돌아오게 되었는데, 그는 그 즉시로 원로원과 폼페이우스를 화해시켜 로마 시의 곡물보급을 확보하는 내용의 시민대회의 결의안을 지지하는 연설로 로마 통치하에 있는 전 해륙의 명령권을 또다시 폼페이우스에게 주게끔 손을 썼다. 이 법령에 의하여 항만, 시장, 곡물의 분배 등 해운과 농업에 관한 전권이 폼페이우스의 수중으로 들어가는 결과가 되었다. 클로디우스는 곡물이 부족하기 때문에 이 결의안이 작성된 것이 아니라, 이 결의를 원하였기 때문에 곡물이 부족하게 된 것이라고 비난하고, 폼페이우스는 자기가 무기력해서 쇠퇴해진 세력을 새로운 명령권에 의하여 되살리려는 음모를 꾸며 예전으로 되돌아가려고 도모한 것이라고 규탄하였다.

다른 사람들은, 이 결의안 배후에 집정관 스핀테르의 정치적 모략이 깔려 있었는데, 그것은 폼페이우스의 권세를 높여 놓고 그 은공으로 본인이 이집트 왕 프톨레마이오스 12세를 호송하는 임무를 맡고자 하는 음모였다고 폭로하였다. 그러나 정무위원 카니디우스는 폼페이우스에게 군대는 주지 말고 호위병 두 명만을 주어 이집트로 가게 하여, 프톨레마이오스 왕과 그의 민중을 화해시키게 하자는 결의안을 시민대회에 제출하였다.

폼페이우스는 이 결의안을 못마땅하게 생각한 것만도 아닌 것 같았다. 원로원은 그의 신변이 염려된다는 엉뚱한 구실을 만들어 이 결의안을 부결시켰다. 그런데 프톨레마이오스 왕이 스핀테르보다는 폼페이우스를 군사령관으로 원한다는 내용의 전단이 광장과 원로원 근처에서 발견되었다.

티마게네스에 의하면, 프톨레마이오스 왕이 이집트를 떠날 필요는 전혀 없었는데, 테오파네스가 폼페이우스로 하여금 새로운 원정을 떠나 치부하고 또 새로운 군 지휘권을 장악하기 위한 전제조건을 가질 수 있도록 프톨레마이오스 왕을 설득하여 로마로 오게 하는 것이라고 한다. 그러나 테오파네스가 비록 악랄한 사람이었다고 할지라도 이 이야기는 의심스러운 점이 있으며, 폼페이우스 정도의 인물이 이렇게까지 비열한 수단을 써서 명예를 얻으려고 했다고는 믿어지지 않는다.

로마 시 주민에게 양곡을 보급하는 사무를 통괄하는 임무를 맡게 된 폼페이우스는 사방으로 부장과 심복을 파견하고, 또 자신도 시칠리아, 사르디니아, 아프리카로 돌아다니며 양곡을 수집하였다. 배를 탈 때 바다에 폭풍이 일고 선원들이 망설이는 기색을 보일 때면 서슴지 않고 남보다 앞서 배에 올라 선원들에게,

"배는 떠나야 한다. 목숨을 아낄 필요가 없다."

하고 호통을 쳤다. 이렇듯 왕성한 패기에다가 행운도 겹친 폼페이우스는 곡물취급소라는 취급소에는 곡물로 가득 차고, 바다라는 바다는 곡물 나르는 배로 가득 찰 정도의 성과를 거두었다. 이렇게 하여 수집된 양곡은 로마 시 이외의 주민에게도 은혜를 주어, 그 모양은 콸콸 넘치는 샘물이 아낌없이 만인의 목을 축이는 것과도 같았다. 그래서 전에 누리던 권력과 명예가 되돌아오는 듯 여겨졌다.

그 무렵 갈리아의 전쟁은 카이사르에게 큰 명성을 가져다주었다. 그는 로마 시에서 멀리 떨어져 벨기아 족·수에비 족·브리톤 족과의 싸움에 나날을 보내고 있었는 것처럼 보였지만, 실은 그 정치력을 발휘하여 로마 시의 민중 한가운데에도 확고한 기반을 만들어 놓아 중요한 국사에 있어 폼페이우스를 곤경에 빠뜨리곤 하였다. 군대의 힘을 자기의 수족처럼 믿고 있던 그는, 적을 치기 위해서가 아니라 병사들을 훈련시키기 위하여 마치 사냥을 하듯이 야만족과 싸우고 연마시켜 무적강군으로 만들었다. 그것과 동시에 금은 등 전리품을 비롯하여 큰 전쟁에서 모아들인 막대한 재물을 로마로 보내어 그 금력으로 민중을 매수하고 조영사(造營司)들의 사업을 도와주었으며, 법무관과 집정관 및 그 부인들에게 재정적인 지원을 하는 등 많은 사람들을 자기편으로 끌어들였다.

그가 알프스를 넘어 루카 시에서 월동하였을 때에는 많은 남녀들이 앞을 다투어 이 곳으로 모여들었으며, 폼페이우스, 크라수스를 비롯한 원로원 의원의 수는 200명에 이르렀고, 또 여러 주의 총독 및 법무관들이 카이사르의 진영으로 모여들었을 때에는 그 문전에 호위병들이 세워둔 의장이 120주에 이르렀다. 카이사르는 그들의 희망을 한결같이 들어주었으며, 이들에게 충분한 돈을 주어 돌려보냈다. 크라수스와 폼페이우스와 카이사르 세 사람은 협정을 체결하여, 크라수스와 폼페이우스가 집정관에 입후보할 것이며, 그 투표일에는 카이사르가 병사들을 많이 보내 두 사람의 당선을 돕도록 하고, 당선되는 날에는 두 사람은 그 즉시로 영지 총독의 지위와 군의 지휘권을 확보함과 함께 카이사르도 현재의 갈리아 총독의 지위를 다시 5년간 보증한다는 따위를 결정하였다.

이 협의내용이 세상에 알려지자 정계의 유력자들은 크라수스와 폼페이우스의 이 조처에 몹시 분노하였다. 그 중에서도 마르켈리누스는 시민대회에 나와 크라수스와 폼페이우스를 공격하여 두 사람이 집정관 선거에 출마할 의사가 있는지를 따졌다. 민중이 그들에게 덤벼들어 어서 대답하라고 재촉하자, 먼저 폼페이우스가 입을 열어 출마할 수도 있고 출마하지 않을 수도 있다고 애매한 대답을 하였다. 이에 크라수스는 이보다 좀더 교묘하게 자기는 국가에 이롭다고 생각되는 대로 행동할 것이라고 말하였다. 마르켈리누스가 폼페이우스에게 그게 무슨 망발이냐고 격앙된 어조로 따지자 폼페이우스도 이에 질세라, 마르켈리누스는 은혜를 모르는 사람으로 비인간 중에서도 가장 으뜸 가는 자라고 비난하고 눌변의 그를 웅변가로 만들어준 것도 자신이며 굶주리고 있는 그를 배불리 먹여준 것도 자신이라고 응수하였다.

이리하여 많은 사람들이 집정관 입후보를 포기했는데, 루키우스 도미티우스라는 입후보자에 대해서는 카토가 절대로 포기하지 말라고 설득하여 용기를 북돋워주며, 전제주의자를 상대로 하는 선거전은 하나의 관직을 둘러싼 싸움이 아니라 자유를 수호하기 위한 싸움 바로 그것이라고 역설하여 포기하지 않게 하였다. 폼페이우스 일파는 원로원 전체를 좌우하고 있는 카토가 적극 반대하는 것을 그대로 두면 지금까지 지지하던 사람들마저 이탈하게 되지나 않을까 염려하였다. 그래서 도미티우스가 광장에 들어오는 것을 허락하지 않고는 무장군인을 보내어, 횃불을 들고 앞장 서서 오는 사람을 죽이고 다른 사람들을 흩어지게 했는데, 카토는 도미티우스를 감싸주다가 오른팔 팔꿈치에 부상을 당하고는 맨 나중에야 물러섰다.

이렇게 하여 두 사람이 집정관에 취임할 수는 있었지만 여러 가지 정무를 질서정연하게 처리하려고 하지 않았을 뿐 아니라 카토의 세력을 막기 위해 여러 방법을 썼다. 시민대회에서 법무관을 선출하려고 할 때 시민들이 카토를 선출하려는 기색을 보이자, 폼페이우스는 나쁜 징조가 있었다는 구실로 선거를 중단시키고 다시 선거인 각 부족을 돈으로 매수한 다음, 카토 대신 바티니우스이라는 자를 법무관으로 당선시켰다.

이어 정무위원 트레보니우스로 하여금 시민대회에 결의안을 상정케 하여 이미 체결한 협정에 따라 카이사르의 임기를 5년 연장하였고, 크라수스에게는 시리아 총독의 지위와 파르티아 토벌군 지휘권을 주었으며, 폼페이우스 자신은 아프리카와 스페인의 통치권과 4개 군단의 군대를 수중에 넣었다. 이 4개 군단 중 2개 군단은 갈리아 전쟁을 위하여 카이사르의 희망에 따라 그에게 대여해주었다.

크라수스는 집정관의 임기가 끝남과 동시에 새 임지로 떠났지만, 폼페이우스는 자기가 세운 극장을 민중에게 공개하여 그 봉헌식에서 체육대회와 음악회를 개최하였으며, 맹수의 연기를 관람시켰다. 그때에 500마리의 사자가 죽었고, 코끼리의 싸움은 처절한 광경을 보여주었다.

이리하여 그는 사람들의 칭찬을 받으며 크게 인기를 끌었으나 한편으로는 그것 못지 않게 비난도 받게 되었다. 왜냐하면 그는 심복의 부관에게 자기의 임지와 군대를 맡기고는 본인은 이탈리아 각지의 경승지를 돌아다니며 마음 내키는 대로 애처와 함께 나날을 보냈기 때문이었다. 그가 그토록 아내를 사랑한 것이었는지, 아니면 세상 사람들이 수군거렸듯이 자기만 믿고 사는 아내를 혼자 떼어놓고 먼 곳으로 가기가 미안해서 그랬는지 알 수는 없지만, 그의 젊은 아내가 나이 차이가 많았음에도 불구하고 남편을 무척 사랑했다는 것은 유명하다.

그것은 첫째 폼페이우스가 품행이 단정하여 자기 아내 이외

의 여자를 가까이하지 않았기 때문이었으며, 또 하나는 위엄이
있으면서도 엄격하지 않고, 사람과 접하여 따뜻한 데가 있어
기녀 플로라의 증언에 거짓이 없다면 폼페이우스가 여성을 끄
는 무엇인가를 가지고 있었기 때문이었다.

한번은 조영사(造營司) 선거 때에 일부 사람들이 폭도로 변
하여 그의 곁에 있던 사람들 중에서도 더러 사상자가 생겼다.
그 바람에 그에게도 피가 튀어 새옷으로 갈아 입고서 노예에게
명령하여 피에 더럽혀진 옷을 집에 갖다 두게 했는데, 그 때문
에 그의 집에서는 큰 소란이 벌어졌다. 마침 임신 중이던 그의
젊은 아내는 피투성이의 옷을 보고서 기절하여 쉽게 의식을 회
복하지 못하였는데, 결국 이때의 충격으로 유산하였다. 카이사
르에 대한 폼페이우스의 우정을 가장 신랄하게 비난하는 사람
도 그의 아내에 대한 애정만큼은 나쁘게 말하지 않았다. 그런
데 그녀는 다시 잉태하여 얼마 후 딸을 분만하였으나 산후 건
강이 좋지 않아 세상을 떠났으며, 태어난 아이도 며칠 후 어머
니의 뒤를 따랐다.

폼페이우스는 알바의 별장에 딸린 사유지에 장사를 지내려고
준비를 갖추었으나, 사람들이 강요하다시피하여 군신의 광장에
매장하였다. 그러나 사람들이 이렇게 한 것은 그의 젊은 아내
의 죽음을 애도했기 때문이었지, 폼페이우스와 카이사르에게
호의를 느꼈기 때문은 결코 아니었다. 굳이 이 두 사람을 비교
해서 본다면 로마 시의 시민들은 그때 로마 시에 있던 폼페이
우스보다는 외지에 나가 있던 카이사르에게 한층 더 경의를 표
하고 있었던 것만 같다.

실제로 얼마 후 국가에 내란의 큰 파도가 밀어닥쳐 정계가
어지러워졌을 때, 사람들은 두 영웅의 야망을 억제시켜주었던
폼페이우스의 아내마저 죽어 인척관계가 이제는 끊어졌으니 완

전히 분열로 치달을 것이라고 수군거렸다. 그뿐만 아니라 율리아가 세상을 떠난 지 얼마 안 되어 파르티아에 있던 크라수스가 고인이 되었다는 소식이 전해지자, 내란발발을 저지할 커다란 장벽이 하나가 제거된 셈이 되었다. 왜냐하면 카이사르와 폼페이우스가 서로 공정한 태도를 유지할 수 있었던 것은, 두 사람에게 견인차 역할을 한 크라수스를 두려워했기 때문이었다. 그러나 운명의 여신이 두 영웅의 대결을 감시하고 있던 사람을 제거하였으니 이 두 사람은,

　　몸에 기름을 바르고 손에 흙을 바르고
　　결전의 시간만 서로 노린다.

는 희극시인의 말처럼 대치하게 되었다. 운명의 여신도 인간의 야망 앞에서는 미약하기 짝이 없는 모양이다. 사실 운명의 여신이 인간에게 많은 것을 주더라도 끝이 없는 인간 본래의 욕구를 만족시켜주지는 못한다. 지고(至高)의 로마 지배권과 광대한 로마의 영토를 자기들 앞에 놓고서도 두 사람은 부족함을 느꼈으며,

　　신들조차도 광활한 우주를
　　하늘, 지옥, 바다로 3분하여
　　각기 거기 안주하여 자족하면서
　　남이 향락을 누리는 것을 방해하지 않는도다.

라는 시를 읽어서 그들도 알고 있었건마는, 자기들은 불과 두 사람이면서도 로마의 그 큰 땅에 둘이 함께 서 있기에는 너무도 좁다고 생각한 모양이었다.

그러나 폼페이우스는 일찍이 그가 민중에게 한 연설 가운데서 자기는 늘 명령권을 요구하기도 전에 그것이 저절로 자기 수중으로 굴러 들어왔고, 남들이 그것을 내놓으라고도 하기 전에 그것을 내놓았다는 말을 자주 하였는데, 폼페이우스 자신은 그 예로 자진해서 군대를 해산시킨 것을 들곤 했다. 그러나 이제 카이사르가 군은 해산하려고 하지 않는 기색을 보이자 폼페이우스는 이에 대비하여 자기의 지위를 정치적인 실권으로 공고히 하였지만, 그 이외에는 변혁을 원치도 않았을 뿐만 아니라 카이사르에게 불신을 품고 있다고 여겨지는 것도 싫었으므로 그를 무시하고 경멸하는 태도를 보이기까지 하였다.

그러나 유권자들이 이미 카이사르에게 매수되었기 때문에 정부의 여러 관직을 차지하는 자가 폼페이우스가 기대한 만큼은 선출되지 못했으며, 결국 국정은 무정부상태에 빠져 이윽고는 군정관을 설치해야 한다는 소리가 항간에 널리 퍼지게 되었다. 정무위원 루쿨루우스는 남보다도 먼저 이 필요성을 주창한 사람이었는데, 그 군정관으로는 폼페이우스를 뽑아야 한다고 시민들을 설득하였다. 그러나 카토는 이것을 비난하며 강력하게 반대하였기 때문에 루쿨루우스는 정무위원의 자리를 박탈당할 위기에 놓이게 되었다. 폼페이우스의 친구들도 그를 옹호하며, 그가 군정관의 지위를 요구한 사실도, 그러한 것을 생각한 일도 없다고 변호하였다. 그러자 카토는 겉으로 폼페이우스를 칭찬하면서 명심코 올바른 태도를 끝까지 견지하도록 하라고 경고하였으므로, 폼페이우스도 내심으로 부끄럽게 생각되어 우선 당장은 충고대로 처신하리라고 마음먹었다.

이리하여 도미티우스와 메살라가 집정관으로 당선되었다. 그러나 나중에 또다시 무정부상태에 빠지게 되자 많은 사람들이 다시 군정관의 임명을 입밖에 내놓게 되었으며, 카토 일파는

폭력으로 억압당하는 것을 두려워하여 폼페이우스에게 어떤 합
법적인 권력을 부여할 것을 인정하면서도 무제한적인 독재 권
력을 주는 것만은 거절하였다.

　폼페이우스의 정적 비불루스는 솔선하여 원로원에 폼페이우
스를 단일 집정관으로 선출해야 한다고 제안했는데, 왜냐하면
국정을 현재의 혼란으로부터 건져 내지 못한다면 가장 강한 자
에게 예속될 수밖에 딴 방도가 없기 때문이라고 주장하였다.
주장하는 사람이 비불루스인 것을 볼 때 이 주장이 내포하는
바는 분명하였다. 이때 카토가 기립하여 반론을 펴는 듯한 태
도를 보이더니 전원이 조용해지기를 기다려, 다시는 그러한 제
안을 하지는 않겠으나 다른 의원이 그것을 제안했으므로 그것
에 찬성하는 연설을 하겠다며, 어떠한 정부라 할지라도 무정부
상태보다는 낫다고 생각하며 현재와 같이 혼란한 정국하에서는
그 영도력에 있어 폼페이우스를 능가할 사람이 없을 것이라고
주장하였다.

　비불루스의 제안이 원로원에서 채택되자, 폼페이우스가 단독
으로 집정관으로 선출되어 정무를 관장할 것, 만일 그가 동료
집정관을 필요로 한다면 2개월 이상을 경과한 다음에 적당하다
고 생각되는 사람을 선출할 것 등이 가결되었다. 이 원로원의
결정에 따라 폼페이우스는 술피키우스가 진행한 시민대회에서
단독 집정관으로 선출되었다. 폼페이우스는 그 즉시로 카토에
게 호의적 태도를 보이며 그에게 무한한 사의를 표하고는 정무
에 사적인 조언자가 되어달라고 간청하였다. 이에 대하여 카토
는, 자기에게 사의를 표할 필요는 없다 하고 자기의 발언은 폼
페이우스를 위한 것이 아니라 국가를 위한 것이었으며, 그가
원한다면 사적인 조언자가 되겠지만 원하지 않더라도 자신은
할 말은 반드시 하겠노라고 대답하였다. 카토의 언동은 만사가

다 이렇듯 강경하고 직선적이었다.

폼페이우스는 로마 시로 들어와 메텔루스 스키피오의 딸 코르넬리아와 결혼하였다. 코르넬리아도 초혼은 아니었는데 그녀의 전 남편은 크라수스의 아들로 파르티아에서 전사한 푸블리우스였다. 그러나 이 신부는 젊음 외에도 여러 가지 재주를 가지고 있었는데 문예에도 조예가 깊었고, 하프도 잘 연주했으며, 기하학에 뛰어났고, 또 철학강화를 듣고서 이것을 실생활에 활용하기도 하였다. 게다가 그녀는 이러한 기예를 가지고 있으면서도 전혀 교만하지 않았다. 또한 가문이나 아버지의 명성에 나무랄 데가 없었다. 그럼에도 불구하고 연령의 차이 때문에 일부 인사들은 이 결혼을 탐탁하게 생각하지 않았다. 코르넬리아는 그의 며느리라면 좋을 나이였기 때문이었다.

또 분별 있는 사람들은 폼페이우스가 나라의 불행을 잘 알지 못하고 있다고 생각하고는, 국가의 불행을 치유할 자로 선출되어 그 한 사람에게 모든 국정이 맡겨져 있는데도 그 중책을 잊은 채로 너울을 쓰고 화촉의 잔치를 베풀고는 자신이 행복 그 자체인 양 신랑 행세를 하고 있다고 비난하였다. 비난이 그치질 않았으므로 그가 집정관의 지위에 있다는 것은 오히려 불행이라고 생각할 만도 한 것이었다. 본시 조국이 안정된 상태에 있었다면 비합법적인 방법으로 그에게 집정관의 지위를 줄 리는 만무했을 것인데, 그것도 모르고 경거망동하고 있으니 이 어찌 나라의 재난이 아니겠냐는 것이 원로원의 입장이었다.

그러나 그는 재판에서 재판장이 되어, 판결의 수속을 규정하는 법안을 작성하여, 어떠한 재판에 있어서도 위엄 있는 태도로 준엄하고도 공정한 판결을 내렸고, 또 군대를 동원하여 법정의 안녕과 질서와 정숙을 유지하기 위해 노력하였다. 하지만 장인 메텔루스 스키피오가 피소되었을 때에는 360명에 이르는 배심원을 자택으로 초청하여 도움을 청하였다. 스키피오를 고소했던 사람은 스키피오가 배심원의 호위를 받으며 광장에서 나오는 것을 보고서 이미 결과가 정해졌음을 알고 소송을 포기하였다. 이 때문에 폼페이우스를 나쁘게 말하는 사람이 많았다.

또 그는 재판 중인 피고에게 찬양연설을 하는 것을 법으로 금지하고 있으면서도 소송이 진행 중이었던 플란쿠스를 위하여 친히 법정에 나가서 찬양연설을 하여 더욱 더 사람들의 빈축을 샀다. 카토는 때마침 배심원의 자리에 앉아 있었는데, 법에 위배되는 찬양연설을 듣는 것은 참을 수 없는 일이라고 외치고는 들을 가치도 없다는 듯이 두 손으로 귀를 막았다. 그 때문에 그는 표결 전에 법정 밖으로 쫓겨나는 치욕을 당하였다. 그러므로 카토 이외의 배심원 전원 일치에 의하여 플란쿠스는 유죄 언도를 받게 되었으며 그 때문에 폼페이우스의 체면은 말이 아니었다.

그러나 며칠 후에 고발을 받고 재판 중에 있던 집정관급의 정치가 히프사이우스라는 사람이, 폼페이우스가 목욕을 마치고 식사를 하러 집으로 돌아가는 것을 기다리고 있다가 그의 무릎을 껴안고는 자신의 재판을 잘 봐줄 것을 간청하였다. 그러자 폼페이우스는 오만불손한 태도로도 그런 짓을 하면 저녁밥 맛이 없어진다며 쓸데 없는 짓은 그만 두라는 한 마디를 내던진 채 떠나버렸다. 이처럼 그의 행동이 공정하지 못했기 때문에 사람들의 비난을 받았다. 그러나 그는 그 밖의 정무는 질서정연하게 잘 보살폈으며, 남은 임기 5개월간의 동료 집정관으로 장인 스키피오를 택하기도 하였다.

그리고 폼페이우스에게 영지 총독의 직책을 다시 4년간 연장해주고, 군의 유지비로 해마다 1천 탈렌트씩을 주기로 하는 결의안이 시민대회에서 가결되었다. 이것을 계기로 하여 카이사르 일파도 요구하는 것이 있었는데, 카이사르는 로마의 국위를 선양하기 위하여 큰 전쟁을 하고 있으므로 그에게도 어떤 배려를 해주어야 한다는 것이었다. 카이사르를 집정관으로 재선시켜주거나, 아니면 군 지휘권을 연장시켜주어야 한다며, 만일 군 지휘권이 연장되면 그가 애써 쌓은 공적을 다른 사람에게 빼앗기지 않고 보유하게 될 것이며, 공로자인 카이사르는 마음 놓고 군의 지휘를 그대로 계속하여 만인의 칭찬을 받게 될 것이라고 주장하였다.

이 주장이 원로원과 시민들 사이에서 물의를 일으키게 되자 폼페이우스는 사람들이 카이사르에게 품고 있는 혐오감을 없애주려는 호의에서 나온 듯이, 자신은 카이사르에게서 온 서한을 가지고 있는데 그것에 의하면 카이사르는 어서 후계자가 나와서 자기가 맡아 온 이 전쟁을 종결지어줄 것을 바라고 있다고 전하면서, 아울러 카이사르에게는 로마에 오지 않고서도 집정관에 입후보할 권한을 부여하여도 좋을 것이라고 부언하였다.

이에 대하여 카토 일파는 일제히 이의를 주장하여 카이사르는 시민들로부터 동정을 얻고 싶다면 장군직을 내놓고 일개 사인(私人)의 자격으로 입후보함이 바람직한 일이라고 역설하였다. 그러자 폼페이우스는 굳이 완강하게 자기 주장을 관철시키려고 하지 않고 자기가 언제 그런 말을 했냐는 듯이 간단히 패배할 것 같은 태도를 보였기 때문에, 사람들은 카이사르에 대한 그의 본심을 의심하지 않을 수가 없었다.

게다가 그는 카이사르에게 사자를 보내어 파르티아 인과의 싸움을 구실 삼아 전에 그가 빌려주었던 군대의 반환을 요구하였다. 한편 카이사르는 폼페이우스가 왜 군대를 반환해달라는 것인지 그 이유를 너무도 잘 알고 있었으므로, 그렇다고 그와 맞설 수도 없어 아무런 반대도 하지 않은 채 병사들에게 후한 선물을 주어서 돌려보냈다.

얼마 후 폼페이우스는 나플레스에서 병을 얻어 고생하다가 다행히도 치유가 되었다. 나플레스의 시민들은 프라크사고라스라는 자의 제안에 따라 폼페이우스를 중병에서 구해준 신들에게 제사를 드렸다. 이웃 도시의 주민들도 이것을 본받아 행했는데 결국 그것이 이탈리아 전 지역으로 퍼져 나가 대도시 소도시 할 것 없이 며칠씩 축제가 벌어졌다. 사방에서 모여드는 인파로 입추의 여지가 없었고, 길마다 마을마다 항구마다 잔치를 베푸는 사람, 제사를 드리는 사람들로 가득 찼다. 또 로마 시로 돌아오는 폼페이우스 일행에게 꽃이 뿌려졌으며, 많은 사람들이 머리에 화환을 두르고 손에 횃불을 들고서 일행을 보내고 또 맞으며 경축하는 그 광경은 실로 아름답기 짝이 없는 장관을 이루었다. 그러나 이것이야말로 실로 내란의 원인 중 가장 으뜸 가는 원인이었다고 한다.

폼페이우스는 이 일을 겪은 후, 교만한 생각이 들어 너무나도 기쁜 나머지 눈이 어두워져서 정치적 판단을 그르쳤던 것이다. 그 전까지만 해도 그는 행운이 가져다준 것과 그 자신이 만들어 낸 것을 정확히 판단하고 그것들을 자기 것으로 하기 위하여 신중한 태도를 취해 왔었는데, 이 일이 있은 후부터는 그 신중한 태도를 버리고 지나친 자신감으로 카이사르의 실력을 얕보고는 이것과 싸울 힘을 기르는 데 소홀히하였으며, 대응책들을 모두 귀찮게만 생각하였던 것이다.

과거에 카이사르의 실력을 길러준 것을 생각하면 이것을 누르기란 쉬우리라 그 지레 짐작만 하고 있었던 것이다. 그뿐만 아니라 폼페이우스가 카이사르에게 빌려주었던 군대를 갈리아에서 데리고 온 아피우스라는 젊은 귀족은, 갈리아에서 세운 카이사르의 공을 과소평가하며 그를 깎아 내리기에 바빴다. 폼페이우스는 아직 자신의 무력과 명성이 어느 정도인지도 모른 채, 카이사르에게 대항하려고 군대를 기르기는 하지만 그것은 필요 없는 헛수고라고 자신 있게 말하였다. 또한 아피우스는 폼페이우스가 카이사르의 병사들 앞에 나타나기만 하면, 카이사르는 자신의 군대에 의하여 멸망을 당하고 말 만큼 카이사르 자신의 병사들에게 미움을 사고 있으나, 폼페이우스는 카이사르 군사들에게조차 이토록 대단한 존경을 받고 있다고 허위선전을 하였다.

이 말을 들은 폼페이우스는 자신을 과신하게 되어 지나치게 대담해졌으며 상대방을 얕보는 마음으로 가득 차, 내란을 겁내는 자가 있으면 이를 비웃고, 또 카이사르가 로마 시로 쳐들어왔을 때 이것을 격퇴할 병력이 없지 않느냐고 걱정하는 자가 있으면 그에게 웃는 얼굴을 보이면서 밝은 목소리로 걱정할 것 없다고 타이르듯이,

"내가 어디에 있건 이탈리아의 땅을 한 걸음만 밟기만 하면 그 즉시로 보병과 기병이 샘처럼 솟아날 거요."

하고 호언장담하였다.

그러는 사이에 카이사르는 점점 더 중앙 정계와의 교섭을 깊이하여 이탈리아에서 멀리 떨어지지 않은 곳에까지 와서는, 선거가 있을 때마다 로마 시로 병사들을 보내어 투표에 참석하게 하였으며, 또 많은 실력자들에게 금품을 보내어 이들과 연락하며 매수하였다. 집정관 파울루스와 같은 사람은 1천5백 탈렌트에 매수되어 변절하였으며, 정무위원 쿠리오 같은 사람은 카이사르의 원조로 거액의 부채에서 해방되었다. 마르쿠스 안토니우스도 쿠리오와의 친분 때문에 그의 부채에 대한 보증인이 되어 있었다.

어느 때인가는 카이사르 부대에서 상경한 백부장 하나가 원로원 앞에 버티고 서 있다가, 원로원이 카이사르의 임기의 연장안을 부결시켰다는 말을 듣자 그의 손으로 칼을 탁 치며,

"그렇다면 이것이 연장시켜주지."

하고 외쳤다고 한다. 이것은 카이사르의 대담한 행동이었으며, 매사에 치밀한 계획을 세우고 있었던 것이다.

그러나 쿠리오가 카이사르를 위하여 원로원에서 제안했던 결의안은 보다 더 합법적인 것이라고 생각되었다. 그는 폼페이우스 장군의 군 지휘권을 박탈하거나, 아니면 카이사르 장군에게 현재대로 군대의 보유를 허용하거나 그 어느 것이어야만 한다면 두 장군이 다 그 지위에서 물러나 사인으로 돌아가 도의를 지키거나, 아니면 두 장군이 다 같이 각기 병력을 보유하여 세력의 균형을 유지할 때 평화는 보존된다고 말하였다. 왜냐하면 어느 한 쪽만을 약화시키는 것은 다른 쪽을 그만큼 강화시키게 되고, 따라서 공포를 배가시키는 결과를 초래하게 될 것이기 때문이었다.

그러자 이 제안에 대하여 집정관 마르켈루스는 카이사르를 도적이라고 부르고, 그가 군대를 해산하지 않으면 그를 공공의 적이라고 선언하자는 결의안을 제출하였으나, 쿠리오는 안토니우스 및 피소와 결탁하여 이 문제는 원로원에서 표결로 결정짓기로 하자고 주장하였다. 표결에 이르러 카이사르만이 군을 해산하고, 폼페이우스는 군 지휘권을 그대로 갖게 한다는 안에 찬성하는 의원은 원로원 한쪽으로 나와달라고 의장이 요구하자, 대다수의 의원들이 의장이 가리키는 쪽으로 걸어갔다. 그러나 두 장군 다 군을 해산하고, 군 지휘관의 지위를 사임해야 한다는 안건이 표결에 부쳐지자 끝까지 폼페이우스의 이익을 도모하려는 표는 겨우 22표뿐이었고, 나머지 전원이 세력의 균

형을 유지해야 한다는 쿠리오를 지지하여 의장이 가리키는 쪽
으로 걸어갔다.

이렇게 되자 쿠리오는 승리는 자기 것이라는 생각에 만면에
희색을 띠며 민중 앞으로 달려나갔다. 민중은 우레와 같은 박
수를 치고 꽃과 화환을 그에게 던지며 그를 환영하였다. 폼페
이우스는 원로원에 나와 있지 않았는데, 그것은 군 지휘권을
가지고 있는 자는 로마 시내에 있는 것이 법으로 금지되어 있
었기 때문이었다. 이때 마르켈루스가 일어나서 자신은 앉은 채
이런 말을 듣고만 있을 수는 없다고 하며, 이미 10개 군단의
병력이 알프스 이 쪽으로 모습을 나타내어 진군 중이라는 말을
들었는데 한 장군을 파견하여 조국을 위해 싸우게 해야겠다고
외쳤다.

이 소식을 듣자, 시민들은 나라에 큰 재난이 있을 때처럼 그
즉시로 모두 옷을 상복으로 갈아 입었다. 마르켈루스는 의원
일동을 이끌고 광장을 지나 폼페이우스에게 가서 다음과 같이
말하였다.

"폼페이우스 장군, 본관은 귀하에게 조국을 구제할 것을 명
령합니다. 현재 보유하고 있는 군대를 정비하고 그 밖에 더 필
요한 새로운 군대를 징집하시오."

마찬가지 내용을 렌툴루스도 발언하였다. 렌툴루스는 이듬해
의 집정관으로 예정된 두 사람 중의 한 사람이었기 때문이었
다. 그러나 명령을 받아 폼페이우스가 모병을 시작하자, 많은
사람들이 그것에 응하지 않고 마지못해 모여든 사람도 그 수가
얼마 되지 않았으며, 오히려 많은 사람들은 폼페이우스와 카이
사르 두 사람이 화해해야 한다고 외쳤다.

또 안토니우스는 원로원의 반응을 두려워하지 않고 시민대회
에서 카이사르의 서한을 낭독하였다. 이 서한에는 민중의 환심

을 사려는 의도가 담겨 있었는데, 카이사르도 폼페이우스도 다 같이 임지를 떠나 군대를 해산시키고 시민대회에 출두하여 자기들이 맡은 영지통치에 관한 경과보고를 하자는 교활한 제안이 포함되어 있었다.

새로 집정관으로 취임한 렌툴루스와 동료집정관은 원로원을 소집하려고는 하지 않았다. 그러나 얼마 전에 임지 킬리키아에서 이탈리아로 돌아온 키케로는 카이사르가 갈리아를 떠나 군의 대부분을 해산시키고, 또 2개 군단과 일리리쿰 영지만은 보유한 채 집정관 재선의 시기를 기다릴 것 등을 조건으로 하여 두 사람을 화해시키려고 하였다. 그러나 폼페이우스가 이것에 난색을 표하자 카이사르 일파는 1개 군단을 더 감소시켜도 좋다고 양보하였다. 그러나 렌툴루스는 이 제안마저 단호히 거부하였고, 또 카토도 폼페이우스가 또다시 꾀에 넘어가 실수를 범하게 될 것이라고 목소리를 높여 경고하였으므로 키케로의 조정은 수포로 돌아가고 말았다.

그러는 동안에 카이사르는 이탈리아의 대도시 아리미눔을 점령하고서 전군을 이끌고 로마 시를 향하여 진군 중이라는 소식이 전해졌다. 그러나 이 보고는 정확한 것이 아니었으며, 카이사르의 수하에는 기병 300명과 중장보병 5천 명이 있을 뿐이었다. 그 밖의 군대는 알프스의 저 쪽에 있었지만 그 도착을 기다리고 있는 것도 아니었다. 그로서는 적에게 준비할 기회를 주지 않고, 그들을 혼란에 빠뜨린 다음 갑자기 기습을 가하려는 생각이었던 것이다.

그는 그의 관할구역의 남쪽 경계선인 루비콘 강에 도착하였을 때에는 묵묵히 강가에 서서 생각에 잠겨 있었다. 강을 건넌다는 것이 얼마나 무모한 경거망동인가를 스스로 생각하였기 때문이었다. 그러나 그는 깊이를 알지 못하는 깊은 수렁에 뛰어드는 사람처럼 생각을 중지하고는 앞일에 대해 더 이상 생각하지 않기로 하고 각료들에게 그리스 말로 다만 한 마디,

"운명에 맡긴다."

하고 외친 다음, 병사들에게 강을 건너라고 명령하였다.

카이사르가 군대를 이끌고 오고 있다는 소문이 전해지면서 깜짝 놀란 로마 시가 일찍이 유래가 없는 혼란과 공포에 싸이게 되고, 원로원 의원 일동은 급히 폼페이우스에게로 달려갔으며, 각 정무관들도 그 뒤를 따랐다. 하지만 이미 폼페이우스 군사들은 형편없이 무너져 있었다. 원로원 의원 툴루스가 폼페이우스에게 그의 준비는 어떠하냐고 묻자, 그 동안 병사들과 군장비에 소홀했던 폼페이우스는 주저하며 자신이 없는 말로 카이사르가 돌려준 군단은 준비가 되어 있으며, 이전에 징집한 3만 명도 곧 전선에 내세울 수 있을 것이라고 대답하였다. 툴루스는 이에 대하여

"아아, 폼페이우스 장군, 당신은 우리를 속였군요."

하고 개탄하며, 싸움은 불리하니 카이사르에게 사자를 보내도록 하자고 제안하였다.

한편 파보니우스라는 의원이 있었는데 이 사람은 고집이 센 보잘것없는 졸장부였으며, 그가 가끔 보이는 그 오만 불손한 태도는 카토의 직언의 재판이라는 평을 받고 있는 인물이었다. 그는 폼페이우스에게 약속한 대로 발로 땅을 차서 군대를 샘물처럼 솟아나게 해보이라고 조롱하였다. 폼페이우스는 이런 불손한 비난을 할 수 없이 그저 묵묵히 참고 들었다. 그러나 너무 화가 난 카토가 자신이 예전에 카이사르에 관하여 뭐라고 예언했는지 회상해보라고 말하자, 폼페이우스는 그저 선생의 말에는 과연 선견지명이 있었으나 자신은 우의를 생각해서 행동했다고 대답하였을 뿐이었다.

카토는 폼페이우스를 최고사령관으로 선출할 것을 제안하고, 이런 큰 난리는 이것을 생기게끔 한 사람이 그 종말을 지어주어야 한다고 덧붙였다. 그 후 카토는 그 즉시로 자기의 임지인 시칠리아로 떠났다. 그는 추첨에 의하여 이 영지를 관할하게 된 것이었다. 다른 장군들도 각기 추첨으로 당첨된 영지로 떠났다. 그러므로 이탈리아 전역은 대혼란에 빠졌고 주민들의 고생은 이루 말할 수 없을 정도였다. 로마 밖에서 살던 주민들이 난을 피하여 시내로 몰려들었고, 로마 시내에 살던 주민들은 시외로 빠져 나갔다.

이 혼란의 폭풍이 휘몰아치는 한가운데서 의지할 곳이라곤 전혀 없고 깡패들만이 세상을 만난 듯이 날뛰는 바람에 정무관만이 이것을 막느라고 진땀을 흘렸다. 전역을 휩쓰는 공포를 진정시킬 방법도 없었고 폼페이우스는 독자적인 판단이나 행동을 마음대로 할 수도 없었다. 사람들은 감정이 움직이는 대로 공포에 떨거나 슬퍼하면서 어쩔 줄을 몰라했는데, 폼페이우스의 마음도 로마 시민들과 똑같이 공포와 절망에 사로잡혀 있었다.

하루에도 몇 번씩 원로원은 의결을 뒤집었고, 또 많은 사람들이 각기 자기가 목격한 바를 보고하였으므로 폼페이우스의 귀에 들어온 보고로 적의 진상을 알 수는 없었지만, 그렇다고 해서 이것을 믿지 않으면 그것을 알려 온 사람은 그 사람대로 폼페이우스를 원망하였다. 이리하여 폼페이우스는 원로원으로 하여금 비상상태를 선포하게 한 다음, 원로원 의원 전원에게 자기를 따르라고 명령하고는 만약에 로마에 남는 자는 카이사르의 도당이라고 간주할 수밖에 없다는 뜻을 포고하고 저녁에 로마 시에서 철수하였다.

두 집정관은 전쟁에 나가기 전에 늘 신에게 드리도록 되어 있는 제사도 드리지 않고 로마를 떠났다. 그러나 폼페이우스는 위기의 한가운데에 있으면서까지 변함없이 민중의 인기를 잃지 않은 믿음직한 인물이었다. 그의 전략을 비난하는 자는 많았으나 그를 미워하는 자는 없었고, 많은 민중이 자유를 찾아서 카이사르를 피하였다기보다 폼페이우스의 인물을 저버릴 수가 없어서 그를 따랐던 것이다.

며칠 후 카이사르는 로마 시에 입성하여 이를 점령하고는 시민들을 관대하게 대하고 민심을 진정시켰다. 그러나 그가 국고의 돈을 반출하려고 하였을 때 정무위원 메텔루스가 이것을 제지하였으므로 카이사르는 메텔루스를 죽이겠다고 위협하며,

"죽인다고 하는 말은 하기 어려운 말이지만, 실제로 죽이기란 간단한 일이다."

라고 하는 협박에 그치지 않을 듯한 심한 말까지 하였다. 이리하여 카이사르는 메텔루스를 물리치고서 필요한 돈을 손에 넣은 후 폼페이우스를 추격하여 스페인으로부터의 원군이 도착하기 전에 그를 이탈리아 본토에서 쫓아내려고 안간힘을 썼다.

폼페이우스는 브룬두시움을 점령하여 많은 선박들을 손에 넣자 곧 두 집정관을 승선시키고 여기에 30개 대대를 붙여서 디라키움을 향하여 먼저 떠나 보냈다. 또 장인 스키피오와 처남 크나이우스를 시리아로 보내어 그 곳에서 해군을 편성케 하였다. 그 자신은 브룬두시움의 성문들을 폐쇄하고, 성벽에 경장보병들을 배치한 후 일반 시민들에게는 집에서 나오지 말라고 명령하고는 전 시내에 도랑을 파서 바다로 가는 길 둘만 남겨 놓은 채 모든 길에 말뚝을 박아 차단하였다.

이렇게 한 후 사흘째 되는 날에는, 군의 대부분이 카이사르가 눈치채지 못하게 조용히 배에 올랐다. 여기서 폼페이우스는 성벽을 지키는 병사들에게 갑자기 신호를 내려 곧 성벽에서 달

려 내려와 배를 타라고 명령한 다음, 그들을 싣고 대안을 향하여 출항하였다. 카이사르는 성벽에서 병사들의 모습이 사라진 것을 보고 적이 도망친 것을 알고서 그 뒤를 쫓았지만, 말뚝과 도랑 때문에 행동이 자유롭지 못했다. 그러나 시민들이 알려주어 시가지를 피하여 길을 돌아서 무사히 바닷가로 나올 수 있었다. 그는 시내를 경비하면서 한 바퀴 돌았는데, 그때 그가 발견한 것은 소수의 병사를 실은 두 척의 배를 제외한 모든 함대가 먼 바다를 향하여 멀어져 가고 있는 광경이었다.

사람들은 폼페이우스의 이 철수작전을 그의 최고전략이라고 하여 찬탄하였다. 그러나 카이사르는 폼페이우스가 견고한 브룬두시움 시를 장악하고서 스페인으로부터 원군이 오기를 기다리며, 제해권마저 그 손에 쥐고 있으면서도 이탈리아에서 이렇게 헛되이 철수하는 것을 의아하게 생각할 뿐이었다. 키케로도 폼페이우스가 페리클레스와 같은 상태에 있으면서 테미스토클레스와 같은 전략을 사용하였다고 비난하였다. 카이사르가 시간이 흐르는 것을 더할 나위 없이 두려워하고 있었다는 것은 그의 행동에서 분명하게 드러났다. 그는 폼페이우스의 심복인 누메리우스를 포로로 잡자, 그를 브룬두시움으로 사자로 보내어 자기와 폼페이우스가 동등한 조건으로 화해할 것을 제안케 하였으나 누메리우스는 폼페이우스와 함께 배로 이탈리아를 떠나고 말았다. 카이사르는 그 후 60일도 채 안 되는 사이에 피 한 방울 보지 않고 전 이탈리아를 장악하여 즉각 폼페이우스를 추격하려고 하였으나, 선박이 없었기 때문에 군을 스페인으로 돌려 그 곳에 있는 폼페이우스의 군을 자기 군에 끌어들이려고 하였다.

그러는 동안에 폼페이우스 휘하로 많은 병력이 집결하게 되었다. 해군은 완전한 무적함대라고 불러도 좋을 만했고 전투함

500척과 리부르니아 지방 및 그 밖의 지방에서 온 군함 및 초계정 상당수를 가지고 있었다. 로마 인과 이탈리아 인으로 편성된 7천 명의 정예기병 부대는 모두가 다 권문 부호 출신들로 사기도 뛰어난 젊은이들이었다. 그러나 보병부대는 혼성부대로 오합지졸이어서 훈련이 필요하였기 때문에 폼페이우스는 베로이아에서 친히 군대를 훈련시켰다. 이때 그가 한 치의 빈틈도 없이 병사들을 훈련시키는 모습은 왕년의 생기발랄한 그의 모습을 상기시키곤 했다. 앞으로 2년 후에는 환갑의 나이에 들어서는 '대'폼페이우스가 무구를 몸에 지닌 채 도보로, 혹은 기마로 정려하며, 달리는 말 위에서 거침없이 칼을 뽑았다가는 어느 사이에 또다시 살며시 도로 칼집에 꽂는가 하면, 창을 던지는 솜씨가 정확할 뿐만 아니라 힘도 대단하여 많은 젊은이 못지 않게 멀리까지 던지는 등 보는 사람들을 경탄케 하여 사기를 드높였다.

그의 소문을 듣고 또 여러 종족의 왕과 각지의 호족들이 그를 도우러 속속 모여들었고, 로마의 여러 장군들은 기라성처럼 그의 주위에 운집하여 그 수는 원로원을 구성하고도 남을 만하였다. 이 밖에도 카이사르의 부하가 되어 같이 갈리아에서 싸운 라비에누스도 카이사르를 버리고 폼페이우스에게로 왔으며, 또 갈리아에서 폼페이우스에게 살해된 브루투스의 아들도 폼페이우스에게로 왔다. 그는 도도하기 짝이 없는 태도로 아버지의 원수인 폼페이우스에게 말도 걸지 않고 인사도 하지 않았었는데, 지금은 폼페이우스야말로 로마의 자유를 지켜줄 인물이라 여겨 그에게로 온 것이었다.

또한 키케로는 폼페이우스에게 서신을 보내기도 하고 혹은 원로원에서 연설을 하기도 하는 등, 그에게 반발하면서도 조국의 국난을 건지기 위하여 모여드는 무리의 대열에 참여하지 못하는 자신을 부끄럽게 여겼다. 그리고 티디우스 섹스티우스는 노구에 발을 절면서도 마케도니아의 폼페이우스 진지로 달려왔다. 사람들은 늙고 병든 그의 모습을 보고 조소와 경멸의 말을 던졌으나, 폼페이우스는 자리에서 일어나 달려가서 그를 맞았다. 고령으로 몸이 쇠해진 사람들이 안일을 버리고서 그와 고난을 같이하고자 하는 태도를 섹스티우스보다 더 분명하게 보여준 일은 없었기 때문이었다.

원로원이 개회되자 카토의 제안에 의하여 전쟁 이외에는 로마 인을 한 사람도 살해해서는 안 되며, 로마에 예속된 도시를 약탈해서도 안 된다고 결의하였다. 이 때문에 폼페이우스는 한층 더 세상 사람들의 신망을 얻게 되었다. 먼 곳에 떨어져 있기 때문에, 혹은 병으로 누워 있기 때문에 전쟁의 쓰라림을 같이 나눌 수 없는 자들도 그 마음을 폼페이우스 쪽에 두고서, 언론으로써 정의를 위한 싸움을 같이하였고, 폼페이우스의 승리를 기뻐하지 않는 자는 민중의 적이라고 생각하였다.

한편 카이사르는 전투에서 승리를 거두었을 때에도 관용의 태도를 잃지 않았다. 스페인에서 폼페이우스 군을 격파하여 이를 포로로 잡았을 때에도 지휘관들은 모두 해임하였으나 병사들은 모두 자기 군에 편입시켰다. 이어 그가 알프스를 넘어 이탈리아를 달려 내려와 브룬두시움에 도착하였을 때는 동지 무렵이었는데, 바다를 건너 오리쿰에 도착하였다. 그는 포로로 잡은 폼페이우스의 심복 유비우스라는 자를 폼페이우스에게로 보내어 양자 간의 회담을 통하여 3일 이내에 군대를 해산하고 화해를 선언한 후 함께 이탈리아로 돌아가자고 제의하였다. 그러나 다행히도 폼페이우스는 이 제안에 또 다시 함정이 있음을 깨닫고 곧 해안으로 내려가 견고한 보병 진지를 구축하고, 또 바다에서 들어오는 배의 정박과 상륙지점으로 가장 적합한 곳

을 골라서 어느 쪽에서 바람이 불어오든 간에 양식과 병사, 군
자금 등을 들여오기에 편하도록 준비하였다.

한편 카이사르는 해전에서도 육전에서도 곤경에 빠졌으므로
어서 전쟁을 종결지으려고 방어벽을 만날 때마다 적에게 공격
을 가하였다. 이러한 소규모의 전투에서는 카이사르 군이 대체
로 승리를 거두었으나, 한번은 완전히 섬멸될 뻔한 것을 간신
히 모면한 일이 있었다. 폼페이우스는 카이사르의 전 군에게
압도적인 승리를 거두고 2천 명의 전사자를 내게 했던 것이다.
그러나 폼페이우스는 그 이상 추격할 만한 힘이 없었는지, 또
는 겁이 나서 그랬는지 패주하는 적을 추격하지 않았다. 그때
카이사르는 그의 측근들을 돌아다보며,

"정복이란 어떻게 하는 것인지를 깨달은 자가 적에게 하나라
도 있었다면 오늘의 승리는 적의 것이었을 것이다."
라고 말하였다.

이 승리로 의기충천한 폼페이우스의 병사들은 전투로 모든
것을 결정짓자고 서둘렀다. 그러나 폼페이우스는 먼 나라의 여
러 왕과 장군들과 여러 도시에 서한을 보내어 승리를 알리는
한편, 적과 결전을 벌이는 일만은 피하여 시간을 끌어서 적을
곤궁에 빠뜨려 굴복시키자는 계획을 전달하였다. 왜냐하면 적
군은 무기를 잡으면 천하무적이 되어 다년간에 걸쳐 패전한 적
이라고는 한 번도 없었으나 늙고 지쳐서, 다른 종류의 군무인
행군이나 진지의 이동, 도랑파기, 성벽구축 등에는 쓸모가 없
어서 백병전에 의한 속전속결을 원하고 있다고 생각되었기 때
문이었다.

폼페이우스는 처음에는 자기 병사들의 호전적인 태도를 설득
하여 겨우 그들의 욕구를 억제할 수 있었으나, 전투가 끝난 후
카이사르가 군량이 끊어져 진영을 거둬 가지고 아타마니아를

거쳐 테살리아로 이동하자 부하들의 사기를 도무지 누를 길이
없었다. '카이사르는 도망 중이다' 하고 외치면서 어떤 자는 추
격을 주장하였고 또 어떤 자는 이탈리아 상륙을 주장하였으며,
또 어떤 자는 심복을 로마로 보내어 재빨리 중앙광장 근처의
집들을 사들이고 관직을 손에 넣으려고 서두르기도 하였다. 어
떤 자는 자진하여 레스보스 섬으로 건너가 코르넬리아에게 전
쟁이 끝났다는 낭보를 전하였다. 그 사이에 폼페이우스는 남몰
래 그녀를 이 섬으로 피난시켜 놓았던 것이다.

　원로원이 소집되자 그 석상에서 아프라니우스가 이탈리아를
확보해야 한다고 제안하면서, 이탈리아야말로 이 전쟁의 최대
의 상품이어서 이것을 지배하는 자는 곧 시칠리아, 사르디니
아, 코르시카, 스페인, 갈리아 전체를 지배하는 것과 마찬가지
라고 하였다.

　한편 폼페이우스는 그의 마음을 사로잡고 있는 조국이 지척
에서 그에게 손을 뻗히고 있는데 이를 저버리고 폭군의 노예와
아첨배들에게 유린되는 것을 방임하고, 이것에 굴복하는 꼴을
보고서도 못 본 체하는 것은 옳은 일이 아니라고 역설하였다.
그러나 폼페이우스 자신의 생각으로는 운명의 여신이 적을 추
격할 기회를 주었을 때에, 도리어 적의 추격을 당하는 것은 자
기의 명예를 손상시키는 것이며, 또 스키피오와 그리스와 테살
리아에 있는 집정관급의 병사들이 많은 군자금과 군대를 가지
고 있는데, 그들을 외면하여 카이사르에게 정복당하게 하는 것
은 도저히 용납할 수 없는 일이었다. 조국 로마가 자신에게 은
혜를 잊지 않고 있다가 승리자의 귀환을 맞이하게 해달라고 하
는 목소리를 그는 들으며 만리타향의 하늘 밑에서 로마를 생각
하며 로마를 위해서 싸웠다.

　원로원 의결을 가결시킨 폼페이우스는 카이사르를 추격하되

전투는 단념하고 그를 포위하여 물자부족으로 병력을 소모시킨
다는 계획을 굳히고 그를 바싹 따라갔다. 그는 여러 가지 대책
을 생각하던 중 이것이 최선의 대책이라고 여겼던 것인데, 때
마침 기병대 중에 불온한 언사를 함부로 하는 자가 신속히 카
이사르를 패주케 한 다음, 다시 폼페이우스도 몰락시켜야 한다
고 말하는 것을 들었다. 일설에 의하면 이 때문에 폼페이우스
는 카토에게 중요한 임무를 맡기지 않았으며 카이사르에게 공
격을 가할 때에도 카토를 해안에 남겨 놓고 군수품을 지키게
했는데, 카이사르가 패망하면 그가 곧 자기를 총사령관직에서
해임시킬 공작을 전개하게 되리라는 것을 두려워해서 취한 행
동이었다고 한다.

　이렇게 천천히 적을 추격해 감으로써 그는 비난의 대상이 되
었다. 솔직히 그는 카이사르를 적으로 삼고서 싸우는 것이 아
니라 조국과 원로원을 적으로 삼고 있었던 것이었다. 그는 전
세계의 주인으로 자처하는 사람들을 마치 머슴처럼 부리고 있
으며 언제까지라도 지배자의 지위를 내놓으려고 하지 않을 것
이라는 비난을 사람들로부터 받았다. 도미티우스 아이노바르부
스 같은 사람은 그를 아가멤논이라고 부르고, 왕중왕이라고 이
름 붙여 민중의 혐오의 대상이 되게 하였다. 파보니우스 같은
사람은 남을 조롱할 때는 지각 없이 아무 말이나 막 내뱉는 인
물이었는데 그는,

　"여러분, 우리들은 올해도 투스쿨룸의 별장에서 무화과를 먹
기는 다 글렀군요."
하고 외치곤 했다.

　루키우스 아프라니우스는 스페인에서 패전하여 군대를 잃고
반역죄로 몰린 사람이었는데, 폼페이우스가 전투를 기피하는
것을 눈앞에서 목격하고는, 한때 자기를 비난하던 사람들이 나

라를 팔아 먹으려고 하는 자에게로 가서 지금은 자기와 싸우려 하지 않는 것이 이상한 노릇이라고 비웃었다.

사람들은 이러한 언사를 함부로 지껄이면서, 명성에 민감하고 친구들을 두려워하던 폼페이우스를 억지로 자기들의 희망에 따르게 하고 자기들의 뜻에 굴복시켰으므로 폼페이우스도 마침내는 최선의 판단을 포기하기에 이르렀다. 이러한 말은 배의 일개 조타수라 할지라도 해서는 안 될 일이거늘 하물며 이렇듯 많은 민족과 군대를 이끈 대장군으로서는 들어야 할 말도 아니지만 해서도 안 될 말이었다.

폼페이우스는 군대의 끝없는 전진과 병적인 전투욕구에 대해 그들을 구제하려고 하다가 도리어 증오를 사게 될까 두려워 그들에게 굴복한 셈이 되었다. 어떤 자는 집정관이나 법무관의 지위를 얻으려고 벌써부터 군대 안에서 선거운동을 하였고, 또 스핀테르·도미티우스·스키피오 등은 카이사르가 가지고 있던 대사제 지위의 후계를 둘러싸고 서로 싸우느라고 정신이 없었는데, 이 사람들은 그 누가 봐도 건전한 사람들이 아니었다.

그들은 마치 아르메니아 왕 티그라네스와 나바타이아 족의 왕과 적대하고 있는 듯이 느긋한 태도를 가졌으나, 사실 그들의 적수는 카이사르 바로 그 사람이었다. 카이사르는 이미 1천 개에 이르는 도시들을 무력으로 정복하였고, 300이 넘는 부족을 굴복시켰으며, 게르만 인, 갈리아 인과 싸운 수많은 전투를 통해 진 적이 없었으니 싸움터에서는 1백만 명의 포로를 얻었고, 1백만 명의 전사자를 내게 했던 것이다.

그러나 폼페이우스 군이 파르살리아 평원에 이르자 병사들은 폼페이우스에게로 달려들어 떠들며 군사회의를 열게 해달라고 졸라댔다. 기병대장 라비에누스가 맨처음 일어나서 적을 완전히 패주시키기 전에는 싸움터를 떠나지 않겠다고 선서하자 다른 병사들도 모두 똑같은 선서를 하였다.

그 날 밤 폼페이우스는 꿈을 꾸었다. 그가 극장으로 들어서자 민중들이 그를 박수로 맞이했고, 그는 많은 전리품으로 승리의 여신 베누스의 신전을 장식하고 있었다. 그는 이 꿈으로 다소의 힘을 얻었으나, 한편으로는 베누스와 유서가 깊은 카이사르의 가계에 자기가 거둔 명성과 영광을 빼앗기는 것이 아닐까 하고 마음이 불안하기도 하였다. 그때 공포에 가득 찬 소란한 소리가 진영 내에서 나는 바람에 그는 잠에서 깨었다. 한편, 새벽녘에 보초가 교대할 무렵 고요 속에 잠긴 카이사르의 진영 위에 커다란 빛이 번뜩이며, 화염에 타면서 높이 떠올라 폼페이우스의 진영 위로 떨어졌다. 보초를 순시 중이던 카이사르도 이 광경을 목격하였다고 한다.

날이 밝자 카이사르는 스코투사로 이동하려고 병사들에게 막사를 접어 짐승들에게 싣게 하고는 공병대로 하여금 먼저 끌고 떠나게 하려 하였다. 그때 척후병들이 돌아와서 적의 진중에서 많은 무기들이 움직이는 것이 눈에 띄고, 전투를 시작하려는 병사들의 움직임이 활발하여 시끄럽기 짝이 없다고 보고하였다. 이어 또 다른 척후병이 와서는 제일선의 적의 병사들은 벌써 전열을 펴고 있다고 보고하였다. 그러자 카이사르는 기다리고 기다리던 때가 드디어 왔다고 반기며, 이제야말로 병사들이 기아와 빈곤이 아닌 인간과 싸우는 것이라고 외치면서 그 즉시로 막사 앞에다 주홍색 옷을 걸었다. 로마 인에게 있어 이러한 행동은 전투를 시작한다는 신호였던 것이다. 병사들은 이것을 보자 환성을 지르며 무기고 앞으로 몰려들었다. 장교들이 그들을 정해진 위치에 배치하자, 병사들은 평소에 훈련했던 대로 떠들지도 않고 아무런 혼란도 없이 잘 훈련된 합창대처럼 일사불란하게 전열을 폈다.

한편 폼페이우스는 군의 우익을 이끌고 안토니우스와 대치하려고 하였다. 중앙에서는 그의 장인 스키피오가 지휘하여 칼비누스 루키우스와 맞섰다. 좌익은 루키우스 도미티우스가 맡았는데 대군의 기병대가 지원했다. 이 좌익에는 기병대의 거의 전부가 배치되어 카이사르와 그의 제10군단을 격파할 계획을 세웠다. 이 제10군단은 카이사르가 매우 아끼는 병력으로서 그 자신이 이 군단을 지휘하며 싸우는 것이 상례로 되어 있었다.

카이사르는 적의 좌익이 이와 같은 대군의 기병대로 증강되어 있는 것을 보고는 그 완벽한 무장에 깜짝 놀라서 후방으로부터 6개 대대의 증원군을 불러 이것을 제10군단 뒤에다 배치하였다. 그리고는 적의 눈에 띄지 않게 가만히 있으라고 이른 뒤 적의 기병대가 진격을 시작하여 앞의 전열을 뚫고 들어와도 창을 던지지 말고—용감한 병사들은 어서 빨리 칼을 빼어들고 적과 싸우기 위하여 창을 급히 던져버리곤 했다.—창을 위쪽을 향하여 내뻗어 적의 눈과 얼굴에 상처를 주도록 하라고 명령하였다. 카이사르의 생각으로는 한창 나이의 검무가들이 그렇듯이 얼굴에 상처를 입는 것을 두려워할 것이며, 눈앞에서 어른거리는 창을 정면으로 볼 수도 없을 것이라고 여겼기 때문이었다.

한편 폼페이우스가 말 위에서 전열을 내려다보니 적병은 전투에 능숙해 조용히 포진하여 때가 오기를 기다리고 있는 데 비해 아군의 대부분은 전투의 경험이 없었기 때문에 냉정을 잃고 와글와글 떠들며 동요하고 있었다. 이러다가는 초전에 박살이 날 것이라 여겨 제일선의 병사들에게 명령하여 창을 얕게 들고 현위치를 굳게 지켜 적의 습격에 대비케 하였다. 그러나 후에 카이사르가 폼페이우스의 이 전술을 비난하기를, 그러한 전술은 적을 공격하려는 예봉을 무디게 하고 또 전투에서 병사

들의 사기를 드높여주고 돌격의 의기를 북돋워주어야만 할 투
쟁력을 감소시켜 병사들의 발을 묶어 놓는 결과를 낳아 용기를
냉각시킨다고 하였다. 이때 카이사르의 군은 2만 2천 명, 폼페
이우스의 군은 그 배가 좀 더 되었다.

이윽고 양군 다 신호가 내려지고 나팔 소리가 울려 퍼지며
전투의 시작을 알리자 병사들은 각기 자기 임무에 마음을 집중
시켰다. 그러나 전투에서 떠나 관전자의 입장에 서 있는 소수
의 로마 귀족과 그리스 인들은 위기가 다가옴에 따라, 한 개인
의 소유욕과 명예욕이 조국의 운명에 가져온 이 큰 재난을 통
탄하지 않을 수가 없었다. 양군이 똑같은 무기로 무장되고, 쌍
방이 서로 적이 되어 있으면서도 동포임에는 틀림이 없었고,
똑같은 군기를 가진 한 나라의 정예부대가 이렇듯 많이 모여
있지만 그것은 동포의 진지를 치려는 한 나라의 군이었으니,
실로 인간의 본성이 격정에 사로잡히면 얼마나 맹목적이며 광
적인 것으로 변하는가를 여실히 보여준 것이었다.

두 장군은 그 무덕(武德)으로 각자가 얻은 것을 즐기며 전
해륙으로 최량 최강의 백성을 이끌고 가서 평화롭게 그들을 다
스리며 살 수도 있었으리라. 또한 전승의 기념비를 요구하고
개선식의 명예를 갈망하는 자가 있다면 파르티아 인과 혹은 게
르만 인과 싸워 그 갈증을 풀 수도 있었으리라. 또 스키티아와
인도의 정복도 그 다음에 할 대사업으로 남아 있었을 것이고
이것을 실행하려면 야만족의 교화라는 명목이 그들의 탐욕을
만족시켜주기 위한 구실이 될 수도 있었으리라. 어떠한 스키티
아의 기병대도, 어떠한 파르티아의 궁병도, 어떠한 인도의 보
물도, 폼페이우스와 카이사르 두 장군이 이끌고 진격해 오는 7
만 명의 막강한 군을 막아 낼 수 없었을 것이다.

이 두 장군의 이름은 로마 그 자체의 이름보다도 훨씬 더 빨

리 그들 야만족에게 알려져 있었고, 두 장군은 그토록 무지몽 매한 짐승과도 같은 여러 야만족들을 지배하였던 것이다. 그러 나 지금 그 두 장군이 서로 싸우고 있는 것이다. 이 날 이때까 지 불패의 장군이라고 불려 온 그들은, 말은 제각기 각자의 명 예를 지키기 위해서라고 하지만 조국을 위험 속에 내던진 채 자신들이 말한 명예는 거들떠보지도 않고 있었다. 두 사람 사 이에 있었던 인척관계도, 율리아와의 애정과 그 결혼도 모두 동맹을 위한 이해관계에서 이루어진, 티끌만큼의 진정한 우정 이라고는 찾아볼 수도 없는 기만적인 담보물에 지나지 않았다 는 것이 이제야말로 분명해졌던 것이다.

파르살리아의 들판이 병사들과 군마들과 무기로 가득 차고 양군 사이에 싸우라는 신호가 내려지자, 카이사르의 진영에서 맨 먼저 뛰어나온 것은 카이우스 크라시아누스라는 소대장으로 120명의 병사를 지휘하고 있었는데, 그는 방금 카이사르에게 큰 약속을 한 참이었다. 카이사르는 진영을 나서자 제일 먼저 그가 눈에 띄어 인사말을 건네고 오늘의 전투를 어떻게 생각하 느냐고 그의 감상을 물었다. 그는 오른손을 앞으로 내밀고 이 렇게 씩씩하게 대답하였다.

"장군께서는 굉장한 승리를 얻으실 것입니다. 저는 오늘 살 든지 죽든지 장군의 칭찬을 받을 각오입니다."

그는 이 말을 잊지 않고 돌진하여 많은 부하들을 거느리고 적군의 한가운데로 뛰어들었다. 대번에 칼과 칼이 부딪치는 백 병전이 벌어지고 많은 병사들이 쓰러졌다. 그는 계속 앞으로 돌진하며 제일선의 적병을 무찔렀다. 그 중 적의 병사 하나가 물러서지 않고 버티다가 그 칼을 크라시아누스의 입속으로 찌 르자 칼끝이 그의 목구멍을 뚫고 목 뒤에까지 나왔다.

크라시아누스가 쓰러지자, 이 쪽의 전투는 그의 호언대로 되지 못하고 백중지세가 계속되었다. 폼페이우스는 우익군의 공세를 서두르지 않은 채, 다른 방면의 전투를 관망하고 기병의 활약을 기다리며 시간을 지체하였다. 이윽고 기병대가 그 일부를 내보내어 카이사르를 포위하고는 최전선의 소수의 기병대로 하여금 적의 보병집단을 습격하게 하였다. 카이사르가 신호를 내리자 그의 기병은 물러나고, 그 대신 적의 포위작전에 대비하여 숨겨 두었던 보병대대의 병력 약 3천 명이 용감하게 달려나와 카이사르에게 지시받았던 대로 적의 기병의 말 앞으로 바싹 덤벼들어 창을 쳐들어 적의 얼굴을 찔렀다.

적병은 모두가 전투경험이 없는 자들이었으므로 이러한 전투방법이라고는 예상도 못 했고, 거기에 대한 지식도 없었으며 창으로 얼굴을 밑에서 찌르는 바람에 그만 기가 질려 손으로 얼굴을 가리고는 앞을 다투어 도망칠 뿐이었다. 도망치는 적의 기병을 그대로 내버려 두고서 카이사르의 병사들은 적의 보병에게로 덤벼들어 기병을 잃자 무방비상태가 된 그들의 날개를 돌아 이를 포위하였다. 그 보병들이 적군의 측면을 공격하고 동시에 제10군단이 정면을 공격하자, 적은 상대방을 포위하려다가 오히려 상대에게 포위당한 꼴이 되고 만 것을 깨닫고는 발붙일 곳을 잃게 되어 산산이 패주하였다.

이렇듯 보병대가 패주하고 또 먼지가 떠오르는 꼴로 보아 기병대마저 패했으리라는 것을 추측한 폼페이우스의 머리 속에 어떠한 생각들이 오고 갔는지는 말로 나타내기가 어렵다. 그는 사고력이 마비된 사람처럼 자기가 '대'폼페이우스라는 것도 잊고서 말없이 뚜벅뚜벅 진영으로 되돌아갔는데, 그 모습에는 한 영웅시의 일절을 상기시키는 무엇이 있었다.

그러나 하늘에 계신 유피테르 신께서는

아약스의 마음속에 공포를 불어넣어주시니
그때 대담무쌍한 아약스도 넋을 잃고 거기 우뚝 서서
황소 가죽 일곱 장을 겹쳐서 만든 방패를 버리고서
와들와들 떨며 혼전이 벌어지는 싸움터를 노려보았다.

막사로 돌아온 그는 말없이 털썩 주저앉았다. 그러나 도망병을 쫓아 적의 병사들이 막사 안에까지 밀어닥치자 그는,

"이 진지까지도……."

하고 중얼거린 채 그 밖에는 한 마디도 하지 않고서 일어나 패전병에게 어울리는 옷을 입고는 적의 병사들을 피해 그 곳을 몰래 빠져 나갔다. 또 그 밖의 전선에서도 패전을 계속하여 폼페이우스측의 진영은 막사를 지키는 호위병들과 병사들의 주검으로 피바다를 이루었다. 그러나 카이사르를 따라 이 전투에 참가한 아시니우스 폴리오가 보고한 바에 의하면 전사자의 수는 6천 명에 지나지 않았다고 한다.

적진을 점령한 카이사르 군의 눈앞에 전개된 것은 적군의 경거망동과 경솔함을 드러내 놓은 광경뿐이었다. 막사는 모두 도금양(桃金孃) 나무로 장식되어 있었고, 그 중에는 꽃으로 장식한 침대와 술과 음식을 가득 차려 놓은 식탁이 마련되어 있기도 했으며, 포도주를 담은 그릇이 즐비해서 마치 싸움 준비보다는 잔치 준비라도 해 놓은 것 같은 정경이었다. 이렇듯 폼페이우스의 병사들은 헛된 희망에 가슴이 부풀고 얄팍한 용기를 가슴에 품고서 싸움터로 나간 것이다.

폼페이우스는 진영을 떠나 얼마간 가다가 말에서 내린 후 말을 버렸다. 그를 따르는 병사들의 수는 소수에 지나지 않았으며, 추격해 오는 적의 그림자도 보이지 않는 가운데 일행은 조용히 전진을 계속하였다. 그는 깊은 생각에 잠겼다. 34년이라

는 세월에 걸쳐 싸움에 이기기만 하여 만인을 정복할 줄만 알
았던 그는 노경에 들어선 이제야 비로소 패배와 도주의 맛을
알게 되었다. 많은 싸움에 의해 드높아만 가던 명성과 세력이
일거에 사라지고, 예전에는 그토록 많은 보병과 기병과 함대의
보호를 받던 몸이 이제는 아주 보잘것없는 존재가 되어 적의
추격을 피해 쫓기는 몸이 된 것이다.

　폼페이우스는 라리사를 지나 템페의 계곡에 도착한 후 갈증
을 참을 수가 없어 강에 엎드려 계곡을 흐르는 물에 입을 갖다
대고 마신 후, 템페의 계곡을 내려와 해안으로 나왔다. 거기서
어느 어부의 오두막집에서 밤을 지낸 다음 이른 아침에 강을
오르내리는 배에 몸을 실었다. 따라온 부하들 중 자유인을 함
께 배에 태우고, 노예들은 마음놓고 카이사르에게로 가서 항복
하라고 명령하였다. 육지를 따라 조그마한 배를 저어 가던 중
그는 커다란 화물선이 마침 출범하려는 것을 보았는데, 그 배
의 선주는 로마 인으로서 폼페이우스와는 친히 잘 아는 사이는
아니었지만 얼굴만은 기억하고 있는 사람이었다. 이름이 페티
키우스인 이 사람은 공교롭게도 전날 밤 폼페이우스를 꿈에서
보았다. 그러나 꿈에 보인 폼페이우스는 그가 늘 보아 온 폼페
이우스가 아니라 영락하여 초라한 꼴로 변한 폼페이우스였다.
그렇게 초라한 폼페이우스가 그를 부르는 꿈이었던 것이다.

　한가한 사람들이란 이런 종류의 이야기를 좋아하는 법이어
서, 페티키우스가 이 꿈 이야기를 배에 타고 있는 사람들에게
하고 있는데 그때 갑자기 선원 하나가 둑에서 강을 오르내리는
배가 한 척 바다로 나와 계속 옷을 흔들며 이 쪽으로 손을 내
뻗고 있는 모습이 보인다고 보고하였다. 페티키우스가 살펴보
니 지난 밤 꿈에 보인 그대로의 모습인 폼페이우스가 보였다.
놀랐지만 서둘러서 선원에 명령하여 보트를 뱃전에 내리라고

명령하고는 오른손을 들어 폼페이우스를 환영하였다. 그의 외모만 보아도 벌써 그의 비운을 알 수 있었기 때문에 그는 폼페이우스의 부탁을 받기도 전에, 아니 한 마디 기다릴 것도 없이 자진하여 폼페이우스가 원하는 사람들(렌툴루스 형제와 파보니우스)을 배에 태우고서 먼 바다로 나왔다. 얼마 후 육지에서 열심히 배를 저어 오는 데이오타루스 왕도 마찬가지로 배에 태웠다.

이윽고 저녁 식사 때가 되자, 선주는 배에 있는 음식으로 정성껏 식사 준비를 하였다. 폼페이우스는 노예가 없었기 때문에 자기 손으로 손수 신을 벗으려 하였는데, 파보니우스가 이것을 보고 달려들어 신을 벗겨준 다음 몸에 향유를 바르는 것도 도와주었다. 그는 그 후에도 폼페이우스를 섬기며 마치 노예가 정성껏 주인을 섬기듯 발을 씻겨주고 식사 준비도 해주었기 때문에 이 고상한 마음씨를 본 사람은 그의 순진하고도 가식이 없는 태도를 다음과 같이 칭찬할 만하였다.

아, 정성껏 하는 일은
모두가 다 아름답구나. (에우리피데스)

이렇게 배를 타고 해안을 따라 항행하던 폼페이우스는 암피폴리스에 도착한 후 여기서 다시 레스보스 섬의 미틸레네로 건너가서 아내 코르넬리아와 그의 아들을 태울 생각이었다. 레스보스 섬에 도착하자 폼페이우스는 미틸레네로 사자를 보냈다. 그러나 사자가 전하는 내용을 받은 코르넬리아는 자신이 기대하고 있던 것과는 너무도 동떨어진 내용의 것이었다. 그녀는 그때까지 사자의 편지에 의하여 반가운 소식만 듣고 있었으므로 디라키움의 싸움에서 벌써 승패가 결정되어 폼페이우스에게 남은 임무는 오직 카이사르를 쫓는 일뿐이라는 희망을 품고 있었던 것이다.

그러나 그녀에게 온 사자는 채 인사말도 못하고 커다란 불행을 전하려는 그 목소리도 막혀 그저 눈물만 글썽거리며 단지 한 척의, 그것도 남의 소유인 초라한 배에서 기다리고 있는 폼페이우스 장군을 만나러 가면 어떻겠느냐고 권하며 어서 가서 뵙도록 하라고 하였다. 이 말을 듣자, 그녀는 땅에 쓰러져 오랫동안 의식을 잃고 말도 못 하다가 겨우 정신을 차리고서 탄식의 눈물을 흘리고 있을 때가 아님을 깨닫고는 시내를 달려 바닷가로 갔다. 그녀를 맞으러 나간 폼페이우스가 쓰러지려는 아내를 두 팔로 안자, 그녀는 말하였다.

"용서하세요, 모든 것은 당신의 운명의 탓이 아니라 제 운명의 탓이에요. 저와 결혼하시기 전에는 당신은 500척이나 되는 군함을 이끌고 이 바다를 누비셨는데, 이제는 단 한 척의 조그만 배에 몸을 맡기고 계시군요. 어쩌자고 저 같은 것을 만나러 오셨어요? 당신을 이러한 불행 속에 끌어넣은 저를 어찌하여 천벌을 받게 내버려 두지 않으셨어요? 저의 전 남편인 푸블리우스가 파르티아에서 전사하였다는 소식을 듣기 전에 만일 제가 죽어 있었다면 얼마나 저는 행복한 여자였겠어요? 그분을 잃은 후에 자살이라도 하였다면 얼마나 현명한 여자라는 말을 들었겠어요? 자살을 해보기도 했지만 다시 살아나서 '대' 폼페이우스에게 화근의 씨가 되었군요."

코르넬리아가 이와 같이 말하며 흐느끼자 폼페이우스는 다음과 같이 대답하였다.

"코르넬리아, 당신은 지금까지 불운을 모르고 살아 온 몸이요. 더구나 내가 남과 다르게 오랫동안 행운만 누리고 살아 왔기 때문에 당신은 착각을 일으킨 것이오. 그러나 인간으로서

삶을 이어받은 이상은 이와 같은 역경도 참아 나가야만 하는
거요. 그리고 다시 한 번 운명에 도전해 보는 거요. 저 행복에
서 이 불행 속으로 빠진 자는 이 불행에서 다시 저 행복으로
되돌아갈 것을 바라도 좋지 않겠소?"

그녀는 시내에서 노예들을 불러 보물을 실어 왔다. 시민들은
폼페이우스에게 인사를 보내며 자기들의 시를 다시 찾아와 달
라고 간청하였으나, 그는 이를 받아들이지 않고서 카이사르는
도량이 넓고 온후한 인물이니 승리자가 된 그를 안심하고 따르
라고 시민들을 설득하였다. 철학자 크라티푸스가 그를 만나러
시내에서 나오자 폼페이우스는 그를 만나보고서 신의 섭리에
대하여 다소 원한을 품은 듯한 말을 하고 또 현재 자기의 비참
한 모습과 회의적인 심정을 토로하였다.

크라티푸스는 괜히 반론을 펴서 그에게 고통을 줄까 봐 염려
되어 그의 말을 시인하면서 동시에 그가 희망을 갖도록 도와주
었다. 폼페이우스가 신의 섭리에 대하여 회의적인 말을 하였을
때, 크라티푸스는 나라의 정세가 혼란의 극을 달리고 있는 현
재에 있어서는 독재정치야말로 국가가 가장 필요로 하는 것이
라는 사실을 분명히 말하였다. 또 그는 폼페이우스에게 다음과
같이 물었다.

"만일 장군께서 카이사르를 이겼다면 장군께서 카이사르보다
더 바르게 권력을 행사하리라는 것을 우리들은 무엇에 의하여,
무엇을 증거로 하여 믿을 수 있겠습니까? 이러한 일은 오직
모두 다 신의 뜻에 맡기시는 것이 상책일 것입니다."
라며 그의 마음을 달래주었다.

이리하여 폼페이우스는 아내와 친구들과 심복의 부하들을 거
느리고 항해를 계속하였다. 물과 식량을 구해야 할 필요가 생
겼을 경우 이외에는 어느 항구에도 머물지 않았다. 팜필리아의

아탈리아 시에 도착하자 킬리키아에서 온 몇 척의 군선이 그를 기다리고 있었고, 또 병사들이 모여들었으며 이 밖에 그를 둘러싼 원로원 의원의 수도 60명에 이르렀다. 그는 해군이 건재하고 카토가 많은 병사들을 이끌고 아프리카로 갔다는 말을 듣자, 측근에게 자기의 실책을 한탄하며 절대적으로 우세한 해군 병력을 활용하지 않고 보병만으로 싸운 것과 육상의 전투에 지고서도 그 즉시로 해상으로부터 대군을 투입할 수 있도록 함대를 대기시켜 놓지 않은 것을 후회하였다.

사실 그 전투를 해군과 이렇듯 멀리 떨어진 곳에서 감행하였다는 것이 폼페이우스가 저지른 실책 중 가장 큰 것이었으며, 또 카이사르의 용병의 묘책도 바로 이 점에 있었다. 그러나 과거지사는 아무리 따져보았댔자 쓸데없는 일이며, 현실에 입각한 행동을 취할 수밖에 없는 일이어서 그는 여러 도시에 사자들을 보내기도 하고, 또 친히 여러 도시로 돌아다니며 군자금을 모금하고 함선에 태울 선원을 모집하기도 하였다. 또 그는 적의 기동성을 두려워한 나머지 군비가 갖춰지기 전에 적이 공격해 오는 것을 피하기 위하여 우선 당분간 숨어 있을 피난처를 어디에다 구하면 좋을까를 궁리하였다. 그들이 서로 의논하여 결론 지은 바로는 영지로서는 피신할 만한 장소가 하나도 없었다. 나라 밖의 왕국으로서는 현재 힘이 빠진 그들을 받아들여 그들에게 또다시 활력소를 제공한 다음 대군을 덧붙여서 보내줄 국가로서 폼페이우스는 파르티아 왕국이야말로 가장 알맞은 국가라고 생각하였다.

그 밖의 지방으로서는 어떤 사람은 아프리카, 어떤 사람은 유바 왕의 누미디아도 생각해보았다. 또 레스보스의 사람 테오파네스는 프톨레마이오스 왕의 이집트가 그 곳에서 불과 사흘 간의 항해 거리밖에 되지 않고, 프톨레마이오스 왕이 아직 어

리기는 하지만 부왕 때부터 폼페이우스의 신세를 많이 지고 있
는데, 이 이집트를 버리고 불신의 종족이라는 평판이 자자한
파르티아 인에게 몸을 맡기는 것은 어리석은 짓이라고 말하였
다. 그보다는 차라리 로마 인이며 인척관계에 있는 카이사르의
관용을 비는 편이 몇 배 낫다 하며, 생전의 크라수스조차 용서
하지 않은 파르티아의 왕 아르사케스를 임금으로 우러러보려는
것은 어떠한 심사에서 나온 소치인가를 따졌다.

또 명문 스키피오 집안에서 태어난 젊은 아내를 오만무도한
오랑캐 나라로 데리고 간다면 그녀를 노리는 무리들 사이로 들
어가는 것이 되며, 비록 실제로 능욕을 당하지 않는다 하더라
도 언젠가는 능욕을 당하게 될 우려가 있다고 주장하였다. 폼
페이우스를 에우프라테스 방면으로 가게 한 것이 그 자신의 생
각에서 나온 소치였다고 하더라도, 그는 다만 이 마지막 말만
으로도 에우프라테스로 가려던 폼페이우스의 생각을 돌리기에
충분하였다고 한다.

이집트로 가야 한다는 의견이 결국 우세했으므로 폼페이우스
는 아내와 함께 셀레우키아 시가 제공한 돛이 3단으로 된 군선
을 타고 키프로스를 떠나 무사히 바다를 건넜으나, 프톨레마이
오스 왕이 누이 클레오파트라와 싸우기 위하여 군을 이끌고 펠
루시움 시에 가 있다는 말을 듣고서 이 곳에다 배를 대고서 왕
에게 사자를 보내어 자기의 도착을 알리고 협력을 요청하였다.

프톨레마이오스 왕은 아주 어렸기 때문에 제반 정무를 관장
하고 있던 포티누스가 중신회의를 소집하여 각자로 하여금 의
견을 개진케 하였다. 한낱 내시에 지나지 않는 포티누스와 변
론술 교사인 키오스 인 테오도투스, 그리고 이집트 인인 아킬
라스 따위가 서로 의논하여 '대'폼페이우스의 운명을 결정한다
는 것은 실로 통탄할 만한 일이었다. 이러한 회의에 참가하고

있는 그들은 많은 내시들과 식사일을 맡고 있는 자들이었다. 카이사르에게 보호를 청하기를 수치로 생각한 사람이, 이러한 자들의 판결의 결과를 육지에서 떨어진 바다 한가운데에 닻을 내린 채 대양의 파도에 흔들리며 기다리고 있었다.

이집트측에서는 의견이 완전히 분열되어 어떤 자는 폼페이우스를 추방해야 한다고 주장하는가 하면, 또 어떤 자는 그를 받아들여야 한다고 주장하였다. 그러나 테오도투스는 언론의 박력과 말재주를 마음껏 부리면서 두 의견이 모두 다 안전책은 아니라며, 그를 받아들이면 카이사르를 적으로 하여 폼페이우스를 상전으로 모시는 결과가 될 것이고, 그를 쫓아버린다면 폼페이우스로부터는 쫓아버렸다는 비난을, 카이사르로부터는 놓쳤다는 비난을 받게 될 것이므로, 폼페이우스를 불러서 죽이는 것이 가장 좋을 것이라고 말했다. 이렇게 하면 카이사르에게는 은혜를 베풀게 되고 폼페이우스는 겁낼 필요가 없어지게 되기 때문이라는 주장이었다. 게다가 그는 웃음을 머금고 죽은 자는 말이 없을 뿐 아니라 후환이 없다고 덧붙였다고 한다.

이렇게 결정되자 그들은 그 실행을 아킬라스에게 위임하였다. 아킬라스는 한때 폼페이우스 밑에서 백부장 노릇을 한 적이 있는 세프티미우스라는 자와 또 다른 백부장 살비우스라는 자, 그리고 서너 명의 종병을 거느리고 폼페이우스가 있는 배쪽으로 저어 갔다. 때마침 폼페이우스와 함께 항해를 하던 자들 중 신분이 높은 사람들이 모두 폼페이우스의 배로 올라와 일의 진행을 지켜보려고 하였다. 그러나 이집트측에서 손님을 맞는 태도는 왕자에 어울리는 환영이 아니라 테오파네스가 기대했던 것과는 달리 겨우 몇 명이 조그마한 어선을 저으며 다가오는 것에 지나지 않았기 때문에, 이것을 본 측근자들이 그 행동을 의심하여 배를 활의 사정거리 밖 먼 바다로 내보내라고 폼페이우스에게 권하였다.

　그러나 이윽고 그 어선이 접근하여 우선 세프티미우스가 일어서서 폼페이우스에게 라틴 어로 '대장군' 하고 불렀다. 아킬라스는 그리스 말로 인사하고 이 근처는 바닥이 얕고 또 모래로 되어 있어 돛이 3단인 군선이 들어갈 만큼의 깊이가 못 되니 그들의 어선으로 옮겨 타라고 말하였다. 동시에 몇 척의 배에 왕의 병사들이 타고 있고, 또 중장보병들이 해안을 점령하고 있는 것이 눈에 띄었으나 이제 새삼스럽게 계획을 바꿔본댔자 도망갈 길이 없겠다고 생각되었다. 게다가 불신의 태도를 보이면 그것만으로 충분히 암살자에게 범행의 구실을 주었으리라.

　여기서 폼페이우스는 벌써 그의 최후를 슬퍼하는 아내 코르넬리아에게 작별을 고하고 두 명의 백부장과 필리포스라는 해방노예와 스키테스라는 노예를 먼저 어선에 타라고 명령한 다음, 아킬라스 등이 어선에서 그의 쪽으로 손을 내뻗고 있는 것을 보고서 아내와 아들을 돌아다보며 소포클레스의 다음의 시구를 읊었다.

　　독재자의 곁으로 가는 자는
　　자유인의 신분으로 간들 그의 노예가 된다.

　이 말을 친한 이들에게 보내는 마지막 말로 남긴 채 폼페이우스는 작은 배에 옮겨 탔다. 모선으로부터 해안까지는 꽤 먼 거리였지만 작은 배의 일행 중에는 그에게 친밀한 말을 건네는 자가 없었으므로 폼페이우스는 세프티미우스를 보면서,

　"나는 그대를 나의 군대 내에서 보지 않았던가?"

하고 물었다. 세프티미우스는 고개만 끄덕였을 뿐 입을 다문

채 아는 체도 하지 않았다. 또다시 긴 침묵이 흐른 다음에 폼페이우스는 프톨레마이오스 왕에게 하려고 그리스 말로 연설문을 적은 조그만 책자를 꺼내 들고 읽기 시작하였다. 일행이 해안에 접근하였을 때 모선에서는 친한 사람들과 함께 코르넬리아가 가슴을 졸이면서 무슨 일이 벌어지는가 지켜보고 있었으나, 왕의 병사들이 다수 폼페이우스에게 환영을 표하려는 듯이 상륙지점에 모여드는 것을 보고서 얼마간 안심하기 시작하였다.

그러나 그때 폼페이우스가 일어서려고 필리포스의 손을 잡자, 먼저 세프티미우스가 등 뒤에서 그를 칼로 찌르고, 이어 살비우스와 아킬라스가 칼을 뽑았다. 폼페이우스는 두 손으로 옷을 끌어당겨 얼굴을 가리고, 자기의 위엄을 잃을 만한 말도 행동도 하지 않은 채 그저 신음 소리만 질렀을 뿐, 칼로 치는 대로 얻어맞고서 59세를 일기로 절명하였다. 이 날이 바로 그의 생일 다음날이었다.

모선에서 이 참극을 지켜보고 있던 사람들은 해안까지 들리는 비명 소리를 지르면서 황급히 닻을 올리고 도망쳤다. 강풍이 불어닥쳐 도망치는 그들을 도왔기 때문에 이집트 군은 그들을 쫓는 것을 멈추고 되돌아갔다. 이집트 인들은 폼페이우스의 목을 자르고 옷을 벗긴 채 배 밖으로 던져 구경하고 싶은 사람들에게 내맡겼다. 그러나 필리포스는 주인의 시신을 사람들이 실컷 구경하고 물러설 때까지 거기 있다가, 바닷물로 시신을 씻긴 후 자기 옷으로 감쌌다. 시체를 화장할 만한 나무를 찾아서 해변을 돌아다니다가 조그마한 어선의 파편을 발견하였다. 썩기는 하였지만 머리가 없는 시체를 화장하기에는 족하였다. 이것을 긁어모아 쌓고 있는데 웬 낯모를 로마 인 하나가 그곳에 왔다. 그는 젊었을 때 폼페이우스를 따라 종군한 적이 있는 노인이었다. 그는 물었다.

"대 폼페이우스 장군을 화장하려는 그대는 누구시오?"

"저는 폼페이우스 장군의 해방노예입니다."

하고 필리포스가 대답하자, 노인은 말을 이었다.

"이와 같은 훌륭한 일을 그대 혼자서만 할 일이 아니오. 이 늙은 것도 다행히 이 곳에 오게 되었으니 한몫 끼게 해주시오. 낯선 남의 나라만 떠돌던 끝에 이 영광을 얻는다면 무수한 고생을 겪은 것을 보람으로 생각하겠소. 싫은 일도 많았지만, 로마 최고의 대장군의 몸을 만지고 매장해 드리고 싶소."

이렇게 해서 폼페이우스의 장례는 끝이 났다.

그 이튿날 루키우스 렌툴루스는 키프로스 섬으로부터 연안을 따라 배를 타고 가다가 이 곳에 도착하였다. 그는 이 곳에서 벌어진 사건을 아직 몰랐으나 잿더미와 그 옆에 서 있는 필리포스를 보고서,

"명이 끝나 여기서 쉬려는 분은 누구시오?"

라고 중얼거리다가 잠시 후 한숨을 쉬면서 말하였다.

"그건 아마도 당신인가 보구려, 대 폼페이우스 공!"

그리고는 곧 상륙하였다가 적에게 잡혀 그도 처형되었다.

이렇게 하여 폼페이우스는 세상을 떠났다. 얼마 후 이와 같은 끔찍스러운 행위로 가득 찬 이집트에 카이사르가 도착하였다. 그는 폼페이우스의 머리를 가져온 사자를 피를 뒤집어쓴 살인귀라도 보는 듯이 외면하고, 칼을 들고 있는 사자의 모습이 새겨져 있는 폼페이우스의 반지를 받았을 때에는 대 폼페이우스의 죽음에 애도의 눈물을 흘렸다.

아킬라스와 포티누스는 결국 카이사르에게 처형당하였고 프톨레마이오스 왕은 나일 강변의 싸움에서 행방불명이 되고 말았다. 수사학자 테오도투스는 카이사르에게 잡히지 않았으나

이집트를 떠나 비참한 신세가 되어 사람들로부터 미움을 사면서 방랑을 계속하였다. 후에 마르쿠스 브루투스는 카이사르를 죽이고 실권을 장악하였을 때에 테오도투스를 아시아에서 찾아내어 온갖 모욕을 가한 후 그를 죽였다.

코르넬리아는 폼페이우스의 유회(遺灰)를 받아 들고 알바의 별장으로 가지고 가서 그 곳에다 매장하였다.

아게실라우스와 폼페이우스의 비교

폼페이우스와 아게실라우스는 전기한 기록에서도 보았듯이 서로 상반된 상황과 성격의 인간인 것 같다. 누가 옳고 그르고를 떠나서 인간적인 면, 정치적인 면, 처세방법에 있어서까지 둘은 대조적인 면이 상당히 많다.

　우선 폼페이우스는 가장 공정하고도 정의로운 방법에 의하여 그의 모든 권세와 영광을 차지하였다. 그의 입신출세는 순전히 그 자신의 노력의 결과였으며, 또한 술라를 몇 번씩이나 도와 이탈리아에서 독재자들을 추방하는 데 있어 큰 공로를 세웠다. 그러나 아게실라우스는 신과 인간에게 대하여 다 같이 죄를 저지르면서까지 왕권을 차지한 것 같은, 불안정하고 순조롭지 못한 감이 있다. 먼저 인간에게는, 그의 형인 왕이, 자기의 왕비에게서 얻은 적자라고 선언한 조카 레오티키데스에게 사생아라는 숨겨진 사실을 밝혀 냄으로써 여러 사람에게 원한을 사는 죄를 저질렀고, 신에게는 절름발이라는 그의 신체적 결함에 대한 신탁에 관하여 궤변을 농함으로써 신에게도 씻을 수 없는 죄를 저질렀다.

　또 폼페이우스는 자기의 경쟁자이었으며 그에 못지 않은 권력을 가지고 있던 술라가 살아 있을 동안 그에게 계속 존경을 표시하였고, 사후에는 레피두스의 반대에도 불구하고 그의 장례식을 성대하게 치러주었다. 뿐만 아니라 그의 딸을 자기의 아들 파우스투스와 결혼시켜 며느리로 삼았다. 이에 반해 아게실라우스는 별로 대단치도 않은 것을 구실 삼아 질책과 불명예 속에서 큰 명성을 지니고 있던 리산데르를 축출하였다. 술라는 실제에 있어 과거에 그가 폼페이우스에게 해준 것만큼의 대가를 폼페이우스에게서 받았으나, 리산데르는 아게실라우스를 스파르타의 왕으로 만들어주었고, 또 그리스 전체의 총사령관으로 만들어주었으면서도 그에게서 받은 대가는 비참하게도 홀대뿐이었다.

폼페이우스가 그의 정치생활에서 과오를 저지른 것은 자신을 위해서가 아니라, 주로 다른 사람들을 도우려다가 생긴 것이었다. 그리고 그의 과오의 대부분은 그 자신뿐만 아니라 카이사르와 그의 장인인 스키피오와도 관계가 있어서 자신과 그들에게까지 피해가 왔다. 그러나 아게실라우스의 경우에는, 그의 아들을 귀여워한 나머지 스포드리아스가 아테네 시민들에게 자행한 죄가 그를 사형에 처하고도 남음이 있을 만한 무거운 죄였지만, 무력까지 행사하여 자신의 아들을 살려주었다.

또 포이비다스가 음모를 꾸며 테베스와의 휴전관계를 파기하였을 때에도 그 행동이 분명히 불의(不義)라는 것을 알면서도 열심히 그를 부추겼다. 요컨대 폼페이우스는 친구들의 청에 못이겨, 혹은 부주의로 조국 로마에 큰 피해를 끼쳤다고 말할 수 있을지라도, 아게실라우스는 본인의 옳지 못한 고집과 악의를 만족시키기 위하여 보이오티아 전쟁을 일으킴으로써 조국 스파르타에 피해를 끼쳤다고 말할 수 있다.

뿐만 아니라 이러한 재난 중 그 어떤 부분을, 이 두 사람에

게 주어져 있는 개인적인 불운에 돌려야만 한다면, 폼페이우스
의 경우 확실히 로마 인들로서는 그것을 예측할 수 있는 아무
런 능력도 근거도 없을 만큼 정직하고 로마 인들을 아꼈다.

이에 반하여 아게실라우스는 스파르타 인들이 예측하였거나
미리 경고받은 '절름발이 왕'에 관한 신탁의 결과를, 그들에게
자신의 욕심과 악의에 가득 찬 행동으로 하여금 확신케 하였
다. 비록 레오티키데스가 사생아라는 사실이 1만 번 증명되었
다 하더라도, 에우리폰티다이 왕족은 아직도 엄존해 있어서 리
산데르가 아게실라우스를 지지하여 신탁의 참뜻을 그릇 해석하
고 기만하지만 않았다면, 다리가 성한 적자 출신의 왕을 스파
르타에게 얼마든지 옹립할 수 있었을 것이다.

아게실라우스는 레우크트라의 전투에서 대참패를 당하고 돌
아온 그 겁쟁이 병사들에게 엄격한 법도 그 날만은 쉬게 하라
는 명령을 내렸다. 그리고 그 겁쟁이 병사들에게 주어질 처우
문제에 관하여 아게실라우스가 꾸며 낸 한 편의 정치적 궤변
때문에 시민들은 크게 당혹해했지만, 폼페이우스에게서는 그런
잔혹한 궤변을 전연 찾아볼 길이 없었다.

그러나 이와는 다른 면으로 폼페이우스도 친구의 일이라면
우정의 힘과 동시에 권력이 크다는 것을 보이려는 듯이, 자기
자신이 만든 법 그 자체를 파기해도 죄가 되지 않는다고 생각
하였다. 그러나 아게실라우스는 법을 죽이거나 시민을 구하지
않거나 외견상 양자택일하지 않을 수 없는 궁지에 몰렸을 때에
는, 법이 이러한 시민들에게 해를 끼치지 않게 하여 그들을 구
하고, 그러면서도 법을 죽이지 않을 방편을 안출해 내기도 하
였다.

전쟁으로 아시아에 원정 나가 있던 아게실라우스가 스파르타
의 중앙정부로부터 귀국하라는 명령이 오자, 그 즉시로 아시아

의 전지를 떠나 조국으로 돌아왔다. 그것은 그의 준법정신의 극치를 나타낸 것으로서 높이 평가할 만한 일이다. 아게실라우스는 폼페이우스가 그랬듯이 국가를 염두에 두지 않은 오직 개인의 입신출세는, 반드시 나라도 동시에 부강케 만드는 길이라고 생각하지는 않았다. 그는 국가의 이익만 도모하였는데, 국가를 위한 그 철저한 정신은 알렉산드로스 대왕 이후 고금을 통하여 그 유례를 볼 수 없을 만큼 권세와 영광을 초개같이 버렸다.

그러나 여기서 이제 우리는 시각을 다른 쪽으로 돌려보기로 하자. 물론 폼페이우스가 계획한 원정대와 그가 거둔 전공, 그가 세운 전승기념비의 수, 그가 정복한 나라의 수, 그가 승리를 거둔 전쟁 횟수를 합칠 때, 사가 크세노폰도 아게실라우스가 거둔 승리 따위는 그 발뒤꿈치에도 따라가지 못한다고 인정한 데에는 필자도 수긍이 간다. 그러나 전쟁에서의 혁혁한 공적만으로 그의 정치적 생명을 평가할 수는 없다고 본다.

여기서 생각건대, 역시 이 두 사람은 적에게 대하는 그들의 태도에 있어 큰 차이가 있었다. 아게실라우스는 그의 왕가의 고국인 테베스를 노예화시키고, 고대로부터 같은 뿌리였던 메세네를 근절시키려고 하다가 도리어 스파르타마저 잃을 뻔하였다. 그리고 실제로는 그리스의 지배권을 잃는 결과를 초래하였다. 그러나 폼페이우스는 그들의 생활태도를 기꺼이 바꾸려고 한 해적들에게 도시들을 주어 거기서 마음놓고 살 터전을 주었다. 또 아르메니아의 티그라네스 왕을 굴복시켰음에도 불구하고 끌어다가 개선식을 빛내려고 마음대로 그를 도리어 로마의 동맹자로 삼고, 단 하루의 영광이 앞으로 두 나라가 길이길이 평화롭게 사는 것보다 못하다고 말하였다.

그러나 장군의 탁월성이 주로 무술과 전략에 의하여 결정되어야만 한다면, 스파르타 왕인 아게실라우스는 적지 않게 로마 왕인 폼페이우스를 능가하였다고 말할 수 있다. 아게실라우스는 그의 수도가 7만이나 되는 적의 병력에 의하여 포위당한 적이 있었다. 그때 성내에는 수도를 방위할 병력이라고는 극소수밖에 없었다. 그것마저 레우크트라의 전투에서 참패를 당하여 사기가 땅에 떨어져 있었지만, 이것을 이끌고 끝까지 수도 방위에 전력을 경주하였다. 그러나 폼페이우스는 카이사르가 불과 5천3백 명에 지나지 않는 병력을 이끌고 이탈리아로 쳐들어와 겨우 도시 하나를 점령하였을 때 겁에 질려서 황급히 수도 로마를 버리고 도주하였다.

그는 자기 처자들은 모두 데리고 갔으나, 시민들은 모두 무방비인 채로 그대로 방치하였다. 그러므로 그는 나라를 방위하기 위하여 싸워서 적을 정복했어야만 했거나, 아니면 그의 동포이자 동맹자였던 정복자와 휴전을 맺었어야만 했다. 그런데도 그는 임기연장을 거절하고 다시 집정관에 임명한다는 것을 반대한 자신과 똑같이 생각을 한 사람에게 권력을 주어 로마를 점령케 하고, 메텔루스를 비롯한 모든 시민을 전쟁포로로 간주하겠다고 선언할 수 있게 한 것은 폼페이우스의 크나큰 실수가 아닌가 한다.

아게실라우스는 자기가 적보다 강하다는 것을 깨달았을 때에는 적으로 하여금 싸우지 않고는 못 배기게 하였다. 그리고 자기가 적보다 약할 때에는 자신이 전쟁으로부터 피하는 것을 장군의 최고기능이라고 생각하였다. 그는 늘 이러한 전법을 구사하여 일생 동안 한 번도 적에게 겨본 일이 없었다. 그러나 폼페이우스와 싸운 카이사르는 그보다도 훨씬 약한 병력이었으면서도 위험을 요리조리 잘 피하였다. 그리고는 그의 힘이 집중되어 있는 지상군을 이끌고 싸울 수 있는 싸움터로 상대를 끌어들였다. 그리하여 적의 수중에 있었던 재산이며 군수물자며 제해권까지 수중에 넣게 됨으로써 싸우지 않고서도 쉽게 승리를 거둘 수 있었다.

폼페이우스가 자기를 옹호하여 변명한다는 것은, 확실히 그와 같은 연령과 지위에 있는 장군으로서는 가장 불명예스러운 일이었다. 젊은 장군이라면 주위의 소란한 여론에 의하여 불굴의 정신과 강인한 정신력도 동요되고, 건전한 판단력도 흔들리게 되어, 그러한 일들이 모두 이상할 것이 없고 용서받지 못할 것도 아니라고 할 수도 있었다. 그러나 그의 진영을 로마 인들이 '자기들 나라'라고 부르고, 로마의 정권을 주름잡고 있던 집정관 이하 모든 고관대작들을 '반역자'라고 부르며, 자기 막사를 '원로원'이라고 불렀던 대 폼페이우스. 그는 절대적 독재권을 휘두르고 있을 뿐 아니라 총사령관으로서 이미 찬란한 무훈을 세운 그가, 파보니우스나 도미티우스 따위의 졸자들의 조소에 동요하여 단지 '아가멤논'이라는 별명을 듣지 않으려고 나라 전체와 로마의 자유를 잃는 길에 스스로 목숨을 바치고서 택했다는 것은 과연 참지 못할 일이었다.

만일 그가 당할 오명을 진작부터 알았더라면, 처음부터 로마를 버리지 말고 무기를 들어 로마의 방어에 나서서 로마를 지켜야만 했던 것이었다. 이탈리아로부터 그가 도망친 것은 테미스토클레스를 모방하여 쓴 전술에 지나지 않다고 큰소리를 친 그가, 싸우지도 않고 테살리아에서 꾸물거리며 수치의 나날을 보내고 있었다는 것은 그의 자승자박이었다. 두 사람이 로마의 패권을 놓고서 싸워야 할 결전장으로 파르살리아 평원을 택하도록 하늘이 정해준 것도 아니었으며, 싸워야 한다거나 항복해야 한다거나 하고 암시하며 천사가 불러서 그가 싸우러 나간 것도 아니었다. 폼페이우스는 만약 그가 막시무스와 마리우스와 루쿨루스의 전례를 따르기만 하였더라도, 제해권을 장악하고 있는 그로서 함대를 이용하여 그의 지배하에 있는 그 밖의 많은 평원과 무수히 많은 도시와 전세계의 어느 곳으로도 갈 수 있었을 것이다.

아게실라우스 자신도 스파르타로 쳐들어온 테베스 군이 그를 자극하여 나라를 지키기 위해서는 성 밖으로 나와 자기들과 싸워야 한다고 선동하였을 때, 성에서 한 걸음도 밖으로 나오지 않고 그 많은 소요에도 귀를 기울이지 않았다. 이집트에서도 역시 그가 전쟁을 하지 말라고 건의한 왕으로부터 무수히 많은 비난과 욕설과 의심을 받았다. 이렇듯 훌륭한 충고를 받고서도 자기 스스로의 판단에 의하여 그가 이미 결정한 것을 그대로 수행하였으며, 이러한 방법으로 그는 일시적으로는 이집트 인들의 의사를 무시하였지만 결국에는 그들을 구해주었다.

또 그는 그 치명적인 동란 속에서 그의 단독 행동으로 스파르타를 멸망으로부터 구해 냈을 뿐 아니라, 테베스를 공격하여 스파르타 시에다 전승기념비를 세울 수도 있었다. 처음에 스파르타가 침략을 당하였을 때 시민들의 강요에 못 이기고 자신의 뜻을 굽혀 싸웠더라면 도저히 이번과 같은 승리는 못 얻었을 것이다. 아게실라우스는 많은 소요 속에서도 동요되지 않고 스스로의 판단을 지켜 스파르타와 시민들을 구했기 때문에 그에게 압박을 가하던 사람들이 도리어 자신들이 구제되었다는 것을 깨달았을 때 결국 그를 칭찬했다. 그러나 이와 반대로 폼페이우스는 친구들을 돌봐주다가 실수를 범하게 되어 도리어 친구들로부터 비난을 받았다.

일설에 의하면, 그는 가까운 그의 장인 스키피오에게도 속았다고 한다. 스키피오는 사위가 아시아에서 가지고 온 그 재물의 대부분을 착복하여 자기 것으로 만들 생각으로, 군자금이

부족하다는 것을 구실삼아 사위에게 전쟁을 더 하라고 강요하
였다는 것이다. 이렇듯 두 사람이 전쟁에서 이룩한 행위와 행
동을 비교함으로써 각자의 특색을 고찰하였다.

　끝으로 두 사람이 이집트로 가게 된 그 이유를 적어보기로
하겠다. 폼페이우스가 이집트로 간 것은 생명을 건지기 위하여
부득이한 일이었다. 그러나 아게실라우스가 이집트로 간 것은
야만국의 장군으로 고용되어 돈을 벌어서, 그 돈으로 동족인
그리스 인과 나중에 싸우자는 목적에서였다. 다음으로 사람들
은 폼페이우스의 이름으로 이집트 인들을 공격하지만 이집트
인들은 도리어 아게실라우스를 공격했다. 또한 폼페이우스는
그들을 믿고 이집트로 갔다가 배신당하고는 목숨마저 잃었다.
그러나 아게실라우스는 그들의 신임을 받고도 그들을 저버렸는
데, 그것은 자기가 도와주려고 갔던 사람들이 바로 자신을 배
반하고 오히려 적을 도와주었기 때문이었다.

알렉산드로스

기원전 356년~323년

알렉산드로스 대왕의 업적과 폼페이우스를 멸망시킨 카이사르의 생애를 이 책 속에 기록함에 있어 먼저 독자들의 양해를 구해 두고자 한다. 지금 필자는 인류의 역사를 쓰려는 것이 아니라 한 개인이 시대를 주름잡았던 전기를 쓰려는 것이며, 그 개인의 업적 속에 장점과 결점이 낱낱이 설명된 것은 아니지만, 사소한 행동이나 말이나 농담 따위가, 때로는 1만 명을 헤아리는 사상자를 낼 정도로 큰 전투를 일으키기도 하고 또는 많은 대도시가 허망하게 쓰러지는 멸망을 가져옴으로써 영웅들의 성격을 더 정확하고 분명하게 나타내주기 때문이다.

화가가 초상화를 그릴 때 성격의 특징을 나타내는 얼굴과 눈의 표정 따위를 자세하고 세밀하게 그리고, 팔 다리와 같은 신체의 다른 부분은 거의 고려하지 않는 것처럼, 필자도 대사업이나 전투상황은 다른 사람에게 맡기고 주인공들의 일상의 언어와 행동을 특히 상세히 그림으로써 그의 생애의 특징을 기술하고자 한다.

알렉산드로스의 가계에 관해서 살펴보면, 부계는 헤라클레스의 자손인 카라누스에서 시작되고, 모계는 아이아쿠스의 자손인 네오프톨레무스(의 아들)에게서 시작되었다는 것이 정설이다. 부친은 필리포스이며 어머니는 올림피아스이다. 전하는 바에 의하면 이들은 사모드라케에서 함께 종교적 의식에 처음 참석 하였다가, 아직 약관인 필리포스가 조실부모한 올림피아스를 사랑하게 되어 그녀의 오빠 아림바스를 설득하여 곧 결혼하였 다.

그런데 신부는 그들이 혼례식을 거행하기 전날 밤에, 번개가 그녀의 배에 떨어지고 거기서 큰 불이 타올라 화염이 삽시간에 사방으로 퍼졌다가 꺼진 꿈을 꾸었다. 한편 필리포스는 결혼 후 얼마 있다가 자기가 아내의 배에다 봉인을 하는 꿈을 꾸었 는데, 그 봉인의 조각이 사자의 형상이었다. 다른 예언자들은 필리포스가 결혼생활에 있어 아내를 조심해야 할 꿈이라고 해 몽하였지만, 텔메수스의 아리스탄데르는 달리 해몽하였다. 그 는 빈 것에 봉인하는 법은 없으니, 그것은 올림피아스가 임신 한 것이 분명하며 뱃속에 든 아이는 사자와 같이 용감한 아이 를 분만할 징조라고 장담하였다. 또 얼마 후 필리포스는 아내 가 자고 있는 옆에 큰 구렁이가 누워 있는 꿈을 꾼 뒤로 정이 떨어져 그 후로는 아내의 곁으로 가지 않았다고 한다. 아내가 자기에게 무슨 마술이나 도술을 걸지나 않을까 겁이 났던지, 아니면 인간 이상의 것이 아내와 사귀고 있다고 생각하였는지 는 알 길이 없다.

그런가 하면 이것과는 좀 다른 이야기가 전해지고 있다. 즉, 이 지방의 여자들은 옛적부터 오르페우스 또는 디오니소스 같 은 신을 광적으로 섬기며, '클로도네스'니 '미말로네스'니 하고 불려지는 종교의식을 행하고 있었는데, 이는 에도니아 부족 여 자들이나 하이모스 산 부근의 트라키아 여자들과 여러 점에서 닮은 종교의식이었다. 그러한데서 연유하여 번잡하고도 격정적

인 종교의식에 '트레스케우에인'이라는 이름이 붙여졌다고 생각
된다. 그런데 올림피아스는 다른 여자들보다도 더 열렬하게 신
이 들려 광적이다시피 사로잡혀 있었다. 그녀는 때때로 함께
제사를 드리고 있는 사람들 사이에다 애완용 큰 구렁이를 몇
마리씩 들이밀었다. 그러면 구렁이들은 여자들이 머리에 인 바
구니 속에 웅크리고 있거나 머리에 두른 칡덩굴 또는 여자들의
지팡이나 화환에 감겨 있곤 해서 보는 사람들을 기겁하게 하였
다.

어쨌든 필리포스는 이 꿈을 꾼 뒤로 메갈로폴리스 인 카이론
을 델포이로 파견하여 아폴론 신으로부터 신탁을 받게 하였는
데, 아폴론 신은 제우스 암몬 신에게 제사를 드리고 특히 이
신을 잘 섬기도록 하였다. 그런데 필리포스는 이 신이 뱀의 모
양으로 변하여 자기 아내와 함께 자는 것을 문틈으로 들여다보
다가 문틈에다 댄 한쪽 눈이 실명했다고도 전해지고 있다.

알렉산드로스가 태어난 것은 마케도니아 인이 '로우스'라고
부르고 있는 헤카톰바이온 달 6일이다. 이 날은 에페소스에 있
는 아르테미스 신의 신전이 화재로 소실된 날로서, 이 사실을
가리켜 마그네시아의 헤게시아스가 어처구니없는 농담을 하였
다. 그는 아르테미스 신이 알렉산드로스를 받느라고 눈코 뜰
사이 없이 바빴기 때문에 신전이 화재로 소실되는 것도 몰랐을
것이라고 말한 것이다. 그러나 당시 에페소스에 있었던 페르시
아의 모든 점술가들은 이 신전의 재액은 또 다른 재액이 발생
할 전조라고 생각하였다. 그리하여 그들은 이 날 자기의 뺨을
때리며, 아시아를 멸망시킬 사람이 태어났다고 외치면서 거리
를 뛰어 돌아다녔다.

그런데 그때 포티다이아 시를 점령한 필리포스에게 동시에
세 가지 반가운 보고가 들어왔다. 파르메니오가 일리리아 군과

대격전을 벌인 결과 승리를 거두었다는 것이 그 첫번째요, 올림피아 경기의 전차경주에서 우승하였다는 것이 두번째이며, 마지막 세번째가 알렉산드로스가 탄생하였다는 소식이었다. 이 세 가지 기쁜 소식을 듣고 필리포스가 기뻐한 것은 당연한 일이지만, 점술가들은 한 술 더 떠서 이 아이는 세 가지 승리와 때를 같이하여 태어났으므로 장차 불패의 대왕이 될 것이라고 예언하여 필리포스의 힘을 한층 더 돋워주었다.

알렉산드로스의 모습을 가장 잘 나타낸 조상(彫像)은 리시포스가 만든 작품이며, 알렉산드로스 자신도 그에게만 조상을 만들게 하는 것이 좋겠다고 생각하였다. 왜냐하면 나중에 알렉산드로스의 후계자들과 측근들이 많이 흉내를 내기도 하였지만, 그의 가장 큰 특징적인 모습인 고개를 왼쪽으로 약간 기울인다거나, 혹은 눈의 인자한 윤기를 누구보다도 이 예술가는 정확하게 파악하였기 때문이다.

그러나 아펠레스는 알렉산드로스가 우레를 한 손에 들고 있는 초상화를 그렸는데, 얼굴색을 그대로 그리지 않고 좀 검게 그렸다. 알렉산드로스는 실상 살결이 희고 가슴과 얼굴은 유난히 흰데다 붉으스레한 윤기를 띠고 있었다고 한다. 또 아리스토크세누스의 회상록을 읽으면, 피부에서 좋은 냄새가 나서 그 향기는 전신을 싸고 있었기 때문에 옷에까지 배어 있었다고 한다. 그 원인은 아마도 따뜻하여 불과 같은 체온의 탓이었으리라. 테오프라스투스가 생각하는 바와 같이 '방향'이란 습기가 열에 의하여 더워질 때에 생기는 것이다. 따라서 세계적으로 건조하고 더운 지방에서 가장 양질의 향료가 많이 산출된다. 즉 태양이 식물의 줄기에 있는 부패의 원인이 되는 습기를 증발시키기 때문이다. 알렉산드로스도 몸의 열기 때문에 술을 좋아하였고, 기질이 격정적으로 된 것처럼 생각된다.

그는 아이 때부터 절제심이 남보다 뛰어났고, 다른 일에 관해서는 성급하고 행동도 격정적이었지만 육체의 쾌락에는 쉽게 유혹을 받지 않았다. 간혹 유혹을 받을 때에도 매우 몸을 삼갔고, 공명심을 위한 그의 정신은 나이에 비해 중후하고 기조가 매우 굳은 편이었다. 예를 들자면 부왕 필리포스는 소피스트식으로 웅변에 능하여 그것을 큰 자랑으로 삼았으며, 올림피아에서의 전차경주에서 승리를 거둔 것을 기념하기 위하여 화폐에다 자신의 초상을 새기게 하기도 하였다. 즉 필리포스는 명예라면 안 하는 것이 없는 위인이었다. 그와는 달리 알렉산드로스는 발이 빨랐으므로 측근들이 올림피아 경주에 출전하고 싶은 생각이 없느냐고 물었을 때, 이렇게 대답하였다.

"왕들이 출전한다면 글쎄 해볼까."

그는 대체로 운동경기에는 관심이 없었던 것 같다. 어쨌든 그는 비극시인이나 피리꾼이나 하프 연주자뿐만 아니라 음유시인의 경연대회도 많이 개최하고, 온갖 종류의 사냥과 무술시합도 개최하였으나 권투나 판크라티움(권투와 레슬링을 합친 것 같은 고대 그리스의 경기)만은 그다지 장려하지 않았다.

부왕 필리포스가 국외에 나가 있을 때에 페르시아에서 사절단이 왔다. 알렉산드로스는 그들을 국빈으로 대접하며 친밀하게 사귀었다. 그러는 동안 그는 어린아이였음에도 불구하고 소년다운 질문이나 쓸데없는 질문은 하나도 하지 않았다. 뿐만 아니라 오히려 어른처럼 도로상황과 지형, 페르시아 내부의 여행에 관한 것 따위를 질문하였다. 또 페르시아 왕은 전쟁에 임하여 어떠한 인물이며 페르시아 인의 용기와 역량은 어느 정도인지를 물었다. 사절단 일행은 어린아이답지 않은 이런 질문에 그만 질려서 필리포스 왕이 자신의 아들이 명석하다고 세상에 널리 알린 많은 소문들도 이 애의 열성과 야심에 비교하면 비교도 되지 않는다고 생각하였을 정도였다.

어쨌든 필리포스 왕이 유명한 도시를 함락시켰다는 등, 사람들의 이목을 끈 전투에서 승리를 거두었다는 등의 보고에 접할 때마다 알렉산드로스는 기뻐하기는커녕 오히려 맥풀린다는 투로 자기 또래 친구들에게 다음과 같이 말하곤 하였다.

"얘들아, 아버지가 모두 다 정복해버리면 우리들이 할 일이 없잖아."

쾌락과 재물을 탐내지 않고 용기와 명예만 탐냈던 알렉산드로스는, 부왕이 차지하는 것이 많으면 많을수록 자기 자신이 할 수 있는 일은 상대적으로 적어질 것이라고 생각한 것이다. 나라가 부강해지면 그 공적은 모두 부친이 차지하게 되어 나라는 재물, 사치, 향락만 남게 될 것이 뻔했다. 그는 그런 나라를 지배하기보다 전투, 전쟁, 명예심의 많은 가능성과 예지가 있는 지배를 이어받고 싶다고 생각한 것이다.

알렉산드로스는 시종들과 가정교사와 전문교사 등으로부터 갖가지 자식을 배웠으며, 그 중에서 가장 위에 있는 레오니다스로부터 더욱 엄격한 인성교육을 받았다. 이 사람은 매우 엄격하고 올림피아스와는 친척관계에 있었다. 그래서 다른 사람들로부터는 그 명성과 혈연관계에서 알렉산드로스의 양부, 사부라고 불려지고 있었다. 그러나 실제로 가정교사의 역할과 명칭을 마음껏 자기 것으로 행사한 사람은 아카르나니아 출신의 리시마코스였다. 그 사람은 별로 신통한 점도 없는 인물이었으나 자기 자신을 포이닉스(아킬레스의 교사), 알렉산드로스를 아킬레스(트로이 전쟁 전설의 영웅이며 포이닉스는 그의 스승, 펠레우스는 부친이었다.), 필리포스를 펠레우스라고 부르고 있었기 때문에 존경을 받아 레오니다스 다음 자리를 차지하고 있었다.

테살리아 인 필로니쿠스가 부케팔루스(소의 머리를 한 말이라는 뜻)를 가지고 와서 필리포스 왕에게 13탈렌트에 사라고 하였을 때, 사람들은 그 말을 시험해보기 위하여 들판으로 끌고 갔다. 그러나 그 말은 성질이 거칠어서 도저히 쓸모가 없을 것 같았다. 전혀 사람을 가까이하지 않고 왕의 측근들이 달래도 사납게 날뛰며 아무에게나 반항하였다. 그러자 왕은 화가 나 훈련이라고는 받아본 적도 없이 들판에서 마구 풀어 기른 놈이라며 어서 끌고 가라고 호통을 쳤다. 그런데 그 자리에서 구경하고 있던 알렉산드로스가 그것을 보고 이렇게 말하였다.

"겁쟁이여서 말도 탈 줄 모르고, 다룰 줄도 모르는 주제에 말만 타박하는군."

처음에는 왕도 못 들은 체하고 잠자코 있었으나, 알렉산드로스가 제자리를 빙빙 돌면서 몇 번씩 그 말을 되풀이하였으므로 부왕이 물었다.

"너는 연장자들을 뭐라고 탓하는데, 그렇게 말하는 건 네가 저 말에 관해서 더 잘 안단 말이냐, 아니면 더 잘 다룰 수 있단 말이냐?"

그러자 알렉산드로스가 대답하였다.

"이 말이라면 다른 사람보다는 잘 다룰 수 있습니다."

"그래? 만일 다루지 못하면 그 경거망동은 무슨 벌로 받을 셈이지?"

부왕이 이렇게 묻자, 알렉산드로스가 자신있게 대답했다.

"그 말의 값을 치르겠습니다."

여기저기서 흥미롭다는 듯한 폭소가 터져 나오고, 서로 내기가 시작되었다. 알렉산드로스는 곧 말 앞으로 달려가서 고삐를 잡고 태양 쪽으로 말을 돌려 세웠다. 이것은 말이 자기 앞에 드리워지는 자기의 그림자가 움직이는 것을 보고 놀라서 소란을 피우는 것이라고 생각했기 때문이다. 그랬더니 과연 말은 날뛰지 않았다. 이렇듯 잠시 가볍게 달리는 말의 옆을 따라 함께 달리면서 가볍게 목덜미를 어루만지며 달렸더니 마침내 말은 사납게 으르렁거리는 소리를 그쳤다. 이때 그는 조용히 외투를 벗어버리고서 말에 성큼 뛰어올랐다. 그리고 고삐를 가볍게 끌어당기며 살살 다루었다. 때리거나 고삐를 조여 입을 아프게 하지 않았다. 그러자 으르렁대던 말에게서 겁내는 듯한 기색이 없어지고 달리고 싶어하는 기미가 엿보였다. 그는 이때다 싶어 고삐를 늦추고 큰 소리를 지르며 발로 배를 걷어찼다.

왕의 주위에 있던 사람들은 처음엔 조마조마한 마음으로 말도 못 하고 있었다. 그러나 알렉산드로스가 늠름하게 말을 몰아 한 바퀴 돌고 제자리로 돌아오자, 사람들은 모두 환성을 올렸다. 왕도 기쁜 나머지 눈물을 흘리며, 말에서 뛰어내린 아들의 이마에 입을 맞추고 이렇게 말했다고 한다.

"아, 너는 너에게 알맞은 나라를 찾도록 해라. 이 나라 마케도니아는 네가 있을 곳이 못 된다."

필리포스 왕은 알렉산드로스의 성격이 다루기 힘들고 무엇이든 강요하면 반항하지만, 이치를 따져 설득하면 순종하는 것을 보고서 명령하기보다는 설득하기로 하였다. 따라서 평범한 음악교사나 일반 교육의 교사에게는 아들의 감독지도를 전적으로 맡기지 않았다. 왜냐하면 왕자의 교육은 체계적이고 실질적이어야 했으므로 소포클레스의 시에 있듯이,

고삐로 단단히 조여 매고 힘차게 노로 이끌어

주어야겠다고 생각하고서 철학자 중 가장 명성이 높고, 가장 박식한 아리스토텔레스를 초청하여 그에게 아들의 교육을 전적으로 맡겼다. 그리고 그에게는 그에게 어울리는 대우를 극진히

하였다. 아리스토텔레스가 태어난 도시인 '스타기라'는 과거에 필리포스에 의하여 파괴되었으나, 다시 주민을 받아들이고, 시민 중 피난해 있거나 노예가 되어 있는 자들을 다시 풀어주고 맞아들였다.

그들의 학문과 연구장소로는 미에자 부근에 있는 선녀의 성역을 지정해주었는데, 그 곳에는 아리스토텔레스가 앉았던 돌의 자리와 그가 산책하던 그늘진 산책로가 아직도 그대로 남아 있다. 알렉산드로스는 아리스토텔레스에게서 윤리학과 정치학을 교수받았을 뿐 아니라, 철학자들이 특히 '구전(口傳)'이니 '비전(祕傳)'이니 하여 일반인에게는 공개하지 않는 심오한 교리도 배운 것 같다. 왜냐하면 알렉산드로스가 아시아에 출정중일 때 아리스토텔레스가 이러한 심오한 교리를 책으로 간행하였다는 사실을 알고서, 그러한 것을 일반인에게 공개한 것을 힐책하는 다음과 같은 서한을 보냈기 때문이다.

알렉산드로스로부터 아리스토텔레스 선생님께.
건강하시리라고 믿습니다. 선생님께서 구전의 논설을 간행하신 것은 잘못하신 일이라고 생각합니다. 왜냐하면 제가 배운 논설이 모든 사람들이 다 아는 공통적인 것이 된다면 사람의 상하를 어떻게 구별할 수 있겠습니까? 저는 권력에 의해서보다 최고의 지식에 의하여 다른 사람보다 뛰어나고자 합니다. 안녕히 계십시오.

그리하여 아리스토텔레스는 알렉산드로스의 이 명예심을 손상시키지 않으려고 그 논설에 관하여 변명하였다. 즉 그것은 일반에게 발표하기는 하였지만 자신에 의해 발표된 것은 아니라는 답장을 보냈던 것이다. 그 뜻은, 형이상학에 관한 그 저

술은 자기로부터 직접 구술로 가르침을 받지 않은 사람은 읽어
도 무슨 뜻인지 전혀 알 수 없다는 것이다.

알렉산드로스로 하여금 의학에 깊이 관심을 갖게 한 것은 누
구보다도 아리스토텔레스였다고 생각된다. 알렉산드로스는 단
지 이론만을 좋아하였을 뿐만 아니라, 실제로 병에 걸린 친구
를 도와서 치료도 해주고 처방도 내주었다는 것은 그의 편지에
서 알 수 있다. 그는 천성이 학문과 독서를 좋아하는 편이었
다. 무엇보다도 그는 〈일리아드〉를 전술교본으로 삼았는데, 이
른바 수갑본(手匣本) 〈일리아드〉라고 불려지는 아리스토텔레스
의 교정판을 늘 휴대하고, 단검과 함께 베개 밑에 두고 잤다고
오네시크리투스가 그의 역사서에서 기록하고 있다. 그 밖에 아
시아 내륙지방에서 구할 수 없는 책을 하르팔루스에게 명령하
여 구해 보내라고 하였는데, 하르팔루스는 알렉산드로스에게
필리스투스의 〈사기〉, 에우리피데스와 소포클레스와 아이스킬
루스의 비극, 텔레스테스와 필로크세누스가 공동으로 작곡한
열광적 찬가 등을 보냈다.

그는 처음에 아리스토텔레스를 숭배하고, 부친으로부터는 생
명을 받았으나 아리스토텔레스로부터 인생을 보다 더 가치 있
게 보내는 인생관을 배웠기 때문에, 그는 아버지 못지 않게 아
리스토텔레스를 사랑하고 있다고 말할 정도였다. 그러나 나중
에는 다소 사이가 벌어졌다. 그리하여 직접 해를 끼치지는 않
았지만, 아리스토텔레스와의 우정은 전에 가졌던 정열을 잃고
적의를 품게까지 변하였다. 그러나 선천적이기도 했지만 처음
부터 같이 성장해 온 철학에 대한 열성과 정열이 그의 마음에
서 떠나지 않았다고 생각된다. 그것은 아낙사르쿠스에 대한 존
경, 크세노크라테스에게 50탈렌트나 되는 거액의 돈을 증여한
사실, 단다미스와 칼라누스에 대한 처우가 이를 입증하고 있

다.

필리포스 왕이 비잔티움으로 원정 갔을 때 부왕은 알렉산드로스를 마케도니아에 남겨 놓고 내정과 국새를 아들에게 맡겼다. 그때 알렉산드로스의 나이는 16세에 지나지 않았다. 그러나 그는 마침 필리포스 왕이 없는 틈을 타서 반란을 일으킨 마이디 인을 굴복시켜 그들의 도시를 점령하고 야만족을 몰아내었다. 그리고는 각 지방에서 그리스 인을 데려다 정주시켰으며, 그 도시의 이름을 자기의 이름을 본떠서 알렉산드로폴리스시라고 개명하였다.

부왕이 그리스 인과 카이로네아에서 싸울 때에는 그도 종군하여, 선봉에 서서 테바이 인의 최정예부대인 신성부대에 돌입하였다고 전해지고 있다. 지금까지도 케피소스 강 가에는 당시 알렉산드로스가 천막을 친 알렉산드로스의 떡갈나무라고 하는 고목이 서 있다. 또 거기서 그리 멀지 않은 곳에 마케도니아 군의 합동묘지가 있다.

그 후부터 부왕은 알렉산드로스를 매우 사랑하였다. 왕은 마케도니아 인들이 알렉산드로스를 왕이라 부르고, 자기를 장군이라고 부르는 것을 무엇보다도 기뻐하였다. 그러나 부왕의 몇 번에 걸친 결혼과 엽색행각으로 부자간에 불화관계를 불러일으켜 마침내는 부자 사이가 벌어지게 되었다. 이 불화는 질투심이 강하고 참을성이 없는 왕비 올림피아스를 분노케 했고, 그것이 알렉산드로스를 자극하였기 때문에 더욱 확대되고 말았다. 이럴 즈음 왕은 젊은 여자를 좋아하여 클레오파트라를 후궁으로 맞아들였다. 그런데 그 결혼식을 올릴 때 아탈루스에 의하여 새로운 음모가 백일하에 폭로되었다. 아탈루스는 클레오파트라의 백부인데 술이 취하여 옆자리에 있던 마케도니아 인에게, 필리포스와 클레오파트라 사이에서 왕통을 이어갈 후계자가 태어나도록 기도하자고 권하였다. 이 말을 들은 알렉산드로스는 격분하여 술잔을 던지며 이렇게 외쳤다.

"이놈아, 네놈은 나를 첩의 아들이라고 생각하느냐, 이 악당 놈아?"

그러자 역시 술에 취한 왕이 왕자에게 칼을 뽑아 들고 덤벼 들었다. 다행히 쌍방이 격렬한 분노와 술 때문에 미끄러져 모두 마룻바닥에 쓰러지고 말았다. 벌렁 넘어진 알렉산드로스는 부왕을 이렇게 조롱하였다.

"여러분, 이분은 유럽에서 아시아로 건너갈 준비를 하고 계시면서, 의자에서 의자로 건너가지도 못하고 쓰러지고 마셨군요."

이 주연석상의 소동이 있은 뒤, 알렉산드로스는 어머니 올림피아스를 모시고 에피루스로 가서 거기서 살게 하였다. 그리고 자기는 일리리아로 가서 거기서 시간을 보내고 있었다.

그러던 중 왕에게 무슨 이야기든 격의 없이 할 수 있는 코린트 인 데마라투스가 필리포스 왕을 찾아왔다. 수인사가 끝난 뒤, 왕은 그리스의 모든 나라들이 화목하게 지내고 있느냐고 물었다. 그러자 데마라투스는 이렇게 대답하였다.

"전하의 집안을 이렇듯 분열과 적의투성이로 해 놓으시고 남의 나라인 그리스의 여러 나라들 사이의 화평을 위하여 마음을 쓰시다니 어울리지 않는 처사로군요."

이 말을 들은 왕은 그제서야 제정신이 들어 크게 뉘우쳤다. 그는 데마라투스를 통하여 알렉산드로스를 설득하는 한편 사자를 파견하여 아들을 불러들였다.

카리아의 총독 픽소도루스가 필리포스 왕과 인척관계를 맺고 동맹을 체결하고자, 큰딸을 필리포스의 서자인 아리다이우스와 결혼시키려고 계획하였다. 그리하여 픽소도루스 총독은 아리스

토크리투스를 마케도니아로 파견하여 필리포스 왕의 의중을 떠 보기로 하였다. 이때 또다시 알렉산드로스의 귀에 친구들과 어머니로부터 비난 섞인 소문이 들려 왔다. 그것은 왕이 서자인 아리다이우스를 화려하게 결혼시키고 호화롭게 잔치를 벌여 그에 대한 왕의 신임을 드러내 보임으로써 그를 태자로 삼으려는 음모가 있다는 것이었다. 이에 알렉산드로스는 시기심이 생겨, 비극배우 테살루스를 카리아로 보내어 픽소도루스를 꾀게 하였다. 서자 아리다이우스는 정신박약자이니 그를 멀리하고 알렉산드로스와 혼인관계를 맺도록 하라고 권하게 하였던 것이다. 그러자 픽소도루스도 그 편이 아리다이우스보다는 더 좋을 것이라고 생각하였다.

그러나 왕은 알렉산드로스의 친구인 파르메니오의 아들 필로타스를 시켜 아들을 몹시 비난하고 질책하게 하였다. 왕은 알렉산드로스가 페르시아 왕의 노예인 카리아 인의 사위가 되기를 원하는 것은, 출생도 지위도 귀한 태자로서 비열하기 짝이 없는 짓이므로, 자기의 재산이나 왕국를 절대로 맡길 수 없다고 하였다. 그리고 테살루스는 쇠사슬로 묶어서 송환하라고 코린트에 서한을 보냈다. 이때 왕은 알렉산드로스의 친구 중 하르팔루스, 네아르코스, 에리기우스, 프톨레마이오스 등을 모두 마케도니아에서 추방하기까지 하였다. 그러나 나중에 알렉산드로스는 이들을 소환하여 가장 높은 명예를 주어 예우하였다.

한편 필리포스 왕으로부터 정당한 대우를 받지 못하여 원한을 품고 있던 파우사니아스가 아탈루스와 클레오파트라의 모략에 걸려들어 필리포스 왕을 살해하였을 때, 비난의 대부분은 분해서 날뛰는 이 청년을 충동질하였다고 해서 올림피아스에게 돌아갔다. 하지만 일설에 의하면 알렉산드로스가 시켰다는 설도 있다. 알렉산드로스는 파우사니아스가 찾아와서 그가 당한

모욕 때문에 불평을 늘어놓았을 때, 에우리피데스의 극 〈메데
아〉의 일절,

　　남편・부친・신부

를 읊었다고 전해진다. 그러나 알렉산드로스는 음모에 가담한
사람들을 찾아 내어 엄벌에 처하고, 자신이 나라를 떠나 있는
동안에 올림피아스가 클레오파트라를 잔인하게 다룬 것을 분개
하고 있다.（알렉산드로스가 부재 중에 올림피아스가 클레오파트라와 필리포스 사이에
서 태어난 아들을 죽이고, 클레오파트라를 자살케 한 사실을 가리킨다.）
　알렉산드로스는 약관 스무 살의 나이로 왕위를 계승하였지
만, 그때 왕국은 심한 질투와 시기와 증오와 각 방면으로부터
의 위험에 가득 차 있었다. 이웃의 야만족들은 자기들이 필리
포스에게 정복된 것을 탐탁지 않게 생각하고 조상들이 가졌던
화려했던 왕권을 갈망하였다. 또한 그리스에도 이런 혼란이 온
것은 필리포스가 무력을 행사하여 지배하였지만, 그 곳에 새로
운 정치질서를 확립할 시간적 여유가 없었기 때문이었다.
　왕은 그리스의 모든 정치제도를 허물어버리고 혼란에 빠뜨렸
을 뿐, 정치적・경제적으로 식민지를 정비할 경험이 없었으므
로 민중을 흥분상태에서 동요하는 대로 내버려 두었던 것이다.
마케도니아 인들은 이런 혼란스러운 위기를 정비할까 겁내었
고, 알렉산드로스가 그리스의 정세를 간섭하지 말고 내버려 두
기를 바랐다. 또한 그들은 야만족 중 이탈한 야만족에 대해서
는 유화정책을 써서 그 이탈을 막고, 반란을 유발할 듯한 일은
일체 삼가기를 원하였다.
　하지만 알렉산드로스는 그와는 반대되는 생각을 가지고 있었
다. 그는 만일 자신이나 자신의 병사들이 조금이라도 양보하는
기색을 보이면 모든 적이 합심하여 일시에 공격해 오리라고 생

각하였다. 따라서 용기와 자존심을 가지고 과감한 정책을 취하는 것이 나라에 안정과 평온을 가져다주는 일이라고 여기고서 곧 이것을 실천에 옮겼다.

알렉산드로스는 야만족의 동요와 분란을 진압하며 다뉴브 강까지 군대를 이끌고 진출하여 트리발리아 족의 왕 시르무스와 격전을 벌인 끝에 승리를 거두었다. 이때 테베스 족이 반란을 일으켰고, 아테네 인들이 그들과 협력하고 있다는 사실을 안 알렉산드로스는 이들을 진압하기 위해서 즉시 군대를 이끌고 테르모필라이의 협곡으로 진격하였다. 이때 알렉산드로스는 그가 일찍이 일리리아 인과 트리발리아 인과 싸울 때 그를 철부지라고 불렀고, 테살리아로 진격하였을 때에는 그를 젊은 도령이라고 부른 데모스테네스에게, 아테네의 성벽 앞에서 다 자란 장정의 솜씨를 보여주겠다고 호언장담하였다.

그리하여 테베스에 육박한 알렉산드로스는 그때까지 시민들이 저지른 죄에 대해 스스로 반성할 기회를 주었고, 포이닉스와 프로티테스의 인도를 요구하였으며, 그에게 귀순해 오는 시민은 모든 죄를 불문에 부치겠다고 선언하였다. 그러나 테베스 인들은 도리어 필로타스와 안티파테르를 자기들에게 인도하라고 요구하였으며, 그리스의 해방을 위하여 싸우려는 사람들은 자기들과 같이 행동하자고 호소하였다. 그러므로 결전을 각오한 알렉산드로스는 마케도니아 인을 몰아 전쟁준비에 박차를 가하였다.

테베스 인들은 수에 있어서 몇 배나 되는 적에 대하여 실력이상의 용기와 열의를 가지고 싸웠지만, 마케도니아의 주둔군이 카드메이아를 떠나 배후에서 그들에게 공격을 가하였으므로 대부분은 포위되었다. 그리고 그 전투에서 패배하여 테베스는 점령되고 심한 약탈과 파괴를 당하였다. 알렉산드로스는 그리

스가 이 전투에서의 참패에 충격을 받고 겁에 질려 아무 소리
도 못 할 것이라고 생각하였다. 그리고 이것으로 그리스의 다
른 모든 나라들까지 위압하여 자기를 과시할 수 있는 기회가
되리라고 믿었다.

왜냐하면 이미 포키스 인들과 플라타이아 인들이 테베스의
침해를 받았었다고 호소해 왔기 때문이다. 그는 다른 나라에게
본보기라도 보이듯이 사제들과 마케도니아의 빈객 전부와 핀다
로스의 자손들과 이번 결의에 반대한 사람들을 제외한 모든 주
민들을 노예로 팔아버렸다. 이때의 전사자는 6천에 이르렀다.

테베스를 휩쓴 그 많은 가혹한 재앙 가운데서 몇 명의 트라
키아 병사들이 명문가의 정숙한 티모클레아라는 귀부인의 집에
침입한 사건이 터졌다. 병사들은 갖은 보물을 약탈하였고, 지
휘관은 그녀를 폭력으로 욕보인 다음, 어디다 금은보화를 감춰
두었느냐고 다그쳤다. 그녀는 가지고 있는 패물을 솔직히 자백
하고는 그 지휘관을 마당으로 데리고 나갔다. 그리고 마당 한
쪽에 있는 우물을 가리키며 그 곳에 테베스가 점령되었을 때
가장 귀중한 보물을 던져 넣었노라고 말하였다. 그러자 지휘관
인 트라키아 인은 우물가에 다가서서 잔뜩 허리를 구부리고 속
을 들여다보았다. 그때 그녀는 그의 등 뒤에서 그를 우물 속으
로 힘껏 떠밀었다. 그는 비명소리 한 번 지를 틈도 없이 우물
속에 거꾸로 처박혔다. 그러자 그녀는 돌을 잔뜩 주워다가 우
물에 넣어 그를 죽여버렸다.

그녀는 곧 트라키아 병사들에게 잡혀 알렉산드로스 앞으로
끌려갔지만, 아무런 두려워하는 기색도 없이 너무나 태연하여
오히려 알렉산드로스를 놀라게 하였다. 그 얼굴의 표정과 걷는
품으로 봐서 신분이 높고 자존심이 강한 여성이라는 것을 한
눈에 알 수 있었다. 그래서 알렉산드로스는 그녀의 신원을 물

어보았다. 그러자 그녀는 그리스의 자유를 위하여 필리포스에게 대항하여 용감히 싸우다가 카이로네아에서 전사한 테아게네스 장군의 누이라고 대답하였다. 알렉산드로스는 그녀의 대답과 행동에 감탄하여 아이들과 함께 자유를 주며 그 곳을 떠나라고 명령하였다.

아테네 사람들은 테베스의 불운을 함께 슬퍼하였지만, 알렉산드로스는 이들과 화해하였다. 아테네 사람들은 데메테르 신의 축제마저도 중지하고 슬퍼하며 아테네로 오는 테베스 피난민을 따뜻하게 맞아주었다. 이것은 알렉산드로스의 비위를 거스르는 처사였다. 그러나 알렉산드로스는 긴장이 풀린 사자처럼 이미 노여움이 풀렸기 때문인지, 또는 참혹하기 짝이 없는 행위를 한 다음에 관대한 행위를 보이고자 생각했던 탓인지 모든 죄를 용서해주었다. 나중에는 테베스 인들을 너무 심하게 다룬 행위를 가끔 뉘우치고 많은 나라들과 온화하게 지냈다고 한다.

실제로 그는, 술에 취하여 클리투스를 살해한 행위와 마케도니아 군이 인도 인에게 겁을 먹고서 그의 명예스러운 대원정을 미완성으로 끝나게 한 것과, 테베스의 수호신인 디오니소스의 분노와 복수를 평생의 가장 큰 불행으로 생각하였다. 그래서 그는 데베스의 사람치고 살아 남은 사람이 나중에 그에게 무엇이건 부탁하였을 때 그가 들어주지 않은 예는 하나도 없다고 한다. 이상이 테베스에 관한 알렉산드로스의 이야기다.

그 후 이스트무스에 그리스의 여러 나라 사람들이 모여 회의를 하였다. 그들은 알렉산드로스와 함께 페르시아를 원정할 것을 결의하고, 그를 총사령관으로 임명하였다. 이때 많은 정치가들과 철학자들이 그를 만나러 와서 축하의 말을 하였다. 그러자 알렉산드로스는 당시 코린트에 와서 살고 있던 시노페 출신의 철학자 디오게네스도 그렇게 하리라고 기대하고 있었다. 그러나 디오게네스는 알렉산드로스에게는 전연 관심이 없는 듯이 크라니움에서 한가하게 여가를 즐기고 있었으므로 알렉산드로스는 자기 쪽에서 손수 그를 찾아갔다. 때마침 디오게네스는 누워서 햇볕을 쪼이고 있었다. 많은 사람들이 자기 쪽으로 오는 것을 보고서 그는 일어나 앉아 알렉산드로스를 물끄러미 쳐다보았다. 알렉산드로스는 그에게 인사하고 나서 물었다.

"뭐 도와드릴 게 없겠소?"

그러자 디오게네스는 이렇게 대답하였다.

"있다마다요. 햇볕이 쪼이는 곳에서 조금만 비켜주셨으면 좋겠습니다."

이에 알렉산드로스는 모욕을 당하였다고 느끼면서도 이 사람의 큰 도량에 탄복하였다. 그리하여 사람들은 그를 비웃으면서 그 곳을 떠났지만, 알렉산드로스만은 존경심으로 이렇게 말하였다고 한다.

"내가 만일 알렉산드로스가 아니었더라면 디오게네스가 되고 싶소."

원정에 관하여 아폴론의 신탁을 얻으려고 생각한 알렉산드로스는 델포이로 갔다. 그러나 공교롭게도 그 날은 신탁을 주지 않기로 정해진 액일이었다. 잠시 망설이던 알렉산드로스는 사자를 시켜 성녀를 불렀다. 성녀는 율법을 구실로 거절하였지만, 그는 신전으로 올라가서 신탁을 내리는 곳으로 성녀를 끌고갔다. 그녀는 그의 열성에 질렸다는 듯이 말했다.

"당신은 질 줄 모르는 사람이군요."

이 말을 들은 알렉산드로스는, 다른 신탁은 소용 없고 원하고 있던 신탁을 지금 이 성녀로부터 받았다고 말하였다.

그리하여 알렉산드로스가 원정을 떠난 후 많은 전조가 나타났다. 특히 리베트라 시에 있는 오르페우스 신의 사이프러스 나무로 만든 목상이 그때 아무런 이유 없이 땀을 많이 흘리는 일이 일어났다. 그러자 많은 사람들은 그 전조를 두려워했지만, 예언자 아리스탄데르는 그것은 좋은 전조이니 용기를 내라고 말하였다. 그것은 시인들과 음악가들이 전쟁에서의 승리를 찬양하느라고 땀을 흘리며 수고를 끼치게 될 전공을, 다시 말하면 혁혁한 공적들이 노래로 불려지고 시인들이 그것을 묘사하느라고 땀을 많이 흘리게 될 전조라는 것이었다.

이 당시 알렉산드로스가 지휘하던 군대의 수에 관해서는 가장 적게 전하는 사람이 보병 3만, 기병 4천이라고 하고, 가장 많이 전하는 사람은 보병 4만 3천, 기병 3천이라고 적고 있다. 그런데 이런 병력에 대한 군자금과 군량의 준비금으로 가지고 있던 돈은 터무니없이 적었다. 아리스토불루스에 의하면 70탈렌트 이상은 되지 않았다는 것이고, 두리스는 30일분의 식량밖에 없었다고 말한다. 뿐만 아니라 오네시크리투스는 부채가 200탈렌트나 되었다고 말하고 있다. 게다가 이와 같은 변변치 못한 군자금으로 출발하면서도 알렉산드로스는 배에 오르기 전에 측근들의 재산을 조사하여 어떤 자에게는 농원을, 어떤 자에게는 촌락을, 어떤 자에게는 도시나 항구로부터의 수입을 나눠주었다. 이렇듯 왕실재산을 거의 마구 써버리는 것을 본 페르디카스가 왕에게 물었다.

"전하께선 전하를 위해서 무엇을 남겨두셨습니까?"

그러자 알렉산드로스 왕은 이렇게 흔쾌히 대답했다고 한다.

"바로 내 희망이오."

이에 페르디카스는 이렇게 말했다고 한다.

"그렇다면 대왕을 모시고 출정하는 우리들도 재물 대신에 그 희망을 나눠가지기로 하겠습니다."

페르디카스는 자기에게 할당된 재산을 반납하였고, 다른 측
근들도 모두 반납하거나 더 받기를 원하는 자들에게 기꺼이 나
눠주었다. 이렇듯 알렉산드로스 왕 시대의 국가재산은 개인에
게 나누어져 없어지고 말았다.

이와 같은 기세와 마음의 준비로 헬레스폰트를 건넌 알렉산
드로스는 트로이로 들어가서 아테네 신에게 제사를 드리고, 그
옛날 그 곳에서 전사한 영웅들의 영전에도 권주제(勸酒祭)를 드
렸다. 관습에 따라 측근들과 함께 나체가 되어 경주를 한 다
음, 아킬레스(트로이 전쟁 때의 그리스의 명장)의 무덤에 향유도 뿌리고 화환도 드
렸다. 그리고 아킬레스가 살아 있을 동안에 성실한 친구였으
며, 죽은 후에는 그의 업적을 찬양해준 위대한 시인(호메로스를 가리킨다.)을
가졌다는 것은 참으로 다행한 일이라고 그에게 찬사를 바쳤다.

그 동안 페르시아 왕 다리우스의 장군들은 대군을 집결하여
그라니쿠스 강의 도강점에 포진하고 있었다. 그 곳은 아시아로
들어가는 입구요, 아시아를 지배하는 출발점이어서 그 곳에서
전투가 벌어질 것은 두 군대에게 있어 필연적이었다. 깊이를
알 수 없는 그 강은, 건너 상륙해야만 할 대안이 마치 하늘에
닿은 듯이 너무나도 복잡하고 험준하였기 때문에 대부분의 병
사들은 겁을 냈다. 그 중에는 달에 관한 유법만큼은 지켜야 한
다고 주장하는 병사들도 있었다. 왜냐하면 '다이시우스'라는 달
에는 마케도니아의 왕은 싸움을 하지 않는 것이 관습으로 되어
있었기 때문이다.

그러나 알렉산드로스는 그것은 문제될 것이 없다고 일축하
고, 마케도니아의 제 2월을 '다이시우스 달' 대신에 '아르테미
시움 달'이라고 부르라고 명령하였다. 또 파르메니오가 그 날은
벌써 시간이 너무 늦었기 때문에 위험하니 싸우지 말라고 충고
하였지만, 그라니쿠스 강을 건너기를 두려워한다면 헬레스폰트

에게 욕먹이는 결과가 되는 것이라고 말하고서, 기병대 열셋을 이끌고 강으로 뛰어들었다.

빗발같이 쏟아지는 적의 화살을 아랑곳하지 않고 급류를 헤치며 보병과 기병이 지키고 있는 절벽으로 둘러쳐진 험준한 대안을 향하여 전진한다는 것은, 제정신을 가진 장군으로서의 행동이라기보다는 미친 사람의 행동이라고밖에는 생각되지 않았다. 그러나 도강작전을 강행하여 물에 잠겨서 진창을 겨우겨우 빠져 나와 간신히 몇 군데 점령하자, 뒤따라온 아군 병사들은 아직 대형을 채 갖추지도 못하고 갈팡질팡하였다. 이 틈을 타서 공격해 오는 적이 보이자 알렉산드로스 왕은 적에게 대항하여 일 대 일로 싸우라고 명령하였다. 적은 함성을 지르며 덤벼들어 말과 말을 서로 부딪치며 창을 휘둘렀다.

창이 부러지자 이번에는 칼로 난타전을 벌였다. 많은 적병들이 알렉산드로스에게 무더기로 덤벼들었다. 왜냐하면 그의 방패와 투구에 달린 장식털이 특히 화려했고, 투구 양쪽에는 굉장히 큰 흰 깃털 장식이 꽂혀 있었으므로 그가 곧 지휘자라는 것을 알았기 때문이다. 알렉산드로스는 가슴에 대는 갑옷의 눈목에 투창이 꽂혔지만 간신히 부상은 면하였다. 그때 적의 두 장군 로이사케스와 스피트리다테스가 동시에 덤벼들었다. 알렉산드로스는 스피트리다테스의 창을 날쌔게 피하면서 로이사케스의 가슴을 창으로 찔렀지만 창은 댕강 부러지고 말았다. 그러자 이번에는 단검을 뽑아들었다. 이렇듯 알렉산드로스와 로이사케스가 맞붙어 싸우고 있는 동안, 스피트리다테스는 알렉산드로스의 뒤쪽으로 말머리를 돌리더니 쏜살같이 덤벼들었다.

그는 말 위에 우뚝 몸을 일으켜 세우고서 도끼로 힘껏 알렉산드로스를 내리찍었다. 도끼는 한쪽 깃털 장식과 함께 투구 앞쪽을 부수고 말았다. 투구는 간신히 그 타격을 견디어 냈지

만, 도끼날이 머리카락 끝에 닿을 정도로 엄청난 힘이었다. 다
시 스피트리다테스가 도끼를 쳐든 그 순간, '검은 장군'이라는
별명으로 불리는 클리투스가 알렉산드로스 앞을 막아서서 창으
로 스피트리다테스의 몸을 찔렀다. 로이사케스도 동시에 알렉
산드로스가 내리치는 칼에 맞고 쓰러졌다.

　기병대가 이렇듯 위험한 전투를 벌이고 있는 동안 마케도니
아의 보병대가 강을 건너와, 이번에는 쌍방간에 보병전이 벌어
졌다. 그러나 적의 저항은 완강하지도 못하고 장시간에 걸친
것도 아니었다. 그리스 군 용병대를 제외하고는 모두 등을 돌
리고서 도망쳤다. 그리고는 한쪽 언덕으로 올라가 알렉산드로
스에게 살려달라고 애원하였다. 그러나 알렉산드로스는 이성보
다는 분노에 몰려 보병대의 선두에 서서 언덕으로 쳐올라갔다.
그런데 알렉산드로스의 말이 적의 병사가 내리친 칼에 맞고 쓰
러졌다. 다행히 그때 그가 탄 말은 그의 애마 부케팔루스가 아
니라 다른 말이었다. 마케도니아 군은 지금까지의 어느 전투에
서보다도 이 전투에서 많은 전상자를 내었다. 절망적으로 죽음
을 각오하고 몸을 내던져 덤벼드는 적을 상대로 하여 역시 위
험을 무릅쓰고 싸웠기 때문이다.

　페르시아 군의 전사자는 보병 2만, 기병 2천5백이라고 전해
진다. 알렉산드로스 군은 전부 34명의 전사자를 내었고, 그 중
9명은 보병이었다고 아리스토불루스는 말하고 있다. 알렉산드
로스는 이들 전사자의 동상을 세우라고 명령하였는데 그것을
만든 사람은 리시포스였다. 알렉산드로스는 이 승리는 자기에
게나 그리스 인에게나 똑같이 명예로운 것으로 생각하였다. 그
리하여 그는 특히 아테네 인들에게 전리품 중 방패 300개를 보
냈으며, 전리품에는 어느 것을 막론하고 최상급의 명예를 나타
내는 기명(記銘)을 새겨 넣으라고 명령하였다.

필리포스의 아들 알렉산도로스 및 스파르타 인을 제외한
모든 그리스 인이 아시아에 사는 야만인을 정복하고 이 전리
품을 얻었노라. (이 기명은 마케도니아 왕 알렉산드로스가 그리스 군 총사령관으로서
페르시아 원정길에 올라, 그 원정이 전 그리스적 사업으로 이루어진
것을 가리킨다. 스파르타 인은 이것에 가담하지 않
고 반 마케도니아적 행위를 공공연히 자행하였다.)

그는 많은 금 술잔과 진분홍색 옷과 그 밖의 페르시아 인으
로부터 빼앗은 것 중 개인적으로 쓸 것 약간을 제외하고는 모
두 그의 모친에게 선물로 보내었다.

이 전투가 있은 뒤로 모든 상황이 일시에 알렉산드로스에게
유리하게 전개되어 갔다. 그 결과 지중해 연안에 대한 페르시
아 군의 패권의 중심이라고도 할 수 있는 사르디스를 손안에
넣었고, 그 밖의 지방도 그의 점령하에 들어왔다. 다만 할리카
르나소스 시와 밀레투스 시가 저항하였으므로 무력으로 이들을
점령하고 그 영역 전부를 손안에 넣었다.

하지만 그 후로는 한동안 공격목표가 없어 오히려 그를 난처
하게 하였다. 그런 그에게 나타난 것이 막강한 다리우스 왕이
었다. 그리하여 그는 자신의 전부를 걸고 다리우스 왕과 싸워
볼까 하고 망설이기도 하고, 아니면 연안의 여러 지방과 물자
를 손안에 넣은 다음에, 자신의 힘을 강화하여 다리우스 왕을
공격할까도 생각해보았다.

그때 리키아의 크산토스 시 부근에 있는 샘이 저절로 분출하
여 그 속에서 청동판이 튀어나왔는데, 그 청동판에 고서체(古
書體)로 페르시아의 지배가 그리스 인에 의하여 전복되고 그 끝
을 맺게 될 것이라고 똑똑히 새겨져 있었다고 전해지고 있다.
이것에 힘을 얻은 알렉산드로스는 킬리키아로부터 포이니키아
까지의 해안을 서둘러 정복하였다. 그가 팜필리아의 해안을 지
나려고 할 때 그렇게 사납던 바다가 잔잔해져서 알렉산드로스

는 급속도로 빠져 나갈 수 있었다. 그러나 이런 변한 바다의 모습은 사가들의 경탄과 과장의 원인이 되었다. 평시에는 바다에서 광랑이 밀어닥쳐 산을 잘라 낸 듯한 절벽의 바위가 어쩌다가 그 모습을 드러낼 정도였다. 그런데 이때만은 그 어떤 기적이 생겨서 바다가 잔잔해지며 알렉산드로스에게 행운을 주어 진격할 길을 허용하였다는 것이다. 메난데르도 분명히 이 기적을 그의 희극 속에서 다음과 같이 암시하고 있었다.

이건 정말 알렉산드로스답구나.
누군가가 사람을 찾는다고 하면
저절로 그것이 나타나고,
꼭 바다를 건너가야만 한다면
사나운 바다도 잔잔해져 건너게 해준다.

그러나 알렉산드로스 자신은 서한 속에서 그와 같은 기적은 전연 언급하고 있지 않다. 클리막스, 일명 사다리라고 부르는 험로를 지나 파셀리스로부터 빠져 나왔다고만 말하고 있다. 그러기 때문에 이 도시에서 며칠을 보냈다. 그 동안에 파셀리스 사람 고 테오덱테스의 조상이 이 도시의 광장에 서 있다는 말을 듣고, 많은 화환을 이 철학자의 조상 앞에 바쳤다. 그것은 아리스토텔레스와 이 철학자의 지혜에서 배운 바가 큰 데서 온 애정에서 갸륵한 경의를 표하기 위한 것이었다.

알렉산드로스는 다시 피시디아 인들 가운데서 반항하는 자들을 항복시키고 프리기아를 점령하였다. 그리고 옛날에는 미다스 국의 수도였다고 전해지는 고르디움을 점령하고 거기서 산수유나무 껍질로 엮은 밧줄로 동여매여진 그 유명한 전차를 보았다. 이것에 관하여 원주민들이 믿고 있는 이야기에 의하면,

그것을 맨 매듭을 푸는 자가 전세계의 왕이 될 운명을 지게 된
다는 것이었다. 매듭은 몇 가닥의 밧줄로 되어 있는데, 그 끝
이 눈에 띄지 않도록 몇 겹씩 꼬아서 묶여 있었다. 따라서 그
푸는 방법을 알지 못하는 알렉산드로스는 칼로 매듭을 잘랐다.
그랬더니 거기에서 몇 가닥의 밧줄 끝이 나왔다. 그러나 아리
스토불루스가 전하는 바에 의하면, 알렉산드로스가 끈으로 동
여맨 못을 수레채에서 뽑았더니 모든 매듭이 쉽게 풀려서 그는
멍에마저 뽑아버렸다고 한다.

이어 파플라고니아와 카파도키아를 굴복시킨 알렉산드로스
는, 다리우스 왕의 해군제독 중에서 가장 용맹하고 기지가 넘
쳐 모두들 두려워하는 멤논이 죽었다는 소식을 들었다. 그리하
여 그는 단숨에 적의 수도 수사로 쳐들어가고 싶은 충동을 억
누를 수가 없었다.

그러나 60만이나 되는 대군을 거느린 다리우스 왕은 이미 수
사를 떠나 있었다. 게다가 페르시아의 점술가들은 알렉산드로
스의 환심을 사기 위하여 그가 꾼 꿈을 제대로 해몽하지 않고
서 좋게만 해석하였기 때문에 그는 용기를 얻었다. 알렉산드로
스가 꾼 꿈이란 마케도니아 군이 커다란 불구덩이 속에 있고,
알렉산드로스는 전에 다리우스가 왕의 전령관으로 있을 때 입
고 있던 갑옷을 입고 다리우스를 섬기고 있었는데, 벨루스의
신전 속으로 들어가더니 보이지 않더라는 것이었다. 이 꿈이
곧 신의 계시였다고 생각되는 점은, 마케도니아 군은 불꽃처럼
빛나는 전공을 세우게 된다는 것이고, 한낱 왕의 전령관에 지
나지 않았던 다리우스가 마침내 왕이 되어 아시아를 정복했듯
이, 알렉산드로스도 아시아를 정복하여 천하에 명성을 떨치겠
지만 곧 그 영예와 함께 사망하고 말 것이라는 내용이었다. 그
리하여 알렉산드로스가 곧 죽게 되리라는 것을 알게 된 점술가

들은 그 사실을 알리는 것이 두려워서 해몽을 제대로 하지 않았던 것이다.

다리우스는 알렉산드로스가 킬리키아에서 오랫동안 시간을 지체하고 있는 것을 보고 그가 겁을 먹고 있다고 판단하고 점점 더 자신을 얻었다. 그러나 알렉산드로스가 시간을 지체하고 있었던 것은 겁이 나서가 아니라 병이 났기 때문이었다. 어떤 사람은 그것을 피로 때문에 생긴 병이라고도 전하고, 또 어떤 사람은 키드누스 강에서 목욕할 때 몸이 얼어서 생긴 병이라고도 전하고 있었다. 그런데 의사들은 감히 치료할 엄두도 내지 못하고 두려워하고만 있었다. 만일 손을 댔다가 실패하였을 때 마케도니아 인들로부터 받을 비난에 겁을 냈던 것이다.

이때 단 한 사람 아카르나니아 출생의 필리포스라는 의사만이 그의 병세를 악질이라고 판단하면서도 최대한 치료를 해보기로 결심하였다. 그는 왕의 우의를 신뢰하는 만큼 위험상태에 있는 왕과 위험을 같이하지 않는 것은 신하로서의 수치라고 생각하였다. 그는 좋다는 약이란 약은 모두 구해다가 정성껏 조제하여 초죽음이던 알렉산드로스 왕에게 먹도록 하였다.

이때 파르메니오 장군 진영으로부터 편지가 왔다. 그 편지에는, 의사 필리포스가 실은 다리우스로부터 많은 뇌물을 받고 또 다리우스의 딸과 결혼시켜 사위로 삼겠다는 약속을 받고 전하를 독살하려는 자이니 조심하라는 내용이 적혀 있었다. 알렉산드로스는 그 편지를 읽고 나서 아무에게도 보이지 않고 베개 밑에 넣어두었다.

이윽고 정해진 시간이 되어 필리포스가 다른 신하들과 함께 약그릇을 들고 들어왔다. 알렉산드로스는 그 편지를 필리포스에게 주고는 아무런 표정도 의심도 없이 약그릇을 받아들었다. 이야말로 놀랄 만한 촌극이 아닐 수 없었다. 무심코 편지를 받은 필리포스는 그 편지를 읽었고, 알렉산드로스는 아무렇지도 않게 약을 마시고는 동시에 서로 마주 보았는데, 그들의 표정이 너무 달라 주위 사람들을 어리둥절케 했다. 알렉산드로스는 구김없는 명랑한 얼굴로 필리포스에게 호의와 신뢰를 보이고 있는데 반하여, 필리포스는 이 무서운 중상모략에 기가 질려 신을 부르며 하늘로 손을 뻗기도 하고, 침대 밑에 엎드려 왕에게 자기를 의심하지 말고 믿어달라고 애원하기도 하였던 것이다.

그러는 사이에 약기운이 왕의 체내를 돌아 온몸의 힘을 빼앗아버렸기 때문에, 왕은 말도 못 하고 감각도 잃은 채 아주 녹초가 되어 혼수상태에 빠졌다. 이런 상황을 지켜보던 신하들은 어찌 된 영문인지를 몰라 전전긍긍하고만 있었다. 그러나 필리포스의 정성어린 진력에 의하여 다시 원기를 회복한 알렉산드로스는 마케도니아 국민들 앞에 그 모습을 나타내기에 이르렀고 몹시 염려하던 국민들은 다시 옛 모습을 찾은 왕을 보고 환호하였다.

그런데 다리우스의 군 중에 마케도니아에서 도망쳐 온 아민타스라는 사람이 있었다. 알렉산드로스의 성격을 잘 알고 있는 그는, 다리우스가 좁은 골짜기에서 알렉산드로스를 공격하려는 작전을 세우는 것을 보고 깜짝 놀라 반대하였다. 그는 이와 같은 대군을 가지고 소수의 적을 공격하려면 이대로 넓은 들판에서 대기하고 있는 편이 가장 좋을 것이라고 권고하였다. 그 말에 다리우스는 싸움터에 도달하기도 전에 알렉산드로스가 도망칠까 봐 그것이 걱정이라고 하였다. 그러자 아민타스는 다리우스에게 이렇게 말했다.

"전하, 그거라면 걱정 마십시오. 알렉산드로스는 반드시 공격해 옵니다. 이제 곧 올 것입니다."

그러나 다리우스는 이 충고에 귀를 기울이지 않고 군을 이끌고 킬리키아로 들어갔다. 이와 때를 같이하여 알렉산드로스도 다리우스와 싸우려고 시리아로 들어갔다. 그러나 밤중에 서로 상대방을 찾지 못하고는 그 즉시로 되돌아섰다. 뒤늦게 다리우스의 진영을 보고받은 알렉산드로스는 이 행운을 기뻐하여 좁은 골짜기에서 싸우려고 길을 재촉하였다. 다리우스는 그전 진영으로 돌아가기 위하여 이 좁은 골짜기를 벗어나려고 서두르고 있었다.

왜냐하면 그가 있는 곳은 바다와 산의 중간을 흐르는 피나루스 강 때문에 기병전에는 적합하지 않고, 게다가 사방이 울퉁불퉁 기복이 심하여 소수의 병력으로는 유리한 장소지만 대군이 운집한 자기에는 불리할 것이라고 생각되었기 때문이다.

알렉산드로스는 행운이 이 장소를 제공했다고 생각하고, 그는 행운이 준 이상의 승리를 얻으려고 서둘러 공격하였다. 우선 병사의 수에 있어서 페르시아 군에 훨씬 못 미치지만 개의치 않고, 손수 우익을 이끌고 적의 좌익 밖으로 나와 측면공격으로 그에게 맞선 적을 패주시켰다. 이 싸움에서 알렉산드로스는 넓적다리에 상처를 입었는데, 안티파테르에게 보낸 서한에서도 그에게 상처를 입힌 자가 누구였다는 말은 전연 하지 않았다. 다만 다리를 단검에 찔렸으나 그 부상은 그리 심하지 않았다고 말하고 있다.

알렉산드로스는 11만 명 이상의 적을 괴멸시키고 화려한 승리를 거두었지만 다리우스를 붙잡지는 못하였다. 왜냐하면 다리우스가 불리함을 알고 재빨리 도주하였기 때문이다. 그러나 그의 전차와 활만은 빼앗아 가지고 돌아왔다. 마케도니아 군은 페르시아 군의 진영에서 여러 가지 재보를 약탈하였는데, 그 수량은 전투에 방해가 되지 않도록 많은 짐을 다마스쿠스에 두고 왔음에도 불구하고 극히 많았다.

그런데 다리우스가 쓰던 천막 안에는 훌륭한 가구들과 많은 금은이 가득 차 있었지만, 병사들은 이것만은 약탈하지 않고 고스란히 알렉산드로스에게 바쳤다. 기분이 좋은 알렉산드로스는 무기와 갑옷을 벗어던지고 욕탕으로 가며 말하였다.

"싸움터에서 흘린 땀을 다리우스의 목욕탕에서 씻어볼까?"

그러자 그 옆에 있던 부하 중 누군가가 이렇게 대꾸하였다.

"아닙니다. 알렉산드로스의 목욕탕입니다. 진 자의 재산은 승리자의 것입니다."

욕실은 매우 호화로웠다. 전부가 황금으로 되어 있는 목욕용 그릇들이 즐비하였다. 세공의 아름다움의 극치를 다한 물항아리, 접시, 향유병 등이 갖춰져 있고, 또 향료, 향유 등의 야릇한 향기가 욕실 안에 가득 차 있었다. 욕실을 나와 천막 안으로 들어간 알렉산드로스는 다시 한 번 놀랐다. 크고 높은 침대며 식탁과 그 위에 차려진 갖가지 음식 그 화려함에 거듭 감탄한 알렉산드로스는 신하들을 둘러보며 이렇게 말했다.

"과연 이게 왕의 생활이라는 거구먼."

알렉산드로스가 막 식사를 하려 할 즈음에 포로 중에 다리우스의 어머니와 왕비와 딸 둘이 있다는 보고가 들어왔다. 그들은 다리우스의 전차와 활을 보고서 그가 전사한 줄로만 알고 가슴을 치며 통곡하고 있더라는 것이었다. 알렉산드로스는 자기의 행운보다도 그녀들의 불운에 더 마음이 흔들려 레온나투스를 보내어 그녀들을 위로하였다. 다리우스는 죽은 것이 아니고, 알렉산드로스를 겁낼 것도 없다고 했다. 왜냐하면 다리우스와는 다만 패권을 차지하기 위하여 싸우고 있는 것이므로 그녀들은 해칠 이유가 하나도 없다고 했다. 그리고 그녀들에게는 다리우스 왕으로부터 받았던 그대로 대우해줄 테니 걱정하지 말라고 일렀다. 이런 말들은 여자들에게는 더없이 다정하고 친절한 위안이 되었으며, 곧 알렉산드로스의 명령대로 인정 어린 조처가 취해졌다.

그녀들이 페르시아 군 전사자들 중 매장하기를 원하는 사람이 있다면 그것을 허가해주었고, 전리품 중 옷이니 장식품 같은 사용품은 도로 찾아서 쓰게 하였다. 그뿐만 아니라 왕족의 지위와 호칭도 그대로 붙여주었으며 전보다도 더 많은 풍족함을 주었다. 그러나 포로가 되어 있는 이들 고귀한 신분의 정숙한 여성들이 받은 가장 훌륭하고도 가장 인간적은 대우는 금남의 울타리 안에 보호되어 있었다는 것이다. 명예를 더럽히는 말을 듣거나 놀림을 당하거나 하는 일이 없이, 규방에서 철저히 보호를 받고 있는 처녀처럼 다른 남자들의 눈에 띄지 않는 남자 금지의 생활을 보낸 것이다.

더구나 다리우스의 왕비는 모든 여왕 중 뛰어난 미인이라는 평판을 듣고 있었고, 다리우스 자신도 미남자 중 미남자로서 그 딸들도 양친을 닮아 미인들이라는 칭찬이 자자하였다. 그러나 알렉산드로스는 적에게 이기기보다도 자기 자신에게 이기는 편이 임금다운 일이라고 생각하고 있었는지, 그녀들에게 손 하나 까딱하지도 않았다.

당초에 알렉산드로스는 결혼 전에는 여자라고는 바르시네밖에 몰랐다. 바르시네는 남편 멤논이 죽은 후 다마스쿠스에서 포로의 신세가 되었었다. 그리스식 교육을 받았고 행동거지도 단정하였으며, 그녀의 부친 아르타바조스도 왕의 혈통을 이어받고 있었다. 그런데 아리스토불루스가 전하는 바에 의하면, 파르메니오의 권고에 의하여 알렉산드로스는 절세의 고귀한 혈통을 이은 집안의 이 여자를 아내로 맞아들인 것이다. 그 뒤 알렉산드로스는 포로가 된 많은 미인들을 보았다. 그때마다 그는 페르시아 여인들이 어찌나 아름다운지 눈이 아플 지경이라고 농을 하면서도, 페르시아 여인들이 절세의 미인이라면 자기는 절세의 임금이 되어야겠다고 결심하고, 그녀들을 마치 생명이 없는 조상(彫像)을 대하듯 거들떠보지도 않았다.

알렉산드로스의 해군제독인 필록세누스가 자기와 함께 있는 테오도루스라는 노예상인이 미소년 둘을 팔려고 하는데 사지 않겠느냐는 편지를 보내 왔다. 이때 알렉산드로스는 화를 내며, 도대체 필록세누스는 왕을 어떻게 보고서 그런 모욕적인 심부름이나 하느냐고 측근들에게 몇 번씩 호통을 쳤다. 필록세누에게는 즉각 심한 편지를 써 보내 크게 질책하고, 테오도루스를 그가 호의로 보내 온 상품과 함께 처형해버리라고 명령하였다. 또 코린트의 미소년 크로빌루스를 사서 그에게 보내겠다고 편지를 보낸 하그논이라는 젊은 부하도 엄중히 질책한 일이 있었다.

그런가 하면 파르메니오 휘하의 마케도니아 인 다몬과 티모테우스가 용병의 아내에게 욕을 보였다는 소문을 듣고서 파르메니오에게 편지를 보내어, 만일 그들의 죄가 확실하다면 그들은 인간을 파멸시키려고 태어난 짐승이나 다름없으므로 무참하게 사형에 처해버리라고 명령하였다. 그리고 자기 자신에 관해서는 그 편지에다 다음과 같이 쓰고 있다.

"나는 다리우스의 왕비를 본 일도 없고, 보고자 생각해본 적도 없으며, 또 그녀의 아름다움에 관하여 이야기하는 것조차 금하고 있는 것은 누구나 다 아는 사실이다."

이 밖에 또 알렉산드로스는 피로와 쾌락은 똑같이 나쁜 습성에서 나온 것인데, 수면과 성교 때문에 인간은 죽음에서 벗어나지 못하는 것을 알 수 있다고 말하였다.

그는 또 음식도 극히 절제하였다. 이런 사실은 다른 많은 예에서 보여주었는데, 어머니라고 부르며 카리아 여왕으로 봉한 아다의 예에서도 그것을 볼 수 있다. 아다는 보은의 뜻으로 매일 맛있는 음식과 과자를 그에게 많이 보내주다가, 나중에는 아예 음식 만드는 솜씨가 가장 좋은 요리사와 빵 제조인을 보내주었다. 그러나 알렉산드로스는 그런 것은 필요없다고 되돌려 보냈다. 그는 가장 좋은 요리사를 이미 가정교사 레오니다스로부터 받았다고 했다. 레오니다스가 그에게 밤에 행군하고 나서 조반을 먹고, 조반을 적게 먹고 저녁을 먹으면 항상 음식을 맛있게 먹을 수 있다고 가르쳐주었다는 것이었다. 그런가 하면 레오니다스의 가정교육에 대해 이렇게 말하기도 하였다.

"선생님은 이불장과 옷장을 열고 어머니가 그 안에다 무슨 사치품이나 맛있는 음식을 넣어 두지나 않았나 하고 늘 조사해 보곤 하였다."

알렉산드로스는 술에 관해서도 손에 술잔을 둔 채, 마시기보다는 이야기하는 데 많은 시간을 보냈으며 항상 긴 이야기를 하였기 때문이다. 물론 이것도 짬이 많았을 때의 이야기다. 일단 무슨 일을 하게 되면 술도 수면도 오락도 정사도 구경도 다 잊어버리고 일에만 온갖 정성을 다 쏟았다. 이것은 그의 일생이 극히 단명이었으면서도 그렇게 많은 업적으로 가득 찬 것을 보면 알 수 있다.

한가할 때에는 아침 잠자리에서 일어나자마자 신들에게 제사를 드리고, 그것이 끝난 다음 곧 조반을 먹는다. 그러고 나서 사냥을 한다거나 군무를 처리하기도 하고, 재판을 하거나 독서를 하기도 한다. 그다지 서두르지 않는 행군일 경우에는 진군하면서 활을 쏘기도 하고, 전속력으로 달리는 전차 위에 뛰어오르거나 또는 뛰어내리는 연습을 한다. 가끔 놀이 대신으로 여우와 새 사냥을 하였다는 것은 그의 일기를 보면 알 수 있

다. 행군이 끝나면 목욕을 하고, 몸에 향유를 바른 다음 취사
장에게 식사준비가 되었느냐고 묻는다.

저녁 식사는 늦게 하였으며, 음식배분이 모두에게 골고루 되
었는지 세심한 주의를 보이곤 하였다. 술은 앞에서도 말한 것
처럼 이야기를 하면서 들었기 때문에 긴 시간이 소모되었다.
물론 보통 때에는 모든 왕 중에서 가장 유쾌한 인물이었고, 또
인자하고 명랑하였다. 그러나 알렉산드로스도 인간이었다. 그
도 일반인들처럼 나쁜 버릇은 하나쯤 있었다. 그것은 술버릇으
로 술만 마시면 자기 자랑을 늘어놓아 남에게 불쾌감을 주고,
너무도 군인적인 허풍을 떨 뿐 아니라, 아첨꾼들의 말을 곧이
듣곤 하였다. 그래서 일부 고지식한 충신들을 난처하게 하였
다. 술을 마신 후에는 목욕을 하고 깊은 잠에 빠져드는데, 가
끔 한낮에까지 자고 때로는 하루 종일 잘 때도 있었다.

음식에 대해서는 자제력이 있었다. 그는 연안지방에서 그에
게 진상해 오는 진기한 과일이나 생선은 모두 신하들에게 하사
하곤 했으므로 자기를 위해서는 아무것도 남는 것이 없을 정도
였다. 그러나 저녁 식사만은 언제나 성대하였는데, 전승과 더
불어 그 비용도 늘어 나중에는 하루에 1만 드라크마에까지 이
르렀다. 그 후 이것이 관례가 되어 왕을 초대하는 신하도 이
액수를 초과하지 못하도록 그 액수가 정해졌다.

잇수스의 전투가 끝난 후 알렉산드로스는 다마스쿠스로 군대
를 보내어 페르시아 인의 재물, 군수품, 부녀자들을 접수하였
다. 가장 큰 이익을 얻은 것은 테살리아의 기병들이었다. 그들
은 전투시 가장 눈부시게 활약하였으므로, 왕은 그 노고에 보
답하는 뜻으로 그들에게 이 특혜를 준 것이다. 마케도니아 인
은 이때 비로소 금과 은과 여자와 페르시아풍의 생활을 맛보게
되었으므로, 이후로는 짐승 뒤를 쫓는 사냥개처럼 페르시아인

의 재물을 따라다니느라고 여념이 없었다.

알렉산드로스는 더 진격하기 전에 우선 연안지방부터 점령해야겠다고 생각하였다. 그런데 키프로스 섬의 여러 왕들과 티레 시를 제외한 페니키아 전역이 곧 그에게로 항복해 왔다. 그리하여 티레 시를 7개월 동안이나 포위하고, 육지로부터는 매립과 공성기(攻城機)로 공격하고, 바다로부터는 200척이나 되는 군선으로 봉쇄하였다. 그러는 동안 헤라클레스가 성벽 위에서 그에게 손을 뻗쳐 인사하며 그를 부르고 있는 꿈을 꾸었다.

알렉산드로스는 자고 있는 동안에 또 하나의 꿈을 꾸었다. 사티로스가 멀리서 그를 놀려 대기에 잡으려고 쫓으니까 도망쳤는데, 결국 끈덕지게 추격하여 잡은 꿈이었다. 점술가들은 이 사티로스라는 이름을 둘로 나누어서 '사(sa) 티로스(tyrus), 즉 '사(당신의 것) 티로스'라고 그럴듯하게 해몽하였다. 그런데 오늘날까지도 알렉산드로스가 그 곁에서 자면서 사티로스를 보았다는 샘이 남아 있다.

티레를 포위하고 있는 동안 알렉산드로스는 안틸리바누스에서 살고 있는 아라비아 인들을 공격하였는데, 가정교사 리시마코스 때문에 큰 위험에 빠질 뻔하였다. 리시마코스는 트로이로 출정한 포이닉스보다 용기도 있고 나이도 그보다 젊다고 우겨대며 알렉산드로스를 따라왔다. 그런데 산에 이르러 모두가 말에서 내려 도보로 걸어가게 되었다. 그때 다른 사람들은 훨씬 앞서 가고 날도 저물고 적도 가까운 곳에 있다고 하는데, 리시마코스는 피로에 지쳐서 헐떡거리고 있었다. 알렉산드로스는 그를 그대로 내버려 두고 갈 수가 없어 부축하며 힘을 돋워주며 데리고 가고 있었다. 그 동안 부대에서 뒤처져 얼마 안 되는 병사들과 함께 어둠과 혹한 속의 위험 속에서 그 날 밤을 보내게 되었다.

이윽고 그는 가까운 여기저기서 적이 모닥불을 지피고 있는 것을 보았다. 알렉산드로스는 자기가 날쌘 것만을 믿고서 스스로 위험 속으로 뛰어들어 당황해하는 부하들을 늘 구해주고 힘을 북돋워주곤 하였었다. 이번에도 그는 가장 가까운 곳에서 모닥불을 지피고 있는 적을 단신으로 습격하여 그 모닥불 옆에 앉아 있던 적병 둘을 단검으로 찔러 죽였다. 그리고 타고 있는 장작을 빼앗아 가지고 부하들이 있는 곳으로 돌아왔다. 마케도니아 군은 모닥불을 많이 지펴 불을 쬐고 있었고, 그것을 본 적은 겁을 먹고 도망치기도 했지만, 어떤 적병은 기습해 오기도 하였다. 물론 기습해 온 적은 간신히 물리쳐 그들은 그 날 밤을 그런 대로 안전하게 지내게 되었다.

티레 시를 포위한 알렉산드로스는 지금까지 많은 전투를 겪어 온 병사들을 쉬게 하고, 대신 소수의 병력으로 적이 휴식을 취하지 못하도록 성벽을 계속 공격하게 하였다. 이때, 점술가 아리스탄데르가 제사를 드려 전조를 보고는 이 도시는 그 달 중에 완전히 함락될 것이라고 단언하였다. 그러나 사람들은 그 말을 믿지 않고 조소하였다. 왜냐하면 그 날이 그 달의 마지막 날이었기 때문이다. 그러나 알렉산드로스는 이 점술가가 당혹해하는 것을 보고서, 또 언제나 점술을 믿고 있었으므로 이 날을 30일로 세지 말고 달의 끝에서부터 사흘째 되는 날로 세라고 명령하였다. 그리고는 나팔수에게 진군신호 나팔을 불게 하여, 처음 생각했던 것보다도 더 격렬하게 성을 공격하게 하였다. 병영에서 쉬고 있던 병사들도 가세하여 전투에 참가하여 공격이 치열해지자 티레 시민들은 견디지 못하고 마침내 항복하여 티레 시는 그 날 중으로 함락되고 말았다.

그 후 시리아에서 가장 큰 도시인 가자를 포위하고 있을 때, 알렉산드로스의 어깨 위에 하늘에서 새가 떨어뜨린 흙덩어리가

하나 떨어졌다. 이 새는 공성기(攻城機) 아래에 앉아 있었는
데, 밧줄을 감기 위하여 사용되고 있는 힘줄로 만든 그물을 모
르고서 지나다가 그것에 걸려 잡혔다. 이것에 대해서도 아리스
탄데르는 알렉산드로스가 어깨에 부상을 입고 이 도시를 점령
할 것이라고 예언한 바 있었다.

알렉산드로스는 많은 전리품을 올림피아스와 클레오파트라(알렉
산드로스의 누이)와 그 밖의 여러 측근들에게 나누어주었으며, 가정교사
인 레오니다스에게도 500탈렌트의 유향, 100탈렌트의 몰약을
보냈다. 레오니다스는 언젠가 제사를 드릴 때 알렉산드로스가
두 손으로 향을 잔뜩 움켜쥐고서 불 속에 던져 피우는 것을 옆
에 서서 보고 있다가 다음과 같이 꾸짖었다.

"향료의 산지를 점령하셨을 때에는 그렇게 많이 피워도 상관
없겠죠. 하지만 지금은 아껴 쓰셔야 합니다."

그래서 지금 알렉산드로스는 레오니다스에게 이렇게 편지를
써 보내었다.

"이제 많은 유향과 몰약을 보내오니 신들에게 그런 것을 아
끼지 말고 풍성하게 써주십시오."

다리우스 왕의 재보와 물건들을 관리하고 있는 사람들에게서
이 이상 귀중한 물건은 없으리라고 생각되는 향갑(香匣)이 알
렉산드로스에게 보내져 왔다. 그때 알렉산드로스는 측근들에게
이 상자 속에 넣어 두기에 가장 알맞은 물건이 무엇이냐고 물
었다. 그 대답이 구구하였지만, 알렉산드로스는 〈일리아드〉를
이 속에 소중하게 보관해 두겠다고 말하였다. 이 사실은 믿을
만한 학자들이 적지 않게 입증하고 있다.

이집트를 정복하였을 때 그는 주민이 많은 그리스풍의 큰 도
시를 세우고 그의 이름을 따서 후세에 남기려는 계획을 세웠
다. 그리하여 건축가들에게 맡겨서 어느 지역을 이제 막 측량

하고 구획정리를 하려는 데에까지 이르렀다. 그러던 어느 날 밤 꿈에 백발인데도 홍안인 신수가 훤한 노인 하나가 그의 옆에 서서 다음과 같은 시구를 읊고 있는 것이었다.

파도가 거친 바다 속에
섬 하나가 이집트의 바로 앞에 있고,
사람들은 그 섬을 파로스라고 부른다.

알렉산드로스는 곧 잠자리에서 일어나 파로스로 갔다. 그 곳은 당시 아직 섬으로서 카노푸스 시의 하구에서 좀 위쪽에 있었는데, 그 후에 많은 토사가 쌓여 현재는 둑을 이루어 본토와 연결되어 있다. 그는 길게 바다로 뻗어나가 큰 호수를 이루며 파로스를 둘러싸고 있는 지형이 너무나도 훌륭한 것을 보고서, 호메로스에게 그 곳에 알맞은 도시의 설계도를 그려보라고 명령하였다. 그러면서 호메로스는 다른 방면에도 경탄할 만한 사람이지만, 건축학에도 가장 지혜가 있는 사람이라고 칭찬하였다. 그러나 마침 백묵이 없었으므로 호메로스는 사람들을 시켜 밀가루를 구해다가, 성벽을 구축할 곳으로 검은 땅에 둥글게 그리고, 똑같은 거리를 두고 중심으로부터 부채살처럼 선을 그었다. 그 모양은 마치 마케도니아 인들이 입는 외투, 직사각형의 천 위쪽에 반원형의 천을 덧붙인 것과 똑같은 모양이 되었다. 왕은 이 설계도를 보고서 매우 기뻐하고 있었다. 그때 별안간 강과 항구 쪽에서 온갖 종류의 새들이 구름처럼 장소로 몰려와서 설계도를 그린 밀가루를 하나도 남기지 않고 쪼아 먹어버렸다. 깜짝 놀란 알렉산드로스는 이게 무슨 징조냐고 당황하였다.

그러나 점술가들이, 새로 지으려는 신도시가 가장 번영하고 온갖 종류의 인간과 짐승을 기르게 될 터이니 아무 걱정 없다고 아뢰었으므로, 그는 공사를 곧 진행하라고 감독자들에게 명령하고 자신은 암몬의 신전으로 신탁을 물으러 긴 여행길을 떠났다.

이 여행길에는 많은 고생과 어려움이 뒤따르고, 특히 두 가지 위험이 따랐다. 우선 물이 부족했는데, 며칠씩 물이라고는 구경도 할 수 없어 그 고통은 이만저만이 아니었다. 또 하나는 넓디넓은 사막을 갈 때에 휘몰아치는 강한 모래바람이었다. 이것이 불기 시작하면 파도와 같이 큰 사구가 하늘로 치솟아 눈앞이 그야말로 암흑이었다. 그 옛날 캄비세스가 원정길에 나섰을 때, 5만의 병사들이 생매장되어 전멸하였다는 것도 이 곳에서 일어난 일이었다. 이러한 참변을 그 곳에 있던 모든 사람들이 회상하고는 겁을 먹고 있었지만, 알렉산드로스는 일단 하고자 결심하면 만사를 제쳐놓고 반드시 하고야 마는 사람이었으므로 계속 전진만을 고집하였다. 운명이 그의 계획에는 길을 양보하는지 그의 의지를 더욱 굳게 하고, 그의 신념은 철석같이 굳어 불가능한 일이라곤 없게 하였다. 또 승리를 거두고야 말겠다는 결심은 결코 꺾이는 법이 없고, 적뿐이 아니라 장소와 시간까지도 그의 뜻을 따르는 것 같았다.

어쨌든 그가 이 순례여행에서 곤란에 빠질 때마다 신에게서 받은 가호는 그 이후에 그가 받은 신탁보다도 더 큰 신뢰를 그에게 주었다. 신탁에 대한 그의 신뢰는 이 가호에서 시작되었다고 할 수 있다. 그가 물과 모래바람에 시달릴 때 하늘에서 큰 비가 내리고, 때때로 소나기도 충분히 쏟아졌기 때문에 갈증의 공포는 일소되었다. 또 모래가 식어 축축해지는 바람에 땅은 굳어졌으며, 공기도 호흡하기에 편해졌고 밝게 가라앉았다. 또 안내자들이 길을 잃는 바람에 그 뒤를 따르던 사람들도 길을 잃고는 뿔뿔이 헤어지게 되자 갈가마귀 떼가 날아와서 안내역을 맡아주었다. 그래서 그는 따라오는 사람들의 선두에 서서 격려하고, 지쳐서 뒤떨어진 사람들을 기다릴 수 있었다.

그러나 가장 놀라운 일은, 칼리스테네스가 전하는 말에 의하면, 밤길을 잃은 사람들을 갈가마귀가 울음소리를 내어 옳은 길로 안내하였다는 것이다. 알렉산드로스가 사막을 지나 목적지에 도착하자, 암몬 신을 모시는 제사장이 먼저 인사를 드렸다. 그는 그의 아버지가 되는 암몬 신이 알렉산드로스에게 보내는 인사라고 하였다.

알렉산드로스가 신탁을 받았다는 것에 관해서는 대부분의 사가들이 언급하고 있다. 그런데 알렉산드로스는 모친에게 보낸 서한에서, 자기는 어떤 비밀신탁을 받았는데 그것에 관해서는 귀국 후 만나뵙고 어머니에게만 말씀드리겠다고 한 구절이 있다. 또 어떤 설에 의하면 암몬 신의 제사장이 따뜻이 환영하는 뜻으로, 그리스 어로 'O Paidion(오, 나의 아들이여)'하고 말하려던 것이 'O Paidios(오, 신의 아들이여)'라고 하였다고 한다. 'n' 대신에 잘못하여 동양식으로 's'를 사용하였다는 것이다. 그러나 알렉산드로스는 이 발음이 잘못된 것을 오히려 좋아하였다고 한다.

또 알렉산드로스는 그가 이집트에 있을 때 이집트의 철학자 프삼몬의 철학강의를 들었다. 그때 그는 모든 인간은 신의 주권하에 신의 통치를 받고 있다는 프삼몬의 학설을 유심히 경청하였다고 전해진다. 즉, 인간 각자의 마음 속에 신이 군림하여 인간을 다스리며, 인간을 움직이게 하는 것은 신적인 것이라는 설이다. 그러나 알렉산드로스는 이것은 오히려 철학적으로 생각하여 모든 인간의 공통적인 아버지는 신이며, 신은 인간 중에 가장 선한 자를 각별히 아낀다고 수정하였다.

대체로 알렉산드로스는 동방인에 대해서는 고압적이었으며, 또 자기는 신의 아들이라고 굳게 믿고 있었는지 모르지만, 그리스 인에 대해서는 자기 자신을 신격화하는 것을 얼마간 삼가고 있었다. 다만 사모스 시를 영유함을 승인하는 이러한 서한을 아테네 시민들에게 보내었다.

　　나라면 이 자유스럽고도 명예로운 이 도시를 아테네에게 인도하지는 않았을 것이다. 그러나 이것을 당시의 지배자이며 나의 부왕이 주신 것이니 승인하노라.

그러나 그 후 화살에 맞아 그 고통에 시달리고 있을 때는 이렇게 말하기도 하였다.

　　이제 내 몸에서 흐르고 있는 것은 인간의 피이며,
　　'축복받은 신들의 몸에서 흘러내리는 영액(靈液)'
　　은 아니다.

또 언젠가 큰 천둥이 휘몰아쳐 모든 사람들이 무서워서 벌벌 떨고 있을 때, 거기 있던 궤변학자 아낙사르쿠스가 그에게 이렇게 물은 적이 있다.

"제우스 신의 아들이신 전하도 이와 같은 천둥을 무서워하십니까?"

그러자 알렉산드로스는 실실 웃으면서 대답하였다.

"측근들이 날 보고 무서워하지 않았으면 좋겠소. 공이 내 식탁을 경멸한다 하더라도, 식탁에는 물고기 요리가 나오는 편이 장군의 머리가 나오는 것보다는 낫지 않소?"

알렉산드로스 자신은 자기가 신의 아들이라는 설을 믿지는

않은 것 같다. 다만 이러한 평판에 의하여 다른 사람들을 복종
케 하려고 한 데 지나지 않았던 것이다.

알렉산드로스는 이집트에서 포이니키아로 돌아와서 신들에게
제사를 드리고, 축제행렬, 시짓기와 연극경연대회 등을 개최하
였다. 그 행사는 규모에 있어서뿐만 아니라 경연자들의 질에
있어서도 각별히 뛰어난 데가 있었다. 즉, 아테네에서 해마다
하는 관례대로 여러 종족 대표들 중 제비뽑기로 뽑힌 사람들이
하는 것처럼 키프로스 섬의 왕들이 주재자가 되어 합창단과 배
우 등 출연자들을 제공하고, 경기에 필요한 비용을 내고, 서로
놀라울 만한 명예심을 걸고서 경쟁한 것이다. 그 중에서도 특
히 살라미스 왕 니코크레온과 솔리 왕 파시크라테스가 가장 열
심히 경쟁하였다. 또 스카르피아 시의 리콘이라는 훌륭한 배우
가 희극에 출연하였다가 10탈렌트가 필요하다는 말을 대사 속
에 끼어 넣었는데, 왕은 웃으며 그 돈도 그에게 주었다.

다리우스 왕이 알렉산드로스에게 사신과 함께 서한을 보내어
포로의 몸값으로 1천 탈렌트를 내겠다고 하였다. 동시에 에우
프라테스 강 서쪽의 모든 영토를 영유할 것과, 공주와 결혼하
여 인척이 되고 동맹자가 되자고 간청하였다. 그러자 알렉산드
로스는 근신들에게 의논하였다.

"신이 알렉산드로스라면 이 제안을 받아들이겠습니다."

파르메니오가 이렇게 말하자 알렉산드로스가 맞장구를 쳤다.

"나도 파르메니오라면 그렇게 하겠소."

그러나 그는 다리우스에게 답장을 보내어, '나에게로 와서 항복
한다면 친절히 맞아주겠지만, 그렇지 않을 경우에는 내가 곧
그대에게 가서 그대를 꼭 찾아 내고야 말겠다'고 하였다.

그러나 알렉산드로스는 곧 이 처사를 후회하였다. 왜냐하면
다리우스의 왕비가 출산하다 죽었기 때문에 자기의 성의를 보

일 기회를 잃었다고 몹시 슬퍼하였던 것이다. 그는 왕비의 장
례식에는 많은 비용을 아끼지 않고 사용하였다.

그때 이 귀부인들과 함께 포로가 되어 왕비를 섬기던 티레우
스라는 내시가 진영을 도망쳤다. 그는 말을 타고 다리우스 진
영으로 달려가 왕비의 죽음을 알렸다. 다리우스는 머리를 때리
며 슬피 눈물을 흘리면서 탄식하였다.

"아, 페르시아의 재난이 어찌 이리 큰고! 왕비요 왕매인 귀
한 몸으로, 살아서는 포로의 신세가 되었고 죽어서는 왕가의
장례식의 예우도 못 받다니!"
그러자 내시가 위로의 말을 잊지 않았다.

"전하, 장례식과 그 밖의 마땅히 받으셔야 할 모든 영예를
위하여 페르시아의 불행을 탓하실 것은 없습니다. 승하하신 스
타티라 왕비마마는 물론 공주님들과 태후마마께옵서는 용안을
뵈옵지 못하는 것을 제외하고는, 그 전의 행복된 생활과 조금
도 다름없는 생활을 하고 계십니다. 승하하신 후에도 과분할
정도의 장례식을 치러주었고, 적들도 슬피 눈물을 흘렸습니다.
알렉산드로스는 싸울 때에는 무서운 사람이지만, 일단 승리를
거둔 후에는 온순한 사람인가 봅니다."

이 말을 들은 다리우스는 슬프면서도 너무나 마음이 흔들리
고 의혹이 생겨, 그 내시를 호젓한 천막 한구석으로 데리고 가
서 이렇게 물었다.

"네가 페르시아 인의 운명과 함께 마케도니아측에 붙은 것이
아니고 아직도 내가 그 전처럼 네 임금이라면, 거룩하신 천신
미트라스의 큰 은총과 왕의 이 바른손에 맹세로 말해보아라.
내가 지금 탄식하고 있는 스타티라의 비운은 더 가혹한 것이
아니었더냐? 스타티라가 살아 있는 동안 나보다 더 비참한 고
통에 시달리고 있던 것이 아니었더냐? 스타티라가 생시에 잔

인무도한 적의 포로가 된 이상의 수치를 나에게 끼친 것은 아니었더냐? 도대체 젊은 사나이가 적의 아내에게 그와 같은 경의를 표하다니, 두 사람의 관계가 어떻게 됐기에 그처럼 환대하였단 말이냐?"

다리우스가 의구심에 분을 참지 못하고 씨근거리며 이야기를 계속하자, 티레우스는 왕의 발 밑에 몸을 던져 납작 엎드린 채 이렇게 간청하였다.

"말을 삼가십시오. 알렉산드로스에게 당치도 않은 말씀을 하시거나, 벌써 고인이 되신 왕매요 왕비 되시는 분을 욕되게 해서는 안 됩니다. 자기가 패한 것은 인간의 능력 이상의 것을 가지고 있는 사람에게 정복되었을 뿐이라고 여겨, 잃은 것에 대한 최대의 위안을 스스로 버리시지 마시고, 페르시아 인에게 보인 용기보다도 더 큰 절제를 페르시아 여성에게 보인 알렉산드로스를 칭찬해주시도록 하십시오."

내시는 지금까지 자기가 한 말을 절대로 믿어달라고 거듭 다짐한 뒤, 알렉산드로스의 다른 절제와 도량에 관해서도 많은 이야기를 하였다. 그러자 다리우스는 측근들이 있는 곳으로 다시 돌아와 두 손을 위로 내뻗고서 다음과 같이 기도하였다.

"왕가와 왕국의 신들이시여, 무엇보다도 페르시아의 국운을 그 전에 이 사람이 받았을 때 그대로의 번영상태로 또다시 되돌아가게 해주옵소서. 그렇게 되면 패하여 가장 친한 것들을 잃었을 때에 받은 알렉산드로스의 은혜를 이겨서 갚을 수가 있겠나이다. 그러나 신의 시기와 여러 사물의 변천에 의하여 운명에 정해진 때가 와서 이 페르시아 왕국이 기어이 도괴될 수밖에 없다면, 알렉산드로스 이외에는 그 누구도 카루스 대왕(펠시아 왕국의 창건자)의 옥좌에 앉지 못하게 해주옵소서."

알렉산드로스는 에우프라테스 강 서쪽의 모든 지역을 석권한

다음, 백만 대군을 이끌고 몰려오는 다리우스 군과 싸우러 나
갔다. 이때 측근 하나가 참 우스운 일이 벌어졌다고 하며 다음
과 같은 이야기를 알렉산드로스에게 전하였다.

"노무자들이 장난으로 두 패로 나뉘어 각기 사령관인 장군을
내세웠는데, 한쪽은 알렉산드로스요 또 한쪽은 다리우스라고
불렀습니다. 처음에는 서로 장난삼아 흙덩이를 던지며 싸웠는
데, 이윽고 맞붙어 주먹다짐으로 변하고, 마지막엔 서로 경쟁
심에 불타 돌과 몽둥이마저 동원시키게 되었습니다. 노무자들
의 수도 어느새 부쩍 늘어 도저히 제지할 수 없는 지경에까지
이르고 말았습니다."

이 이야기를 들은 알렉산드로스는 그 장군들에게 일 대 일로
결투를 벌여 승부를 가리라고 명령하였다. 그리고 알렉산드로
스로 불린 자에게는 자기가 무기를 주고, 다리우스로 불린 자
에게는 필로타스가 무기를 주도록 하였다. 전군이 이것을 구경
하였는데, 그들은 모두 거기서 벌어지는 결과를 장차 벌어질
자기들의 전조로 보려고 하였다. 그리하여 격전을 벌인 끝에
알렉산드로스로 불린 자가 승리하여 상으로 12촌락을 받고 페
르시아풍의 옷을 입어도 좋다는 특권을 얻었다.

다리우스와의 대결전은 여러 사가들이 전하고 있는 바와 같
이, 아르벨라에서 벌어진 것이 아니고 가우가멜라에서 벌어졌
다. 이것은 이 지방의 말로 '낙타의 집'이라는 뜻이다. 옛날에
페르시아의 어느 임금이 발빠른 낙타를 타고 도망쳐서 목숨을
건졌기 때문에 그 곳에서 이 낙타를 길렀다. 그 비용을 대기
위하여 몇 개의 촌락을 지정하여 거기서 나오는 수입으로 낙타
를 잘 먹여 살렸다는 전설이 있다.

보이드로미온 달에 아테네에서 제사를 시작할 무렵에 월식이
있었다. 그 월식이 끝난 후 열하루째 되는 날 밤에 쌍방이 서

로 보이는 거리에까지 육박하여 다리우스는 전군에게 무장을
시켜 횃불을 들고 열병을 하였다. 그러나 알렉산드로스는 전군
에게 휴식명령을 내려 쉬게 하였다. 그리고 자신은 천막 앞에
서 점술가 아리스탄데르와 함께 시간을 보내며 비밀의식을 집
행하여 공포의 신에게 제사를 드렸다. 그때 측근의 노장들, 특
히 파르메니오는 니파테스 산과 고르디이아이아 산맥 사이에
있는 들판 전부가 페르시아 군이 횃불바다를 이루고 있는 것을
보고 적이 놀랐다. 게다가 그 진영으로부터 마치 바다에서 울
려오는 것만 같은 갖가지 괴성과 소음이 들려 오는 것을 듣고
그 막대한 수에 다시 놀랐다.

  그는 광풍노도처럼 밀려오는 적과 그대로 싸우다가는 그것을
격퇴하기는커녕 삽시간에 짓밟힐 것으로 여기고 후르르 몸을
떨며 왕에게로 갔다. 그리고 적에게 야습을 감행하면 적의 진
영을 공포의 도가니로 만들 수 있을 것이라고 설득하였다. 그
러나 알렉산드로스는 이렇게 잘라 말했다.

  "나는 승리를 훔치기는 싫다."

  왜냐하면 다리우스가 졌을 경우, 전에는 산과 지협과 바다를
그 구실로 삼았던 것처럼 이번에는 야습을 받았기 때문에 졌다
고 그가 변명하지 못하게 하려는 의도에서 그렇게 한 것이라고
믿었기 때문이었다.

  측근장군들이 물러간 다음, 알렉산드로스는 자기 막사로 들
어가 잠자리에 들었다. 평소와는 다르게 깊은 잠에 빠졌다. 날
이 밝은 후 왕의 막사로 모인 장군들은 왕이 아직도 깊은 잠에
빠져 있는 것을 보고서 놀랐다. 그리하여 자기들끼리 의논하여
병사들에게 우선 조반부터 들라고 명령하였다.

이윽고 시간이 촉박하여 파르메니오가 왕의 막사 안으로 들어가 침대 옆에 서서 두서너 번 그의 이름을 불러 왕을 깨웠다. 그리고 이제부터 생사가 달린 큰 싸움이 벌어질 판인데, 벌써 승리를 거둔 것처럼 늦잠을 자고 있는 것은 어떻게 된 셈이냐고 물었다. 이에 알렉산드로스는 실실 웃으며 대답하였다.

"뭣이라고? 귀관은 우리들이 이미 이 광막한 나라에서 싸우기를 피하는 다리우스를 추격하지 않게 된 것이 벌써 이긴 싸움이라고 생각지 않는가?"

알렉산드로스는 전투가 시작되기 전뿐만 아니라 위험에 처했을 때도 명장의 역량을 여지없이 발휘하였다. 또 전략을 세울 때에는 조금도 겁내는 법이 없이 신속정확하게 조처하였다.

전투가 시작되자 박트리아 기병대가 요란한 말발굽 소리를 앞세우고 노도와 같이 마케도니아 군에게 돌격해 왔고, 마자이우스가 갑자기 다른 기병대를 마케도니아 보병대 뒤로 돌려 군수품을 지키고 있는 부대를 습격하였다. 이로써 파르메니오 장군 휘하의 좌군은 순식간에 혼란에 빠졌다. 이렇게 양면에서 공격을 받게 된 좌군사령관 파르메니오는 전령을 왕에게 보내어, 곧 전방으로부터 후방으로 강력한 원군을 보내주지 않으면 진지도 군수품도 다 잃게 된다는 급보를 전하였다. 바로 그때 알렉산드로스는 자기 휘하의 전군에게 돌격명령을 내리려는 참이었는데, 파르메니오 장군으로부터의 급보에 접하자 이렇게 말했다.

"장군은 사리분별을 잃었군. 이기면 적의 모든 것을 얻게 될 수 있지만, 지게 되면 재보니 노예니 생각할 것도 없지 않은가? 다만 명예롭게 전사할 방법만을 찾아야 할 따름인데, 파르메니오 장군이 아마 그것을 깜빡 잊었나보다."

왕은 이렇게 파르메니오 장군에게 대답해 보내고 투구를 머

·리에 썼다. 그 밖의 무기는 막사에서 나올 때 이미 갖추고 있었다. 그는 띠로 동여매는 겉옷에다 이중으로 된 리넨천의 흉갑을 입고 있었다. 겉옷은 시칠리아 인 명공이 만들었고, 흉갑은 잇수스 전투에서 얻은 전리품이었다. 투구는 명공 테오필루스가 강철에 담금질을 거듭해서 백은처럼 빛났다. 그것에 꼭 들어맞는 경갑도 강철로 만든 것인데 값진 보석이 박혀 있었다. 그가 입고 있는 외투는 다른 무구에 비해 훨씬 더 호화로운 작품이었는데, 옛날의 헬리콘이 만든 것으로 데테스 시가 명예의 표시로서 진상한 것이었다.

전투시에는 그는 늘 이것을 애용하고 있었다. 왕은 보병부대의 일부의 대형을 갖추거나, 장군들에게 지시를 내리거나 열병할 때는 다른 말을 쓰고 이미 노경에 들어선 부케팔루스는 쉬게 하였다. 그러나 일단 공격준비가 다 되면 이 명마를 끌어내어 올라타고는 즉시 공격을 개시하였다.

이때 왕은 테살리아 인과 그 밖의 그리스 인들에게 긴 연설을 하였는데, 그들은 큰 소리로 어서 자기들도 데리고 나가서 오랑캐들을 무찌르게 해달라고 답하였다. 알렉산드로스는 창을 왼손에 바꿔들고 오른손을 하늘 쪽으로 높이 쳐들고서, 자기가 정말로 제우스 신의 아들이라면 천신은 이 군대를 지켜주시고 힘을 주십사 하고 기도를 올렸다고, 사가 칼리스테네스는 전하고 있다.

흰 외투를 입고 황금 관을 쓴 점술가 아리스탄데르가 알렉산드로스 옆에 나란히 말을 몰고 가다가, 알렉산드로스의 머리 위에서 높이 날고 있던 독수리 한 마리가 적군 쪽으로 똑바로 날아가고 있는 것을 가리키며 이렇게 말했다.

"전하, 저것이 바로 진격의 신호입니다. 승리의 약속입니다. 어서 돌격하십시오."

그것을 본 병사들은 의기충천하여 서로 큰 소리를 지르며 적을 향하여 진격하는 기병대 뒤를 쫓아 노도처럼 돌진하였다. 광풍처럼 맹렬한 진격에 놀란 페르시아 군은 제1선이 교전도 하기 전에 벌써부터 후퇴하기 시작하였으므로, 그 뒤를 맹렬히 추격한 알렉산드로스는 다리우스가 있는 중앙부까지 바싹 다가갔다. 전방에 다리우스가 있는 것이 알렉산드로스에게 똑똑히 보였다. 두텁게 방위태세를 갖춘 근위기병대 뒤쪽에 키가 크고 풍채가 그럴듯한 인물 하나가 높다란 전차 위에 우뚝 서 있었는데 그것은 틀림없는 다리우스였다.

그 전차 주위는 화려한 차림의 또 다른 기병대가 지키고 있었는데, 그 기병들은 주위를 삼엄하게 둘러싸고 적을 요격할 만반의 태세를 갖추고 있었다. 그러나 알렉산드로스가 더 접근해 가자 개중에는 지레 겁을 집어먹고 도망치는 자와 진지를 사수하려는 자가 서로 충돌하게 되어 대부분은 산산이 흩어지게 되었다. 그래도 그 중에서 가장 용감하고 신분이 높은 사람들은 다리우스를 수호하다가 장렬히 전사하였다. 그들은 서로 겹겹이 쓰러져 최후의 순간까지 서로 얼싸안거나 말 다리를 끌어안은 채 마케도니아 군의 추격을 방해하였다.

다리우스는 온갖 위험이 목전에 다가오자 당황하였다. 앞을 지키고 있던 제1선 부대가 맥없이 쫓겨 들어오는 바람에 전차를 돌려 도망칠 사이도 없게 되었다. 전차 바퀴조차 너무 많이 뒹굴고 있는 시체에 걸려 구르지도 않았고, 놀란 말은 아무리 때려도 꿈쩍도 하지 않았다. 그는 전차도 무기도 다 버리고, 새끼를 낳은 지 얼마 되지 않는 암말을 타고 겨우 도망쳤다. 만일 이때 파르메니오로부터 한 기병이 달려와서 아직도 많은 군대가 버티고 있는 진지를 가르쳐주지 않았다면 다리우스는 목숨을 건지지 못하였을 것이다.

흔히 이 전투에서 파르메니오는 성의 없이 싸웠다는 비난을 받았다. 그것을 이미 늙어서 용기를 잃었기 때문이었거나, 아니면 칼리스테네스가 지적한 것처럼 알렉산드로스의 위대한 무훈을 시기한 때문이었을 것이다. 그때 알렉산드로스는 이 보고에 접하고서 격분하였으나 장군들에게는 그 까닭을 일체 말하지 않았다.

전투는 이렇게 끝나고, 페르시아 왕국은 완전히 붕괴되고 만 것 같았다. 이로써 알렉산드로스는 즉시 아시아의 왕으로 선포되고 신들에게 성대한 제사를 드렸다. 측근들에게는 재보며 토지며 영지의 통치권이 상으로 주어졌다. 또 명예를 온 그리스에 떨치고 싶은 나머지, 모든 전제정치는 소멸하였다고 선포하였다. 그리고 그리스의 각 도시들은 그 자체의 법에 따라 정치를 운영해도 좋다는 서한을 보냈다. 특히 플라타이아의 사람들에게는 옛날 이 도시 사람들이 그리스의 자유를 위하여 그들의 영토를 제공하였으므로, 그 수도를 재건하라는 특명을 내렸다. 또 이탈리아의 크로톤 시 주민들에게도 전리품의 일부를 보내어 감사를 표시하였다. 이렇듯 알렉산드로스는 모든 용기에 대하여 호의를 보였으며 미행(美行)의 보호자며 벗이었던 것이다.

이러던 중 바빌로니아 전체가 알렉산드로스에게 항복해 왔다. 그런데 거기 가서 가장 놀란 것은, 에크바타나에 있는 샘물이 쉬지 않고 흘러내리듯 그 곳 땅속에서 불이 펄펄 솟아오르고 있는 큰 구덩이를 본 것이다. 게다가 거기서 그리 멀지 않은 곳에는 물이 너무도 많이 나오기 때문에 마치 호수처럼 괴어 있는 나프타 늪이 있었다. 나프타란 아스팔트 비슷하게 생긴 물질인데, 매우 인화성이 강하여 화기만 가까이 해도 곧 잘 발화한다. 원주민들은 이 물질의 성질과 힘을 보이려고 알

렉산드로스의 숙사까지 닿은 길에 이 약품을 뿌린 다음, 반대
편 끝에서 횃불을 들이밀었다. 그러자 불이 확 붙더니 삽시간
에 번갯불같이 번져 길 전체가 불바다가 되고 말았다.

그런데 늘 알렉산드로스가 몸에 기름을 바를 때나 목욕을 할
때 시중을 들기도 하고, 또 적당한 때에 우스운 소리를 하여
왕을 웃기는 사람 가운데 아테노파네스라는 아테네 사람이 있
었다. 그때 마침 목욕 중인 알렉산드로스 곁에, 노래는 잘 부
르지만 아주 단순하고 이상하게 생긴 스테파누스라는 소년이
서 있었다. 그러자 아테노파네스가 장난기 어린 투로 이렇게
말하였다.

"전하, 이 약의 위력을 스테파누스로 하여금 시험해보지 않
으시렵니까? 저 애에게 불이 붙어서 꺼지지 않으면 그 위력은
말할 것도 없이 대단하다고 할 수밖에 없습니다."

그런데 그 소년도 자진하여 그 시험물이 되겠다고 하였다.
그래서 나프타를 몸에 조금 바르고 불을 댕겼다. 그러자 몸은
순식간에 불바다가 되어 활활 타올랐다. 이것을 본 알렉산드로
스도 어찌할 바를 모르고 무서워서 벌벌 떨 지경이었다. 만일
그때 많은 사람들이 욕조에 물을 대기 위한 물통을 가지고 있
지 않았다면 불이 퍼지는 것을 막지 못하였을 것이다. 그때는
전신에 불이 덮인 소년을 겨우 구출했지만, 그는 화상 때문에
그 후 오랫동안 고생하였다.

그리하여 오랜 전설을 사실을 증명하려고 드는 사람들은, 세
기의 비극 중에서도 메데아가 크레온의 딸을 해치려고 그녀의
왕관과 옷에 몰래 바른 것은 바로 이 약이었다고 한다. 그녀가
입은 왕관과 옷에서 갑자기 불이 났는데, 그 불은 자연적으로
나온 것이 아니고, 화기를 가진 사람이 가까이 접근함으로써
쉽게 인화되어 눈에 보이지 않게 불이 붙었다는 것이다. 즉 불

에서 나온 광선이나 화기는 어떤 물질에는 다만 광선과 열만을 줄 뿐이지만, 아주 건조한 물건이나 기름기를 충분히 가지고 있는 물질에 닿으면 대번에 발화하기 때문이다.

그러나 이 나프타가 어떻게 해서 생성되었는지에 관해서는 의견이 분분하다. 논쟁점은 생성이, 아니면 오히려 불의 근원이 되는 가연성물질이 유지성(油脂性)이며 발화성이 있는 땅에서 흘러 나오느냐 하는 것이었다. 실제로 바빌로니아 지방은 너무도 더워서 보리 씨를 뿌리면, 마치 땅이 너무도 뜨거워 헐떡거리는 것처럼 가끔 땅바닥에서 씨가 도로 튀어올라올 정도였다. 또 사람도 아주 더울 때에는 물을 가득 담은 가죽 주머니를 요 대신 깔고 자야만 했다.

이 지방의 총독으로 임명된 하르팔루스는 궁전의 정원과 산책로를 그리스의 식물로 장식하려고 무진 애를 썼다. 그 결과 대부분의 식물은 다 잘 살았지만 담쟁이덩굴만은 잘 되지 않았다. 기후가 맞지 않아 말라 죽는 것이었다. 땅이 너무도 더워서 서늘한 것을 좋아하는 담쟁이에게는 적합하지 않았기 때문이다.

사가 디논이 전하는 바에 의하면, 페르시아의 역대 왕들은 나일 강과 다뉴브 강의 물을 길어 오게 하여 다른 보물들과 함께 보물창고에 넣어 두고 마셨다. 이것은 말하자면 그들의 왕국이 그만큼 커서 세계의 군주라는 것을 표시하는 상징이었다.

페르시아는 원래 그 험한 지형 때문에 침입이 곤란하였다. 게다가 다리우스 왕이 벌써 도망쳐 와 있고, 또 페르시아의 가장 신분이 높은 귀족들이 잘 지키고 있었다. 그런데 부친은 리키아 인, 어머니는 페르시아 인이어서 두 나라 말을 할 수 있는 사람이 길 안내를 맡아주어 알렉산드로스는 그다지 길을 몰라 헤맬 필요가 없었다. 알렉산드로스가 어렸을 때 델포이의

성녀가 리키아 인이 페르시아 원정시 알렉산드로스를 안내하게
될 것이라고 예언한 것은 이 사람이었다고 전해진다.

페르시아를 함락시킨 뒤로 많은 포로가 학살되었다. 그것이
알렉산드로스 자신도 유리하다고 생각되어 포로를 죽여버리도
록 명령하였다고 그가 보낸 서신에 쓰고 있다. 또 수사에서 얻
은 것만큼의 화폐를 여기서도 발견하였고, 그 밖의 가구와 재
화도 1만 쌍의 노새와 5천 마리의 낙타에게 실어 날랐다고 전
해진다. 또 왕궁에 난입한 병사들의 실수로 쓰러진 크세르크세
스의 큰 조상을 보고 알렉산드로스도 말을 멈추고서 마치 살아
있는 사람에게 하듯 이렇게 중얼거렸다.

"그대는 그리스를 침범한 사람이니까 그 죄로 쓰러진 채 그
대로 두고 갈 것인가, 아니면 그대의 큰 뜻과 용기를 보아 다
시 일으켜 세울 것인가?"

결국 오랫동안 잠자코 생각하고 있다가 그냥 지나가버렸다.
마침 겨울이었기 때문에 군대를 쉬게 하기 위하여 여기서 4개
월 동안을 지냈다. 알렉산드로스가 비로소 황금으로 만든 천개
(天蓋) 밑에 놓인 옥좌에 앉았을 때, 그와는 부친 대에서부터
친구였던 코린트 인 데마라투스는 노인답게 눈물을 흘리며 이
렇게 말하였다.

"알렉산드로스가 다리우스의 옥좌에 앉아 있는 것을 보지 못
하고 죽은 그리스 인은, 커다란 기쁨을 빼앗긴 것이다."

그 뒤 다시 다리우스를 추격하려고 하였을 때, 알렉산드로스
는 부하 장군들이 베푼 주연 자리에 초대를 받고 나갔다. 그랬
더니 모두 애인을 데리고 와서 같이 술을 마시고 떠들며 야단
들이었다. 그 여자들 중에서 가장 유명한 여자는 나중에 이집
트의 왕이 된 프톨레마이오스의 애인인 타이스라는 여자였다.
그녀는 곧잘 알렉산드로스를 칭찬하였고 한편 놀리기도 하였

다. 그런데 주기가 점점 돌기 시작하자 갑자기 그녀가 연설을 하기 시작하였다. 그것은 그녀의 고국 풍습에는 어울릴지 모르나 그 신분으로 생각할 때는 분에 넘치는 행동이었다.

"군대를 따라 아시아까지 오느라고 그 수고가 말이 아니었는데, 오늘은 페르시아 인의 궁전에서 성대한 연회를 열어 지금까지의 노고를 푸는 대접을 받고 있군요. 이제는 아테네를 불사른 크세르크세스의 궁궐에다 불을 질러 민족의 원한을 품시다. 내가 대왕께서 보고 계시는 앞에서 불을 질러, 알렉산드로스 대왕과 함께 있던 여자들이 육해군의 장군님들보다도 더 통쾌하게 그리스 민족의 원수를 갚았다고 사람들의 이야기에 전해지면 얼마나 좋겠습니까?"

일장의 열변이었다. 이 연설이 끝나자 박수갈채가 터지고 장군들도 명예심에 불타 왕에게 권고하였다. 왕도 그 권고를 받아들여 즉시 뛰어 일어나서 왕관을 쓰고는 횃불을 들고 앞장섰다. 모두들 신이 나서 노래를 부르고 떠들며 그 뒤를 따라 왕궁을 둘러쌌다. 다른 마케도니아 병사들 중 이 사실을 알게 된 병사들도 횃불을 들고 모여들었다. 왕궁에 불을 질러 태워 버리는 것은 그 마음을 고향으로 돌리고, 이 동방의 나라에서 살 생각이 없는 사람에게는 어울리는 일이라고 생각되었기 때문이다.

어떤 사람들은 이 사건이 이상과 같이 돌발적으로 발생한 일이었다고 하지만, 어떤 사람들은 알렉산드로스가 미리 계획을 세워 가지고 자행한 일이었다고 말하기도 한다. 그러나 그가 곧 후회하여 불을 끄라고 명령하였다는 것만은 쌍방이 다 일치한다. 알렉산드로스는 원래 남에게 인색하게 굴지 않았지만, 재산이 많아짐에 따라 점점 더 심해 갔다. 그리고 그 바탕에는 인자하고 호의적인 데가 있고 또 남에게 선물을 주는 데 인색하지 않았으므로 받는 사람은 그 선물을 주는 그 따뜻한 마음을 고마워했다.

이를테면 이런 일도 있었다. 파이오니아 군의 지휘관 아리스톤이 적을 죽인 다음, 그 머리를 알렉산드로스에게로 가지고 와서 이렇게 말하였다.

"이런 것을 갖다 드리면 저의 나라에서는 황금배를 명예의 표시로 하사하십니다."

그 말에 알렉산드로스는 웃으며 다음과 같이 대답하였다.

"속이 빈 잔이겠지? 그러나 나는 이 금배에 가득히 술을 따라 그대의 건강을 위하여 한잔 들어주지."

어느 마케도니아 병사 하나가 왕의 황금을 나르는 노새를 몰고 가다가, 그 노새가 기진맥진하여 그 이상 가지 못하게 되자 대신 자기가 짊어지고 갔다. 왕은 그 병졸이 아주 녹초가 되어 있는 것을 보고 그 사정을 알게 되었는데, 병졸이 짐을 내려놓으려고 하자 이렇게 말했다.

"지쳤군그래. 어서 힘을 내서 천막까지 계속 가면 그것은 네 것이다."

왕은 대체로 무엇을 달라고 요청하는 사람들보다도, 물건을 주어도 받지 않으려는 사람들에게 도리어 화를 냈다. 포키온에게 편지를 보내어 만일 자신의 호의를 받아주지 않는다면 앞으로는 친구로 생각하지 않겠다고 호통을 친 것도 그런 이유의 일이었다. 공놀이 친구인 젊은 세라피온이라는 자에게는 그가 아무것도 달라고 하지 않으므로 아무것도 주지 않았다. 그런데 공놀이를 할 때 세라피온은 다른 사람에게만 공을 던지므로 왕이 이상해서 물었다.

"나에겐 왜 안 주느냐?"

그러자 세라피온이 간단히 대답하였다.

"달라고 하시지 않으시니까요."

이 말을 듣고 웃으며 왕은 그에게 많은 물건을 주었다. 명랑하고 농담을 잘하는 술친구 프로테아스라는 자의 일로 언젠가 왕은 대단히 노한 적이 있었다. 그의 친구들도 나서서 왕에게 용서를 빌었고, 본인도 눈물을 흘리며 용서를 빌었다. 때문에 왕이 용서하겠다고 하였다. 그러자 프로테아스는 이렇게 떼를 썼다.

"그러시다면 무슨 보장이 될 만한 것을 먼저 주시지 않으면 저는 그 말씀을 믿을 수 없습니다."

그리하여 왕은 그에게 5탈렌트를 주었다고 한다. 왕의 측근 장군들과 최고관직자들에게 나누어준 재산이 어느 정도였는지는 왕의 어머니 올림피아스가 아들 알렉산드로스에게 보낸 서한에 다음과 같이 분명히 나타나 있다.

"측근들에게 보수나 명예를 주는 것을 좀 삼가셔야 합니다. 이제는 모든 측근들을 왕 못지 않게 만드시어, 그들을 따르는 자만 많아지고 전하를 따르는 자는 없게 되었군요."

어머니 올리피아스는 이러한 서한을 몇 번씩 아들에게 보내왔지만, 알렉산드로스는 아무에게도 내용을 공개하지 않았다. 헤파이스티온에게만은 딱 한 번, 언제나처럼 그가 왕의 옆에 있을 때 개봉된 편지를 같이 읽은 적이 있었는데, 그때 왕은 자기의 반지를 빼어 헤파이스티온의 입을 막았다. 비밀을 지키라는 뜻이었다.

다리우스의 중신이었던 마자이우스의 아들로서 이미 한 지방의 총독에 임명되어 있던 자에게, 알렉산드로스는 그보다 더 큰 지방의 총독직을 또 하나 맡겼다. 그러나 이 젊은 총독은 그것을 겸손하게 사퇴하며 이렇게 말하였다.

"과거에는 한 사람의 다리우스뿐이었는데, 이제는 폐하께서 많은 알렉산드로스를 만드셨습니다. ”

  알렉산드로스가 파르메니오에게 준 바고아스의 집에서는 1천 탈렌트 이상의 옷들이 들어 있는 옷장이 발견되었다고 전해지고 있다. 또 안티파테르에게는 편지를 보내어, 그대를 해하려는 음모가 있으니 신변안전을 위하여 호위병을 붙이라고 충고하기도 하였다. 어머니에게도 많은 선물을 보냈으나 정치·군사에 개입하는 일만은 허용하지 않았다. 어머니가 그것을 맹렬히 비난하여도 그는 아무 말도 하지 않고 꾹 참았다. 한번은 안티파테르가 자기 어머니를 비난하는 긴 편지를 그에게 보냈는데, 그것을 읽은 알렉산드로스는 이런 편지 천만 통이라 할지라도 어머니의 눈물 한 방울을 당해 내지 못한다는 것을 안티파테르는 모른다고 말하였다.

  그의 측근들은 모두 부자가 되어 사치에 빠지고 생활도 낭비가 심해졌다. 예를 들자면 테오스의 하그논은 은징을 박은 반장화를 신고 다녔고, 레온나투스는 많은 낙타를 동원하여 그가 레슬링을 할 때 미끄러지지 않도록 손에 바를 흙가루를 이집트에서 실어 왔다. 필로타스는 사냥용으로 길이 100퍼얼롱이나 되는 그물을 만들었고, 그 밖의 사람들도 운동과 목욕용으로 전에 쓰던 올리브유의 몇 배나 되는 향유를 썼다. 게다가 맛사지사니 침대 시중드는 사람까지 끌어들인 것을 보고 알렉산드로스는 그들을 꾸짖고 타일렀다.

  그토록 큰 전쟁을 겪어 온 사람이 피정복자보다 정복자가 편히 잠을 잘 수 있다는 것을 잊고서, 페르시아 인의 생활과 자기들의 생활을 비교해보아도 태만은 노예의 습성이고 왕자는 근면해야 하거늘, 어찌하여 망한 페르시아 인들의 본을 받느냐고 나무랐다. 그런가 하면

  “자기의 귀중한 몸을 손수 가꾸지 않는 자가 어찌하여 말 시

중과 창과 갑옷의 손질을 할 수 있겠소?"

이렇게 꾸짖기도 하고, 또 다음과 같이 충고하기도 하였다.

"우리가 정복한 자들처럼 그것을 본받아 산다면 우리도 망할 것이 뻔한 노릇이 아닌가?"

그러는 동안 그 자신은 행군과 사냥에 더욱더 몸을 바쳐 고행을 겪고, 위험 속에 몸을 던져 단련하였다. 그리하여 그가 커다란 사자와 싸워 그 사자를 쓰러뜨렸을 때, 마침 현장에 있던 스파르타의 신하가 이렇게 감탄하였다.

"장하십니다, 대왕. 왕위를 걸고 사자와 싸우시다니!"

크라테루스가 이 수렵장면을 '사자와 알렉산드로스의 사냥개', '사자와 싸우는 왕', '그것을 돕는 자기'라는 구성으로 청동상을 만들게 하여 델포이의 신전에 봉납하였는데, 일부는 리시포스가 나머지는 레오카레스가 만들었다.

알렉산드로스는 손수 자기 몸을 단련하고 동시에 신하들에게도 용기를 북돋워주며, 언제나 위험 속에 먼저 뛰어들었다. 그러나 주위 사람들은 부자가 되자 자존심만 늘고 안일에 빠져 놀기만 좋아하였다. 방랑과 원정을 경원하게 되고, 마침내는 왕을 비난하며 욕까지 하기에 이르렀다. 그러나 왕은 처음엔 온화한 태도로 대하며 욕을 먹고도 못 들은 체하고, 선행을 하는 것은 왕에게 어울리는 행위라고 말하였다. 그는 아무리 조그마한 일이라 할지라도 신하들에게 그가 해준 일들이 오직 그들을 위해서 한 일이라는 것을 보여줄 수 있는 기회로 삼았다. 그 몇 가지 예를 들어볼까 한다.

페우케스테스가 곰에게 물렸을 때 그에게 편지를 보내어, 다른 사람들에게는 편지로써 그 사고를 알리면서 어찌하여 나에게만은 알리지 않았느냐고 나무랐다. 또 무슨 용무가 있어서 함께 족제비 사냥에 나가지 못했던 헤파이스티온에게는, 족제

비 사냥을 하고 있는 동안에 페르디카스가 잘못 던진 창을 크
라테루스가 넓적다리에 맞아 크게 부상을 입었다는 소식을 알
려주었다.

또 페우케스테스가 그 무슨 병에서 완쾌되었을 때는 그를 치
료한 의사 알렉시푸스에게 감사하다는 편지를 써 보냈다. 크라
테루스가 병에 걸렸을 때 알렉산드로스는 자기가 꿈에 그를 위
하여 제사를 드린 것을 보았으니까 그도 제사를 드리라고 명령
하기도 하였다. 또 크라테루스를 강심제로 치료하기도 하였다.
또 크라테루스를 강심제로 치료하려고 처방을 내린 의사 파우
사니아스에게 서한을 보냈는데, 크라테루스에 대한 걱정과 함
께 그 약의 사용법에 관하여 그에게 주의를 환기시키고 있었
다. 그런가 하면 하르팔루스의 도망을 최초로 알린 에피알테스
와 키수스가 허위신고자임을 알게 된 왕은 두 사람을 감금하였
다.

이 밖에 왕은 병사들 중 노병과 허약자들을 귀가시켰다. 이
때 아이가이 인 에우릴로쿠스가 자신을 허약자로 등록하였는
데, 그 후 허위사실임이 발견되자 즉시 호출하여 물어보았다.
그러나 에우릴로쿠스는 텔레시파라는 애인이 있었는데, 이 여
자가 해안지방으로 돌아가겠다고 하므로 따라가려고 그런 짓을
하였다고 자백하였다. 왕은 그녀가 어떤 집안 출신이냐고 물었
다. 기생이기는 하지만 자유인으로 태어났다는 대답에 이렇게
말했다.

"에우릴로쿠스, 그대의 사랑을 도와주지. 자유인이라는 것을
안 이상 텔레시파를 말로 설득하든 금품을 주고 환심을 사든
이 곳에 머무르도록 해보세."

알렉산드로스가 측근신하들에게 다음과 같은 서한을 보낼 여
유가 있었다는 것은 놀랄 만한 일이다. 왕은 셀레우쿠스의 노

예가 킬리키아로 도망치자 즉시 수색하라고 명령하였고, 페우케스테스가 크라테루스의 노예 니콘을 체포하자 그것을 칭찬하였다. 또 신전 안으로 도망친 노예에 관하여는 메가비주스에게, 가능하다면 신전 밖으로 유인하여 체포하고 신전 내에서는 체포하지 말라고 명령하였다. 이렇듯 알렉산드로스는 미세한 일에까지도 일일이 눈을 돌려 살피고 신경을 써 지시하였다.

그 무렵 왕은 다시 다리우스와 일전을 벌이려고 출격하였다. 그런데 다리우스가 그의 부하 장군 베수스에게 잡혀 연금되어 있다는 소식을 듣고서 테살리아 군을 해제하여 귀국시켰다. 그들에게는 급료 외에 2천 탈렌트의 보너스까지 주었다. 그 추격은, 열하루 동안에 3천3백 퍼얼롱(약660km)을 행군하는 어렵고도 먼 행군이었으므로 많은 병사들이 낙오하였는데, 그것은 특히 물 부족 때문이었다. 그때 마케도니아 병사 몇 명이 가죽부대에 강물을 넣어 가지고 노새에 싣고 오는 것을 만났다. 마침 때는 한낮이어서 왕이 갈증 때문에 몹시 고생을 겪고 있었으므로 그들은 곧 투구에 물을 가득 담아 가지고 왕에게로 왔다. 왕이 누구에게 갖다주려는 물이냐고 묻자 그들은 대답하였다.

"저희 자식놈들에게 가지고 가는 것이옵니다. 그러나 이 물을 대왕께서 잡수시고 갈증을 면하신다면 아이들은 죽어도 상관 없습니다. 아이야 또 낳으면 됩니다."

이 말을 듣고 왕은 두 손으로 투구를 받아들었다. 그러나 사방에서 왕을 둘러싼 기병들이 목을 길게 뽑고서 그를 바라보고 있는 것을 보자 물을 마시지 않고 도로 돌려주며 그 병사들을 칭찬하였다.

"이 물을 그냥 가져다가 아이들에게나 주어라. 여기서 나만 혼자 마시면 이 사람들이 실망할 것이 아니겠느냐?"

　기병들은 왕의 자제심과 도량을 보고 힘을 내어 임금님의 뒤를 따르겠다고 큰 소리로 외치고는 말을 재촉하였다. 이러한 대왕을 모신 이상 피곤도 갈증도 죽음도 다 이겨 낼 수 있다는 기백으로 진격하였다.

　병사들의 열의는 대단하지만 긴 험로에 지칠 대로 지쳐, 왕과 함께 적진으로 쇄도해 들어간 병력 수는 겨우 60명뿐이었다고 한다. 금과 은이 그들에게로 던져졌지만 그들은 못 본 체하고 그대로 전진하였다. 또 부녀자를 실은 덮개 달린 마차들이 마부도 없이 각기 제 마음대로 장사진을 이룬 채 전진하고 있는 것도 그냥 지나쳤다. 앞에 가는 자들 중에 반드시 다리우스가 있으리라고 믿고서 앞질러 추격하려는 것이었다. 그리하여 마침내 다리우스를 찾아 낼 수 있었는데, 그는 많은 투창을 온몸에 받고 빈사상태로 전차 안에 누워 있었다. 그는 마실 것을 좀 달라고 부탁하여 찬물을 마신 다음, 그것을 준 폴리스트라투스에게 말하였다.

　"아, 이게 나의 온갖 불행의 마지막이구나. 나는 그대의 친절에 답례도 못 하지만, 알렉산드로스가 내 대신 그대의 친절에 보답해줄 것이며, 알렉산드로스에게는 신들께서 나의 어머니, 아내, 아이들에게 보인 친절에 대하여 보답해주실 것이다. 알렉산드로스에게는 그대가 잘 좀 전해 다오."

　그는 말을 맺고 폴리스트라투스의 손을 잡고 숨졌다. 때마침 거기 당도하여 이 광경을 본 알렉산드로스는 몹시 슬퍼하며, 자기 외투를 벗어 다리우스의 시체를 덮어주었다. 그리고 나중에 베수스를 찾아서 사지분단의 형에 처하였다. 이것은 똑바른 나무 두 그루를 똑같이 구부려서 한 나무에 한쪽씩 손발을 묶은 다음, 두 나무를 놓으면 나무들이 다시 힘있게 튀어오르는 바람에 나무에 묶인 몸은 산산조각이 나고 마는 무서운 형벌이다. 알렉산드로스는 다리우스의 시체를 왕에 어울리게 장례를 치르고, 그 유해를 그의 모친에게 보내었다. 그리고 다리우스의 동생 엑사트레스를 그의 근신으로 삼았다.

알렉산드로스는 최정예부대를 이끌고 히르카니아로 진입하여 흑해보다 작지 않고, 지중해보다 짜지 않은 바다로 나갔다. 그에 관해서는 자세한 것이 아무것도 없는데 아마 마이오티스 호의 일부일 것이라 추측하였다. 그러나 지리학자들은 알렉산드로스의 원정보다 이미 몇 해 전에, 이 바다가 대양이 육지로 들어온 네 개의 만 가운데 가장 북쪽에 있는 것으로, 히르카니아 해 또는 카스피 해라고 불려지고 있다고 기록하고 있다.

여기서 야만족 중의 어떤 자가 왕의 명마 부케팔루스를 데리고 있던 마부를 불시에 습격하여 말을 빼앗아 갔다. 왕은 노발대발하여 사자를 보내서, 만약 말을 돌려보내지 않으면 부녀자를 가릴 것 없이 모두를 몰살하겠다고 위협하였다. 그러자 말은 물론 도시들까지 헌납하였으므로 왕은 전원을 친절하게 대하고, 말을 빼앗아 간 자들에게는 말값을 치렀다.

여기서 다시 파르티아로 진입한 알렉산드로스는 잠시 한가한 몸이 되어 처음으로 동방풍의 옷을 입었다. 그것은 한편으로 풍습을 같이하는 동족처럼 보이면 지방민들을 순화시키는 데 도움이 될 것이라고 생각해서 원주민의 관습을 스스로 따르려고 한 것인지도 모른다. 아니면 그의 생활양식의 변화에 마케도니아 인을 조금씩 따르게 함으로써 페르시아의 왕들이 신하들로부터 받던 것과 같은 절대적인 복종을 자기 신하들로부터 받아보려는 그 준비공작이었는지도 모른다. 다만 바지며 긴 소매가 달린 저고리며 메디아풍의 모자 따위는 쓰지 않고 대신 페르시아풍과 메디아풍을 혼합한 복장을 만들게 하였다.

그것은 메디아풍보다는 사치스럽지 않지만 페르시아풍보다는 화려한 것이었다. 처음에는 동방인과 측근의 신하들을 접견할 때에만 실내에서 입었으나, 나중에는 외출하여 말을 타거나 연설할 때에도 그것을 입곤 하였다. 마케도니아 인들은 왕이 그러한 옷을 입고 돌아다니는 것을 탐탁하게 생각지 않았지만, 그의 그 밖의 덕행에는 탄복하고 있었다. 따라서 그러한 정도의 탈선행위는 눈감아주었다.

왕은 이러한 일 외에도 여러 가지 일을 맛보았다. 혹는 다리에 화살을 맞아 그 때문에 뼈가 부러져 튕겨나온 일도 있었고, 또 목덜미를 돌로 맞아 오랫동안 눈이 잘 보이지 않았던 적도 있었다. 그래도 왕은 위험 속에 몸을 내던졌는데, 오렉사르테스 강을 타나이스 강(돈 강)이라고 생각하고 건넌 뒤 심한 설사병으로 고생하면서도 스키티아 인를 100퍼얼롱 이상이나 추격하였다.

이 무렵 알렉산드로스를 만나러 아마존의 여왕이 왔다고 많은 사가들, 예를 들자면 클리타르쿠스, 폴리클리투스, 오네시크리투스, 안티게네스, 이스테르 등이 전하고 있다. 그러나 아리스토불루스, 왕실 시종관 카레스, 프톨레마이오스, 안티클리데스, 테베스 사람 필론, 테안겔라 인 필리포스, 에레토리아 인 헤카타이우스, 칼키스 인 필리포스, 사모스 인 두리스 등은 그것이 근거 없는 낭설이라고 말하고 있다. 그리고 알렉산드로스 대왕 자신도 후자의 견해를 지지하고 있는 것만 같다. 왕은 안티파테르에게 보낸 서한 속에서 모든 것을 정확하게 기록하고 있는데, 스키타이 왕이 그를 사위로 삼으려고 하였다는 것은 정확하게 기록하고 있지만, 아마존의 여왕에 관해서는 아무런 언급이 없다.

훨씬 후에 오네시크리투스는 이미 왕위에 오른 리시마코스에게 자기가 저술한 책 중 제4권에서 아마존의 여왕에 관하여 기록하고 있는 대목을 읽어 들려주고 있었다. 이때 리시마코스는 조용히 웃으며, 이렇게 말했다고 전해지고 있다.

"그때 나는 어디에 있었기에 그걸 못 보았지?"

그러나 이러한 이야기를 믿건 안 믿건 간에 알렉산드로스의 명성에 관해서는 아무런 변화도 없을 것이다.

알렉산드로스는 마케도니아 군이 멀고 오랜 원정길에 이미 지쳐 있었으므로 염려한 나머지 대부분 그 곳에서 쉬게 했다. 그리고 그와 함께 히르카니아로 진격한 보병 2만, 기병 3천의 최정예부대 장병들에게 다음과 같이 연설하였다.

"이제 야만인들은 마케도니아 군에 대적하지 못하고 있지만, 만일 마케도니아 군이 아시아를 짓밟았고 여기서 그대로 물러 선다면, 놈들은 마케도니아 군을 여자들의 무리 정도로밖에 생 각하지 않고 대거 습격해 올 것이다. 그러나 부대를 떠나고 싶 은 자들은 떠나도 좋다. 여기서 저버림을 당하는 것은 섭섭하 기 짝이 없는 일이지만, 영광의 대업을 완수하여 마케도니아를 천하 제1국으로 만들기 위해서는 친우들과 뜻있는 장병들이 함 께 원정을 계속할 것이다."

이것은 안티파테르에게 보낸 서한에도 거의 같은 내용이 적 혀 있는데, 이렇게 알렉산드로스가 말하자 모든 장병들은 이구 동성으로 세계의 어느 구석에라도 대왕을 따라가겠다고 큰 소 리로 외쳤다고 적혀 있다. 이와 같이 정예부대의 절대적인 지 지를 받고 보니 나머지 부대도 복종케 하는 일은 그다지 어렵 지 않았다. 그리하여 전군이 기꺼이 왕의 뒤를 따랐던 것이다.

이렇듯 그 자신이 원주민의 생활양식을 따르는 한편 현지인 들에게는 마케도니아의 풍습을 따르게 함으로써, 본인이 고국 을 떠나 멀리 타국에 와 있는 동안에도 힘에 의해서보다는 호 의를 통해서 쌍방이 동화하고 공동생활의 이질적인 문제점을 해결하는 첩경이라고 생각하였다. 이 때문에 3만 명의 원주민 소년들에게 그리스 어를 가르쳤으며, 또 마케도니아의 무기로 많은 교관을 통하여 훈련시켰다.

또 록사나가 주연석상에서 춤을 추는 것을 보고 그 아름다움과 젊음에 반하여 알렉산드로스가 결혼하게 되었는데, 록사나와의 결혼도 순전히 애정 때문이라기보다는 정략적인 면도 고려하지 않은 바는 아니었다. 동방인은 결혼에 의한 관계에 더욱 믿음을 두었으므로, 왕은 결혼에 있어서 더할 나위 없이 절도를 지켰다. 그가 록사나를 진정으로 사랑하면서도 정식으로 결혼하기 전에는 결코 접근하려고 하지 않았는데, 그것을 본 원주민들은 점점 더 왕을 경애하게 되었다.

왕의 심복 헤파이스티온은 왕에게 찬동하여 동방인의 풍습을 따랐고, 크라테루스는 조상 대대로 내려오는 마케도니아의 풍습을 고수하였다. 그러므로 알렉산드로스는 동방인에 대해서는 헤파이스티온의 힘을 빌리고, 그리스 인이나 마케도니아 인에 대해서는 크라테루스의 힘을 빌려 일을 처리하였다. 대체로 왕은 전자를 가장 사랑하고, 후자를 가장 존경하였다.

헤파이스티온은 알렉산드로스의 친구, 크라테루스는 왕의 친구라고 생각하며 늘 그렇게 부르곤 하였다. 이 때문에 두 사람은 서로 내심 원한을 품고는 때때로 공공연히 충돌하였다. 인도 원정시 한때는 서로 칼까지 뽑아 들고 싸움을 벌였는데, 양쪽 부하들까지 달려들어 큰 싸움으로 번질 기세에까지 이르렀다. 그때 왕이 말을 타고 달려와 여러 사람이 보는 앞에서 먼저 헤파이스티온을 몹시 꾸짖었다. 왕의 총애만 없다면 별볼일 없는 존재라는 것을 모르고서 싸우다니 바보요 미치광이가 아니냐고 하였다. 그리고 크라테루스를 따로 조용히 불러 몹시 나무란 다음, 두 사람을 함께 불러 놓고 화해시켰다. 이 자리에서 왕은 암몬과 그 밖의 신들에게 맹세하며 이렇게 경고하였다.

"나는 모든 부하 장병들 중 그대들 두 사람을 가장 사랑하는 바이지만, 그러나 다시 그대들이 싸웠다는 소문이 들리면 둘 다, 적어도 싸움을 건 쪽을 죽여 없앨 테니 그리 알라."

그 후 두 사람은 다시는 농으로나마 싸우지 않게 되었다고 전해진다.

파르메니오의 아들 필로타스는 마케도니아 인들 사이에서 가장 높은 지위를 차지하고 있었다. 더욱이 그는 거만해서 자신이 용기도 있고, 인내심도 강하고, 인색하지 않고, 또 친구들에게서 존경도 받고 있다고 생각하고 있었다.

그러나 그의 늠름한 기상이며 막대한 재산이며 몸을 단장하는 품이며 생활양식이며 할 것 없이, 그는 모두가 신하의 분수를 넘어 너무 오만불손하였다. 허영심과 사치는 도를 지나치고, 우아함을 모른 채 상식을 벗어난 짓만 하였다. 그 때문에 사람들의 빈축을 샀으므로 부친 파르메니오가 때때로 엄하게 훈계하였다.

"애야, 사람은 항상 검소해야 한다."

알렉산드로스는 그 전부터 그의 거동을 수상하게 여기고는 감시해 왔다. 한번은 킬리키아에서 패한 다리우스가 다마스쿠스로 보내는 보물이 압수되었을 때, 함께 잡혀 온 많은 포로들 가운데 피드나 태생의 안티고네라는 미녀가 있었다. 이 미녀를 필로타스는 자기 것으로 차지하였다. 그리고 젊은이가 술에 취하면 으레 애인에게 모든 명예와 자신의 공적을 말하듯이, 필로타스도 그와 부친의 업적을 자랑하였다.

알렉산드로스를 풋내기라고 부르며, 왕이 지배니 정복이니 하며 큰소리치는 것은 순전히 자기들 부자의 덕택이라고 하였

다. 이것을 이 여자가 어느 지인에게 이야기하고, 또 그 지인
이 또 다른 지인에게 이야기하고 하여 그 소문은 마침내 크라
테루스의 귀에까지 들어가게 되었다. 크라테루스는 그 여자를
몰래 알렉산드로스에게로 데리고 갔다. 알렉산드로스는 그 이
야기를 듣고 그녀에게, 가끔 필로타스를 만나서 들은 이야기를
죄다 자기에게 전하라고 명령하였다.

필로타스는 이렇듯 자기에게 감시의 그물이 쳐져 있는 것은
꿈에도 모른 채, 안티고네를 만나 왕에 대한 불만과 오만불손
한 말을 함부로 지껄여 대고 신하로서 해서는 안 될 말을 마구
하였다. 알렉산드로스는 필로타스에 대한 충분한 단서를 잡았
지만 파르메니오의 충성을 믿었기 때문인지, 아니면 그들 부자
의 명성과 세력을 두려워해서였던지 아직은 잠자코 있었다.

이 무렵 칼라스트라 태생의 마케도니아 인 림누스라는 자가
알렉산드로스를 암살하려는 음모를 꾸미고 있었다. 그는 자기
가 사랑하고 있던 니코마쿠스라는 젊은이를 이 음모에 끌어넣
으려고 하였다. 그러나 이 젊은이는 그 음모에 응하지 않고,
오히려 그 음모를 자기의 형 발리누스에게 이야기하였다. 이야
기를 들은 발리누스는 필로타스를 찾아가서 왕에 대한 중대사
가 있으니 자기를 왕에게로 좀 데려다달라고 신신당부하였다.
그러나 필로타스는 어떻게 생각하였는지, 왕이 다른 중대한 정
무로 한창 바쁘니 만나뵐 수 없다며 좀처럼 그들을 왕에게로
데려가려고 하지 않았다. 형제는 다음날 다시 필로타스를 찾
아가서 애원했지만 역시 거절당하고 말았다.

두 번이나 거절당한 형제는 필로타스의 충성을 의심하고는,
다른 장군을 찾아가 이야기하고 왕을 만나게 되었다. 왕을 만
난 형제는 우선 림누스의 음모를 이야기하고, 이어 필로타스의
이야기를 하였다. 자기들이 두 번씩이나 왕을 만나게 해달라고

부탁하였는데도 무시를 당하였다고 말하고, 필로타스의 행동이 아무래도 이상하더라는 말까지 덧붙였다.

이 말을 들은 왕은 노발대발하였다. 림누스를 잡아 오라고 병사를 보냈는데, 림누스가 거세게 반항하는 바람에 그만 죽여 버렸다는 말에 음모의 증거를 잃었다고 생각한 왕은 한층 더 불안해졌다. 왕은 필로타스가 무엇보다도 괘씸하다는 생각이 들어 그 전부터 그를 미워하고 있던 사람들을 소집하였다. 사람들은 일제히 칼라스투라의 림누스가 혼자서 왕을 암살하려는 그런 어머어마한 일을 꾸몄을 리가 없다고 말하였다. 이 자는 허수아비에 지나지 않으며, 위에 어떤 큰 세력이 있어 그의 사주를 받은 것이 틀림없다고 하였다. 왕을 암살하면 누가 가장 이득을 보겠는지를 알아보면 그 놈들이 꾸민 것일 테니 그런 자들부터 샅샅이 뒤져야 한다고 주장하였다. 이와 같은 의혹에 왕이 귀를 기울이고 있는 것을 안 그들은, 필로타스가 음모의 장본인임에 틀림없다는 많은 증거를 제시하였다. 그리하여 필로타스는 체포되어 재판을 받게 되었다. 왕의 심복 장군들 앞에서 신문을 받는 동안 왕은 장막 안에서 듣고 있었다. 그때 필로타스가 비참한 목소리로 헤파이스티온에게 애원하는 소리가 들렸다. 그러자 이렇게 호통을 쳤다.

"이놈 필로타스, 너같이 마음이 약한 놈이 감히 어찌 그런 큰 흉계를 꾸밀 수 있었느냐?"

필로타스를 처형한 후 곧 메디아로 사람을 보내어 그의 아버지 파르메니오도 처형하였다. 파르메니오는 부왕 필리포스를 도와 많은 업적을 쌓았으며, 원로 공신들 중 그가 가장 강력하게 아시아 원정을 알렉산드로스에게 권고한 사람이었다. 그의 세 아들 중 둘은 이보다 먼저 원정에서 전사하였고, 필로타스는 셋째 아들로서 그는 이번에 부친과 함께 최후를 맞이한 것이다.

이러한 비정한 행동을 보고 많은 왕의 측근 장군들, 그 중에서도 특히 안티파테르는 몹시 왕을 두려워하게 되었다. 안티파테르는 아이톨리아 인들에게 비밀리에 편지를 보내어 상호보장을 체결하였다. 아이톨리아 인들은 오이니아다이 시가 그들 손에 파괴되었다는 말을 들은 알렉산드로스가 꼭 그 원수를 갚겠다고 한 말을 두려워하고 있었던 것이다.

그 후 얼마 안 되어 클리투스 살해사건이 발생하였다. 이 사건은 얼핏 들은 사람들에게는 필로타스 사건보다도 더 참혹하게 생각된다. 하지만 원인과 시점을 아울러 생각해보면, 왕의 의지에서 나온 것이 아니라 어떤 불행한 일에 의하여 취중에 범한 실수라고 생각된다. 이 사건이 발생하게 된 경위는 다음과 같다.

어떤 사람들이 해안지방에서 생산되는 그리스의 과일을 왕에게 진상하였다. 왕은 그 잘 익은 색깔과 아름다움에 감탄하여, 클리투스를 불러 그것을 보이고 나눠주려고 생각하였다. 클리투스는 그때 공교롭게도 제사를 드리고 있었는데 그것을 중단하고 왕에게로 왔다. 그런데 제사에 쓰려고 술을 끼얹어 둔 양 세 마리가 그를 따라왔다. 그것을 안 왕은 점술가 아리스탄데르와 스파르타 인 클레오만티스에게 이야기하였더니, 그들은 좋지 못한 전조라고 말하였다. 그러므로 왕은 곧 클리투스를 위해 제사를 드려 신들의 노여움을 풀도록 하라고 명령하였다.

왕은 사흘 전에 꿈에서 이상한 광경을 보았다. 그것은 클리투스가 이미 죽은 파르메니오의 아들들과 함께 검은 옷을 입고 앉아 있는 것을 본 꿈이었다. 그런데 클리투스를 위한 제사가 채 끝나기도 전에 본인이 먼저 연회장에 나타났다. 왕이 디오스쿠라 신에게 제사를 드리고 난 직후였다. 주연은 한참 무르

익어 가고, '프라니쿠스'라는 노래가 불려지고 있었다. 사람들에 의하면 피에리온이 지은 것이라고도 하는 '프라니쿠스'는 최근 야만족에게 패배를 당한 장군들을 조롱하는 노래였다. 노인들은 그 노래가 마음에 들지 않아 노래의 작사자와 가수를 동시에 비난하였다.

그러나 왕과 그 주위의 사람들은 매우 기뻐하며 어서 계속하라고 명령하였다. 그러자 클리투스는 벌써 만취가 되어 있었고, 천성이 노하기 쉽고 고집이 센 사람이었으므로 아주 노발대발하였다. 그는 오랑캐 야만인과 적들이 보는 가운데서 마케도니아 인을 모욕한다는 것은 언어도단이라고 소리쳤다. 그리고 장군들은 운이 나빴을 뿐, 지금 비웃고 있는 녀석들보다는 비교도 되지 않을 만큼 훌륭한 사람들이라고 입술에 침이 마르도록 떠들어 댔다. 이것을 본 왕이 클리투스는 비겁과 불운을 혼동하여 자기변명을 하고 있다고 말하자, 클리투스는 벌떡 자리에서 일어나서 외쳤다.

"그렇지만 이 사람의 그 비겁한 행동이, 신의 아들이라고 하면서 스피트리다테스의 칼에 등을 돌리고 있던 분을 구해드렸습니다. 또 마케도니아 인의 피와 상처 덕택으로 대왕이 되셨으면서도, 자신이 암몬 신의 아들이라고 하시면서 부왕 필라포스를 모른다고 하시는군요."

이 말에 알렉산드로스는 크게 노하여 호통을 쳤다.

"도대체 너라는 놈은 늘 나를 그렇게 중상하여 마케도니아 군을 분열시키려고 하는데, 그래도 괜찮다고 생각하느냐?"

이에 클리투스도 지지 않고 외쳤다.

"이렇게 된 이상 괜찮고 안 괜찮고가 다 뭡니까? 수고한 결과가 이렇게 되고 만 것을 보니, 마케도니아 인이 메디안에게 매를 맞고, 왕을 만나는데 페르시아 인에게 부탁해야 하는 꼴을 보기보다는 차라리 먼저 죽은 사람들의 팔자가 얼마나 부러운지 모를 정도입니다."

클리투스가 이렇게 마음 속에 있는 말을 내뱉자, 왕의 측근들이 그를 향하여 일제히 일어서서 욕설을 퍼부었다. 또 연로한 사람들은 이 소동을 진정시키려고 애를 썼다. 왕은 파르디아 인 크세노도쿠스와 콜로폰 인 아르테미우스를 돌아다보며 물었다.

"그대들에게는 그리스 인들이 마케도니아 사람들을 마치 짐승처럼 생각하고, 자기들은 인간 이상의 존재인 듯이 행세하고 있는 것을 모르시오?"

그러나 클리투스는 지지 않고 왕에게, 모든 사람들 앞에서 하고 싶은 말을 다 하게 해달라고 덤벼들었다. 그렇지 않으려거든 이 연회석에 올바른 소리를 하는 자유인은 초대하지 말고 페르시아 인의 허리띠와 흰저고리를 보고 굽실거리는 오랑캐들이나 노예들을 초대하여 그 가운데 묻혀 있는 편이 나을 것이라고까지 말하였다. 왕은 더 이상 노여움을 누를 길이 없어, 자기 앞에 놓여 있는 사과를 하나 집어들어 냅다 던지고는 단검을 찾았다. 그러나 친위병인 아리스토파네스가 이미 단검을 감춰버렸고, 다른 사람들도 주위에 모여들어 고정하시라고 간청하였으므로, 왕은 마케도니아 어로 근위병을 불렀다. 이것은 대소동이 일어났다는 신호였다. 그는 나팔수에게 근위병들이 모이도록 나팔을 불라고 명령하였으나 그가 쭈뼛거리며 선뜻 응하지 않았으므로 주먹으로 그를 때렸다. 그러나 이 나팔수는 진영에 혼란을 일으키지 않은 최고공로자로서 나중에 표창되었다.

클리투스는 연회장에서 쉽사리 물러나려고 하지 않았다. 그래서 왕의 측근장군들이 겨우 떼밀다시피하며 연회장 밖으로

쫓아 내었다. 그러나 클리투스는 다른 입구에서 오만불손한 태
도로, 다음과 같은 에우리피데스의 〈안드로마케〉의 시구를 읊
으면서 다시 들어왔다.

　오, 그리스에는 그 얼마나 엄격한 규율이 있느뇨.

　그러자 왕은 호위병이 들고 있던 창을 빼앗아, 클리투스가
가까이 다가와 입구의 커튼을 막 쳐들려고 하는 순간 그를 찔
렀다. 그러나 클리투스가 신음하며 쓰러지자 순간적으로 깜짝
놀란 왕은 즉시 분노가 사라지고 제정신이 들었다. 그는 근신
들이 당황해하며 잠자코 서 있는 것을 보자, 시체에서 창을 뽑
아 자기 목을 찌르려고 하였다. 그것을 친위병들이 덤벼들어
간신히 제지하여 그의 방으로 데리고 갔다.
　알렉산드로스는 몹시 탄식하며 그 날 밤을 보내고, 다음날은
울며 슬퍼했고 지쳐 말도 못 하고 누워서 무거운 한숨만 쉬고
있었다. 측근장군들은 왕이 꿈쩍도 않고 있는 것이 걱정이 되
어 문을 부수고 들어왔다. 그러나 왕은 그 누구의 말도 들으려
하지 않았다. 다만 점술가 아리스탄데르가 클리투스에 관한 꿈
과 전조를 상기시키고, 이미 그것은 옛날부터 운명에 의하여
결정되어 있던 것이라고 말하였다. 그때서야 왕은 그것을 인정
하는 듯한 기색을 보였다. 그래서 사람들은 아리스토텔레스의
친구인 철학자 칼리스테네스와 아브데라 인 아낙사르쿠스를 데
리고 왔다.
　이 두 사람 중 칼리스테네스는 윤리학에 기초를 두고서 설득
하려 하였다. 그는 원리를 풀이하며 암시적인 수법으로 교묘하
게 이야기를 유도하였으며, 우회화술로써 고통을 주지 않고서
슬픔을 불식시키려고 노력하였다. 그러나 아낙사르쿠스는 철학

에 있어 독특한 경지를 개척하고, 그의 동 시대인들을 경멸하
고 무시하는 데 평판이 높은 사람으로서, 방으로 들어오자마자
다음과 같이 말하였다.

"전세계의 이목을 한 몸에 모으고 계시는 알렉산드로스 대왕
께서 이게 웬일이십니까? 대왕께서 이제 노예처럼 몸을 던지
고 누우셔서 눈물만 흘리시고, 인간의 법률과 비난을 두려워하
고 계시다니……. 승리의 결과 지배와 권력을 한 손에 쥐고 계
신 몸이니 폐하께서야말로 인간의 법률이 되시고, 정의의 기준
이 되셔야 할 터인데, 이렇듯 어리석은 풍설이 두려워서 노예
처럼 쭈그리고 계신가요?"

그리고는 알렉산드로스가 뭐라고 대꾸하기도 전에 다시 말을
이었다.

"제우스 신께서 그의 손 하나하나에 정의와 법을 가지고 계
시는 것처럼, 권력을 가진 자에 의하여 이루어진 것은 모두 인
간의 법에 의해서도 신의 법에 의해서도 인정을 받은 올바른
것이라는 것을 모르십니까?"

아낙사르쿠스는 이와 같은 논법으로 왕의 슬픔을 덜어주었지
만, 왕에게 과거보다도 더 대담하게 법을 지키지 않는 경향을
조장시켰다. 그럼에도 불구하고 그는 왕과 이상하리만큼 뜻이
맞았으므로, 왕은 엄격한 성격 때문에 진작부터 정이 떨어진
칼리스테네스와는 이야기하기를 싫어하게 되었다.

언젠가 연회석상에서 계절과 날씨가 화제가 되었을 때, 칼리
스테네스는 이 곳이 그리스보다 날씨가 춥고 건조하다고 말하
는 사람들에게 동의하였다. 그리고 아낙사르쿠스가 그렇지 않
다고 몹시 반대하자 칼리스테네스는 이렇게 말하였다.

"의당 선생은 이 곳이 그리스보다 더 따뜻하다는 말에 찬성
해야 되겠지요. 그리스에서는 해진 외투로 가장 추운 겨울을

나셨는데, 여기서는 따뜻한 두꺼운 털 외투를 세 개씩이나 겹
쳐 입고 계시니까."

이 말이 아낙사르쿠스를 화나게 한 것은 당연한 일이다.

칼리스테네스가 다른 궤변학자들과 추종자들의 심한 질시를
받게 된 것은, 그가 학식이 넓고 깊어서 청년들로부터 열렬히
존경을 받았기 때문이다. 뿐만 아니라 그는 나이가 든 사람들
로부터도 그 생활태도 때문에 존경을 받고 있었다. 그의 생활
은 단정하고 준엄하며 검소하였다. 그러나 그는 왕의 초대를
받고도 거절하는 때가 많았고, 참석하더라도 입을 꾹 다물고
무뚝뚝한 태도를 취한 적이 한두 번이 아니었다. 게다가 거기
서 벌어지고 있는 일을 칭찬한다거나 기뻐하는 듯한 기색을 일
체 보이지 않았으므로, 알렉산드로스도 그에 관하여 이렇게 평
한 적이 있었다.

"자기 자신의 이해관계도 모르는 철학자를 나는 싫어한다."

전하는 바에 의하면, 많은 사람들이 초대를 받은 어느 연회
석상에서 칼리스테네스는 그의 잔이 돌아올 때 마케도니아 인
을 칭찬하라는 권고를 받았다. 그래서 그 주제에 따라 근사하
게 연설을 하였는데, 사람들은 일어서서 박수를 치며 그에게
꽃다발을 던졌다. 그러자 알렉산드로스는 에우리피데스의,

좋은 주제라면
연설을 잘하는 것은 문제 없다.

라고 하는 시구를 인용하며 다음과 같이 청하였다.

"그러면 이번에는 마케도니아 인들의 단점을 비판하는 웅변
을 토해보시오. 마케도니아 인들이 자기들이 공격을 받고 있다
는 것을 알고 더 좋은 사람이 될 수 있도록 말이오."

그러자 칼리스테네스는 마케도니아 인에 관한 많은 단점을 극명하게 지적하고는, 그리스의 내분이 필리포스의 세력증대의 원인이라는 점을 명시하였다. 그리고 끝으로 이렇게 결론지었다.

"내란시에는 가장 악한 자가 존경을 받는다."

이 연설은 마케도니아 인들 사이에 그에 대한 격렬한 증오감을 불러일으켰다. 알렉산드로스도 칼리스테네스는 웅변술을 보여준 것이 아니라, 마케도니아 인들에게 대한 원한의 증거를 보여준 것에 지나지 않다고 지적하였다.

사가 헤르미푸스가 전하는 바에 의하면, 낭독일을 맡고 있던 칼리스테네스의 서생 스트로이부스라는 자가 아리토텔레스에게 이야기한 것이라고 한다. 칼리스테네스는 자기가 왕의 미움을 점점 더 받고 있다는 것을 알고 있었고, 어전을 물러설 때 〈일리아드〉에 있는

위대한 파트로클루스도 죽었다.
덕행에 있어 너보다 훌륭한 사람이었건만,

이라는 시구를 두서너 번 되풀이하여 중얼거리는 것을 들었다고 스트로이부스는 덧붙였다. 이 말을 듣고 아리스토텔레스가 과연 칼리스테네스는 웅변술에는 능력도 있고 위대하였지만 판단력이 없었다고 지적한 말은 지당한 말이었다고 생각된다.

그러나 그는 진정한 철학자답게 왕 앞에 무릎을 꿇고 절을 하지 않았으며, 마케도니아 인 중 가장 훌륭한 중신들과 연장자들도 속으로 불만을 품고 있으면서도 감히 말하지 못한 말을 솔직히 말하였다. 왕 앞에서 무릎을 꿇고 절하는 예식을 없애게 하여 그리스 인과 알렉산드로스를 큰 수치에서 건져 내었지

만, 그 자신은 왕을 설득하는 것이 아니라 오히려 강요하였다고 하여 파멸을 초래하게 되었다.

미틸레네 인 카레스가 전하는 바에 의하면 다음과 같다. 향연석상에서 왕이 먼저 한잔 들고 그 잔을 근신 하나에게 내밀었다. 그 신하는 그것을 받아들고 제단 쪽을 향하여 일어서서 마셨다. 그리고 왕에게 무릎을 꿇고 절을 한 다음, 왕에게 키스하고 자기 자리로 돌아갔다. 모든 사람들이 차례차례로 그렇게 하였는데, 칼리스테네스가 자기 차례가 와서 잔을 들자 왕은 그를 쳐다보지 않고 헤파이스티온과 이야기를 계속하고 있었다. 그러므로 칼리스테네스는 술을 마시고 나서 왕에게로 키스하러 갔다. 이때 검약가(儉約家)라는 별명이 붙어 있는 데메트리우스가 이렇게 말했다.

"전하, 키스를 허용하셔서는 안 됩니다. 이 사람만이 전하께 경배의 절을 하지 않았습니다."

이 말에 왕은 키스하려고 하지 않았다. 그래서 칼리스테네스는 큰 소리로 다음과 같이 말하였다.

"그럼 저는 전하의 키스를 못 받고 물러서는 수밖에 없겠습니다."

이렇듯 왕과의 불화가 점점 심해지자 맨 먼저 헤파이스티온이 이렇게 비난하고 나섰다.

"칼리스테네스는 자기에게 경배의 절을 하겠다고 약속하고도 끝내 그 약속을 지키지 않았다."

왕도 그 말을 믿게 되었다.

이 밖에 또 리시마쿠스와 하그논 같은 사람들도 그를 비난하고 나섰다.

"저 철학자는 전제정치를 타도하려는 생각을 가지고 있다고 뽐내며 떠들고 돌아다니는데, 그 주위에는 많은 청년들이 몇

만이나 되는 사람들 중 자기들만이 유일한 자유인이라고 생각하고 따라다니고 있다."

칼리스테네스의 죽음에 관하여는 일설에 의하면 알렉산드로스가 교수형에 처했다는 설도 있고, 또 일설에 의하면 족쇄에 채워져 투옥되었다가 병들어 옥사하였다는 설도 있다. 카레스에 의하면, 체포되어 7개월 동안 투옥되었다가 아리스토텔레스가 참석한 가운데 총회에서 재판을 받기로 되어 있었으나, 알렉산드로스가 인도에서 부상을 입었을 때 칼리스테네스는 아마 비만한데다 이가 많이 꾀어 사망하였으리라는 것이다.

이상 이야기한 일은 지금부터 하는 이야기보다 나중에 생긴 일이다. 코린트 인 데마라투스는 이미 연로한 몸이었지만, 그것을 무릅쓰고 알렉산드로스를 만나러 왔다. 그리고 왕을 보고, 대왕께서 다리우스의 옥좌에 앉아 계신 것을 보지 못하고 죽어버린 그리스 인들은 큰 영광을 빼앗긴 사람들이라고 말하였다. 그러나 그는 왕으로부터 받은 호의를 오랫동안 즐기지도 못하고 병에 걸려 세상을 떠났다. 그리하여 호화로운 장례식이 집행되었고, 군대는 그를 위하여 높이가 80큐빗에 이르는 호화로운 무덤을 만들어주었다. 유해는 4필의 말이 끄는, 아주 호화롭게 장식된 전차에 끌리어 해안으로 운구되었다.

알렉산드로스는 산을 넘어 인도로 들어가려고 생각하였지만, 병사들이 가지고 있는 다량의 전리품 때문에 행군이 곤란할 정도였다. 이것을 본 왕은 날이 밝자, 꾸려진 짐 중에서 자기의 짐을 몽땅 꺼내어 불지르라고 명령하였다. 그리고 이어 측근 장군들의 것을 태워버리고, 맨 나중에 마케노니아 병사들의 짐을 태워버리라고 명령하였다. 필수품은 그것을 필요로 하는 자에게만 나눠주고, 그 나머지 것은 불살라버리거나 부숴버려 알렉산드로스의 마음을 가볍게 하였다. 그러나 벌써 그는 죄를 지은 자에게는 용서를 모르는 무서운 징벌자로 변해 있었다. 왕은 그의 측근 중 하나인 메난데르를 수비대장에 임명하였는데, 그가 그 자리를 피하여 도망쳐 왔으므로 그를 붙잡아 사형에 처하였다. 또 반란을 일으킨 오르소다테스라는 원주민의 장수를 왕이 몸소 쏘아 죽였다.

이때 양이 새끼를 낳았는데, 그 새끼양의 머리가 괴상했다. 머리에 색깔이나 모양이 꼭 페르시아풍의 왕관을 닮은 것이 달라붙어 있었고, 그 왕관 양쪽에 혹이 붙어 있었다. 왕은 이 전조를 몹시 두려워하였다. 그리하여 이럴 경우를 대비해서 항시 데리고 다니던 바빌로니아 인 제관들을 시켜 제사를 드리게 하였다. 그리고 측근들에게는, 자기가 걱정한 것은 자기 자신을 위해서라기보다도 그들을 위해서였다고 말했다. 그러면서 만일 자기가 어떻게 될 경우, 자기가 이때까지 쌓아올린 권력을, 악한 신이 천한 출생의 무기력한 자에게 넘겨주지나 않을까 염려되기도 한다고 말하였다. 그러나 곧 좋은 징조가 나타났으므로, 그가 실망하고 걱정했던 일도 곧 사라지고 말았다.

이 무렵 왕실 경리장관인 마케도니아 인 프록세누스가 왕의 막사를 짓기 위하여 옥수스 강 가에서 땅을 파고 있다가 기름이 섞여 나오는 샘을 발견하였다. 그것은 향기도 맛도 올리브유와 다를 것이 없었다. 광채도 나고 부드럽기가 올리브유와 똑같은 것이었다. 이 지방에서는 과거에 이러한 올리브유가 산출된 적이 없었다. 그러나 옥수스 강의 물은 매우 부드럽고 시원하여 그 물로 목욕을 하면 피부가 부드러워진다고 전해지고 있다.

아무튼 알렉산드로스가 얼마나 기뻐했는가는, 그가 안티파테르에게 보낸 편지에도 잘 나타나 있다. 그는 그가 일찍이 신에게서 받은 은총 중 이 전조야말로 최대의 것으로 간주하였던 것이다. 그러나 예언자들은 이번 원정은 결국 영광스럽게 성공을 거둘 것이지만, 그러기 위하여 그가 겪을 천신만고는 말로 이루 다 표현할 수 없을 정도라고 말하였다. 올리브유는 노고를 달래주는 것으로서, 신이 인간에게 준 최고의 선물이기 때문이라는 것이었다.

이 작전은 많은 위험이 따랐다. 중상도 입었지만, 병사들에게 가장 큰 피해를 끼친 것은, 필수품의 결핍과 예측할 수 없는 기후의 변화였다. 그 자신은 대담무쌍한 용맹심으로 운명을 이겨 냈지만, 병사들은 그와는 또 달랐다. 그리하여 많은 희생자가 생겼다. 그러나 그는 용기를 발휘하여 적군에게 이기는 것을 명예로 삼고 있었으므로, 용감한 사람들에게는 점령하지 못할 것이 없고, 겁쟁이들에게는 견고한 성벽도 하등의 소용이 없다고 병사들에게 일깨워주었다.

시시미트레스의 성채를 포위하고 있었을 때였다. 그 성채가 깎아지른 듯한 절벽 위에 있어서 도저히 접근할 수 없는데다가 병사들은 기진맥진하고 있었다. 그러자 알렉산드로스는 옥시아르테스에게 시시미트레스는 어떠한 사나이냐고 물었다. 옥시아르테스가 그 자는 가장 겁쟁이라고 대답하자, 알렉산드로스는 대뜸 이렇게 자신있게 말했다고 전해지고 있다.

"그렇다면 이 성채는 우리 것이오. 그 자의 머리가 썩어 있으니까."

마침내 시시미트레스에게 겁을 주어 그 성채를 점령하고 말았다. 이 밖에 또 다른 성채를 공격하게 되었는데, 마케도니아 병사들 중에 자기와 똑같은 이름의 알렉산드로스라는 병사가 있음을 발견한 왕은 그 병사에게 이렇게 위로의 말을 하였다.

"오늘은 그대의 이름을 생각해서라도 열심히 싸워주게."

그리하여 이 청년이 용감무쌍하게 싸우다가 마침내 전사하자, 왕이 슬퍼하며 몹시 침통해 하였다고 한다.

또 니사를 공격할 때였다. 그 성채 역시 깎아지른 듯한 강가 절벽 위에 있었는데, 강이 너무나 깊어서 마케도니아 병사들이 겁을 집어먹고 벌벌 떨며 진군을 주저하고 있었다. 그것을 본 왕은 강둑에 서서 이렇게 개탄하였다.

"아, 이게 무슨 꼴이냐? 내 어찌 헤엄을 배워 두지 않았던 고?"

그리고는 방패를 손에 든 채 강을 건너려고 하였다. 이 모습을 본 병사들이 일제히 뛰어들어 강을 함께 건넜다. 그리하여 공격을 가하기는 하였으나 성채를 점령하지 못한 채 전투를 중지한 상태였다. 그때 포위된 적이 사절단을 보내와 강화를 요청하였다. 사절단은 알렉산드로스가 무장을 하긴 했으나 시종을 하나도 거느리고 있지 않은 데에 매우 놀랐다.

이윽고 왕에게 부하 하나가 방석을 가져왔다. 그러자 왕은 사절단 중 제일 연장자로 보이는 아쿠피스에게 그것을 권하였다. 아쿠피스는 알렉산드로스 왕의 온화한 모습과 그 넓은 도량에 감탄하여, 어떤 일을 하면 우방으로 대해주겠느냐고 물었다. 알렉산드로스 왕은 즉석에서 이렇게 대답하였다.

"그대를 그대 나라의 백성들이 왕으로 삼고, 나에게는 그대 나라에서 가장 훌륭한 인물 백 명을 볼모로 보내준다면……."

이 말에 아쿠피스는 웃으면서 토를 달았다.

"아니올시다, 대왕. 가장 훌륭한 사람들보다 가장 쓸모없는 인물을 보내야만 저는 더 잘 나라를 다스릴 수 있겠습니다."

전하는 바에 의하면, 인도의 여러 왕 중에 탁실레스 왕이 있었다. 이 왕은 이집트보다도 큰 땅을 차지하고 있었는데, 특히 목장이 많으며 수확물도 많았다고 한다. 또 지혜도 있는 사람으로서, 알렉산드로스 왕을 찾아와 반갑게 인사하고는 이렇게 말하였다.

"이성이 있는 사람들 사이에서는 물과 필요한 식량 때문에 할 수 없이 전쟁을 하는 법인데, 만일 전하께서 그러한 것을 우리들로부터 빼앗으려는 생각이 아니시라면 어찌하여 우리들 사이에 전쟁과 전투의 필요가 있겠습니까? 그 밖의 재보니 재산이니 하는 것에 관해서는, 이 사람이 전하보다 더 많이 가지고 있다면 전하에게 드릴 용의가 있지만, 적게 가지고 있다면 전하로부터 기꺼이 좀 받겠습니다."

알렉산드로스 왕은 그에게 오른손을 내밀며 말하였다.

"그와 같은 우의에 가득 찬 말을 들으면 우리들의 회견이 싸우지 않고 끝날 줄 아십니까? 어떻게 하든 왕께선 이길 승산이 없으십니다. 왕의 친절은 이 사람으로 하여금 지지 않고 공명정대하게 싸우게 할 것입니다."

그리고는 많은 선물을 받자, 그보다 더 많은 선물을 상대방에게 주고 화폐 1천 탈렌트를 더 첨부하여 주었다. 이것을 보고 측근들은 극히 못마땅하게 생각하였지만, 알렉산드로스 왕은 동방인의 대다수로 하여금 한층 더 자기에게 친밀감을 느끼게 하였던 것이다.

인도인들 가운데 가장 용감히 싸운 것은 민병들이었는데, 알렉산드로스는 꾀를 내어 어느 도시에서는 그들과 강화를 맺고 물러가는 그들을, 도중에서 습격하여 전멸시키기도 하였다. 다른 경우에는 법에 따라 왕답게 신의를 지켜 온 대왕으로서는 이것은 큰 오점이 아닐 수 없었다. 이들 민병들에 못지 않게 철학자들도 알렉산드로스 왕에게는 골칫덩이였다. 철학자들은 인도의 왕들 중 그에게 아부하는 왕을 비난하였으며, 자유민중으로 하여금 그에게 반기를 들어 독립을 쟁취하게끔 선동하였던 것이다. 그래서 그는 할 수 없이 많은 철학자들을 교수형에 처하였다.

포루스 왕과의 전쟁에 관해서는 알렉산드로스 자신이 그의 서한에 상세히 적고 있다. 그것에 의하면, 양 진영 사이를 히다스페스 강이 흐르고 있는데, 포루스 왕은 언제나 적군의 도하작전을 경계하여 그 전면에다 코끼리 떼를 배치하여 감시하고 있었다. 반대로 알렉산드로스 대왕은 자기 진영에서 매일같이 큰 소란을 일으켜 적이 만성이 되어 경계를 소홀히 하기를 기다렸다. 그러다가 폭풍우가 부는 깜깜한 밤에 일부 보병과 최정예 기병대를 이끌고 적진에서 멀리 떨어진 조그만 섬으로 건너갔다. 그 곳에도 비는 처절하기 짝 없게 내리퍼부었으며 천둥번개가 이만저만이 아니었다. 또 자기 진영으로도 많은 벼락이 떨어져, 병사 몇이 벼락에 맞아 죽는 현장도 목격하였다. 그러나 알렉산드로스는 굴하지 않고 그 작은 섬을 출발하여 대안으로 향하였다.

병사들은 뗏목을 버리고 가슴까지 물에 잠긴 채 무기를 손에 들고서 뒤엉켜 급류 속을 건너갔다. 그리고 알렉산드로스는 보병대를 뒤따라오게 하고 자신은 20퍼얼롱(약 4km) 가량 말을 타고 전진하였다. 그는 적의 기병대가 기습해 와도 이 쪽이 훨씬 우세하고, 적이 보병대를 동원하여 공격해 오더라도 그의 보병대가 그 전에 도착하리라고 생각한 것이다. 그 결과, 적의 기병 1천과 전차 60대와 만나 이를 공격하여 물리쳤으며, 전차는 전부 나포하고 기병 400을 죽인 것으로 나타났다.

하지만 알렉산드로스는 코끼리와 적의 수가 막강한 데 겁을 내어 자신은 좌익을 공격하고, 코이누스에게 우익을 공격하라고 명령하였다. 적의 퇴각이 시작되자 양 날개가 다 같이 코끼리가 있는 데로 몰려서 그 곳에서 대혼전이 벌어졌다. 알렉산드로스는 여기서 제8시까지 싸워 마침내 적을 굴복시켰다.

이 사실은 알렉산드로스 자신이 그의 편지 속에 기록한 대로다. 대부분의 사가들은 포루스 왕이 거인으로서 거대한 코끼리 위에 탄 모습이 마치 보통 사람이 말을 탄 정도로 조화되었다고 전하고 있다. 게다가 그 코끼리도 가장 큰 것이며, 놀라우리만큼 영리하여 항상 왕에게 주의를 기울였다고 한다. 왕의 의기가 드높을 동안에는 덤벼드는 적을 무찔렀지만, 포루스 왕이 많은 투창을 몸에 받고 부상당하여 헐떡거리고 있는 것을 깨달았을 때에는, 왕이 자기 등에서 떨어질까 봐 그것이 심히 걱정되어 무릎을 꿇고 땅 위에 천천히 앉아, 코로 왕의 몸에 박힌 투창을 하나씩 살며시 뽑아주었다는 것이다.

포로가 된 포루스 왕에게 알렉산드로스가 어떻게 대우해주기를 바라느냐고 물었을 때, 포루스는 짤막하게 대답하였다.

"왕답게."

그 밖에 또 하고 싶은 말이 있느냐고 묻자, 역시 간단히 대답하였다.

"왕답게라고 하는 말 가운데 모든 것이 다 포함되어 있다."

그래서 알렉산드로스는 포루스가 왕으로서 지배하고 있던 왕국을 총독의 칭호를 주어 통치케 하였다. 뿐만 아니라, 15부족과 5천이나 되는 상당히 큰 도시와 무수히 많은 촌락이 있었다고 하는 자치지역을 포루스에게 주어 통치케 하였다. 그 3배나 되는 다른 지역도 정복하여 측근의 하나인 필리포스를 총독으로 임명하였다.

포루스와의 전투가 끝난 후 알렉산드로스의 애마 부케팔루스가 죽었다. 이것은 전투 직후에 있었던 일이 아니라 꽤 시간이 경과한 후에 있었던 일로, 많은 사람들은 부상을 당하고 치료를 받던 중 죽었다고 한다. 또 오네시크리투스에 의하면 노쇠하여 죽었다고도 하는데, 부케팔루스는 30세에 죽었다. 알렉산드로스는 매우 슬퍼하며, 그야말로 죽마고우의 죽음을 기념하여 히다스페스 강 가에 도시를 건설하고 '부케팔루스'라 명명하였다. 또 그가 귀여워하며 기른 '페리타스'라는 이름의 개가 죽었을 때에도 그 이름을 딴 도시를 세웠다. 이것은 레스보스 사람 포타몬으로부터 들은 이야기라고 사가 소티온이 전하고 있다.

포루스 왕과의 싸움은 마케도니아 군의 의기를 꺾어 인도를 그 이상 더 정벌하고 싶은 그들의 야망을 분쇄하고 말았다. 왜냐하면 2만의 보병과 2천의 기병을 거느리고 있는 포루스 왕을 간신히 격퇴한 그들에게는, 32퍼얼롱이나 되고 수심이 100패덤(1패덤은 약 6피트)나 되는 갠지스 강을 도강한다는 것이 무리라고 여겨졌다. 게다가 대안에는 무수히 많은 무기와 말과 코끼리들로 가득 차 있다는 소문이 자자하여 마케도니아 군을 공포로 몰고 갔던 것이다. 그리하여 전진을 강행하여 갠지스 강을 도강하려는 알렉산드로스에게 모두들 반대하였다.

전하는 바에 의하면 기병 8만, 보병 20만, 전차 8천, 코끼리 6천을 거느리고 있는 간다리타 족, 프라이시아 족의 왕들이 알렉산드로스가 오기만을 기다리고 있다는 소식이었다. 이것은 허풍쟁이의 과장만도 아니었다. 왜냐하면 그 뒤 얼마 되지 않아 이 나라의 왕이 된 안드로코투스는, 셀레우쿠스에게 선물로 5백 마리의 코끼리를 보냈다. 그리고 60만의 군대를 이끌고 인도 전역을 정복하였던 것이다.

그런데 알렉산드로스는 부하들의 반대에 부딪히자 처음에는 분하고 슬퍼서 자기 천막 안에 틀어박혀 있었다. 그는 자리에 누워 만일 갠지스 강을 건너지 않는다면 지금까지 부하 장병들이 이룩한 일을 전혀 고마워하지 않을 것이며, 여기서 철수하면 패배를 자인하는 것이 된다고 생각하고 있었다. 그러나 측

근들이 그를 위로하고, 병사들이 계속 그의 천막 앞에 와서 탄
원하였으므로 그도 마음이 흔들려 군을 철수시키기로 결심하였
다. 그렇지만 뒷날 있을 비난을 떨치기 위하여 여러 가지로 사
람들을 놀라게 하는 교묘한 술책을 부렸다.

예를 들면 보통 것보다 큰 무기와 말의 여물통과 재갈 등을
만들어 그것들을 사방에다 흩뜨려 놓고 떠났다. 또 신들에게
제사를 드리는 제단을 설치하였는데, 그것은 오늘에 이르기까
지 프라이시아 족의 왕들이 강을 건너와서 예배하여 그리스풍
의 제사를 드리고 있다.

인더스 강을 출발하여 대양으로 나가보려고 열망한 알렉산드
로스 왕은, 많은 끄는배와 뗏목을 만들어 타고 여러 강들을 천
천히 항해하였다. 그러나 항해하는 동안에도 전쟁을 계속하였
다. 때때로 육지로 올라가서는 여러 도시를 공략하여 모든 것
을 정복한 것이다. 인도인들 중에서도 가장 호전적이라고 일컬
어지는 말리 부족과 싸울 때 알렉산드로스는 하마터면 목숨을
잃을 뻔하였다. 이때 그는 빗발처럼 화살을 쏘아 성벽 위에 있
는 적을 물리친 다음, 성벽에 사다리를 걸치고 맨 먼저 성벽
위로 기어올라갔다. 그러나 사다리가 부러지는 바람에 부하들
이 뒤따라 오르지 못하게 되어 그는 혼자서 성으로 들어가게
되었다. 그러자 성 안에 있는 적들이 바로 그의 아래로 모여들
어 활을 쏘아대는 바람에, 몸을 숙이고서 저항하던 그는 적의
한가운데로 굴러떨어졌다.

다행히 다치지 않고 곧장 일어설 수 있었는데, 뛰어내릴 때
왕의 갑옷이 요란한 소리와 함께 눈부신 광채를 내었다. 그러
자 야만인들은 그의 몸에서 광채를 발산한 것으로 생각하고,
처음에는 크게 놀라 일단은 사방으로 도망쳤다. 그러나 알렉산
드로스가 불과 두 사람의 근위병만을 거느리고 있는 것을 보고

는 손에 손에 칼과 창을 들고 다시 모여들어 방어하는 알렉산
드로스에게 부상을 입혔다. 그리고 멀지 않은 곳에 서 있던 한
병사가 활을 힘껏 당겨 화살을 쏘자, 화살은 강하게 날아와 왕
의 갑옷을 뚫고 늑골에 꽂혔던 것이다. 화살이 너무 깊이 박혔
으므로 왕이 꿈틀하고 몸을 앞으로 휘청거리자 적은 동방풍의
칼을 뽑아 들고 우르르 덤벼들었다. 이때 페우케스테스와 림나
이우스가 달려와서 왕의 앞을 막아섰다. 두 사람 다 이미 칼에
맞아 림나이우스는 죽고, 페우케스테스는 버티고 있었지만, 그
역시 적이 휘두른 칼에 맞아 죽고 말았다.

왕은 온몸에 상처를 입고, 마지막에는 곤봉에 목을 얻어맞고
서 성벽에 겨우 몸을 의지하고 서서 적을 노려보고 있었다. 이
위기일발의 순간에 마케도니아 병사들이 달려들어 그를 둘러
싸고, 주위에서 벌어지고 있는 사태에 무감각인 채로 서 있는
왕을 쳐들고 천막 안으로 운반해 갔다. 즉시로 알렉산드로스가
전사하였다는 소문이 진영 내에 퍼졌다.

전의들은 큰 수고 끝에 겨우 살에 꽂힌 화살을 톱으로 자르
고, 가슴받이를 간신히 벗기고 뼈에 박혀 있는 화살촉의 절개
작업에 착수하였다. 화살촉은 폭이 3닥틸로스(1닥틸로스는 손가락 하나의 폭)이며,
길이는 4닥틸로스나 되었다고 한다. 그 때문에 화살촉을 뽑고
있을 때에는 마치 죽은 사람처럼 빈사상태에 있었는데, 매우
오랜만에 회복하였다고 한다. 이로써 위험지경을 벗어나기는
하였지만 그래도 몸은 여전히 쇠약한 상태에 있었다. 그 뒤 오
랫동안 요양하며 치료를 받고 있었는데, 마케도니아 병사들이
왕을 보고 싶다고 열망하며 천막 밖에서 떠들고 있는 소리를
듣고는 알렉산드로스는 외투를 걸치고 밖으로 나갔다. 그리고
신들에게 제사를 드리고는, 또다시 배를 타고 항해의 길에 나
서서 많은 촌락과 큰 도시들을 정복하였다.

알렉산드로스는 김노소피스트(나체의 철학자라는 뜻의 그리스 어. 바라문(波羅門)의 한 계급으로 30년 동안 들판에서 나체로 도를 닦아야 된다는 율법이 있으며 인도의 성자들 가운데서 가장 큰 존경을 받았다.) 중 특히 사바스를 선동해서 반란을 일으켜, 마케도니아 군에게 최대의 해를 끼친 인도의 나체 선인(禪人) 10명을 잡았다. 이들은 어떤 어려운 물음에 대해서도 간결하고도 적절하게 대답하기로 유명하였다. 그리하여 알렉산드로스는 그들에게 난문을 제출하여 최초로 옳은 대답을 못 하는 자를 죽이고, 이어 나머지 사람도 차례차례로 그렇게 하겠다고 말하였다. 그리고는 그 중 연장자 한 사람을 심판관으로 삼았다. 이어 맨 처음 사람에게 산 자와 죽은 자와 어느 쪽이 더 많으냐고 물었다. 그러자 첫번째 사람이 이렇게 대답하였다.

"산 자입니다. 왜냐하면 죽은 자는 존재하지 않으니까요."

두번째 사람에게는 육지와 바다 중 어느 쪽이 큰 짐승을 산출하냐고 물었다.

"육지입니다. 왜냐하면 바다는 육지의 일부이니까요."

그가 대답하였다. 이번에는 세번째 사람에게, 가장 교활한 짐승은 무엇이냐고 물었다.

"아직 인간의 눈에 띄지 않은 것이올시다."

세번째 사람이 대답하였다.

네번째 사람에게는 어찌하여 사바스를 선동하여 반란을 일으키게 하였느냐고 물었다. 그러자 그는 이렇게 대답하였다.

"사바스가 훌륭하게 살거나 훌륭하게 죽거나 하게 하기 위해서였습니다."

또 다섯번째 사람에게는 낮과 밤과 어느 쪽이 먼저냐고 물었다. 그는 이렇게 대답하였다.

"낮이 하루 먼저입니다."

이 대답에 왕이 놀라자, 그는 이렇게 덧붙였다.

"난문에는 난답이 필요합니다."

여섯번째 사람에게는 어떻게 하면 가장 사랑을 받게 되느냐고 물었다.

"절대적 권력을 가지고 있으면서도 공포심을 주지 않는 것입니다."

그가 대답하였다.

나머지 세 사람 중 한 사람에게는, 어떻게 하면 인간이 신이 될 수 있느냐고 물었다.

"인간이 할 수 없는 일을 하면 신이 될 수 있습니다."

아홉번째 사람에게는 삶과 죽음 중 어느 쪽이 더 강한지를 물었다.

"무서운 고생을 참아 내는 삶."

마지막 사람에게는 인간은 언제까지 살면 되느냐고 물었다.

"죽는 편이 살기보다 낫다고 생각할 때까지."

마지막 사람이 이렇게 대답하였다.

여기서 왕은 심판자 쪽을 돌아다보며, 결과를 어떻게 생각하느냐고 물었다. 그러자 그는 나중 사람들이 먼저 사람들보다 서투른 대답을 하였다고 말하였다. 이에 알렉산드로스는 눈을 부릅뜨고 이렇게 말했다.

"그렇다면 그러한 심판을 내린 그대부터 죽어야 하겠소."

그러자 심판자는 손을 내저으며 대꾸하였다.

"아뇨, 그렇지 않습니다. 만일 폐하께서 맨 먼저 가장 서투른 대답을 한 자부터 죽이겠다고 하신 말씀이 거짓말이 아니라면요."

이 말에 알렉산드로스는 머리를 끄덕이고 나서 이들 철학자들에게 선물을 주어 무사히 물러가게 하였다. 한편 자기들만이 가장 명성이 높고, 혼자 조용히 은둔생활을 하며 명상으로 소일하고 있다고 생각하는 성자들에게는 오네시크리투스를 보내어 와달라고 초청하였다. 오네시크리투스는 키니크파의 디오게네스에게서 배운 철학자다. 그는 인도의 성자 중 한 사람인 칼라누스가 극히 거만한 태도로 나체가 되어 자기 설교를 들으라고 난폭하게 명령하고, 그렇게 하지 않으면 비록 그대가 제우스 신이 보낸 사자라 할지라도 그대와 대화하지 않겠다고 쏘아붙였다고 전하고 있다.

단다미스라는 선인은 그보다는 온화한 편이어서 소크라테스, 피타고라스, 디오게네스 등의 이야기를 경청하였다. 그리고는 그들 철학자들은 천성이 선한 사람들이기는 하지만 법률 앞에서 너무나도 저자세였다고 비난하였다. 그리고 단다미스는 오네시크리투스에게 이렇게 물었다.

"무엇 때문에 알렉산드로스는 여기까지 그런 먼 길을 왔는가?"

그러나 칼라누스는 탁실레스의 설득에 의하여 알렉산드로스를 찾아왔다. 이 사람은 본명이 스피네스였는데, 만나는 사람마다 '카이레'(안녕하십니까)라고 하지 않고 인도 말로 '칼레' 하고 인사하였으므로 그리스 인들은 그를 칼라누스라고 부르게 되었다. 그는 알렉산드로스에게 지배의 모델을 제시하였다고 전해지고 있다. 왕과의 사이에 말라빠진 가죽을 놓고 한끝을 밟으니 한쪽은 눌려지나 다른 부분이 일어섰다. 이렇듯 빙빙 돌고 밟으며 어떻게 되는가를 보이고는 맨 마지막으로 가죽의 한복판을 밟으니 평평히 펴지며 일어서지 않았다. 이로써 왕은 항상 중앙에 위치하여 통치하여야 하며, 먼 변경을 오랫동안 방랑해서는 안 된다는 것을 가르치고 있는 것이었다.

많은 강을 건너 바다에 나오기까지 7개월이라는 세월이 흘렀다. 배로 오케아누스로 들어간 그는 스킬루스티스라고 부르기

도 하고, 혹은 프실리투키스라고 부르기도 하는 섬으로 건너갔
다. 그 섬에 상륙하여 신들에게 제사를 드리고, 갈 수 있는 데
까지 해안의 상태를 조사하였다. 그런 다음 이후로는 자기 이
외의 어떠한 사람도 이번 원정의 한계를 넘어서는 일이 없도록
해달라고 신에게 빌고는 귀환길에 올랐다. 함대는 네아르쿠스
를 제독으로, 오네시크리투스를 항해장으로 임명하여, 인도를
오른쪽으로 끼고 해안선을 따라 항해하도록 명령하였다. 그리
고 자기는 육로로 오리테스 족의 한가운데를 뚫고 전진하였는
데, 가장 큰 곤란을 맛보게 되어 많은 사병들을 잃었다.

　그 결과 인도로부터는 그의 병력의 4분의 1도 안 되는 숫자
만 데리고 귀환길에 올랐던 것이다. 무릇 보병 12만, 기병 1만
5천이나 되던 병력이 질병과 환경변화, 타버릴 것만 같은 더위
와 기아 때문에 절반 이상 목숨을 잃었다. 기아는 그들이 통과
한 지역 주민들이 비참한 생활을 하고 있어서 생긴 것이다. 그
들은 주로 바다에서 나는 생선을 주식으로 하고 있었으므로 육
류는 구경도 하기 힘이 들었다. 이따금 양을 조금 기르고 있는
주민이 있었지만, 그것만으로는 너무나 부족했고 게다가 경작
지도 메말라 있었던 것이다. 60일이나 걸려서 이 지역을 빠져
나와 게드로시아에 도착하니, 부근의 총독과 왕이 풍족한 물자
를 가지고 나와 그들을 반가이 맞아주었다.

　여기서 사병들을 푹 쉬게 한 알렉산드로스는 카르마니아 지
방을 7일 동안이나 걸려서 통과하며 큰 잔치를 벌였다. 그는
막료들과 함께 높다란 누대에 마련된 제단 위에서 주야를 가리
지 않고 주연을 베풀면서, 여덟 필의 말들이 천천히 끄는 마차
를 타고 있었다. 그 뒤를 따르는 수레의 수는 이루 다 헤아릴
수 없을 만큼 그 수가 많았다. 어떤 수레는 진분홍색 천을 두
른 위에 가지가지 빛깔의 천으로 장식하였고, 어떤 수레는 새

로 꺾어 온 푸른 나뭇가지로 장식하였다. 그것들이 차례차례로 알렉산드로스의 수레를 뒤따르며, 화환을 머리에 두르고 술에 곤드레가 되어 있는 다른 측근과 장군들을 실어 갔다.

방패도 갑옷도 창도 그 모습을 감췄으며, 병사들은 줄을 지어 가며 축배를 들고 있었다. 뿔 모양의 술잔, 테리클레스풍의 술잔 따위로 커다란 술단지와 혼주기(混酒器)에서 술을 떠서, 어떤 자는 걸으면서 또 어떤 자는 드러누워 마구 퍼마셨다. 여러 가지 피리 소리와 노래 소리와 하프와 여자들이 디오니소스 주신을 찬미하는 춤에 맞추어 부르는 노랫소리가 도처에 가득하였다. 대열도 짓지 않고 어슬렁어슬렁 걸어가는 병사들의 행렬 뒤에 아무렇게나 디오니소스 주신을 찬미하는 행렬이 뒤따라, 마치 디오니소스 주신 자신이 강림하여 제사행렬에 참가하고 있는 것만 같았다.

이어 게드로시아의 왕궁에 도착하여 또다시 군대를 쉬게 하고는 제사를 드렸다. 전하는 바에 의하면, 알렉산드로스 자신도 술에 취해 합창경기를 보고 있었는데, 이때 왕이 총애하고 있던 바고아스가 합창대 가운데서 승리를 거두었다. 그는 무용복을 입고 화환을 머리에 쓴 채 극장 안을 지나 왕의 곁으로 가까이 와서 앉았다. 그러자 마케도니아 병사들이 크게 박수를 치며 키스를 해주라고 고래고래 소리를 지르는 바람에, 마침내 왕은 그를 끌어안고 키스하였다고 한다.

이때 네아르쿠스가 지휘한 선단이 도착하여 그 항해담을 듣게 되었다. 항대담을 재미있게 들은 알렉산드로스는 크게 기뻐하며, 이번에는 그 자신이 대선단을 이끌고 에우프라테스 강을 따라 내려가 아라비아, 리비아를 돌아 항해하기로 하였다. 그리하여 헤라클레스의 쌍기둥(지브롤터해협)을 거쳐 지중해로 들어오기로 계획하고, 타프사쿠스에서 많은 선박을 건조하고 각지에서 선원과 항해사를 모았다.

그러나 귀국시에 겪은 여러 가지 힘들었던 일들, 말리 족과 싸울 때에 입은 부상, 극히 막대하였다고 전해진 군대의 피해 등이 그의 안전마저 보증하지 못하게 되었다. 게다가 식민지의 주민들이 서로 반란을 일으켰고, 왕이 원정을 나간 사이에 장군과 총독은 옛 버릇이 다시 나타나 부정과 탐욕과 거만을 일삼고 마치 자기가 왕인 양 행세하고 있었다. 이로써 왕국 전체의 인심이 불안정해지고 반란의 기운이 커져 가고 있었다. 그러는 사이에 올림피아스와 클레오파트라(알렉산드로스의 누이)가 안티파테르를 공격하여 몰아내고 왕국을 분할하여, 올림피아스는 에피루스를, 클레오파트라는 마케도니아를 빼앗았다. 이 말을 듣고 알렉산드로스는 어머니가 더 현명하다고 생각하였다. 왜냐하면 마케도니아 인은 여왕의 통치를 받기를 싫어할 것이라고 생각하였기 때문이다.

그는 이제 네아르쿠스로 하여금 해로를 따라가며 연안의 부족들을 정복하게 하고, 자기 자신은 육로로 행군을 계속하며 귀국 도중 부정을 저지른 장군들을 징벌하기로 하였다. 그는 수사의 총독 아불레테스의 아들 옥시아르테스를 친히 창으로 찔러 죽였다. 그리고 아불레테스가 왕의 필수품을 아무것도 내놓지 않고 다만 3천 탈렌트의 화폐를 제출하였는데, 알렉산드로스는 그 은화를 말에게 던져주라고 명령하고 말이 그것을 먹지 않자 이렇게 호통쳤다.

"말도 먹지 않는 것을 날더러 먹으라는 것이냐?"

그리고는 아불레테스를 투옥하였다.

페르시아에서는 화폐를 여자들에게 나누어주었는데, 그것은 페르시아의 여러 왕이 왔을 때 늘 금화를 여자 하나하나에게 나눠준 관례에 따른 것이다. 이 때문에 왕들 중 어느 왕은 그다지 빈번히 페르시아에 오지 않았으며, 오쿠스 같은 왕은 인색하여 한번도 페르시아에 온 적이 없었다.

알렉산드로스는 또 키루스 왕의 능이 도굴되어 있는 것을 발견하고서 범인을 붙잡아 사형에 처하였다. 이 짓을 한 자는 펠라(마케도니아의 수도이며,) 출신으로, 신분이 결코 낮지 않은 폴리마쿠스라는 자였다. 알렉산드로스는 비문을 읽어보고서 그 비문 아래에다 그리스 어로도 이렇게 새겨두라고 명령하였다.

행인이여, 그대가 누구며, 어디서 왔는지, 그대가 오리라는 것을 나는 알고 있노라. 나는 페르시아 왕국을 창건한 키루스요, 내 몸을 덮고 있는 이 얼마 안 되는 땅을 탐내지 말지어다.

알렉산드로스는 이 글에 담겨져 있는 그 무상과 변전을 보고서 깊이 마음이 움직였다. 또 이때 얼마 전서부터 복통을 앓고 있던 칼라누스가 자기를 화장해줄 장작을 준비해달라고 부탁하였다. 칼라누스는 말을 타고 자기를 화장해줄 곳으로 갔다. 기도하고 술을 따르고 머리카락 한 줌을 잘라서 그것을 태운 다음, 장작 위로 올라가서 거기 모여 있는 마케도니아 인들에게 인사하였다. 그리고 왕과 함께 실컷 마시라고 분부하고, 왕과는 얼마 후 바빌론에서 뵙게 될 것이라고 말하였다. 이 말을 끝내자 그는 장작더미 위에 드러누워 얼굴을 가리고, 불길이 다가와도 꼼짝도 않고 인도 철학자의 조상의 관례에 따라 조용히 죽어 갔다. 오랜 세월이 지나 카이사르의 친우인 또 한 사람의 인도인이 아테네에서 이와 같이 죽어 갔는데, 현재에도 인도인의 무덤이라고 하는 것을 찾아볼 수 있다.

알렉산드로스는 화장이 끝난 다음, 집으로 돌아와서 많은 측

근들과 장군들을 연회에 초청하여 술마시기 시합을 개최하였
다. 여기서 가장 술이 센 자에게는 상으로 금관을 주기로 하였
는데, 가장 많이 마신 자는 프로마쿠스였다. 그는 12쿠오트($\frac{1}{7}$
오트는 $\frac{약}{1.14리터}$)를 마시고 1탈렌트짜리 금관을 상으로 탔는데, 사흘 후
에 죽었다. 카레스의 사기에 의하면 이 술마시기에 참가했던
사람들 중 41명이나 더 격렬한 오한을 일으키고는 죽었다고 한
다.

수사로 돌아와서는 측근들의 결혼식을 성대히 올려준 왕은
자신도 다리우스의 딸인 스타티라와 결혼하였다. 그리고 신분
이 높은 여자들은 신분이 높은 신하들에게 주고 이미 결혼한
마케도니아 인들과 합동피로연을 거행하였다. 전하는 바에 의
하면, 연회에는 9천 명의 손님을 초대하고 술을 따르기 위하여
손님 하나하나에게 금술잔 하나씩을 하사하였다고 한다. 또 빚
을 지고 있는 자들을 위하여 채무자들에게 필요한 액수를 골고
루 탕감해 주었는데, 그 총지출액이 9870탈렌트에 이르렀다고
한다.

그때 외눈박이 안티게네스 장군이 빚을 지고 있다고 거짓 신
고를 하고, 채권자라는 자를 연회자리로 끌고 와서 돈을 받아
가게 하였다. 이것이 나중에 거짓임이 발각되어 노한 왕은 그
를 궁정에서 추방하고 장교의 계급을 박탈하였다. 안티게네스
는 군사면에서 이름을 떨쳤는데, 젊었을 때 필리포스 왕이 페
린투스를 공략할 때에 투사기에서 발사한 화살이 그의 눈에 꽂
혔다. 그것을 뽑아주겠다고 하는 전우의 말에도 그는 귀를 기
울이지 않고, 적을 성벽 쪽으로 몰아붙일 때까지 공격을 늦추
지 않았었다. 그런 안티게네스였으므로, 이번의 불명예에 극히
마음을 괴롭히고 고뇌하고 의기소침하여 자살하려고까지 하였
다. 그러자 그를 몹시 아끼던 왕은 겁이 나서 노여움을 풀고

그를 용서해주었다. 그리고 속인 돈도 그대로 가지라고 명령하
였다.

알렉산드로스가 이 곳에서 그리스식으로 교육시키고 훈련시
킨 3만 명의 페르시아 소년들이 있었다. 그들은 이미 체격도 강
건해지고 씩씩했으며, 다시 훈련을 쌓아 놀라우리만큼 무예에
도 능숙하고 민첩함을 보였다. 그리하여 왕은 무척 대견하게
생각하였지만, 마케도니아 국민들 사이에는 불만과 시기심이
생기게 되었다. 그것은 왕이 앞으로는 자기들을 탐탁하게 생각
지 않고, 중용하지 않게 될지도 모른다고 생각하였기 때문이
다. 그런데다가 여기서 한술 더 떠 왕은 병약자들과 전상자들
을 본국으로 무조건 송환하였다. 그러자 국민들의 비난이 들끓
었으며, 공공연히 이렇게 왕을 성토하였다.

"성한 사람을 징집하여 실컷 부려먹고는 이제 늙고 병들어
더 이상 부려먹지 못하게 되자 명예마저 박탈하고, 출정시와는
전연 다른 폐인의 몸으로 고국과 양친 곁으로 돌려보내다니,
이것은 모욕이며 무례한 소치가 아닐 수 없다. 왕이 만약 마케
도니아 병사 전체를 쓸데없는 군대라고 생각한다면 국민 전부
를 병역해제하고, 젊고 씩씩한 야만인 풋내기 군대로 대치하여
세계정복의 야욕을 채우는 것이 좋을 것이다."

국민들의 이 원성에 왕은 노발대발하여 그들을 여러 면에서
공격비난하고 경호자마저 쫓아버렸다. 그리고 대부분을 페르시
아 인으로 대치하고는 그 중에서 호위병과 조리군을 임명하였
다. 이렇게 자기들의 왕이 페르시아 인의 경호를 받고 있는 것
을 본 마케도니아 인들은 자기들이 매우 경솔하였음을 크게 뉘
우쳤다. 그래서 왕의 막사로 몰려가 꿇어 엎드리고, 배은방덕
한 죄인들이니 벌을 주고 용서하시라고 울며 호소하였다. 왕은
이미 노여움이 가라앉아 있었지만, 일부러 천막 밖으로 나가지

는 않았다. 그러자 마케도니아 병사들도 막사를 떠나지 않고 이틀 밤 이틀 낮을 거기서 꿈쩍도 않고서 탄식하며 그들의 왕을 계속 불렀다.

사흘째 되는 날 왕은 밖으로 나왔다. 울다 지친 병사들의 가련한 모습이 막사 앞에 즐비한 것을 본 왕도 저절로 눈물이 나와 오랫동안 병사들과 함께 울었다. 그리고는 온화한 말로 꾸짖기도 하고 다정한 말로 달래며, 이제는 병약한 병사들을 모두 제대시키고 고국으로 돌려보낼 테니 이의를 제기하지 말라 하였다. 그리하여 그들에게 푸짐한 선물을 주고, 친히 안티파테르에게 서신을 보내어 이 사람들에게 모든 운동경기대회나 극장에서 화환을 쓰고 특별석에 앉을 특권을 주라고 명령하였다. 또 전사자의 아들로서 고아가 된 자에게는 부친이 받고 있던 급료를 그대로 주었다.

메디아의 엑바타나로 와서 긴급한 용건을 처리하였을 때, 그리스에서 3천 명의 연예인이 그에게로 왔다. 그래서 또다시 연극과 제사에 골몰하게 되었다. 이때 왕의 총애를 받던 헤파이스티온이 열병에 걸렸다. 그는 젊은 군인이었는데, 엄중히 식사를 조절하며 치료하도록 하였지만, 주치의 글라우쿠스가 극장에 간 사이에 조반으로 삶은 통닭 한 마리를 다 먹고, 또 한 항아리의 찬 술을 죄다 마셔버렸다. 이로써 그는 병세가 악화되어 며칠 후에 세상을 떠나고 말았으므로 왕은 슬픔을 억제할 길이 없었다.

왕은 헤파이스티온을 너무 총애하고 사랑한 나머지 그 즉시 조상하는 뜻으로 말과 노새들의 갈기와 꼬리털을 자르라고 명령하고, 인근의 여러 도시의 흉벽(胸壁)을 헐어버리라고 명령하였다. 그리고 한심한 의사를 못박아 죽이고, 오랫동안 피리와 그 밖의 모든 음악을 진영 내에서 금하였다. 그런데 때마침

암몬의 신전으로부터, 헤파이스티온에게 영광을 드리고 반신인
으로 모시고 고사를 지내라는 신탁이 왔다. 이 슬픔을 달래기
위하여 왕은 다시 전쟁을 시작하였는데, 이것은 말하자면 인간
사냥을 함으로써 그 슬픔을 달래자는 심산이었다.

그는 코사이 족을 공략하여 청년 이상의 장정 전부를 목 잘
라 죽였다. 이것은 헤파이스티온에게 바친 희생물이었다. 그리
고 헤파이스티온의 무덤에 그 비용은 신경을 쓰지 말고 창의성
을 발휘하여 마음껏 치장해보라고 하였다. 그리하여 건축가 중
에서도 그 신기한 착상과 규모의 웅대함, 대담한 구상과 장식
따위로 평판이 높은 스타시크라테스가 이 일을 맡게 되었다.

이 사람은 일찍이 알렉산드로스를 만났을 때, 온 세계의 모
든 산들 중에서 트라케의 아토스 산은 어떠한 형체, 어떠한 자
세를 한 사람의 상이라도 만들기에 가장 적합한 산이라고 자랑
하듯이 대답하였다. 그리고는 만일 폐하의 명령만 떨어지면 아
토스 산을 폐하의 조상으로 만들어, 가장 오래 갈 수 있고 또
멀리에서 가장 잘 볼 수 있는 기념물로 남기겠다고 말한 적이
있었다. 그래도 왕이 잠자코 있자, 그는 왕이 왼손에는 인구 1
만이나 되는 도시를 잡고, 바른손에는 바다로 흘러들어가는 큰
강을 잡고 있는 형상으로 만들겠다고 장담하였다. 물론 그때에
는 왕이 거절하였지만, 이번에는 돈이 많이 들어도 신경을 쓸
것 없이 좀더 신기하고도 웅장한 무덤을 짓도록 하라는 명령을
받고 다른 건축가들과 치밀하게 계획을 짜기에 이른 것이다.

알렉산드로스가 바빌론으로 진격하고 있는 동안에 네아르쿠
스가 그의 선단을 이끌고 또다시 대양으로부터 에우프라테스로
돌아왔다. 그는 자기 있는 곳으로 몇 사람의 칼다이아 인 점술
가들이 와서, 알렉산드로스에게 바빌론으로 가지 말라고 권고
하였다고 보고하였다. 그러나 알렉산드로스는 이 권고에 귀를

기울이지 않고 바빌론으로 진격하여 성벽 앞에까지 갔다. 그때 많은 까마귀들이 공중에서 싸우며 서로 물어뜯고 있는 것을 보았다. 그 중 몇 마리는 왕의 옆으로 떨어졌다. 그 후 바빌론의 장군 아폴로도루스가 알렉산드로스를 위하여 제사를 드렸다는 보고가 있었으므로, 알렉산드로스는 점술가 피타고라스를 불러 그것이 사실이냐고 물었다. 그는 이 사실을 부정하지 않았으므로, 알렉산드로스가 물었다.

"그래 제사 드린 결과가 어떠했소?"

그랬더니 그가 제물로 쓴 짐승의 간에 간엽이 없었다고 대답하자, 알렉산드로스는 크게 놀라며 이렇게 탄식하였다.

"큰일났군, 참 불길한 징조로군!"

왕은 피타고라스를 처벌하지는 않았지만, 네아르쿠스의 말을 믿지 않았던 것을 후회하였다. 그리하여 바빌론 성 밖에 친 천막에서 기거하기도 하고, 에우프라테스 강에 배를 띄우고 선유를 즐기기도 하면서 많은 시간을 보냈지만, 많은 불길한 징조가 계속 그를 괴롭혔다. 기르고 있던 순한 사자 가운데서 가장 크고 훌륭한 놈을 당나귀가 덤벼들어 걷어차 죽여버렸다. 또 어느 날 왕이 옷을 벗고 공놀이를 한 다음 다시 옷을 입으려고 할 때, 왕과 같이 공놀이를 하던 소년이 왕의 옷을 갖다 주려고 탈의실로 갔다. 그런데 난데없는 녀석이 왕관을 쓰고 왕의 옷을 입은 채 옥좌에 앉아 있는 것이었다. 도대체 웬놈이냐고 물었지만 오랫동안 꿀먹은 벙어리처럼 가만히 있었다. 그러다가 제정신이 들었는지 이렇게 말하는 것이었다.

"나는 메세네 태생의 디오니시우스라는 사람이오. 무슨 죄인지도 모르고 해안에서 이 곳으로 잡혀 와서 오랫동안 투옥되어 있었는데, 갑자기 세라피스 신이 나타나서 사슬을 끌러주었소. 그리고는 이 곳으로 데리고 와서 왕관을 씌우고 왕복을 입히더니 이 자리에 가만히 앉아 있으라고 명령하였소."

　이 말을 들은 알렉산드로스는 그 사나이를 점술가들이 권하는 대로 사형에 처하였다. 그러나 그 자신은 크게 낙담하고, 신들이 자기를 저버렸다고 두려워하며 친구들을 의심하게 되었다. 특히 그 중에서도 안티파테르와 그 아들들을 두려워하였다. 그 아들 중에서 이올라우스는 알렉산드로스의 술잔을 집어드리는 시종관이었다. 그리고 카산데르는 최근에 그리스에서 왔기 때문에, 동방인이 왕에게 엎드려 절하는 것을 보고는 배를 움켜쥐고 깔깔 웃어댔다.

　그는 그리스풍 교육을 받았고, 또 그와 같은 것을 본 적도 없었기 때문이었다. 알렉산드로스는 노발대발하여 그의 머리채를 두 손으로 움켜쥐고는 그의 머리를 벽에다 부딪쳤다. 또 나중에 자기 아버지 안티파테르를 비난하는 사람들에 대하여 카산데르가 무언가 말하려고 하자, 알렉산드로스는 그 말을 가로막고는 이렇게 쏘아붙였다.

　"무슨 소리를 하는 거냐? 이 사람들이 아무런 억울한 경우를 당하지 않았는데 할 일이 없어서 먼길을 여기까지 왔겠느냔 말이다."

　이 말에 카산데르가 증거가 있을 곳을 떠나서 멀리 온 것부터가 거짓 소송을 하기 위하여 온 증거가 아니겠느냐고 따졌다. 그러자 알렉산드로스는 큰 소리로 웃어대며 말했다.

　"그것이야말로 아리스토텔레스 일파가 상투적으로 사용하는, 어느 쪽을 취해도 이치에 닿는 궤변이다. 만일 너희들이 이 사람들에게 조금이라도 부정을 저질렀다는 것이 판명되는 날에는, 너희들을 엄히 혼내줄 테니 그리 알아라."

　전하는 바에 의하면, 이 일이 있는 후부터 카산데르의 마음속에는 알렉산드로스에 대한 깊은 공포심이 스며들었다고 한

다. 그리하여 훨씬 후에 그가 마케도니아 왕이 되어 그리스를
지배하고 있을 때, 델포이로 가서 많은 초상들을 구경한 적이
있었다. 그때 알렉산드로스의 초상이 눈에 띄자 그 충격 때문
에 갑자기 눈이 빙빙 돌며 몸이 부들부들 떨리고 초죽음이 되
었다가 한참만에 겨우 제정신이 들었다는 것이다.

알렉산드로스는 차츰 신의 섭리라는 것에 자꾸만 마음이 기
울어 갔다. 그 바람에 마음이 흔들려 공포심에 사로잡히게 되
었다. 그러자 조금이라도 이상한 일은 영묘한 전조라며 제사를
드리는 자, 정제를 행하는 자, 점을 치는 자들이 궁중에 우글
우글 모여들어 알렉산드로스의 마음을 우행(愚行)과 공포로 가
득 채워주었다.

그러자 헤파이스티온에 관해서는 이미 신의 신탁을 받았으므
로, 슬픔을 몰아내기 위하여 왕은 또다시 제사와 주연에 골몰
하게 되었다. 네아르쿠스 일행을 맞이하여 화려한 주연을 베풀
고, 그것이 끝난 후 언제나처럼 잠자리에 들려고 목욕을 하였
다. 그러나 메디우스가 하도 조르는 바람에 그의 집에서 베풀
어진 연회에 갔다. 거기서 그 날 밤과 다음날을 연이어 폭음하
던 중 왕은 갑자기 전신이 열로 부들부들 떨리기 시작하였다.
사가에 따라서는 왕은 이때에 헤라클레스의 큰 술잔으로 폭음
하였다고도 하고, 창끝으로 등을 찔린 것처럼 등에 갑자기 큰
통증을 느꼈다고도 하였다. 그러나 이것은 사가들이, 위대한
업적에는 비극적이며 사람들을 감동시킬 만한 결말을 적어야
한다고 생각하고서 날조한 것임에 틀림없다. 아리스토불루스에
의하면, 왕이 대단한 고열에 신음하고 갈증이 심하여, 술을 마
시다가 착란에 빠져 다이시우스 달 30일에 세상을 떠났다고 말
하고 있다.

그러나 공적인 일지에는 그때의 병세가 다음과 같이 기록되

어 있다.

"다이시우스 달 18일, 발열 때문에 목욕탕에서 잠이 들다. 다음날 목욕을 끝나친 다음 왕의 방으로 옮겨지다. 메디우스와 놀이를 하면서 하루를 보낸 후, 목욕을 끝마친 다음 신들에게 제사를 드리고 나서 저녁 식사를 들다. 밤새도록 발열. 20일에 또다시 목욕. 늘 하던 관례대로 제사를 드린 후, 네아르쿠스 일행과 하루를 보내며 항해와 대양에 관한 이야기를 듣다. 21일도 전날과 똑같은 모양으로 하루를 보내다. 열은 더 고열이고 밤중 내내 편히 잠을 못 이루다. 다음날엔 열이 아주 고열이어서 침대를 욕조 곁으로 옮겨다 놓고 잠자리에 들다. 장군들과 결원 중인 장군직에 관하여 의논한 다음 적임자라고 생각되는 자를 임명하다. 24일, 고열. 부축을 받고서 제사를 드리다. 장군 중 중요한 지위에 있는 자에게 대청에서 대기하고 있으라고 명령하다. 부대장, 5백인 대장들에게는 밤새도록 대청방 밖에서 대기하고 있으라고 명령하다. 25일, 대안에 있는 왕궁으로 이동되어 얼마 잠을 이루지 못하다. 열이 내리지 않다. 여러 장군이 도착하였을 때에는 말도 못 하다. 26일도 병세는 여전하다. 그로 인하여 마케도니아 병사들이 왕이 서거한 줄로 생각하고도 궁궐 문 앞에 와서 소요를 일으키다. 그들은 왕의 막료들을 위협하여 무력을 행사해서라도 궁궐 안으로 들어가겠다고 고집을 부리다. 문을 열고 하나씩 소복 차림으로 왕의 침대 옆을 지나며 쾌유를 빌다. 이 날 세라피스의 신전으로 피톤과 셀레우쿠스를 파견하여 왕을 그 곳으로 옮기는 것이 어떻겠느냐고 하는 신탁을 묻다. 신은 옮기지 말고 그대로 있으라는 신탁을 내리다. 28일 저녁에 서거."

이상의 인용은 대부분 왕실 일지에 기록된 대로를 옮긴 것이다. 왕이 독살되었다는 의심을 품은 사람은 그때에는 아무도 없었다. 그러나 6년 후에 밀고에 의하여 왕이 독살되었다는 증거가 확실히 드러났다. 올림피아스가 많은 사람들을 처형하였을 때, 이미 죽은 이올라우스가 왕을 독살하였다고 폭로하고는, 그의 시체를 무덤에서 파내어 바람에 날려버렸다는 것이다. 어떤 사가들은 아리스토텔레스가 안티파테르와 공모하여 독살하였다고도 했다. 하그노테미스라는 자가 아리스토텔레스를 통하여 독약이 반입되었다는 사실을 안티고노스 왕 자신의 입을 통하여 직접 듣고서 그 소문을 퍼트렸다고 한다. 그 독이란 얼음처럼 찬 물로서, 노나크리스 시 부근의 어떤 바위에서 이슬처럼 흘러내리는 것을 모아서 말발굽 속에 저장해 둔 것이라고 한다. 그 물이 너무도 차고 침투력이 강하여 다른 어떤 그릇에도 담을 수가 없었기 때문이다.

그러나 대부분의 사가들은, 독살에 관한 이야기는 날조된 이야기라고 보고 있다. 이 적지 않은 증거는, 그 증거 여하의 문제를 둘러싸고 장군들이 서로 다투는 바람에 시체는 오랫동안 질식할 것만 같은 무더운 장소에 방치되어 있었다. 그렇지만 독살의 징후는 아무것도 나타나지 않았으며, 시신은 청결하고도 신선하게 보존되었고, 향기를 발산하는 사실로 미루어보아도 알 수 있다.

한편 록사나는 이때 임신 중이었으며, 그 때문에 마케도니아인들로부터 존경을 받고 있었는데, 그녀는 스타티라를 몹시 질투하고 있었다. 그리하여 왕이 살아 있을 때 왕의 필적을 위조해서 편지로 스타티라를 불렀다. 스타티라가 그의 누이동생과 함께 오자 그녀들을 죽여 시체를 우물 속에 던지고서, 그 위에다 흙을 덮었다. 여기에는 페르디카스가 공모하였다. 그는 왕이 서거한 후 즉시로 최고권력을 장악하고, 아르히다이우스를 왕통을 이을 실권자로 삼아 마음대로 요리하고 있었다. 이 사람은 신분도 얕은 천한 여자 필린나의 몸에서 태어난 필리포스의 아들로, 몸의 병 때문에 정신도 바보가 된 사람이었다. 이 병은 유전이거나 태어날 때부터 있었던 것은 아니었다. 그는 아이 때는 뛰어나게 장래가 촉망되는 훌륭한 소년이었으나, 올림피아스가 독약을 먹여 신체도 나빠지고 정신도 썩게 되었다는 것이다.

카 이 사 르

기원전 100년~44년

술라는 로마의 정권을 장악한 후, 일찍이 독재적 권력을 휘둘렸던 자기가 미워하는 카이사르를 킨나의 딸 코르넬리아로 하여금 이혼하게 하려고 하였다. 그러나 코르넬리아가 위협이나 감언이설로는 이혼을 하지 않자 보복수단으로 그녀가 시집을 때 가지고 온 결혼지참금을 몰수하였다.

　술라가 카이사르를 미워하게 된 원인은 카이사르가 마리우스의 인척이었기 때문이었다. 카이사르의 고모인 율리아는 대 마리우스에게 시집을 갔고, 그 둘 사이에서 태어난 것이 소 마리우스로서 카이사르와는 이종사촌간이었다.

　그런데 술라가 정권을 장악한 초기에는 많은 사람들을 죽였고 정무(政務)도 다사다난하여 카이사르를 감시할 겨를이 없었다. 카이사르는 이 기회를 이용하여 아직 연소한 몸으로 민회에 나가서 사제직의 선거에 입후보하였다. 술라는 몰래 카이사르가 낙선하도록 방해공작을 꾸몄다. 심지어는 카이사르를 암살하려고까지 하였으므로,

　"이런 풋내기 어린애를 죽일 이유는 없지 않소."

하고 충고하는 사람도 더러 있었다. 그러나 술라는,

"이 소년은 한낱 아이에 지나지 않지만 그 속에는 많은 마리
우스가 들어 있소. 그것이 보이지 않다니, 당신들은 사람을 볼
줄 모르는군요."
하고 대답하였다.

　이 말은 카이사르의 귀에도 들어갔으므로, 그는 잠시 사비니
족들이 살고 있는 지방을 떠돌면서 몸을 숨기고 있었다. 그 후
공교롭게도 병을 얻어 다른 집으로 피신처를 옮기다가 술라의
병사들에게 그만 잡히고 말았다. 이들은 이 지방을 샅샅이 뒤
지면서 숨어 있는 정적들을 체포하는 자들이었다. 카이사르는
그 지휘관 코르넬리우스를 2탈렌트로 매수하여 석방되자, 그
즉시로 바닷가로 달려가 배를 얻어 타고 비티니아의 니코메데
스 왕에게로 피신하였다.

　그는 이 왕국에는 그리 오래 있지 않고 곧 귀국길에 올랐다
가, 파르마쿠사 섬 부근에서 해상을 제패하고 있던 해적에게
잡혔다. 해적들은 그에게 보석금으로 20탈렌트를 내면 놓아주
겠다고 요구하였다. 그러자 그는
"너희들은 도대체 누구를 붙잡았는지 모르는 모양이구나."
하고 비웃으며 자진하여 50탈렌트 내겠다고 약속하였다.

　그는 그 돈을 마련하기 위하여 자기 부하들을 각지로 파견하
였다. 그 동안 그는 친우 한 사람과 시종 둘만 데리고 이 세상
에서 가장 잔인한 사람들이라고 알려진 이들 킬리키아의 해적
단에 감금되어 있었다. 그러나 그는 상대방을 무시하는 태도를
취하였으며, 자기가 자려고 할 때에는 사람을 보내어 조용히
하라고 명령하였을 정도였다. 이렇듯 카이사르는 38일 동안 감
금되어 있다기보다도 오히려 보호를 받고 있는 것처럼, 조금도
어색한 기색 없이 해적들과 함께 게임을 즐기기도 하고, 체육
훈련을 하기도 하였다. 그리고 그들을 상대로 시를 낭독하기도

하고 연설을 하기도 하였다. 그러면서 자신의 연설을 칭찬하지 않는 자에게는 그 자리에서 가차없이 무지몽매한 도배들이니 야만인이니 하고 비웃으면서, 목을 졸라 죽이겠다고 위협한 적도 한두 번이 아니었다. 그러나 해적들은 오히려 재미있어하며, 이 거리낌없는 말을 일종의 천진난만한 농담 정도로 받아들이고 있었다.

마침내 그는 밀레투스로부터 보석금이 도착하여 그것을 해적들에게 주고서 석방되었다. 그러자 그는 밀레투스에 가서 군병들을 모아 가지고 해적 소탕작전에 나섰다. 그는 그 섬에 정박하고 있는 해적들을 습격하여 대부분을 생포하였다. 그는 그들의 재물은 전리품으로 하고 사람은 페르가뭄의 감옥에 투옥시켰다. 그리고 본인은 아시아를 통치하고 있는 유니우스에게로 갔다. 당시 포로의 처벌은 영지총독인 이 유니우스의 권한에 속하는 업무였기 때문이다. 그러나 유니우스는 막대한 양에 이르는 재물에만 탐을 내고 포로는 나중에 한가할 때 깊이 생각해보고 처리하겠다고 주장하였다. 그러자 카이사르는 이 사람을 그대로 내버려둔 채 페르가뭄으로 돌아가 해적들을 감옥에서 꺼내어 전원 나무에 못박아 죽여버렸다.

그 후 머지않아 술라의 세력이 점차 쇠퇴해 갔고, 또 로마에 있는 사람들이 카이사르의 귀환을 종용하고 있었다. 그러나 그는 몰론의 아들 아폴로니우스 밑에서 공부하기 위하여 로데스 섬으로 건너갔다. 이 사람은 키케로에게도 강의한 적이 있는 훌륭한 변론술의 교사였으며, 인격도 고매하다는 정평이 나 있는 인물이었다.

그리하여 카이사르는 본디 정치적 연설에는 뛰어난 천분을 가지고 있었던데다가 대단한 야심에 불타 그 천분을 연마하였으므로, 웅변가로서는 키케로 다음 가는 제2의 인물이 되었다.

그는 웅변가로서의 제1의 인물이 되기를 단념하였다. 그것은 오히려 정치가로서 또는 군인으로서 제1인자가 되고자 진력하였기 때문이었다. 또 패권을 잡기 위한 수단인 원정이니 하는 정치적 활동에 시간을 빼앗겨, 타고난 변론에 대한 탁월한 재주도 그 천분이 이끌고자 했던 정상까지는 도달하지 못하였던 것이다.

확실히 그는 나중에 키케로의 〈카토론〉을 읽고 키케로에게 반박의 문장 〈반 카토론〉을 발표하였다. 그 논문에서 그는 군인의 연설과, 많은 시간을 기울여 웅변술을 연마한 전문가의 연설을 비교하는 것은 전혀 당치 않은 일이라고 말하였다.

일단 로마로 돌아온 그는 영지에서의 비정 (秕政) 사건으로 돌라벨라를 탄핵하였다. 많은 그리스의 여러 도시가 그에게 그 증거를 제공해주었다. 돌라벨라는 확실히 무죄판결을 받았으나 카이사르는 그리스 인들의 열성적인 성원에 보답하려는 뜻에서 그들이 푸블리우스 안토니우스를 마케도니아의 총독 마르쿠스 루쿨루스에게 고발하였을 때에 그들에게 협력해주었다. 카이사르가 협력한 까닭에 안토니우스는 매우 불리하게 되었으므로, 그는 그리스에서는 그리스 인을 상대로 공평한 재판을 받을 수 없다고 정무위원회에 상소하였다.

또 카이사르는 로마에서 변호를 맡았을 때도 웅변에 의하여 로마 인들의 대단한 인기를 얻었다. 그는 나이에 어울리지 않게 사람들에게 친절하게 대하는 성품이었으므로, 인사할 때나 환담할 때의 화기애애한 태도에 의해서도 민중으로부터 대단한 호감을 샀다. 게다가 가끔 향연과 잔치를 베풀고, 화려한 생활태도로 정계에 점점 세력을 뻗쳐 갔다. 처음에 그를 탐탁하게 생각하지 않았던 사람들은 그가 뿌리는 금품이 수중에서 말라버리면 그 세력도 곧 사라지고 말 것이라 생각하고, 그의 세력이 대중에게 뿌리를 뻗어 나가는 것을 그냥 내버려 두었다.

그러나 그의 세력은 이미 지나치게 커져서 이제는 어찌할 도리가 없을 지경에까지 이르렀고, 마침내는 그가 정정당당히 국가 전체의 변혁을 일으킬 기세에까지 도달한 것을 알게 되었다. 그때에야 그들은 사건의 발단은 무엇이나 결코 사소한 것으로만 여길 것이 아니며, 아무리 사소한 것이라도 그대로 밀고 나가면 머지않아 눈덩이처럼 커져서 나중에는 막을 길이 없을 정도의 큰 세력이 되게 마련이라는 것을 깨닫게 되었다.

이리하여 카이사르의 미소정책의 본체를 맨 먼저 이면에서 간파하고 그것을 의혹의 눈초리로 보기 시작한 사람은 키케로였다. 키케로는 잔잔한 해면과도 같은 카이사르의 정책에 공포를 느낄 정도였다. 그리고 친절하고도 상냥한 웃음 속에 숨겨져 있는 엄격한 성격을 간파하였다. 그는 카이사르의 모든 계획과 정치활동 뒤에는 독재자가 되려는 의도가 엿보인다고 지적하였다. 그런가 하면,

"그러나 그 사람이 그렇게 머리를 단정하게 가꾸고 한 손가락으로 그것을 긁고 있는 것을 보면, 그가 로마의 국정을 전복하려는 터무니없는 나쁜 생각을 가슴 속에 품고 있는 인간이라고는 도저히 생각되지 않는다."

하고 말하기도 하였다.

그런데 카이사르에 대한 민중의 호의가 여실히 드러난 것은, 군사위원직을 놓고 카이우스 포필리우스와 겨루어 많은 득표차로 당선되었을 때의 일이다. 그 뒤 민중의 호의는 더욱 크게 그에게 나타났다. 그것은 마리우스의 처 율리아가 사망하였을 때, 고인의 조카로서 중앙광장에서 그녀에 대해 크게 칭찬 연설을 하였을 뿐만 아니라, 카이사르는 그 장례행렬에 감히 마리우스 부자의 초상을 들고 나왔다. 이 부자는 국가의 공적(公

敵)이라는 선고를 받고 있었으므로, 그들 부자의 초상이 민중 앞에 그 모습을 나타낸 것은 술라가 정권을 장악한 이래 이때가 처음이었다. 이 당돌한 행동에 대하여 카이사르를 비난한 사람도 더러 있었지만, 사람들은 마리우스의 영예를 명부(冥府)에서 오랜만에 로마 시로 되돌려 놓은 행위라고 극구 그를 칭찬하였다.

나이 많은 부인에 대하여 추도연설을 행하는 것은 로마 인들에게 전해 내려온 관례였지만, 젊은 여성의 경우에는 그러한 관습이 없었는데도 카이사르는 자기 아내가 세상을 떠났을 때 그것을 행하였다. 그리고 이것이 또한 카이사르에게 일종의 인기를 더해주었다. 이 불행이 일반대중의 심리를 사로잡는 역할을 다하였으며, 부드러운 정에 두터운 성격의 사람으로서 민중의 사랑을 받게 된 것이다.

아내의 장례식을 끝마치자, 그는 재무관으로서 법무관의 하나인 가이우스 안티베투스를 수행하여 이베리아로 출정하였다. 그에게는 그 후도 계속 경의를 표하여, 베투스의 뒤를 이어 그가 법무관직에 앉게 되었을 때 이번에는 그의 아들을 재정관으로 삼았다. 재정관의 임기를 끝마친 다음, 세번째의 아내로 폼페이아를 맞아들였다. 그러나 전처 코르넬리아와의 사이에는 외동딸인 율리아가 있었는데, 이 외동딸은 나중에 대 폼페이우스에게로 시집가게 되었다.

카이사르는 물쓰듯 돈을 낭비하며 그 막대한 낭비의 대가로 일시적이며 덧없는 명성을 얻고 있는 것처럼 보이면서도, 실은 얼마 안 되는 대가로 가장 값비싼 것을 거두어들이고 있었던 것이다. 사람들이 전하는 바로는, 어쨌든 고급관료직에 앉게 되기까지에는 이미 1천3백 탈렌트의 빚을 지고 있었던 것 같다. 그러나 이렇듯 아피우스 공로(公路)의 관리관에 임명되자,

사재까지 털어서 막대한 돈을 써 가며 그것을 보수하였다. 또 아이딜레 (각종 운동·연예 등의 행사를 담당한 관직) 의 자리에 있는 동안에는 320명의 결투사를 동원하여 성대한 결투대회를 개최하였다.

그 밖에도 연극·행렬·향연 따위의 비용을 부담하여 막대한 돈을 들여 모든 사람들에게 큰 호응과 인기를 얻었다. 그 결과 민중 하나하나가 카이사르에게 그 대가를 지불하기 위하여, 그에게 새로운 관직과 영광을 찾아주고 싶은 충동을 가질 상황에까지 이르게 된 것이다.

로마에는 두 당파가 있었는데, 하나는 술라가 정권을 장악한 이래 비상한 세력을 갖게 된 파이고, 또 하나는 마리우스파였다. 후자는 당시 눌리고 눌려 사방으로 흩어져 전혀 맥을 못 쓰고 있었는데, 카이사르는 이 파를 소생시켜 자기 산하에 두고 싶은 생각에서 아이딜레가 되어 민주의 큰 신망을 얻고 있었을 때, 몰래 마리우스의 초상과 승리의 트로피를 가진 승리의 여신상을 만들게 하여 야음을 틈타서 그것들을 카피톨의 언덕에 갖다 세우게 하였다.

날이 훤히 밝자 모든 것이 황금색으로 찬란하게 빛났으며, 더군다나 기술의 화려함을 다한데다 초상에 킴브리 족을 섬멸한 전공을 찬양하는 글도 새겨져 있는 것을 본 사람들은 그것이 누가 한 짓인지 대번에 알 수 있었다. 따라서 그것을 세운 사람의 용기에 탄복하였다. 그리고 그 소문이 단숨에 사방으로 퍼지게 되자 모두가 그것을 보고자 모여들었다. 그러나 다음과 같이 떠들어대는 사람들도 있었다.

"모처럼 법률과 원로원의 정령으로써 지하에 매장된 마리우스의 영광을 다시 끄집어낸 것은 카이사르가 독재자가 되려고 노리고 있다는 증거다. 또 이런 짓을 하는 것은 미리 회유된 민중이 과연 그의 야심적 노력의 결과에 의하여 순종하려는 것

인지의 여부와, 이와 같은 장난과 혁신을 민중이 허용하려는지
의 여부를 민중에게 시험해보려는 것이다."

그러나 마리우스파의 사람들은 서로 격려하며 밀물처럼 집결
하여 박수갈채를 보내면서 카피톨의 언덕을 점령하였다. 그러
나 이 사건 때문에 원로원이 소집되었으며, 당시 로마 인들 사
이에서 가장 명성이 자자하였던 카툴루스 루타티우스가 일어서
서 카이사르를 탄핵하였다. 그때 그는 길이 기억해야 할 말을
주저없이 내뱉었다.

"카이사르, 그대는 이제까지는 지하공작을 하고 있더니, 이
제는 정정당당히 공성기(攻城機)로 국가를 빼앗으려고 하고 있
군요."

그러나 이것에 대하여 카이사르는 변명의 연설을 하여 원로
원을 승복시켰기 때문에, 이것 때문에 그를 숭배하는 사람들의
의기는 한층 더 드높아졌다. 그들은 누구에 대해서도 그 고매
한 의지를 숙이지 말라고 그를 격려하였다. 민중이 바라고 있
는 것은, 그가 모든 것과 싸워 이겨서 제1인자가 되는 것이라
고 그를 선동하였다.

이 무렵 대사제로 있던 메텔루스가 세상을 떠났다. '대사제'
라는 직위는 당시 모든 사람들이 바라는 자리였는데, 원로원에
서 가장 세력이 강했던 지명인사인 카툴루스와 이사우리쿠스가
입후보하였다. 그러자 카이사르도 민회에 나가서 당당히 그들
과 맞서서 싸우겠다고 하고는 입후보하였다. 이때 선거민의 지
지도가 거의 백중하였으므로, 카툴루스는 다른 두 입후보자들
보다 훨씬 더 신분이 높은 데 비하여 당선될 가능성이 불투명
한 것이 염려되어, 사람을 카이사르에게 보내어 돈을 많이 줄
터이니 후보사퇴를 하라고 설득하였다. 이에 카이사르는 그 이
상 더 빚을 지는 한이 있더라도 선거전을 끝까지 포기할 수 없

다고 대답하였다.

드디어 투표당일이 되어 카이사르의 모친이 문간에서 눈물을 흘리며 집을 나서는 아들을 격려하자, 카이사르는 어머니를 끌어안고

"어머님, 당신의 아들은 오늘 대사제가 되거나 아니면 망명자가 되거나 둘 중 하나입니다."

라고 하였다.

표가 갈라져 대혼전을 빚은 결과, 결국 승리는 카이사르에게로 돌아갔다. 그리고 이 사실은 원로원과 귀족들에게 공포감을 주게 되었다. 그것은 카이사르가 민중을 선동하여 어떠한 무모한 짓을 저지를지도 모른다는 공포심이었다.

그리하여 피소와 카툴루스 일파는 카틸리네 사건에 카이사르가 관련되었을 때, 카이사르의 급소를 누를 기회가 주어졌는데도 불구하고 어찌하여 그것을 놓쳤느냐고 키케로를 맹렬히 공격하였다. 카틸리네는 국가제도의 변혁뿐만 아니라 지배기구 전체를 파괴하여 모든 것을 전복시키려는 의도였다. 그러나 그 궁극적인 계획이 만천하에 드러나기도 전에 어떤 사소한 사건이 증거가 되어 일이 좌절되자, 로마 시외로 몸을 피하였다. 그러나 그는 일당의 후계자로서 렌툴루스와 켄테구스를 로마에 그대로 남겨 두었다. 그러나 그들이 원로원에서 철저하게 규탄되어 유죄선고가 내려져 집정관인 키케로가 직접 의원 하나하나에게 징벌 여하에 관한 의견을 물었을 때, 의원들은 한결같이 모두가 사형을 구형하였다. 그때 자기 차례가 오기를 기다리던 카이사르는 자리에서 일어나 미리 준비한 변론을 전개하였다.

"신분과 집안이 훌륭한 사람들을 재판에 회부하지 않고 사형에 처한다는 것은, 비상시가 아니고서는 전래의 법에도 위배되

고, 정의에도 위배되는 것입니다. 그러므로 카틸리네의 반란 사건이 진압될 때까지 집정관이 지정한 어느 도시의 감옥에 그들을 감금해 두었다가, 나중에 평화가 돌아온 후에 충분히 시간을 두고서 각자에 대하여 원로원이 판결을 내리면 좋을 것입니다."

이 제안은 인도적이라고 생각되었을 뿐만이 아니라, 카이사르의 연설 그 자체가 매우 위력적이었다. 그래서 카이사르 다음에 기립한 의원들은 모두 찬성하였을 뿐 아니라, 카이사르보다 먼저 발언한 의원들 대다수도 이미 발표한 의견을 철회하고 여기에 찬성하였다. 이리하여 마침내 이 문제는 카토와 카툴루스의 차례에까지 이르고 말았다.

이 두 사람은 강력히 반론을 제기하였다. 특히 카토는 카이사르에 대한 의혹을 노골적으로 암시하면서, 강경하게 카이사르의 의견에 반대하였다. 그리하여 음모를 꾸민 자들은 마땅히 사형을 받아야 한다면서 굽히지 않았기 때문에 결국 그들은 사형집행인의 손에 넘겨졌다. 그때 원로원에서 나오려고 하는 카이사르에게, 키케로의 경호를 맡고 있던 젊은이들이 칼을 뽑아 들고 달려들어 그의 길을 막았다. 그러자 쿠리오가 카이사르에게 외투를 던져 얼굴을 가리게 하고서 겨우 끌어냈다. 이때 키케로는 얼굴을 하늘 쪽으로 돌리고서 그만두라는 의사를 표시하였다고 한다.

이 일로 나중에 키케로는 비난을 받게 되었는데, 그 이유는 이때야말로 카이사르에게 단호히 일격을 가할 수 있는 절호의 기회였음에도 불구하고, 어째서 키케로가 단행하지 못하였느냐 하는 점이다. 그 며칠 후 카이사르는 원로원에 출두하여 자기가 혐의를 받고 있던 점에 관하여 해명연설을 하다가 심한 욕설과 함께 반발을 받게 되었다. 이때 원로원 회의시간이 보통 때보다 연장되어 있다는 사실을 간파한 민중이 함성을 지르면서 몰려와 원로원 건물을 포위하고는 카이사르의 안전을 요구하며 그 석방을 촉구하였다.

여기서 카토가 무엇보다도 두려워한 것은 빈민계급에 의한 혁명운동이었다. 그들은 카이사르에게 기대를 걸고 있었는데, 카이사르야말로 전 시민을 선동하여 불을 지르는 횃불과도 같은 존재였기 때문이다.

그러나 카이사르가 법무관이라는 관직에 앉아 있을 동안에는 소요사건은 아무것도 발생하지 않았다. 도리어 카이사르에게 반갑지 않은 불상사가 그의 가정에서 발생하였다. 푸블리우스 클로디우스는 귀족가문의 출신으로 재산에 있어서나 변론에 있어서나 뛰어난 존재였다. 그러나 오만함과 횡포스러운 점에 있어서도 그 누구에게나 지지 않는 인물이었다. 이 자가 카이사르의 아내 폼페이아를 은근히 사모하고 있었는데, 폼페이아도 마음을 비치고 있었던 것이다. 그러나 당시 여성의 감시는 엄중하였고, 더구나 카이사르의 어머니인 아우렐리아가 분별이 있는 여자로서 젊은 며느리에게 한시도 감시의 눈초리를 게을리하지 않았다. 따라서 두 연인의 밀회는 늘 곤란하였을 뿐 아니라 위험을 수반하였다.

그런데 로마 인은 '보나'라는 이름의 여신을 섬기고 있었다. 로마 인은 그녀가 파우누스(사람의 몸에 양의 면, 리를 가진 숲 속의 신)의 아내였다고 믿고 있다. 이 신에게 제사를 드릴 때면 여성들은 제단을 차려 놓은 조그만 방을 포도가지로 덮고, 신화에 있는 대로 이 여신상의 곁에다 신성한 구렁이를 모셔 둔다. 또한 남성은 제사를 드릴 때 절대로 참가할 수가 없다. 이 제사는 집정관직 혹은 법무관직에 있는 사람의 집에서 드리기로 되어 있는데, 남자는 집정관이건 법무관이건 모두 집에서 나가고 부인들만이 집 안에 남

아서 준비하여 밤중에 제사를 드리는 것이다. 가장 중요한 의
식은 밤중에 이루어지며, 밤을 새우며 지내는 제사에는 여흥이
곁들여질 뿐만 아니라 음악도 흥겹게 연주되곤 하였다.

그때는 카이사르의 아내 폼페이아가 이 제사를 주재하고 있
었는데, 그때 클로디우스는 아직 수염도 나 있지 않았었다. 따
라서 사람들에게 들키지 않을 것이라고 생각하고 가희(歌姬)로
분장하고서 젊은 여자 차림으로 카이사르의 집으로 갔다. 다행
스럽게도 문이 열려 있어 미리 짜 둔 하녀의 안내를 받고 아무
일 없이 집 안으로 들어갔다. 그런데 하녀가 폼페이아에게 이
사실을 알리기 위하여 앞서서 뛰어가는 바람에 클로디우스는
혼자 기다리고 있다가 지루하여 불빛을 피하면서 집 안을 서성
거리고 있었다.

그때 아우렐리아의 시녀와 마주치게 되었다. 이 시녀는 그를
여자인 줄로만 생각하고서 같이 놀자고 유인하였다. 그가 그것
을 거절하자 그녀는 누구이며 도대체 어디서 온 사람이냐고 따
졌다. 그래서 클로디우스는 폼페이아의 시녀 아브라를 기다리
고 있는 중이라고 대답하였지만, 목소리 때문에 들통이 나고
말았다. 이 시녀는 비명을 지르며 사람들이 모여 있는 곳으로
달려가서 남자를 보았다고 떠들어댔다. 여자들은 혼비백산하여
어찌할 바를 모르고 벌벌 떨고 있었다.

아우렐리아는 제사를 중지시키는 한편 신의 초상과 제사용구
들을 모두 감추고 문을 닫으라고 명령하고는 횃불을 들고서 온
집 안을 돌아다니면서 클로디우스를 찾았다. 클로디우스는 자
기를 집 안으로 안내하던 그 하녀 방으로 피신하여 있다가 발
견되어 쫓겨났다. 날이 밝자 클로디우스는 독신행위(瀆神行爲)
를 자행하였으므로, 국가로부터도 신들로부터도 벌을 받아야
한다는 여론이 물 끓듯 시중에 퍼졌다.

그리하여 호민관 하나가 클로디우스를 독신죄로 고발하였으며, 원로원들이 일제히 클로디우스를 공격하였다. 그러나 민중은 도리어 클로디우스를 옹호하여 클로디우스 지지자의 수가 많았으며 이에 당황한 재판관에게 크게 작용하여 마음을 변화시켰으므로 클로디우스의 입장이 유리하게 되었다. 한편 카이사르는 곧 폼페이아와 이혼하였다. 그러나 법정에 증인으로 소환되자 클로디우스에게 관한 일은 일체 모른다고 말하였다. 그 진술이 모순되어 있는 것처럼 생각되었으므로 고발자가,

"그렇다면 왜 부인과 이혼하셨습니까?"

하고 묻는 말에,

"내 아내 되는 자는 털끝만치라도 혐의를 받는 여성이어서는 안 된다고 생각하기 때문입니다."

하고 대답하였다.

이것은 카이사르가 사실로 그렇게 생각하고 있었기 때문에 그대로 말하였을 뿐이라고 말하는 사람도 있지만, 클로디우스의 구명운동에 나선 민중의 비위를 맞추기 위하여 그런 말을 하였다고 주장하는 사람들도 있었다. 어쨌든 클로디우스는 석방되었다. 그것은 재판관의 대부분이 판독하기 어려운 글씨로 자기들의 의견을 썼는데, 그것은 유죄판결을 내렸을 때 일반민중의 공격을 받지 않도록 하기 위함이며, 한편 무죄로 석방하였을 때 귀족들에게 비난을 받지 않도록 하기 위한 조처였다.

카이사르는 법무관의 임기를 끝마치자 영지의 하나인 스페인 총독으로 임명되었다. 그러나 그 출발을 방해하는 채권자들의 빚 재촉을 자기 힘으로는 도저히 처리할 수가 없었으므로 크라수스에게 매달렸다. 크라수스는 로마 인들 가운데서 가장 부자였는데, 폼페이우스에게 정치적으로 대항하기 위하여 카이사르의 행동력과 그 정열이 절실히 필요하였다. 따라서 채권자들

가운데에서도 가장 강경하고 사정이라고는 조금도 봐줄 것 같
지 않은 사람들의 요구를 받아들여 크라수스가 830탈렌트를 보
증해주었다. 카이사르는 그때서야 자기의 임지인 영지로 부임
할 수 있게 되었다.

　　그런데 카이사르가 알프스를 넘어 소수의 야만족이 살고 있
는 황량한 마을을 지날 때, 동행하는 부하들이 웃으면서 농담
으로,

　　"도대체 이런 곳에도 관직을 둘러싼 명예욕이니, 제1인자가
되려는 경쟁이니 하는 유력자 상호간의 반목질시라는 것이 있
을까요?"

하고 말하였다. 그러자 카이사르는 정색을 하면서 그들에게

　　"나라면 로마 인들 사이에서 제2인자가 되기보다는 차라리
이 곳 사람들 사이에서 제1인자가 되고 싶다."

라고 하였다고 전해진다. 또 스페인에 있을 때 카이사르는 알
렉산드로스의 전기를 읽다가 갑자기 눈물을 흘리고 있었다. 그
리하여 부하들이 이상히 생각하고 그 이유를 묻자,

　　"지금의 내 나이에 알렉산드로스는 벌써 그 많은 나라들의
왕이 되어 있었는데, 나는 아직 무엇 하나 신통한 일을 해낸
것이 없다. 그렇다면 이것이야말로 슬퍼할 만한 가치가 있다고
그대들에게는 생각되지 않는가?"

하고 대답하였다는 것이다.

　　카이사르는 임지 스페인에 도착하자 즉시 활동을 개시하여
단시일 내에 10개 대대를 징집하였다. 그리하여 종래부터 그
곳에 있었던 20개 대대와 합쳐서 칼라이키아 족과 루시타니아
족을 정벌, 대양까지 진출하여 아직까지 로마에 복종하고 있지
않던 여러 부족들을 정복하였다. 또 군사에 관한 문제를 보기
좋게 해결한 다음, 평화사업도 그것에 못지 않게 처리하여 여

러 도시 사이의 화합을 확립하고, 특히 채무자와 채권자 사이의 알력을 조정하였다.

채무가 끝날 때까지 해마다 채무자의 소득의 3분의 2를 채권자가 갖고 나머지 3분의 1은 본인에게 남겨 두게 하였다. 이렇게 함으로써 그는 명성을 떨치고 영지를 떠났는데, 그때에는 자신도 부자가 되었고, 또 병사들도 원정에 의한 이득을 얻게 되어 카이사르는 '대장군'이라는 칭호로 불려지게 되었다. 당시는 개선식을 올리고 싶어하는 장군은 로마 시외에 그대로 머물러 있어야 하고, 집정관에 입후보하려는 자는 시내에서 그 운동을 해야 한다는 규정이 있었다. 카이사르는 이와 같은 규정 때문에 난처한 입장에 처하게 되었다.

카이사르가 로마로 귀환한 것은 마침 집정관 선거가 거행되는 때였다. 그리하여 원로원에 사람을 보내어 개선식을 원하니 시내로 들어갈 수는 없지만, 집정관 선거에도 입후보하겠다는 뜻을 전하였다. 그러자 처음에는 카토가 법률을 내세워 이 요구를 강력히 반대하였다. 그러다가 그는 많은 원로원 의원들이 카이사르에게 매수되어 있다는 것을 간파하자, 시간적으로 이 안건이 심의될 수 없도록 하려고 지연작전을 써서 연설을 하루 종일 계속하였다. 그리하여 카이사르는 개선식은 단념하고 집정관 선거운동에만 전력을 경주하기로 결심하였다.

이렇듯 카이사르는 로마로 들어오자마자 교묘하게도 정치적 책략을 써서 모든 사람을 속였다. 그러나 카토만은 속지 않았다. 그 책략이란, 로마에서 가장 세력이 많은 두 인물, 폼페이우스와 크라수스를 화해시키는 일이었다. 즉, 카이사르는 불화관계에 있던 두 사람을 화해시켜 우호관계를 유지한 뒤에, 이두 사람의 힘을 하나로 집결시켜 그것을 이용함으로써 은연중에 로마의 정치형태를 전복시켰던 것이다. 그 뒤 카이사르와 폼페이우스는 귀족정치의 전복에 일치협력하였고, 그 다음에는 둘이 서로 다투게 되었다. 카토는 장차 이렇게 되리라고 자주 경고하였지만, 그 당시에 그들은 카토가 성격이 무뚝뚝하고 까다로운 인물이라고 상대하지 않았었다. 그러다가 나중에는 불운하기는 하였지만 생각이 깊은 충고자였다는 명성을 얻게 되었다.

카이사르는 크라수스와 폼페이우스와의 우호관계에 힘입어 그 울타리 안에서 집정관직에 입후보하였다. 그리고 칼푸르니우스 비불루스와 함께 화려하게 당선된 다음, 카이사르는 곧 대중의 비위를 맞추려고 식민시의 건설과 토지분배를 제안했다. 과연, 예상대로 원로원에서 쟁쟁한 귀족들이 반대하였다. 그 전부터 구실을 찾고 있던 카이사르는 목소리를 높여, 원로원이 교만하고 완고하여 본의는 아니나 인민의 지지를 요청할 수밖에 없게 되었다고 주장하고는 민회로 달려갔다. 거기서 그는 한쪽에는 크라수스, 한쪽에는 폼페이우스를 세우고서 두 사람에게 이 법안에 찬성하느냐의 여부를 물었다. 두 사람이 찬의를 표명하였으므로, 칼에 호소해서라도 저지하고야 말겠다고 위협하는 사람들에 대항하여 자기를 도와달라고 요청하였다.

그래서 이 두 사람은 원조를 약속하였다. 그 중에서도 폼페이우스는 누가 칼을 들고 나서면 자기는 칼과 방패를 들고 나가서 싸우겠다는 말까지 덧붙였다. 이 말을 들은 귀족들은 분개하였다. 그것은 모두가 폼페이우스에게 바치는 외경심에 어울리지도 않을 뿐더러, 또 원로원에 대하여 표해야 할 경의에도 어울리지 않기 때문이었다. 마치 미치광이 어린애 같은 발언을 들었다고 하여 화를 낸 것이다. 그러나 민중은 이 말을 듣고 환호성을 올렸다.

이 밖에 카이사르는 폼페이우스의 힘을 자기의 것으로 확보하려고 안간힘을 썼다. 그에게는 율리아라는 딸이 있는데 이미 세르빌리우스 카이피오와 약혼 중이었다. 그런데도 불구하고 이 딸을 폼페이우스와 약혼시키고, 세르빌리우스에게는 폼페이우스의 딸 폼페이아를 주겠다고 말하였다. 하지만 폼페이아는 술라의 아들 파우스투스와 이미 약혼 중에 있었다. 그 후 카이사르는 피소의 딸 칼푸르니아를 아내로 맞이하였으며, 장인인 피소를 다음해의 집정관으로 삼기로 내정하였다. 그러자 카토는 또다시 신랄하게 그를 규탄하였다. 국가의 대권이 혼인에 의하여 거래되고, 여자를 수단으로 영지와 군대와 권좌가 좌우되는 것은 방임할 수 없는 일이라고 부르짖었다.

이 무렵 카이사르의 동료집정관인 비불루스도 카이사르가 제정한 여러 법안을 저지하려고 하였지만 역부족이었다. 그는 카토와 함께 중앙광장에서 목숨을 잃을 뻔한 위험에 빠진 적도 있었으므로, 그 후로는 잔여임기 중 내내 두문불출하였다. 그러나 폼페이우스는 결혼하자마자 곧 중앙광장에다 무장한 군인을 주둔시켰으며, 민중을 위해서 카이사르가 제정한 여러 법안을 통과시켜주었다. 또 카이사르에게 알프스에 있는 갈리아 전체와 일리리쿰을 영지로 주고, 4개 군단으로 하여금 5년간 통치하는 권한을 주었다.

물론 카토는 이 제안에 반대하였으므로, 카이사르는 카토를 투옥하라고 명령하였다. 그렇게 하면 카토는 호민관에게 호소하리라고 생각하였기 때문이다. 그러나 카토는 잠자코 끌려 나갔고 이에 명문귀족들이 불만의 뜻을 표시하였을 뿐만 아니라, 일반대중까지 카토의 인격을 존경하는 일념으로 묵묵히 그 뒤를 따라가는 것이 카이사르의 눈에 띄었다. 이것을 본 카이사르는 겁이 나서 슬며시 호민관 하나에게 지시하여 카토를 놓아주라고 하였다.

그 밖의 원로원 의원들도 카이사르와 함께 원로원 안으로 들어간 사람의 수는 극소수였고, 대부분의 의원들은 불만을 품고 접근하려고도 하지 않았다. 그리고 아주 나이 많은 콘시디우스라는 의원이,

"원로원 의원들이 모여들지 않는 것은 무기와 병사들을 두려워하기 때문이오."

라고 카이사르에게 솔직히 말하였다. 그러자 카이사르는

"그렇다면 어찌하여 귀하도 그러한 것들을 두려워하여 집 안에 박혀 있지 않습니까?"

하고 물었다. 콘시디우스는 이렇게 대답하였다.

"이 나이에 무엇을 두려워하겠소? 남은 날도 멀지 않고 하니 마음 쓸 필요도 없지 않겠소?"

그러나 당시의 정치행동 중 가장 불미스럽게 생각되는 것은, 카이사르가 집정관 재임 중에 부부간의 윤리를 파기하고 심야의 신령한 제식을 모독한 그 클로디우스를 호민관으로 선임한 일이다. 그것은 키케로를 몰락시키기 위하여 취해진 일이기도 하였다. 카이사르는 클로디우스의 협력으로, 키케로에 반대하는 도당을 만들어 그를 이탈리아에서 추방한 다음에야 겨우 자기 임지로 떠났다.

카이사르는 병사들의 신망과 충성심을 받고 있었다. 그리하여 원정 때 지금까지는 별로 뛰어난 공적을 보이지 않던 병사들도, 카이사르의 명예를 위해서는 어떠한 위험에 직면하여도 두려워하지 않고 그것을 뚫고 나갈 정도였다. 아킬리우스라는 사람이 바로 그러한 인물이었다. 그는 마르세일레스의 해전에서 적의 군함 속으로 단신 뛰어들어, 오른팔을 적의 칼에 맞아 잃었음에도 불구하고 왼손에 든 방패로 적의 얼굴을 때려눕히며 그들을 격퇴하고 그 군함을 점령하였다. 또 카시우스 스카

이바도 디라키움의 전투에서 한쪽 눈에 화살이 꽂히고, 어깨에도 허벅지에도 각기 창이 꽂히고, 방패에는 화살이 130개나 꽂혔으므로 마침내 항복하려는 듯이 적을 불렀다. 그러자 달려온 두 명의 적 가운데서 그 한 명의 어깨를 칼로 쳐서 죽이고, 또 한 명의 얼굴을 칼로 찔러 쫓아버린 뒤, 때마침 달려온 전우들에게 구출되었다.

이 밖에 또 브리타니아에서는, 부대 앞에 서서 공격에 나선 백부장들이 물이 가득 찬 늪에 빠져 적의 공격을 받고 허우적거리고 있었다. 때마침 카이사르가 전투를 목격하고 있는 그 바로 앞에서, 한 병사가 적의 한복판으로 뛰어들어 좌충우돌 눈부시게 활약하여 야만족을 격퇴하고 백부장들을 구출해 냈다. 그러고 나서 자신도 악전고투하면서 뒤따라갔으나, 깊은 늪에 빠져서 방패를 버리고 헤엄을 치기도 하고 걷기도 하면서 천신만고 끝에 겨우 무사히 건너왔다. 이 행동에 카이사르의 측근들도 감탄하여 환호성을 올리며 그 병사를 환영했지만, 그는 지칠 대로 지친 몸으로 눈물을 흘리며 카이사르 앞에 엎드려 방패를 잃은 죄를 용서해주기를 바랐다.

또 리비아에서 스키피오의 부하병사들이 카이사르의 배를 나포하였을 때, 그 배에는 최근 재무관으로 임명된 그라니우스 페트로가 타고 있었다. 스키피오는 다른 사람들은 포로로 하였지만, 재무관만은 살려주겠다고 말하였다. 그러자 그라니우스는, 카이사르의 병사는 적을 용서할 수는 있으되 용서받을 수는 없다고 대답하고서 칼을 뽑아 스스로 자기 목숨을 끊었다.

이러한 용맹심과 명예심은 카이사르 그 자신이 기른 것이다. 첫째로 그는 아낌없이 포상과 영예를 줌으로써 다음과 같은 사실을 그들에게 보여주었다. 전쟁에서 재보를 모으는 것은 자기의 사치와 호화로운 생활을 즐기기 위해서가 아니라, 무공이 있는 병사들에게 포상하기 위하여 정성껏 보관하고 있다는 것을 병사들에게 보여준 것이다. 둘째로 본인도 온갖 위험을 무릅쓰고 솔선수범하였다. 하기야 카이사르가 위험을 개의하지 않았다는 것은 명예심을 존중하는 그의 천성으로 봐서 별로 이상하게 생각한 사람은 하나도 없었다. 그러나 그가 어려운 일을 곧잘 참아 낸 것에 관해서는, 그 체력이 참아 낼 수 있는 한계를 훨씬 능가하였다는 점에 그의 부하장병들은 모두 탄복하였다.

왜냐하면 우선 그는 체력이 허약해 보이고 살결도 희고 연하였다. 게다가 머리가 자주 아프고 또 코르두바에서 그 최초의 발작이 있었다고 하는 간질병의 증세가 있었다. 몸이 허약한 것을 그는 호화스럽게 살기 위한 구실로 삼지 않고, 도리어 군무를 병약한 몸의 치료법으로 생각하며 심한 강행군와 간소한 식사, 게다가 쉴 사이 없는 야영과 고된 신고, 그러한 것에 의하여 병고와 싸워 그것을 이겨 냈다. 이렇듯 신병의 포로가 되지 않도록 심신을 단련하였다.

적어도 수면은 대개 전차나 가마 속에서 취하며 휴식시간도 행동과 일치시켰고, 낮에 여러 곳에 있는 수비대와 도시와 병사들을 순찰하였다. 그때에는 움직이는 수레 속에서 구술을 그대로 필기할 수 있는 연습을 쌓은 노예를 하나 자기 옆에 앉히고, 또 자기 뒤에다가는 칼로 무장한 병사 하나를 세워 두었다. 이러한 모양으로 신속하게 행군하였으므로, 로마를 나와서 최초로 원정길에 올랐을 때에는 8일 만에 론 강 가에 도착하였을 정도였다.

또 말을 자유자재로 다루는 솜씨는 카이사르가 소년 때부터 늘 했으므로 식은 죽 먹기였다. 두 손으로 뒷짐을 지고서 전속력으로 말을 달리는 연습을 소년 때부터 늘 하였다고 한다. 원

정시에는 말을 타고서 편지를 구술하여 그것을 두 속기사가 동
시에 받아 쓸 정도로 연습을 쌓았다고 한다. 이 밖에 또 암호
편지를 써서 로마 시내의 친구들과 연락을 취하도록 연구한 것
도 카이사르가 시작한 것이라고 하는데, 그것은 그가 군무에
분망하고 로마 시가 광대하기 때문에 긴급한 일들에 관하여 일
일이 직접 만나서 이야기할 시간이 없었기 때문이다.

일상생활면에 있어서는 무관심하였다는 증거로서 다음 삽화
가 곧잘 그 보기로 등장한다. 언젠가 밀란에서 카이사르를 만
찬회에 초대한 그의 친구 발레리우스 레오가 아스파라거스를
내놓았을 때, 올리브유 대신 향유를 써서 요리한 것을 카이사
르는 태연한 얼굴로 먹었다. 그리고는 향유를 쓴 줄 모르고 먹
고 맛이 이상하더라고 툴툴대는 부하들을 꾸짖었다.

"요컨대 마음에 들지 않으면 먹지 않을 일이지, 주인이 실수
를 했다고 해서 투정을 부리면 예의를 모르는 사람이 되는 법
이야. "

또 어느 행차시에 노상에서 폭풍우를 만나 가난한 농부의 오
두막으로 부하들과 함께 일시 피신하게 되었다. 거기는 방이라
고는 하나밖에 없어서 겨우 사람 하나만이 쉬어 갈 수 있다는
것을 알았다. 그러자 카이사르는 부하들에게,

"명예에 관한 일이라면 가장 강한 자에게 양보해야 할 일이
겠지만, 꼭 필요한 것은 가장 약한 자에게 양보하지 않으면 안
된다. "

하고서 오피우스에게 방에서 자라고 명령하였다. 그리고 자기
는 다른 부하들과 함께 문간 처마 밑에서 잤다.

카아사르가 갈리아에서 맨 먼저 치른 전쟁은 헬베티아 족과
티구리니 족에 대한 전쟁이었다. 이들 부족들은 자기들이 살고
있던 12개나 되는 도시와 400개나 되는 촌락을 모두 불살라버

리고, 로마 지배하에 있는 갈리아를 지나 전진해 왔다. 그것은 일찍이 킴브리 족과 튜톤 족이 하던 것과 똑같은 방식이었다. 그들은 옛날의 그 부족들과 비교하여 용맹한 점에 있어서도 조금도 손색이 없었고, 병력 수에 있어서도 지지 않는다고 생각되었다. 인구 수는 전부해서 30만, 그 중 19만이 전투원이었기 때문이다.

이 두 부족 중 티구리니 족을 아라르 강 가에서 섬멸한 것은 카이사르 자신이 아니라 그의 대리로 파견된 라비에누스 장군이었다. 한편 카이사르는 아군이 점령한 어느 도시로 군을 이끌고 가던 도중 헬베티아 족의 기습을 받았다. 길고도 괴로운 결전 끝에 겨우 적의 전투부대를 격퇴하였지만, 가장 고전을 거듭한 것은 짐차까지 동원하여 방위진지를 구축하고서 완강히 저항한 곳이었다. 그 곳에서 적은 병사들만이 아니라 그들의 아이들과 아내들마저도 결사적으로 남편들을 도와서 함께 싸우다 죽어 갔다. 그래서 전투는 자정이 지나서야 겨우 끝이 났으며 찬란한 전승의 성과를 더욱 빛나게 했다.

갈리아에서의 두번째 싸움은 게르만 족과의 전쟁이었는데, 그것은 오직 갈리아 인을 지키기 위한 것이었다. 카이사르는 그보다 이전에 로마에서 게르만 왕 아리오비스투스와 동맹조약을 체결한 일이 있었다. 그러나 게르만 족은 카이사르가 다스리고 있는 갈리아의 여러 부족에게는 지극히 위험한 이웃으로서, 기회만 오면 갈리아에 침략의 마수를 뻗쳐 그 땅을 점령할 것이라고 생각되었다.

그러나 부하 장군들, 특히 종군한 귀족 출신의 젊은이들은 이번 종군을 심심풀이와 돈벌이 정도로 생각하고 있었다. 그것을 간파한 카이사르는 그들을 한 곳에 모아놓고, 그렇게 비겁하고 유약한 태도를 보일 바에는 그대로 귀국하라고 명령하였

다. 그렇게 하면 예기치 않는 위험에 빠질 리도 없을 게 아니냐고 질책하였다. 그리고는

"나는 다만 제10군단만 이끌고 야만족을 정벌하러 떠나겠다. 킴브리 족보다 강한 적과 싸우는 것도 아니고, 또 나는 킴브리 족을 격파한 마리우스만 못한 장군도 아니다."

라고 언명하였다.

그리하여 전군의 사기는 충천하여 카이사르를 따라 며칠씩이나 걸리는 행군을 그대로 계속하여, 마침내 적진을 200퍼얼롱 앞에다 둔 지점까지 와서 거기다 포진하였다.

카이사르 군이 접근해 왔다는 사실 그것 하나만으로도 아리오비스투스는 가슴이 덜컹 내려앉았다. 아리오비스투스는 카이사르의 용맹하고 과감한 데 놀랐을 뿐 아니라, 아군이 동요하고 있다는 것을 인정하지 않을 수가 없었다. 게다가 게르만 군을 불안케 한 것은 무녀들의 예언이었다. 무녀들은 강의 소용돌이를 바라보고 흐름의 회전과 물소리로부터 판단하여 미래에 다가올 일들을 예언하곤 하였는데, 이때는 초승달이 나타나기까지는 전쟁을 해서는 안 된다는 것이었다.

이것을 탐지하게 된 카이사르는, 게르만 군 진영이 잠잠해진 것을 보고서 상대방에게 좋은 기회를 주기보다는 그들이 전의(戰意)를 잃고 있을 때에 싸우는 편이 나을 것이라고 판단하였다. 그래서 게르만 군이 진을 치고 있는 언덕 위의 요새에 공격을 가하여, 적병이 화를 낸 나머지 산에서 내려와서 교전하도록 유도하였다. 그리고는 결국 보기좋게 그들을 격파하여 도망치게 한 다음, 도망치는 적을 라인 강까지 400퍼얼롱을 추격하여 평원 일대를 시체와 전리품으로 덮었다. 그때의 시체는 8만에 달하였다고 한다. 그러나 아리오비스투스는 구사일생으로 위기를 벗어나 소수의 패잔병을 이끌고 라인 강을 건너 도주하

였다.

승리를 거둔 카이사르는 군대를 세쿠아니 족 사이에다 그대로 남겨 두고 월동준비를 하게 한 다음, 자기는 로마의 정치 동향을 살피려는 생각에서 포 강 유역의 갈리아로 왔다. 그 곳은 그에게 통치권이 위촉되어 있는 그의 영지의 일부였다. 카이사르는 여기다 자리를 잡고서 인심 끄는 정책을 쓰려는 생각을 가졌다. 그때 그에게로 많은 사람들이 모여들었는데, 각자에게 그들이 원하는 것을 주었다. 그들은 카이사르의 장래에 기대를 걸면서 돌아갔다. 그러나 카이사르는 갈리아 원정의 나머지 기간을 통하여 적에게 얻은 재화로 로마 시민을 농락하여 자기 생각대로 환심을 산다는 교묘한 정책을 쓴 것이다.

그러나 갈리아 인 중에서 가장 큰 세력을 갖고 갈리아 전체의 3분의 1을 장악하고 있던 벨가이 족이, 수만 명이나 되는 사람을 무장시켜 반란을 일으켰다. 이 보고를 받은 카이사르는 그 즉시 갈리아로 돌아와 그들을 정벌하러 나갔다. 그는 로마와 동맹관계에 있는 갈리아 부족을 약탈하고 적을 먼저 급습하였다. 그리하여 가장 수가 많고 또 가장 밀집해 있는 적의 부대에 맹공을 가하여 이것을 이루 말할 수 없는 잔인한 방법으로 궤주, 섬멸시켰다. 그 때문에 호수도 깊은 강도 적의 시체로 가득 차서, 로마 군은 시체 위를 걸어서 건널 수 있을 정도였다.

반란을 일으킨 적 중에서 대서양 연안에 살고 있던 부족은 모두 싸우지 않고 항복하였지만, 이 지방의 부족 중 가장 미개하고 가장 호전적인 네르비이 족에 대해서는 끝까지 토벌하기로 하였다. 그러나 그들은 울창한 숲 속에서 살며, 가족과 재산을 더욱 험한 숲 속에다 옮겨 놓고 6만 대군으로 불시에 공격해 왔다. 카이사르는 진지를 구축하는 중이어서 아직 싸울 준비가 되어 있지 않았으므로 기병대는 궤멸되고, 제 12군단과 제 7군단은 포위되었다.

이때 카이사르가 한 병사로부터 방패를 빼앗아 가지고 자기 앞에서 싸우고 있는 병사들을 지나 야만군 사이로 뚫고 들어갔다. 그리고 이때 카이사르의 위험을 본 제 10군단이 산에서 달려 내려와서 적의 전열을 단숨에 돌파해버렸다. 아마 이 상황에서 카이사르와 군단들이 이렇게 하지 않았다면 로마 군 중 살아 남은 자는 한 명도 없었을 것이다. 그러나 사실 카이사르의 그 대담무쌍하게 싸우는 모양을 보고 감동된 로마 군이 실력 이상의 싸움을 할 수 있었으며, 그래도 네르비이 족을 몰아낼 정도에까지 이르지는 못하였다. 적군 역시 한 치도 물러서지 않고 싸우다 마침내는 전멸되었는데, 6만의 적병 중 살아 남은 수는 겨우 500명이었다. 단 부족의 장로로 살아 남은 수는 400명 중 겨우 세 사람에 지나지 않았다고 한다.

이 보고를 받은 로마의 원로원은 15일 동안 일을 쉬면서 신들에게 제사를 드리고 잔치를 벌일 것을 결의하였다. 이것은 종래의 어떤 전승의 경우에도 없었을 정도의 대승이었다. 왜냐하면 일제히 그 많은 부족이 봉기하였으므로 위험도 분명히 그만큼 컸을 것이고, 또 카이사르가 승리자였으므로 그에 대한 일반대중의 호감이 한층 더 그 승리를 빛나게 하였기 때문이다.

그러나 카이사르 자신은 갈리아의 문제를 잘 처리한 다음, 또다시 포 강 가로 와서 겨울을 보내면서 로마에 대하여 정치 공작을 개시하였다. 예를 들자면 관직에 입후보하는 사람들이 카이사르의 조력을 이용하고, 카이사르에게서 받은 돈으로 민중을 매수하여 그 관직에 당선되자, 카이사르의 세력을 신장시키는 데 도움이 될 만한 일이라면 무엇이든지 하였다. 뿐만 아

니라 가장 지위가 높고 가장 세력 있는 명문귀족의 대다수가
루카에까지 카이사르를 만나러 왔을 정도였다. 그 중에는 폼페
이우스도 크라수스도, 사르디니아의 총독 아피우스도, 스페인
의 총독 네포스도 있었다. 그러므로 이 곳에는 한때 120명의
의장병과 200명의 원로원 의원이 모였을 정도로 성황을 이루었
다.

그래서 원로원 회의가 소집되어 다음과 같은 결의안이 통과
되었다. 그것은 폼페이우스와 크라수스가 다음해의 집정관에
임명되고, 카이사르는 군자금을 받고 다시 더 5년간 갈리아를
통치하게 한다는 것이었다. 그러나 이것은 많은 사람들이 생각
하기에 있을 수 없는 일이었다. 왜냐하면 카이사르로부터 많은
뇌물을 받고 있는 사람들이, 카이사르는 돈이 없다는 듯이 그
에게 군자금을 더 주라고 원로원을 설득하였기 때문에 원로원
은 부득이 무거운 부담을 짊어지고 어쩔 수 없이 결의를 할 수
밖에 없었다. 이 때에 카토는 회의에 참석하지 못하였다. 그것
은 그가 회의에 참석하지 못하도록 일부러 미리 키프로스 섬으
로 파견하여 멀리 보내 놓았기 때문이었다.

그래서 카토의 열렬한 지지자인 파보니우스가 이 결의안에
강력하게 반대하였으나 아무 효과도 없었다. 그래서 그는 원로
원을 뛰쳐나가 군중들을 향하여 큰 소리로 호소하였다. 그러나
누구 하나 귀 기울이는 사람도 없었다. 일부는 폼페이우스와
크라수스를 두려워하여 꺼리는 사람들이 있기 때문이기도 하였
지만, 대부분의 사람들은 카이사르의 비위를 맞추기에 여념이
없었고, 카이사르가 주는 것에 기대를 걸며 살고 있는 터였으
므로 그의 환심을 사기 위하여 전연 응하지 않았기 때문이다.

또다시 갈리아에 두고 온 부대로 돌아온 카이사르는, 그 지
방에서 큰 전쟁이 벌어지고 있는 것에 부딪치게 되었다. 게르

만 족의 2개 부대가 갈리아의 땅을 빼앗으려고 그때 막 라인
강을 건너온 참이었다. 그 부족의 하나는 우시페스 족이었고,
또 하나는 텐테리타이 족이었다. 이들 두 부족들과의 전투에
관해 카이사르는 그의 〈전기(戰記)〉에 다음과 같이 기록하고 있
다.

　　야만인들은 나에게 사절단을 보내 놓고서 휴전상태가 되어
안심하고 아군이 행군하고 있는 것을 불시에 습격해 왔다.
불의에 기습을 당한 아군 기병 5천은 적의 800기병에 의하여
궤멸되고 말았다. 그 후 또다시 사절단을 파견하여 속임수를
쓰려고 하였지만, 나는 놈들을 감금해 놓고 야만족을 격멸하
려고 진군하였다. 그것은 그처럼 신뢰할 수 없고, 또 휴전조
약을 무시하는 도배들에 대하여 신의를 지킨다는 것은 바보
짓이라고 생각하였기 때문이다.

라인 강을 건너온 병사들 중 섬멸된 수는 40만에 이르고, 강
을 건너 도망친 얼마 안 되는 수의 병사들만이 게르만 족의 일
부인 수감브리 족 속으로 숨었을 뿐이었다. 그래서 카이사르는
이것을 수감브리 족 공격의 구실로 삼고, 또 군을 이끌고 라인
강을 건넌 최초의 인간이라는 명예를 차지하겠다는 야심에서
다리를 놓기로 하였다. 그러나 강폭이 넓고, 다리를 놓을 지점
에 물살이 대단히 세어서 다리 위로 물이 넘칠 것만 같고, 또
떠내려오는 나무 기둥 따위가 다리 기둥에 부딪쳐 그것을 무너
뜨릴 것만 같았다. 그래서 도강지점의 수로를 가로질러 커다란
재목들을 물 속에 박고, 그것으로 떠내려오는 통나무들을 막았
다. 그러자 자연 쏠려 내려오는 물발도 약하게 되어 열흘 동안
에 다리를 완성하였다. 그것은 정말 아무도 믿어지지 않는 장

관이었다.

그 후 그는 군을 이끌고 다리를 건넜지만 감히 아무도 이에 대항하려는 자도 없었으며, 게르만 족 가운데서 가장 용맹스러운 수에비 족도 나무가 우거진 심산유곡으로 도망쳤을 정도였다. 그리하여 카이사르는 적의 땅을 태워버리고는 늘 로마 편을 든 사람들을 격려하고, 18일간 게르마니아에 머무른 다음 다시 갈리아로 돌아왔다.

또 브리타니아 인에 대한 그의 원정은 과감하고도 용맹하였던 점에 있어서 너무나도 유명하다. 전쟁하기 위한 군대를 실어 나르려고 대서양을 횡단하여 항해한 사람은 카이사르가 사상 최초였기 때문이다. 더욱이 이 브리텐 섬이 섬이라고 하기에는 많은 사람들에게 있어서 믿어지지 않았으며, 많은 사가들 사이에서도 의견이 분분하였다. 그것은 아직 존재한 적이 없고, 또 존재하지도 않는 섬으로서, 섬의 명칭과 섬에 관한 기사는 날조된 것이라고 하여 논의의 대상으로 되어 있던 섬이다. 그러나 카이사르는 이 섬의 점령을 계획하고, 당시 인간이 살 수 있다고 생각된 세계 밖에까지 로마의 지배를 확대시킨 것이었다.

그러나 맞은편 해안인 갈리아로부터 이 섬으로 두 번씩이나 건너가 많은 전투를 거듭하였으나, 아군 병사들에게는 이득이 된 것이 별로 없었는데, 한심한 생활을 하고 있는 가난한 주민들로부터 약탈할 만한 것이라고는 아무것도 없었기 때문이다. 그래서 기대하고 있던 만큼의 소득은 없었지만 그래도 그 나라의 왕이 준 인질을 잡고 조공을 보내게 한 다음 철수하였다.

갈리아로 돌아와 보니 로마의 친구에게서 온 편지가 마침 그 섬으로 보내지려고 하고 있었다. 그것은 딸의 죽음을 알리는 편지였다. 폼페이우스에게로 시집간 딸이 출산하다가 사망하였

다는 비보였다. 물론 폼페이우스의 슬픔도 대단하였지만, 카이
사르의 슬픔도 이에 못지 않게 컸다. 뿐만 아니라 그의 친구들
도 이 일을 매우 난처해하고 있다. 그들은 여러 가지 면에서
불안정하였던 나라의 정세가 일단은 두 사람의 인척관계로 평
화를 유지해 왔던 것이, 이 딸의 사망으로 사라지고 만 것이
아닌가 하고 불안을 느낀 것이다. 그것은 어쨌거나 카이사르의
딸의 유해는 호민관의 반대에도 불구하고 민중이 군신(軍神)의
광장에까지 운구하여 거기서 장례식을 올렸으며, 지금도 그 곳
에 매장되어 있다.

카이사르의 병력 수는 그야말로 막대하게 팽창하였으므로,
부득이 각지로 분산시켜 월동시켜만 하였다. 그때 갈리아 전국
이 반란을 일으켜 대부대가 도처에 나타나서는 로마 군의 겨울
야영지를 파괴하기도 하고, 그 보루를 둘러싼 진지에다 공격을
가하고 있었다. 반란을 일으킨 부족 가운데서는 아브리오릭스
가 이끄는 부족이 수도 가장 많을 뿐더러 세력도 가장 강하였
는데, 아브리오릭스는 로마의 장군 코타와 티투리우스가 지휘
하는 로마 군을 섬멸하였다. 한편 퀸투스 키케로가 지휘하는
군단이 6만의 적군에게 포위되어 독 안에 든 쥐 꼴이 되었으
며, 강습을 받고서 완전히 섬멸될 위기에 봉착하였다.

그런데 이 정보가 멀리 떨어져 있는 카이사르의 귀에 들어가
자, 그는 곧 발길을 돌려 7천의 병력을 모아 가지고 키케로를
포위에서 구출하려고 달려왔다. 그러나 적도 그것을 알고서 병
력이 얼마 안 된다는 것을 경시하고서 일거에 격파할 수 있겠
다고 생각하고는 마주 나왔다. 카이사르는 적과 싸우려고는 하
지 않고 계속 도망만 치며 소수의 병력으로 많은 병력과 싸우
기에 유리한 장소를 찾았다. 그리고는 적을 무서워하는 것처럼
성벽만 높이 쌓아올리고 성문을 꼭 닫아 적에게 이 쪽을 경시

케 하는 전술을 썼다. 그러자 적은 이 전술에 속아 아주 업신여기며 소부대를 출동시켜 산발적으로 공격해 왔다. 카이사르는 그들을 맞이하여 즉시 공격함으로써 궤주시키는 전략으로 많은 적을 죽였다.

이상과 같은 승리에 의하여 이 지방의 갈리아 인이 일으킨 수많은 반란은 진정되었으나, 그렇게 된 데에는 겨울 동안 카이사르가 손수 각지를 돌아다니며 불온한 움직임을 엄히 경계한 것도 적지 않이 힘이 되었다. 또 잃은 병력을 보충하기 위하여 이탈리아에서 3개 군단이 도착하였다는 것도 힘이 되었다. 그 3개 군단 중 2개 군단은 폼페이우스가 빌려준 것이고, 또 하나는 포 강 부근의 갈리아로부터 새로 징집된 부대였다.

그러나 카이사르가 있는 곳에서 멀리 떨어진 지방에서는 갈리아에서의 전쟁 중 가장 규모도 크고, 또 가장 위험한 전투의 꼬투리가 싹트기 시작하고 있었다. 그것은 가장 호전적인 부족들 사이에서, 유력자들에 의하여 그 전부터 비밀리에 씨가 뿌려지고 가꾸어져 왔던 것이다. 사방에서 무장한 젊은이들이 수없이 모여들고 막대한 군수물자가 한 곳으로 모여지고, 도시들의 방비는 철통 같았다. 게다가 그 지방은 공격하기 힘든 험악한 지형으로 되어 있어서 그러한 여러 가지 좋은 조건이 합쳐져서 봉기의 싹이 트고 있었던 것이다.

때는 마침 겨울이어서 강은 얼어 붙어 있고, 숲은 눈으로 덮여 있으며 많은 적설로 길도 보이지 않았다. 또 곳에 따라서는 온통 늪과 개울판으로 변하여 있어 통행하기에도 아주 위험한 상태였다. 이러한 여러 조건들 때문에 반란을 일으킨 부족들을 어떻게 공격하면 좋을지 카이사르로 하여금 전연 엄두도 내지 못하게 만들었다. 그래서 많은 부족들이 반란을 일으켰지만, 그 주동이 된 것은 아르베니 족과 카르누티니 족이며, 총사령관으로 뽑혀서 전권을 장악하고 있는 사람은 아르베니 족 출신의 베르킨게토릭스였다. 그의 부친은 왕년에 독재정권을 수립하려고 하다가 갈리아 인에게 피살된 인물이었다.

카이사르가 반란이 일어났다는 소식에 접하자, 질풍과 같이 군대를 이끌고 출격하여 전에 한 번 통과하였던 경험이 있는 길을 지나 그토록 심한 엄동의 혹한에도 아랑곳하지 않고 신속 과감하게 쇄도해 왔다. 이렇듯 패배를 모르는 군대가 야만족인 자기들을 향하여 침공해 오고 있다는 공포심을 불러일으키게 하였다. 왜냐하면 이 지대는 카이사르가 보낸 전령이나 보발군이 아무리 시간을 많이 바쳐도 쉽게 빠져 나올 수 없다고 믿던 곳이었다. 그런데도 그러한 험준한 곳으로 카이사르는 전군을 이끌고 나타나서 곧장 갈리아 인의 국토를 황폐화시키고, 성벽을 때려부수고, 도시를 굴복시키고, 귀순자들을 차례차례로 맞아들이면서 목전에 그 모습을 드러냈으니 말이다.

그러나 그렇게 할 수 있었던 것도 로마와 우호관계에 있었던 에두이 족이 카이사르와 전쟁을 하기 전까지의 일이었다. 그들은 그때까지 자기들을 로마 인의 형제라 자칭하였고, 로마로부터 특별대우를 받고 있었음에도 불구하고 반란군측에 가담했다는 것은 카이사르 군에게 적지 않은 실망을 주었던 것이다.

그때 카이사르에게는 말로는 표현할 수 없는 위험이 밀어닥쳐 왔다. 여러 부족에서 모아 온 갈리아 최강의 병사들 30만이 카이사르 군이 있는 알레시아를 향하여 노도처럼 밀어닥쳤기 때문이다. 게다가 알레시아 성내의 적도 17만이나 되었기 때문에 이만한 적의 대군을 안팎으로 받은 카이사르는, 시내에 있는 적과 구원군과의 쌍방에 대하여 성벽을 쌓아 방위태세를 세우지 않을 수가 없었다. 만일 적의 양군이 합류하는 날에는 카이사르 군이 전멸하는 수밖에 없다고 판단하였으므로, 그와 같은 대책을 강구한 것이었다.

그리하여 이들 여러 가지 점으로 보아 알레시아에 있어서의 위기가 카이사르의 명성을 높여준 것은 당연한 일로서, 그것은 다른 어떠한 전투에서도 그 유례를 볼 수 없는 대담성과 지모 (智謀)를 보였기 때문이다. 그 중에서도 특히나 사람을 놀라게 한 것은 카이사르가 외부에서 몰려 온 지원군과 일전을 벌여 승리를 거두었는데도, 그것을 성내에 있는 적에게는 모르게 감쪽같이 해냈을 뿐 아니라, 반대쪽에 구축한 성벽을 지키고 있던 로마 군조차도 이 사실을 모르고 있었다는 것이다. 그들은 남자들의 탄성과 여자들이 가슴을 치며 슬퍼하는 소리가 알레시아에서 들려 오기까지 아군의 승리를 모르고 있었던 것이다. 시내에 있는 사람들은 적군의 여러 진지에서 금은으로 장식한 많은 방패와 피투성이가 된 많은 가슴받이 갑옷, 갈리아풍의 술잔과 천막까지 카이사르 군의 병사들에 의하여 그들의 진영으로 운반되어 가는 것을 보고서 탄성을 발한 것이었다.

그러므로 알레시아를 수비하고 있던 적은 마침내 항복하고 말았다. 적의 총사령관인 베르킨게토릭스는 가장 훌륭한 무구를 몸에 걸치고 말도 화려하게 장식한 다음, 성문 밖으로 나왔다. 그리고는 앉아 있는 카이사르의 주위를 말을 타고 한 바퀴 삥 돈 다음, 말에서 뛰어내려 무구 일체를 벗어버리고 카이사르의 발 밑에 엎드려 가만히 카이사르의 처분만 기다리고 있었다. 카이사르는 그를 개선식 행렬에 쓰려고 그때까지 감금하기로 하였다.

카이사르는 그 전부터 폼페이우스를 실각시키려고 결심하고 있었지만, 폼페이우스도 물론 마찬가지 생각을 가지고 있었다. 왜냐하면 두 사람 중 이긴 쪽에 도전하려고 대기하고 있던 크라수스가 파르티아에서 전사하였으므로, 한쪽이 제1인자가 되려면 현재 그러한 위치에 있는 상대를 타도하는 수밖에 딴 방법이 없었다. 또 그 상대방으로서도 그것을 당하지 않으려면 기선을 제압하여, 자기를 두려워하고 있는 상대방을 먼저 제거해버리는 것밖에 다른 방법이 없었던 것이다.

폼페이우스는 그때까지 카이사르를 얕보고, 자기가 길러준 사람이니까 자기 손으로 실각시키는 것쯤은 문제가 아니라고 생각하고 있었다. 그러나 카이사르 쪽은 처음부터 폼페이우스 타도의 계획을 짜고 있었다. 마치 격투선수처럼 상대방으로부터 멀리 떨어져 갈리아의 전쟁에서 연습을 쌓으면서 자기 군대를 단련하고 또 그렇게 하여 명성을 떨쳤다. 그 명성도 수많은 전공에 의하여 폼페이우스가 쌓아 올린 성공과 거의 맞먹게 되는 경지에 이르렀다.

일이 이쯤 되자 나라의 정치적 혼란은 대단한 것이었다. 고관에 입후보하는 사람들이 공공연하게 뇌물을 써서 창피나 의문도 꺼려하지 않고 대중을 매수하고, 한편 돈으로 매수된 민중은 광장으로 내려가서 돈을 준 사람을 위하여 투표에 의하여서가 아니라 활과 칼과 투석으로 그들을 지지하였다. 그리고 이 자들은 피와 시체로 연단을 더럽힌 채 좌우로 갈라지는 예도 한두 번이 아니었다.

선장 없이 표류를 거듭하는 배처럼 무정부상태로 있었으므로 양식 있는 사람들은 그러한 광란과 그토록 지독한 동요에 지친 결과, 국정이 일인지배에 빠지는 한이 있더라도 자기들에게 그이상 해만 되지 않는다면 참겠다는 생각을 갖게 되었다. 과연이 혼란상태는 오직 독재체제에 의해서만 수습될 수 있는, 암암리에 폼페이우스를 주장하는 사람들도 많이 나왔다.

그리고 폼페이우스 자신도 입으로는 보기좋게 사퇴하고 있었지만, 실제로는 자기가 집정관에 임명될 목적으로 누구보다도 열심히 일을 추진시키고 있었다. 따라서 카토의 일당이 그의 생각을 재빨리 간파하고서 원로원을 설득하여 폼페이우스를 단독집정관으로 임명하게 할 작정이었다. 그리하여 법률의 테두리 안에서 왕과 다름없는 권한을 줌으로써, 폭력으로 집정관이 되려는 생각을 버리게 하려는 것이었다. 원로원은 폼페이우스의 영지 총독으로서의 임기연장도 가결하였다. 그 때문에 그 지역의 유지비용으로 해마다 1천 탈렌트를 국고에서 받기로 되어 있었다.

이렇게 되자 카이사르도 사람을 파견하여 자기도 집정관으로 입후보하고, 또 자기의 영지 총독의 임기도 폼페이우스와 마찬가지로 연장해달라고 요구하였다. 그러나 폼페이우스는 침묵을 지키는 가운데 마르켈루스와 렌툴루스가 적극 반대하였다. 그들은 다른 일로 그 전부터 카이사르를 미워하고 있었으며, 카이사르의 명예를 손상시키려고 당연히 용서해야 할 일까지도 필요 이상으로 비난하고 모욕을 주었다.

최근 카이사르에 의하여 갈리아에 개척된 식민지 노움코움 시의 주민들로부터 그들은 로마 시민권을 박탈하였다. 또 집정관직에 있던 마르켈루스는 로마에 주둔 중인 이 도시 출신의 원로원 의원의 하나를 매질한 다음,

"네놈을 때려서 자국을 남긴 것도 네놈이 로마 시민이 아니라는 것을 보이기 위하여 한 짓이니, 네 나라로 돌아가서 카이사르에게 그 자리를 보여라."

하고 명령하였다.

그러나 마르켈루스가 임기를 끝내자, 카이사르는 갈리아에서 거둬들인 막대한 돈을 물 쓰듯 로마의 정치가들에게 아낌없이 뿌렸다. 그리고 호민관직에 있던 쿠리오의 다액의 부채를 갚아주었고, 또 집정관직에 있는 파울루스에게는 1천5백 탈렌트를

주었다. 파울루스는 그 돈으로 풀비우스가 지은 바실리카 대신 자기 이름을 붙인 유명한 바실리카를 새로 지어서 중앙광장에 더 한층의 미관을 보탰다.

이런 상태였으므로, 폼페이우스는 정변이 있을 것만 같은 조짐에 이제야말로 공공연히 자기의 손으로, 그리고 또 친구의 힘도 빌려서 카이사르를 해임시키고 그 후임을 물색하려고 운동을 시작하였다. 사자를 보내어 갈리아 전쟁시 카이사르에게 빌려준 병사들을 돌려달라고 요구하였다. 그러자 카이사르는 그 하나하나에게 250드라크마씩을 부어서 돌려보냈다.

그런데 병사들을 폼페이우스에게 데리고 온 카이사르의 장관들은 대중 사이에다 카이사르에 관하여 헛소문을 퍼뜨려, 폼페이우스의 이성적인 판단을 흐려놓았다. 갈리아에 있는 카이사르 군은 언제든지 기꺼이 폼페이우스에게 충성을 다하려고 하며, 그러므로 알프스를 넘어서 이탈리아로 들어서기만 하면 그들은 그 즉시로 폼페이우스의 산하로 달려올 것이라는 등 또 카이사르는 전쟁만 끝없이 하고 있으니 병사들은 이제는 지칠 대로 지쳐 있으며, 또 독재정치에 대한 공포심에서 혐의의 눈초리로 카이사르를 보고 있다고 헛소문을 퍼뜨렸다.

이 말을 들은 폼페이우스는 아주 우쭐하여 걱정할 것 없다고 방심하고 군비의 증강을 게을리하였다. 그리고 웅변과 원로원 결의에 의한 정치적 수단으로 그를 억누르려고만 생각하고서 일단 카이사르를 반대하는 법안을 통과시켰다. 그러나 카이사르는 이러한 것에는 아랑곳도 하지 않았다. 오히려 카이사르가 로마로 보낸 장교 하나가 원로원 앞에 서서, 원로원이 카이사르의 임기연장을 허용하지 않았다는 소문을 듣고 칼자루를 손으로 쓰다듬으며,

"그렇다면 이것이 연장해 드리지."

하고 쏘아붙였다는 말도 있다.

카이사르의 요구는 겉으로 보아서는 매우 공정한 외관을 갖추고 있었다. 그 요구는 자기가 장군직에서 떠날 테니 폼페이우스도 장군직에서 떠난 후, 두 사람이 다 같이 한낱 개인의 자격으로 시민이 주는 상을 타기로 하자는 것이었다. 만일 자기에게서만 무기를 빼앗고 폼페이우스에게는 그가 현재 가지고 있는 군대를 그대로 둔다면 한 사람에게는 전제자라는 낙인을 찍고, 다른 사람은 독재자로 만들어 버리는 결과가 된다는 것이었다.

쿠리오가 카이사르 대신으로 민회에 이 안을 제출하자, 그는 우레와 같은 박수갈채를 대중들로부터 받았다. 그리고 검사를 대하듯이 이 사람에게 화환이며 꽃을 던지는 사람도 있었다. 또 호민관도 이러한 문제에 관하여 카이사르로부터의 서한을 받고 있었는데, 그것을 시민들 앞에 꺼내 놓고 두 집정관의 저지에도 불구하고 낭독하였다. 그러나 원로원에서는 폼페이우스의 장인 스키피오가 동의를 제출하여, 만약 카이사르가 정해진 날까지 장군직을 사임하지 않는다면 그를 국적으로 선언하자고 제안하였다.

여기서 두 집정관이 먼저 폼페이우스를 해임시킬 것인가 아닌가를 의원들에게 묻고, 이어 카이사르도 그렇게 할 것인가를 물었다. 그러자 제1안에 대해서는 극소수의 의원밖에 찬의를 표하지 않았으나, 제2안에 대해서는 소수를 제외한 전 의원이 찬의를 표하였다. 그런데 안토니우스가 또다시 두 사람 다 해임시키자고 제안하자 전 의원이 만장일치로 찬성하였다. 그러나 스키피오가 이 제안에 대하여 맹렬히 반대하고, 집정관 렌툴루스가 도적이 필요한 것은 무기이지 투표가 아니라고 떠들어댔다. 그 때문에 이번에는 원로원이 해산하고, 의원들은 나라가 망하였다고 상복으로 갈아입었다.

그 후 곧 카이사르한테서 서한이 왔는데, 그의 태도도 한결 완화된 것처럼 보였다. 즉, 그 편지에서 카이사르는 다른 모든 것은 버려도 알프스 안쪽에 있는 갈리아와 일리리쿰은 2개 군단과 더불어 두번째의 집정권에 입후보하기까지 자기에게 그대로 두어달라고 요구한 것이었다. 게다가 또 최근 킬리키아에서 귀국한 양 파의 조정에 노력하고 있던 변론가 키케르도 폼페이우스를 달랬다. 그러므로 폼페이우스도 고집을 꺾고는 그것을 인정하려고 하였다. 그러나 집정관 렌툴루스 일파가 단호히 그에 반대하고는, 안토니우스와 쿠리오에게 모욕을 가한 다음 불명예스러운 방법으로 이 두 사람을 원로원에서 내쫓았다.

이 사실은 자기들 쪽에서 카이사르에게 절호의 구실을 일부러 만들어준 격이 되었으며, 카이사르는 무엇보다도 그것을 이용하여 크게 부하들을 선동하였다. 그는 나라의 고관이자 명사들이 노예의 복장으로 변장하고서, 마차를 빌려 타고 로마를 도망쳐야 할 만큼 세상이 어지러워졌다고 지적한 것이다. 그도 그럴 것이 그들은 실제로 공포를 느낀 나머지 그런 모양으로 변장하고서 사람 눈을 피해 가며 로마를 빠져 나왔다.

이때 카이사르에게는 기병 300명, 중장보병 5천 명을 넘지 않을 정도의 군대가 있을 뿐이었다. 왜냐하면 그의 부대의 나머지 병력은 알프스의 저편에 두고 왔으므로, 장군들을 보내어 데리고 오게 되어 있었기 때문이다. 그러나 카이사르는 자기가 계획하고 있는 대로 일을 착수하였다. 그 제1보를 내딛기 위해서는 우선 많은 군대가 필요치 않다고 생각하였다. 그리하여 오히려 남이 생각도 못 한 신속하고도 대담무쌍한 행동을 취하여, 결정적인 순간을 근사하게 포착하여 적에게 철퇴를 가하지 않으면 안 되겠다고 생각하였다.

불시에 공격을 가하여 적을 혼비백산케 하는 편이, 준비를 갖춰 가지고 힘으로 압도하기보다도 훨씬 쉽다고 생각하였기 때문이다. 그리하여 그는 부하 장군과 부대장들에게 다른 무기는 일체 소지하지 말고, 단검만으로 되도록 살육과 혼란을 피하여 갈리아의 대도시 아리미눔을 점령하라고 명령하였다. 그리고 총지휘를 호르텐시우스에게 맡겼다.

이렇게 해 놓고서 카이사르 자신은 그 날 낮에는 종일 대중들 사이에 섞여서 검사들의 시합을 구경하며 보냈다. 그런 다음 해가 질 조금 전에 몸단장을 하고서 연회장으로 들어가, 식사에 초대한 손님들과 잠시 환담하였다. 그러나 완전히 어두워진 후 자리에서 일어나, 다른 손님들에게는 다정하게 인사하며 곧 돌아올 테니 자기를 기다려달라고 부탁하였다. 그러나 소수의 측근 심복들에게는 미리 말해 둔 것처럼 모두가 똑같은 길을 취하지 말고 각기 따로따로의 길을 택하여 자기 뒤를 쫓아오라고 지시해 두었다.

이렇게 해 놓고서 자기는 마차 한 대를 세 내 가지고, 처음에는 딴 길을 달리다가 이윽고 아리미눔 쪽으로 방향을 바꾸어 알프스 안쪽의 갈리아와 이탈리아의 다른 부분과의 경계선을 이루는 루비콘 강에 당도하였다. 그런데 계획하고 있는 일의 위험성이 크다는 것을 생각하니 마음이 자꾸만 떨려 그대로 속력을 낼 수가 없었다. 그리하여 마침내는 말을 멈추고 오랫동안 묵묵히 서서, 혼자 마음 속에서 이렇게 하면 어떨까 저렇게 하면 어떨까 하고 망설이며 생각에 잠겼다.

몇 번씩 머리 속에서 계획을 바꿔보곤 하였다. 그래도 결행할 수가 없어서 마침내는 아시니우스 폴리오도 포함하여 거기 합류한 측근 부하들과 장시간 머리를 맞대고 의논하였다. 이 강을 건너는 일이 전 인류에게 얼마나 큰 불행의 씨를 뿌리게 되며, 또 후세의 사람들에게 얼마나 많은 논의를 불러일으킬까를 깊이 생각하지 않을 수가 없었다.

그러나 결국 일종의 흥분에 몰려 심사숙고고 뭐고 다 집어치우고 앞으로 일어날 일에 모든 것을 다 맡기기로 하였다. 될 대로 되라는 듯이 예측할 수 없는 운명이니 모험 속으로 뛰어드는 자들이 늘 곧잘 뇌까리는 격언으로 되어 있는 그 상투어인,

"에이, 주사위는 던져졌다!"

를 내뱉은 다음, 질풍처럼 강을 건너 계속 전속력으로 달려 날이 밝기 전에 아리미눔 시로 돌입하여 점령하였다.

일단 아리미눔이 함락되자, 전쟁이라는 것이 육지와 바다를 막론하고 전체에 걸쳐 동시에 일제히 그 문을 넓게 연 셈이 되었고, 영지의 경계가 문란해지고 국가의 법질서 또한 혼란에 빠졌다. 그리하여 이제까지처럼 공포에 부들부들 떨며 이탈리아 전역을 이리저리 떠돌아다니는 정도가 아니라, 모든 도시들 자체가 일어서서 도망을 치다가 갈팡질팡하여 서로 부딪치기가 일쑤인 상태가 되고 말았다.

한편 로마의 상태는 홍수라도 만난 것처럼 주변 도시에서 흘러들어온 피난민들로 초만원이 되어, 관리들의 노력에도 불구하고 질서는 흩어질 대로 흩어져 아무리 그들이 설득해도 모두가 수포로 돌아갔다. 이성의 목소리에 의하여 진압된다는 것도 그리 쉬운 일이 아니었고, 밀려드는 큰 파도의 소용돌이 속에서 로마는 그 내부의 동요에 의하여 전복될 것만 같은 상태에 빠져 있었다. 실제로 적대적 감정과 폭력에 의한 소동이 시내 도처에서 일어나고 있었다. 폼페이우스도 이 돌발사에 깜짝 놀라 어리둥절하고 있었고, 여러 방면의 사람들로부터 여러 가지 점에서 비난을 받고는 당황하였다.

어떤 사람은 폼페이우스가 국가권력에도 반항할 수 있을 만
큼 카이사르의 힘을 길러주었다며 그 책임을 물었다. 단, 어떤
사람은, 카이사르측에서 모처럼 양보를 보이며 온당한 화해안
을 제시하였는데, 그것을 수락하지 않고 메툴루스를 사주하여
카이사르에게 건방진 짓을 하게 허용하였다며 그를 탄핵하였
다. 또 파보니우스는 심지어 폼페이우스에게 발로 땅을 걷어차
보라고 농까지 하였다. 그것은 일찍이 폼페이우스가 원로원에
서 연설하는 가운데, 전쟁준비에 관해서는 쓸데없는 간섭도 또
걱정도 할 것 없다고 원로원 의원에게 호언장담하며, '카이사르
가 온다고 하더라도 내가 발로 땅을 차기만 하면 이탈리아의
전 국토가 군대로 가득 차게 된다'고 하였기 때문이다.

그 무렵에 병력으로 말하자면 폼페이우스 쪽이 카이사르보다
는 우세하였다. 그러나 폼페이우스도 이미 전쟁이 시작되어 전
운이 사방에 감돌고 있다고 믿게 하는 갖가지 그릇된 보도와
공포심 때문에, 그것들에 압도된 기분에 사로잡혀 있었다. 그
리하여 내란상태를 인정한다는 성명을 발표한 다음 로마에서
철수하였다. 그리고 원로원 의원들에게도 자기를 따라오라고
명령하고, 독재정치보다는 조국과 자유를 택하는 자는 한 사람
도 로마에 남지 말라는 명령을 남겨놓았다.

이리하여 두 집정관은 로마 시를 벗어나기 전에 행하는 것이
관례로 되어 있는 제사도 드리지 않고 황급히 도망쳤다. 또 원
로원 의원들도 그 대부분이 피난길에 올랐는데, 그들은 마치
남의 것을 약탈하듯이 자기 재산중에서 아무거나 닥치는 대로
집어 가지고 도망쳤다. 또 그때까지 열심히 카이사르를 지지하
고 있던 사람들 중에서도 이때만은 이성을 잃고 어찌할 바를
몰라 함께 휩쓸려 도망친 자도 많이 있었다.

그러나 무엇보다도 비참하여 차마 볼 수 없는 광경은 로마

시의 모습이었다. 마치 무서운 폭풍우를 만나 선장도 없이 파
도가 밀리는 대로 정처 없이 표류하여 여기저기 부딪치는 배
꼴이 되었다. 철수가 그토록 비참하였음에도 시민들은 폼페이
우스만 믿고 망명지를 조국으로 간주하였으며, 로마 시는 카이
사르의 진영이라고 생각하고 모두 떠나갔다.

이때 카이사르의 심복이며 부관으로서 갈리아 전쟁시 카이사
르에게 협력하여 열심히 싸운 사람인 라비에누스조차도 이 때
만은 카이사르를 버리고 폼페이우스 쪽에 가담하였다. 그럼에
도 불구하고 카이사르는 그에게 돈과 짐을 보내주었다.

카이사르는 30개 대대를 이끌고 코르피니움을 지키고 있던
도미티우스를 향하여 진격하여 이를 포위하였다. 그리하여 도
미티우스는 자기가 놓여진 입장에 절망하여, 자기의 노예에게
독약을 구하게 하여 그것을 마셨다. 그러나 잠시 후에 카이사
르가 포로를 아주 관대하게 다룬다는 소문을 듣고서, 너무 서
둘러 결심한 자신의 운명을 책하였다. 그러자 노예는

"걱정할 것 없습니다, 주인님. 제가 주인님께 드린 약은 수
면제지 생명을 빼앗는 독약이 아닙니다."

라고 말하였다. 그리하여 그는 매우 기뻐하며 자리에서 일어
나, 다시 폼페이우스의 진영을 향하여 탈주하였다. 이 소문이
로마에 전해지자 그것은 한결 시민들에게 안도감을 주게 되어
피난 간 사람들도 그 일부가 다시 로마로 돌아왔다.

카이사르는 도미티우스의 군대를 접수하였지만, 폼페이우스
가 여러 도시에서 징집해 둔 병사들도 회유하여 모두 자기 것
으로 만들었다. 이렇듯 그 병력 수도 많고 강력한 군대가 된
후에야, 비로소 폼페이우스 토벌의 장도에 오르게 되었다. 그
러나 폼페이우스는 상대방의 접근을 기다리지 않고 브룬두시움
으로 도망쳤다.

카이사르는 즉시 폼페이우스를 추격하려고 하였으나 배가 부족하였다. 그래서 하는 수 없이 로마로 돌아갔다. 하지만 카이사르는 60일 동안에 단 한 방울의 피도 흘리지 않고 전 이탈리아를 지배하게 된 것이다. 로마 시도 예상보다는 빨리 질서를 되찾았다. 원로원 의원으로 시내에 그대로 남아 있는 사람도 꽤 많았으므로 그들에게 부드럽고도 정중한 연설을 하고, 폼페이우스에게 사자를 파견하여, 적당한 조건으로 강화조약을 체결하도록 힘써줄 것을 이들 원로원 의원들에게 권고하였다. 그러나 누구 하나 귀를 기울이려고 하지 않았다. 그것은 자기들이 저버린 폼페이우스를 두려워하였기 때문인지, 아니면 카이사르가 진심에서 그렇게 생각하고 있는 것이 아니라 그저 입에 발린 '감언이설'이라고 생각하여서 그랬는지는 알 수 없다.

그때 국고에 들어 있는 돈을 카이사르가 꺼내려 하자, 호민관인 메텔루스가 저지하려고 여러 가지 법률을 들고 나섰다. 그러나 카이사르는 무기와 법률과는 쓰는 경우가 다르다고 주장하였다.

"그러나 만일 내가 하려는 일에 불만이 있다면 우선 어딘가 먼 곳으로 가버려라. 전시에는 법이 통하는 때가 아니니까. 화해가 성립되어 내가 무기를 놓게 되거든, 그때 다시 나타나서 민중에게 연설해도 무방할 것이다."

"이렇게 말하는 것도 나의 당연한 권리의 일부를 포기하고 있는 셈이다. 왜냐하면 너는 내 수중에 들어 있기 때문이다. 그리고 또 나에 대하여 반란을 일으킨 자들 중 포로가 된 자들도 그 운명은 내 수중에 들어 있기 때문이다."
하고 쏘아붙였다.

카이사르는 다시 금고 문 앞까지 걸어갔다. 그러나 열쇠가 눈에 띄지 않았기 때문에 대장장이를 불러다가 문을 비틀어 열라고 명령하였다. 그러나 또다시 메텔루스가 반대하고 그것에 동조하는 자들도 몇 사람 있었으므로, 카이사르는 노발대발하며 버럭버럭 소리를 지르며 귀찮게 방해하면 죽여버리겠다고 그를 위협하였다.

"이 철부지 젊은 친구야, 나도 입으로 이러쿵저러쿵 따지기보다는 직접 행동에 호소하는 편이 훨씬 수월하다는 것쯤은 알고 있어."

그때서야 겁을 집어먹은 메텔루스는 잠자코 물러났다. 그 후부터는 전쟁을 위하여 필요한 것은 무엇이나 다 카이사르의 명령에 의하여 쉽게 그의 수중으로 들어왔다.

그 뒤 카이사르는 스페인으로 진격하였다. 그는 우선 폼페이우스의 부관인 아프라니우스와 바로를 이 지방에서 축출하고, 거기 있던 군대와 영지를 자기의 수중에 넣으려고 하였다. 그럼으로써 배후에 적병을 하나라도 남겨 놓지 않게 한 다음, 폼페이우스를 정벌하려는 생각이었다. 그러나 복병 때문에 몇 번씩 위험에 빠진 적도 있고, 설상가상으로 기아 때문에 그의 군대가 큰 고통을 당한 적도 있었다. 그렇지만 쉬지 않고 계속 적병을 추격하여 적의 진지를 수중에 넣게 되었다. 적의 병사들은 그의 수중에 있었지만, 적의 지휘관들은 대부분 탈주하여 폼페이우스에게로 갔다.

로마로 돌아온 카이사르에게 그의 장인인 피소가 화해를 맺기 위한 사자를 폼페이우스에게 보내도록 계속 권고하였지만, 카이사르의 환심을 사려고 이사우리쿠스가 그것을 반대하였다. 카이사르는 원로원에 의하여 집정관에 임명되자 망명자들을 불러들이고, 술라 집권시에 핍박을 받았던 사람들의 자손에게 로마시민권을 회복시켜주었다. 부채 구제책을 세워 부채자의 이자부담을 경감시켜주었으며, 그 밖에도 그와 유사한 종류의 정책을 많이 취하여 시민들을 구제하였다.

카이사르는 진격을 계속하여 정예기병 600명과 5개 군단을 이끌고 1월 초, 아테네력으로 포세이네온 달 동짓날에 바다로 나왔다. 그리고는 이오니아 해를 건너 오리쿰과 아폴로니아를 점령하고 행군 도중 뒤에 남겨 두고 온 병사들을 실어 날라오기 위하여 선단을 브룬디시움으로 돌려보냈다. 그러나 이 병사들은 육체적으로도 이미 쇠퇴해 있었고, 또 반복되는 전투에 시달려 지칠 대로 지쳐 있었으므로 행군 도중 카이사르에 대하여 불평을 계속 늘어놓았다.

"저 사람은 우리들이 지쳐 있는 것도 모르고 끌고 다니며 생명이 없는 물건처럼 부려먹고만 있는데, 도대체 어디로, 어느 구석까지 데리고 갈 셈이야? 칼도 자꾸만 쓰면 무뎌지고, 방패와 가슴받이 갑옷도 이렇게 오래 쓰고 보면 낡게 마련인데 우린들 견디어 내겠나? 잠시라도 쉬게 해야 할 것 아니냔 말야. 우리 모두 상처투성이가 되어 있는 것을 보면, 자기가 지휘하고 있는 것이 불사조가 아닌 인간이라는 것을 과연 카이사르는 생각할 수 있을까? 우리도 인간이며, 고생도 고통도 한도가 있다는 걸 알아야 하지 않겠느냐 말이다. 더욱이 엄동인데다가, 바다도 한풍이 휘몰아치는 시기인데 말이야. 신들도 감히 엄두도 못 내고 있지 않나. 그런데 이 인간은 그 위험을 아랑곳도 하지 않고 있으니, 마치 적을 쫓고 있는 것이 아니라 적에게 쫓기고 있는 듯이 달리고 있거든."

이런 불평을 늘어놓으면서 군대는 천천히 브룬디시움을 향하여 행군하고 있었다. 그러나 브룬디시움에 도착하였을 때 카이사르가 벌써 출항하고 없는 것을 알자, 이번에는 돌변하여 자신들을 대장군의 뜻에 거역한 배반자로 만들었다고 스스로를 나무라며 행군을 재촉하지 않은 지휘관들을 비난하였다. 그리고는 산에 올라가 바다와 대안에 있는 에피루스를 바라보며, 카이사르에게로 실어다주기로 되어 있는 배가 어서 오기를 기다리고 있었다.

한편 아폴로니아에 이른 카이사르의 수중에는 당장 적과 싸울 만큼의 병력을 가지고 있지 않았고, 이탈리아에 남겨 둔 군대는 아직 도착하고 있지 않아 그도 마음이 초조하기 짝이 없었다. 생각 끝에 궁여지책으로 위험한 계획 하나가 머리에 떠올랐다. 그것도 아무도 모르게 겨우 열두 개의 노가 달린 작은 배를 타고 적의 많은 함대로 봉쇄되어 있는 사이를 뚫고서 브룬디시움까지 건너려는 생각이었다.

그리하여 밤중에 노예들이 입는 옷을 몸에 걸치고 아무도 관심조차 두지도 않을 배에 올라, 초라한 꼴로 선창에 가만히 드러누워 있었다. 배는 아니우스 강의 흐름을 타고서 큰 바다로 흘러내려가고 있었다. 이 계절이면 대개 육지에서 불어 오는 아침의 산들바람이 파도를 내몰아 하구 근처가 잔잔해 있을 터인데, 그 날 밤따라 밤새도록 바다에서 강풍이 불어닥쳐 큰 파도가 일었으므로 배가 나아가지 못하고 있었다. 하구에서 큰 소용돌이가 굽이쳐서 선장도 감히 배를 더 이상 전진시킬 수가 없게 되자 뱃머리를 돌리라고 선원들에게 명령하였다. 그것을 눈치챈 카이사르는 자기의 정체를 밝히고, 그의 모습을 보고 깜짝 놀라는 선장의 손을 잡고서

"여보, 선장, 용기를 내시오. 무서워할 것 없소. 당신은 카이사르를 태우고 있는 거요. 카이사르의 운명의 신도 함께 태우고 있는 거요."

하고 애원하였다.

이 말에 곧 선원들은 폭풍우라는 것도 잊은 듯이 노를 힘껏 움켜쥐고서 결사적으로 저어 파도를 뚫고 나아가려고 하였다.

그러나 그것은 불가능하였으며, 배 안에 바닷물이 가득 들어차 위험한 상태가 되어 오도가도 못할 지경에 이르렀다. 카이사르도 하는 수 없이 선장에게 양보하여 되돌아가기로 하였다. 그러나 카이사르가 되돌아오자 병사들은 떼를 지어 그를 맞이하며, 크게 불만의 뜻을 나타내어 부하들을 믿지 못해서 위험한 짓을 했다며 그를 비난하였다.

　이윽고 안토니우스가 브룬디시움에서 배로 군대를 이끌고 도착하였다. 이리하여 증원병력을 얻게 된 카이사르는 힘이 나서 폼페이우스에게 도전하였다. 그러나 상대방은 진지가 지형적으로 유리한 지점에 있고, 육해 양면에서 충분한 보급을 얻고 있었다. 반면 카이사르는 처음부터 물자도 충분하지 않고, 나중에는 먹고 살 양식마저 끊어져 고생은 이루 말할 수 없을 정도였다. 병사들은 풀뿌리를 캐어 우유와 섞어 먹고, 어떤 때에는 그것으로 빵같이 만들어 먹었다. 그리고 적의 전초선으로 달려가 빵을 적진으로 던지며, 대지가 이런 풀뿌리를 제공해주고 있는 한 폼페이우스를 공략하는 것을 그만두지 않겠다고 하였다. 그러나 폼페이우스는 그 빵 이야기며 그러한 말을 자기 부대의 병사들에게 하지 못하게 하였다. 왜냐하면 그렇지 않아도 아군의 병사들이 야수와 같은 적병의 그 야만성과 강인성에 대하여 겁을 집어먹고 의기소침해 있었기 때문이다.

　그 사이에도 폼페이우스의 요새 주변에서는 산발적으로 작은 전투가 그치는 날이 없었다. 그리고 카이사르는 여러 전투에서 승리를 거두었으나, 한 번 대참패를 당하여 하마터면 진지마저 적에게 빼앗길 뻔하였다. 그때는 폼페이우스 군의 강습을 막고 버틸 병력도 없었으며, 그것은 고사하고 참호는 아군 전사자로 가득 차고, 아군의 보루와 방벽 주위에는 쫓겨온 패주병이 뒤범벅이 되어 쓰러져 있었다. 그리하여 카이사르는 도망쳐 오는 아군 병사들을 가로막고 되돌리려고 애썼으나 역부족이었다. 게다가 들고 있는 군기를 빼앗으려고 하자 병사가 그것을 내던 져버렸기 때문에, 서른두 개나 되는 군기가 적의 수중으로 들어갔다. 그뿐 아니라 카이사르조차도 하마터면 목숨을 잃을 뻔하였다. 키가 크고 몸이 건장한 병사 하나가 그의 곁을 떠나 도망치려고 하였으므로 그 손을 붙잡고, 도망치지 말고 그 자리에 서서 적과 맞서라고 명령하였다. 그러나 공포에 질린 나머지 아주 신경과민이 된 그 병사는 칼을 쳐들어 카이사르를 치려고 하였다. 이때 카이사르의 방패잡이병이 재빨리 그 병사의 어깨를 칼로 내려친 사건이 있었다.

이처럼 카이사르는 자기가 놓여진 상태가 아주 절망적인 것을 인정하고 있었다. 그런데 폼페이우스는 무엇을 경계하느라고 그랬는지, 혹은 우연이었는지 모처럼 훌륭한 전과를 올렸으면서도 가장 결정적인 끝을 완성하지 못하여 도주하는 적병을 그들의 진지 속으로 몰아 넣고서 그만 회군하고 말았다. 그때 카이사르는 싸움터에서 물러나면서 심복들에게,

"적군 중 이기는 수를 터득하고 있는 장군이 한 명만 있었더라도, 오늘의 승리는 적의 것이 됐을 것이다."
라고 말하였다.

이런 말을 남기고 카이사르는 자기 막사로 들어가 자리에 누워 그 날 밤은 일찍이 느껴보지 못한 비통한 밤을 보냈다. 암만 궁리해봐도 뾰족한 수가 나오지 않은 채 다만 전략의 수립이 서툴렀다는 결론에 도달하였다. 비옥한 땅이 바로 가까이에 있고, 마케도니아와 테살리아의 도시들은 번영하고 있으므로, 전쟁이 거기서 이루어지게끔 적을 그 쪽으로 유인해 가지 않고, 적이 제해권을 장악하고 있는 바닷가에서 싸움을 시작하여 군량도 끊어지고 적에게 포위되었던 사실을 매우 한탄하였다.

해결책이 쉽게 머리에 떠오르지 않은 채 일각이 여삼추 같은 괴로운 하룻밤을 보낸 카이사르는 마케도니아에 있는 스키피오를 공격할 결심을 하고 진지를 철수하기로 하였다. 그렇게 함으로써 폼페이우스를 유인하여 자기와 마찬가지로 바다로부터 보급을 받지 못할 곳에서 싸우게 하거나, 아니면 고립상태로 있는 스키피오 군만이라도 섬멸하자는 작전이었다.

카이사르가 진지를 철수하는 것을 본 폼페이우스의 사병들과 장군들은 기뻐하였다. 카이사르가 지고서 도주하는 것으로만 생각하였으며, 그들은 그것을 추격하고 싶은 충동까지 느꼈다. 그러나 폼페이우스 자신이 결전에 만사를 걸기에는 신중한 태도를 취하는 듯이 보였다. 그의 병사들은 장기전에 대하여 만반의 준비를 갖추고 있었기 때문에, 지연작전을 써서 계속 적을 괴롭히면서 적이 절정기에 있다 하더라도 그리 오래 가지는 않을 것이라 믿고, 그 세력을 천천히 쇠퇴시켜 가는 편이 좋겠다고 생각하고 있었다.

왜냐하면 카이사르의 군대 중 가장 용감한 정예부대는 과연 전쟁경험이 많아 전투에 대해서는 천하무적의 경지에 이르고 있었다. 그러나 아무리 그러한 백전백승의 군대라 할지라도 빈번한 행군과 장기간에 걸친 진영생활과 요새공격과 보초생활을 계속하였으므로 피곤해 보이는 기색이 역력하였다. 또 나이를 먹은 탓인지 체력이 한계점에 도달하였기 때문에 사기가 쇠퇴해 있으므로, 힘든 일이면 몸이 말을 듣지 않게 되어 있었던 것이다. 게다가 일종의 질병이 카이사르 군 사이에 만연하고 있다는 소문도 들리고, 특히 군자금과 식량이 부족하여 그 군대도 단시일 내에 저절로 붕괴되고 말 것이라는 것이었다.

이러한 이유에서 폼페이우스는 카이사르와 싸우기를 원치 않았으나, 이것에 찬의를 표하는 것은 카토 하나뿐이었다. 그것

은 동포끼리의 싸움을 피했으면 하는 생각에서였다. 사실 전투
에서 쓰러진 전사자가 1천 명이나 되는 것을 보고, 카토는 얼
굴을 가리고 울면서 그 곳을 떠났던 것이다. 그러나 카토 이외
의 다른 사람들은 모두가 다 폼페이우스가 싸우기를 피하고 있
는 것을 신랄하게 비난하였다. 또 폼페이우스를 왕 중 왕이니
아가멤논이니 하고 부르면서 그의 전의를 북돋워주었다. 이 말
은 실은 그가 독재자적인 권한을 버리려 하지 않고 있으며, 그
많은 장군들이 그 하나만을 믿고 그의 막사를 빈번히 출입하는
것을 그가 희희낙락 맞아주고 있다는 의미를 내포하고 있는 말
이었다.

또 카토의 솔직한 말투를 흉내내기 좋아하는 파보니우스는
폼페이우스가 싸우지는 않고 장군직만 탐내고 있기 때문에, 금
년에는 고향 투스쿨룸으로 돌아가서 무화과를 먹기는 다 글렀
다고 불평을 터뜨렸다. 또 최근 스페인에서 패전하고 돌아온
아프라니우스는, 돈으로 매수되어 군대를 배반하였다고 규탄을
받았다. 폼페이우스는 이러한 모든 것에 자극되어 선뜻 내키지
도 않았으나 전쟁을 하기로 하고 카이사르를 추격하였다.

한편 카이사르가 그 후의 행군에 고생한 것은 이루 다 말할
수 없을 지경이었다. 그 까닭은 누구 하나 그에게 군량을 공급
해주려는 사람도 없었으며, 최근의 패전 때문에 모든 사람들이
다 그를 얕보고 있었기 때문이다. 그러나 테살리아의 곰피 시
를 점령하자 병사들에게 식량을 줄 수 있었고, 이상하게도 부
대에 만연하던 그 전염병도 씻은 듯이 사라졌다. 그 도시에는
술이 풍부하게 있어서 병사들이 실컷 마시고 만취가 되어 주정
을 하면서 행군하였으므로 몸의 컨디션이 일변하여 병은 씻은
듯이 사라지고 만 것이었다.

양군이 파르살리아 평원으로 진군하여 대치하였을 때, 폼페

이우스의 생각은 또다시 싸움을 하지 말자는 생각으로 되돌아
가기 시작하였다. 게다가 여러 가지 불길한 징조가 나타나기도
하고, 또 수면 중에 불길한 꿈에 시달리기도 하였다. 그러나
폼페이우스의 측근들은 자신만만하였고, 여러 가지로 좋은 쪽
으로만 생각하고서 벌써 승리는 자기들의 것이라는 듯이 들떠
있었다.

　도미티우스와 스핀테르와 스키피오 세 사람은 카이사르가 가
지고 있던 대사제의 자리를 각기 자기가 차지하려고 공작하고
있었다. 또 그 밖의 많은 사람들도 로마로 사람을 보내어 집정
관과 법무관이 쓰기에 알맞은 주택을 세 얻게 하였고, 전쟁이
끝나면 곧 그러한 관직에 앉을 수 있을 것으로만 태산같이 믿
고 있었던 것이다.

　그 중에서도 기병대는 어서 싸우게 해달라고 조르고 있었다.
그들은 찬란한 무구를 몸에 걸치고, 번드레한 말에 올라타고서
늠름한 자기들의 체구를 과시하는 등, 그 으스대는 모양은 정
말 가관이었다. 수에 있어서도 카이사르의 기병 1천 명에 대하
여 아군이 5천 명이나 되는 것을 자랑하고 있었다. 또 보병도
비교가 되지 않았는데, 적의 보병 2만 2천에 대하여 아군은 4
만 5천의 비율이었다.

　한편 카이사르는 병사들을 모아 놓고 아군에는 코르피니우스
장군이 2개 군단을 이끌고 가까운 곳에 와 있고, 또 칼레누스
장군이 이끄는 15개 대대가 메가라와 아테네 부근에 주둔 중이
라는 것을 우선 보고하였다. 그러고 나서 이들 원군이 오기를
기다리고 있는 것이 좋을지, 아니면 자기들의 병력만으로 싸움
을 하는 것이 좋을지, 어느 쪽을 바라느냐고 병사들에게 물었
다. 그러자 병사들은 큰 소리를 지르며 가만히 기다리고 있을
수 없으니 어서 빨리 적과 싸우게 해달라고 요구하였다.

카이사르는 자기의 군대가 승리를 얻도록 해달라고 제사를 드리고 최초의 제물을 드리자, 점술가는 사흘 안으로 적과 싸워 승패가 결정날 것이라고 하였다. 카이사르가 그 결과에 관해서도, 제물 속에 그 무슨 길조가 보이더냐고 묻자 점술가는,

"그것은 장군 자신께서 더 잘 아실 것입니다. 왜냐하면 신께서 계시하시는 것은 현재와 상태와는 아주 다르게 나타날 것이니까, 장군께서 일이 잘 되어 가고 있다고 생각하고 계시면 운이 그 반대가 될 것이라고 예상하셔야 됩니다. 잘 되어 가고 있지 않다고 생각하시면 운이 좋아질 것을 기대하십시오."

하고 대답하였다.

전투 전 날 카이사르가 한밤중에 보초들을 순시하고 있노라니까 중천에 불덩어리가 보이고, 그것이 카이사르의 진영 위까지 날아와 휘황찬란하게 빛을 발하고 불꽃을 튕기며 지나갔다. 그러더니 폼페이우스의 진영에 떨어진 것같이 보였다. 그리고 새벽녘의 순찰시간에 적진에 소요가 일어난 것이 보였다. 그러나 카이사르는 이 날 전투가 있으리라고는 꿈에도 예상치 못하고, 오히려 스코투사를 향해 행군을 계속하려고 진지를 철수하라는 명령을 내렸다.

그러나 이미 천막을 헐어버린 그때에 척후병들이 말을 몰고 달려와서 적이 싸우려고 평원으로 내려오고 있다고 보고하였다. 카이사르는 하늘에라도 오른 것처럼 기뻐하며 신들에게 기도를 올린 다음, 자기의 보병부대를 전투태세로 배치하고 군을 셋으로 나누었다. 그리고는 중앙에는 지휘관으로 도미티우스 칼비누스를 배치하고, 양 날개의 좌익은 안토니우스가, 우익은 자기가 담당하고 제10군단 속에 끼여 있었다. 그러나 이 우익에 그 상대로 적의 기병이 배치되어 있는 것을 본 카이사르는 그 휘황찬란한 모습과 많은 수에 겁을 집어먹었다. 그래서 최

후미의 전열, 즉 제3열에서 6개 대대를 몰래 자기 뒤로 돌려 놓으라고 명령하고, 적의 기병이 쳐들어왔을 때 어떻게 대처해 야 할 것인가 그 대책을 지시해주었다.

한편 폼페이우스는 자기가 두 날개 중 하나 즉 우익을 맡고, 도미티우스는 좌익을 맡고, 중앙은 장인인 스키피오가 맡았다. 또 기병대를 전부 좌익에 배치시켜 적의 우익을 포위하여 총사 령관인 카이사르 자신이 이끄는 부대를 완전히 섬멸하려는 작 전이었다. 이렇게 많은 수의 기병이 일거에 공격을 가하면 아 무리 두껍게 밀집된 중장보병부대라 할지라도 그것을 막을 수 는 없어 적군은 전부 괴멸되고 말 것이라고 생각하였기 때문이 다.

그런데 두 장군이 돌격하라는 신호를 내리려고 하였을 때, 폼페이우스는 갑자기 중장보병에게 무기를 들고 수비자세를 취 하여 대열을 굳게 한 채, 적이 투창의 사정거리 안으로 몰려올 때까지 돌격을 기다리고 있으라고 명령하였다. 그러나 카이사 르가 기록한 것을 보면, 이 점에서도 폼페이우스는 큰 오산을 저질렀다는 것이다. 군대란 전투개시와 동시에 돌격을 감행한 쪽이 힘이 솟아나게 마련이고, 또 적의 저항에 부딪쳐야 공격 을 감행한 쪽 병사들의 용맹심이 타오르게 되는 법이라는 것을 폼페이우스는 모르고 있었다고 평하고 있다.

한편 카이사르 자신은 밀집부대를 동원하려고 벌써 행동을 개시하고 있었는데, 맨 먼저 그의 눈에 띈 것은 백부장 중에서 도 자기에게 늘 충성심을 보이고 전쟁경험이 많은 대장 하나가 부하들을 격려하여 용감하게 돌격해 나가는 모습이었다. 카이 사르는 그 사나이의 이름을 부르며,

"카이우스 크라시니우스, 어때? 아군의 사기는 어때?" 하고 물었다. 크라시니우스는 오른손을 높이 쳐들고 외쳤다.

"장군님, 우리 쪽의 눈부신 승리입니다. 오늘이야말로 저는 살아 남든지 죽든지 간에 장군님의 칭찬을 받고 싶습니다."

이렇게 외치면서 부하 병사 120명을 이끌고서 맨 앞에 서서 곧장 적에게로 돌진해 갔다. 그리고는 적의 최전방을 돌파하고 계속 적을 마구 무찌르며 돌격의 속도를 늦추지 않았으나, 마침내 적의 일격을 받고야 말았다. 적의 칼이 카이우스 크라시니우스의 입에서 목덜미까지 뚫고 나갔던 것이다.

이렇듯 보병부대 중앙에서 격전을 벌이고 있을 때, 폼페이우스의 기병대가 측면에서 위풍당당하게 나타나 카이사르의 우익을 포위하려고 그 부대를 전개시켰다. 그러나 적의 기병대가 채 공격해 오기 전에 카이사르의 배후에 감춰 두었던 대대가 뛰어나왔다. 그들은 언제나처럼 투창을 던지지 않고, 또 적에게 접근해도 허벅다리나 종아리를 찌르려고 하지 않았다. 창을 적의 얼굴 앞으로 바짝 치켜들고서 눈을 노리거나 얼굴을 사정없이 찌르려고 하였다. 이러한 공격방식은 카이사르가 지시한 것이었다. 그것은 적병들이 전투에 서툴고, 그다지 부상의 경험도 없는 젊은이들로서 그 청춘의 아름다움을 뽐내고 있었기 때문이다. 그러므로 가만히 서서 얼굴에 부상을 입으려고 하지 않으며, 현재 당하고 있는 위험도 무섭거니와 장래의 흉터가 더 무서워 도망을 치고 말 것이라고 예측하고 있었기 때문이다.

과연 그 예측이 적중하였다. 아래서부터 불쑥 위로 치켜든 창을 참아 내지 못하고, 눈앞의 창끝을 직시할 용기도 없어 얼굴을 가리고 고개를 옆으로 돌리거나 머리를 손으로 감싸곤 하였다. 이렇듯 적의 기병은 혼란상태에 빠져 뒤돌아 도망을 치기 시작하여 가장 수치스럽게 전 군을 궤멸의 함정으로 빠뜨리게 하였다. 왜냐하면 이 기병대를 궤멸시킨 카이사르는 그 즉시로 보병대를 포위하고 그 배후에서 공격을 가하여 전멸시키기 시작하였기 때문이다.

폼페이우스는 아군 기병들이 사방으로 흩어져 도주하는 것을 멀리 다른 쪽 날개에서 보고는 정신이 아찔하여, 대 폼페이우스라는 것도 감쪽같이 잊고 제정신을 신에게 빼앗긴 사람처럼 아무 말도 않고 그 곳을 떠나 텐트 쪽으로 걸어갔다. 그리고는 거기 앉아서 사태가 어떻게 될 것인가를 생각하고 있었으나, 결국 전 군은 붕괴하고 적군이 성벽 앞에까지 밀어닥쳐 수비병과 싸움이 벌어졌다. 그때서야 폼페이우스는 제정신이 들어

"그렇다면 이 진영에까지 왔단 말이냐?"

라는 한 마디를 내뱉었을 뿐이었다고 한다. 그는 전투용 장군 복장을 벗고 일개 촌부에 어울리는 초라한 옷으로 갈아 입고는 남의 눈에 띄지 않게 탈출하였다.

카이사르는 폼페이우스 군 진영 안으로 들어가 적병이 시체가 되어 땅 위에 나자빠져 있는 것과, 죽어 가고 있는 것을 보고 한숨을 내쉬면서 다음과 같이 말하였다.

"이렇게 된 것도 이 사람들이 자초한 짓이니까 할 수 없지. 이렇게 안 하면 내가 죽을 테니까. 아무리 이 사람이 카이우스 카이사르라 할지라도, 갖가지 전투에서 대승리를 거둔 후에 만일 군대를 해산시켰다면 사형선고를 받을 판국에 빠져 있었을 것이다."

그때 죽은 병사들의 대부분은 노예들로서 진영이 점령될 때에 살해된 것이며, 로마 출신의 병사로서 전사한 자는 그 수가 6천을 넘지는 않았다고 한다. 한편 생포된 자의 대부분은 카이사르가 자기 군대에 편입시켰으며, 많은 병사들은 죄를 용서해 주었다. 그 안에는 브루투스도 있었는데, 이 사람이 나중에 카이사르를 죽인 바로 그 장본인이다. 실은 이 브루투스가 눈에

띄지 않아 혹시 죽었나 하고 카이사르도 걱정하고 있었으나, 무사히 구출되어 누군가가 그에게로 끌고 왔을 때에는 카이사르도 매우 기뻐하였다고 한다.

이 전쟁의 승리를 암시하는 전조는 수많이 있었으며, 그 중에서도 가장 뛰어난 것으로 기록되어 있는 것은 트랄레스에서 일어난 것이다. 이 도시에 있는 승리의 여신의 신역에 카이사르의 초상이 서 있었는데, 본시부터 그 주위의 땅의 지반은 굳고 또 그 위에는 단단한 돌이 가득 깔려져 있었다. 그런데 그것을 뚫고서 이 땅에서 초상의 대좌(台座) 옆으로 종려나무가 솟아올랐다는 것이다. 또 파두아 시에서는 유명한 역사가 리비와 똑같이 이 도시의 시민이며, 리비의 친구이기도 한 카이우스 코르넬리우스라는 새점으로 유명한 사람이 우연히 이 날 새점을 치고 있었다. 리비가 전하는 바에 의하면, 이 사람은 우선 전투의 시각을 알아보고는 거기 있던 사람들에게 지금이 곧 천하의 대세가 결정지어지려는 순간이며 양군은 전투태세에 들어가고 있다고 말하였다. 얼마 후 새를 다시 조사해보고 나서 징후를 판단하자, 마치 신들린 사람처럼,

"카이사르, 당신의 승리요 ! "

하고 뛰어오르며 외쳤다. 그래서 거기 모인 사람들이 놀라는 것을 보고서, 머리에서 화환을 벗어 가지고 사실이 자기의 기술을 입증해주기까지 그것을 다시는 쓰지 않겠다고 맹세하였다고 한다.

카이사르는 이 승리를 축하하는 의미에서 테살리아 인에게 자유를 주고 나서 폼페이우스를 추격하였다. 그리고 아시아에 당도하자 신화 수집가 테오폼푸스를 기쁘게 해주려는 뜻에서 크니두스 인들에게 자유권을 부여하고, 아시아의 전 주민에게 세금의 3분의 1을 면제해주었다. 그 후 폼페이우스가 살해된

직후, 카이사르는 알렉산드리아에 상륙하였다. 그리고 테오도 투스가 폼페이우스의 머리를 갖다 바쳤을 때에는 외면하고 정시하지 않았으나, 고인의 반지를 받고서는 눈물을 흘렸다.

이집트에서의 전쟁은 필요불가결의 것이 아니라 클레오파트라에 대한 사랑 때문에 일어난 것으로서, 카이사르는 불명예스럽고도 위험한 것이었다고 말하는 사가들도 있다. 그런가 하면 한편 이집트 왕의 신하들, 특히 이집트의 최고실력자였던 내시 포티누스가 꾸민 음모라고 비난하는 사가들도 있다. 이 포티누스라는 자는 바로 최근 폼페이우스를 죽이기도 하고, 클레오파트라를 내쫓아버린 뒤 몰래 카이사르에 대한 음모를 꾸미고 있었다. 그래서 카이사르는 이때부터 자기 몸을 지키기 위하여 주연을 베풀면서 밤을 보내기로 하였다고 한다. 그러나 포티누스는 공공연히 카이사르로서는 참을 수 없는 태도를 취하고 카이사르에게 여러 가지로 화가 나는, 아니 모욕적인 인사와 행동을 취하였다.

그는 극히 질이 나쁜, 오래 된 양곡을 병사들에게 주고서, 남이 거저 주는 것이니까 참고 가만히 먹을 것이지 무슨 불평들이냐고 나무랐다. 또 연회석상에서는 목제그릇과 질그릇만 쓰도록 하고, 금식기와 은식기는 모두 카이사르가 빼앗아 갔기 때문에 없다고 말하곤 하였다. 사실 현재의 이집트 왕의 부왕이 카이사르에게 1천750만 드라크마라는 빚을 지고 있었는데, 그 일부인 750만 드라크마를 이미 카이사르가 이 왕의 왕자들을 위하여 면제해주었다. 그러나 이때 군의 비용으로 1천만 드라크마가 필요하니 갚으라고 요구하고 있었다. 포티누스는 카이사르에게 그것은 나중에 고맙다는 말과 함께 갚아드릴 테니, 지금은 우선 이 곳을 떠나서 좀더 큰 일을 하도록 하라고 그에게 권고하였다. 그러나 카이사르는 자기는 이집트 인의 권고는 필요 없다고 말하고서, 몰래 밀사를 보내어 국외로 쫓겨났던 클레오파트라를 불러들였다.

클레오파트라는 심복 중 시칠리아 사람 아폴로도루스 하나만을 데리고, 작은 배를 타고 사방이 어두워진 때를 택하여 왕궁에 배를 대었다. 그러나 어떠한 방법으로도 사람 눈을 피할 방법이 없었으므로, 침구 주머니 속으로 기어들어가 몸을 길게 뻗어 누웠다. 그것을 아폴로도루스가 가죽 끈으로 묶어서 어깨에다 메고, 여러 문을 지나 카이사르에게로 가져갔다.

카이사르가 그녀의 포로가 된 것은 매혹적인 모습으로 나타난다는 클레오파트라의 그 상투적인 술책 때문이었다고 한다. 게다가 그녀의 매혹적인 애교에 뇌쇄된 카이사르는, 오빠인 현재의 왕과 그녀를 화해시켜 나라를 공동으로 통치시키게 하였다. 얼마 후 이 화해를 축하하기 위한 큰 연회가 베풀어졌다. 그런데 카이사르의 전용이발사 노예 하나가 있었는데, 이 노예는 무슨 일이나 캐물어서 알아야만 하는 성격이어서 사람들의 이야기를 엿들으면서 방 안을 이리저리 돌아다녔다. 그러다가 아킬라스장군과 내시 포티누스가 카이사르를 암살하려는 음모를 꾸미고 있노라고 소근거리는 소리를 엿들었다.

그리하여 카이사르는 사실을 추궁한 끝에 연회장 주위에 호위병을 배치해 두었다가 포티누스를 죽였다. 그러나 아킬라스는 군대 내로 도망쳐 들어가 카이사르를 격전 속으로 몰아넣었다. 카이사르는 소수의 병력을 가지고 그토록 큰 대도시에서 대군을 상대로 하여 싸워야만 하였기 때문에, 그만큼 싸움은 치열하고 힘들었다. 이 전쟁에서는 첫째로 단수로 인하여 큰 고생을 당하였다. 적이 수로를 막아버렸기 때문이다. 게다가 함대로부터 연락이 두절될 판이었으므로 할 수 없이 방화하여 위험을 모면하였지만, 그 불이 조선소에 인화되어 그 유명한 알렉산드리아의 도서관마저 태워버렸다. 세번째 위험은 알렉산드리아 항구에 있는 파로스 섬에서 싸웠을 때의 일이었다.

카이사르는 방파제로부터 작은 배로 뛰어내려 싸우고 있는 부하들을 도우러 가는 도중, 사방에서 그를 향하여 이집트 병사들이 달려들었으므로 자진하여 바닷속에 뛰어들어 헤엄쳐서 간신히 위험을 모면하였다. 이때 손에 많은 책을 들고 있었는데, 창이 빗발같이 날아들고 바닷물이 목구멍으로 들어갔지만 책을 한 권도 버리지 않고 해면 위로 높이 쳐들고 헤엄을 쳐서 탈출하였다.

그러나 마지막으로 왕마저 음모에 가담하였으므로, 카이사르는 그를 공격하여 승리를 거두었다. 적군 중에는 전사한 자도 많았으며, 왕 자신도 행방불명이 되었다. 그 후 카이사르는 이집트의 왕위에 오른 클레오파트라와 헤어져 시리아로 진군하였다. 클레오파트라는 뒤에 카이사르의 아들을 낳았는데, 알렉산드리아의 사람들은 이 애를 '카이사리온'이라고 불렀다.

시리아에서 아시아로 침공하였을 때 카이사르는 다음과 같은 보고를 받았다. 그의 부장인 도미티우스는 미트리다테스의 아들 파르나케스와 싸워 패전하고, 소수의 패잔병을 이끌고 폰투스로부터 도망을 쳤다. 한편 파르나케스는 그 승리에 우쭐하여 비티니아와 카파도키아를 점령한 다음, 소 아르메니아라고 불려지는 지방에 군침을 흘리고는 그 지방의 왕과 제후들을 선동하여 반란을 획책하고 있다는 것이었다.

그래서 카이사르는 그 즉시 3개 군단을 이끌고 파르나케스 정벌을 위해 진군하여 젤라 시 부근에서 대격전을 전개한 끝에 그를 폰투스에서 몰아내고 그 병력을 완전히 섬멸하였다. 이 전투가 얼마나 격렬하고 그 승리가 얼마나 신속하였나 하는 것은, 로마에 있는 그의 친구 마티우스에게 보낸 서한을 보면,

"왔다, 보았다, 이겼다 ! "
라는 세 마디의 간결한 내용이었다.

그 후 카이사르는 이탈리아로 건너가 다시 로마로 들어갔는
데, 그것은 그가 두번째로 집정관의 임기가 끝나는 해에 해당
된다. 하기야 그때까지는 이 관직에 1년 이상 앉았던 사람은
아무도 없었던 것이다. 그리고 그는 다음해의 집정관에 임명되
었다. 그런데 그 무렵 카이사르의 병사들이 반란을 일으켜 한
때 법무관을 지낸 바 있는 코니코니우스와 갈바라는 두 사람을
죽였을 때, 이 병사들에게 가벼운 벌을 내리고 각자에게 각기
1천 드라크마씩 나누어주었다. 그리고 이탈리아의 땅도 많이
분배해주었다. 이 일로 해서 그는 비난을 받게 되었다.

그 밖에 또 카이사르가 비난을 받게 된 원인이 된 것은, 돌
라벨라의 미친 짓과 아만티우스의 탐욕과, 안토니우스의 지독
한 술버릇과, 이 안토니우스가 폼페이우스의 저택을 사취하여
시설이 충분치 못하다고 하여 개축한 것 등이다. 이러한 것들
에 대하여 로마의 시민들은 불만을 품고 있었다. 그러나 카이
사르로서도 그러한 것을 모르는 바는 아니었고, 또 바라는 바
도 아니었지만, 그저 정책적인 점을 생각할 때 그러한 사람들
을 조력자로서 이용할 수밖에 다른 길이 없었던 것이다.

한편 카토와 스키피오 등은 파르살루스의 전쟁이 끝난 후 아
프리카의 리비아로 도망쳐서 그 곳에서 누미디아 왕 유바의 지
원으로 상당 수의 병력을 모아 가지고 있었다. 그래서 카이사
르는 그들을 정벌하려고 리비아로 건너갈 결심을 세웠다. 그는
도중에 시칠리아 섬으로 건너갔다. 자기 휘하의 장병들이 모두
이 곳에 체류하여 휴양하고 싶다는 생각을 품지 않도록 하기
위하여 미리 막사를 바닷가로 쳤다. 그리고 순풍이 불기 시작
하자 배에 올라 보병 3천, 기병 소수를 이끌고 출항하였다. 그

러나 이들 병사들을 아프리카에 상륙시키고서, 본대의 안부가
자꾸만 마음에 걸려 또다시 본대가 있는 곳으로 되돌아왔다.

그러나 옛날부터 전해 내려오는 신탁에 의하면, 아프리카에
서는 언제나 스키피오 집안이 승리를 거두기로 되어 있다는 것
이었다. 그 신탁으로 해서 적군은 의기충천하다는 소문을 카이
사르는 듣고 있었다. 그리하여 적장 스키피오를 놀리자는 생각
에서였는지, 아니면 전조를 근사하게 자기 것으로 하고자 하는
뜻에서였든지, 전투시에는 늘 자기 병사 중 남의 웃음거리가
되고 무시를 받던 아프리카누스 집안 출신인 스키피오 살루티
오라고 하는 자를 사령관처럼 최전방에 내세웠다. 그러나 카이
사르는 적에게 할 수 없이 가끔 도전하여 싸움을 자청해야 할
형편에 있었다. 할 수 없이라는 말은, 카이사르측은 군량미도
부족하고 말먹이도 부족하여 하는 수 없이 해초의 소금기를 빼
낸 것에 일종의 잡초를 감초격으로 약간 섞어서 말에게 먹이고
있는 형편이었기 때문이다. 그리고 또 설상가상으로 누미디아
족이 빈번히 질풍처럼 밀려와서는 이 지방을 점령하곤 하였기
때문이다.

어떤 때에는 카이사르의 기병들이 한가하게 휴식을 취하고
있을 때면, 아프리카 인 하나가 나타나서 너무도 근사하게 피
리를 불면서 춤을 추었다. 그러므로 말을 아이들에게 맡겨 놓
고 땅에 앉아 정신 없이 구경하기 일쑤였다. 그때 적병이 별안
간 밀려닥쳐 포위하고는 카이사르의 병사들을 마구 죽이고, 나
머지 병사들이 혼비백산 진영 속으로 쫓겨 들어가는 것을 추격
하여 적병도 함께 진영 속으로 몰려들어오곤 했다. 그때 만일
카이사르와 그 뒤를 쫓아온 아시니우스 폴리오가 성벽으로부터
뛰어나와 병사들의 패주를 막지 않았다면, 전쟁은 그것으로 종
말을 고하였을 것이다. 또 어떤 때에는 다른 전투에서 백병전

이 전개되어 적군이 우세하였는데, 그때 카이사르는 도망치려
는 기수의 목덜미를 움켜잡고서
"이놈아, 적은 저 쪽에 있다！"
하는 고함을 치며 돌려세웠다는 이야기도 있다.

그러나 스키피오는 이러한 전투에 의기양양하여 일거에 결전
을 벌여 결정지으려고 하였다. 그리하여 아프라니우스와 유바
를 따로 조금 후방에다 배치해 놓고서, 자기는 타프수스 시 부
근의 한 호수가 내려다보이는 진영에다 보루를 구축하기 시작
하였다. 그것을 전투가 벌어졌을 때, 공방 양용으로 쓰려는 생
각이었다.

그러나 스키피오가 이 일에 골몰하고 있을 때, 카이사르는
믿어지지 않을 만큼 빠른 속력으로 숲이 깊어서 적에게 들키지
않고 접근할 수 있는 지대를 빠져 나와 적의 일부를 포위하고,
일부를 정면에서 공격하여 궤멸시켰다. 그리고 그 여세를 몰아
일격에 아프라니우스의 진지를 점령하고, 다시 누미디아 군의
진지를 궤멸하니 유바는 도주하고 말았다. 이렇듯 불과 하루
에, 게다가 그 몇 분의 일의 단시간 내에 세 진지를 점령하고,
적병 5만 명을 죽였으나 아군 병사의 전사자는 50명도 채 안
되었다. 그러나 다른 사가들에 의하면, 카이사르는 이 전투에
는 직접 참가하지 않았다고 한다. 군대를 전투태세로 정돈시키
고 있을 때에 지병인 간질병이 발작을 일으켰다. 그리하여 가
까운 보루로 운반되어, 전투가 벌어지고 있는 동안 안정을 취
하고 있었다는 것이다.

그 뒤 카이사르는 카토를 생포하고자 하는 명예심에서 우티
카로 진격하였다. 카토는 이 도시를 지키고 있느라고 그 전투
에는 참가하지 않았기 때문이다. 그러나 그 본인이 자살하였다
는 소식을 듣고, 카이사르는 비탄에 젖어 마음이 착잡하기 짝

이 없었다. 그 이유는 왠지 알 수 없다. 그러나 그 이유가 무엇이건간에 다음과 같이 말하였다.

"오, 카토여, 그대가 자살한 것은 원통하오. 그대는 내 용서를 받고 살아남기를 원통하게 생각하였으니까."

카토가 죽은 후 카이사르는 그 카토를 공격한 저작을 썼는데, 그것을 보면 그가 관대한 생각을 가지고 있었다거나 또 카토와 화해하고 싶은 의사를 가지고 있었다고도 생각되지 않는다. 그렇다면 이미 고인이 된 사람에게 그렇게까지 노여움을 터뜨릴 수 있는 카이사르가, 어찌하여 살아 있을 때의 카토를 용서할 수 있었겠는가. 그러나 키케로와 브루투스와 그 밖에 그를 적으로 삼고 싸운 몇천 명이라는 사람들에 대한 그의 관대한 태도를 증거로 하여, 그 책은 증오에서 나온 것이 아니라 정치적인 명예심을 걸고 논한 것이라고 주장하는 사람도 있다.

일찍이 키케로는 카토를 예찬하는 책인 〈카토론〉이라는 책을 쓴 바 있다. 이 책은 웅변가들 중에서도 가장 유능한 사람이 쓴 것이며, 게다가 가장 훌륭한 문제를 다룬 것인만큼 널리 읽혀졌다는 것은 당연한 일이다. 그러나 그것을 카이사르는 매우 불쾌하게 생각하였다. 고인이 된 카토를 키케로가 극구 칭찬한 것은, 자기에 대한 비난의 소리라고 카이사르는 생각하였기 때문이다. 그리하여 카이사르는 카토를 비난하는 수많은 목소리를 한 권의 책으로 엮어서 그것을 〈반 카토론〉이라고 이름지었으나, 이 두 책은 각기 그 저자가 카이사르와 카토였다는 데에서 많은 애독자를 갖게 된 것이다.

한편 카이사르는 아프리카의 리비아에서 로마로 돌아오자 우선 민중 앞에서 자기의 승리를 자랑하는 연설을 하였다. 자기가 정복한 땅의 넓이는 해마다 국고에 아테네의 단위로 20만 메디므니의 곡식과 300만 리터의 올리브유를 공급할 수 있을 정도의 큰 땅이라고 자랑하였다. 그러고 나서 갈리아·이집 트·폰투스·아프리카의 리비아에서 거둔 승리를 축하하여 개 선식을 거행하였는데, 아프리카의 승리는 스키피오에서 얻은 것이 아니라 분명히 누미디아의 왕 유바에게서 얻은 것이었다. 그리고 이때에는 당시 네 살밖에 안 되는 유바의 아주 어린 왕 자도 개선식 행렬에 끌려다녔다. 이 왕자는 영어의 몸으로 고 생을 하였지만, 도리어 포로가 되어 그 비운의 팔자가 바뀌게 된 사람이었다. 그도 그럴 것이, 누미디아의 야만족 출신에 불 과하면서 그리스 어 세계의 가장 박식한 역사가 중 하나로 손 꼽히게 되었으니 말이다.

개선식이 끝난 다음 카이사르는 병사들에게 막대한 선물을 주어 후히 대접하였고, 시민들에게는 향연과 좋은 구경거리를 제공하였다. 향연으로는 한번에 2만 2천 명이나 되는 시민을 초대하였으며, 또 구경거리로는 죽은 지 이미 오래 된 딸 율리 아를 추모하는 뜻에서 검사들의 격투대회와 모의해전을 개최하 였다.

이와 같은 행사를 끝마친 뒤 인구조사를 실시하였던바, 이전 의 32만이나 되던 인구가 15만으로 줄었다. 내란은 이렇게 엄 청난 재해를 가져다준 것이다. 이탈리아의 나머지 지방과 속령 (屬領)이 입은 피해는 고사하고, 로마 시만이 입은 내란의 참화 도 이토록 심했다.

이런 일들을 치른 카이사르는 네번째의 집정관으로 선임되 어, 폼페이우스의 아들들을 정벌하기 위하여 스페인으로 떠났 다. 그들은 아직도 젊은 나이였지만 놀랄 만큼 많은 병사들을 모아놓고 있었으며, 명지휘관다운 관록을 보여주었다. 그리하 여 카이사르도 아주 위험한 고비에 빠진 일이 한두 번이 아니 었다. 예를 들자면 문다 시 부근에서 격전이 있었는데 적병을

3만 이상이나 죽였지만 아군의 정예도 1천 명을 잃었다. 그러나 그 전투를 끝마치고서 돌아올 때, 측근에게 카이사르는 이제까지는 몇 번이나 승리를 얻기 위하여 싸워 왔지만, 자기 목숨을 지키기 위하여 싸운 것은 이번이 처음이었다고 술회하였다.

이 전투에서 승리를 거둔 날은 주신(酒神) 바코스의 제삿날이었으며, 대 폼페이우스가 싸우러 나가기 위하여 이탈리아를 떠난 것도 바로 이 날이었다고 한다. 그 사이의 4년이라는 세월이 흐른 셈이다. 그리고 폼페이우스의 아들 중 작은아들은 도주하였으나, 한편 며칠이 지난 후 디디우스가 형의 머리를 가지고 왔다.

이것은 카이사르가 지휘한 최후의 전쟁이었다. 이 전쟁의 승리를 기념하기 위하여 거행된 개선식만큼 로마 인의 분격을 산 개선식도 없었다. 왜냐하면 타국의 장군이나 야만족의 왕을 무찔러서 얻은 승리가 아니라, 여러 가지로 불운을 겪은 로마 최대의 인물인 대 폼페이우스의 아들들과 그 일족을 몰살시키고서 얻은 승리였기 때문에 그것은 바로 조국의 불행을 기념하는 행사일 수밖에 없었다.

따라서 그런 개선식을 거행하는 것은 아무리 생각해도 떳떳하지 못한 것이다. 더군다나 전에는 시민들끼리의 전쟁, 즉 내란의 승리를 알리기 위해서는 공공연히 전령이나 공문을 보내지도 않고 오히려 수치심에서 승리의 명예를 거부하고 있었는데, 카이사르는 오히려 이러한 일들을 자랑스럽게 생각하고 있으며, 그것이 부득이한 일로 일어난 것이니 신들이나 인간들에 대해서도 변명이 될 수 있다고 카이사르는 믿었던 것이었다.

어쨌든 로마 인들은 이 인물의 행운에 굴복하여 입을 꾹 다물고는, 그의 단독지배만이 내란의 불행을 종식시키는 것이라

고 생각하고 카이사르를 종신 집정관으로 임명하였다. 그런데
그 단독지배라는 것이 책임면제라는 것에 덧붙여서 종신이라는
특권도 수반하고 있었으므로, 이것은 아무리 생각하더라도 전
제제도를 인정한다는 것에 지나지 않았다.

이 특전을 그에게 주자고 원로원에 제안한 것은 키케로였는
데, 그 영예가 제아무리 큰 것이라 할지라도 그것은 인간의
분수를 넘지 않는 한도 내의 것이었다. 그러나 잇달아 공포되
는 과분한 영광은 가장 온전한 사람들마저도 카이사르를 미워
하게 만들었다. 그리고 카이사르에게 아부하는 사람들 못지 않
게 그를 미워하고 있는 사람들조차도 이러한 결의를 지지하고
있는 것처럼 보였다. 그러나 그것은 사실 그에게 되도록 죄상
을 많게 하여 공격의 구실을 삼아 놓고서, 때가 오면 그를 타
도해버리고자 하는 생각에서였다.

그러나 일단 내란이 그의 힘에 의하여 진압된 후로 카이사르
는 조금도 비난을 받을 만한 행동을 하지 않았다. 그의 관대한
인정(仁政)에 대한 감사의 표시로서 '지혜의 여신'의 신전을 짓
자고 결의한 것도 잘못된 일이라고는 생각되지 않는다. 실제로
카이사르는 자기와 적대하여 싸운 사람들을 많이 용서해주었으
며, 게다가 일부의 사람들 즉 브루투스와 카시우스와 같은 사
람들에게는 다시 관직과 명예까지 주었다. 그 두 사람을 법무
관에 임명하기까지 하였던 것이다. 또 카이사르는 폼페이우스
의 초상이 쓰러져 있는 것을 그대로 내버려 두지 않고 다시 일
으켜 세웠는데, 이것을 본 키케로는

"카이사르는 폼페이우스의 초상을 다시 세워줌으로써 자기
자신을 확고히 확립하였다."
하고 말하였다.

이 밖에 또 측근들이 그에게 호위병을 두라고 권고하였고,

많은 사람들이 자진해서 그 일을 맡겠다고 나섰지만, 카이사르
는 그것을 허용치 않았다. 늘 죽음을 경계하고 있기보다는 차
라리 당장에 죽는다고 생각하는 편이 낫다고 대답하였다. 그리
고는 사람들의 호의 속에 싸여 사는 것이야말로 가장 훌륭하고
도 가장 확실한 자기를 경호하는 방법이라고 생각하고서, 그는
또다시 향연을 베풀고 양곡을 시민들에게 나눠줌으로써 민심을
파악하고, 식민정책을 씀으로써 병사들의 마음을 사로잡으려고
하였다.

　한편 귀족 중 어떤 자에게는 장래의 집정관직이니 법무관직
이니를 약속하였으며, 또 어떤 귀족들은 그 밖의 어떠한 형식
의 갖가지 권한과 영예를 주겠다는 말로써 회유하였다. 이토록
모든 사람들에게 희망을 품게 하여, 사람들이 진정으로 그의
지배를 받아들이도록 하려고 노력하는 것이다. 그리하여 집정
관인 막시무스가 죽었을 때에는 임기가 하루밖에 남아 있지 않
았으므로, 카니니우스 레빌리우스를 그 하루의 집정관으로 임명
하였다. 그리하여 언제나처럼 많은 사람들이 경의를 표하기도
하고, 축하행렬에 참가하기도 하려고 그에게로 가고 있을 때,
키케로는

　"어서 빨리들 가자구. 그렇게 안 하면 우리들이 도착하기 전
에 저 사람의 집정관 임기가 끝나고 말 거요."
하고 말하였다는 것이다.

　그러나 카이사르는 수많은 성공을 거둔 후에도, 자기가 타고
난 사업욕과 명예심을 버리고 간신히 고생을 겪은 끝에 성취한
사업의 성과를 맛보려고는 하지 않았다. 오히려 그러한 것들이
장래의 사업에 대한 시발점과 마음의 밑거름이 되어 현재 가지
고 있는 것은 전부 써버렸다는 듯이, 한층 더 큰 사업의 계획
과 새로운 명예에 대한 새로운 욕망을 길러 내게 하였다. 그리

고 자기 자신을 마치 남인 것처럼 보고서 그 자신과 다투어 이
것을 능가하려고 하였을뿐더러, 그것은 이미 성취한 일에 대하
여 장래에 자기가 할 사업을 비교하여 그것을 능가하려고 하는
공명심이기도 하였던 것이다.

그리하여 원정을 준비하고 계획하게 되었다. 그것을 우선 파
르티아로 진격하여 정복한 다음, 히르카니아를 거쳐 카스피 해
와 코카수스 지방을 따라 흑해 연안을 우회하기로 하였다. 거
기서 스키타이 인의 지방으로 침입하고, 다시 게르마니아 주변
의 지방과 또 게르마니아 그 자체를 석권한 다음, 갈리아를 지
나 이탈리아로 돌아온다는 것이었다. 이와 같은 원정사업으로
카이사르는 자기의 지배영역을 하나의 고리처럼 만들어, 그 주
위를 대양이 뺑 둘러싸게 하는 계획을 세웠던 것이다.

또 그의 계획 중에는 이 원정 도중 코린트 지협(地峽)에 운하
를 뚫을 계획을 세우고 있었으며, 아니에누스에게 그 사업의
수행을 맡겼다. 이 밖에 또 티베르 강은 로마 시를 벗어난 아
주 가까운 곳에까지 깊이 운하를 파서 키르케이이를 거쳐 타라
키나 부근의 바다로 흘러들어가게 함으로써, 무역을 하기 위하
여 로마로 출입하는 상인들에게 편의를 제공하려는 계획을 세
우고 있었다. 그런가 하면 포멘티움과 세티아 부근의 늪지를
메워서 수만 명의 농민이 농사를 지을 수 있는 농경지를 만들
기로 하였다. 그리고 로마 시에서 가장 가까운 바다를 흙으로
막아 둑을 만들고, 오스티아 앞바다에 잔뜩 쌓여 선박의 정박
을 방해하는 사구를 준설하여 항만과 선착장을 만들어서, 많은
선박들이 자유로이 출입할 수 있는 항구로 만들 것 등의 계획
을 세웠다.

한편 역법(曆法)의 규정과 세시(歲時)를 계산할 때 발생하는
불합리성을 카이사르는 과학적으로 연구케 하여 완성시킴으로

써 전혀 혼란이 발생하지 않도록 하였다. 로마 인은 극히 오랜 옛날부터 1년을 정하는데 달의 주기를 기준으로 하였다 ($1년을 보통 \atop 355일$). 그런데 해와 달의 운행이 혼동되어 제사 날짜에 조금씩 오차가 생겨서 마침내 본래의 시기와는 정반대의 계절에 제사를 올리게 되는 때가 있었기 때문이다.

그뿐만 아니라 당시의 올바른 태양년의 길이에 관해서도 보통 사람들은 전연 계산방법을 모르고 있고, 다만 사제들만 정확한 시기를 알고 있어 갑자기 예기하고 있지 않을 때에 '메르케도니우스'라는 이름의 윤달($22일 \atop 23일의$ 또는$\atop 달$)을 삽입하곤 하였었다. 이 달을 처음 삽입한 것은 누마 왕이라고 한다.

그러나 카이사르는 가장 훌륭한 철학자와 수학자에게 이 문제를 제시하여, 이미 이루어지고 있던 갖가지 개정역법을 기초로 하여 더욱 정확한 역법을 개정하였다. 그것은 로마 인들은 오늘에 이르기까지 사용하고 있으며, 역법의 불합리성이라는 점에 있어서는 다른 민족보다도 오류가 적었던 것 같다. 그러나 카이사르를 시기하여 그의 권력을 탐탁하게 생각하고 있지 않은 사람들에게는 이것조차도 비난의 씨가 되었다. 실제로 웅변가 키케로는, 내일 리라 성이 나타난다고 말한 사람에게

"옳은 말씀이오. 정령(政令)에 의해서 말이지요?"

라고, 마치 신역법 자체를 사람들이 강제적으로 받아들이고 있다는 의미에서 대답하였다고 한다.

그러나 카이사르에 대한 무엇보다도 노골적인 민중의 증오심은, 그리고 마침내 그에게 죽음을 가져다주기까지의 원인이 된 것은 그의 왕위에 대한 열망이었다. 그것은 일반대중에게는 그에게 등을 돌리게 하는 가장 큰 이유가 되었고, 또 그 전부터 은밀히 공작을 꾸미고 있던 사람들에게는 가장 큰 구실이 되었다. 그럼에도 불구하고 카이사르가 왕위에 앉도록 극력 주선한

사람들은 시민들 사이에 일종의 소문까지 퍼뜨리고 있었다. 그
것은 시빌 경 (經)에 의하면 로마 인들이 왕을 받들고 파르티아
에 진군한다면 파르티아를 로마 인이 정복할 수 있으나, 이 이
외의 방법으로는 어림도 없다는 것이다. 그리고 카이사르가 알
바의 언덕으로부터 로마로 내려왔을 때 그들은 카이사르를 왕
이라고 부르며 맞았다. 카이사르는 당황해 하면서

"내 이름은 왕이 아니라 카이사르요."

하고 말하였다.

또 원로원에서 그에게 갖가지 터무니없는 영예를 주자고 하
는 결의안이 가결되었을 때, 카이사르는 때마침 연단 위에 앉
아 있었다. 두 집정관과 법무관들이 가까이 다가오고 원로원
의원들도 전부 함께 그 뒤를 따라왔다. 그런데도 그는 일어서
서 그들을 맞으려고도 하지 않은 채, 그저 평범한 사람들을 상
대하는 듯한 태도로 영예가 지나치니 줄이는 것이 좋겠다고 대
답하였다. 이러한 방자한 태도는 의원들을 노하게 하였을 뿐만
아니라 일반대중도 분개시켰다. 그것은 원로원에서 로마의 국
가 그 자체가 모욕을 당하였다고 생각하였기 때문이다. 그리고
그 장소에 그대로 있을 필요가 없는 사람들은 모두가 다 심히
우울한 표정으로 황급히 떠나버렸다.

그리하여 카이사르도 자기가 무슨 짓을 저질렀는지 깨닫고는
곧 그 길로 집으로 돌아가서, 저고리를 목덜미 아래로 끌어내
려 목을 드러내 놓고는 심복들에게, 자기를 죽이고 싶은 자에
게는 기꺼이 목을 내밀겠다고 큰 소리로 외쳤다. 하기야 나중
에는 그는 이러한 행동을 그의 지병인 그 간질병의 탓으로 돌
렸다. 자기와 같은 증세가 있는 사람은 대개 일어서서 많은 사
람들에게 이야기를 건네면 침착성을 잃게 되는 법이다, 뿐만
아니라 곧 신경이 과민해져 현기증을 일으키게 되어 결국엔 의

식을 잃게 되고 만다는 것이었다. 그러나 사실은 카이사르 자신이 일어서서 원로원 의원들을 맞을 작정으로 있었는데, 심복이라기보다는 오히려 아부자의 하나인 코르넬리우스 발부스가,

"부디 카이사르라는 것을 잊지 마십시오. 각별한 경의를 받으심은 당연하다고 생각지 않으십니까?"

하고 그를 제지하였다는 설도 있다.

이와 같은 반감 이외에도 호민관에 대한 모욕사건이 이 반감에 더욱 부채질을 하였다. 마침 그 무렵에 공교롭게도 루페르칼리아 축제(파우누스신(농산물, 가축의 보호신)에 대한 축제, 농작물·가축·인간의 다산을 비는 제사)가 있었는데, 많은 사가들은 그 제사를 원래 양을 치는 목자들이 드리는 제사라고 기록하고 있다. 아르카디아의 리카이아 축제(아르카디아 지방의 산 리카이오스에서 유피테르에게 드리는 제사)와 관련이 있는 것 같다는 것이다. 그리고 이 축제에서는 신분이 높은 젊은이들과 고급관리들이 다수 나체로 시내를 달리다가, 도중에서 만나는 사람이 있으면 털이 달린 가죽 끈으로 웃으면서 장난으로 그 사람을 때린다. 그때는 상류사회의 귀부인들도 다수 일부러 밖으로 나와 그들을 맞으며, 학교에서 애들이 하는 것처럼 두 손을 내밀고서 때려달라고 부탁을 한다. 그렇게 하면 임부는 순산을, 애가 없는 여자들은 임신을 하게 된다고 믿고 있기 때문이다.

카이사르는 개선식의 옷을 몸에 걸치고 연단 위에 있는 황금의자에 앉아서 이 축제를 구경하고 있었다. 한편 안토니우스는 이 성스러운 경주에 가담하여 달리던 한 사람이었다. 그때 그는 집정관이었다. 안토니우스가 중앙광장으로 뛰어들어 군중이 비키면서 길을 만들자, 그는 월계수 나뭇가지로 만든 관을 들고 와서 그것을 카이사르에게 내밀었다. 그러자 박수 소리가 났지만 그리 대단한 것은 아니었다. 그것은 미리 짜 놓은 것이었다. 그러나 카이사르가 관을 받지 않자 민중 속에서 한결같

이 우레와 같은 박수 소리가 터져 나왔다. 카이사르는 자리에서 일어나서 관을 카피톨의 신전으로 가지고 가라고 명령하였다.

그러나 그 후 카이사르의 초상에 왕관이 씌어져 있는 것이 몇 곳에서 발견되었다. 그리하여 호민관인 플라비우스와 마룰루스가 그 곳으로 가서 왕관을 벗기고, 또 카이사르를 맨 먼저 왕이라고 부른 자들을 찾아 내어 투옥시켰다. 그러자 민중은 박수를 치며 그 뒤를 따라오면서 이 두 사람을 브루투스라고 불렀다. 브루투스가 왕위의 세습제를 폐기하고 국가의 주권을 원로원과 민회로 옮긴 사람이었기 때문이다. 그러나 이 말을 들은 카이사르는 분개하여 플라비우스와 마룰루스를 해임시켰다. 그리고 이 두 사람을 몇 번씩 브루투스(라틴 어로「우둔함」이니「무식한」의 뜻)니 쿠마이 인이니 하고 부름으로써 모욕하고, 동시에 민중에게도 모욕을 가하는 결과가 되었다.

확실히 이러한 사정도 있고 하여 많은 사람들의 마음은 마르쿠스 브루투스에게로 쏠리게 되었는데, 그의 가계를 따지자면 부계는 앞에서 이야기한 브루투스의 후손이고, 또 모계는 세르빌리우스 집안에 속하였다. 두 집안이 다 명문이고, 본인도 카토의 조카이며 사위였다. 이 브루투스 자신은 독재체제를 전복시키려고 혈안이 되어 있기는 하였지만, 카이사르에게서 많은 명예와 은혜를 받은 까닭에 차마 카이사르만은 제거할 수가 없었다. 실제로 파르살리아에서는 폼페이우스가 패주한 후 카이사르가 그의 목숨을 살려주었고, 또 많은 동지들의 구명운동마저 탄원하여 성공하였으며, 카이사르로부터 두터운 신임을 받고 있었기 때문이다.

그리고 그 해의 법무관 중에서는 가장 높은 지위에 있었고, 경쟁상대인 카시우스보다도 사랑을 받고 있어 3년 후에는 집정관이 되기로 이미 결정되어 있을 정도였다. 그만큼 카이사르는 카시우스의 하는 말이 더 적절하지만, 자기로서는 브루투스를 저버릴 수가 없어 이와 같이 결정지었다는 말도 있다. 또 어떤 때에는 이미 음모가 진행 중에 있었으므로, 몇 사람이 이 브루투스도 가담하고 있다고 하며 비난 중상하려고 한 적이 있었다. 그때에도 카이사르는 아랑곳하지 않고 오히려 자기 몸을 만지며, 그 비난 중상하는 사람들을 향하여,

"브루투스는 내 피부가 이렇게 주름살이 잡힐 때까지 기다리고 있을 거요."

하고 말하였다. 그것은 브루투스는 덕으로 정권을 잡을 사람이지, 정권이 탐나서 배은망덕할 사람은 아니라는 것을 가리킨 말이다.

그러나 정변을 고대하고 있는 사람들은 누구보다도 브루투스에게 기대를 걸고 있었다. 감히 그에게 말을 직접 건네지는 못하였지만, 밤이 되면 그가 법무관으로서 집무하는 연단이나 의자에다 다음과 같은 투서를 살포해 놓곤 하였다.

"브루투스, 당신은 자고 있소?"

또는

"당신은 브루투스가 아니오."

라는 내용이었다.

이와 같이 브루투스가 공명심에 다소 눈을 뜨는 것 같다고 본 카시우스는 그 전 이상으로 진력하여 그를 선동하였다. 그것은 카시우스 자신이 카이사르에 대하여 어떤 개인적인 증오심을 가지고 있었기 때문이다.

그러나 카이사르도 카시우스에 대하여 의심을 품고 있었으므로, 어떤 때는 측근들에게

"그대들에게는 카시우스가 무엇을 바라고 있는 것같이 보이

지 ? 나는 그 사람이 그리 마음에 들지 않아. 얼굴에 핏기가 없어."

하고 말한 적도 있다. 또 안토니우스와 돌라벨라가 정변을 음모하고 있다는 중상이 카이사르의 귀에 들어갔을 때,

"내가 겁나는 것은 머리가 긴 살찐 저 자들이 아니라, 오히려 얼굴이 창백하고 여윈 이 자들이야."

하고 말한 것은, 카시우스와 브루투스를 가리켜서 한 말이라고 한다.

운명이라는 것은 미리 알 수 없는 것이라기보다는 피할 수 없는 것이라는 게 옳은 것만 같다. 그리하여 이때도 이상한 전조와 환영이 나타났다고 한다. 하기야 중천에 섬광이 나타나고, 밤중에 무엇이 두들기는 소리가 들리고, 무리를 이탈한 새가 중앙광장에 떨어졌다고 하는 따위는 그만큼 중대한 사건에 비춰볼 때 언급할 가치도 없는 사소한 것들인지도 모른다.

그러나 철학자 스트라보가 기록한 바에 의하면, 사람같이 생긴 불덩어리가 다수 돌진해 오는 것이 보이기도 하고 또 어떤 병사의 손에서 연방 화염을 내뿜기도 하여, 그것을 보고 있는 사람들에게는 이 사람이 타 죽은 것으로만 보였다. 그런데 불이 꺼지자 그 병사는 화상 하나 입지 않고 깨끗하더라고도 했다. 또 카이사르 자신이 제사를 드리려고 짐승을 잡았더니, 그 짐승에는 심장이 눈에 띄지 않았다고 한다. 이 해괴망측한 꼴은 모두 불길한 징조로 생각되었다고 기록되어 있다.

또 많은 사람들이 다음과 같은 이야기를 하고 있는 것도 들을 수가 있다. 로마 인들이 '이데스'라고 부르는 3월의 그 날, 즉 3월 15일이 무서운 액일이니 조심하라고 어떤 점술가가 카이사르에게 예고하였다. 그런데 그 날이 와서 카이사르가 원로원으로 가고 있는 길에 그 점술가를 만나서,

"확실히 3월 15일이 왔군요."

하고 농담조로 말하였다. 그러나 점술가는 조용한 말투로 카이사르에게

"예, 왔습니다. 그러나 아직 다 끝나지는 않았습니다."

하고 대답하였다고 한다.

또 그 전날(3월 14일) 마르쿠스 레피두스가 초대한 연회에 참석하였을 때, 언제나처럼 자리에 기대 누워 서류들에 서명하고 있었다. 그런데 그때 별안간 어떻게 죽는 것이 가장 좋은 방법이냐고 하는 이야기가 나왔다. 카이사르는 누구보다도 먼저 큰 소리로 다음과 같이 외쳤다.

"뜻하지 않은 죽음이다!"

연회가 끝나고 언제나처럼 카이사르가 아내와 베개를 나란히 하고 자고 있었는데, 그때 침실문과 창문이 한꺼번에 활짝 열렸다. 그 소리와 새어 들어온 달빛에 깜짝 놀라 카이사르는 눈을 떴다. 그러자 부인 칼푸르니아가 깊은 잠에 빠져 있는데, 꿈을 꾸는지 무어라고 알아들을 수 없는 말과 신음 소리를 계속 지르고 있는 것을 보았다. 그때 칼푸르니아는 참변을 당한 남편의 시체를 안고 비탄에 젖어 있는 꿈을 꾸었던 것이다. 또 일설에 의하면 그녀가 꾼 꿈은 다른 것이었다고도 한다. 카이사르의 집에는 원로원의 결의에 의하여 장식과 명예의 표시로서 파풍(破風) 지붕 모양의 툭 불그러져 나온 지붕이 달려 있었는데, 그것이 무너져내리는 것을 보고서 부인이 비명을 지르며 울었다는 것이다.

어쨌든 날이 밝자, 칼푸르니아는 남편에게 가능하면 외출하지 말고 원로원의 회의를 연기하면 어떻겠느냐고 졸랐다. 만일 자기의 꿈을 조금이라도 믿지 않겠다면, 다른 예언이나 고사를 드려서 장래 일을 물어보라고 애원하였다. 그리하여 카이사르

도 얼마간 불안해지고 공포심에 사로잡혔던 모양이다. 그도 그
럴 것이 아내는, 여성이라면 누구나 갖기 쉬운 그 미신이라는
것을 전연 모르는 여인이었는데, 이 날따라 아주 조바심을 내
고 있는 것을 역력히 볼 수 있었으니 말이다.

한편 점술가들이 많은 제물을 신에게 바치고 제사를 드린 결
과, 불길한 점괘가 나왔다. 그리하여 카이사르는 안토니우스를
원로원으로 보내어 원로원 회의를 해산시키기로 결심하였다고
한다.

마침 그때 찾아온 사람이 알비누스라는 별명을 가진 데키무
스 브루투스였다. 이 사람은 카이사르의 신임이 두터웠고, 그
의 유언장에 자기의 제 2 의 상속자라고까지 적어 둔 인물이었
다. 바로 그가 또 하나의 브루투스와 카시우스 일당의 음모에
도 가담한 그 브루투스였는데, 그는 만일 카이사르가 그 날을
무사히 피하면 음모가 발각되지 않을까 두려워서 점술가들을
조소하며 몰아붙였다. 그리고 카이사르에게는 원로원이 모욕을
받았다고 생각하여 비난과 공격을 해 올 찬스를 준 셈이라고
충고 비슷한 말을 하였다.

"원로원은 카이사르의 요청으로 집합 중에 있었습니다. 의원
들은 지금 카이사르가 이탈리아를 제외한 영지(領地)에서 왕이
라고 불려지고, 해륙 어디를 가든지 왕관을 쓰도록 전원일치로
결의하려고 계획하고 있습니다. 그런데 겨우 자리에 앉으려고
하니까 이번에는 산회하라, 칼푸르니아가 좀더 좋은 꿈을 꾸었
을 때 다시 모여달라 하면 불평불만을 품고 있는 사람들이 뭐
라고 불평을 하면서 돌아다니겠습니까? 또 카이사르의 심복들
이 이 짓은 압제가 아니다, 독재가 아니다라고 해명한들 누가
그 말을 곧이듣겠습니까? 그것보다도 이 날을 무슨 일이 있어
도 불길하다고 하여 회피할 결심을 하고 있다면, 원로원으로

직접 나가서 회의를 연기해달라고 호소하십시오."

이렇게 말하면서 브루투스는 카이사르의 손을 잡고 밖으로 나갔다. 카이사르가 문간을 나가 조금 갔을 때, 다른 집 노예 하나가 달려와서 카이사르를 열심히 만나려고 하였다. 그러나 카이사르에게로 몰려드는 인파에 밀려 뜻을 이루지 못하였다. 그 노예는 한참 애쓴 끝에 겨우 집 안으로 들어가 칼푸르니아를 만났다. 그는 카이사르에게 고할 중대한 음모가 있으니까 카이사르가 돌아올 때까지 자기를 보호해달라고 애원하였다.

또 크니투스 태생의 아르테미도루스라는 사람은, 그리스 철학의 교사라는 관계로 브루투스 일파의 몇 사람과 친교가 있어 그들이 꾸미고 있는 음모를 대강은 알고 있었다. 그는 카이사르에게 밀고하려고 생각하고서 그 내용을 글로 써서 그에게로 가지고 왔다. 그러나 카이사르가 사방에서 온 서류 하나하나를 받아 보고, 자기 옆에 있는 시종에게 넘겨주는 것을 본 그는 성큼성큼 그 옆으로 다가가서

"장군, 이것은 혼자서 빨리 읽어주십시오. 장군에게 관계되는 매우 중대한 사연이 적혀 있으니까요."
하고 말하였다. 그래서 카이사르는 그것을 받아 들고 몇 번이나 읽어보려고 하였지만, 그를 만나러 온 사람이 너무 많아 그것을 읽지 못하고 손에 든 채 그대로 원로원으로 들어갔다.

이상의 여러 일들은 단순한 우연의 일치였다고 할 수도 있다. 그러나 그 날 원로원 의원들이 소집되어 그 암살의 살육과 격투가 벌어진 장소는, 폼페이우스가 봉납물로서 건립한 극장을 장식하기 위하여 그것에 덧붙여서 증축한 부분이며, 그 곳에는 폼페이우스의 초상이 있었다. 그렇다고 하면, 이와 같은 장소로 사건을 은밀히 이끌어 간 것은 정말 그 무슨 신적인 조화라고 할 수 있을 것만 같다. 실제로 카시우스는 에피쿠루스

의 철학의 신봉자였음에도 불구하고, 행동을 개시하기 전에 폼페이우스의 초상을 바라보며 묵묵히 그 가호를 빌었다고 하는 이야기도 있다. 하기야 이미 그 가공할 만한 큰 사건이 벌어질 때가 다가왔으므로, 그것이 아마도 카시우스를 긴장시키고 흥분시켜 평소의 이성적인 사고방식과는 다른 방향으로 이끌고 갔는지도 모른다.

카이사르의 신망을 받고 있던 체력이 장사인 안토니우스를 브루투스 알비누스가 밖에서 붙잡아 세우고 일부러 긴 이야기를 하고 있었다. 그리고 카이사르가 원로원 안으로 들어서자 의원들은 경의를 표하며 다들 자리에서 일어섰지만, 브루투스 일당 중 더러는 카이사르의 의자를 그 뒤에서 둘러쌌다. 또 다른 일당은 틸리우스 킴베르가 추방 중인 자기 형제들을 용서해 달라고 카이사르에게로 가서 간청하는 것을 돕기라도 하려는 듯이, 틸리우스를 따라 카이사르의 의자 앞으로 가서 틸리우스와 함께 탄원하였다. 카이사르는 자리에 앉아 그 탄원을 거부하였으나, 그들이 귀찮게 졸라댔으므로 그 하나하나에게 노여움을 보이기 시작하였다. 그러자 틸리우스는 카이사르의 저고리를 두 손으로 움켜잡고서 목덜미 있는 데서부터 벗겼다. 실은 이것이 미리 짜 둔 습격의 신호였다.

우선 카스카가 칼로 목덜미에다 일격을 가하였으나 과히 심하게 내리치지는 못하여 치명적인 것은 못 되었다. 그것은 자기가 맨 먼저 이 대음모사건에 앞장 서서 거사하자니까 마음이 떨려서 그랬던지 힘껏 내리칠 수가 없었던 것이다. 그러자 카이사르도 돌아서서 그 단검을 움켜잡았다. 그리고 거의 동시에 두 사람이 고함을 질렀다. 칼에 찔린 카이사르는 라틴 어로,

"이 쾌씸한 놈, 카스카! 이게 무슨 짓이냐?"

하고, 한편 칼로 내리친 카스카는 자기 형제들을 바라보며 그

리스 어로,

"어이, 도와줘!"

하고 소리를 질렀다.

음모는 이런 식으로 시작되었으므로 음모에 가담하지 않은 사람들은 깜짝 놀라 거기서 벌어지고 있는 일을 보고서 공포에 질려 도망치지도 못하였다. 그렇다고 카이사르를 도우려고도 하지 않았다. 그렇기는 고사하고 말 한 마디도 못 하고 벌벌 떨고만 있었던 것이다. 그러나 음모에 가담한 일당은 제각기 칼을 뽑아 들고 덤벼들었다. 카이사르는 완전히 포위되어 어느 쪽을 향해도 칼이 날아와 얼굴이며 가슴을 내리치는 바람에, 야수처럼 이리저리 쫓기며 음모자들 사이를 누볐지만 그 마수를 벗어날 길이 없었다. 누구라 할 것 없이 주위에 있던 사람들 모두가 이 거사에 가담하여, 피맛을 보기로 약속이 되어 있었기 때문이다.

그리하여 브루투스도 카이사르의 사타구니에다 일격을 가하였다. 어떤 설에 의하면, 카이사르는 다른 음모자들에 대해서는 저항하고 싸우며 이리저리 피하면서 살려달라고 큰 소리를 지르고 있었으나, 브루투스마저 칼을 뽑아 들고 있는 것을 보자 저고리를 끌어당겨 얼굴을 가리고는, 우연이었던지 아니면 암살자들에 몰려서 그랬던지 폼페이우스의 초상이 서 있는 대좌(台座) 앞에 쓰러졌다고 한다.

대좌는 새빨갛게 피로 물들었다. 그 모양은 마치 무수히 많은 상처를 입고 발 밑에 쓰러져서 꿈틀거리고 있는 정적 카이사르에 대한 복수에 폼페이우스 자신도 합세하고 있는 것만 같아 보였다. 실제로 이때 카이사르가 받은 상처는 23군데나 되었다고 하는데, 암살자들도 사람 하나를 향하여 그토록 많은 공격을 가하다 보니 동지들끼리 서로 찌르고 맞아서 많은 부상자를 내었다고 한다.

카이사르를 죽인 다음, 브루투스가 먼저 사람들 앞으로 나와 자기들이 한 일에 대하여 변명하려고 하였다. 그러나 원로원 의원들은 그대로 있을 수가 없어 서로 앞을 다투어 문 밖으로 빠져 나가서 민중을 혼란과 공포의 도가니 속으로 몰아넣었다.

그리하여 문을 굳게 닫아버린 시민들도 있었지만, 한편 금고와 가게를 열어 둔 채 허겁지겁 그 현장으로 달려가서 참상을 보려는 사람도 있었다. 또 이미 참상을 목격하고 돌아오고 있는 사람도 있어서 거리는 사람들로 수라장을 이루었다. 카이사르의 가장 친한 측근들인 안토니우스와 레피두스도 몰래 현장을 빠져 나와, 다른 사람의 집으로 도망쳐 피신하였다.

한편 브루투스 일당들은 아직도 피비린내나는 참사의 흥분이 식지 않은 듯이 칼을 뽑아 든 채 전원이 무리를 지어 의기양양하게 원로원을 나왔다. 그들은 카피톨의 언덕을 향하여 올라가고 있었는데, 그것은 도망치는 사람들처럼 보이지 않았을 뿐더러, 오히려 명랑한 얼굴로 뽐내며 민중의 자유를 부르짖으면서 도중에서 만나는 사람들 중 신분이 높은 사람들을 그 행렬 속에 맞아들였다. 그리하여 몇 사람은 그들 속에 끼여들어 한데 어울려 따라가며 음모에 가담한 동지인 양 자기도 그 영예를 나누려고 행사하였다.

그 중에도 카이우스 옥타비우스와 렌툴루스 스핀테르와 같은 사람들도 있었다. 이 살인마들은 나중에 이 허세에 대한 벌을 톡톡히 받아 안토니우스와 카이사르 2세(아우구스투스)의 손에 의하여 숙청되었다. 죽음의 원인이 된 영예도 아무도 믿어주지는 않았으므로 그것을 맛보지도 못한 채 허사가 되고 만 셈이었다. 이들을 숙청한 사람들은 그들이 실제로 저지른 일보다는 그들의 심보가 미워서 숙청하였던 것이다.

　그 다음날 브루투스 일당은 중앙광장으로 내려와서 연설하였다. 일반민중은 그 이야기를 들으면서 그들이 한 일에 대하여 왈가왈부하지 않았다. 오히려 깊은 침묵에 빠진 채 암암리에 카이사르에게 애도의 뜻을 표명하면서, 동시에 브루투스에게도 경외의 뜻을 표명하였다. 또 원로원은 모든 사람들에게 대하여 과거지사는 모두 잊고서 용서하고 화해할 것을 도모하였다. 그들은 카이사르를 신으로 섬기고, 카이사르가 통치 중에 정한 정책에 관해서는 아무리 보잘것없는 것이라 할지라도 변경하지 않을 것을 결의하였다. 한편 브루투스의 일당에게는 영지의 통치권을 맡긴 다음, 적당한 영예를 주었다. 그럼으로써 모두 사건이 무사히 해결되어 사람들은 최선의 타협책이 취해졌다고 생각하였다.

　그러나 카이사르의 유언장이 공표되어 로마 시민 하나하나에게 응분의 유산을 분배하라고 되어 있는 것이 판명되고, 게다가 상처로 아주 무참한 꼴이 된 유해가 중앙광장을 지나 운구되고 있는 것을 보자, 군중은 자기들의 질서와 규율은 아랑곳도 하지 않고서 중앙광장에 있는 의자니 문짝이니 책상이니를 들고 와서 시체 주위에 수북이 쌓았다. 그리고 그것에 불을 질러 화장을 하였다. 그들은 활활 타고 있는 나무를 들고 암살자들의 집을 태워버리려고 이리 뛰고 저리 뛰고 하는 사람이 있는가 하면, 시내를 샅샅이 뒤져 본인들을 찾아 내어 산산조각을 내 죽이려고 한 사람들도 있었다. 그러나 일당 중 누구 하나 그러한 군중에게 잡힌 자는 없었고, 모두가 다 잘 피신하였다.

　카이사르의 측근 심복인 킨나는 우연히도 그 전날 밤 이상한 꿈을 꾸었다고 한다. 카이사르가 연 연회에 초대를 받고도 가기 싫어 버티고 있다가 억지로 카이사르에게 끌리어 연회장으로 가는 꿈이었다. 킨나는 카이사르의 유해를 중앙광장에서 화장한다는 소문을 듣고서, 꿈이 이상하여 마음에 걸린데다가 신열이 좀 있었지만 일어나서 조의를 표하러 그 곳으로 갔다. 그런데 군중 속에 모습을 나타내자 군중 하나가 옆의 사람에게 그 이름을 물었다. 그가 대답하자, 이번에는 그것을 들은 사람이 또 다른 사람에게 수군거리는 식으로 그 이름이 삽시간에 퍼져, 이 사람이야말로 카이사르 암살자 중 하나라는 것이 판명되었다. 왜냐하면 음모에 가담한 사람 가운데 이 사람과 같은 이름의 킨나라는 인물이 있었기 때문이다. 그들은 이 사람을 그 사나이라고 지레 짐작하고서 대번에 그에게로 덤벼들어 그 자리에서 산산조각을 내 죽였다.

브루투스와 카시우스의 일당은 자기들도 그렇게 죽을까 봐 겁이 나서, 며칠을 기다리지 못하고 로마 시를 떠났다.

카이사르는 만 56세를 일기로 하여 그의 인생을 끝마쳤다. 폼페이우스보다 장수하였다고 하지만 4년 이상도 아니다. 또 전생애를 통하여 그토록 많은 위험을 무릅쓰고 성취한 과업과 지배였지만, 그러한 것들로부터 그가 얻은 것이라고는 그저 공허한 이름과 시민의 질투를 초래하게 된 영예뿐이었다. 그러나 그의 생애를 통하여 한결같이 그를 지켜준 수호신은, 그가 죽은 후에는 암살의 복수신이 되어 그를 따라다녔다. 해륙 구석구석까지 샅샅이 추적하고 탐색하여 직접 가담한 하수인이건, 계획에만 참가하였던 사람이건 간에 암살에 관여한 사람들이라면 하나도 남기지 않고 낱낱이 처벌하였다.

인간에게 일어난 기구한 것 중 가장 이상한 것은 카시우스에게 일어난 일이다. 그가 필리피의 전투에서 패망한 후 자살하는 데 사용한 단검이, 실은 카이사르를 찔렀던 바로 그 칼이었

다. 또 하늘에 큰 혜성이 나타나 카이사르 암살 후 이레 밤에
걸쳐 환히 비추다가 꺼진 적이 있었는데, 그 일로 태양광선이
빛을 잃었다는 것이다. 그 해 일년 내내 태양은 그 표면은 희
미하고 떠올라도 광채를 발하지 않았으며, 거기서 방사되는 열
도 약해서 덥지가 않았다. 그 결과 공기 속을 통과하여 지구로
오는 열이 무력하여 공기가 어둡고 무겁게 지구를 누르고 있어
서, 지구를 덮고 있는 대기가 차게 된 탓인지 과일은 완전히
익지 못하고 시든 채 썩고 말았다.

　그러나 무엇보다도 브루투스에게 나타난 유령이야말로 카이
사르의 암살을 신들이 달갑게 생각하고 있지 않다는 것을 보여
주는 증거다. 브루투스가 군대를 아시아의 아비도스로부터 대
안의 대륙으로 보내려던 그 전날 밤 언제나처럼 막사 안에서
자고 있었다. 그런데 잠이 오지 않아 앞일을 이것저것 생각하
고 있었다. 본시 이 사람은 장군 중에서도 가장 잠이 없는 사
람이었으므로 밤 늦게까지 깨어 있는 사람이라고 알려져 있었
다. 그런데 그때는 문간에서 무슨 소리가 들리는 것만 같아 꺼
져 가는 등불 쪽을 바라보니, 터무니없이 몸집이 크고 무섭게
생긴 사나이가 사나운 모습으로 서 있는 것이 보였다. 처음엔
깜짝 놀랐으나 그것이 말 한 마디도 없이 아무것도 하지 않은
채, 그저 침대 옆에 가만히 서 있다는 것을 알게 된 브루투스
는 너는 누구냐고 물었다. 그러자 유령은

　"브루투스, 너의 원귀(冤鬼)다. 이제 필리피에서 다시 만나
게 될 것이다."

하고 대답하였다. 그래서 그때는 브루투스도 힘을 내어,

　"그래, 만나자."

하고 대답하자, 유령은 곧 사라졌다.

　그 뒤 때가 되어 브루투스가 필리피에서 안토니우스와 카이

사르 2세와 싸우게 되었을 때 첫번째 전투에서는 그가 승리를
거두어 적을 격퇴하였다. 그리하여 도망치는 것을 추격하여 카
이사르 2세의 진지마저 유린하였다. 그러나 두번째 전투를 준
비하고 있을 때 또다시 밤에 그 유령이 나타났다. 이번에도 유
령은 아무 말도 하지 않았다. 그러나 브루투스는 자기의 운명
을 깨닫고는 저돌적으로 위험 속으로 뛰어들었다. 그는 전사를
당하지는 않았지만, 전투에 참패하고 말았다. 그래서 도망치다
어느 절벽 위로 피신하여, 거기서 칼을 빼어 들고 자기 가슴을
찔렀다. 그와 동시에 곁에 있던 심복 하나가 힘을 보태어 칼을
더 깊이 찔러 넣었다고 한다. 그렇게 그는 목숨을 끊었다.

✳ 옮긴이 소개

김병철

1921년 개성 출생.

보성전문, 중국 국립중앙대학 · 대학원 졸업(미국 소설사 전공).

중앙대학교 영문과 교수, 문과대학장 및 대학원장 역임. 문학박사.

한국영어영문학회 회장 역임(1979~1981).

제7회 한국번역문학상, 대한민국학술원상 수상.

저서 : 《헤밍웨이 문학의 연구》, 《한국근대 서양문학이입사 연구》 외.

역서 : 《생활의 발견》, 《누구를 위하여 종은 울리나》, 《미국의 비극》,
《톰 소여의 모험》, 《아라비안 나이트》, 《포 단편선》 등이 있음.

플루타르크 영웅전 ❺

발행일 | 2022년 6월 10일 초판 1쇄 발행
2023년 7월 25일 초판 2쇄 발행

지은이 | 플루타르코스   **옮긴이** | 김병철
펴낸이 | 윤형두 · 윤재민   **펴낸곳** | 종합출판 범우(주)
교 정 | 이정가   **인쇄처** | 태원인쇄

등록번호 | 제406-2004-000012호 (2004년 1월 6일)
(10881) 경기도 파주시 광인사길 9-13 (문발동)
대표전화 | 031-955-6900   **팩 스** | 031-955-6905
홈페이지 | www.bumwoosa.co.kr   **이메일** | bumwoosa1966@naver.com

ISBN 978-89-6365-062-3 04890